贵州新文学大系

1990—2019

GUIZHOUXINWENXUEDAXI

散文卷

第二卷

2007—2012

贵州省作家协会／编

贵州出版集团
贵州人民出版社

1990—2019

图书在版编目（CIP）数据

贵州新文学大系. 1990—2019. 散文卷. 第二卷, 2007—2012 / 贵州省作家协会编. -- 贵阳 : 贵州人民出版社, 2022.12
ISBN 978-7-221-17569-4

Ⅰ. ①贵… Ⅱ. ①贵… Ⅲ. ①中国文学－当代文学－作品综合集－贵州②散文集－中国－当代 Ⅳ. ①I218.73

中国版本图书馆CIP数据核字(2022)第250650号

书　　名　贵州新文学大系1990—2019 · 散文卷 · 第二卷（2007—2012）
丛 书 名　贵州新文学大系1990—2019
编　　者　贵州省作家协会

出 版 人　朱文迅
统　　筹　黄　冰
责任编辑　欧杨雅兰
版式设计　王丹丽
出版发行　贵州出版集团　贵州人民出版社
社　　址　贵州省贵阳市观山湖区中天会展城会展东路SOHO办公区
　　　　　贵州出版集团大楼（邮编：550081）
印　　刷　深圳市新联美术印刷有限公司
开　　本　787 mm × 1092 mm　1/16
字　　数　650千字
印　　张　32.25
版　　次　2022年12月第1版
印　　次　2022年12月第1次印刷
书　　号　ISBN 978-7-221-17569-4
定　　价　98.00元（精装）

本书获2019年贵州省出版传媒事业发展专项资金资助

概　述

编纂《贵州新文学大系1990—2019》对于贵州文学而言是一项最系统也最巨大的工程。在这三十年的时间里，贵州作家们创作了大量的优秀作品，散文在其中占据着十分重要的分量。为了客观公正地选择在此期间贵州作家们创作的、能够代表贵州散文水平的作品，充分展示1990—2019年期间贵州散文的发展脉络和大致走势，为研究贵州散文创作和促进贵州散文进一步发展提供文献资料，贵州省作家协会专门组建了《贵州新文学大系1990—2019·散文卷》编委会，并确定以下几条选编原则：一是黔籍作家在全国重点刊物上发表的作品；二是经国家级核心刊物全文转载的作品；三是获得省级以上奖项的作品；四是有成就的老作家创作的有一定影响力的作品，包括在黔工作或在贵州成名之后的作家创作的有关贵州题材的作品。

根据这个选编原则，按时间先后顺序分为三卷：1990—2006年为第一卷，2007—2012年为第二卷，2013—2019年为第三卷。我们深知，任何选本都做不到面面俱到、十全十美。但还是希望通过此书能够全面地反映1990—2019年贵州散文创作的面貌，客观地代表三十年来贵州散文创作的真实水平。

阅读这个时期的散文，总的印象是：作者多，作品多，内容、题材、风格多元化。散文和其他文学体裁一样，一直处在繁荣发展之中。

从选编的作品中不难发现，贵州的散文创作，在20世纪90年代，特别是90年代初期，与全国相比相对沉寂，能够进入大众视线的为数不多的作品，主要还是以何士光、戴明贤、卢惠龙、龙志毅、刘学洙、徐成淼等一批老作家创作的为主。这些老作家们都具有丰富的阅历，又经过时光的沉淀，他们的作品大多融入了自己的人生体验，或在心灵的震颤中体验到人类生存的沉重与悲怆，或力求传达出知识分子精神与情感的存在方式。

进入21世纪，我国散文创作的氛围更加宽松，更加自由。贵州也与全国同步，进入了不拘一格、百花争艳的散文创作新时代。与以往任何时候相比，这一时期的散文创作，在数量和质量上都有了长足的进步，呈现出民族性、多元化和开放态的审美特征。虽然一批老作家陆续离开了创作一线，但仍有不少老作家宝刀不老，笔耕不辍，依然保持着旺盛的创作势头。此时的他们视野更加宽阔，思想更自成熟，笔触更是从容，境界更为悠远。而欧阳黔森、戴冰、唐玉林、喻子涵、完班代摆、孟学祥、刘照进等一大批中青年作家，他们为贵州散文打开了更加宽广的视野，提供了更多更好的新鲜血液，增添了更强更大的创作活力。应该说，这是一股潜在的力量。这股力量经过时间的洗礼、岁月的成长，让许多作品告别了以往散文创作中过于直白的政治功利目标，以新的表现形式和抒写方式，让“人”的意识、自我意识充分觉醒。他们关注人文精神，挖掘民族文化，展示地域风貌，体察社会民情，表达自己的人生感受和对世界的审美观照。他们以笔为旗，发出自己内心的声音，自觉承担起反思历史、审度社会、关切人类命运的使命。他们思考社会与人生，呼唤人文关怀，表达出一种崭新的艺术想象空间，呈现出色彩鲜明的多样性特征。无论是那些有着深厚的人文情怀和终极追问的文化散文，还是那些用自己的生命和情感去记录故土亲情的乡土散文，也无论是那些描绘大美山河与异域风情的游记散文，还是那些审视自我、关注心灵的情感散文，都从不同维度展现了贵州独有的地域特征和民族风情，呈现出一种令人迷恋的多彩贵州景象，重铸了日渐丰盈的多彩贵州精神。

何士光用平和散淡的文字彰显人间况味，梳理、追问、思考中国文化和东方文化，寻找人的来路与归途，探索生命的终极意义。他的《日子》续篇，继续书写了一个个形形色色的个体生命，巧妙地邀请读者进入其特有的思维路径之中，与他共同游历心灵最隐秘的风景，蕴含了许多思辨和理性的色彩。他通过自身的经历，以从容不迫的叙事笔调讲述生命的真谛，表达对生命的深刻感悟和终极关怀，成就了他的长篇新作《今生——经受与寻找》《今生——吾谁与归》。

从贵州走出去的作家叶辛，凭借着对听风看雨的山乡生活的向往，对诙谐调皮的山歌的喜爱，对苗寨风情的感悟，写成了《遥念山乡》。作品表达了一种淳朴的致青春、致乡村的情感，以及对返璞归真、回归自然的渴望。

龙志毅的散文有着较为强烈的文化意识和家国情怀。《聂耳墓前》通过迁移、重建的聂耳墓，不露痕迹地表达出对人民音乐家的敬仰之情。《云烟踪痕》等散文通过对人物、地域、历史、物什的描绘与解读，展现了鲜活多彩的生活画面、社会风貌和历史场景，流露出其内心深处的忧国忧民情怀。他总以平常的心态谈古论今、侃天说地，将叙事、抒情、写景、议论有机融为一体，关注普遍意义上的人性状态和人类命运，感悟生活本真。

戴明贤的文风趋于静穆沉着，目光指向已经久远的岁月。可以说，那些逝去的人物、风物、器物，触动着他的心灵；那些亲情、友情、念想、感恩和生死离别之情，直抒他的胸臆。《一个人的安顺》以近乎白描、不动声色的叙述去刻画生动而丰富的乡土中国的贵州剪影。《物之物语》用平静温和且富有节制的叙述向读者展示，历经特殊年代、经受命运洗礼、走向不同归途的人们的那种心理跌宕和情感沉浮，直击灵魂深处。

卢惠龙的散文以历史观照现实，融入对人性的思考，探询人的生存本质。从《柔韧如水沈从文》到《萧红那孩提般的眼神》，从《忧伤之旅》到《美的毁灭》，作品充满着现代气息，语言干净、简洁、精练，与现代生活节奏合拍，契合现代阅读习惯。

徐成淼用文人笔法，以前倾的姿态和现代意识，自觉地把自己融入生命状态、生存境遇和更为辽阔的现实时空之中。他善于用历史的眼光看待文化的积淀，朝着现代意识、生命意识、宇宙意识和自然情怀、人文情怀、大爱情怀等多种元素的精神维度出发，追求文化的内在品性。在《想起来有意思得很》中，写自己与《山花》的种种情缘，具有沧海桑田之感、抚今追昔之慨。在《向时间的深处进发》中，他在触摸青岩古镇的脉搏时，看到的是历史文化的积淀。《渡口对岸是沈从文》则由沈从文的遭遇来观照一代人的命运。他总是在匠心独运地研磨每一篇作品，通过文本叙述流露出自己的心绪，揭示出或善良、坚韧，或懦弱、冷漠的人性，以此表达对生命的敬仰之情。

既是诗人又是诗评家的张劲，总在思索着对传统散文如何进行现代改造。他常把内心作为圆点，以日常思考为半径，把目光投射到历史长河之中，以丰富的想象力，用诗化的语言， 挖掘表象之下的人文精神和文化内涵，让地域特征明显的黔山贵水充满灵气。他的《浙大那壶湄江茶》，字里行间充盈着现代的气息及世界之变幻风云。他的《苍茫缠在马蹄上》，用形而上的审美来概括形而下的历史事实。他的《风雪洛布惹》则努力呈现人文精神，在形而上和形而下之间自由飞翔。

21世纪以来，既是小说家、诗人又是剧作家的欧阳黔森，其散文作品以弘扬贵州地域文学与文化为己任，守望故乡、关爱故乡，具有浓郁的故乡情结和深厚的人文精神。在《故乡情结》中，他通过自己第十一次登上梵净山红云金顶的感悟，坚信是武陵山脉的灵气滋润着沈从文创作出世界文化的经典。作者貌似被晚辈叫“爷爷”而受刺激开始怀旧，念及回乡，实则是深深敬仰自己所处的地域以及这片地域上所特有的深厚文化，并为之骄傲自豪。《白层古渡》主要是反思人类为满足自身的需求和愿望对大自然进行的改造，并对那些为眼前利益和局部利益不惜牺牲环境所表现的木然感到无奈、惋惜和愤怒。《横断山中的香格里拉》则传达出对民族现状与生态环境的担忧，在他感性而又睿智的文字中传递出对生命的关注，对保护、建设绿色家园的渴望。《水的眼泪》写的是，他在祖国的最南端——云飞浪卷的南海，一夜之间到了祖国的最西端——黄沙万里的塔克拉玛干大沙漠，从中体会到人类的渺小，表达了对大自然的敬畏。

李裴的《酒文化片羽》，从酒与历史文化、社会经济、日常生活等方面的关联，梳理几千年来中国酒文化的源远流长和博大精深，并赋予酒之生命和灵性，向读者展示了酒文化的礼乐、诗性、性灵、境界，表达出作者对传统文化的理性思考。作品旁征博引，横贯古今，通俗易懂，耐人寻味，是近年来解读酒文化的一部不可多得的优秀文学作品。

小说家戴冰以自身实践探索散文新路子。他的散文取材广泛，涉及思想、宗教、哲学、情感、艺术、人物等，表达出对现实世界、生命形态的思考。他的《不存在的分界》以细节的真实与精彩，让人物、事件清晰、明朗。《声音的密纹》用虚构与纪实的边缘性探索文本，以散章断片的方式和个体的视角，让音乐与摇滚向内，与那个年代的音乐事件、音乐故事、音乐小说、音乐诗歌和音乐人物串联贯穿，盘成一张岁月的唱片，折射出一座具体的城市、一个特定的时代、一个鲜明的个人和一个特殊的群体的生活方式与生存形貌，让读者听到了光阴的流逝，看到了声音的痕迹。

喻子涵的散文创作对大自然有着特别的偏好。他喜欢在自然中寻觅心灵的净化与超脱，体味和谐宁静、古朴淡泊的人生滋味。他的《铜仁八记》（包括《武陵三题》《石潭山记》《白花浪记》），重在观察和体验铜仁景象，在山水中解读主体精神，在纯净的自然中陶冶心性，寻觅安宁、静谧、和谐的理想世界，表达对生命的关注、思考以及对人生的态度。

此外，赵剑平对黔北的山水和人事、对黔北的文学与文化的至爱，苑坪玉和黄冰独具一格的异域风情，王尧礼淡泊名利、柔中蕴刚的叙写风格，罗吉万对顶云的历史回望，安元奎对乌江流域历史文化进行的清点与盘活，孟学祥对家乡味道的独特感受，刘照进对乌江流域土家人的命运史和精神史的审美观照，王鹏翔散文中散发出的强烈的人性关怀和悲悯情怀，李天斌作品中呈现出的强烈历史感、现实感和地域感，陈丹玲充满张力的文字和她独特的女性视角，杨村对环境和生命的反思，以及魏荣钊通过行走贵州三大江河及边远地区创作的散文《独走乌江》等等，都能让读者留下深刻印象，感受到作者的真情实感和生命感怀。

诚然，真正能在全国立得住、传得开、留得下的散文精品之于贵州作家而言或许不多，但作家们一直都在努力。我们选编这本书的目的，旨在建造一道贵州散文走廊，全面展示1990—2019这三十年的散文创作成就，并与读者一起回顾、品味、思考和眺望，找到前行的动力，让贵州散文的路子越走越宽阔。我们共同期待，贵州散文的传世名篇在新的历史征程中不断涌现。

借此机会，我们要感谢全省各基层文联、作协和相关单位的大力支持，感谢作家们积极配合报送作品，感谢热心的社会各界人士从不同渠道寻找作家作品信息。正是得益于大家的理解、支持与包容，《贵州新文学大系1990—2019·散文卷》才得以顺利完成。我们期望，本卷的出版能够集中展示三十年来贵州散文创作的集体风貌和辉煌成就，拓展和丰富贵州乃至中国的当代文学版图。

（执笔人：孙向阳）

目录

2007

2008

2011

2012

2007年

欧阳黔森

白层古渡

白层街上的房屋已经破败不堪了。就是那曾经代表一级政府的房子也只留下一些断垣残壁。是的，该搬走的都走了，只有这脚下的石板光溜溜的，延伸着一条曾经有过的且热闹的小街。我走在这石板上想象着一千年来，从这上面走过的无数的脚步。有光着脚丫的，有穿着草鞋、竹鞋、布鞋的，还有像我一样穿着皮鞋的。无论怎样，每一双脚都曾把光阴踩踏在这一块块的石头上，即使是再坚硬的青石板，也禁不住这千年光阴的磨砺，于是，岁月便以光的痕迹赋予这石块像人一样有着情感、有着记忆。面对这些泛着青光，闪烁着千年光晕的石头，我真的不知该讲点什么。我也曾扭头试图对陪同我的人说点什么的，可是最终还是把那涌上喉咙的话硬生生咽了下去。说什么都是多余的，就像这石块一样，它不用开口便告诉了我，作为一个人而该拥有着的感知。面对着这些，我几乎不能开口讲话（甚至与这儿无关的话）。是的，这原本是不该有话的时候。

我就这样，脚踏着石板哑口无言地走着。步履有点与我平时不一样。我感觉得到，我的步伐有点疲惫有点沉重。是呀！有着这样沧桑味道的脚步，不该是我这样年纪的人所能体现的。

同行的小蒙很快越过了我，他回头告诉我，他要找一找，看还有没有人。

我没有说话，看着他去找。

我还真希望他找到一个人。虽然我此时很不想开口讲话，如果是面对这里的居民，我想我是很愿意与之交流的。说真的，以我此时的心情是很需要找一个适当的人讲一讲话的。

在走进小街之前，我曾与一个当地的居民交谈了不短的时间。我们的话题一直就没有离开过搬迁和淹没。但是，我很惊讶这个居民并没有显出我想象中的特别来。这个特别就是我觉得他应该悲伤。这个悲伤应源于这样美丽的一个地方，这样一个美丽的家园，说没有了就没有了。他竟然不悲伤？还不悲伤？我想不通。

这里的美丽是令人愉悦的，我敢说，在这珠江之源的北盘江大峡谷，再要找这么一个地方，不是没有，而是很难。

北盘江大峡谷曾名列《中国地理》杂志评选的“中国最美丽的峡谷”之一。在这样的峡谷里，美丽是不用找的。人在其中，前面是美，左右是美，回头还是美。我这里说的难，便是这儿除了美得让人愉悦外，还有它千年的历史沉淀之美。

这里是白层，当地人叫它白层渡口，白层以外的人叫它白层古渡。一个“渡”字并不能说明它的重要。一个普通的地方或河流，会因为人的需要成为渡口，也会因为人的原因在不长的时间里被轻易废弃。如果一个渡口被冠以了“古渡”，至少说明了它的存在，曾长时间地重要在数十代人的生活中。白层古渡当然是这样的了，远一点说，它在古夜郎国时，就是交通要道，曾肩负着古夜郎与外界的迎来送往。近一点说，它在清代，已成为了出广西到广东的重要通商口岸。内陆的桐油等山货从这里运往两广，两广的盐巴等海货从这里运往川、滇、黔边区。

清政府在白层设立了厘金局，大小商号在白层开设货栈不计其数。盛极一时的白层渡口被誉为“黔桂锁钥”，贞丰县城那时的繁华，几乎与黔省首府贵阳可比，人称“小贵阳”。

走近白层，最先看到的是一座古拱桥，拱桥下面是碧蓝剔透的丝湾河。丝湾河是一条不宽的小河，正是它的狭窄，河水才一路泛着白浪花从远山急泻而来。河水过了拱桥，一下子就宽阔了，白花花的水不再湍急便在缓流中变幻成了处子般的碧蓝。这碧蓝在不远的五十米处与北盘江汇合。北盘江的水是污浊的，这碧蓝一头扎进去，便不见了半点的晶莹剔透。北盘江的两岸是美丽的，美丽的山野原本是不藏污垢的，可是北盘江从千万年以来的碧蓝变成现在这个样子，是世人在上游修建了火电厂，火电厂用河水洗煤，这江便不再清澈，什么时候江水会再显碧蓝呢？除非煤尽了，火电厂消失了。

北盘江能名列中国最美的峡谷是名副其实的，它的支流白水河、打邦河、坝陵河、王二河上有着中国最大的瀑布群。其中黄果树大瀑布、滴水滩瀑布、天生桥瀑布、陡塘坡瀑布、穿洞瀑布、沙井瀑布、落水洞瀑布、水刮瀑布等构成了天地间一曲神奇的交响乐。明代著名的地理学家、旅游家徐霞客曾流连忘返于北盘江流域，并充满深情地描述过这里的锦绣河山。

这样的美丽、这样的神奇，我们有什么理由让原本碧蓝的北盘江变得污浊？北盘江在地球上碧蓝了亿万年了，它一直是存在于这天地间的动植物们的天堂，从北盘江流域的古人类考古证实，这里也是人类生活的天堂。即便是前人有史记载以来，几千年来，这里依然是天堂。我们为什么要把天堂里的河流污染了，我们还能有多少这样美丽的河流没有被污染呢?

北盘江上游的火电厂还没有消失，在下游的广西境界又要构筑堤坝修建大型水电站。这个大型水电站将导致白层古渡永远地消失，而我与之交谈的这个白层人居然没有失去家园的忧伤。这可是他祖祖辈辈赖以生存繁衍的美丽家园哪!

这个白层人也许正庆幸他得到了不少的补偿金，也许正憧憬着对新迁地的好奇和向往。所有的白层人都是这样的吗？我不相信。所以在我走过了那古拱桥，步入石板街的时候，总希望能看到有一个老人坐在街头。这时街头的凄楚是令人心乱如麻的，如再有一个老人雕像般的神色，这很符合一个有悲壮情怀的人的愿望。这样的场景是非常符合我这样的人的想象。我不知道为什么在我的想象中是个老人，是不是我心灵的深处更信仰于老年人，真的，我不能确定。

可是，这时的石板街空无一人。我的心便也无可挽救地空空荡荡了。心空了，脑袋自然也是空荡荡了。心空脑空也就罢了，可偏偏那凄楚那愿望变成了无数的小虫，在我的心里和大脑里爬来爬去，痒痒得我想大声骂娘。可是我骂谁的娘呢？是水电站的娘吗?

我骂的时候，是小蒙去找人的时候。小蒙是好心，见我憋闷，总想找个人破了这闷气。我知道他找不着人，就是找着人了也没用，所以我只好先见之明地自己骂破了这闷。

追上小蒙，来到了石板街的尽头，尽头就是古码头了。在有着“世界地缝”之称的北盘江大峡谷，有这样宽阔的江面，的确是不容易，这不容易正是人们为什么要选这里作为码头的理由。

看着江面，我想象着先人们在这儿的繁忙景象。他们仿佛就在我身边来来往往。有刚卸下纤绳的纤夫，肩裸露着勒痕倚在小店的柜台上喝着烧酒，有船老大吆喝着脚夫搬运着货物，有妇女带着一脸喜悦的小孩在岸上张望，有汉族小妹端着大盆下河洗衣裳，还有棒捶着衣服却望着江上走船人的布依族少女。

一个寂寞的地方，有人才会鲜活起来。一个鲜活的地方，便会声名远播。一个声名远播的地方，必定是生长故事的地方。一个生长故事的地方，是人们不能忘记的地方，一个不能忘记的地方，是永远不能消失的地方。但是，这儿即将被水淹没。水下的世界是鱼儿们的，人类的故事是它们永远不会懂的。

是的，一个不会讲故事的民族，就算他不会消亡，至少他是一个缺少欢乐欠缺希望的民族。白层人是最会讲故事的，因而他们是快乐和充满希望的。他们的快乐表现在能歌善舞上。在白层生活着的布依族、苗族，无论男女、无论老少没有不会唱歌跳舞的。

对于唱山歌、吹木叶几乎是他们每天要做的事情。青年男女们更是一群群的在河道弯弯之处、在竹林青翠之中、在榕树挂绿之下尽情地“浪哨”。我以为布依语“浪哨”是说明多情、怀春的少男少女们这种表现的最佳的词汇。“浪哨、浪哨”。不信你嘴里多念几回，你的心、你的脚步便会在这儿轻盈起来。在这儿即便是缺少浪漫情怀的汉族人，也会“浪哨”起来。

布依族有一种很古老的吹、拉、弹、敲、唱的群奏形式，人们称之为“八音坐唱”。我无数次听过这种古朴且浪漫的坐唱，每一次都有不同的感触。所谓八音，即是由布依人自制的八种乐器来演奏。这种自然而悠闲的音乐境界，都市里的乐师是不能达到的。这种天籁之音，在以往的日子里，曾像风一样自由自在的弥漫着天堂一样美丽的白层渡。那是一个多么愉悦的往日啊！

北盘江大峡谷是一座巨大天然的“氧吧”。这里的氧气不像城里的“氧吧”那么麻烦，你只需张开大嘴吸就是。那时，你会感觉到浑身舒畅，这舒畅便会使你觉得，头脑比平时清晰了、思维比平时敏捷了，甚至视力也比平时看得清楚了。在这里，你当然不用担心换氧气袋的麻烦和费用。大峡谷两岸的绿色是造氧的高手，只要你站在了峡谷里，你有钱给谁去？绿色的森林，从来都是给予人类而不索取。

富含氧离子的风，在北盘江大峡谷里任意流荡，是上帝送给这天堂的天然空调。风是无形的，所以它无孔不入。就是这无孔不入，所以风无处不在。无处不在的风当然是无形的，也只有无形的才会无处不在。风的这一特性，决定了没有人看得见风是什么样子。你如果说你坚持看见了，那一定是你看见从树叶的晃动，和从大树的弯曲度知道风有多大；或者你看见云朵飘移的速度知道了风的存在；风给予人类的感觉多于人类的视觉是毫无疑问的。人说“吹面不寒杨柳风”，讲的就是感觉而不是看见。大雪纷飞感觉风的存在，绝不仅仅是你的眼睛看见雪花飞，而更多的是你的耳朵，你的脸。而此时，在这北盘江大峡谷，我认为风是最美的，这会儿你不仅仅只是看见白云乘风在走，绿叶随风在鸣，更多的是你会感觉到心动，这心动绝对就是这大峡谷无孔不入的风，携带着富盈的氧离子，钻进了我们的心房，让我们一下子无比地心旷神怡。如你正站在峡谷之巅，看远处一片苍山如海，这种博大之气浑然于这天地，这一刹那间，我宽容了整个世界。我想你也会与我一样，我想任何人都会这样。是的，在这个充满险恶而又充满希望的世界，实在需要太多的理解和宽容。

人类为了繁华为了生存总是不断地在改变着大自然，而大自然才是改变人类的主宰。谁都知道，却谁都对大自然的破坏熟视无睹。我们还能任意改变大自然多久，大自然在不久的将来总会告诉我们。那时候，我们赖以生存繁衍的家园将不复存在。当然，我们现在目睹的这个美丽而神奇的大峡谷也不复存在，我们去哪里呢？我们在那时候还存在吗？

大峡谷的风是令人心旷神怡的，而水呢却是令人担忧的。谁都喜欢水一泻千里的气概，谁都爱恋水晶莹剔透的碧蓝。如果大峡谷的水失却了它奔流不息的风采，那么还有“问泉那得清如许，为有源头活水来”这句话吗？这源头的水“不活”了，即便“不活”的水能给渴望光明的人们带去一片灯火辉煌，那么在活水与灯火辉煌之间，我宁愿选择前者。高峡出平湖是工程师的理想，却也是人们更多地贪婪光明的结果。当然，原本人类渴望光明是没有错的，可是你如果只热爱太阳而忽视月亮，这世界还有趣吗？也许不仅仅是无趣，我们就会忙于和后羿一样与太多的阳光血战一场。我们更知道只有阳光而无雨雪，那么我们将失却河流、失却绿洲，只剩下沙漠。到那时，我们的战败将不可避免。在这种惨败中，你即便有屡战屡败的勇气和精神，也几乎没有改变结果的可能。人类的历史证明，人类在与大自然的抗争中，仅仅靠匹夫之勇和主观的精神是可笑的。大自然的力量与人的力量而言，差距实在太大，人类只有小心慎重地尊重大自然的规律，在符合自然规律的这一前提下，谋求人类的可持续发展，才是真正的科学发展观。

水的本性与风一样是热爱自由的，水与风也一样原本是没有颜色的，水与风更相同于是无形的。无形的优势是它可以随意根据条件成任何一种形状。在悬崖上水是瀑布，在峡谷里水是急流，在盆地里水是明镜。人要任意改变都应该慎之又慎呀！如果风有一天有了颜色，成了黑风、黄风，带着乌烟携着沙暴；如果水有一天不再清澈，成了黑水、红水，发着臭气泛着赤潮，我们就剥夺了风和水的自由。（顺便说一句，很多人自己希望自由却乐于限制别人的自由，这是人自己撕咬自己，是自以为是，可是谁要自以为是狂妄到要恣意限制风与水的自由，那么人人都热爱的自由也将不复存在。）如是，人类还有多少像北盘江一样可以污染的河流呢？

不再清澈碧蓝的是北盘江的水，即将不再一泻千里奔流的也是北盘江的水。

我从来不赞成大江筑坝截流。当然，遗憾的是我不赞成，也并不影响长江、大河一截一段地被拦腰横断。拦腰截流的壮举，改变了一个词人的千古绝唱—— 一江春水向东流，也改变了亘古不变的自然规律。于是，黄河不可避免地出现了断流。黄河有史以来从未断流，突然一下河床上可以走人了。这样的情景，可以毫不夸张地说，会震惊每一个熟悉黄河热爱黄河崇拜黄河的人。“君不见黄河之水天上来”，当年大诗人李白站在黄河岸，脱口而出这前无古人后无来者的绝句时，是何等地豪气冲天。这个豪气影响了中华儿女上千年是不争的事实。

黄河一泻千里的汹涌澎湃留给中国人的记忆太深了，历代历朝怎样治理好黄河都是头等大事。黄河既是国人的骄傲又是国人的伤痛。是的，黄河是母亲，养育了其流域数以亿计的百姓。世界上能养育上亿人生存的河流并不多，因而黄河文明举世闻名。黄河流域的人曾创造过世界上不可胜数的奇迹，你想让这里的人不骄傲是不可能的。要说伤痛，只要是黄河人就有这伤痛，这伤痛甚至是黄河人的一种本能，这种本能历经数十代进化成了黄河人特有的基因，这基因在黄河人一代代的血液里流淌着。这种基因本能地使每一个黄河人对黄河水的崇拜和敬畏。他们一代代因黄河慈祥而富足天下，又因黄河汹涌而一贫如洗。他们一代又一代在黄河的教育下，从来不畏惧从头再来的艰辛和从头再来的勇气，这正是黄河的性格，坚韧不拔、不可阻挡、勇往直前。

可是，黄河河床上可以走人了。这让黄河人从来不敢想的事情，说出现就出现了。这种震惊后的伤痛是会伤到人骨头里去的。如是我说，如果我是一块石头，如果没有挺立在山头，如果只能是一块卵石，我宁愿在一泻千里的黄河水中慢慢变小像一粒沙一样被大浪掏尽，也不愿空留在曾经奔腾的道路上，干裂着嘴，任人践踏我的头颅。如果，我是一个人，是一个黄河人，我宁愿黄河水再次洪浪滔天冲得我一贫如洗，我也不愿意酒足饭饱后在河床上散步。一贫如洗，我们还可以从头再来。一条黄龙停止了它的奔腾不息，我们能干什么？我们还能干什么？

黄河上游荒芜的土地，因黄河的分流生长出了绿洲，可是，黄河下游湿地的消失，使数以百计的动植物种类消亡，这种得失是人能算清的吗？

湿地的重要谁都知道，它被喻为地球的肺部。我们这块大陆还能为地球保留多少健康的肺叶呢？没有几个人会关心，没有人会担心地去统计。但我知道，当年红军长征中最大的“敌人”松番湿地，再也不能陷人马消失于泥潭，那儿，现在是一片草原，开满了五颜六色的鲜花。是不是，当一个地方没有别的只有鲜花的时候，可能就是这个地方物极必反的开始呢？是不是这样，我们这一代也许看不到了。但我们看到了松番草地不再是湿地、不再是地球的肺叶是真实的存在。

那么河流呢？被喻为地球血液的河流呢？我们再看一看，还有几条没有被梗阻没有被污染呢？我是个真正的环保主义者，所以我大声呼吁。一边高喊环保一边破坏环保的人大有人在。

我说过，我从来不赞成大江截流，可是并不影响这块大陆构筑大小水坝的脚步。据2003年中国大坝委员会统计：中国现有水坝八万六千余座，十五米以上水坝二万五千八百余座，居世界之最，远远高于有着同样辽阔土地有着同样众多江河的美国、加拿大、印度。我们可以看看这三个国家的筑坝情况：美国八千七百二十四座，加拿大八百零四座，印度二千四百八十一座。

据悉，截至2004年，中国水电装机容量高到一亿千瓦，居世界第一。世界第一并不是最后的理想，从发改委2005年最新规划来看，在今后的十五年里，水电装机容量的发展目标将提高到二点九亿千瓦。这个超常规的计划如顺利完成，那么我们将超过世界第一到两倍。这意味着在西南地区的怒江、大渡河、金沙江、雅砻江，乌江、南北盘江等建造数千座大大小小的水坝。看来原生态河流成为“濒危物种”已成定局，无数动人心魄、壮美无比的大峡谷将继续消失也不可避免。百万人的大迁移不可避免，大量的自然遗产，文化遗产的不复存在也将不可避免。如此，申报和审批自然、文化遗产的部门，也不要太伤心，这在拼命开发水电的人看来，你的申报和审批自然、文化遗产和开发水电是两件事情，你保护你的，我开发我的。是的，人在世上，伤心总是难免的，再说在有些非让你伤心不可的事情上，我们确实有拾起石头打天的无奈，是呀！无论你有多大的气力，无论你把石头抛得有多高，石头终归是要掉下来的，你还得仰头看清了，不要让石头砸碎你的脑袋。

如此说来，北盘江畔的白层人还算幸运，至少比其他地方晚了那么一点被开发。如此说来白层人的迁移绝无挽回的可能。这里善良的人总是往好处想，他们渴望这次的迁移印证一句老话，树挪死人挪活。

迁移出去好不好，当然得由时间来作证。时间是伟大的和公正的，它不会因为什么或快或慢。那么，就让白层人，在往后的日子里去体验吧！

人是有两条腿的，别说挪动一下，就是狂奔飞跑也是可以的。但是那些与白层人一起生存了上千年的古榕树是无法挪动的。人也许早已审视过自己的腿，腿的功能是可以避开什么险恶也是可能遇到什么危害的。由此很多活明白了的人，对树的以静制动和咬定青山不放产生了敬意。是的，树枝是有天空它就拼命地伸手，为的是多接收阳光，树根是有地缝它就死劲地钻，为的是站稳脚跟。白层人有一段民谣颇见明白人的智慧：猪不过二年，狗不过十年、人难过百年，树过一千年。于是这千年的树礼当受人崇拜。

白层古渡有三十二棵这样的千年古树，其中有一大半将被水淹没。当年中央红军在这里与敌军作战，强渡过来打跑了湘军的一个团。据老人说，枪炮也未曾伤到树木。红军留下的标语都是刻在石壁上的，没有伤到树木一点皮毛。至今那些标语在大树旁的石壁上依稀可见。大炼钢时期，砍伐了不计其数的森林冶炼那一大堆黑不溜秋的铁块，谁也未敢动这些千年大树。不想这些大树时至今日将被淹死。老百姓很难过也很不平：这活不过百年的人，说什么也没有理由，说淹就淹了这千年的东西。说是赔偿了钱的，可是你要拿钱买回一千年才生成的东西，钱再多也是不成的。这个道理谁都懂，可是谁有办法不淹了呢？

在这片古树林里，我惊愕，我大脑空白一片。小蒙和当地人一直在说话，我都没记住，只记住了一句话，说是约2006年10月大坝蓄水，这里将被淹没。

他们说这话的时候是2005年10月，离淹没刚好一年。这一年我的心情注定将在惋惜和愤怒中度过，也只能如此，我本只是一布衣，也只有拾起石头打天的愚钝和无奈。我所能干的，就是在这一年里，前后两次请了一些好人来看白层古渡，并告诉他们，这是最后的白层。这些好人都是全国各地的文化名人，没有别的意思，我只想在他们的笔下有白层这样一个美丽的地方。他们去看的时候，都是小蒙带去的，我不敢再去。怕那一份伤痛再次灼伤我的心。

这样还不够。今年“八一”电影制片厂，拍摄我任编剧的一部二十集电视连续剧，我建议他们到白层拍戏，他们居然也选中了白层。有人说，“八一”厂的烟火、炸点水平高，这又是一部反映红军长征的故事片。那些大树反正都是死，不如炸了它，这样它们也没白死，最少为电视艺术做出了贡献。炸吧！不要你们赔偿了，已经有人赔过钱了。

最后，戏是拍了，仗也打了，在战火的硝烟弥漫中，大树依然皮毛未损。制片主任说，不赔钱不炸，给钱也不炸，淹没了它们，不是我们干的。他说，这次在贵州拍戏，他拍了有两个绝版，一是这个地处北盘江畔的白层古渡，二是乌江悬崖绝壁上的古纤夫道，多好的地方呀！以后的人，只有在我们拍的片子中看到了。

还有两个月，白层古渡只能是在水下了。对于白层古渡，我只能做这些了。再无话可言。

说到这里，忘了补一句也是再无可言的事。与白层古渡淹灭前后不到一个月的时间里，乌江岸上存在了上千年的古纤夫道也将被大坝截流所淹灭。

真的，再无可言。

（原载《收获》2007年第2期）

徐成淼

中国：1956

1956年元旦，是我在大学里过的第一个新年。那天早上，我和同学们一起去给老师们拜年。最先去的是鲍正鹄和蒋孔阳两位教授家，鲍正鹄教授教我们“马列主义基础”，蒋孔阳教授教的是“文艺学引论”。两位教授都戴着眼镜，在镜片后面，他们殷殷的眼神溢满了期望之情。晚上，我在日记中写下了这样的话：“我很年轻，应该树立一个非常正确的人生观，为自己一生的幸福，为后代千万代的幸福贡献一切。”我的许多同学也在这样书写着自己，这是时代的主调，是一代人的人生的主调。

冬日的江湾，寒气袭人。早上有很大的雾，把整个校园包裹了起来。不管天有多冷，雾有多浓，我还是和往常一样，早早地起床，到空地上背俄文。第十宿舍西侧，那时还是一片农田，一条断头浜伸到通往教室大楼的碎石路边。浜旁有几棵柳树，斜着身子，倾在水面上。一条小木船横在柳丝下，船上有人撑着竹篙，想把船掉过头来。田野，河浜，柳树，船，早起的船夫，都被晨雾蒙着，影影绰绰的，让人联想起米勒的油画《雾》，混沌，迷茫，宁静。

路的南边，已经开始平整土地。那儿将建起新楼，图书馆，实验室。浓雾散去之后，阳光照见了好多从地下挖出来的骨甏，有的还被弄破了，几根白骨散落在泥地里，还有头盖骨的残片。旧物就这样被毁弃，迎面而来的，是全新的期望，全新的企盼。

大喇叭里响起复旦广播台的开始曲，流畅的旋律迎来了又一个新的日子。广播体操之后，转播中央人民广播电台的“新闻和首都报纸摘要”，音波送来了一个又一个鼓舞人心的消息。

1月6日，我在日记中写：“市郊不久就要开始农业电气化了！”1月10日，就有了新的记载："从报纸上展望到几年以后的中国远景，不禁大为振奋。三年之后，我就置身于社会主义的农村了，快啊！年轻人，要展望未来，鼓足我的勇气。"仅仅过了一个星期，这"三年"就变成了"明天"，1月17日，我的日记又已刷新："北京——Нащa столица（俄语：我们的首都）昨天已经进入社会主义了，这么快！上海郊区也要在明天全部合作化了，这么快！上海市要争取在六天内全部公私合营，太快了！"

然而哪里用得着"六天"呢？日记的书写速度远远赶不上时代的跨步。才过了一天，1956年1月18日，日记就兴奋地宣告："明天放假，因为要迎接社会主义的到来。在这宇宙都为之震荡的日子里，我真不知道该把感情作如何的表达。光明啊！让我跑步迎接你的来临！祖国啊！让我用全部热情为你欢呼：'祖——国——万——岁！'"

为了庆祝上海市进入社会主义，1956年1月19日，上海全市放假一天。那是盛大的节日，上海沸腾了，大街小巷人头攒动，比过大年还热闹。那天下午，我和同班同学吴旭光一起，乘公共汽车到市里去。

一路上都是欢乐的人群，歌声，口号声，锣鼓声，响成一片。标语如花，彩旗如林，大红横幅一浪接着一浪推涌而来，还有光芒四射的金双"囍"。外滩和南京路的高楼上，巨幅布标从楼顶直垂地面，布标上写着醒目的大字："毛主席万岁！""共产党万岁！""热烈庆祝上海市进入社会主义社会！"游行的队伍把大街涨满了，主街道上，公共车辆全都停开。腰鼓队，秧歌队，军乐队，锣鼓队，过去一拨，又来一拨。平常只敢悄悄地穿在外衣里面的花衣服穿出来了，一些胆大的女子，还公然描了口红。红绸飞舞，彩旗飘扬，鲜花竞放。连阳光都加倍明亮，放眼看去，世界一片光明。

在南京路和西藏路的交叉口，我和吴旭光挤在人群里，踮着脚尖，伸长了脖子，看一支支游行队伍走过。手拍红了，喉咙喊哑了，心跳像擂鼓。不一会儿，从南京西路那边，又过来一支游行队伍。大家再一次大声欢呼，鼓掌跳跃。那是刚刚公私合营了的资本家和他们的家眷，一个个都穿着华贵的盛装，特别引人注目。在把他们的财富交还到人民手中之后，他们欢天喜地地欢呼庆祝。后来有外电评论说，这真是奇迹，中国的奇迹，世界的奇迹！几个星期后，在新出版的一本画报上，我看到资本家夫人的彩色照片上了封面。太太们一个个珠光宝气，喜气洋洋，手舞彩旗，笑容像小鸟张开了翅膀。

晚上，上海灯火通明。霓虹灯闪烁变幻，红灯笼沿街亮起，建筑物上的彩灯如五色瀑布，从高处一泻而下，外滩还放起了焰火。黄浦江畔人山人海，灯光照红了一张张笑脸。深夜，我和吴旭光依依不舍地回到学校。回头一望，东南方的天空一片红霞。那儿，人们还在彻夜狂欢。

在宿舍的灯光下，我写下了又一篇日记："太快了！谁都没有料到我们觉得是遥远的社会主义会这么早就来到了！人们团结起来，伟大的祖国将真正在世界上站起来了！祖国万岁！青年万岁！"

过了两天，上海下了1956年的第一场雪。早晨起来一看，树，草地，田野，道路，操场，房屋，全盖上了厚厚的雪被，天地一片银白。下了课，我和另班的同学费晓杰一起到球场上玩雪。我俩堆了个很大的雪人，还是个少女呢。是当年最美的造型，长圆的脸蛋，弯弯的刘海，一条长长的辫子搭在胸前。眼睛是用两颗黑石子儿做的，还用红纸揉成唇形嵌在她的嘴上。这白雪公主是那么漂亮，我禁不住弯下腰去吻了她一下。费晓杰笑了，说徐成淼你呀，好浪漫！

寒假过后，新学期开始。春寒尚未消退，校园里却已积聚着浓浓的热气。有一行字天天映在大家的目光中："向科学进军"；有一句话贴在了大大小小的教室和实验室里："努力学习，刻苦钻研"；马克思的语录"在科学上面是没有平坦的大路可走的，只有那在崎岖小路的攀登上不畏劳苦的人，有希望到达光辉的顶点"成了引用率最高的名言。图书馆、阅览室里，总是挤满了人。每天吃过晚饭，我和吴旭光得轮流去阅览室抢位子。阅览室里静悄悄的，只听见日光灯在头上轻轻嗡响，只听见翻动书页的声音，和钢笔尖在纸上的沙沙声。下了晚自习，我和吴旭光踏着月色回寝室去。走进第十宿舍，远远看到路灯下有人影晃动，是有人借着路灯的光还在读书。

忽然传来一个让人振奋的消息：新三有同学率先响应号召，要争当"副博士"！这一倡议立即引起了连锁反应，一张张决心书贴了出来，"副博士"成了我们理想天空中一颗闪亮的星。那些日子里，大伙儿心中有那么多的幻想，人人身上都攒着使不完的劲儿。只觉得天空那么高远，海洋那么辽阔，该是我们展翅飞翔的时候了。

第十宿舍的公告栏里，原先只有几张大扫除通知和失物招领之类的零星纸片。新学期后那儿突然热闹了起来，报告会，讲座，科学讨论会，学习经验交流会，座谈会，五颜六色的海报，一层摞一层，贴了满满一壁。大礼堂，小礼堂，阶梯教室，几乎每天都有报告，都有讲座。不久，学校又号召开展课外兴趣活动，以促进学生的全面发展。一时间各种兴趣小组纷纷成立。我也发起组建了"未来城市设计小组"，居然有二十多个同学报名。我们设计的未来城市，有无人售票公共汽车，有能根据天色明暗自动开闭的路灯，有地下垃圾通道，有能够自动感应车流量的红绿灯。

有一天，法院把审判庭搬到了学校，这可是从来没有过的事。我和彭曾朴同学赶到登辉堂时，早已没了座位，我们只好站在过道上旁听。审判非常正规，有审判长，审判员，书记员，还有辩护律师。被告人是一名在校生，他专偷各宿舍盥洗室里的牙刷，前后偷了几百把。公诉人指控他为盗窃，律师则辩护说被告人可能有心理疾病。这该是一个征候，预兆着一个法制的社会将要来到。

那会儿《中国青年》和《中国青年报》上经常刊登评论文章，鼓吹青年独立思考，发展个性，树立远大理想，为建设祖国贡献力量。这些文章使人耳目一新，我把那些特别令人鼓舞的文句，一段段抄录在自己的日记本里：

他们顾虑重重，唯恐青年有了自己的理想和志愿，就会变得桀骜不驯起来，就会产生“个人主义”，或者“个人英雄主义”……因此，凡是敢于纵谈自己的理想或抱负的，就被扣上“个人突出”或“好高骛远”的帽子。

……甘愿就这么庸庸碌碌过一辈子。他们虽然明知这是没出息的表现，但却可以博个“老实”“安心工作或学习”的美名，还可以因此被批准入党、入团。

在这样一个时代，一个青年怎么能够不给自己的思想插入翅膀，有什么理由不许青年纵谈自己的理想和抱负呢？只有可怜的燕雀，不知鸿鹄之志；只有粘在树枝上的蝉与往来灌木之间的小斑鸠，才在好容易决起而飞时，庆幸自己不至于掉在地上就好，并且还来得及嘲笑大鹏，为什么一定要飞到九万里那么高！

——《中国青年》1956年第11期第15页，于果文

原则高度本是与非原则高度相对而言，如果把什么问题都提到原则的高度，就等于取消了原则高度。

……

一个学生的基本任务在于学习，假如一个学生不用功学习，随便旷课，这就是个原则问题，必须加以批评。至于这个学生参加集体文娱活动或是单独散步，却是非原则问题，不应当因此批评他是脱离群众、个人主义。

——《中国青年》1956年第11期第90页，方群文

一本苏联小说在年轻人中间流传开来：《拖拉机站站长和总农艺师》。报刊上还发表了不少评介这本书的文章。我在图书馆登记排了队，才终于借到了这本书。原以为写农业劳动的小说，不会太好看，不料读了几段再也放不下来。小说女主人公娜斯嘉，为改革集体农庄的劳动制度，与保守势力做了艰苦的斗争。读完后我感慨万千，我在日记中写下了自己的感言：“《中国青年》上刊载了很多文章，反对磨光青年的棱角。我是做被磨光了棱角的人，还是做坚持正义的人？我要向《拖拉机站站长和总农艺师》一书中的娜斯嘉学习。”

期末考试那几个星期，为了不受干扰，我躲进一间空着的学生浴室，坐在满是水渍的条凳上，在混合着肥皂味和汗臭的潮气中，一遍遍啃笔记，背要点，读书声在空旷的浴室里引起了嗡嗡的回声。考完试称了称体重，一下子瘦了六斤。浴室里混浊的气味和身上掉的肉，换来了记分册上一连串的五分（满分），还换来了一枚烫金的“复旦大学第一届学习积极分子”的胸标。快半个世纪了，那枚小小的胸标直到今天我还珍藏着，一起被我珍藏的，是那段珍贵的历史，和那一份难以磨灭的记忆。

不知为什么，我离开了“未来城市设计小组”，跑到文学小组报了名。我写小说，

写散文，写诗，开始向《人民文学》和《文艺月报》投稿。在1956年酷热难当的暑假中，我把自己关在蒸笼般的宿舍里，一口气写出了几万字的作品。

1956年10月1日，中华人民共和国成立七周年。那天晚上，我和新三的调干生方金明一起到市里去。又是人山人海，又是锣鼓喧天，让人回想起年初庆祝上海进入社会主义的狂欢场景。当天的日记中，我这样描写了1956年的国庆之夜："外滩梦一般美丽和宏伟的景色，南京路交相辉映的五彩灯光，人民广场瑰丽无比的焰火，不都是人们智慧与劳动的结果么？于是我沉浸在欢乐之中了，焰火像朵朵金黄的金丝菊，焰火的余烟在探照灯光下像朵朵银丝菊。呵，一幅党旗，两幅党旗，在天空中飘扬起来，渐渐东去……这是怎样的狂欢之夜！我沉浸在梦一般的幻景中了，呵，每一个人都深爱着自己的祖国。让外国人，让我们的敌人和朋友，从外滩的灯火中看看我们的力量吧。"

那一年的秋天分外晴朗，蓝天如洗，白云如絮。一天午后，我坐在阅览室里翻杂志，西斜的阳光透过窗棂照在书页上。突然，"电子脑"三个陌生的字眼跳进了我的眼眶。那是一则科技动态，报道美国已研制成功前所未有的"电子脑"。读完这则报道，我惊呆了！在神奇的"电子脑"面前，我的"未来城市设计"有如一幅浅显的儿童画，我原先的那些幻想更像是一个飘曳的清梦。为此，我在日记中大声呼唤："美国已经有'电子脑'了，苏联的工业也飞跃发展了。中国啊！我是爱你的，你快快富强起来吧！"

我好像一下子长大了，心情有些纷繁，甚至，有点儿忧郁。

1956年除夕之夜，系里在教室大楼一二三七教室举行新年联欢会。新三的女生林雪蓉过来邀我跳舞，她问我："小淼，你好像有什么心事？"我不敢承认，只好说："没有什么大的心事。"从会场上出来，她送给我一张贺年片，上面抄写着郭小川的诗句：

年青的朋友，
请你告诉我：
在我们充满阳光的生活里，
你幻想过什么？

回到宿舍，我在灯下写了1956年最后一篇日记："年哪，你走完你的路了。在这一年中，我成长，壮大，我更懂得了做人的意义。我在与祖国一起前进。"

——告别十八岁，我走进了1957年……

（原载《散文》2007年第2期）

2007年

柯真海

潜入秋天的慧悟

黎明时，我与婷和隆从大姐真芬家里出来，茶店的街面上还笼罩着薄薄的雾罩。夜里，我老想着下河湾的欢乐时光，老想着健在的和已经离去的玩伴们，老想着曾经携妻拜谒过的那季秋色，因此一直没能睡踏实，身体与心绪都有些缱绻。本想在大姐家再歇一天，做些准备，第三天早起再去洪家渡，却经不住婷和隆的兴致催促，便尽量起了大早，闹得大姐也跟着起来，弄了三碗甜酒鸡蛋耳块粑，打发我们吃过早餐上路。

这是2006年国庆节长假的第二天。步行五里石砂公路来到大垭口的时候，雾开始向坡梁顶上的天空散去，曲里拐弯的六圭河慢慢从灰茫茫的烟岚覆盖着的河川里藏一段露一段地摆到眼前。其实，入秋以后，六圭河畔的清晨多是如此。或许是站在河坡头高处的缘故，视野里的鹰啼崖，以及远处的山谷和下河湾依然笼罩在霜一样的寒烟里。下到半坡，我心潮起伏，不由得停住脚步面对河湾伫立在晨光里，就像曾经留在下河湾的三千六百个清晨，爬到河坡头突然转身俯瞰河湾上的村寨，我就会情不自禁地产生这种无法表达的激动。河川的远山隐藏在朦胧的晨岚之中，远远看去与天空自然分为阴阳两个剖面，山脊好似一条浅浅的虚线，迤逦于山脊与天的分界处，对面的坡梁至那遥远的虚线之间，绵亘着波峰浪谷似的奔跑着的群山。坡脚，在深窄的山谷里，在凉飕飕的、润湿清新的乳烟中，流淌着碧森森的深邃的六圭河。下河湾还没有醒来，欲露欲隐在竹林与果树里的村寨也还没有醒来，它静卧在波涛似的集约着的群山里，而且，在清晨的寂静中，竟还听不到一声狗叫与鸡鸣。两三只早起的岩鹰在河川上空随心所欲地翱翔，山路边的草丛冷不丁地一声响，一只叫天子忽地拍打着翅膀腾空而起，待回过神来仰头去看，它已经飞到了岩鹰近旁，变成颤动着翅膀升腾的一个细小的点。想不到，仅几秒钟它竟已经飞到万里无云万里天的广阔里去了！

镰刀状的一坝泡冬田，一层层地堆叠拓展在村寨前面；寨路边，零星地耸立起围着树身堆砌的草垛；白蜡树上歇满了吵闹着的麻雀；收割完稻谷的水田里，有一只两只缩着脖子的鹭鸶。雾霭丝丝缕缕地溢过田野，流经竹林和果树的枝叶，田野泛黄的野草、竹林以及树们便潮潮地悬挂出霜沫似的露珠，就连经过的路径也浮起泥土湿润的腥味。晨风悄悄爬上人家院坝前开始枯残的瓜藤豆蔓，精瘦的瓜叶豆叶便瑟瑟地摇晃。

“有妈妈一道就好了。”婷凝视着广阔的河川，一脸神往地说，“妈妈喜欢有河的地方，喜欢坐船。她会准备一罐头瓶蚯蚓，守着我们钓鱼，同我们一道放蜂飘！”

可是她不幸离我们而去已经快两年了啊！我茫然地站在荒草没脚的堤路上。

六圭河从西向东延伸进斧劈似的大山深处，前头依旧被绸纱一般飘逸的烟岚裹缠着。河堤上的小径与杂树丛撵马赶场的山路已经沐浴在稀薄的晨光里，泛着浅浅的灰白。

渡口。卡盆，打渔船，竹筏都停泊在静寂惺忪的河边，船主尤带睡意，一只黑白花的土狗立在船搭板上。蓝盈盈地清澈着的河水里，漂流着船的倒影，船主依着桅杆的倒影和河岸边山的倒影也清晰地晃闪着。这完全像我曾经与妻同依船桅的时光里那个流逝了的秋日的早晨，只有触肤觉凉的透明的河风让隆说冷，提醒着我现在是与儿女站在秋天的渡口。

我让婷和隆站到大木船上去拍照，他们踏着船板爬到船上，面前立着那只黑白花的土狗。背景上，远山飘逸，河对面是十来户人家的村寨，船泊在摇晃的水面。后来，我也站到大木船上，请船主替我们拍一张合影。站到儿女身后，我转身便看见下河湾一尘不染的寨道，蓬勃的竹林和高耸的枫树，核桃树，梨树，白蜡树。在村寨上方，露出一片瓦蓝瓦蓝的天空来。

谈妥一艘打鱼船的船钱以后，婷和隆便迫不及待地上到船上，卷起袖子，拿起浆。这时，河面上雾罩已经沿岩壁消散开去，顺着河川，极目东望，可以看得异乎寻常的远。

渡口不知不觉退到船后，离我们越来越远。离我们越来越远的，还有站着稻草人的空寂的田野，还有树们和竹荫覆盖着的村寨。阳光斜照到船头上来时，河面闪烁着粼粼的碎金子一样的波光，照射得我们眼睛都花了。船前的河水越来越深，越来越厚，也越来越平稳。把竹篙探进河水里，手上能感觉到水的柔软与弹性，仿佛少妇的肌肤。望着船桨拨水时击溅起来的水花，伴随着河水“哗——哗——”的声响前移。我回过头去，看着婷和隆被阳光照耀着的心旷神怡的脸庞，看到了无拘无束地宁静地荡漾在势如斧劈的河面上浩瀚的水波，看到了河岸边正在转黄的树木杂柴和岩壁，还有掩映竹荫里的一幢幢土墙茅屋和板壁瓦房。船沿河心划了四五里水路，我歇了撑船的竹篙，停住船，船四周随即便静下来，静得那么深邃。闭上眼睛，用心聆听，什么声音也没有。偶尔间，山弯里的碎石道上有马帮走过，马蹄铁与碎石碰撞发出有节奏的声响，还有辔铃在摇晃。

“是撵马走路的响声。”婷聆听一会儿说。

“是。”我把竹篙横搭在船帮上，“这就是山间铃响马帮来。”

马蹄铁和马铃铛的响声消失在河堤的山弯里，隆俯身到船帮上，伸手去河里划起一串串水珠，水面便跟着那一网网水珠的掀起坠落在船边荡漾开一圈一圈的皱纹。阳光照在脸上越来越暖和。就在这时，木叶声在远处的山梁上响起，悠扬的山歌从山间小径上飘过来：

雨天种菜不用浇，河边挑水不用瓢；
哥与小孃交情不用讲，唱首山歌来架桥。

这是撵马汉子唱出的孤独与寂寞么？山歌离我们似乎很远，却又像就在前边的山湾里。

山歌唱得悠扬粗犷。泊船静坐，侧耳谛听，享受着阳光送来的温暖与河水浸润的寒凉，我浑身感到温馨与舒适。又一群马帮走过，撵马的汉子打起“哟嗬”，唱起山歌：

那天我去犁田到寨头，见妹想问难开口。
怎得妹你一起去，哥掌犁耙妹牵牛。

粗犷的山歌把路沿林子里的小燕雀又一次惊吓得飞起来。它们贴着河面飞到河的另一边，钻进林子，那速度就像一支支射出的箭，或者像撵马人在河面甩出的打水漂的飞石。

“爸爸，你在想以前同妈妈一道来的那个秋天吗？”当山道上的马帮渐渐走远，终于翻过山梁消失在去茶店的路上，婷一脸严肃地对我说，“爷爷说，老是回想昨天的人，一定是已经开始老了，是吗？”

我凝视着风筝细线或者拖船纤绳似的山路，一边感受着秋阳的温暖，一边怀念着逝去的时光以及曾经拥有的亲情。林子里的鸟鸣越来越孤单稀疏，我对亲情的眷恋却像河岸秋林的颜色，因冷露凝结成微霜而越来越浓，就像这船边秋水的绿，因浓缩而越来越肥厚，正是水瘦绿肥，使得我不忍把竹篙往河水里撑。

“是啊！”我深吸一口气，提一提眉慨叹似的说，“几十年的光阴，曾经的辉煌起落，到头来却不如亲情覆盖着的那些平淡的日子更让人眷念。可惜，明白这些的时候，自己却没法再回头了，就像这山水已经抹上了从容而柔和的秋色，接近了一个轮回的终端。”

收回目光，重新捏起横搭在船帮上的竹篙。我扬起竹篙来，奋力地向水面一击，平静的河面向竹篙两边飞溅起两道雪沫似的水帘，在明媚的秋阳下闪一缕灿烂复归河里。起点即终点？起点即终点！差异在于前者激奋挣脱，后者从容回归。其实，生命只对于生命有意义，而对于博大的自然世界，就像溅起的水帘往复的轨迹，在时空里不会留下任何痕迹。

我把竹篙插进水里，婷摇着船桨，隆重新坐到船的正中。婷的目光似乎带有一抹忧郁，她说：“我真想念妈妈。感觉到幸福的时候，我就想起我们一家四个人在一起的情景……”

我的心揪了一把，但我终究还是平静了心情。近年来因惨遭颠覆的前途、情感、健康以及真诚而愤懑的心，在这秋色静伏的河川里逐渐潜入温暖与宁静。两种心态的榫合要经历焚烧的痛苦，幸亏善良与感恩的种子一直埋藏在我人性的土壤。当我又一次融化在重重叠叠的坡梁和笼罩着坡梁的洁净、柔和的天空，即使泪水忽然溢出眼眶，即使眼眶里含满无望的忧悒，面对儿女的依恋与愿景，面对肃穆得寂然的一季秋色，依旧让我振奋起对生命的渴望和在从容状态里的温馨。这似乎有了从“见山是山，见水是水；见山不是山，见水不是水；见山是山，见水是水”这三层境界看生命的浅浅的慧悟。也许，恨与爱真的是徒劳的，只有平静、和谐、温暖、从容才不辜负这一季秋色啊。这时，我抬头看了看东方，太阳完全照到被岩崖围困住的河面，几只岩鹰盘旋在河川上广阔的蓝天。鸡鸣，狗吠，放牛牧马的儿童，山歌，在河滩浅水石上挥着棒槌捶洗麻线与衣服的女子，次第移到身边来。载着我们一家三口的小船，像一枚秋天败落的霜叶，漂泊在蓝天一样绿得厚实的河水里，而我与婷和隆在秋阳里，彼此温馨着。

洪家渡到了？洪家渡到了！

（原载《山花》2007年第4期；《散文选刊》2007年第7期转载）

2007年

陈守湖

百　合

我认得百合与咽痛相关。家里放干药的竹箱里，有许多百合鳞茎片。童年时三天两头咳嗽，咽喉发疼。母亲从竹箱里取出那干百合来，加清水煎汤给我喝。喝过几次就会缓解。

后来我在山里看到了它的全株，呵，这真是一种漂亮的植物哟，只是有些孤独罢了，极少看到丛生的百合。夏秋时节，百合花开了，长长地伸到众多草本植物的头上，洁白的喇叭状花朵，漂亮，纯净，孤寂。野生的花儿里，百合是我一回忆起来就有形状那种，我想这与它清秀挺立的模样有关吧。如那种有些清静的女子，站在那不动作，你也感受得到她的美好。多年后，看到众多的文字在拟人化地描述百合时，基本上脱不了纯洁这个词。这是一种通用的评价标准，在我没有读到这样的文字前，我亦是如此的，文化里其实有些潜在的东西，是不需要文字标注的，它就流淌在我们的血液里。

百合花开了，我将它摘来，插在房间里，那香气在室内氤氲不绝。这样的时节总是很容易入睡。我们用于插花的野花其实不多，大致有百合、野菊、杜鹃等几种，我最喜欢的还是百合，百合花开得不如野菊灿然，将一个秋天弄得金灿灿的，也不如杜鹃艳丽，将一个五月染红。百合的花朵不具备指代一个季节或月份的特点，开花的月份大约是六到八月，但不是一丛丛地开，也就没有了喧嚣的色彩。不过我更喜欢这样的开花，安静极了，开得孤独，甚至有点孤芳自赏。这样的观花审美一直持续至今，我从来不喜欢热烈的开花，也不喜欢色彩太过艳丽的花朵，我更喜欢颜色浅淡的，甚至观叶植物。对于植物花朵的喜好，其实就是性格的体现吧，因为我是个不喜欢喧哗的人，在花朵的开放里，我也希望听到宁静。

百合的球状茎除了入药外，在老家它更多地用于食用。百合汤与百合粥是最为经常的吃法。百合汤的做法其实很简单，孩子们也会做的，不过母亲们不让，总是要经过她们的手，她们才会觉得好吃似的。秋天里，百合的茎秆枯了，从山上挖来百合的球茎，在山溪里一瓣瓣地剥开洗净。母亲在鼎罐里加入清水，将漂洗过的百合加入其中，慢慢地煮，直至这百合茎片熟烂，然后加入白糖，搅匀就成了百合汤了。味有些略苦，回味起来却有几许的甜，冷却后食用味道极佳。母亲做的百合粥是我最喜欢的。先将百合与粳米分别淘洗干净，放入锅内，加水，用文火煨煮。等百合与粳米熟烂时，加进入适量的糖即可食用。有时母亲还会加入绿豆。那个香甜清爽哟，现在想来仍令人回味。比较奢侈的吃法是鲜百合蒸蜂蜜，那味道当然是好的，不过是治发热咳嗽才会蒸的。

父亲曾在冲梅纳那块黑沙地里种过百合。在地里沤上农家肥，待其腐熟后，就可整地播种了。我们那时用的繁殖方法主要有鳞片繁殖法、小鳞茎繁殖法两种。秋天里，我们从山上挖来百合，将它的鳞茎精选，选出那些没有黑斑的鳞茎。切去基部，留下鳞片，晾干数天，在细细整理的苗床上开出浅浅的横沟，然后在沟里摆入鳞片，顶端朝上，栽下后覆上约几厘米厚的细黑沙土，再在上层盖上一层粳米草。当年鳞片就会生根的，第二年春天，它就长出幼苗。再过两年就可收获了。如果想当年就有收成，小鳞茎繁殖法当然是首选了，不过鳞茎种就要费力气去山里找了。百合多年生的鳞茎茎轴上会长出多个新生的小鳞茎，秋季收获时的大鳞茎，我们留下了药用，小鳞茎就摘下用作繁殖种子。秋天收了百合就可播种了。第二年春季出苗后，秋天就可有收成了。我喜欢在沙地里收获百合，刨开沙地，白色的球茎就露出来了，一个接一个，像欢快的孩童一样跳出来，那在沙地的孩子，也像百合一样欢快。

在乡中学读书时，学校附近有一个叫百合的女子，她是那一带的美人，好多小伙子从湖南大老远地来找她对歌，希望讨到她的花带。她家我去过，她家门口栽有许多百合。她真的是个美人，笑起来灿烂迷人，我们这些半大的孩子，心里头也希望天天看到她下午快乐地从中学旁边走过。我在乡中学的初中三年，百合没有出嫁，我们经常听到她清亮的歌声，时不时地在田野上飘起来，这样的时候，天空就似乎更加明亮了。大学毕业后的一个秋天，我从当年的乡中学旧址走过，我远远地看到她家门前，那些百合花已经枯萎了。那个叫百合的美丽女子，她去了哪呢？听乡邻讲，当年有不少要娶她的人，有干部，有老师，有不少的有钱人，可她选择了个种药材的湖南后生。这种药材的男子，药畦里肯定有百合的吧，莫非百合姑娘看中的就是这个？但愿是的吧，这般美好的女子，心里总是藏着浪漫想法的。多年后，我在《圣经》里读到这样一句经文——“良人属我，我亦属他。他在百合花中放牧群羊”，我忽地想起当年在乡村里盛开的美人百合，这样的句子，多么适合她的呀。当容颜逝去，她是否还如当年那般灿烂地对待生活?

［原载《散文》（海外版）2007年第4期］

张　劲

苍茫缠在马蹄上

一

骑一匹农家马登山，去海龙囤会晤苍茫。

时令还未到深秋，那些性急的黄叶已纷纷从树梢解缆，一只只小小船儿泊在鞍前马后，马蹄踩上去发出沙沙的叹息。

道是若干年前开凿的砂石古道。风是时醉时醒的西风。马也是别人租剩的瘦马。还有偏西的太阳和它漫不经心地挥洒在古堡遗址上的或浓或淡的血色……但我不是马致远笔下的天涯“断肠人”，我是一位专程来访的现代游客。尽管我知道21世纪的皮鞋已很难步入13世纪古堡的幽昧历史，但我相信这匹识途老马，它会助我找到我所需要的东西。

海龙囤四面峭崖高耸，沟壑深切，惟山顶宽平，仅有仄径一线暗通后山，整座山就是一座城堡。建城堡之先，是唐乾符三年（876年）杨氏祖先杨端初入播州，在此“据险立寨”。自南宋理宗宝祐年间（1253—1258年）为防止南侵的蒙古骑兵由滇入黔，杨氏第十四代孙杨文又奉旨在此“筑龙岩新城”。到得明万历二十四年（1596年）杨氏第二十九代孙杨应龙“重葺”海龙囤时，它已经是一处集军事建筑与宫廷建筑为一体的大型土司城堡了。

立马城堡高处，放眼是莽莽群山，层层林浪，扑面是冰凉薄雾和萧瑟秋风，四野寂然，人和马都显得有些单薄。我惊异于大地长天把这面惊世鼙鼓悬置在古播州境内（今遵义一带及周边较大地区），自从明神宗万历二十八年（1600年）那一通朝野震动的隆隆鼓声响过，它就沉寂下来了，一睡竟达四百多年。四百年前的土司王朝以及古堡上的三城九关、七殿八宇，还有环山十余里的参差城墙，皆被战火洗劫，四百年前的刀光剑影、人喊马嘶，皆已化入山下溪水的依稀梦境和囤上老树的斑驳年轮了。

苍茫吗？苍茫。颓壁断垣、破城残关里贮满的全是苍茫。但我知道，马蹄敲醒的已是二手苍茫，第一手苍茫早被雨打风吹去了。

二

二手苍茫仍然黏稠。这就是播州杨氏家族长达七百二十五年的世袭统治，跨越唐、宋、元、明而高筑的那座军事要塞吗？这就是时任播州宣慰使兼封“骠骑将军”的杨应龙凭高据险、公然与明王朝中央分庭抗礼的政治大本营兼作战指挥部吗？

遥想当年，杨应龙在山头树起“养马城中，百万雄师擎日月；海龙囤上，半朝天子镇乾坤”的旗帜时，该是何等地骄横跋扈，气焰嚣张，而明王朝又该是何等地震惊与愤怒。但那一场烈烈轰轰的平播战争，实际上却又是一场资源、成本都极不对称的武力较量。众寡悬殊、强弱分明的格斗，不到四个月便有了结果：平播主帅李化龙奉旨调集川、黔、滇、湘、闽、浙、粤、桂、鲁、陕、甘、辽、直隶等十五个省区的二十四万兵马，分八路进攻向播州压来，杨应龙节节败退，至固守海龙囤而负隅顽抗时，他实际上已被逼到了穷途末路。激战五十余日后，官兵瓮中捉鳖，杨应龙与其宠妾被迫上吊自杀，其儿子、军师、总管等近百名要犯悉被活捉处死。明王朝以耗费白银一百四十七万两、米三十二万石、铜钱一百六十六万串及大批武器、物质，伤亡四万余人的重大代价，取得了平播战争的胜利，扫清了“改土归流”的障碍，李化龙终于“化”掉了不该称“龙”的杨应龙。

这一页暴力与血腥书写的惨烈历史，常引发后人吊古之幽情，但所吊何物，人们似乎并不十分清楚。是吊大明官兵“雷击星驰，三十万巢穴倏尔成空；拉朽摧枯，指挥间根株萧然尽拔”（李化龙《平播露布疏》，下同）的赫赫战功？是吊杨应龙兵败如山倒，“绢人彩女，解玉佩而成俘；剑客谋臣，抱兵符而就絷”的覆巢悲剧？是吊“坚城如扫，故垒空留”“只余草木之腥，无复萌芽之肆”的蛮荒战场……在我看来，吊的其实就是苍茫！

苍茫本自地理孵化，岁月分泌，空间愈是阔大，时间愈是久远，苍茫便愈发厚实。海龙囤故垒荒城，留给游人的是一张支票，一张可以无限兑换苍茫的不冻结支票。因而我策马徐行，马蹄上缠紧的全是丝丝缕缕的苍茫。

三

那就是铜柱关、铁柱关原来的所在地吧？铜、铁二关已被官兵的火炮摧平，使人无从想象它们当年的铮铮铁骨和凛凛铜躯。

这就是威名远播的飞龙关了，巨石垒砌的险隘，凌空兀立在囤东山梁上。雄关巍峨如天门，那逼人的目光虽有所收敛，空空的敌楼上也没有了昔日的招展旌旗和威武箭手，高城危垛显得有些落魄，但它推开四周树的喧哗，仍竭力张扬着自己的超拔伟岸，卓尔不群；尤其是杨应龙亲手所书的遒劲关名，其大如斗，隐隐然仍透出几分桀骜不驯的霸气。

相距约百米远的另一座关隘是飞虎关，它就静静地蹲伏在半山腰的峭壁上，那由天然石壕开凿而成的城门洞前，其昔日高悬的铁链吊桥早已灰飞烟灭，但关下斜挂的三十六级巨石“天梯”和关后藏身于丛林、岩缝中的秘密运输通道犹在，飞虎关以自己执着固守的“虎死不倒威”的顽强形象，撩拨着游人的无尽遐思。

保存最为完整是飞凤关以及相邻的朝天关、龙虎大道等巨型建筑群，其坚城峻墙，至今仍不失险要、厚重。飞凤关尽管凤翅已折，凤头仍依然高耸于囤顶之上，登城楼而环视远近，只觉得天风浩荡，万象森罗。据说，飞龙、飞凤二关分别以杨应龙及其宠妾田雌凤的名字命名，暗寓龙凤呈祥之意。如今虽龙死凤亡，但城楼、马道仍毫不掩饰其顾影自怜情状，都把游客的每次造访看作是其实现自恋过程的一次满足，因而墙角灌木，道边衰草，常常没完没了地绊住人腿或马脚。这不，我身边这匹老马被绊得有些恼火，眼里装的尽是困惑。

如果说，以上关隘都始终不忘显摆自己的存在，那么囤后的万安关、西关、后关以及囤南、囤北和囤中的“老王宫”“新王宫”“后宫”、兵器库、银库、粮仓、校场坝、水牢以至传说中的“绣花楼”，则十分懂得时过境迁和沉默是金。既然已经离席谢幕，繁华不再，那就干脆息气屏声，俯首垂目，让后人忘掉自己吧！然而始料未及的是它们越是想隐姓埋名，却越是激发起游人探索历史细节的兴趣，因而胯下坐骑一脚踏进瓦砾堆中，踩痛的都是些隔代故事。

绣花楼故事是件美丽的易碎品。它就高悬在囤南鹅颈似的危崖上。据说杨应龙曾为他的两个宝贝女儿在此建绣楼一座，意在让她们远离兵戈干扰，在这里游乐度日。但两位小姐却怎么也乐不起来，年年见花落花开，日日听鸟啼虫鸣，孤独烦闷之际，只好时时推窗而望空吟唱。绣花楼崖下有小河一条，河边行人中之胆大者，便常与杨家小姐隔河对歌，久而久之，这就演化成了“望香台”与“绣花楼”的浪漫传奇。

这类故事自然是没有什么实际结果的，但那一脉系于危崖高地上的粉红娇柔，却给冷峭灰暗的军事城堡平添了另类韵致。

四

海龙囤上，人们最不应该忘记、最该深切忆念的，我以为是“杀人沟”。

杀人沟，一个狰狞而恐怖的名字，它与“绣花楼”的浪漫温馨，恰成鲜明对比。许多游客十分相信并格外看重民间传说中的杨家小姐的爱情故事，宁肯把浮想联翩献给虚拟中的痴男怨女，献给悬崖上的那一小块窄狭平地和平地上下的杜鹃树丛，却不愿记取这确确实实存在的杀人沟，不想聆听无数个冤魂的哭泣呻吟，这不能不说是一大憾事。前者虽能让人在专制禁锢和铁幕重裹下触摸到一抹凄美的人性亮色，而后者却能给人以博大深邃的关于生命的忧思。

此时，我就站在“杀人沟”上边，脚下这条黝黑神秘的百丈深谷，长达千米，视之令人头晕目眩，神寒股栗。据说杨应龙生性暴虐、嗜杀，在加固和扩建海龙囤的数年里，曾严令筑城工匹、民夫、士卒每人每天必须穿烂一双草鞋，否则便被视为偷懒怠工而遭毒打，最后还要扔下悬崖喂狼。又说平播战争中死于海龙囤的播州军卒，也大多被丢进这条沟内。我曾查阅过有关资料，知道平播战争中，官兵共斩播军首级二万二千余颗，其中战死于海龙囤上的播军就达数千人，这些生命，加上杨应龙多年来责罚百姓抛掷下去的生命，再加上部分阵亡官兵的生命，杀人沟内的累累白骨一度被挤成最大密度，怪不得后人总觉得沟内弥漫着一股冲天怨气，常年随朝雾夕岚而郁结缭绕。为超度亡魂，1601年明政府实施“改土归流”后，本州地方官员曾于囤北建海潮寺一座，企望以佛镇山，祈唤和平。

我不知道梵唱佛诵是否真能化解亡灵们的悲号哀鸣，但我知道生命至为宝贵，众多宝贵生命浸泡出来的苍茫，当是最具分量、最为苦涩、最能震撼人心的苍茫！

五

人们登高望远，吊古伤今，念念不忘与津津乐道的总是杨应龙、李化龙以及他们周围少数人的名字，至于占绝大多数的普通死者的姓名，则无人问及，也没有想到过要去问及，悲哉，苍生！

在杨应龙眼里，他自己应该是“龙”，那些无名死者就只能是“虫”；对李化龙而言，他自己是朝廷重臣，那些播州士卒皆为必须剿除的“犷悍恶苗”。“虫”的生命，“恶苗”的生命，自然是不足惜的。尽管死者战前多是良善农民，但一旦被少数野心家和当权者改造成军事符号后，他们便只能无辜地成为代人受死的替罪羊了。

历史常常是胜利者笔下刻意打扮的灰姑娘，战败者一方只能作为背景和陪衬、作为调色盘之类的工具而存在；至于战败者一方中的无名士卒，他们的鲜血和生命，就更是成为可以被随意涂抹的墨汁颜料了。然而恰是这些“墨汁颜料”书写了“海龙囤时期”黔北历史的重要章节；明王朝恰是以这些层层叠叠的血肉之躯为垫脚料，从而夯实了“改土归流”的坚硬的政治结构。这些惨遭屠戮的无名死者，再次印证了那句“一将功成万骨枯”的名言，同时也再次诠释了那条“恶，有时也是历史发展杠杆”的真理。

徜徉于海潮寺前，海潮般的思绪在我胸中翻卷。我不知道这小小寺庙，当年是如何安抚了那么多的孤魂野鬼，如今呈现于我眼前的，是海潮寺前的庄稼地正生命健旺。庄稼地里种植着本地有名的“朝天椒”，鲜艳的辣椒红得发亮，也许，它们正是那一支支照天的红烛高香化成，还在祭奠海龙囤上的万千亡灵吧！

自飞龙关开始，到海潮寺结束，无意中恰好走完了一个起承转合的有趣过程。飞龙关如起笔，是壮士拔剑，锋芒毕露；绣花楼如承笔，是小姐怀春，悱恻缠绵；杀人沟笔势一转，是白骨哀魂，酸辛凄楚；海潮寺合而书之，是慈悲为本，普度众生。感谢身旁老马，它带我走过起承转合，最后复归于苍茫。

六

该夸夸这匹农家马了。马虽瘦，却结实精干，它既无当年杨应龙似的政治诉求和权力欲望，又不像它现在的主人那样有明确的经济目标，它只知抬头、埋头地小心赶路，走走停停，停停走走。走时步伐专业而沉稳，停时则淡定如路边野菊。

老马似乎很懂得我的心思：城市里五花八门的时尚新潮，制造着开放，却也制造着闭塞，制造着新奇，却也制造着浅薄，憋屈已久的心灵急需一壶野酒村醪的滋润与淘洗，急需一种浩茫的时空感的注入与激活。因而马走与马停，似乎都是为我能够更加充分地感悟苍茫。

海龙囤对面，隔涧相望的是定军山和养马城两座山峦，它们都是杨氏家族昔日的屯兵牧马之地，也都是海龙囤的外围军事城堡。马主人告诉我，海龙囤与养马城上都有葬马坑，墓坑里埋着战死、累死和病死的马匹，如今在古堡上下充当旅游运输工具的马匹，也多半是它们的后代。马主人还告诉我，我胯下这匹坐骑，已是两个孩子的母亲了，它最小的马崽已周岁有余。你听，又是有关生命的话题，我对老马充满了敬意。行走了小半日，人和马都有些困倦了，但苍茫却还兴致盎然——苍茫的历史记忆尚未从心头淡去，苍茫暮色却又从四野赶来了。

告别海龙囤时，夕阳已燃尽它最后一抹余晖。朦胧中，我回头看去，抛在身后的残关峻隘正是凝固的苍茫，晚风夜雾是流动的苍茫，驿路马道是躺下的苍茫，马和它的主人是站立的苍茫……

人生底色，原就是苍茫。

（原载《山花》2007年第4期）

2007年

罗玉亨

走进秋天

一

我喜爱秋天，秋空的明净，秋水的清冽，秋林的清新。

秋天是屠格涅夫诗歌的太阳，照耀着俄罗斯的河流、草原和森林，照耀着世界文学坦荡无垠的田野；秋天是郭小川的“团泊洼”，“暑热还藏在好客的人家”。

但我始终没有走进秋天，这不是我的选择，我不应该感到沮丧，或许，这可能给我提供了新的视野，从边缘的角度领悟秋的真谛。

我果真就没有一个收获的季节么？然而秋天并不仅仅是收获，它是守望、期待，抑或是召唤吧。

二

是的，我得承认，我对秋天始终有一种深沉的偏爱，甚至可说是强烈的情感。

秋，传达给人们的信息，当然不是脂粉气的妩媚，也不是恣意溅洒的冷峻，而是纯朴的多彩。

古人说，要想把整个世界尽收眼底，只有一个法子，那就是登高望远。于是，我艰难地攀上了一座山峰，举目一看啦，果然是风光无限。

艳阳高照，稻田里一片金黄，微风一吹，像什么来着？稻浪？都什么年代了，还用那老掉牙的形容！我此刻的想法可能不少人都会赞同——那分明是流淌的黄金！你看，笑了不是？让黄金流进耕耘者的口袋里有什么不好，让黄金流进国家的仓储里有什么不对，让黄金流进人们的期待中有什么不雅？我的这个想法很俗是不是？“土帽儿”就是“土帽儿”，一不留神，就掉进了钱眼里。

三

记得有位作家说过，苦难也是一种财富。

上山下乡运动开始了，我们被“一锅端”地下到农村，就像在西风中飘落的黄叶，无奈而悲壮！

在农村生活的那几年，虽然清苦，但也有欢乐。你听，从麦田那边，传来了一阵又一阵具有很强穿透力的男女打闹俏骂的欢笑声，其中也夹杂着“吃吃吃”的只可意会不可言传的带有情欲力量的挑逗声，对此，我不仅不反感，而且早就认同了这种娱乐方式。当然，要我真正融进这种生存方式，还是需要痛苦地挣扎的。这不，几年的磨炼，才使我真正在感情上贴近了农民，并始终保持了农民的特质，那就是朴实、对人好、做事认真。尽管这种特质常常被人扣上“傻帽儿”的帽子，但我却坚守不移，并深感终身受益。

我下乡两年后的秋季，一位姑娘翩然而至，躬身拾起一枚半枯半绿的枫叶，放在鼻子底下闻了闻那还未散尽的生命的气息，羞涩地笑了。正是这一笑啊，使一切都变得有了意义，仿佛石头有了生命，小鸟的啼鸣也格外悦耳动听，陡峭的山路被赋予诗意，正如一首歌中唱的：“好宽好宽的路哟，好远好远的山哟，好亲好亲的人儿哟，牵着我的心。”从此，在我的生活中，对那片种下向往，也种下了苦涩的土地，有了一种深深的依恋。

四

那是一次对秋天的背叛么？

因为一位姑娘的出现，我对那片土地有了深厚的情感，但是，对前途的热切向往，始终是青年人永不泯灭的追求，只要有一线希望，就会紧紧抓住不放。

这不，机会终于来了。在一个阳光灿烂的深秋的早晨，镇上突然出现了一些身穿工作服的陌生的面孔，有操地道北方话的，有说带有浓厚上海口音普通话的，也有讲贵州方言的。这些人到偏僻的小镇上来干什么？几经打听，才知是几个厂子招工组的。尤其令我们兴奋不已的是，招工对象都是上山下乡的知青！

事不宜迟，赶快行动。找村支书磨，到公社秘书那里泡（招工表都在他手里攥着呢，换句话说，我们的命运都被他掌控着呢）。眼看着一拨一拨一起下乡的同学笑逐颜开地走了，而我仍然在接受再教育，连贫下中农都对此有些愤愤不平了，说我表现很好为什么走不了，但他们人微言轻，说话不管用。碰了壁，才知道锅儿是铁铸的。个中原委，费了好大的劲才弄明白——“不醒水”，没有给决定我命运的人送礼！虽然那时的“礼”不过是条把烟、两瓶酒之类，但家徒四壁，就是这样的“礼”其实也是担负不起的。没办法，只好听天由命吧。

母亲安慰我，说九化公司（即化工部第九化工建设有限公司）有几位招工的师傅住在他们的旅馆里，她直接去找他们讲一讲，看行不行。说实话，我是不抱多大希望的，村支书家的门槛太高不好迈过，公社秘书的铜墙铁壁也难以敲开，招工师傅那里如何心里没有底，咱们老百姓的事啦，真的是很难。但母亲性格倔强，明知不可为她偏要为之。为了我的事，她跑断了腿。为了能与招工师傅们说上话，她以工作之便，尽可能地搞好服务，为他们创造一个良好的工作条件。这一招还真管用，师傅们对她很有好感。好几次她想向师傅们提我的事，但都是话到嘴边又咽了回去，因为她认为时机还不成熟。师傅们心细，看出了她有话想说，就问她有什么事，母亲就把我的情况向他们进行了介绍，末了一再向他们说我是一个肯学习、爱劳动、很听话的娃娃，但没有人缘关系，几次招工都没有我的份，希望师傅们给予考虑，收下我。说到动情处，母亲流下了伤心的泪水。一位胖胖的师傅被母亲的真情所感动，在翻看了公社提供的知青花名册，找到了我的名字后，答应叫我去看一看。母亲喜出望外，飞跑到生产队，把正在田间劳动的我拉起就走，“师傅们答应看看你啦！”母亲的声音有些发颤，我知道，那是一位母亲发自内心的喜悦！

在母亲的陪同下，我怯怯地来到招工组住处，母亲把我拉到胖师傅面前，说：“老师傅，这就是我娃儿。”胖师傅面容慈善，满脸堆笑，上下打量着我，用浓重的东北口音说：“是个好小子！”名叫班明华的师傅连声说：“嗬，是个打球的料。”“小李，给一张招工表让他填。”胖师傅吩咐道。我将表填好后，双手递给胖师傅，胖师傅戴着眼镜看了看，点点头，将表交给了班师傅，班师傅说：“这字写得好。”我心存感激，不是因为我的字真的写得好，而是这样的赞扬可能会影响我的命运哦。紧接着就是搞政审。师傅们到生产队去了解，大家说我很乖，到街道居委会去调查，居委会主任谢大爷简直把我夸上了天，政审就算过了关。至于村支书、公社秘书那里的推荐工作，全由招工组的师傅们代劳了，那时工人阶级地位很高，说话很管用，既然工人阶级都说“行”，你还有什么可说的？

走的时候正值寒冷的冬季，我们几十名知青坐在大货车上，迎着毛毛细雨，热血沸腾地驶向新的生活。让我记住吧：1971年12月，那是我人生的一个重大转折点。

五

徘徊在秋天的边缘，自然有些许遗憾，但这也有一个好处，就是可以旁观，而旁观是观察事物的极好视角。有许多事我们之所以糊涂，就是“只缘身在此山中”。跳出来，可以看到事物的全貌，不至于以偏概全。

徘徊，按《现代汉语词典》解释，是指在一个地方来回走。而我的理解是，随意走，没有目的，走到没有路的地方了，才折回来。在走的时候，可以想事，可以到处张望，也可以什么都不想，什么都视而不见，一句话：随便。

但是现在我要修正我的观点了，其实徘徊是有层次的。“一个幽灵，共产主义的幽灵，在欧洲徘徊。”那是《共产党宣言》的第一句话，看来，徘徊还是一种震撼心灵的力量。你看，黑暗中的幽灵，使整个欧洲都发抖了，这力量确实是够大的了。再看伟人的徘徊，看似轻松，实则步履沉稳，他们是借徘徊的形态，深思、凝想、积蓄，“落霞与孤鹜齐飞，秋水共长天一色”，是他们心态的真实写照。凡人就不同了，徘徊往往是失意后的焦急、无奈、伤感，“寻寻觅觅凄凄惨惨戚戚”，凡人就是凡人，所思所想都与生活有关，尤其是走到了人生的秋天，还能够故作轻松么？

常听人说，人这一生，怎么都能过。想想也是。说不定有大智慧的人过得并不轻松，而常人却过得并不沉重。倒是我们这些多少识得几个字的人，喜欢以己度人，胡乱揣摩，想到自己这一生过得窝窝囊囊，潇洒不起来，就以为大多数人都如我辈一般，不放达；都会为一棵孤独的树洒下同情的泪，为一艘倾斜的船仰天长叹。这才是我辈真正的悲哀，我以为。

六

“这里原是一片不毛之地啊。”我刚进厂那阵，1965年就举家从东北迁到贵州高原的一位老师傅对我如是说。是的，他说的没错。其实我们进厂时企业也还处于初创时期，到处是乱石、断砖、黄泥，一下雨，道路泥泞，行走困难，住的是简易平房，干打垒。至于吃的，就更不用说了，那时职工食堂卖的“罐罐饭”，上面总是结一层硬硬的壳，那是稻壳、稗子、玉米皮之类的混合物，蔬菜也比较单一，几乎顿顿都是老白菜、白萝卜之类，就是这样的食物，还得挤破头才能买得到，否则最后就只剩下粗粮馒头和黑黑的咸菜了。物质生活虽然十分困乏，但大伙干起活来简直是在拼命，无论是修建厂房、铺管、架线、安装设备、试车运行，他们都是一身汗水一身油污地干，从不叫苦叫累，“只有困难怕我们，没有我们怕困难”，是他们豪迈精神的真实写照，何也？因为他们怀揣一团火：建设“大三线”！

“苦不苦，想想长征二万五；累不累，比比革命老前辈。”这是当时流行的口号。我的感觉是，因为有追求，大伙儿在精神上始终是富有的，当然这不是说，我们不应该去创造物质的富有，如果是那样革命前辈当初的苦和累又有什么意义呢？共产主义的一个基本特征，就是生产力高度发展，物质财富充分涌流。一句话，让大家都过上好日子。但这好日子不会从天上掉下来，只能靠我们的双手创造出来。

在创造新生活的过程中，必然有艰难困苦，但是苦中有乐啊，伙计，你说是不是？比如20世纪70年代初期，我们这一群单身汉，就常常苦中作乐。职工食堂卖三角钱一份红烧肉的时候，同室的几位弟兄，会立即行动起来，轮番去食堂买红烧肉（因为食堂规定，每人每次只能打一份红烧肉），然后集中起来放在铝制洗脸盆里，加上水后在炉子上一煮，放进白菜，就成了火锅。那时我们似乎都特别能喝酒，把几个人的“酒票”凑在一起，可以打四五斤“苞谷烧”。就这样，大伙儿一边猜拳行令，一边佐以红烧肉煮白菜。“感情深，一口闷”，“稀里呼噜”，豪气纵横，吃得满头大汗，喝得天昏地黑，绝没有人拉稀摆带。我们并不是酒徒，只是一群快乐的单身汉，一群在繁重的工作之余想法子乐一乐的建设者。

那时我们工作起来的确是够玩命的。怎么“玩”法？这么说吧，只要工作需要，常常几天几夜不回宿舍，就在生产现场听从使唤，实在困得睁不开眼睛了，随便靠在什么管道上打一会儿盹就行了。我就看见过一位管工，因为三天三夜没合过眼，累得不行了，就地枕着大锤就睡着了。至于吃的，压根就没听说过要由车间安排所谓“工作餐”，自己掏钱买两个干馒头，就着自来水管胡乱对付一下就过去了。

当我谈起这些，一旁的儿子总是用揶揄的口吻说：“何苦呢。”

是的，何苦呢？今天的不少年轻人对当年创业者的献身精神的确是不理解的，这不能全怪他们，就我们自己的思想又何尝不是在悄悄发生着变化？譬如，过去干活讲报酬会被认为是思想落后，现在付出了劳动要有物质上的体现，大家认为是天经地义的。物质第一原则嘛，况且钱还是能力和价值的体现，劳动致富光荣！但一味地追求钱，不讲道德，不择手段，总是怕吃亏，恐怕也是不正常的。一个倾向掩盖着另一个倾向，一个极端走向另一个极端，总不能说是正常的思维方式吧。

我的内心很是困惑，我拿什么来说服在信息时代成长起来的年轻人呢？

七

仿佛是在昨天，我们忽视了秋景中的许多细节。比如浓绿的夏天，怎么就变黄了，变红了，枯萎了，飘零了？因为我们还没有欣赏的习惯。

这不怪我们，我们都太忙。

忙什么呢？我们见证了企业从小到大、从弱到强的奋斗历程；我们参与谱写了企业从困境中奋起的不凡历史；我们还将为实现企业共同的愿景而拼搏！

忙的标志是外延式扩张，内涵式发展。这都离不开不起眼的电焊工，我对电焊工总是情有独钟。

每当我看到电弧光在合成塔上闪烁，在电石炉上放光，在管廊架上开放，我就对电焊工肃然起敬。

因为，生活的断桥需要焊接，事业的基座需要加固，膨胀的日子需要“死点”规范，现代工业需要与国际接轨，这都需要电焊工。

是的，昨天，我在菜场碰到了一同进厂的小刘。“买菜呀，小刘。”我说。他缓缓地从堆着翠绿的芹菜摊前回过头来，眼睛一亮，“嗯，你也来买菜呀。”

看着眼前这位头发花白的小刘，我真的不敢相信他就是当年那位生龙活虎地奔走在各个工地的高级电焊工，那位躺在地上，仰面在狭窄的空间里焊接高压蒸汽管的小伙子。

“我已经办了退休手续。你呢？”小刘对我说。

“还没呢。你怎么就退了呢？”在我的印象中，他仍然是一位不知疲倦地工作的小伙子。

“特殊工种嘛，可以提前五年退休。”

我的心里怅怅的。企业多么需要像他那样的熟练技工啊。这座工厂，到处都留下了他的足迹：他焊接的管道，至今还在输送着企业赖以生存的养料，他焊接的支架，至今还在支撑着企业的运转。然而他却退了，回家了，当“火头军”去了。

看着他步履缓慢地消失在买菜的人群中，我的眼睛湿润了。昨天的小刘，今天赋闲了，昔日创造辉煌的年轻人，今天只能当一个旁观的老者了。我突然感到自己形影孤单。我伸出手，想抓住逝去的岁月，但这是徒劳的，岁月已经悄悄地从我的指缝中溜走了。我问我自己：我曾经拥有过昨天么？如果有，昨天的踪迹又在哪里呢？

“买鸡蛋了，正宗的土鸡蛋。”啊，生活还在继续，家里在等着我买菜回去做饭呢。

一阵风吹过，路边的法国梧桐飘下了一枚金黄的叶……

（原载《贵州有机报》2007年5月27日；
获贵州省第八届“新长征”职工文艺创作一等奖）

2007年

陈守湖

草木私情

稗子

在田野里长大的孩子，不会忽略稗这样一种植物。在南方中国，有稻即有稗，两种植物相辅相成，只不过，在稻作文化悠远的中国，它们似乎从来都是对立的植物。我的老家地妹，对稗子的识别甚至是农家孩子人生成长的必修课，如果连稗子与水稻都分不清，会被认为是愚笨至极的。

在苗岭余脉，地妹这样一个小地方，稻子的生长当然只能是一季了。山区的水稻长势不算好，但平溪河的一条小支流简单地冲积，构成的地妹那个小小的山间盆地，养育了自明朝万历年间就从江西丰城迁来的陈姓人家。同为禾本科的植物，在地妹并不少，野燕麦、糁子、牛鞭草、知风草，但却没有哪一种像稗子这般受到地妹人家重视。在孩子连话也说不清楚的年代，每年的薅秧季节，坐在田埂上的幼童就会被母亲告知，从青郁的稻田里拔出来的是稗子，这大约是母亲们给予孩子的有意识的植物教育，它如同我们食谱里的白菜与青菜、大蒜与香葱的区分，也是必须强调的，这是一种生存智慧，更是一种技能培养。夏天是薅秧的时节，如果到地妹去，你会看得到，在田间常有哭泣的孩子，他们埋身在那一畦畦碧绿的田间，轻声地抽泣着。这些孩子多半是将水稻与稗子混同了，将长势良好的水稻拔了出来，受到了父母的责骂。

稗子真的是一种有着相当智慧的植物。男人们对于稗子的识别，往往是农历六月之后了，一向含忍的稗子这会比水稻长得快，一不小心冒了头，站在田埂上一眼望去，那些鹤立鸡群的，就是稗草，接下来的命运就是被一棵棵地拔出来，丢在田埂之上，慢慢地枯死。看来，稗草的智慧其实在于隐与露之间。稗子抢肥分的能力尤其强，在与水稻的抢肥大战中总是占先，不过凡事一过头就有危险，吸收肥分太猛，身材也就高出去，活生生地被清理掉。能与稻子一起成熟的只有那些忍辱负重的稗子，我们总是在收割时才看见它藏身在那些稻穗之间，这个时候当然也是将它择出扔掉。不过，它作为稗家族的一员，已顺利完成种族的延续任务。女人的智慧在稻稗的区分上比男人们高出许多，每年的四月间，走在地妹的那些田间，经常看到被扔在田边的稗草，那是那些眼尖手快的女人们找到的。所以，插秧的是男人，而从秧田里分秧却都是女人在做，那些眼快手巧的女人，往往凭瞬间的手感就能分出是稻还是稗，迅速地将稗草从稻秧中分离出来。

我少小即离家到外地读书，对于稗子的认知，至今仍在十四岁上下的记忆里。在乡间生活时，我插秧的活练得很不错。有一年的农忙，曾经与大人们插完了数亩水田。最得意的是十四岁那年，我承担一亩大田的“破行”仪式，这是相当庄重的任务，这可是插秧的好把式来完成的，因为第一个插的人确定的行距和株距，还有成行的秧苗是否笔直，决定了这丘田整个秧苗的走向，当我插完最后一株，站在田埂上望过去，一汪水田里，新插的秧行又正又直，寨子里老人们点头称赞。不过开首几行就有好几根稗秧，让这次“破行”仪式留下遗憾，要不该多完美啊。后来，有经验的人告诉我，稗秧苗近根部的一节是扁平的，颜色也比水稻要白一些。不过，要在瞬间识别稗子，对于我依然还是一件难事。那些行家一摸就知道是水稻还是稗子，据说稗草的根比水稻手感要粗些，而我并没有这样的感觉。

其实作为禾本科的一员，稗的食用价值只是因为水稻而被忽略了而已。徐光启在《农政全书》里说：“熟捣取来炊食之，不减粱米。”稗子还可酿酒，“酒甚美酽，尤逾黍秫”。可惜，农耕文明延续到今天，稗从来就是一种彻彻底底的恶草，农人总是欲除之而后快。现在忆起老家的那些稗子，它们真是不易，在与水稻的生存空间抢夺中，它们从来就没有屈服，哪怕添上了人类的力量，依然无法阻止稗家族的兴旺。它的种子经过了牧畜的消化后回到土地上，依然能够发芽生根，一年一年地疯狂生长。在农耕文明里，水稻历来是正宗，而稗草向来被视为异端，两种植物续写着宏大的稻作文化。而在水稻的朋友人类这里，也是如此，正宗与异端的斗争也从未停歇，伴随了人类文明的发端与嬗变。历史就有正史野史之分，在中国，野史也称为稗史，稗史往往更为真实地还原历史，取稗史这样的名，我想大约是看中它旺盛的生命力吧；历史有时候会因太过正宗而模糊了面目，但好在时间会告诉我们真相。对于老家的那些稗子，我其实也没有特别的恶感，因了这样一种植物的存在，培养了我们不少的智慧。只是我们通常是站在水稻一方，参与到两种物种的争斗，它可能不公平，但符合物竞天择的生存哲学，因为水稻为我们提供了充足的食物。但稗子的存在，使我们从来都不能忽视它，它的生命才真正是生机勃勃的，水田里有水稗，旱地里有旱稗，长得都是不卑不亢。这个夜晚，我写到了稗子，我眼前晃动着它夏日里孤独而忍辱负重的身影。稗真的是值得人类尊敬的植物，相对于这样一种充满生存智慧而又坚韧不拔的植物，人类真的是太脆弱了。

豆腐树

十三岁那年与母亲一起去龙秀湾“砍火焰”（即刀耕火种），遇到一棵虽然矮小却长得枝叶繁茂的树，长势特好，实在是舍不得下刀，母亲过来一看，说这是棵豆腐树，留着吧，长这么大不容易啊。

豆腐树长得实在是不易，它尽拣那些其他树挑剩下的地来长，都在那些贫瘠的薄地里，经常是长得又矮又瘦，好似营养不良的女子，总是怯生生地走在人后。

母亲说，在20世纪60年代，他们曾用这豆腐树的叶子做成了豆腐，度过了好些又累又饿的日子，而这豆腐的滋味，她说很好吃。豆腐树的叶子可做成豆腐这个发现使我如同中了魔，我决定亲自来做做这别样的豆腐，尝尝它的味道。那阵子，放学的路上，放牛时，我的书包里满是豆腐树的叶子。那味道腥腥的，新采时还有些臭味。有一次，放在课桌里，老师发现后，将它扔到垃圾桶里，我哭得很伤心，弄得老师十分难堪，他不知扔了这些带着点臭味的叶子怎么会如此让我难过。

母亲去高车外婆家时，我终于开始了我的计划。我用家里久已不用的擂盐罐把叶子统统捣碎了，然后捏出了液汁，足足盛满了家里最大的土钵，据母亲讲，过一晚就会成块状的豆腐了。那天晚上我把这土钵放到我睡房的书桌上，那时老家还没有用上电灯，我一晚上睡不踏实，一小会就起来点煤油灯，一盒火柴都划完了，天都还没有亮，我只好睡下了，可连梦里也是这豆腐树叶做成的豆腐。当时的梦境到现在仍十分清晰，在梦里吃到这豆腐，好软，好香，甚至还有甜味，而那豆腐是雪白雪白的。天刚蒙蒙亮，我就起来了，端起那大大的土钵凑到眼前一看，我惊喜地发现，昨晚一钵绿色的叶汁竟然凝住了。我把它拿到更亮的地方，发现这豆腐树树叶做成的豆腐实在是太漂亮了，绿莹莹，亮晶晶，我的口水直淌。那个上午，我都在忙乎着吃绿色的豆腐了，我割了一坨，放到了铁锅里，可一加热，它又全部变成了绿色的叶汁，白白地浪费了许多的猪油。我又想起了平时凉吃的米豆腐，它是不用加热的，只需放葱花、油盐。我用小刀把绿色的豆腐划成了均匀的坨，然后放了香油和盐巴，好，成了。我一把捧起碗来，一口吃下了几坨，这是什么味啊；涩，苦，还有臭味，难道是没有放辣椒？我赶紧舀了一勺油辣椒放到碗里，这下味道更怪了；苦，涩，臭，辣，甚至还有麻。我最后勉强吃了一坨，便将它全部倒掉了，我不知母亲为何说它好吃。

现在的豆腐树呢，长得可是一点也不谦逊了，它作柴火，老家人看不上眼，略带臭气的叶子连牛羊也懒得理它；那些有用的柴给它挪出了位置，在龙秀湾长得尤其好，甚至在以前它长得最为羞怯的冲梅桑，也一丛一蓬地长得极其茂盛。看到它时，我甚至疑心我是不是曾经用它的叶子来做过豆腐，因为它的叶子现在闻起来实在是太臭了。但母亲的确说过，这豆腐树叶子做成的豆腐是好吃的啊。

还魂草

1982年的农历六月，九死还魂草进入了我的乡村植物记忆。

我从一块岩石上取下这种植物时，它干得像一个蜷成一团的婴孩。不过我一下子喜欢上了它，它团身的样子实在是讨人怜爱。握在手里，软软的，柔和极了，像揉成一团的绸子。我把它放在我卧房的窗台下。

那年地妹碰上了干旱天气。在火一样的空气里，大人们脸色凝重而粗糙，母亲每次去守水回来，总是一声声地叹气：崽啊，再不下雨，我们明年就要吃不上饭了。迷信的老人们在田坎上烧起了香烛。

一个下午，天黑得仿佛要塌下来。在煤油灯东摇西曳的灯光里，我看见母亲喜形于色。雨真的大啊，从岑庄过来，像冲刺一般，几下子到了家门口。粗大的雨点打得脱水的树叶纷纷坠地，几近干涸的小溪立即浊流奔涌。

奇迹在这场暴雨后出现了。我打开窗子，一株植物直立在窗台上，天哪，这不是那株被晒死了的草么。死而复生！这生命的奇迹几乎让我晕厥。我拿着他冲到楼下，爷爷也眼前一亮，他搂过我说，孙儿哟，你到哪得的仙草啊，好好收起来，可以做药的。仙草？我兴奋得跳起来。那时我正在看白蛇传的连环画，我没有被白素贞与许仙的爱情打动，喜欢的情节却是白素贞偷仙草。爷爷说，这叫九死还魂草，是一种难觅的好药。

九死还魂草的功效乡间传得神乎其神。一个版本竟然是这样的：很久以前，在湖南的一个寨子里，一个后生被人打死，与他青梅竹马的姑娘进山四处寻找还魂草，最后在高崖上将这草找到了，采摘时姑娘摔了下来，摔得奄奄一息，进山的村民找到了她，还魂草煨水喝下后，小伙子还阳了，生命垂危的姑娘也康复了。那时，我迷恋着神怪志异这样的东西，比如《西游记》《白蛇传》，还有《柳毅传》等，只要是神仙鬼怪的东西，我都喜欢看，并幻想着这种奇迹在生活中出现。九死还魂草的出现，无疑使我获得极大满足，也成了我在小学里吹嘘的资本，我喜欢看小伙伴们羡慕而惊奇的神情。

不过这种满足并没有持续多久。初中时拿到一本植物科普书，我看到了这还魂草的图片，它学名叫卷柏，是古老的蕨类植物家族中普通的一员而已。在乡村中学里，植物课是没有老师上的，但我兴趣浓厚得让自己都吃惊，上数学课，我竟然反复地看卷柏的照片。现在想来，那时我其实是于心不甘的。这么神奇的九死还魂草，怎么会是蕨呢？蕨在地妹实在是太普通了，春天里山野里尽是它们的影子，每年家里都要晒上几捆干蕨，以备春节里下火锅吃。但这彩色的图片是明白无误的，卷柏就是九死还魂草，还说到了它为何能“死”而复生。因为卷柏常生活在干燥的岩石缝里，很难得到充足的水分，长期进化使他们形成了体内含水量极低的特点。遇到干旱季节，便卷缩成团，全身的细胞像是处在休眠状态。一遇雨水，卷柏吸水便立即“苏醒”过来，恢复正常的生命活动。从那之后，我不再在意这还魂草，我把它随意地扔在檐下。再后来，我到天柱上高中，到贵阳上大学，便渐渐地淡忘了我曾经采过这样一种神奇的草。

称九死还魂草为仙草的爷爷，身体在我的成长里每况愈下，一个生命与另外一个生命完全背道而驰。1994年的农历六月，过完八十一岁生日不久，一次小小的感冒就彻底击倒了这个曾经呼啸山林的优秀猎人。我坐到他的床前时，他已完全不能说话，从他浑浊的眼神里，我读出了一个生命对于世界的深深眷恋，眼泪瞬间奔涌而出。我蓦地想起十多年前采到的九死还魂草：它到哪里去了呢？我多么希望它有着使人还阳的功效啊。在两个生命的沉默与对视中，一个生命渐渐黯然，直至消失。后来，我从药书上看到，九死还魂草虽然自己有着“死”而复生的功能，可它并不能为其他生命提供任何立竿见影的帮助，它最明显的疗效是用于止血，治疗吐血、便血、尿血等疾病。

仙草终于彻底地回归俗世。而从那株还魂草之后，我再也没有遇到过这还魂草。但我相信，它们是在地妹的山间悄悄地栖息着的。这个物种的生命依然是倔强的，尽管最终会无声无息地消逝，如同我们生生死死的宿命。它们的生命依然是有着奇迹的，并且会打动一代又一代的地妹孩子。再庸常的生命也会闪现奇迹，只是不为我们日渐浑浊的视线触及而已。

（原载《山花》2007年第5期）

2007年

赵剑平

我在贵州贵阳府

中国民歌里有很多谜，比如下面这几句——

我在贵州贵阳府，
你在云南昆明城；
共天共地共日月，
青山绿水不离分。

这是一首情歌的最后一个段落。我之所以写在这里，感觉是有一些推敲的。显然，它不是文人化的现代民歌，应是原始的民间歌谣，是一种真实的反映。它传唱的年代不会早于明代。贵阳从前叫贵州；朱元璋建省，贵州改为省称；从前的贵州取了一个“贵山之阳”的意思，才有了今天的贵阳。刘伯温预言“五百年后看，云贵胜江南”，其依据是“江南千条水，云贵万重山”；这里，显然“山”是“水”之源，“山”比“水”更重要。这几句歌谣应该是刘伯温预言的一个诠释。遗憾的是一个在民间传唱几百年的事实，我们到现在才觉悟。而多少年来，春城昆明在那里一直很火；尽管前两天中央电视台公布的一项测评，滇池属五类水质，却也并不见得对这座城市会有多大影响。比较之下，贵阳却没有多大动静。研究起这首歌谣来，我还是多少有些不解，也感觉有种委屈。

中国太大。在刚刚过去，还不算遥远的那个时代，首都北京对我这个云贵高原山旮旯的下乡知青来说，简直就是一个梦。而省会贵阳却是可以触摸的；尽管从我的家乡正安那个地方上一趟贵阳，被人们羡慕地称为“留洋（阳）”；但我还是奇怪地觉得有一天，正午，抑或黄昏，我就会到达这个地方。

不久，幸运之神降临，我因为摆弄沼气池和一种叫“五四零六”的抗生菌肥，居然成了“农业学大寨”先进代表，要上贵阳开会。临行前，父亲把他才穿两天的一件的确良衬衣送给了我。而几个相识的女知青，也从生产队赶来，要我给她们捎一种带花边的手绢。从镇上出发，转两次汽车，到县上，到地区，我终于坐上火车。一直到第三天晚上，我们才走进贵阳。会议是在从前贵州省人民政府的大礼堂召开的。但具体什么内容，三十多年过去，我都差不多忘了；即便后来回到乡下，我为了传达这次会议精神，在各个知青点跑来跑去，挣了不少工分。

尽管如此，而省府路上会议驻地门前那条青色的石板街，我却仿佛刚刚走过来，竟记得清清楚楚。这条街让我对贵阳终于有了一个具体的把握，竟然把我与这座城市的距离一下拉近了许多。走在街上，踩着那些玉一样光滑的石板，我有一种神奇的感觉，仿佛有一种力量在身体的某个部位长了起来。大家都睡了，我还在月光下的省府路徜徉，那些千人踏万人踩的石板啊，竟然透着故乡的影子，祖母的容颜……

也许从那时候起，我觉得贵阳其实就是故乡的一部分。

但我没有意识到，这座说不上古老却绝对让人感觉亲切的城市会跟我的创作生涯紧紧地联系在一起。

学校毕业后，我被分配到乡下一间中学教书。学校没有电视，也不准打麻将。为了打发无聊的时光，也许真出于爱好，抑或二者兼而有之，我迷上了文学创作。

也算一种福缘，贵阳科学路《山花》编辑部的文志强老师居然是我的同乡。在文老师的关照下，我参加了《山花》编辑部的改稿班。文老师不讲大道理；他对一个文学青年的指引，也就是让他到贵阳来参加改稿班。这种改稿班，或者笔会，很多刊物都在办。但《山花》的改稿班却格外有一种吸引力。当然，这吸引力，主要还是来自改稿班开办的地点——花溪。

我生在山里，也长在山里。我的印象中，关于溪，也不过一条哗哗啦啦的小水沟。我没有想到花溪竟然是一条河，一条浪漫而又优雅的河，一条明亮而又沉静的河。我后来到江西开笔会，才知道那里的很多大江大河都叫溪，比如龙虎山的泸溪，其实就是一条汹涌的河。溪是河流的谦称。河流成了溪，虽有几分媚，却更接近人性，也更富有人情。溪因此也可以说是河流的一种爱称。

但花溪的魅力显然还不仅仅是她那蜿蜒曲折却又一刻不停地往前流淌的河水。《山花》的笔会总在花溪举办，靠着山傍着水的，三零二、碧云窝、西舍、花溪宾馆、工人疗养院、青少年活动中心，几乎所有的宾馆，甚至一些单位的招待所，我们都住过的。如果花溪河是一条项链，那么这些宾馆则是点缀这项链的颗颗神秘的珍珠。珍珠不仅外观美丽，而其价值主要还因为它内部的蕴含。每一处宾馆，都有它鲜为人知的背景，或者故事。这些背景和故事为这些建筑蒙了一层神秘的面纱。我们的笔会十天半月的，时间一长，也就对这些背景和故事有了一些了解。比如三零二，据说就是准备为毛泽东主席来花溪避暑而修建的，不料工程没有完，却爆发“文化大革命”；十年劫难，老人家再没有心思来花溪了。又比如西舍，20世纪60年代初，周恩来总理和夫人邓颖超在那里住了很长一段时间。总理每天处理政务，接见地方领导人，也到田间地头走一走，留下很多佳话。邓小平同志下榻碧云窝，刚刚住下来，就到农村去搞调查研究，了解花溪的米多少钱一斤。陈毅元帅与夫人张茜在西舍一住就是一星期，兴之所至，还写了七首吟咏花溪的诗；而其中一首则被各种文章一再地引用——

真山真水到处是，
花溪布局更天然。
十里河滩明如镜，
几步花圃几农田。

有一次，蹇先艾老人从贵阳来到花溪看望参加笔会的作者。吃过晚饭，大家在公园里散步。走着，走着，他忽然指着路边一幢并不起眼的小楼说：“那是巴金跟萧珊结婚的地方。”大家听着，心生景仰，都忍不住凑过去，仔细地打量起小楼来。而这地方就是花溪有名的小憩，也叫东舍。

因为有伟人的足音、大师的背影，花溪承载了丰富的人文内容。斯人已去，水寂寞，屋空落。随着历史的沉淀，这些人文内容最终会升华为一种人文精神，并反过来滋养花溪，而真正青山不老，绿水长存。

花溪虽好，却不能久留。倏忽间，《山花》笔会结束了。我的悠长的暑假过去还不到一半。老实说，我家乡那儿因为海拔低，又坐落在一个山窝里，一到三伏天，热得就叫人受不了。因为这个缘故，我曾经跟主持笔会的文老师说，是不是一天只吃一顿饭，把笔会的时间抻长一倍，大家留在花溪，图一个凉快。但显然，这只是一个玩笑话。留不可能留，走不愿意走。而这时候，贵阳市文联《花溪》杂志社的老师们又伸出援助之手，把大家接到贵阳的另一头，大约西南面吧，一个叫红枫湖的地方，接着举办笔会。

那时候，红枫湖大约还不属于贵阳辖区。但因为它离贵阳近，所以受益最多的还是贵阳。也没有几年，它实际上就归了贵阳。

花溪河的水，红枫湖的风。河水流动，带走暑热，也就有了清凉。而湖水却一动不动，暑热积聚在湖面上，失去平衡，形成空气流动，吹去暑气，也就有了凉爽。水也好，风也罢，大热天的，都是送给人们的最好的礼物。

红枫湖的风很特别。它不像海风，即便宽阔的湖面也有烟波浩渺的时候——那样无边无际，只看见大海晃荡，一直到太阳升起的地方；它也不像平原上的风，从很远很远的地方扫过来，让人觉得有一点莫名其妙；它又不同于一般的山风，总要有一个垭口，或者一条峡谷，才能产生风口，并形成一种喷射，仿佛长久地压抑后的一种宣泄。红枫湖的风是从森林里吹来的；它扑向湖面，静静地掀一层涟漪，推向湖岸，发出有节律的撞击声；如果没有雨来助威，它一点也不张狂。红枫湖的风其实有一种灵性，或大，或小，或白天，或夜晚，虽不一定让人都感觉舒适，却断然不会让人厌烦。有时候，我甚至觉得风就是从湖中岛上那些林子发出来的，它睁着两只眼睛，哪里需要就往哪里窜。红枫湖的风有一种叶绿素的清新，你尽管张大嘴巴，让它冲到你的肺里，把那些脏东西扫一扫。

因为有这样特别的风，红枫湖可以说是一个巨大的空调。我们的房间很空；也许是宾馆刚修建的缘故，设施还没有完全跟上，我的记忆中，连电风扇都没有一台。但这丝毫也不影响屋子里的小气候；要凉一点，我们可以把窗开大一点；如果冷了，我们又可以把窗关小一点。我那时候常常跟布依族作家蒙萌一个房间，我们都觉得电风扇在这里完全是一种摆设。

我们的宾馆紧傍湖边，从房间的后门出去就是一个观景台。蒙萌英年早逝。但他那时候是很注意锻炼的；坐久一点，他便拿一根棍到观景台上去要，有板有眼的；一通功夫下来，我也不见他有多少汗水。我跟蒙萌不一样；坐不住了，我就到观景台上站一站，扶着栏杆，看一看远处的森林，近处的水，还是不大动。虽然夏天，但红枫湖的森林里还是有点点的红，远远看去，就像俄罗斯风景画家列维坦的画，格外有一种意蕴。而水呢，却跟森林接成一片；我的目光跟着一条水线，由近及远，看着它爬到岸上，爬上树梢，消失在蓝天白云间。出神走岔的，我就想那些下决心自杀的人千万别到红枫湖来，看着如此美妙的景致，哪有不留恋不动摇的。

笔会的最后几天，稿子弄得差不多了，人也轻松了。我们常常禁不住水的诱惑，不是为了消暑，更多是为了活络一下筋骨，这就从观景台上直接跳到湖中游了起来。而一阵太阳雨，道是无情却有情的，大家便坐上一条船，登上那些岛，捡一些刚刚长起来的菌子，拿到厨上做出来，则鲜美极了。傍晚时分，湖岸不远的地方，突然燃起一堆篝火来，接着有芦笙吹响，有人歌唱和舞蹈；我们又像睡醒一样的，精神抖擞，呼朋唤友，去感受红枫湖的另一种风。

连续很多年，我们的夏天就是这样度过的。我曾经试图换一种方式或者地点躲避令人烦躁的暑热，比如去长江边上的重庆。事实上，我的家乡属长江流域，到贵阳跟到重庆差不多的距离，清代以前，还归重庆管辖。这样的机会来了，我收到了重庆《红岩》杂志社的邀请函，去长江边上一个生产维尼纶的工厂参加笔会。工厂有钱，宾馆的条件很好。天气像下了火一样的热，房间里的空调一直呼呼地叫。我没有享受过洋机器，身上的皮肤凉了，心里却有一种莫名的焦灼。一个星期下来，我没有写几个字。回到重庆，住南坪一家招待所，睡凉席，背上却像贴了一张巨大的膏药一样黏糊糊的。有朋友受不了，跑到澡堂子里，洗了睡，睡了洗，一直到天亮才回来。重庆的热，这几年算出名了；殊不知早好多年，我就领教了它的厉害。

我后来一直守着《山花》跟《花溪》的笔会，写不写，写多写少，到后来好像都不是那么重要了。守住这两个笔会，归根到底，也就是守住一份清凉，一份宁静，一份从容不迫的心情。遗憾的是早在20世纪90年代初，这两个笔会就停了下来；同全国很多刊物一样，这种真正意义上的笔会消失了。很长一段时间，我的心里空落落的，总觉得生命中有一种重要的东西在什么地方丢了。

遵义到贵阳的高速路通了后，从前大半天的路程，现在只要两个小时就可以到达。我有事无事地，又开始往贵阳跑。每一次来，只要时间许可，我都要去看一看省府路的石板街，看一看花溪，看一看红枫湖，看一看青岩古镇，说不清楚为什么，也就是一种莫名其妙的牵连。

新千年新世纪的一天，我又走在去贵阳的路上。车过乌江，翻过核桃箐，进入贵阳地界，我的手机照例又响了起来。我知道这是来自贵阳移动通信的问候，却又忍不住掏出手机来看一看。密密麻麻的背景上，“林城贵阳”几个字跳了出来，心里禁不住有一种热。从车窗向外望去，可见贵阳辖区界地上，群山环抱，林木苍翠；听同车熟悉情况的朋友说，这是贵阳的第一环城林带，宽的地方七公里多，窄的地方也有一公里多，长有七十多公里，为贵阳市绿色生态提供了可靠的保障。而贵阳还不满足，现在又在建总长两百多公里，面积达四十三万亩的新环城林带，并已初具规模。可以说，未来的贵阳，林中有城，城中有林，你来到这里，会分不清你到底是在城里，还是在林中。

林城，即森林之城。一篇文章有“眼”，而一座城市也是有“眼”的。贵阳全年最热的七月，平均气温不超过二十六度，而最冷的一月平均气温不低于四点九度；贵阳全年适宜旅游的时间长达三百天以上；贵阳2006年测定空气优良达三百四十三天；这一切，除了地理高差因素，起决定作用的就是植被。所以，森林，可以说是贵阳的“眼”。事实上，中国避暑旅游城市十佳排行榜，贵阳市位列大连、昆明前，连续两年高居榜首，这就是一个明证。环境恶化，气候变暖，在这样的背景下，还有什么东西比森林更宝贵呢。只有森林，才是气候环境的保障，那么花溪河水才清亮，红枫湖水也才丰盈。

老天爷对贵阳真是情有独钟啊。他把花溪与红枫湖这样两件好东西送给了贵阳。如果说玄一点，这两件东西一动一静，各据一端，像大武汉的龟蛇配，仿佛冥冥之中有一种庇护，一种神佑。事实上，贵阳历史上不仅从来没有遭遇过兵祸战乱，还因为稳定的喀斯特地质结构，也从来没有过地震灾害。红军长征四渡赤水后，南渡乌江，拉开打贵阳的架势，刚打到扎佐，蒋介石就沉不住了，急令孙渡从云南赶来保驾，为红军让开了大路；这之间难道就没有免不幸于万一的玄机。而20世纪末发生在扎佐林场的“空中怪车”的神秘事件，那么大一片林子，齐刷刷地就折断了；人畜却无半点伤亡，房屋无一间损毁，其实也是耐人寻味的。大象出奇。出奇而没有三灾八难，这就大福大贵了。

我的一部中篇小说《青色的石板街》，有朋友写文章说写的是我的故乡。显然，这里的故乡有一个对应物，那就是青色的石板街。可当我的故乡没有青色的石板街的时候，我又去哪里找寻我的故乡。又说“乡音无改”，姑且不论你改不改，当你“少小离家老大回”，面对一口的广式国语，你还会认为回到故乡了吗？故乡是一个系统，这个系统正在颠覆；故乡是一个坐标，这个坐标正在倾斜。但一个人没有故乡是不行的。我现在才真正理解显克微支的《灯塔看守人》，一个人为了故乡，是可以背叛一切的，包括他的操守德行以及毕生坚守的岗位。故乡永远是我们灵魂深处的一只眼睛、一根支柱。我很羡慕那些有第二故乡，甚至第三故乡的人，他们永远也不会失落和孤独。我的故乡是天上一块巨大的云，因而我在大地上任何一个地方都能够看见故乡的影子，何况贵阳省府路的石板街，何况花溪、红枫湖。

美国一位总统曾经说过：“巴黎应该成为每一个人的第二故乡”；这意思是说一切美好的事物都应该是全人类共有的。

那么贵阳呢？我不敢说它是我们每一个人的第二故乡。但在环境恶化、气候变暖的今天，它至少是我们每一个人故乡的一部分，我们每一个人故乡的延伸和完善。人之初，性本善；性也向善，也向美。

人们啊，爱一切你们认为美好的事物吧。

（原载《人民日报》2007年6月16日）

2007年

徐成淼

又见香江

十七年前的初夏，第一次来到深圳。登上国贸大厦的旋转餐厅，餐厅一侧的巨幅窗玻璃上贴着两个红色大字：香港。据说天气晴好的时候，从那个方向远眺，依稀可见香港的街景。香港离我们这么近，几乎伸手可触；却又那么远，只能这样隔着玻璃眺望。有人站在窗前让人照相，把“香港”二字当背景摄入镜头。同时摄入的，是内地同胞对香港的关注之情。

七年之后，一个重要的时刻来到了。1997年6月30日晚，我和家人一起守在电视机前，观看香港回归仪式的现场直播。23时59分，英国国旗降落，英国在香港一个半世纪的殖民统治宣告结束。7月1日零点整，在中华人民共和国国歌声中，中国国旗和香港特区区旗一起徐徐升起，经历了百年沧桑的香港回到了祖国的怀抱。眼望国旗上升，回想起人们在深圳国贸大厦旋转餐厅上远眺香港的一幕，不禁感慨万千。那时候我想，再去深圳时，不会只是站在国贸大厦窗前远眺香港了。我要跨过罗湖桥，亲身到香港走一趟。

这个愿望很快就实现了。新千年刚刚开始，我就去了香港。我是从贵阳直飞香港的，那天天气晴朗，蓝天一碧如洗。飞到海湾上空，从舷窗俯瞰，“新界”，九龙，香港岛，像一颗颗明珠镶嵌在蓝宝石上，光芒四射。飞机在香港赤腊角机场降落，走出舷梯，双脚踏上的，是已经回归祖国的香港的土地。远远看见香港的文友在向我招手，我和他的脸上都露出了笑容。

再次来到香港，是又一个七年。今年六月，我到香港出席庆祝香港回归十周年和香港散文诗学会成立十周年庆典。走出尖东地铁站，浓浓的喜庆气氛扑面而来，不少商家门前已挂起了红灯笼。在北角城市花园酒店下榻，从第十层客房的窗户俯瞰街景，街上人流密集，街市喧嚷而充满生机。想当初，站在国贸大厦窗前远眺香港，只能在想象中，揣测那里人们的生活景象。现在，他们就在我眼前，就在我窗下，一切都那么具体，那么清晰。十年中，香港经历了许多风雨，却一直稳步发展着。正如董建华先生所说的那样："'一国两制'方针提供了一种全新的视野和思维，是代表十二亿中国人对当代世界做出的伟大贡献之一"，"回归十年间，香港与内地的关系飞速发展，深度和广度都超过以往。"在港期间，与香港文学界朋友广泛交流。香港友人充满信心地表示：回归十年来，香港的国际地位不断提高，市民的生活不断改善，香港的明天一定会更加美好。

会议间隙，又一次来到香港会展中心。这里是当年举行交接仪式的地方，是这一伟大事件的历史见证。十年前，英国国旗就是从这儿降下，而五星红旗紧接着冉冉升起。不断有游人来到会议大厅参观，眼望宽阔的会场，心中再次浮现出那个不寻常夜晚的场景。会展中心门前的金紫荆广场上，金色的紫荆花巨型雕塑高高矗立。仰望广场上深色的香港回归祖国纪念碑，我心中响起了一首歌，是当年广为传唱的那首《公元1997》：

年前我眼睁睁地看你离去，
一百年后我期待着你回到我这里。
沧海变桑田，抹不去我对你的思念，
一次次呼唤你，我的一九九七年……

（原载《人民日报》2007年6月30日）

陈守湖

波伏娃：爱在 1947

1986年4月14日，一个伟大的法国女性——波伏娃在巴黎永远地走了，这年，她七十八岁，人们将她安葬在蒙帕纳斯公墓，与萨特长眠在一起。细心的人们发现，这个特立独行才华横溢的女性，她的手指上戴着一枚戒指。不过，这枚戒指并不是与她相伴一生的契约伴侣萨特所赠。这枚戒指来自一份令她刻骨铭心的跨国爱情。

这枚戒指的赠者阿尔格伦早已于五年前逝去。1981年的一天，阿尔格伦因心肌梗塞在家中逝去，他的手边摆放着一只铁盒子。里面除了他与波伏娃的情书，还有着来自另外一块大陆的风铃草花，尽管它早已枯萎凋零，但它在这个美国男人的心里，至死都如当年一般鲜活。

这风铃草花的故乡在欧洲大陆的法兰西，在巴黎的乡下，它们绽放的年份是1947年。

1947年，一个叫波伏娃的巴黎女人，一个叫阿尔格伦的芝加哥男人，他们本来像两颗毫不相关的行星，在自己的轨道上运行，不过爱情，人类永远也无法解析清楚的爱情，让他们相遇了。一份让彼此珍视与难忘的爱情，像巴黎郊外的风铃草花，自在地开放了，热烈、奔放。遭遇爱情的波伏娃，那个理性与知性的女子，投入地爱上那个并不知名的芝加哥作家。而阿尔格伦为了这个女人伤情一生，他曾想与这个法国女教师共度一生。不过最终他们都发现，相遇相爱后，他们就如行星难得一遇的相撞一般，激撞之后只能继续在自己的轨道运行。而爱，永存生命。

读波伏娃，在林林总总的关于她的文字中，在关于她爱与性的记录中，1947，这个年份不应被忽略。就像1929年这个重要的年份不应被遗忘一样，1947年在波伏娃的个人史里同样有着提纲挈领的重要性。

1929年，两个伟大的名字，西蒙娜·德·波伏娃，让－保尔·萨特，在一份惊世骇俗的协议上出现，这就是他们所倡导的契约婚姻协议。1929年，两个毕生追求心灵自由创造了传奇爱情的伟人开始了契约婚姻之旅，他们毕生相敬相爱，但却又履行着自己的承诺，给对方以爱与性的自由。1929，这个年份在波伏娃一生中，肯定反复地出现在她的脑海里，她肯定时常想起那个秋日午后的卢浮宫，在卢浮宫的那个石凳上，二十四岁的萨特，二十一岁的波伏娃，萨特说："我们签个两年的协议吧。"他们亲手缔造了一种婚姻形态——契约式婚姻，只是这个协议并非两年有效期，他们坦诚而自由地执行了一生。

1947年，三十九岁的波伏娃遭遇了令她投入而热烈的爱情。那一年，一个叫阿尔格伦的美国作家进入了她的生命中。他只是一个不知名的美国作家，即便后来他的小说获得了全美的图书奖，但更多的人记得阿尔格伦这个名字，还是从波伏娃这里记起的。我以为，如果从纯粹的爱情上讲，阿尔格伦甚至可与萨特相提并论。因为连波伏娃自己也认为，在她与萨特多年厮守后，他与她已经是深深的友谊了。

波伏娃情爱史中有四个尤其重要的男人，萨特是她一生的伴侣，其重要性自不必言，他俩有时更像是一个整体，谈论他们时人们总是将他们紧密地联系在一起。考究除萨特之外的情人，我们不难发现阿尔格伦的重要性，不难发现波伏娃与阿尔格伦在1947年的相遇相爱，对于波伏娃这样一个女性的深远影响，也就不难理解她为何逝世时戴着他赠送的戒指了。

如果将少女时代的朦胧爱情也算上的话，首先得说波伏娃的表哥雅克，她曾在她的回忆录中用了相当的篇幅来讲述她对于表哥的迷恋。她曾在给阿尔格伦的信中说到这段少女情怀，"十七岁时我深深地爱上了我表兄弟，他和我同龄，长得英俊，聪明，吸引人"。不过雅克只是少女时代的朦胧恋人罢了，在巴黎高师的学习生活，使她逐渐走出了这段单恋。

博斯特亦是波伏娃情爱生活的重要角色。博斯特是萨特的学生，是她年轻时候的情人。1938年7月，在一次到阿尔卑斯山的旅行中，他们有了性的关系，波伏娃曾在信中直接地告诉了萨特。那一年，波伏娃三十岁。博斯特二十一岁。他们之间的情人关系在波伏娃小说《女宾》中有隐讳的叙述，书中热尔贝的原型是博斯特。他们之间自然有爱慕的成分，不过性爱是一个相当重要的要素，后来博斯特与萨特的情人奥尔加结婚，但波伏娃与博斯特的性关系依然保持着。与阿尔格伦相爱后，她当即断绝了与博斯特的性关系，当然，这并没有影响他们的朋友情谊。

说到1947年的阿尔格伦之前，先来说说一个叫朗兹曼的年轻男人。那是1952年，朗兹曼是《现代》杂志的年轻编辑，在杂志社同仁为她与萨特即将开始的意大利之旅饯行的聚会上，她与朗兹曼相识。次日，朗兹曼约她看电影。她一生中最后的恋情发生了。那年朗兹曼二十七岁，她四十四岁，十七岁的年龄差距没有阻挡住他们，他们同居了。他们的恋情持续了六年，1958年，波伏娃五十岁了，她与他理智地分手了。1986年她逝世，是朗兹曼在她的墓前致词。不过这个年轻的情人在波伏娃爱情世界的地位远不如阿尔格伦，波伏娃在与阿尔格伦谈到这段恋情时曾说过“我不想爱上你之外的男人”这样的话。

回到1947吧。这一年之所以对于波伏娃的情爱生活是重要的，还在于1947年与1929年这个重要的年份因变故联系紧密起来了。1947年，波伏娃与萨特的契约婚姻经受到了严峻的考验。

与爱相关的东西，总是有天意的要素在其中。相爱不会无缘无故，爱情的出现，有太多的巧合与偶然。1947年，执行契约婚姻协议已经十八年的萨特与波伏娃均陷入到越洋之恋的烦扰中，双方均爱得火热投入，而双方的情人都是在美国。

1945年1月，萨特以记者身份随团来到美国，结识了来自法国的同乡多洛莱斯·瓦内蒂，她是法国人，战时嫁到了美国。萨特对她一见钟情，疯狂地追求她，并以自己的智慧与才华赢得了芳心。回到巴黎后，萨特频繁地给多洛莱斯写情书，他无法遏制自己对于美国情人的思念。1945年12月，萨特以讲学为名，再度前往美国与多洛莱斯相会。他在那里一待就数月。萨特甚至在那租了个公寓，用以与多洛莱斯幽会。

对于萨特与波伏娃来说，他们之间的情爱没有秘密。萨特如实地向波伏娃坦诚相告自己对于多洛莱斯的喜欢，并称她是自己遇到的除波伏娃之外最好的女人，开始波伏娃以为这只是生性风流的萨特的又一桩艳遇罢了，没有想到他竟是如此着迷。她对于他们的契约婚姻产生了不安全感。因为萨特在信中告诉她，他与多洛莱斯相当协调一致。持续了十五年之久的契约婚姻关系，会因这个女人的出现而结束么？波伏娃自己也疑惑了，尽管萨特说他将与她守在一起。

1947年，萨特与他的美国情人依然相恋如火。这一年，波伏瓦也得到了赴美的机会。

到美国的第二天，即1947年1月27日，波伏娃见到了令萨特疯狂痴迷的多洛莱斯。

她的确如萨特所言“是个尤物”，这个小个子的法国女子长得实在是太美丽了。波伏娃对她有着相当的好感。不过，当看到她要飞往巴黎，与萨特相会，她心里头感到了空前的失落。这年，波伏娃三十九岁了，与萨特长达十八年的关系，走到了十字路口。

阿尔格伦在这个十字路口出现了。

相信爱情总是与偶然相关吧。波伏娃与阿尔格伦的相遇，只能解释为上帝让两个注定相爱的人相遇吧。他们的见面，按照常理，不太可能以这种方式发生。

1947年2月的一天，波伏娃在一个法国同乡的家庭聚会上得到了阿尔格伦的电话。

她说她要去芝加哥，热情的主人将自己在芝加哥的作家朋友阿尔格伦的电话给了她。

波伏娃去芝加哥之前给阿尔格伦打电话，不过却一点不顺利，前两次都被阿尔格伦挂断了。因为她的口音让阿尔格伦觉得是打错了电话，最后在接线员的帮助下，阿尔格伦才接了电话。这个电话连接了波伏娃与阿尔格伦这段旷世爱情。似乎早有注定，要不一个来自法国的女人，为什么如此执着地打一个并不相识的芝加哥男子的电话?

阿尔格伦比波伏娃小一岁。那时他还是一个潦倒的无名作者，生活在贫民区。波伏娃与阿尔格伦一见如故，没有一点距离感。他很自然地向这个来自另外一块大陆的法国女教师呈现了自己真实的生活状态，他住的地方极其简陋，甚至没有冰箱与浴室。但这些没有让波伏娃觉得有任何的不自在，她甚至觉得很舒适。不过这次相见匆匆后不久，波伏娃就离开芝加哥，去了加州。在去加州的火车上，她读他的小说，她给他写了信，这是他们一生三百零四封信件中的第一封。她在信中写道："无论是再见还是永别，我都不会忘记在芝加哥的这两天，我是想说不会忘记你。"由此可见，高大阳刚，男性魅力十足的阿尔格伦给了波伏娃相当的好感，甚至可以认为是一见倾心。

1947年5月，又一件偶然的事件使波伏娃很受伤。可以这样认为，正是这件事间接地将波伏娃与阿尔格伦捏合到了一起。

本来5月份波伏娃就要回巴黎了，因为这么长时间地离开萨特，这让她不是很习惯。她归心似箭。但萨特在5月初拍来了电报，他在电报里说，多洛莱斯还不想离开巴黎，她要再待上十天，他希望波伏娃能推迟一段再回去。

波伏娃无异于被浇上一盆凉水。她矛盾极了。身在异乡，再坚强，再独立，碰上这样的事情，都会脆弱下来的。波伏娃感受到了空前的孤独感。在巴黎，自己的情侣，相伴十八年的男人，正与情人共度。自己却孤零零地被抛在了遥远的美国。

波伏娃最终拨通了阿尔格伦的电话，这个令她"无论是再见还是永别，都不会忘记"的芝加哥作家。这一次，他们在一起共度了三天。这三天，对于波伏娃来说，是生命中刻骨铭心的三天，她找回了自己，她找到了爱，找回了欲望。这三天，是性，更是爱，是男人女人间纯粹的爱。

在她的长篇小说《名士风流》中可以看得到那三天生活的影子。

我脱衣服时，他一直站在厨房，我裹上了被单，盖上了墨西哥毯子。我清楚地听见了他忙碌，收拾，打开了一个个壁橱，接着又关上，仿佛我俩早已是一对夫妻。在旅馆的客房或朋友的房间度过了那一个个夜晚之后，躺在这张陌生的床榻上，却重感觉到回到了自己的爱，这是多么令人快慰呀！我选择了他，他也选择了我，这位男子就要躺在我的身旁。

…………

他光着身子，我也赤条条的，可我一点也不难为情。他的目光不会刺伤我，他不对我进行评判，对我毫无挑剔。他的双手从我的头发一直抚摸到我下的脚趾，把我深深地印在他的心间。我再次说道："我喜欢你的手。"

"你喜欢我的手？"

"整个下午我都在自问我的身子到底是否有幸感受到你双手的抚摸。"

"你整整一夜都可以感觉到。"他说。

突然，他不再那么笨拙，也不再那么正经。他的欲望把我全然变成了另外一个。我早就失去了欲望，失去了肉体，如今我又拥有了乳房、肚子、性器，重又拥有了肉体。

我犹如面包一样富有营养，宛如土地一样芬芳四溢。这一切都是多么神奇，我竟没想到去计算我的时光，去衡量我的欢乐。我仅知道我们昏昏入睡时，耳边已经响起了黎明时微微的啁啾声。

上述文字写的是安娜与刘易斯共度第一天的情形，这其实是她与阿尔格伦共度首日的曲笔。对于波伏娃来说，这是一次爱与欲的全新体验。萨特与她的性生活，早已名存实亡，波伏娃曾在1948年给阿尔格伦的一封信中说到这个事情，"他在任何地方都是一个热情活泼的人，唯独床上不是"，她说萨特不将性生活放在心上。而与情人博斯特，从1938年算起，保持了九年之久的性关系，早已没有了当初的激情。阿尔格伦让她彻底复苏了，她再次成为一个真正的女人，有情有欲，充满激情。

与阿尔格伦的美好三天结束后，波伏娃回到了巴黎，但多洛莱斯的存在再次让她陷入到矛盾之中。多洛莱斯不愿回到美国去，她要留在巴黎与萨特在一起，萨特无法说服她。只好让她住在城里，他与波伏娃则住到了巴黎郊外的一个旅馆里。

多洛莱斯回美国的时间从那年的5月一直推到了7月。这段时期对于波伏娃来说痛苦之极，萨特与多洛莱斯这段恋情带给了她难以抹去的伤害，事隔多年，她在回忆录里写下了这样的句子——"我发现自己正在化作一块石头，钢刀正不停地劈在石头上，啊，这就是地狱"。这足见她当年内心的痛楚。她在痛苦中与阿尔格伦写情书交流，称他为"我亲爱的丈夫"，说自己是他"永远的妻子"。

1947年9月，波伏娃再次造访美国。饱受相思之苦的情人再度重逢，充满着甜蜜与忧伤。此时多洛莱斯已经回国，萨特度过了自己的情人危机，波伏娃与萨特的感情经受了考验，她知道他们不会分开。她也知道，她与阿尔格伦的跨国之恋是美好的，但她知道，这只能是纯粹的爱情，不能搭上世俗的婚姻与家庭。

开始于1947年5月的这段爱情，波伏娃在1947年自己其实即有决断。只是阿尔格伦一直希望她与自己在一起生活，这样的愿望自然符合常人对于爱情的期许。不过对于波伏娃来说，这样做就是对萨特的背叛。阿尔格伦不能理解，就像多洛莱斯无法理解萨特一样，最终只得曲终人散。这也注定了他们在三年后的分手，虽然内心里他们一直没有分开过。

1948年5月（又是5月），波伏娃第三次赴美。这一次，阿尔格伦说出要娶她的想法。波伏娃矛盾过，不过她清醒地知道，她无法离开萨特，背叛1929年在卢浮宫前那石凳上她与萨特达成的协议。

1949年6月，阿尔格伦来到巴黎，他认识了在波伏娃生命中极其重要的男人萨特，还有挚友与情人博斯特。波伏娃与阿尔格伦结伴，在法国、意大利、突尼斯、阿尔及利亚作了极其愉快的一次旅行。

1950年与1951年，波伏娃两次到美国看望阿尔格伦。前一次她孤独地住在密歇根畔，那时阿尔格伦与前妻已决定复婚，她最终伤心地离开了。后一次，两个相爱的人像老朋友一样谈心，但他们知道他们之间不是友谊，阿尔格伦对波伏娃说，“我什么时候给你的不是爱情？”

1951年，他们在通信中决定了分手。

1960年3月，阿尔格伦来到巴黎，波伏娃与萨特当时远在古巴，博斯特安排阿尔格伦住在波伏娃家中。当波伏娃从古巴回家，见到阿尔格伦时，他们发现，彼此都已开始老去。这是他们生命中的最后一次相见。九年多未见，他们像热恋一般再次同旅。

1965年波伏娃回忆录《时势的力量》在美出版，由于其中说到了她与阿尔格伦的感情，阿尔格伦中断了与波伏娃的交往。

1983年，波伏娃再次来到美国，而此时阿尔格伦已经故去两年。

读到关于波伏娃的传记，因为多洛莱斯的缘故，1947年夏天她不得不住在巴黎乡下，那段生活总是令人难忘的，她是一个坚强的女性，但她亦需要爱的庇护，而那一段她与萨特的契约婚姻正处于最不安全的时段。

那年夏天，她在巴黎的乡下给远在大洋彼岸的阿尔格伦写信，饱满爱情，柔情似水，她戴上了阿尔格伦送给她的戒指，三十年后，带着广泛的争议与崇敬，她安息在巴黎蒙帕纳斯公墓，戴的就是这枚戒指。

那年夏天，她在法兰西的乡间采风铃草花，她把它们寄给那唤醒了自己爱欲的美国情人。阿尔格伦将它锁在保存书信的铁盒中，他临终前，人们在盒子里发现了那两朵小小的花，它们早已枯去。可人们知道，这段越洋之恋不会枯萎，它将在波伏娃与阿尔格伦的爱情故事里永远地开着，如同1947年夏天，在它们的故乡，巴黎的郊外，鲜灵灵地开着，不妖不娆，但永远有一种纯净，打动着珍视爱情的人们。

（原载《散文》2007年第6期）

2007年

孟学祥

回家过年

临近春节，大家的心都变得惶惶不安，许多还在上班的人早早地就做好了回家过年的准备，上班也只是象征性地打卡签到，整理办公室，把电脑打开，然后就一头扎到超市，去采购回家过年的东西。今年到底要不要回家过年？我和妻子都一直犹豫徘徊，以前每年春节我们都一定要回老家过，今年春节前一个月，父亲生病去世，父亲一走，老家的那个家就无形中消失了。

距离春节的日子起来越近，妻子一天天催促我，叫我快一点拿主意，说春节这段时间车票紧张，如不快点拿主意，再晚几天恐怕车票就难买了。妻子说的是实话，这几年从农村流动到城市里来的人口特别多，这些人一年到头在城市中奔忙挣钱，把回家去看望子女和老人的时间都锁定在春节的这几天。春节一临近，平时分散在城市各个角落里的人就会齐聚到车站来，如蚂蚁一般，扛着大包小包的行李拼命似的往火车上挤，然后再跟着南来北往的火车奔向四面八方。

虽然老家已经不存在实际意义上的家了，但我和妻子最后还是决定今年仍回老家过年。父亲刚刚去世，如果我们不回去，他留下的那个空荡荡的家就会更加冷寂，掩埋他的那抔黄土就会更加凄凉，说什么我都要回去再好好地看他一眼，陪他再过一次年。做出回家的决定后，我和妻子仍像以往要回家过年一样，分头去做准备，我去购买火车票，妻子去采购需要带回家的东西。虽然离春节还有十二天的时间，可是车站广场和候车室里已经挤满了等车回去的人。购票窗口前排着长长的队伍，候车室的长椅上满是一张张疲惫不堪的面孔，一个又一个硕大的行李包胡乱地堆放在一起，这里一堆那里一堆，每堆行李包的旁边都有一双或多双疲惫的眼睛在看守着，有的眼睛看上去似乎是闭着的，但只要一有脚步靠近，眼睛就会突然睁开，紧紧地盯着走过来的人。看着这么多人在拥挤中焦急和渴望，我很庆幸前几天就叫在车务段工作的一个朋友帮订好了车票，我现在要做的只是从这些人群中穿过，走到他的办公室去把钱交给他，然后把票拿到手。

妻子买了很多东西，包括连以前我们要给父亲准备的烟和酒她都一并购买了，在我们家，烟和酒永远都是属于父亲的，父亲既抽烟也喝酒，而我却不像是他亲生的儿子，不会抽烟，酒也喝得很少，没有什么酒量，喝一点就脸红头昏。我问妻子为什么还要给父亲买烟酒，她说买去给父亲上坟，让父亲感受到我们还在陪他过年。

距离春节还有两天时间，向单位请好假后，我、妻子和女儿踏上了回老家的火车，火车驶离站台时，我看到站台上还滞留着很多没有挤上车的人。

经过近一夜的颠簸，火车终于带着我们一家在又一个清晨踏上了家乡的小站。出站口，来接我们的两个堂兄弟帮我们把大包小包的东西提上他们开来的面包车，然后领我们去吃早餐。

面包车在山道上走了近一个小时，踏上了老家的土地。走进父亲生前住过的老屋，看到屋子里不光被打扫得干干净净，另一个堂兄弟也早已在屋子中给我们生好了火。推开家门立即有一股融融的暖意向我们的身体浸过来，让我一下子就感受到了家的温暖，错觉中我以为父亲没有故去，仍如从前一样生起暖暖的炭火，等待我这个远游的儿子归来。父亲一共是三兄弟，最小的兄弟也就是我的幺叔在外参加工作后就把家安在了外边，老家只有父亲和二叔，二叔比父亲去世得早，去世时他的三个儿子只有老大成家，其余的两个都还在读小学，现在他们不光都有了自己的家庭，而且也都有了自己的子女。我的堂兄弟们长年在外打工，父亲去世后他们赶回来送葬，然后就没有再回去，他们说来来回回都要花路费，干脆等过完春节后再出去。这几年，寨子里的年轻人基本上都是以打工为生，一过完春节就出去，到快要过春节后才回来，来家几天后又出去，仿佛这里的家不是他们心目中的家，而是他们旅途的驿站。回家过年的大都是一些有家有孩子的人，没有成家的年轻人一出去后就很少再见他们回来。望着一块块被撂荒的田地，留守在寨子里的老人表现出了前所未有的担忧。父亲在世时就曾担心他过世后没有人抬他上山去埋，开始我还认为他的这种担心纯属多余，但是到安葬父亲那天，本寨和附近六个寨子都凑不足十六个抬棺人（地方风俗，棺材必须要十六个人抬），只好让老年人也轮流去换抬，费了很大劲才把父亲送上山去安葬。

春节是村子里人气最旺的时间，这种旺气在节前就显现出来了，杀猪、熏腊肉、磨豆腐、打糍粑，一切都是有条不紊地按乡村过节的程序做准备。春节期间，我们一家都是在寨子里吃转转饭，从一家吃到另一家，除了睡觉的时间，几乎都是在饭桌上度过，吃得我的胃都快要承受不住了。但是来自寨上这些叔伯兄弟家的热情又没有办法拒绝，只好一家家地走，一家家地吃。父亲在世，寨邻们把我看成寨里的一员，请吃就没有这么热情，父亲不在了，大家认为我已经是没有家的人了，他们自认为理应关心我，给我家的温暖，而在这里，邻居们唯一能给予的关爱就是让我们一家吃饱吃好。

按老家的风俗，给刚过世的亲人扫墓必须要在清明前。除夕这天，我谢绝了所有的请吃，带着妻子和女儿来到父亲的坟上给父亲扫墓。父亲的坟还是我把他安埋后离去时的老样子，一堆新隆起的土堆上乱七八糟地堆插着亲戚朋友们送的花圈和纸伞。在这些道具的遮盖下，父亲和我隔着两重天；他躺在地下，我站在地上，他安详地闭着眼睛，而我在对着掩埋他的那抔泥土伤心落泪。点上香，把带来的酒和烟放在父亲的坟面前，我双膝跪在父亲坟前的泥土上，叫了一声“爹”，眼泪就如线般淌了下来。父亲走了，带走了我对这片土地的亲情和牵挂，同时也带走了我亲近这片土地的借口和托词，以后我不会再像父亲在世时一样动不动就回家看看了，再回老家只能选择适当的时间和机会。虽然家中的老屋还在，名义上在这片土地上我还有一个家，但是没有人管理不久后它就会变腐烂，然后倒塌、消失。我原想把老屋馈赠给某个堂兄弟，却迟迟不敢做决定，老屋只有一幢，堂兄弟却有三个，他们对我都很好，赠予谁不赠予谁都不好拿主意，事情一旦处理不好，房子赠出去势必会引来堂兄弟间的争执，让原有的情分变得生疏，让兄弟间的亲情变得冷淡，思前想后只好打消馈赠的念头。

久久地伫立在父亲的坟前，脑子里老是回忆起父亲在世时的一些事情。每年父亲都要喂一头大肥猪，然后等到我们全家人回去后才请人来宰杀。有时因工作关系或是交通问题回家晚了，父亲也不会提前把猪宰杀，一定坚持要等我们回家，所以我们家有时到除夕夜才杀年猪。我曾劝父亲不要辛辛苦苦去喂猪，现在市场上什么肉都有卖，想吃什么就去买什么，要肥肉就去买肥肉，要瘦肉就去买瘦肉，我们家人又少，杀一头猪很久都吃不光，有时还造成浪费。但是父亲却不这样认为，父亲说过年是一种气氛，而这种气氛只有在杀年猪的时候才体现出来，一个家如果没有年猪杀那还叫什么过年。我说不用自己喂，我们也可以花钱去买一头猪来杀，父亲说那不一样，只有自己喂出来的年猪吃起来才香。为了赶上杀年猪这种过年的气氛，每年快到春节，单位没有要紧事情的话，我都要提前请假回家。现在父亲走了，也同时带走了我们一家过年的气氛，父亲今年喂来准备过年的肥猪，已经在他的葬礼上用来招待亲戚朋友们了。在过去那么多年陪同父亲过年的日子中，我一直都没有感受到父亲所说的那种气氛，之所以每年过年我都选择提前回家，只是为了让父亲高兴。父亲走了，带走了他喂来准备过年的年猪，让我们回家过年没有年猪可杀。没有了父亲，没有了那种宰杀年猪的欢乐气氛，仿佛将要过去的这个“年”就冷清了许多，单调了许多。

在父亲的坟面前祭奠过父亲后，我又带着妻女来到母亲的坟上，给母亲扫墓，让母亲也感觉到我们一家的归来。对于母亲，我的记忆一直都停留在遥远的过去，我一岁多点母亲就因病去世，她去世时我的记忆都还没有长成，长大后对母亲的印象，都是通过父亲的叙述一点一点积累起来的。父亲在世的那些年，每次回家过年都是他带着我去给母亲扫墓，把本该在清明节才做的事情春节期间就提前做了。外出求学并参加工作，独立成家在外的这么些年，清明节父亲都不让我请假回家，要我把时间多花在学习和工作上，读书时能奔个好前途，工作后也能给单位和领导留个好印象，每年回家陪他过年他都给我阐明这样的道理，让我打消清明回家扫墓的念头。母亲的坟上还插着安葬父亲时别人送的一部分花圈和纸伞，上个月来插花圈纸伞时才割掉的枯草已经长出了嫩芽，看上去青翠欲滴，也许今年是暖冬的缘故，这些草长得特别快，还不到一个月的时间就都有五六寸高了。我用镰刀仔细地把长在母亲坟上的草割掉，把母亲的坟墓清理干净，妻子和女儿则忙着把带来的供品摆到坟前。忽然忙碌的女儿叫了起来，她问我奶奶坟前的墓碑上为什么只有我的名字，而没有她和她妈妈的名字，我告诉她碑是在我还没有和她妈妈结婚时就立上去的，那时更没有她。妈妈坟前的这块墓碑是父亲留给母亲的纪念，我还在很小的时候他就自己动手做好给母亲立上了。父亲说墓碑是死者的名片，说死人的坟墓只要有墓碑，活着的人就会知道这所坟不是无主坟，就会对死者尊重。我真想不到父亲会说出这样带哲理的话，父亲一直嘱我在他去世后不要大操大办，但一定要给他立一块墓碑。

从母亲的坟上下来，沿着父亲在世时带我去扫墓走过的路，先后到爷爷奶奶的坟上去替父亲给爷爷奶奶扫墓。父亲在世的那些日子，给爷爷奶奶扫墓都是他亲自去，他说一辈孝一辈，他的父亲和母亲理应由他来孝，他做不动或者是不在世了我这个做孙子的再来帮他孝。帮着父亲做这些他从前做的事情，我才感觉到为孝和惦记的不容易。我工作和生活的城市，距离老家有近千公里的路程，回家一趟很不容易。以前因为是牵挂父亲，心还时时往老家抛，现在没有了这种牵挂，一旦离去后不知到什么时候又才能够回来一趟。特别是再过十年或者二十年后，我的后代和这片土地更是陌生，到时人们只能从墓碑上知道埋在这个坟堆里的人也曾有一个后代在很远很远的地方生活，但是父亲以及被泥土掩埋在家乡土地上的亲人们，他们的坟注定还是会成为孤坟，成为被岁月抛弃的无主坟。一想到此心中就会冒出一股说不出口的辛酸和无奈。祭奠完所有亲人的坟墓，已经到了下午，此时寨中已经炸响了除夕的鞭炮声，白天的这一阵鞭炮，都是活着的人用来召唤逝去的亲人的魂魄回来与家人共度团圆年的，不知这震耳欲聋的鞭炮声能不能让逝去的亲人听到，如果真是泉下有知的话那我真想多燃放几个鞭炮，让父亲、让母亲、让祖宗们都知道我回家陪他们过年了。

堂兄弟们把做好的饭菜拿到老屋来陪我们过年，祭奠祖宗的供食和供品都已摆放就绪，我一回到家，他们就点燃了召唤魂魄的鞭炮。我站在门边，看着那些炸响的鞭炮，看着从鞭炮声里飘出来的一股股青烟，看着女儿同几个侄儿侄女在鞭炮声中奔跑，捡拾着那些没有炸响的爆竹。心却一直沉浸在对父亲、对母亲、对那些逝去亲人的思念中，直到堂兄弟们来叫我进屋吃饭，才慢慢地从这种思念中惊醒过来。

由于父亲刚过世不久，在老屋吃的这顿年夜饭很沉闷，堂兄弟们只象征性地喝了一点酒，而不再像从前过年那样划拳畅饮。我们吃饭时，不知谁家放起了烟花，随着一阵阵沉闷的爆炸声，天空出现了五颜六色的花朵。过年放烟花，在老家这个地方是破天荒，以前放烟花只有县城以上的地方才会出现。记得前年回家过年，县城里放烟花，吃好晚饭后，堂兄弟们就开着几部残疾人开的那种载人车，带着全家的大人和孩子到县城去观看，只留年迈的父亲一个人在家看家，看罢烟花从县城回到家，已经是新的一年了。看到别人放烟花，堂兄弟们也要回家去放烟花，他们邀我去看放烟花，我不想去，二叔家的老二就主动留下来陪我说话。交谈中他告诉我今年好多人家都买烟花来放，有几户人家光买烟花就花了几千元钱。我说烟花这种东西放一点就算了，放多纯粹是一种浪费。他说，你不晓得，像我们一年四季都在外边，孩子老婆难得见一回，好不容易回家过一次年，就图个快乐，图个高兴，让自己高兴，让老婆孩子高兴，只要他们高兴了，多花点钱也值得。以前是没有钱，放不起，后来有钱了也没地方买（烟花）来放，今年好不容易看到市面上有烟花卖了，大家就想也好好地喜庆一回，让没见过世面的老人、孩子也像城里人一样，得到喜庆，得到快乐。我没想到寨子上的人对放烟花还会有这种感受，原来他们花钱并不仅仅只是为了喜庆，也还是为了一种寄托。寨上的烟花持续不断地放了两个多小时，我估算了一下，不算运费光买烟花就得上万元钱。看来为过这个年，很多人家真的是大投入了，这要放在从前，放在父亲他们那一辈人的身上，是想都不敢想的。以前回家过年，我买了几十元钱的纸筒烟花弹来放，父亲都心疼得念叨了好长时间。

正月初三后又到了给祖宗们上坟的时间，这叫上年坟，意思就是去告诉祖宗们，年过完了，大家也要下地干活了。以前大家对上年坟不怎样重视，只是象征性地去走一走，而今年很多人家去上年坟都是带着代表思念的青纸到坟上去插挂，因为过完春节后很多人都要外出去打工，他们回家过年的目的除了看望老人和孩子外，也是为了拜一拜祖宗，为祖宗的坟清理杂草，添土上供，给自己的心灵留一点安慰，然后又轻轻松松地走上外出打工之路。在去上年坟的路上，陆陆续续碰到了很多去给亲人上坟的人，简短的交谈中得知这些人也同我一样，把该清明节才做的事情提前到春节来做了，他们说一年才回来一次，这一次去不知什么时候才回来，也不知道下次过年能不能回得来，趁现在在家时多去看一眼，多给祖宗们烧两炷香，出门在外也少一份牵挂。我此刻的想法就同他们一样，不知道下一个春节还能不能够回老家过年，所以也只能趁现在的时间去给自己多找一点安慰。

再一次看望父亲，再一次看望母亲，再一次看望祖宗们，在每一个亲人的坟面前，我都做了庄重的告别。过了今天，明天我就踏上返回的路了，这一去不知什么时候才会再踏上这片曾经养育过我的土地。我的父亲，我的母亲，我的那些逝去的亲人们，他们只能长眠在这里，除了春节这个特定的节日，我们这些活着到异乡去谋生的人，恐怕很难再有回家看望他们的机会。他们同我们的距离，同后代子孙们距离的路，只能是越走越远，越走越长。

（原载《民族文学》2007年第9期）

2007年

陈守湖

草木书

梦花

四月间，栽在宅院的梦花开了。头状花序的黄色梦花实在是招人喜欢，像一粒粒黄色的珠子缀在枝头。大清早推开篱门，潮湿的风里，送来梦花浓郁的花香。大黄蜂的家就安在我们的檐下，一根檩条被它们钻得到处是孔，它们一个个肥大而略显慵懒，在梦花开花的时节似乎也起了个大早，趴在带着点露水的花珠上吮吸着，那模样贪婪而可爱。本来恨极了喜欢在檩子上钻孔的这帮家伙，看着这样子也不由喜欢起来。它们本来是可在窝里好好地睡上懒觉的，可梦花的花香实在是太诱人，它们大约也是睡不着吧，要不那些远路而来的蜜蜂会赶将过来抢食的，这些辛勤的精灵，嗅觉是极其灵敏的。

梦花大约是老家的孩子们比较早接触的用于美化庭院的观花植物吧。在我的花卉记忆里，梦花在我很小的年纪就曾栽过。童年时，家家户户的花阶上都有梦花，成排成行，开花时节，蔚为壮观。如果不贪睡，起早点在村子里散步，一个村子里都是梦花的气息，令人心怡气爽。这样的季节，真如这花的名字，有梦境中的感觉。

梦花是一种吉祥的植物，栽在宅边是相当不错的。它的植株一身棕红色，如果是成片栽植，春天时花珠拥簇，金黄的花球，棕红的株干，这都是传统的热火色彩，主人自然是喜欢的。所以，梦花有时也被称为喜花，因为它的绽开的确是令人欣喜的。这梦花的枝条柔软，可随意地扭转打结，因而还可以按照主人的要求生长，达到更为宜地宜人的庭院美化效果。我曾将一株梦花打结扎成球，梦花盛开时，金黄金黄的花珠，密密匝匝，一朵紧跟一朵，开成了一个大花球。这样的绚丽景象，让我快乐无比，每天都会起个大早，数那花球上的花朵，在它弥漫的花香里，我直欲醉去。对于园艺，我其实有一种潜意识的钟情。大学毕业后在景区工作过一段，我时常与园艺工人们在园子里混，对他们的劳动，我总是抱有深深的羡慕，他们粗糙的手里，拿捏出了精致的美感。这份对于园艺的热爱自然与曾经的乡村生活相关，梦花这样的植物，对于我的园艺爱好是有深深影响的，它使那个小小的农家少年对于花卉的理解深刻起来，并在劳动中无比热爱自己的乡土。

说到家植的梦花，我自然不能忘记老家那些山里的野梦花。现在我已知道它们在植物学上的联系，它们都是瑞香科的植物，其实是有相当的亲缘关系的。野梦花开花时，香气也是极为诱人的，在山间我们一闻到那香，就知道这是野梦花的，因为它的香气实在是很特别，但我如今已无法用词语准确说出那香来。现在许多人家中有瑞香科植物的盆景，我想大约是图瑞香带个“瑞”字的吉利吧。不过在地妹那个村子里，野梦花却没有人栽植。这样或许也是好的，野梦花本来就是生在野外的，它与梦花一起，构筑了我们家园里里外外的香，将它移至我们的身边，或许它也是极不适应的，还是让它呆在那些荫郁的山间好。

野梦花的枝条折开来，会有一种刺激皮肤的绒毛，在老家的孩子或是年轻人的恶作剧里，它一点也不亚于我曾写到过的恶实子、苍耳子。孩子们的游戏自是天性，无外乎让自己的伙伴难受一阵子开心罢；而那些青春期的年轻男子就不是这样了。在老家的方言里，说什么东西刺激皮肤，通常会用“huo（发阴平）”这个音来表达，而在表达引诱与吸引的意思时同样也用“huo”来说，只是我不能用一个准确的汉字写出来。那些荷尔蒙分泌旺盛的男子，最喜欢将野梦花的绒毛放到姑娘的脖子里去，“huo”得她难堪，然后送上万金油献好，以接近人家。以前，在集市的电影院门前，经常会看到被捉弄的女子，俏脸涨得通红，手在脖子上捞着什么，又急又恼的。当然，恼也是相对的，不少男女会因这个野梦花而成了情侣，开始可能是怒从胸中来，不过待发现这捉弄的人其实并无恶意，人家只不过借此表达对她的亲近罢了，朴素的爱情也就在那集市上疯狂地萌生了。正月里，那个去年在乡镇电影院门前一脸窘相的女子，成了那个捉弄她的后生的新娘；说到野梦花惹起来的爱情，自然也让她有点儿窘迫，不过更多的却是那一脸的甜蜜了。

梦花与野梦花都可药用。野梦花的药用我少时有耳闻，大约用于止痛、退气、攻毒什么的，不过我并不知其中详情。梦花具有药用价值我是近年知道的，它的花蕾有着舒筋接骨、消肿止痛的功效。关于梦花根的药用，药典上说可治梦遗、早泄、血崩、白浊。当年那些轻浪的后生，知不知道梦花竟然有此神奇功效？其实这样的药效似乎应该放在野梦花身上更为合适，与梦花是近亲的野梦花那种神秘的气息，更能打动情窦初开的忘情男女。或许，只是它们尚不被医家识得而已吧，要不野梦花这种植物在乡间演绎的以花为媒的浪漫爱情，当年在那片土地上怎会如此茂盛？

女儿花

女儿花这种植物其实有太多的名称，我所知道的就有指甲花、好女儿红、凤仙花、急性子、小桃红、金凤花等，不过我喜欢老家的叫法——女儿花，在心里头默默地念出这个名字，我一下子回到了那个叫地妹的小村。玫红，粉红，深红，浅紫，乳白，紫红，女儿花在我们宅子外的花阶上，一株株清丽脱俗，带着乡村的清露。晨风里，那些花朵像女子的眼神，挤挤眨眨，让你不由停下匆匆的脚步，向她们投去深情的一瞥；就在这一瞥里，你看到了打动你的爱情，简单，纯净，如同你在大井边碰到的挑水的女子，那一汪清丽，足以使我们怀念一生。

老家的植物里，具有明显的女性象征的不是太多，而女儿花肯定是最为明晰的一种，所以我愿意选择女儿花这个名字来叙写它。女儿花这样的植物，的确是女儿形状，而且是那种乡间女儿的身形，肉质的茎秆，互生的披针形叶，这是那种健康的乡村女子的特征。她们不追求苗条身段，她们健康而圆润，与这样的女子相遇，不需要打量，她们的美丽一下子就使你的眼前亮堂起来；不事雕琢，带着点羞怯，你能听得到她纯净的内心里爱情在踱步，没有半点的妖娆。在老家女儿花多是女孩子在栽，或许，在她们幼小的心灵里，冥冥中早有一种来自神秘爱情的召唤。女儿花这样的植物，伴随一年年长俏长靓的女孩子，花开花落里，演示着女性世界的神谕。

女儿花自然是老家女孩子的最爱，她们与女儿花有着天然的亲昵。女儿花开时节，在花丛里，那些怀揣美人梦想的小女孩，带着小小的白瓷碗，眼睛盯着那些开着大红花朵的株干，一朵，两朵，三朵，小心翼翼。美好的东西，包括对于美的向往与憧憬，都是会让人安静的。她们采花的神情，虔诚而纯净，放置那些花朵时颤颤巍巍，甚至闻得到她们小小的呼吸，饱满的女儿气息。女儿花摘下来后，就得制作指甲红了，这似乎是无师自通的；对于美的追求，不需要任何的指点。小时候，我那些堂姐们，个个会做指甲红。几个女孩儿，摘下女儿花来，用钝头的木棒，在瓷碗里轻轻地捣烂，待花汁溢出，就可以用来染指甲了。她们通常的做法是，将浸透了红汁的碎花瓣敷在指甲上，静静地待上一天，指甲就变红了。如果要让这红更容易上甲，就需要在捣汁时加少量的明矾。堂姐们不喜欢加这个，她们怕洗不掉，到学校里老师看见会骂人。我经常幸灾乐祸地看她们在上学路上的溪边洗指甲，洗半天也洗不净，一整天的课上，手都缩在课桌的抽屉里，老师一过来，小脸红得几乎要破了。

女儿花其实一点不显娇贵，我曾想，这女儿花要真是女儿，也只是庄户人家的女儿吧，断不是什么金枝玉叶、富贵娇娘。女儿花的移植其实一点不费心神，随便栽下就可成活。如果不想花太多的心思，上一年栽下后，根本无需收籽播种这样的烦琐；只要结了籽，第二年就会自己发芽，春天里，细细密密地长出来，没多久就株硕叶茂了，六月间就会开出花来，这花一开就开到了秋天，美丽着乡村女儿的梦境。女儿花开花的时节自然是让人喜欢的，不过我更喜欢它结果成熟的季节。约九月前后，女儿花的蒴果成熟了，像那种小小的细毛桃子，披着细软的绒毛，摸上去有点酥痒。我喜欢在秋天的阳光下静静地待在女儿花的身侧，看那蒴果裂开，如果是运气好，恰逢它猛然地裂开，那真是一种急不可待的远行，种子飞入远处的草丛，一下子就难觅踪影了。急性子这样的名字的来由，我想大约就是从这种植物送出种子自行播种的情景来的吧。那种情景多年来在我的记忆里难以抹去。这多么像被爱情召唤的女子呀，急不可待，向着爱人去了，向着远方去了。多年后我在一个内部刊物上读到一篇散文，题目就叫《为了爱情去远方》，作者是一个无名女子吧，其他的内容我是一点记不得了，但我大约地记得里面的一句"我就像那凤仙花的果实，为远方那个等候的人急切起来，在阳光下突然裂开，将自己送走，能送多远就多远"。不过，女儿花的种子有小毒，也不能由着性子来用，而这与那种刻骨铭心的爱情何其相似，爱到不能自拔多半受伤，亦如同那种以毒攻毒的药酒，量的掌控实在是微妙得很。

百草皆入药，女儿花也不例外。种子入药，有活血通经之效。茎秆榨汁可以治疗跌打损伤。有医书上还说它可用于治疗闭经、难产这样的女性病。看来，女儿花终究是女儿花，它的诸般用度大多与女性相关。这物与人的关联，就是这般奇妙。或许这万物的繁育就是这样的，虽演化为各种各属，看似天壤相隔，其实一脉相通。要不这些植物怎会如此地贴近我们的身体，我们的疾病总能在它们那里找到对应的良方？这样想来，我对女儿花的喜欢就不光是那急性子的种子了。或许连我自己也看不清的那个我，一生都在期待呵护一种爱情，如果可能，且任由它地老天荒好了。

素珠子

记忆里，素珠子的确是极其遥远了，连影像都已相当模糊。

发源于地妹撮箕坳的那条平溪河支流缓缓从村前流过，山洪过后就会在溪边留下些肥沃的泥，经过几次太阳，慢慢地就干了，成了杂草们抢着生长的领地。不过这里面，菖蒲与素珠子永远都是统治者，它们总是一丛一丛地生长，圈定了自己的领地。而两者相较，素珠子更胜一筹，它比菖蒲要高出许多，长势再好的菖蒲，也仅及它的腰间。少年时我们逃学摸鱼，远远地看到大人，就窝进那一丛丛素珠子里，他们就是走到身边也难于发现。因而素珠子与我们其实算是那种亲密到愚忠的伙伴，你就是犯再大错，他也是为你藏着掖着，让你逃过一次又一次的责骂。当然总有真相大白的时候，但却不是这素珠子泄的密，而是那胆小拙笨的小伙伴弄下的。大人一声喝问，他就如实招来，父母沿着溪边寻来，一丛丛拨开，藏得再深也是要被发现的。素珠子这时反而被连累了，气得脸色发青的父母三下两下扯下素珠子的灰褐色茎秆，就是一顿狠揍。不过素珠子杆带来的皮肉之苦却健忘得很快，没几日，溪里安下的鱼筛又撩拨得我们在课堂上心神不定的，一整堂课上都在想：好不容易捕住的鱼怕是要跑掉了吧。于是悄悄在课间溜了人，赶来收鱼筛了，老师一发现报给了家长，自然又是一番狠狠教训。就算是捉了一篓子鱼也是无用的，那些顽固的大人信的是神龛上那句“万般皆下品，唯有读书高”，这样的句子都放到神龛上去了，吃顿鱼什么的自然是不能说服他们的。

素珠子在老家似乎是不太多见的植物，除了溪边长着外，其他地方就很难找到了。但它与孩子们的生活贴得很近。除炎炎夏日给在溪中玩耍的我们以荫凉之外，其实若是近水生长，它那庞大的根蔸之下，就是花鱼喜欢藏匿的地方，将它提将起来，就会有意外的惊喜。在我的印象里，素珠子还是一种驱虫药。乡间的野孩子能有什么讲究，胡乱吃来，肚子里生点寄生虫是经常的。这个时候，素珠子就有大作用了，大人们提锄来到河边，挖来素珠子的根，洗净用土罐水煎，服用几天，就会见效。而它的根与种子好像还可以治腹泻，只是具体的用法我实在是记不得了。

素珠子成熟的季节其实才是孩子们的盛典。老家的那些晚稻成熟了，收割后的田野空空荡荡的，孩子们在四处疯跑。素珠子结的籽成熟了，郁黑郁黑的，似乎在等待着我们的采摘，它肯定知道我们是急不可待的了。“这丛是我的”“这丛是我的”，孩子们在划分着范围，最后却总是定不下来，只得抓阄来决定谁先采最茂盛的那一丛。分完后，一下子钻进素珠子的植株间，只听得折断茎秆的声音响成一片。素珠子于女孩子而言用处大，她们通常会做成许多的小素链，在手上戴了一串又一串，妖得很。不过，在老家的说法里，女孩子不能戴这东西太久，要不会瘦得不成人形的，甚至会要了命，因而在老家也有称这种植物为瘦珠子的。但好像那些女孩子都不怕，看来对于美的向往，是会让人勇气倍增的。素珠子其实对于男孩子来说似乎用处不大，他们除了用线穿成一长串，两端联结起来，做成念珠，其他就没有花样了；而且，像和尚一样戴那念珠，家长也不允许，通常会呵斥的。他们采来的素珠子，也就只能带到学校，悄悄地给那个自己朦胧喜欢的女生。装在文具盒悄悄地背着同学在课桌下递过去，却没有想到被恶作剧的男生一下子故意撞翻了，素珠子满地是，那小小少年就窘在了那里，半晌也没有回过神来。而这样的情景于我而言，定格在了乡村小学的那段记忆里，之后我离开老家到外地读书，与素珠子就再未谋面，对它也似乎淡忘了。

前日里早上起来锻炼，看到园艺女工在我们的小区整饬花园。拔过杂草的花圃里，顿时清朗了许多，我突然看到了一丛低矮的青郁植物，它就紧挨着台阶长，怎么这么眼熟？我却一下子想不起来。跑了几圈步回来，我终忍不住问园艺工人：那从绿色的植物叫啥呀？薏苡嘛，她说。薏苡？她看我还有些迷糊，忙说就是俗称素珠子的那种野薏苡。素珠子？素珠子，老家那种叫素珠子的植物竟然猛然出现在我眼前，我怕是十多年没有见过它了吧。我俯下身去，抚着它有些粗糙的叶子，心里头竟然有些许痛感，这实在是太像与一个数十载未见的伙伴的相遇了，有些生分，有些拘谨，而更多的是沧桑际遇的感喟。我对园艺工人说，不要铲除它好吗？让它长到秋天结籽吧。她有些难以理解地答应了。在这座待了十五年的城市，我依然有点水土不服。这素珠子是不是这样的？还是将答案留待秋天吧。

益母草

少年时我曾在祖父的书箧里看到一本破破烂烂的毛边药书。不知道是抄书的人卖弄呢，还是本来就是这样的，书上许多的药名让人云里雾里。记得里面说到一种药材——茺蔚，那两个字实在是有点奇怪，祖父也说不清楚。那个时候，他也才翻到这本残缺的手抄药书，又没有配图，祖孙俩就只有傻眼了。前些年读到了白话本的《本草纲目》，在《草部》里看到了茺蔚，翻开一看，不由眼泪都乐出来了，它其实就是老家习以为常的益母草嘛。茺蔚这个名字弄得玄乎乎的，害我这么多年不得其解。这个时候，祖父已经过世十年了。我不知道他生前是否知道那手抄药书里的茺蔚就是益母草，不过我想如真有在天之灵，他该为他的孙子这么执着地认识一种植物而高兴的。这也算是对他的怀念吧，只是如今我已找不到当年那本手抄的药书了。

李时珍在书里解释了茺蔚之名由来，大意是说这益母草的植株及结籽都呈茂盛状，充盛密蔚，故名茺蔚。这样的解释我其实觉得牵强了，这植物里充盛密茂的不少，为何单单这种唇形科的植物叫茺蔚？虽然识得茺蔚这样文绉绉的名字，会带来风雅的虚荣，但在老家植物志里，我还是更愿意叫它益母草。我可不想有一天在我的文字里，老家的孩子们看到茺蔚这样的名称又去猜疑半天，而其实那草就在他的身侧。后来我听说那个手抄本是个前清读书人抄下的，说不定他其实是知道茺蔚就是益母草的，只是不想用这样过俗的名字吧。他老人家倒是高深了一回，哪知害得后世的子孙如坠云中哟。

这益母草不开花时其实有点像艾草，不过在植物学上差别实在很大，一个在唇形科，一个却在菊科，根本不搭界。益母草在老家分布颇为普遍，荒地、田坎、草坂、溪畔、路旁，都可看得到它们的生长。不过在老家生活的日子里，我对它是相当漠视的，未开花的时节，我基本上不会注意到它的存在。夏秋时节，益母草会开出紫色的唇形花朵来。花期其实并不算短，但我只记得它与薄荷、夏枯草这些植物开花有些相像而已，却也不会刻意地去关注这样一种平凡的花朵开放。现在我时常想看看益母草，但我在我所在的城市周围，要找到一株益母草却并非易事。益母草其实与薄荷、夏枯草这些我认识多年的植物是亲戚，它们同属唇形科的植物。只是我不知道，在老家，它们这个族系的植物是否还如当年，年年岁岁，不妖不艳，平和地开着那不起眼的花儿。我记得起它们那唇形的花儿开放时，似乎总在喋喋不休地诉说季节的秘密。

在老家时，我其实认得益母草也是相当晚，而那些小我许多的女孩子似乎都是先知道的。后来，我发现了这样的秘密，男人们似乎都不太谈到益母草，那些成年的男人说起这种植物，总是神神秘秘的。我想，益母草这个普通的名字之所以很晚才进入我的记忆，也与那种让人莫名其妙的气氛相关。益母草在放牧时会经常遇到，每当孩子们问起这种野菜的名字，那些成年男子总是打哈哈，即便说了，也是有点遮遮掩掩。我是成年之后才知道益母草的名字的，不过却不是在老家，而是在千里之外的他乡了。告诉我益母草名字的是一个年轻的女子，她说这个名字时没有半点的犹豫。

益母草即将开花的时节，是采收茎叶的最好季节，这活自然都是女人在做，包括那些尚未成为女人的女童们。我从来没有看到老家的男人们采收益母草，要有可能也只有那些半坛子醋的土医了。夏季来了，紫色的益母草打了花骨朵，似开欲开，女人们就会将它割下来，切成小段，放在竹箕里晒干。这样的时候，女儿跟在母亲的后边，在箕里翻动着益母草，她们都默不作声，走过晒药的晒场，闻得到益母草在阳光下浮动的草香。益母草种子则是在秋天采摘，二暑节气过后不久，益母草就渐呈枯萎状了。秋天到来时，女人们将它的全草割下来晒干，慢慢地用手搓出草籽来，一粒粒收了，盛在瓷罐里，留待需要时药用。

这些年对于植物与中草药，我有一种狂热的欲望，看了大量植物与中药的书籍。

老家的植物里，我认识的那些，药用的植物占去相当的部分。看药书时，我其实无意于药方子，因为我只是在探寻人类与植物世界的神秘联系罢了。但我还是记下了不少益母草入药的方子。《中国苗药彩色图集》里给出的是这样的方例：1. 月经不调，益母草15g，对叶莲10g，水煎服；2. 白带过多，益母草15g，夜关门10g，香椿皮10g，水煎服；3. 痛经，益母草30g，水煎服。一些书上还说益母草有美容之效，传说唐武则天高龄时依然色如少妇，用的就是这益母草驻颜，《新唐书》里说："太后虽春秋高，善自涂泽，虽左右不悟其衰。"

茺蔚哪有益母草这样的名字好呀，如果说茺蔚仅是说明了植物生长的茂盛景象，而这至俗的益母草，则说出了一种植物的内在，它就是一种母性洋溢的植物，它就是为女性而生而长的，它是女人的护佑者。我想，在我所认识的老家植物里，怕也只有这益母草是这般充满母性光辉的吧。我实在不能理解，当年老家的男人们为何不为女人采割益母草，那该是一种怎样的漠然？如果时光能倒流，我愿意回到过去，我会在那溪边采来那最为丰茂的益母草，献给母亲们，献给我的姐妹们，让这散溢着女性之光的植物，照亮她们伟大而温婉的内心。

（原载《民族文学》2007年第10期）

苑坪玉

朴而不实的印尼小伙子
——巴厘岛印象（之一）

到达巴厘岛的登巴沙机场时，已经是半夜十一点半。走出候机大楼，广场上虽说也是灯火闪烁，但灯光后的黑暗袭来，仍让人想起来印尼前听到的种种传说。的确，无论是有关报道还是朋友议论，提到印尼，无非一会闹金融危机，一会搞骚乱暴动，不是排华，就是受灾。大多是些含有不安定的因素的故事。即便是巴厘岛，虽说是美丽的旅游胜地，但似乎也只是因那些恐怖连环大爆炸、海啸水灾大地震等人祸天灾而闻名天下。于是心中不免暗暗嘀咕：难道真的不该不听朋友劝告，没有参加旅游团，而是夫妻俩自己冒险独闯巴厘岛？

没容我过多反省，几个出租车司机便围了上来。因不知我们是哪国人，司机们纷纷用日语、英语、韩语向我们兜揽生意。当知道我们是中国人后，却没有一个人会说汉语。只能用比我们还拙劣的英语相互连猜带比画地交流。好在“Money”几乎是世界通用词汇，要送我们到我在互联网上查到的那家开在沙努尔的旅馆，司机中开价最低的是十万印尼卢比。他们甚至还拿出一张出租车价目表，赌咒发誓说这是印尼政府规定的价格。而据我听朋友介绍，从登巴沙机场到沙努尔，一般不超过五万卢比。显然这是宰客了。我们决定不再和他们啰嗦，连连摇头摆手地冲出司机们的包围，径直向机场外的黑暗中走去。

出了机场，围追堵截的司机们渐渐离去，但有一个年轻小伙却锲而不舍地一直跟着我们。讨价还价的决战时刻到了，本想苦战一番口水仗，却没想到几个回合我们便轻而易举地以区区四万卢比取胜，顺利地踏上了征程。

从十万降到四万，这是多么伟大的一个胜利？抑制不住的喜悦涌上心头，巴厘岛并不明亮的夜景也似乎变得分外光明。

出租车开出繁华的库塔，路边的灯光稀疏起来。渐渐地汽车仿佛驶入一个无边的隧道，除了眼前的车灯打开一点点空间，四周的黑暗向我们重重地压过来。妻子的心里总是充满着纯真，依然沉浸在胜利的喜悦和初登异国的兴奋中。而我却被种种不祥的预感笼罩着，提着的心越悬越高。当然我不敢把我的担忧告诉妻子，只是警惕地盯着正专心开车的印尼小伙子，不断默默地问自己：这家伙到底要把我们拉到哪去？聊可自慰的是，小伙子块头不大，单薄的短衣短裤，可以一目了然地看清他身上并没有什么武器。倘若万一他有什么不轨动机，我未见得就不能先制服他。

半个多小时仿佛是度过了漫漫长夜，前方终于出现了路灯，并且建筑物也慢慢多了起来，出租车显然开进了一个城镇。“沙努尔！”我猜测着故作老练地说。小伙子点点头。他开始不时停车，拿着我提供的宾馆地址下去问路。看来小伙子并非如他当初所说，知道这家宾馆的具体位置。不过，如此我倒是放下心来：至少这证明了小伙子拉我们来并没有什么不良的企图。

几经周折，终于找到了那家宾馆。小伙子把车开到宾馆门前，却并不急于叫我们下车，而是走进前台找到宾馆服务员，用印尼语叽里咕噜说了一阵，然后和服务员一起过来，笑着请我们下车，并帮忙把行李拿了进来。看来，小伙子是怕我们不懂当地语言，和服务员沟通起来困难，帮我们和宾馆进行了联系。果然，宾馆的收费符合我们的预期，是合理的。我们几乎没费任何周折，就住进了如意的房间。期间，小伙子一直帮着忙乎。

为此我们十分感动，妻执意要多给小伙子一万元车费以示酬谢。我忙掏出在登巴沙机场大厅兑换的一把印尼卢比，准备付钱。印尼卢比票面特大，人民币一元大约相当于一千卢比。而且一万元和十万元卢比的票子一样大，颜色也差不多，唯一不同的就是多了个零。我初用卢比，很不习惯，就把十万当一万地数出五张准备支付。小伙子一见我还在迟疑，就急忙伸手接过几张十万的卢比，并连说对对对。大约小伙子过于激动的声音和动作太反常了，妻不由向我这边瞥了一眼。妻是学数学的，自然对数字很敏感，这一瞥马上便看出了其中蹊跷。不对！妻从旁边一把抓回小伙手中的钱，从我手中另扯出四张一万的揣到小伙手中：车费应该是这！小伙子脸红了，接过四万卢比悻悻地转身要离去。妻叫住小伙子，转身又从我手中扯出一张一万的卢比放到他手中：这是感谢你的帮忙。除了前面的不愉快插曲，小伙子大概完全没想到妻还会多给他一万，连连道谢着走了。

回到房里，妻直嘲笑我的数学不及格。我述及一路上的担心，妻才醒悟，直喊后怕。不过，初到印尼巴厘岛，有惊无险，一切顺利。今晚的事倒是给了我们一个印象，这儿的社情民风大概还算可以。比如那小伙子，虽然不那么诚实，心中有点小九九，不过毕竟还能如此热心待客，勤劳敬业。特别是他错了还知道脸红，还知道不好意思，也算是质朴的了。

（原载《海外文摘》2007年第10期）

牵着鸟的手

当我写下这个题目的时候，我为自己的想象深深地感动了。这种感动，就像一个对爱情失去了信心的人突然获得了爱情；也像一个梦想家突然获得了梦想中的金子。牵着鸟的手，这种自豪感是不言而喻的。绅士的风度和一颗感恩的心都跃然于人和鸟紧握的手上，这是怎样的一种和谐与美好。

这是尧上人给予我们的珍贵礼物。

在尧上，在这个只有几十户人家的仡佬村庄，我开始了与鸟的爱情牵手。但我的手是颤抖的，是那种心有力障的颤抖，是那种愧疚与悔悟的颤抖。我知道我曾经伤害过鸟，因为它的美丽，也因为它的鲜香。在我十几岁的时候，我曾经把它们置于大火之上烧烤。那时候，我一次又一次地被天真和欲望包围着，激励着，所以我并不知道什么叫冒犯。事实上，我已经冒犯了神灵，冒犯了值得我们信赖的朋友。

但是在尧上，我还是义无反顾地伸出了我的手，我要向鸟类表达我的歉意和悔恨。牵着鸟的手，这样的激动让我久久难以忘怀，让我对尧上充满了依恋和向往。鸟的手纤柔、温暖而且透彻着感召的力量。牵着鸟的手，我似乎找到了一种依靠，一种慰藉，像堆积在冬日田野里的草垛，让人产生燃烧的欲望。

农历二月初一，在尧上，我幸福地牵着鸟的手，漫步在田间小路上，恰似一对久违的恋人，在夕阳下笑逐颜开，对生活充满了希望和幻想。在夕阳徐徐降落的寂静里，我清楚地听见了一阵妙曼的歌声在天际中飘扬，那一定是鸟类与包溪河最深情的歌唱。

这是尧上人的“敬雀节”赐予我的短暂的幸福时光，它让我产生了一种恋爱般的感觉，也让我深深地感觉到了人与鸟的和谐相处是多么的诗意与激情，是多么的庄严与高贵。

在尧上，在仡佬人的屋檐下和火坑旁，这样的诗意与激情，这样的庄严与高贵，就像清新的空气一样弥漫着，让人荡气回肠，让人灵魂震撼。因为在我们未踏入尧上这片僻远土地之前，我们对鸟类是不屑一顾的。很多时候，我们始终把飞禽和走兽联系在一起，把它们视为人类共同的敌人。记得“文化大革命”期间，曾经作为一项光荣而艰巨的政治任务，两个县之间开展了一场声势浩大的歼灭麻雀的行动。当一只侥幸逃脱的麻雀从东南方飞向西南方之后，位于西南方向的县城首脑机关突然接到了歼灭麻雀的紧急援助电话，东南方请求西南方火力支援，全力以赴把最后一只麻雀歼灭在祖国的上空。那只侥幸逃脱的麻雀最后是否被歼，我不得而知。我试图从历史的档案中找到那只麻雀的最后去向，但档案中记载的只是一些对麻雀作战的人员名单和歼灭了多少麻雀的庞大数字，以及授予某某歼灭能手光荣称号的红头文件。在庆功论赏的日子里，比起那些炽热的奖状和升官发财，那只逃脱的麻雀已经无足轻重，它就像一粒尘埃，被封存在历史的册页里。它的命运就像一位俄罗斯老人的深情呐喊：是生存还是毁灭！

这场人与麻雀的大战，最终的结果是将庄严化为对庄严的戏弄，它在一定程度上弄破了革命“神话”。面对这场荒唐的战争，我不相信人们在与麻雀战斗的时候会有明晰的理念和目标。在人们看来，与麻雀的战斗，首先是一种生存形式，是生命借以自我肯定的形式。在当时激情高涨、万紫千红的情形下，人们乐于体验有限个人与某种“广大”相融会的感觉，那种唯爱欲可比拟的对生命的诗意感受。但事实证明，当麻雀被彻底消灭之后，人们为此而遭遇了残酷与血腥。经历了噬鸟与被噬，这是自然对人类的惩罚。而人与麻雀的战斗只不过将上述种种，以夸张的形式重演罢了。在我看来，这是对生命的亵渎，是对自然生命的轻薄，同时也是对人类自己的蔑视和践踏。

今天，我之所以要翻动那段人与麻雀大战的历史，是因为尧上人的“敬雀节”给了我救赎鸟类的智慧和力量，同时也使我对鸟类有了一个全新的认识和感知。在尧上的仡佬人看来，“敬雀”能使人与自然和谐相处，能使家业兴旺，五谷丰登。农历二月初一“敬雀”的这一天，尧上人都要身着节日的盛装，吹长号、吹唢呐、舞木偶、跳傩戏，还要在宗族祠堂设祭坛。两张八仙桌置于堂中，桌上铺着红、黄、青、蓝、黑五色彩布和仡佬族男女服装各一套，用糍粑制作的十二只彩凤置放于五色彩布之上。正堂东西南北中五个主位各插一面彩旗，彩旗之下摆放着糍粑、酒肴等祭品，六位法师身着法服，八位仡佬男女代表站在堂中，三声牛角号响，敲锣击鼓，献上猪、牛、羊、鱼，法师开始念诵经文，脚踩法步，滔滔不绝地陈述主人虔诚心愿，以保佑家家户户吉祥平安。

在这样的庄严肃穆中，在这样的热烈气氛里，这样的歇斯底里的乞求，我深刻地感觉到了鸟类的力量。这种力量是浸蚀般地渗透与扩展，是默默地承受与坚持，像阳光雨露对土地和庄稼的无声滋润与呵护。这样的力量无边无际。

基于这样的认识，我相信那只逃脱的麻雀并没有被歼，而是历经千辛万苦，躲过了人类的枪林弹雨，最后抵达了尧上这片人与鸟和谐相处的盛世天堂。这是我的假设，更是我的愿望。这样的愿望强烈地指引着我走近那些有着美丽羽毛和甜美歌喉的鸟类，我希望在众多的鸟类中找到那只麻雀的后裔。我相信我会找到它们的，并且还会牵着它们的手，因为我们有缘。缘让我在十几岁的时候就在东南方的天空下有幸欣赏到了那只麻雀机敏而优美的飞翔姿势。我相信缘的力量。

在尧上，在这座偏僻的遥远村寨，在仡佬人的“敬雀节”揭开它神秘的面纱之后，我终于能够在缘的引领下牵着鸟的手，走在冬日的暖阳里。我已经不在乎它们谁是那只麻雀的后裔，这对我已经不重要了。重要的是，它们能够在这里幸福地生活，安静地与人相处，不需要设防，也不需要伤害，在这片干净的土地上过着悠闲自在的日子。

从这个认识层面上，我以为，“敬雀节”不仅仅是一个民族、一个地域的简单习俗，它已经超越了习俗本身而成了人类共同的财富。同样地，它也超越了历史时空，暗合了当今社会提倡与自然和谐相处的生命主题。由此可见，尧上仡佬人的“敬雀节”有着无可比拟的预见性与亲和力。

尽管“敬雀节”的起因众说纷纭。

关于“敬雀节”，尧上人的民间歌谣是这样唱的：

二月初一开山花，林中雀儿叫喳喳，大雀为着育小雀，飞到地里害庄稼，地里无苗粮减产，无米下锅饿大家，仡家想出好办法，家家户户打糍粑，糍粑搭在树丫杈，雀儿飞来叨糍粑，糍粑贴着雀嘴巴，就此不再害庄稼，地里苗齐粮丰产，喜得仡家乐哈哈。

这是对鸟的敬畏，包含了太多的敌意和怨恨。面对鸟类的强大攻势，尧上人感到了无可奈何，甚至感到了恐惧。怎样才能瓦解鸟类的强大攻势？这是尧上人必须面对的问题。他们从祭祀神灵的活动中得到了启示。于是，他们将鸟类和神灵一起供奉起来，乞求神灵和鸟类的护佑。“敬雀节”因此而衍生出来，成为尧上人每年必须举行的盛大仪式。

但是，从尧上仡佬人的图腾崇拜中，我们又感知到了尧上人对鸟的敬爱。这种敬爱融入了尧上人的生命和血液，是对鸟类刻骨铭心的大爱。

在尧上人的民间传说中，每年农历二月初一，尧上人都要打糍粑，杀三牲纪念曾拯救他们于危难之中的神鹰和彩凤。许多年以前，仡佬人居住在黄河边上一个物产丰富、环境优美的地方，一场突如其来的洪水淹没了仡佬人的家园，只有一对老夫妇被洪水冲到一个孤岛上幸存下来。但是这对老夫妇已无生育能力，不能延续后代。老夫妇整日以泪洗面，仰天长叹，眼看日趋衰老。这事却被玉皇大帝知晓，于是托梦给夫妇俩，可将指甲放进葫芦之中，待半年后便可了却心愿。夫妇俩遵梦所嘱，剪下手指甲和脚指甲置于葫芦中，期待新生的降临。不料附近一水魔知道了，他原本就对仡佬人没有进贡一事怀恨在心，便趁机落井下石，在二月初一这天搅起洪水，将葫芦卷走了。在葫芦即将被冲进大海的时刻，突然一只神鹰俯冲进巨浪，抓起葫芦飞向高空。经过九天九夜，神鹰战胜了水魔，自己却累得筋疲力尽。当它来到佛顶山牛王峰时，就再也驮不动葫芦了。临死之前，它唤来十二只彩凤，叮嘱它们要日夜守护着葫芦。不几天葫芦迸裂，一对年青男女从葫芦里走了出来。可水魔誓死要置仡佬人于死地，便追踪到龙川河，等待下手的时机。十二只彩凤决定主动出击，制服水魔。它们与水魔鏖战了四十九天，终于战胜了水魔。为防止水魔再次出来作乱，危害人间，一只重伤的彩凤将自己化成了一座高山，即现在的佛顶山凤凰峰，镇压住了水魔。水魔悔恨莫及，留下了两行泪水，成了现在的包溪河和洞塘河。其余的彩凤为保护葫芦夫妻就留在了凤凰峰，并陪伴着夫妻俩的子子孙孙。从那以后，葫芦、鹰和彩凤就成了仡佬人的寄托与依靠。

从这则民间传说，我们清楚地看到了尧上人对鸟类的大爱。这似乎与民间歌谣的内容有些相悖。但我们正是从这种悖论中感觉到了尧上人的两难处境。这有点像希腊神话中的塞壬的歌声，一方面甜美地诱惑着人们，使人们触礁沉没，使人们跌落沦陷；另一方面又使人们在沉没与沦陷中看到霓虹四射，看到希望犹存。这正是人类必须直面的两难问题。但不论是歌谣唱的那样还是传说说的那样，不论是敬畏还是敬爱，有一点是肯定的，那就是人类渴望与鸟类和谐相处，共生共荣。当我在尧上一块明清石刻的墓碑上看见一只柔弱的鸟依偎在一个人的怀里时，我似乎被这样的场景深深地震撼了。一个死去了的人，他依然没有忘记对鸟的呵护与敬爱，他似乎在用行动告诉我们，只有与鸟类和谐相处，我们的世界才会趋于完美，我们的生命才会有所依靠。

在尧上，当我牵着鸟的手走在阳光下的时候，我真实地被感动了。我相信这是生者对死者的感动，也是生者对死者的崇高缅怀。我希望这种感动能够恒久地持续下去，能够影响更多的人，让更多的人都能主动地牵着鸟的手，并能与鸟亲切地交谈。倾听鸟类深情地歌唱。在尧上，这样声情并茂的歌唱此起彼伏。我从未听到过如此绝妙的歌唱：宽广、细腻、忧伤，雄壮得让人崩溃，温柔得让人心碎。那些激昂的咏叹仿佛来自天籁之音，没有经历任何物质的消殒，从真空跌入山谷，直逼我们的心灵深处。我相信，凡是被这种歌声拥抱过的生命都会在一瞬间复苏，一瞬间升华。

在尧上，人竟然能够与鸟离得这么近，这么亲密。鸟的歌声轻柔地抚摸着我，就像河水轻轻地拍打着岸上返青的草。在清寒的月光下，我看见鸟们惊心动魄地恋爱，像空灵的山谷，绵长而持久。这是一个干净的世界，没有忧郁，也没有痛苦，没有陷阱，也没有设防。我知道，在我牵着鸟的手的时候，我已经身不由己地融化在了这个深不见底的清澈的世界里。

在这清澈的世界里，有着无数的鸟在飞翔，那是一颗颗给人以寄托、给人以信心、给人以希望的繁星，清冽而晶莹；那忽闪、那迸射的银辉照耀在大地上，一切就都变得透明起来，那应该是生命永恒的闪耀。

在尧上，我久久地凝望着那些飞翔的鸟，那些璀璨的星光，我相信，那是智慧神灵发出的光芒。我将在这种光芒的朗照下，牵着鸟的手，回到我的故乡。

就这样，我怀着一种神圣的皈依感，离开了尧上，离开了那些纯朴而又善良的仡佬人。现在，我牵着鸟的手正走在故乡的小路上。我希望一幅人与鸟和谐相处的挂图能够永远镌刻在故乡的土地上。我希望“敬雀节”能够成为我们共同的节日。

（原载《民族文学》2007年第10期）

姚胜祥

李子树下听花开

今夜那些林立在山峦、沟底和村寨周围的石头，以及石旮旯里洁白的李花，热情的笑脸，旋转的百褶裙，在眼前舞动，咚咚的铜鼓声和带着野性的古老歌谣一遍遍在耳际回响。所有这些，如蚂蚁爬上心壁，让人痒痒，然后又走开，没有一个句子找到制高的支点。就这样在灯下坐着。从坪上带来的毛峰绿茶还冒着腾腾的热气和清香，用什么样的形式来表达这次旅途？文字和语言较之摄影的画面显得那样无助，单纯的写景是那样的苍白，我没法将眼前浮现的音画提升到一个高度呈现出来。坪上太小了，坪上太没名气了。假如写整个安顺，可以写六百年前朱元璋屯兵留下的屯堡文化、傩文化以及世界闻名的黄果树大瀑布；往前几十公里可以写亚洲第一洞的织金洞；往后十里是普定县城，可以写民国教育总长、著名书法家任可澄，可以写人类历史上的穿洞文化。而这里是坪上——安顺地区普定县的一个乡。

山势如浪，层层叠叠，我站在浪中举目。白色的李花，黄色的菜花，粉红的桃花。阳光照着大地、山峦和遍地石头，那些花儿在阳光下肆意张扬开来，它们密密匝匝像彩色的带子一圈圈盘绕而上，它们盘绕中的线条无尽地蜿蜒缠绵。那些在花下劳作的农人，让人疑是飘动的音符。蜜蜂唱着多重和声愈来愈响，它们扇动翅膀，从我眼前掠过。暖暖的阳光，湿漉漉的空气，腥腥的泥土，浓浓的花香把我窖在这个叫坪上的地方。

依山而上的层层梯田里的花儿们冲动了我，我使劲拍打着车窗高叫停车，我拿了相机一路狂奔，然后站立，迫不及待地用镜头对准坪上的春天，一气猛拍；然而面对这样的景致，我一时竟不知从哪下手，怎样构图取景才好。我拍过云南的元阳梯田，那是山和水精致妩媚的组合；拍过花溪高坡的梯田，那是山坡、水田和蓝天的有机统一。坪上的梯田是蓝天、石头和狂放的春花的彩板。白李花夹杂黄菜花、粉桃花，火一般漫山遍野从脚下的乱石里烧遍所有的山峦，它们一望无际地在脚下铺开，一直涌上心头，使人有种快爆炸的感觉。这是一种带着野性的毫无休止的肆意绽放。它们肆意地跟石头争抢空间，它们长在石头缝隙里，却又以燎原之势顽强地包围石头。相机的镜头对于花儿的坚强和大胆是那么无能为力。

直到有人催促，我才返身上车。春花掩映的村寨、劳作的农人被汽车抛在后面。

坪上采风活动的开幕式现场在大山深处，这里是数十万亩冰脆李的种植基地。绵绵不断的山壑间长满绵绵不断的石头，在千百年风吹雨打中，那些石头被剥去泥土的外衣，从爷爷的爷爷开始，坪上人像虱子一样在这样的石头缝里跋涉，寻找吃食。

歌声起来了，坪上人的歌声从石旮旯里反弹回来，更加铿锵地飘进我的耳里。这歌声幻化出这样的场景：阳光下满山的石头冰冷地站立，他们的父兄把一些玉米马铃薯的种子和着汗珠撒在石旮旯里，可收获的希望像阳光下的影子一样虚无。石头旮旯里长出的只有泪水和叹息。一代又一代，他们在石头旮旯里守望。

李花开了。洁白的李花在满山的石缝里蓊蓊郁郁。蜜蜂唱着和歌，蝴蝶在白茫茫的李花间翻飞。

李花开了。十里八寨的姑娘小伙都来了。有布依寨的、苗寨的、白族村的。

姑娘们身着花一样的服饰，环佩叮当的银饰，在三月的阳光下熠熠发光。她们一簇簇，一群群低头交流着心底的秘密，与那些开在岩石丛中的李花相比，她们多了一分羞怯，她们红扑扑的脸上比桃花还好看，银质头饰下的一绺头发耷拉下来，她们的眸子闪着湖水的光泽，她们的周围散发出青草和李花的芬芳，她们在阳光下簇拥着，艳丽的盛装与山上的李花菜花桃花辉映。她们种植明丽和妩媚在整个“李花节”开幕式现场，她们的歌声和舞姿在所有来宾的心头撞击荡漾。

青拉着她们的手一而再、再而三地在镜头里冲我招手。而我的镜头记录得更多的是村姑们花一样绽放和晴朗的笑颜。

今天，在坪上的石头旮旯里长出了欢乐的歌声。

夜郎今在何方，就因为曾经一个深情的承诺，把自己卧成一湾湖水，等待什么？大汉朝的使臣已经远去，星移斗转间用一泓清波见证坪上人的生生不息。居住在坪上的夜郎人，他们口口相传祖先赐予的这水的名字——夜郎湖。

夜幕下来了，坪上人邀请来的四面八方的骚人墨客，聚集湖岸，谈书论诗。

有风从湖面吹来，撩起岸边阵阵李花的清香。远处几盏渔火忽隐忽现。一时竟不知自己身在哪里。有微雨无声袭来，青说，夜凉了，该回屋了。于是这一夜，在夜郎湖畔，我听到了花开的声音。

翌日醒来，夜郎湖上氤氲着一层薄薄的晨雾，岸上的李花挂着晶莹的露珠。

主人高喊上船了，声音在湖上回荡。游船在湖里碾皱一池玉液，一圈圈清波层层荡漾开去。水把两岸景致投在湖里，我们的船在画中航行。有瀑布从悬崖上喷涌出来直倾湖中，主人说那叫飞瀑崖；有绵绵数公里的崖壁如火烧般投映水中，主人告诉我们那是火烧赤壁。古老的传说在我们耳际萦绕，我们正穿越在另一个时空之间。岸边偶有三三两两的农舍，冒着袅袅炊烟，缕缕白烟在开满春花的山间缓缓升腾。两岸山坡上除了李花，还有粉红的桃花，黄色的菜花点缀其间，那些花倒映水中，让人疑心它们是从水里一直爬上半山的。

十里夜郎湖，十里春和景明的画卷，直引得满船骚客发出阵阵惊叹。

坪上的对门河村是我们采风组去的最后一站。

夜郎湖岸，有咚咚的铜鼓声悠扬响起，这声音从阳光下透着静谧的村庄传来，从花团锦簇的农舍传来，渗透布衣先民古老的热情。我们循着铜鼓的声音走向眼前的村庄，穿过一片金黄的菜花便到了村口。

村庄的气味像一坛酒，醇香馥郁。在馥郁的气息中我闻到了腊肉、糍粑和烧酒的味道。布依人节日的盛装像花一样艳丽，在他们的笑容里我们走进村庄。每一级石阶都泛着青光，每一个院落都透着整洁宁静。狗躺在屋角摇动着尾巴，牛在圈舍发出长哞。主人和客人的问好声，打糍粑的声音，厨房里锅碗碰撞的声音刹那间混响起来。村庄热闹了。吃过热腾腾的油香糍粑，布依族的八大盘抬了上来，太阳照着院坝里的宴席，腊肉、野蘑菇和土制烧酒的香味弥漫开来。在土陶碗碰撞声中烧酒穿越喉咙，都市的娇柔不复存在。

趁着酒后的余兴，把铜鼓敲起来，把歌唱起来，兴致正高的客人与布依人手牵手，直把村庄跳得摇摇晃晃。有布依女子顺手摘了一片木叶，清亮的旋律在人群中缭绕，飞出寨外。这时脚下的舞步更欢了，直跳到汗流浃背，跳到日头偏西。

汽车发动了，对门河满寨的男女老幼齐齐站在村口，在布依人送别的歌声中，山寨渐渐远去。主人的声音仍在耳边回响，六月来吃我们的冰脆李吧！

冰脆李，一种我不曾尝过的果子，它的香甜我似乎已经知道。

（原载《散文》2007年第5期）

2007年

胡德江

仙马魂

我渴望逃离，在生命的黄金时间，我用刘翔一百一十米栏的速度跨越——防盗门内凝固的我，钢筋水泥凝固的丛林，街道上凝固的废气和噪音……我向往高山，为什么我在城市里用不上劲的脚步一踏上旅途就变得坚强有力？我用脚印搭建高耸入云的梯子，以一种美丽的力量深入回家的感觉，深入母体，去找寻先人父辈们遗失的美丽和高处的灵魂。

我像个备受屈辱的儿子，去寻找安慰。我深入到一个贫穷而明亮、美丽而痛苦的村庄，叫一声“仙马”就唤起我深切的爱。我的纯粹的民族，用贫穷的茅草房容纳着我，用柴火堆里滚烫的洋芋温暖着我。我的民族是古老的苗族支系，称为大花，他从远古的黄河岸边慢慢迁徙上了高山，却在迁徙中保留着“三绝”。一绝是服饰。他们用简陋笨拙的土织布机，创造出灿烂的织绣艺术。那披在肩上的彩色披肩，是展示民族服饰的“活化石”，披肩织绣相间，水流花放、人兽斗打、刀耕火种、庄稼粮食，技艺细微精到，图案拙朴粗犷。披肩又是一部披在身上的“史诗”，记录着民族迁徙生息、自然形成的历史。二绝是射弩。弩，是仙马苗族远古时候作战猎物的武器。弩形状如飞机模型，又像农家用的磨担钩，却富有杀伤力，一个没有一两百斤蛮力的男人恐怕拉不开弦。仙马的射弩，曾经站在全国农民运动会高高的领奖台。三绝是唱歌。一村纯粹的苗族，却信奉着一村的基督教，在每周顶礼膜拜的时候，全村男女老幼走进教堂，用苗语唱着《赞美诗》。这又是一个奇迹，问其因果，却没有谁能说得上来，除了感动还是感动。反正，我的民族，一边扛着锄头下地劳作，一边仰着头颅对着天地歌唱。我不知道，他们怎样懂得五线谱，怎样懂得美声唱法，更让人难以置信的是，他们用苗语以四声部合唱《哈利路亚》《蒙恩人起来了》《贺他为王》《远方的客人请你留下来》，甚至用苗语采取美声唱法合唱《啊，祖国》《走进新时代》。他们的歌声从庄稼地里生长出来，从阳光照射着的树梢上传来，他们像一群长了翅膀的精灵，把歌声带上蓝天白云，惊飞起一群群欢快的雀鸟，然后让歌声飞向远方。他们的歌声亲切而忧伤，让我想起浑身打满补丁的母亲背着我去锄禾，奶奶病躺床前守着一碗孙儿来吃的鸡蛋面，爷爷临终还握着最后一颗孙儿的水果糖；让我想起一只跪哺羔羊的老母羊，让我想起一些痛苦的微笑和一些甜蜜的泪水……这是一个歌唱真善美的民族，他们用爱的歌声，感动着这里的一草一木，感动着这里的牲畜庄稼，这里没有欺辱，没有邪恶，有的是道德和尊重，他们用独特的方式传播着人间美好的和谐。一个贫穷的村庄为什么会承载如此厚重的民族文化？中央电视台来过这里，许多国家友人来过这里，他们发现了文化，指引仙马挖掘文化。仙马自然组合一个苗族农民合唱团，把歌声带出了大山。去年7月，仙马苗族农民合唱团到厦门参加世界合唱比赛，获得银奖，震动歌坛。今年，仙马又收到来自澳大利亚“世界音乐风”组委会的邀请函，仙马的名声开始传向国外。先进的文化没有距离，更没有国界，愿仙马的歌声飞出国门，飞得更高更远。

仙马的头顶上是一个高山草坪，叫普屯坝。高山云雾萦绕中浮现一个千亩大草坪，这又是仙马的一个奇迹。夏天的普屯坝，碧云天，芳草地，山风疾，野花遍地羞醉，芳草恋白云。普屯坝的阳光，锡亮了奔腾的马蹄，锡亮了悠闲吃草的牛羊，锡亮了奔跑欢笑的仙马姑娘。美丽的仙马姑娘，唱起古老的情歌摇曳多姿，引来了蓝天白云飘飘、雄鹰展翅飞翔，歌声穿透山风，飞向绵远的山脉，牵引一个个动人的故事。

坐在普屯坝上梦想，我想起年少牧羊的妹子，她用草尖上的晨露滋润我的脸庞，用柔软的芳草抚摸我的胸膛，用锡亮的阳光亲吻我的心房。我躺在草坝上做沉醉的梦，我守着普屯坝上日出的第一缕阳光和日落的最后一缕阳光，我要在这两缕光芒照射之间透明透亮地做一回梦，吸收这天地间一朝一暮的精华，了无牵挂地永远睡去；然后，化一缕山风，把记忆吹散得无踪无影。

在普屯坝上，我想做一次长途的奔跑，我要让自己的光脚板踩着棱角分明的裸石，踩着岩荆老刺，痛快地奔跑成一阵山风，让锋利的杂草在胸膛上划出道道血口，最后赢得一次夸父追日的感觉。

站在普屯坝中央，我想做一次螺旋式的旋转，直到转成撞天闯地的重摔，体验一回生不生死不死的人生。

我想叉开两腿立在普屯坝的边缘，解放一头的长发，面对远山长啸呼唤，我要呼唤出遥远的我与现在的我的距离。

仙马，灵魂升华的仙境。让我把梦追寻，让我把灵魂拾起。

（原载《文艺报》2007年11月8日）

2007年

赵剑平

心灵的山峰（外一篇）

敕勒川，阴山下，天似穹庐，笼盖四野……

因受这首歌谣的影响，我们好几个第一次到草原的人一下飞机就有一种找寻的冲动。玛拉沁夫先生说呼市这儿就是敕勒川，边上这座山就是阴山。那么，从一开始，呼和浩特到包头，阴山就在我们的右侧陪伴着我们。阴山大约为古称，它现在的名儿应该叫大青山。有一首歌唱“大青山下来游击队”，实际上也是指阴山。阴山也罢，大青山也好，听起来应该是很绿的。但这座山并不绿。而且它的很多地方，因为人们对石头的无序开采，还暴露出难看的白花花的石头。也许因为石头的白，当地老百姓也有叫这座山“银山”的。山没有高险的峰峦，也没有复杂的坡面，几乎与整个公路保持等同的距离。有好几次，我们从旅程枯燥的昏睡中睁开眼睛，看阴山还紧紧地贴在我们身边，恍惚间竟然觉得我们的车并没有前进多少。说不清楚二百公里，还是三百公里，快到包头，我们的车向左一转，折向鄂尔多斯。这时候，我有了一种奇异的感觉，仿佛摆脱这座山的纠缠，浑身顿然有了一种松快。大青山，抑且阴山，或者银山，被滚滚向前的车轮抛到了后面，草原在我们的视野里变得开阔起来。但我们的目的地也不是鄂尔多斯城区东胜。汽车越过黄河，绕过城市，一直往河套西南角开去。

我们的目的地是毛乌素沙漠腹地的乌审旗。根据活动要求，我们将在这里进行苏力德文化采风。直到现在，我都不能够说清楚苏力德这个概念的准确含义。原因很简单，我们在乌审旗的几天，除了参加一系列与苏力德有关的祭祀活动，还特别参观了独贵龙运动纪念馆、乌克昭苏木治沙示范区、萨尔乌苏古人类文化遗址，以及一些现代化的工厂；正是这些看上去与苏力德没有多大关联的事物，让我觉得它们背后有一种神奇的力量，这种惊奇从根本上模糊了我对苏力德文化的认识。事实上，苏力德文化的传承尽管是封闭的，但作为一个民族的精神旗帜，它的影响却是现实的；这也好比哲学体系里精神与物质、神与形的关系——存在是虚无的反映。

大约到达乌审的第四天，一大早，我们从察罕苏力德酒店出发，驱车走在草原上。几天来，我们早出晚归，期冀与欣悦，疲惫与感悟，已经习以为常。听说有上百公里的路程，大家都默不作声的。这时候，几乎是一种下意识的，我看见我们右侧，隔着公路两三百米远的地方，一道灰蒙蒙的屏障立了起来。我心里咯噔一下，呼包高速路边那座山居然延伸到这里来了。朋友说起雾了。我奇怪地一点也听不进去，总觉得雾障的那面一定是一道山脉。恍惚间，我又回到呼包路上，跟那座山相伴而行。我觉得没有人能够说服我。事实上，除了经历，谁又可以保证雾障的那面没有山呢。尽管太阳出来，雾障散去，草原明亮而又辽阔，但我那种奇特而真实的感觉却固执地留了下来，雾障那面那道并不存在的山峰却永远地留在了我的心灵深处。

我后来才体会到不管是地理的暗示，还是文化的导引，它们其实都是通向未来的，而且常常出其不意地出现在你人生的路口上。

爱的力量

我在到达草原的同时也到达了沙漠，而且是有名的毛乌素沙漠。我跟沙漠不期而遇。我不知道在这里到底发生了什么，只是透过斑斑点点的黄沙和连片的草场，繁茂的沙棘，感觉到了生命与死亡的对峙。这种对峙还要持续多久呢？我掐断一棵长在沙地上的蒿枝。蒿枝干硬又苦涩，但地母却把潮润而温馨的气息送到它的芯。正是这种细若游丝而又绵绵不绝的爱使蒿枝坚持下来，并紧紧抓住脚下的沙粒，形成了自己的块垒。毛乌素沙漠里的生命几乎都是这样形成的。毫无疑问，对峙本身就是一道爱的风景。而治沙英雄宝日勒岱和她那一代人，他们所从事的工作就是培育这种爱的力量。只有爱，生命才可能与死亡对抗；也只有爱，人类才可能透过死亡看见希望。我相信，这种爱的奇观最终会感动长生天，并赐予毛乌素沙漠巨大而丰盈的生命之绿。

（原载《民族文学》2007年第11期）

2007年

韦昌国

读书与学道

人要长知识，必得读书，这恐怕是句至理名言。人要变聪明，需要学“道”，这句话大致也不会错吧。但是，读什么书，学什么“道”，内中却应该有个讲究、有个选择。

近日无意中走进都匀的一家书店，书籍林林总总。畅销的除了考试书籍、励志类而外，多数都是教人如何处事为人、如何应对竞争的。等而下之的，也都是些商战、社交场合中需要学会斗智斗勇的书籍，比如《酒场上的生意经》《说话的技巧》等类。这些书，再怎么样，也比过去的那些“如何勾引少妇”“麻将技战三十六计”要有很大的进步。

就在这个书店里，新到的还有一本书，叫作《愚道》。翻开首页一看，书的宗旨是教人“大智若愚”“凡事不要张扬，要低调”。并列举了一大堆老庄哲学的警句名言，使人看后很以为然。因为现在毕竟是大力提倡构建和谐社会的时代了，大家都“退一步天高地阔”，遇见不爽的事情，都学会视而不见、装聋作哑，有什么不好呢。

可是，就在这本书的旁边，又有一本《狼道》，同样是厚厚的几十万字。书中教给人的处世哲学，与《愚道》恰恰相反。书中开篇就说：“现代人不仅仅要向动物学习，而且应该崇拜。”崇拜什么呢？就是崇拜狼的专一，狼的锲而不舍，狼的不达目的决不罢休！

狼这种动物，给我的印象大都来自书上，其中《聊斋志异》里最多，都是些阴险狡诈、嗜血成性的恐怖野兽。在大西北，你要是和人打招呼，千万不要从后面把手搭在他的肩上，否则恐怕引来血光之灾。因为当地狼多，它们又极其狡猾，往往从后面用爪子袭击人类，人们为了保命，腰里都挎着刀子，只要发觉肩上有了爪子，立即抽刀往后猛刺……再就是草原狼、沙漠狼，为了猎取目标，常常会整日整夜地跟踪，即使你逃进了小木屋里，它也会蹲伏下来守候。

这究竟是狼的优点，还是狼的恐怖？

狼毕竟是野兽，我们不能苛求它。但是人类就不同了，假如为了达到目的，人人都学会在后面搭爪子，都没日没夜地跟踪、盯梢，待你稍有疏忽，突然一跃而起……那么，这个社会也实在太恐怖了吧。要是你不幸和这样的人为伍，或同在一个办公室里办公，或合伙做生意，我敢说，你绝对是在“与狼共舞”！

其实，学“愚道”的装疯卖傻也好，仿“狼道”的阴险狡诈也罢，包括那些教授人的“说话技巧”之类，都是违反人性本真的做法。人类追求的，应该是人性的真诚、善良、求实，而不必连说话、举手投足都要按照某一种模式去刻意而为，以此期望在人群中“产生魅力”“产生吸引力、亲和力”。因为如果不是发自真情，即使做得很好，不露痕迹，至多也只是一种作秀罢了。

清宫戏里，大贪官和绅说话办事，包括他的笑，可以说深得“技巧”之妙，但是同僚们看了，只觉得好笑，至于老百姓，更认为其可怕。现在场面上的一些家伙，在台子上说得慷慨激昂，举手投足很是规范，表演得天衣无缝，但是背地里做的事情，尽是“狼道”之举，这比起老老实实办事，但却偶有失误的人，更让人恶心、害怕。我邻家的一位年轻的母亲，为了让她女儿不至于“太单纯”，今后在社会上吃亏，专门到音像店去租《武则天》。又有一位朋友说起他的同事，专门租宫廷戏来看，对王妃、大臣、太监们的勾心斗角、尔虞我诈做深入研究。此后，这位仁兄学会了在单位的任何会议上一言不发，见了人总是笑，发展到后来，连门卫看了他的笑都害怕起来。

“书中自有黄金屋，书中自有颜如玉。”这话绝对没错。但是读什么书、学什么道，内中大有讲究。如果毫无选择地乱读一气、乱学一通，在书中读出装疯卖傻，甚或读出一只张牙舞爪的狼来，那就真是读书的悲剧了。

（原载《散文》2007年第12期）

2008年

胡德江

梁子往事

马鞍山与重阴山纵横交结的梁杠，方圆牵扯百十里，杉松滔滔似海，古堤旧渠绵远，这里是普定地域高寒边远的地方，人们习惯叫梁子。

梁子险峻陡峭，过去是走织金的唯一山道，马帮牛贩子赶熊家场、小牛场，往往血流于此。铤而走险的马帮牛贩子，上得梁子，冤家路窄，不是你放倒我，就是我放倒你，侥幸出道的，生意场上畅通无阻，回来腰财满贯，砌房盖楼，让人眼红；而一提到上梁子，就让人毛骨悚然，认为那是不要命才做的事情。

梁子岩包丛生，石板房重叠横斜，生长于岩包丛中的人们，矮墩蛮实，四肢发达，臀大腰粗，这是在岩包丛中斗打的造化。梁子上不出鲜皮果肉，不出白生生的大米饭，就出两种东西，一是洋芋，二是煤炭。因此外头姑娘怕嫁上梁子，上梁子要吃一辈子洋芋，要嫁一辈子煤二哥，要当一辈子高山人。所以外头姑娘总是嫁往田坝地方。洋芋是梁子人家抵抗饥饿的粮食，寒冬腊月，青黄不接，梁子人家垒一堆煤炭火烧洋芋。梁子人家以种一坡洋芋，收一楼底洋芋为荣，种洋芋收洋芋，往往是个把月的事情，没有人能够体会到梁子人家对洋芋的钟爱，可以说是视如生命一样的钟爱，谁欺洋芋，也就欺他本人。

然而谁不喜欢吃松软爽口的大米饭？听梁子人家老人讲，梁子上的人是想换个活法，三十年前，成千上万的人涌上梁子，靠吃洋芋开山建水库修大沟造水田，干了十个年头，吃大米饭的想法终归落空，梁子上的人终归是吃洋芋的命，不信，你走一走梁子，那古堤旧渠还能闻到血腥味。是的，吃大米饭的落空不等于失去了梁子明天的梦想，立身于梁子之巅，你感受到的是一股强大的抗争精神在涌动，你感受到的是岩包丛中游走着经久不衰的灵魂。

梁子岩石给人的是苍白坚硬的无情，而梁子又是深情的；掀开岩石的表层就是深不可测的煤炭，煤炭让梁子上的人们胸膛滚热，一触即燃的生存希望永远明亮。那时候新科技还没有影响到深山里的梁子，生态环境和矿产资源开发还没有发生矛盾，梁子上的人们生活顺其自然。人们也不会想到要开发一个大煤矿大富大贵，只图有两个盐巴钱过稳日子，媳妇娶得进来，姑娘嫁得出去，娃娃读得起书。然而这也是不容易的事情。特别是外出读书的儿女们对爹妈挖煤的辛苦感受最深。儿女们在外就读的费用要靠爹妈一凿子一凿子地挖，一船一船地拉。自家开的小煤窑，只容得下一个人跪着爬进爬出，爹妈不分白天夜晚拉着纤绳在煤窑里爬来跪去，常年劳作于白天与夜晚的一片黑暗之间，肩出血了，膝盖磨破了，也不怕痛；因为爹妈知道珍惜疼爱的是他们在外读书的儿女，只要儿女们争气，再苦再累也心甘。所以，在外读书的儿女们最懂读书的分量，最懂吃苦磨打。

梁子上的爹妈像煤块一样炙烤着他的儿女，感动着他的儿女，当生存的家园和开挖煤窑发生矛盾碰撞的时候，爹妈扔下铁凿，毅然走出煤窑，上山植树造林。三十年来，爹妈们的杉松封住了整个梁子，一棵棵揽腰粗的杉松已经可以做老木棺材，令外头人心动眼馋，想放倒一棵为今后安身！

如今的梁子，松林如海，映山红开满山。如果你是浪迹在外的梁子儿女，那些游走不定的灵魂在等待你归来。

（原载《文艺报》2008年2月26日）

孟学祥

甜水井

十年前回家探亲时这一眼井里的水还是那样清澈透亮，还是汩汩地从满满的井里流出来，流到井坎下的水田中，想不到仅仅只过去了十年，那盈满清亮泉水的水井竟然变成了枯井，要不是亲眼所见，光是听别人说我是不会相信的。

井有一个很好听的名字——甜水井，从这个名字你就可以想象得出那水的滋味来。甜水井在距村子不到一公里的一个山脚下，从山上延伸下来的两块大岩石到山脚后形成一个三米多长、一米多宽、近两米深的凹槽，水从凹槽深处的夹缝里流出来，在溢满凹槽后又流向水井前面的一块水田中。在我的印象中，甜水井从来就没有干过，不管春夏秋冬，井里的水一直就是这个样子，一年四季不见增多也不见减少。甜水井背后的坡叫更苕坡，是我们村附近最高的一座山坡，海拔一千四百六十米，山势呈圆锥形往上延伸，坡顶处是一整块长近十五米、宽约八米的大岩石，岩石上没有长树，却立着一个大大的被当地人称为三角架的航空标志，更苕坡上遍长着各种各样的树木，最多的是松树、青㭎树和一些叫不出名的灌木林，很多的大树就长在灌木林中，被密密麻麻的灌木包裹着，与灌木连成一片密不透风的林海。甜水井的四周就遍长着柏树，有四棵还长在了水井边的崖壁上，让根从石缝里伸出来，紧紧地抱成一团依附在石壁上，然后将一部分根自然而然地伸进了井里，透过井里的石缝深深地扎进泥土中。这四棵柏树长得并不是很高大，但存在的年代却是很久远，我出生时它们就已经存在了，而且听老人们说，这几棵柏树是什么时候长在井边的他们都说不清楚。柏树的叶虽是常绿的，到冬天时也会有一些树叶落下来，而且大部分都落在井里，在井的底部铺上厚厚的一层，就像一个大大的滤水器，使井里的水看起来就更加特别的清亮，即使是下大雨山洪暴发，井里的水也不会混浊。

甜水井不光水质好，且喝起来有股甘甜的味道，这也许就是井被称为“甜水井”的原因。第一次认识甜水井，是我满月后不久，我的奶奶请人给我算八字，说我命里缺水，于是家人就带我来到甜井边，在井边的一棵柏树上贴了一张红布后，就算把我拜寄给了甜水井，并给我取了一个带水的小名，然后甜水井就成了我的保爷，年年过年时我都要在大人的陪同下提上肉、酒、菜、米、糯米饭或糯米粑等吃的东西，到井边来拜保爷，并在井边把带来的东西煮吃后才回家（糯米饭和糯米粑是不能吃光的，要带一些回去，表示是保爷回赠的礼物）。这是儿时的我最盼望的活动，因为在井边，不光是我们一家，还会有很多人家也会到井边来，在那里，不光能够与许多小朋友尽情地玩耍，还可以品尝到别人家鲜美的食物。长大一点后我才发现，甜水井不光是我的保爷，也还是村子里很多大人和小孩的保爷。

甜水井在我的印象中是不会干涸的，1974年我们这里大旱，很多山塘、水井都干涸了，而甜水井里的水却还是满满当当。那时候，附近山上几个寨子里的人家都到甜水井里来挑水吃，甜水井里的水也不见干过，偶尔挑水的人很多时，水只是从井口往下缩了一点点，待一夜过后水又从井口溢了出来。我原以为拜甜水井为保爷仅仅是我们这一代人，长大后我才知道，在我们这一代人之前的很多先人，他们都拜过甜水井，如我家的我二大爷、我爷爷、我姑、我二叔，他们都是在我之前拜了甜水井做保爷。之所以选择甜水井做保爷，我想除了井里的水甘甜可口外，也许还跟井所在的位置有关。甜水井是从这一带最高的山脚下冒出来的，其背后依托着雄伟的大山，用当地人的话来说，是已经找到了靠山。山脚下冒水的地方又是一块大大的崖壁，崖壁虽不是很高，但看上去却很威武，这在对石头很崇拜的山野里，更是难寻的膜拜之处了。而且崖壁上还长着树，树刚好把井给遮住，让井长年累月都在树的荫护之下，这对于很看重山、水、树这样一个完美景致的山里人来说，这里是再好不过的地方了。井的神秘感使井背后的山也变得神秘起来，很多红布贴到井背后的崖壁上和长在崖壁的树干上后，崖壁后的山也就变成了神山，树也就变成了神树，特别是树，被赋予了神的色彩后就得到了很好的保护。我还在家的那些年，更苕山一直都很神秘，这除了它身上所披的神的色彩外，还因它的顶上耸立着高高的三角架。不要小看了这三角架的作用，对那个时候的人来说，三角架的神秘就远远地超出了它的存在，它耸立在山顶上，代表着的却是一种至高无上的象征，村里人所见到的三角架，都是从山脚下仰视看到的，而三角架所在的山顶，只有村支书带着几个民兵上去过一次，自从安上了三角架后，上山去的路就被民兵拿着枪在那里守着，任何人都不准私自上山，这种禁锢一直到20世纪80年代中才被打破。那时我们去坡上要柴大人们也会嘱咐我们不要到更苕山上去要，那里的柴砍不得，砍了要生病的。要柴都不准到更苕山上去要，更没有谁敢到更苕山去开荒种地了。因添了这么一层保护色彩，更苕山上的树就得到了很好的保护。更苕山上的树林一日日地就愈发地长得更加旺盛，在我离家到外地去求学时，很多山上的树都被砍光了，砍光了树木的山又被开垦成耕地种上庄稼，而更苕山，却依然是绿荫一片。

以前我们这一片山野，到处都是水井，每一个山脚都会有水冒出来，不管什么时候你想喝水了，随便走到哪个山湾里都能够找到水喝。那个时候村人上坡干活都是不会带水的，不像现在这样要去上坡前，先用一个容量在五斤以上的大塑料壶装上满满的一壶水才够干一天的活。现在很多水井都干涸了，坡上已经很难找到喝水的地方，现在的每一个山湾里，都因坡改梯建设而修了很多水窖，但水窖里囤积的却不是清甜的山泉水，而是天上落下来的雨水，时间一长这种水就生出一种怪怪的味道，再怎样口渴人们也不愿去生喝这种水。水井干涸了，吃水就成了问题，如今村子里吃水就分成了两个阶段，春夏雨水丰盛时，吃的是井水，秋冬枯水季节，就只能吃水窖里囤积的水。我刚到家时侄儿们用烧开的水给我泡茶喝，一种怪怪的味道让我很难受，侄儿们说水窖的水就是这个味道，他们开始也是不习惯，后来也就慢慢地习惯了。很多水井的干涸我还在家时就已经出现了，但那时并没有人去寻找水井干涸的原因，人们一如既往地砍柴、开荒，并认为那是天经地义的事。

家里的侄儿们告诉我甜水井的干涸从五年前就出现了。土地承包到户后，经常有人到更苕坡去偷砍树木，仅仅几年时间，更苕坡就变成了一个荒坡，坡上的树木就被砍光后，有人又打起了甜水井边的四棵柏树的主意。五年前的一天晚上，井边的四棵柏树也被人偷偷地砍走了，没有树遮阴后，井里的水就慢慢变小，然后又慢慢干涸。但以前还是断断续续地干，即秋冬枯水季节时干一段时间，到春夏季节雨水充沛后井里的水又冒出来，仍是满满的，但已经没有那股甜味了。更苕坡上的大树被砍光后不知谁又放了一把火，把所有的灌木都全部烧死了。就连坡顶上的铁三角架，也被人为锯断并当成废铁拉到山外去卖给了收废品的人。更苕坡上的树木被破坏掉后就没再见长出来，有几户人多地少的人家，还把更苕坡上有土的地方开垦成耕地种上庄稼，从此以后，甜水井的水就再也没见冒出来，即使在雨季山洪把山上的水都冲到井里，雨停后不到一个小时，井里的水也会“跑”得干干净净。

甜水井就这样结束了它的生命，这个以前给我提供护佑的“保爷”，想不到到头来它却连自己都保不住，这真是一种说不出口的悲哀。我们曾经给山和水赋予了“神”的使命，以求山和水能够保佑我们，而结果谁又能保佑山和水呢？现在村里人已经意识到了环境保护的重要，很多二十五度以上的坡耕地已经实行了退耕还林，但是这个认识的代价却太大了，当村人们想在山上种树时，才发现很多山上已经没有了泥土，裸露在大家面前的，是一块接一块硕大无朋而又光滑如玉的岩石，这样的岩石，会能长出树来吗？

（原载《山花》2008年第5期）

姚胜祥

猛舟散章

一

没有谁能丈量时间的长度。我们看到的往往只是时光从A点到B点的一些断面，这样的断面，或许是一支燃烧结束的烟蒂、一件生锈的农具、一棵刻满年轮的树桩，一个少年时代的朋友带着英俊的儿子、一幢先祖搭建的屋宇……

猛舟是静止的。

一个中午，我们来到位于贵州省安顺市这个叫猛舟的村落。阳光照着大地，蝉声里的寨子安静如同一位老人。灰白的石墙、灰白的石片瓦，高耸的石碉楼，端庄的农舍就这样毫不做作地呈现出来。

一只狗，晃晃悠悠摇着尾巴把我们迎进村庄。

阳光的刻度此刻正打在村口的石阶上。

斑驳的石头，以时光的断面，展示村落的历史。

而此时，西边石墙上一蓬杂草和门头上那棵孤独的树苗正一路疯长。

二

或许，这是一个空前的，需要守候的时代。

在我出发的那座城市，一夜之间的变化，常常使我不辨东西。那些街巷之间，穿梭着太多来自村庄的人，他们使那个叫“城市”的词汇不断丰盈，呈现的断面瞬息万变。而他们的父兄，却在遥远的村落和同留在村落的孩子看日起月落，用生命守候村庄的时光。

孩子像石墙上的杂草，在白昼黑夜间成长。

老人们把昨天的旧闻翻得崭新，叨念的声音越来越弱，村庄的昨天和今天仍然相同。

三

他坐在自己的院里，比四周的石墙还要安静。他眯着眼，像时光一样缄默，我听见他吐出的旱烟撞击石墙的声音。我看着他白色的头发，白色的胡须以及眼角上的眼垢。

“meng 就是少数民族；zhou 就是村寨或地方”。

原本这里应该叫“MengZhou”，而不应该叫“猛舟”。这个不知其所以然的问题就这样解开了。

看来，自以为是的人不仅仅是我。

我们活着，一直为世界不断命名或标注符号。

谁知道，我们无时无刻不在歪曲事物的本源，消解它们固有的精彩。

四

马蹄，马蹄声。从明朝的中原一路响来。朱元璋的军队在距离此间的百十里之外铺天盖地，风起云涌。他们在远离故土的大山里，垒石成墙，以石为瓦，构建了坚固的屯堡。而身后的朝廷仿佛旦夕就忘却了昨天的诺言，那些戍边的将士便在大山里与石堡一道生生不息。

猛舟人应该是这块土地上先于明军的居民。明朝军队带来的不仅仅是安宁。这些石房、石碉分明是对屯军石堡的借鉴，一种融合。

融合无处不在，彼此消长。这是时光的又一体现。

谁也无法想象，当今那些远离故土的青壮年，那些在城市跋涉的村人，将会给猛舟这样的地方带来怎样的融合。

许多年后，猛舟还是这样？

五

所有的眷恋比不过对乡村的魂牵梦萦。

所有的温暖比不过亲人的欢聚。

这些石屋里悬挂的腊肉、瓮里贮存的烧酒，会在一个午后，在欢声笑语中穿过喉咙。这样的时刻，无疑是猛舟在时光上的又一新刻度。

一些孩子，在村道上奔跑，在井水边玩耍，那分明是我自己在时光里的镜像。而我，却在不停地老去，我的躯体已经背离了村庄。儿时的村庄却总在一些燥热的夜里反复出现。

蓝天、白云、石头房舍、老人、孩子、疯长在石墙上的杂草和小树、摇尾巴的狗，都溶进八月的蝉声和我的梦里。

在远离猛舟的城市，看着摄下的图片，我写下了这些文字。

（原载《天涯》2008年第8期）

2008年

谭征夫

山里农事

春耕

开春，暖风携着一份不羁的欲念，从嵯峨的坳口吹进狭长的峒场，摇动正在返青的野草。山林竖排的手掌攥紧渴望的暖意，日益显示绿色的本真。“布谷……布谷……”的叫声发自殷勤的布谷鸟，向山里人执着地传达季节的要求。

闲置一冬的农具被各家各户搬出来，像武林高手侍弄刀枪一样用心地打理。这几天，也是耕牛吃得最好的时候，因为它们亟需补充营养，增强体力，准备和主人一起走向田野。山野之气混合着农人和耕牛编造的故事，在石砾和田坎之间来来往往，既是散漫的怀旧，也是倏然的灵动。

耕牛在食槽旁心安理得地享受苞谷、豆渣、草料的混合食料，弯弯的犄角摇晃几下，抬起硕大的头颅，感激地看了看主人，再低下头继续嚼食。这是主人所能给予它最高级别的待遇。主人没有看耕牛，专心地打理犁铧，但他知道耕牛的心情。耕牛感激他，他感激耕牛。在山里，没有谁敢轻慢耕牛。因为谁都知道，耕作的时候，农人和耕牛是土地的主宰，丰收就在两者的互动之中积蓄。

耕牛吃好了，犁铧也打理好了。农人将犁铧扛上肩，吆喝一声，耕牛哞地回应一声，迈着雄健的步伐，率先走上被春夜的雨浇湿的村道。返青的野草和滋润的土地散发的芬芳让农人和耕牛心情舒畅。

农人和耕牛不紧不慢地走着。对于农人，一年的辛劳从此开始，手掌会叠加新的茧巴，脚掌会增添新的创痕，但丰收的希望令他别无选择。对于耕牛，辛劳将在它和土地之间展开，肩头会磨破，腿腱会酸痛，这是它被人类驯服后的必然担当。既然命该如此，那就用不着抱怨，各尽自己的本分。

耕牛虽然还没有饥饿的感觉，还是忍不住顺嘴扯一下路旁抽出嫩芽的野草，边走边细碎地咀嚼。农人看着耕牛不住滑动的强壮肌腱，不停甩动驱赶牛虻的尾巴，装腔作势地扬起竹鞭，却舍不得落到耕牛宽厚的背上，酱红而粗糙的脸上甚至浮出宽厚的笑容。农人和耕牛就这么奇妙地互相理解和包容，像是肝胆相照的朋友，更像是风险共担的工友。

平时，土地呈现与生俱来的整体雄浑，蕴藏在单调里的厚度，使人莫名其妙地精神旺盛。现在，土地像后宫的妃子春情荡漾，期待着皇帝的临幸。这皇帝不是别的，是农人和耕牛。临幸之后，土地将收敛多情和放荡，在大气与宁静中孕育丰收，直待将所有的产出堆满山里人的心房。

村道上留下一串串湿漉漉的脚印和蹄印，还有几摊热气蒸腾的牛粪。农人的灵魂被暖烘烘的牛粪味浸泡着，祈祷、信仰、希望因此清新、拔节、安详。微雨开始飘落，湿润了农人的蓑衣和耕牛的脊背，泛着亮色的黢黑凸显着别样的凝重和庄严。

来到田间地头，农人和耕牛拉开架式，重温亘古至今的命题：春耕。下犁的时候，农人和耕牛无一例外地躬下腰，低下头，用最虔诚的姿势，向土地请安。

执着

禾苗破土而出，农人便忙着间苗除草。几场春雨过后，土地渐渐绿严，绿满，绿完。他们把得意和满足都写在脸上：可把一个春天耕种出来了，操了多少心，费了多少汗，追了多少风，空了多少梦呀！一直腰，一抬头，眨眨眼，庄稼都这么高了。屈指数数节气，怎么就到夏天了？他们抹把汗水，喘口气，一抬腿，迈过夏天的门槛。

农人没听过郑板桥“天下第一等人是农夫”的名言，没有看过林语堂“天底下最伟大者是农民”的妙语，更不理解列夫·托尔斯泰对农民、对穷苦人的悲悯情怀，更没有工夫向往山外太遥远的事物，一年到头忙忙碌碌，以最诚恳的方式揭示土地的奥秘，以最温馨的家园培育对土地的眷恋，在劳作中传承被农耕锻造的古朴情感。

很多时候，农人觉得自己是土地的主人，也是土地上的庄稼。他们收割庄稼，也收割自己，弯腰的姿势像一把镰刀，谷茬子磨着锋利的年华。他们的幸福莫过于手捧一粒粮食，随便吹一口气，空气都是香甜的。他们的肌肤，同样闪耀着谷粒的光芒。

土地像天天在整修，又像从来没有整修，像处处要引人注意，又像处处要躲开人们的注意，既坦荡又羞涩，既放肆又内敛。土地的气息散发在农人的心中，在成熟的稻菽上营造金色的童话。风一吹，吹开了土地的纽扣，露出了摇头摆尾的粮食，露出了山里的秩序，也露出一批一批的祖先。

农人走得踏实，脚上沾着草屑、泥巴，但干净、简单，矮壮的身体里流动着太多的阳光，还有太多的寒流，在随风鼓荡的土地上异样地颤动，显出朴素的悠长。山脚下的屋顶上，炊烟得意地飘摇着。山岚像洁白的丝巾，不停地在空间抹拭，仿佛害怕灰尘沾染了山里的空灵和清新。

除了耕作需要出大力外，牛更多时候是被主人圈到荒僻的峒场里。这个峒场许多年前曾经被犁铧耕耘过，被晶莹的汗水浸泡过，但已经撂荒了，适合于放养牛。在这里，牛自由自在地享受鲜嫩的青草、鹅黄的树叶和清亮的泉水，然后，舒服地溜达，舒服地排泄，舒服地睡觉，肩头磨破的地方结了痂，腿腱不酸痛了，耕作的辛劳已经淡远，虽然那还是不久前的事。

忙完地里的活计，农人便担着箩筐，拿着竹片弯成的夹钳、板子做成的铲子，来到峒场上捡拾牛粪，挑回去倒进栏圈里，或堆在场坝上，任其慢慢发酵沤烂，成为上好的农家肥。这种积肥传承了祖法，很能增加土地的肥力。

只要还有人操着犁铧，只要还有耕牛奋蹄，土地就不会孤独，依然动情地高唱奉献之歌，依然喂养山里人的精神高度。过了春华秋实，土地的胸怀变得空旷而浩然，于是珍藏农人和耕牛给予的温暖，收获更多的理解与爱戴，酝酿更多的美丽与善良。

山里人钟情于赖以生存的土地，土地照料着山里人感恩的泪水。

嬗变

南风来了，房屋幽暗的窗口纷纷睁开眼睛，在风中眺望。山里人被风吹醒，观望，疑惑，以往的经验突然变得微不足道，闪耀在农耕里的细节突然变得暗淡。

年轻人展开了丰富的想象，在山影迷茫的天边飞翔。他们看着屋顶被风吹走的败叶，那是枯黄的时光留下的贫穷。他们对传承的生活方式产生怀疑，萌生出对土地的厌倦，耕作被视为卑贱的活动。他们离开土地，离开大山，到城里寻找真正卑贱但充满希望的工作。

他们小心翼翼地走进城市。车流呼啸着与他们擦身而过，掠过的风撩起了他们的衣襟，制造出一种兵荒马乱的景象。越来越繁华的城市，没有清丽和朴素的滋养，细腻和温馨日渐缺失，人性变得随意而粗糙。城市既凌乱又有序，既排挤又诱惑，颠倒了他们原有的观念和情绪。

城市的庞大和压迫让他们害怕，城市的骚动和变幻又让他们亢奋，眼神散漫时像碎玻璃碴子，专注时又如高度警惕的警犬。他们本能地抗拒城市，又不得不依靠城市。随着时间的推移，他们渐渐明白，城市排挤他们，又笼络他们，正说明在乎他们，需要他们。这使他们既得意又自卑。

作为农人，他们不管走到哪里，身上都带着浓烈的土腥味，都得背负着土地。他们拖着疲惫的身躯行走在城市的天空下，极力分辨道路的宽窄和深浅，回到简陋的工棚或租屋，心里突然涌上难以名状的悲凉。

城市，对市长而言，意味着责任，还有建设性和挑战性等未知数；对市民而言，是热爱、玩具和经久不衰的话题；对打工者，则是新鲜、刺激、迷乱和惶恐。城里寸土寸金，围绕着土地，不知道有多少人殚精竭虑，不知道有多少人废寝忘食，土地成了他们难以抗拒的梦魇和纠缠不清的困惑。人和土地的交往，总是凸显刀枪剑戟的惨烈。

城市迅速扩张，许多农人失去了土地。失地的农人其实并不很珍惜土地，因为他们获得的实惠比耕作要多得多，但他们还是经常以夸张的方式表达对未来危机的隐忧，目的是让实惠更多一些，更久一些。

在被过度开发的土地上，除了竹笋一样冒出钢筋水泥楼群外，还有辟成一处一处的狭小公园。楼群缝隙中的公园，桃花一朵一朵紧咬枝头，一边开，一边疼。

而山里，老人们没有多少力气侍弄土地。闲置的土地不断增加，消逝多年的各种野物出现了，不知从何方飞来的毒草狞笑着冒出来了，给土地带来的是惊恐和苍凉。更多的惊恐和苍凉正在逼近山里的窗户、心情和想象。

农人离开土地是会招骂的，不管什么理由都是无情的。愧疚、紧张和慌乱不断拷问年轻人的灵魂。

成功的人留在了城市，更多的人不能让山里的麻雀笑话自己，在地摊上一砍再砍，砍到一件还算称心的衣服，罩住时间的风尘、疲劳以及自卑的心理，回来将老屋连同故事和传说一起拆掉，砸下辛辛苦苦攒下的血汗钱，修起夸富般的水泥平顶楼，缔造只有他们喜欢的方式和习惯。

他们努力摆出主人翁的姿势，但远离农事的错觉常常令他们恍惚，不再像以前那样在土地上挥洒汗水了。毕竟见过世面，他们脑瓜子活泛，买回小型农用机械代劳。种苞谷的时候，只在去年的苞谷窝子上挖一个坑，撒上种子；该施肥了，撒上复合肥就是；该除草了，洒上除草剂就是。耕作已经省略了应有的细节，简单而粗糙。

肥力下降的土地长出羸弱的五谷，泛着令人忧伤的冷色调。年轻人将破旧或过时的衣物用竹竿撑起，插在田边地头，充当稻草人的角色，极力体现对庄稼的呵护和对丰收的期望。这种虚弱的威胁，就连频繁光顾的猴子都感到好笑。

耕牛已经退出农耕领域，没多大用处了。他们将身强力壮的留下，供逢年过节斗牛娱乐时使用，年老力衰的卖给屠户。被卖掉的耕牛一步一步踏上不归路，温柔的眼睛几乎都噙着泪。

农事潦草结束，他们又像候鸟一样飞出去。城里的钱不好挣，山里更难挣到钱。金融危机来了，金融海啸来了，城里挣钱的机会越来越少，他们打道回府。他们不是“上无片瓦，下无立锥之地”的人，山里还有土地，还有许多有形无形的财产。经济形势稍微好转，他们又蜂拥而出，一门心思挣钱。有些钱很脏，可那也是钱。

他们就这样用城里和山里各自的厚度互相折磨着，丰富着物质，也抚慰着心情。

守望

村庄新了，却也老了。新的是现在，老的是过去。土地和村庄的守望者既敏感又迟钝，既谨慎又犹豫，慢慢打理琐碎的日子和自己的余生。

守望者都是老人。他们时常对着山峦出神。静僻的山峦莽莽苍苍，羊肠小道隐现于荒野与庄稼地，泛着通往山外的诱惑光亮。他们想过离开，但离开土地的农人有多少价值，他们心里实在没有底。况且，在城里，人死了都要烧成灰，他们听着都害怕，实在难以接受。

他们认定，最可靠的还是土地，生前死后，那都是他们的根脉。土地是不能忽视的，也是不能得罪的。不管哪朝哪代，只要是人，都离不开土地！土地的宗教和思想，就挂在汗滴和草尖上，洒下温暖和热爱，陶冶和熏染每一个人。土地比其他任何地方更抒情，更浪漫。

他们很反感年轻人对土地的不忠不孝，更反感年轻人对耕牛的忘恩负义，但话语权和决策权已经旁落，只能望山兴叹，徒呼奈何。夜半更深，他们听到土地在哭泣，细听又不清晰，仿佛是一场怪梦。每次看见耕牛被屠户牵走，他们都下意识地低下头，拧一下酸涩的鼻子，抹一下泛红的眼睛。

他们执拗地穿过风声雨声，任由呼吸的节奏在阳光里飘散，很有耐心地在土地上使劲。他们宁可把耕牛圈养，也不让小辈卖给屠户。他们力图通过这种方式彰显对土地的忠诚，表达对耕牛的敬意，保持农人的自尊。

闲下来，他们坐在火塘边，不再叙说过去那些激昂或者诡异的故事，默默地抽着叶子烟。实在闷得慌，就把自酿的苞谷酒端起，边喝边摆开家常。话题围绕金钱和发财展开，但扯来扯去又回到土地，农耕的意象把他们灌得醉眼蒙眬。

与老人一起守望的还有小孩。父母在城里挣钱，真挚的爱绽开在远方，孩子们闻不到香气。老人要侍弄土地，对小孩的爱像火塘里的微火，温暖不了他们越来越大的心。小孩自己跟自己哭，自己跟自己笑，要把每句话变成一千里长，才能在电话里摸到父母的耳朵。他们说不出荒草的名字，心里却长满了荒草，怪兽在荒草间横冲直撞。

季节如期而至，山里荒芜的枝头绽开花朵，暗香推开虚掩的门扉，春雨带着银子在草尖上疾走，湿润不语的山林里，布谷声声紧，声声急，把村庄和田野的颤栗安放在每个农人的心头。

老人们出奇地亢奋起来。年轻人的农用机械他们不会使唤，只好收拾日益残旧的犁铧，给好不容易留存下来的耕牛喂上最好的精料，准备在春耕里让心情得到依附和愉悦。这一刻，他们觉得自己很纯粹，也很神圣。

坳口零零落落地出现人影。打工的人回来了，虽然越来越少，但总归还有人回来。

回来的人打开布满蜘蛛网的门扉，翻阅尘封已久的故事；搬出锈迹斑斑的农用机械，延续日益疏淡的记忆；然后，放下已经衍生的媚俗，走向薄雾迷漫的田野，与农耕的古意简约而直接地交流。

老人们很平静，平静里却透出深层次的快意：孩儿们，你们再是不喜欢土地，起码还得暂时听任土地的摆布！

（选自《遥远的大山》，中国文献出版社，2008年8月；

《遥远的大山》获贵州省第九届“新长征”职工文艺创作一等奖）

2008年

李　缨

小城余庆

渐入青山深处，绿色逼面而来，窗外除了绿，再无其他色彩，同去的朋友说，余庆县城就要到了。

雾气包围的余庆城，轮廓清淡，刚下过雨。远处的青山若隐若现，像屏风，小城就嵌在屏风之上。雨后，天空蔚蓝，浮云飘过，平添几许宁静，安详。

余庆城真的很小，两条平行的主街道，就那么一前一后。听说，过去更小，只一条街，从东到西，半小时就能走完。面积小，人口也少，两万多点。我猜，城里人可能人人都曾打过照面，可能都沾点亲带点故。因为街上走着，随时，他们都会遇见熟人。往往，城里发生点事，一夜之间就会传遍全城。

城小，城市更有人情味。

这是一个闲散的城市。不像大都市街上的行人，总是行色匆匆，急着赶路，小城人永远过得不紧不慢，每天按照固有的节奏，生活着，不管外界怎样变化，步伐依旧，悠然而又从容。一天天，一年年，一天便等于一年，甚或是一生。经营这样的日子，仿佛是在侍养一盆盆景，不会有恣意的伸延，只是自己可以剪修出属于自己的精彩。

小城宁静，雷雨惊不起城市的涟漪。来来往往的人群，从我的身旁穿梭着，他们互相打着招呼，没有谁留意到街上多了一个异地来的女子。心下一阵欣喜，不禁想起家乡的小城，也是这样一个小小的地方，狭长的街巷、不高的楼房、散淡的店主，街上走着，随便找个年纪长点的人来问，就是小城的历史。

余庆小城，它不炫耀，恬静，安宁。因为安宁恬静，陌生感就像速溶咖啡，遇到了滚烫的开水，遇水便溶。像我曾经生活过的赣江边的那座小城，真的很像。围绕中心的十字，街巷延展，成几个十字、井字，东西南北，方方正正，怎么走，都不会迷路，怎么走都可以走到那个你想要去的地方。

一个人在小城穿街过巷，绕着路，舍近求远，为的是能多走出几条深深的小巷。巷子窄窄的，悠长，越走越觉得走不完，突然听到有邓丽君的歌声——小城故事多。

穿过窄窄的小巷，与不相识的小城人擦肩而过。为生活而生活的他们，是不是将所有的故事都埋藏在这巷子深处呢？可惜我没有太多闲暇，来品味小巷深处的真实。

又回到了老街。喜欢街两边枝叶相连的那两排法国梧桐，树长得不算高大，但在夏日的午后，给人凉爽的感觉。老街其实不老，时尚旋风从这里刮向全城。走在老街上，光看店家贴金似的把时尚元素揉进店面的装修，你就能感受出来很有经营头脑的老街的店主们追赶时尚潮流的那种智慧。小城人很懂得生活，也会享受生活，外面流行什么，他们不会让自己落伍。

和别的城市一样，小城的新街修了很多高楼，楼在一天天长高，路也越修越宽。

夜幕降临，好多小店都还亮着灯，有些店家还在门口装上了彩灯。晚饭后去逛这些小店，随意看看，走走。夜里的生意更淡，没多少事忙，男人们便聚在一起，下棋，街坊邻居都来围观，吵嚷着，根本不管“观棋不语真君子”的风范，图个热闹；女人们坐在一边，有的在辅导孩子的作业，有的坐在店门前边织着毛衣，边看店堂里面摆得高高的电视机里正播的肥皂剧。如果不是你自己问，很少有谁会主动来跟你打招呼，有客人进来，店主照旧做自己的事，只等着你细细看好了、挑好了，来问价钱。

夜市起了，大街上热闹起来，小城人走出家门，走向与老城隔河相望的河滨公园，那里是小城夜晚最热闹的地方。

河滨公园人气最旺的地方还是夜市小吃。进城来消夜的农民，摩托车排满了路边。从有些年岁的老桥桥头闻着香味一路看去，只是一些小店、小摊，一字排开的广告牌霓虹闪烁。搭在路边的炉火，一家旺过一家。摊主也不吆喝，诱人的香味自然就会把人都吸引过来。笑着，眯缝着眼，老板亲自来为客人刨冰、调兑奶茶、炒粉……

选了客人最多的那家入场，露天桌椅旁坐下，一碗冰粉，一碟炒螺蛳，几把肉串，一条烤鱼，再酌几口小酒，谈笑风生，惬意之至。

夜深了，众人散尽，四处空旷而沉静。

午夜的清风扑面而来，河畔的路灯齐齐地映照潺潺流动的河面，小城依然安宁。月亮爬到了窗前，拉上窗帘，静静地谛听着，小城的宁静，我甚至听到有蛙鸣，一路在梦里。一觉睡去，醒来已是天明。

借个单车，出了门。小城的晨曦也美。推窗望去，远处，翠绿山峰，形态万象，层层叠叠，波澜起伏；一缕炊烟腾向空中，像雾，像云；青纱帐般的苞谷林，溪流蜿蜒，菜地清幽，俨然世外桃源。微风吹拂，田野间泛起了波浪。

田野就在城边，绕城的小溪，把整座城勾勒出一轮弯月，万籁俱静。花啊、草啊、树啊，从晨风中醒来；有鸟儿掠过，蜻蜓追逐，蝴蝶飞舞。一个人，轻轻地走，生怕惊扰了这片清凉和绿意。路的两边，一边是飘洒的谷香，一边是瓜菜的清甜。上前去与高高的苞谷林中走出来的一位大爷搭讪，大爷挑着的担子里，满是摘下的黄瓜、西红柿、辣椒。老人家话很少，说完一句，看着我咧嘴笑，笑容知足而真实。

骑着车，一个人继续上路，不觉又到了牛场河边。河水静静流淌，不急不缓，像极了小城人生活里的那种宁静。

河对岸支起了无数支钓竿，帐篷就搭在钓者的脚下。听说，好些人都是在此守候了一整个通宵。钓胜于鱼，即便是一夜都无收获，钓者的神情永远怡然。

风也轻轻，云也淡淡，天蓝得有些透明。停停看看，一个人懒懒散散地走，突然就喜欢上了这样的小城，空气里自是少了许多张扬，但目光所及，宁静，清秀，淳朴，充满了浓郁的民间色彩，还有那么一点点闲适，让人心动的闲适。

（原载《人民日报》2008年9月4日）

丁　杰

粮食作证

1977年3月，沉睡的大地又一次醒来，该下种了。贵州省关岭布依族苗族自治县顶云公社石板井村陶家寨，石街石巷狗不跑鸡不跳。吃过早饭，小组长陈高中悄悄约上罗国民、陶天银、陈宗富、罗定尧、李国昌、罗民才等七人，以“看看大队田坎又被鬼崽崽放牛搞垮不得”为名，悄悄向村后的灯盏窝走去。一路上，七颗心在胸膛里擂响了七面鼓，咚咚咚响个不停。

灯盏窝是一个一百余平方米的洼地，只有一条进路，一个出口，人蹲在里面，外面人看不见。三十二岁的罗定尧坐在路口的石头上放哨。罗国民等六人在草地上蹲下来，讨论三十户人的吃饭问题：陶家寨推行包产到户！如果小组长陈高中被批斗、坐牢，家里的活路由在场的六人帮忙，他家娃儿由全寨人集体抚养。当天晚上，陈高中他们将一张写下生产队三十户人家名字的牛皮纸挨家挨户送上门，分别由各自的户主打上了“手印模”。从此，顶云公社陶家寨生产队土地实行“包产到户”，这比全国有名的十八户农民“凤阳大包干”还早两年。

2008年8月14日，暖暖的阳光斜斜地照在绿树掩映的陶家寨。我在关岭的县委组织部李天斌的陪同下，来到陈高中老人家。八十岁的罗国民、七十三岁的陶天银、七十岁的陈宗富、七十岁的陈高中、六十三岁的罗定尧等五位老人坐在陈高中家的堂屋里，点燃旱烟，端起米酒，对我们这些没饿过饭的年轻人说起人与土地、土地与庄稼的话题。三十年前，有七条汉子坐在这里，商量如何吃饱饭的事情。今天，只有五位老人坐在我们面前，回忆过去的故事。没有来的那两位，成了两颗坟，睡在灯盏窝。

“好个顶云坡，肥田沃土多；生产搞不好，家里不开锅。”这是一首当年流传在顶云的顺口溜。人解放了，土地自由了，为什么种出来的粮食不够吃呢？“人哄地皮，地哄肚皮。”陶天银、陈中富等人回忆起1958年组建人民公社后，相继开展的“大跃进”、全民大炼钢铁、大办食堂等这些历程，想起寨子里的饿饭事件，浑浊的老泪就流了出来。1976年，三十岁的陈高中每天吹着哨声催社员出工。社员们吃不饱，前面的走到了地头，后面的还缩在家里。拖拖拉拉地来到地头，干的干，看的看，站的站。

人哄庄稼，庄稼哄人！哭声，穿透陶家寨一个又一个漆黑的夜晚。粮食越来越少，寨子里的人就吃水麻柳糟糠做的“饭”。很多人几天几夜屙不出屎，痛得在床上打滚。

吃饱饭就是天理！

十多年来，顶云公社一些胆大的寨子和生产队偷偷进行过“单干”，粮食是多收了，领头的人却不是进“学习班”就是被“关进公社”，成了革命的对象。

趁着夜色，陈高中、罗定尧、陈宗富、陶天云、李国昌等来到队长罗国民家，在跳动的煤油灯下做出一个惊人的决定：“还是把土地包到组吧，坐牢杀头我们不怕！”“我们悄悄干，如果公社的来查，我们咬死不承认！”1976年春，陶家寨悄悄将社员、土地和耕牛分成三个组，实行“定产到组”。那一个春天，陶家寨的人们带着对土地久违的热情，开始了激情耕耘。他们冒着坐牢杀头的危险，就是为了吃饱饭！

人精神了，庄稼也精神！1976年，陈高中家分的粮食，一家五口人一年吃下来还剩余五百公斤。有了粮食，不敢做甜酒，也不敢打粑粑，悄悄把剩余的谷子埋到地下，还派人到邻村借粮，装出粮食不够吃的样子。1977年秋天分谷子后，陈高中默默把两升谷子吊在房梁上，这一吊，就是三十一年。今年，关岭修建“顶云经验”纪念馆，陈高中在把这两升谷子当作“文物”献给乡里时，悄悄留下三十余颗，用塑料纸小心地包着，压在柜子里。老人知道，粮食会记住那些过去的事情。

从陈高中家堂屋里出来，老人们走在前，我和李天斌在后面跟着，去灯盏窝看看。八十岁的罗国民老人腿上有伤，爬不动了，目送我们上山。陈高中脚步轻盈，走在前面。灯盏窝的阳光从树叶的缝隙里落下来，像这个关于粮食的故事温暖着我们。五位老人和我们照相后，陈高中指着树林旁边一个土包说：那是李国昌的坟，土地分到各家各户第二年，他就死了。

陶家寨有饱饭吃啦！好消息像春天的燕子，飞进顶云的村村寨寨。

《“定产到组”姓“社”不姓“资”》！1978年11月11日，《贵州日报》的头版头条出现了这样一个醒目标题。全省农民争相传阅这份被称为“11号文件”的报纸。那些没有看到报纸的群众，晚上打起灯笼火把到处去找。由此触发了一起震动全省的大讨论，并迅速蔓延全国。1978年12月18日至22日，中国共产党第十一届中央委员会第三次全体会议在北京举行后，以家庭联产承包责任制为主体的经济体制改革在全国逐步轰轰烈烈地展开。

三十年前的汉子，成了老人，或成了石碑上的追忆；三十年前的新闻，成了旧闻，成了共和国档案。夕阳西下，我们和几位老人来到田野里。水稻，玉米，西红柿，黄瓜，在阳光下静静地生长。

今年，又将是一个丰年！

（原载《文艺报》2008年9月24日）

2008年

孟学祥

猴鼓舞

奥运来了！当奥运的春风把神州大地都吹得激情澎湃的时候，位于贵州喀斯特山区的毛南族山寨——纳料，还沉浸在一片波澜不惊的日子中，寨中为数不多的八个上了年纪的老人，秉承着古老生活的传统习惯，吃完晚饭后齐聚到七爷家的院子中，与七爷一道唱起世代传承下来的开鼓歌（跳猴鼓舞时必唱的歌曲，当地人叫老歌，是这片土地上毛南族的一部史诗，歌词叙述的是当地毛南族迁徙和发展的历史）。歌唱到情浓处，老人们把身上穿着的长衫往裤腰带上一扎，然后拿起鼓棒，走进场院中，围着摆放在场院中间的木鼓，模仿着猴子的激情动作，跳起了奔放的猴鼓舞。在歌声的伴奏下，在有节奏的鼓声中，只见场地中间的老人们闪、转、腾、挪，时而鱼跃，时而腾跳，时而抓耳挠腮，在模仿猴子们滑稽动作的同时，时不时地来一两个空翻，一招一式，宛若群猴嬉戏打闹，洋溢着生命的活力，渲染着大山的灵性。如果不是看到老人们随着舞蹈飘动起来的胡须，光是从背影去看那灵巧的动作，快捷的身手，你简直都不敢相信，跳舞的会是一群年近古稀的老人。

钟情于猴鼓舞的老人们在这种传统的古老节目中，自得其乐地打发着他们的日子，当年轻一代为着奥运的到来而热情欢呼的时候，他们谁也没有想到，他们跳着的猴鼓舞与奥运的到来已经有了密不可分的关系。

老歌的音调悠扬在寨子的上空，与各家各户门洞里飘荡出来的电视声音融合在一起，组成山寨夜晚最有特色的风景线。与电视的现代气息相比，老人们把长歌唱得很缠绵，很凝重，却把猴鼓舞跳得那样的幽默风趣，挥洒自如，刚劲有力。作为山寨最优秀的鼓手和舞者，七爷今晚没有下场去和大家一起跳，他只是坐在那里不停地唱着，让他的歌声和场内老人们的舞步散发出猴鼓舞的生命魅力。偶尔七爷也会停下来吸一口烟，把烟雾吐得飘荡弥漫，让低沉婉约的老歌随着烟雾在黄昏的寨子上空飘荡得更加飘渺，更加缠绵。

作为纳料也是作为这片山区四十六个毛南山寨中跳猴鼓舞名头最响的人、最优秀的歌手，七爷孟如明的名字是和猴鼓舞紧密联系在一起的。在这片土地上，一提到跳猴鼓舞人们就必然会想到七爷，提到七爷的名字人们就必然会想到那个在跳猴鼓舞时，把猴子的动作模仿得惟妙惟肖的舞者。他带给这片土地上人们的不光是快乐，不光是享受，更多的还是骄傲。

从五岁就开始学跳猴鼓舞的七爷，把一生的心血全部倾注在这个毛南族独特的舞蹈上，以至于在把跳猴鼓舞说成是封建迷信活动的年代，七爷都没有中断过跳猴鼓舞的活动，并还为此吃了不少苦头，没少挨过生产队、大队和公社的批斗。改革开放后，跳猴鼓舞不光得到了政府的允许，而且还作为一项民间文化活动，得到了政府的重视和保护。七爷为此还在20世纪80年代中期，代表这片山区四十六个毛南山寨一万多的父老乡亲，把猴鼓舞跳到了全县的大舞台上，让全县人民欣赏到了独具魅力的毛南族猴鼓舞，也让深藏于大山之中的猴鼓舞第一次走出大山，走上正式的表演舞台。

从20世纪80年代中期参加全县群众文艺汇演后，七爷还参加过若干次全县的大型文化活动，并在这些活动中进行猴鼓舞表演，带回的奖牌几乎挂满了老屋的房间。就在人们认为七爷一定会将猴鼓舞继续跳下去，跳到一直跳不动为止时，七爷却撅鼓了。七爷的撅鼓不光让纳料人震惊，更让这片山区四十六寨的乡亲们震惊，一时间，七爷撅鼓的话题成了这片毛南山区大家议论得最多的话题。

对于从纳料走出来的我，七爷撅鼓的事也是一清二楚。改革开放后，田地承包到各家各户，在对承包地倾注了大量的心血后，每家每户都得到了很好的回报。虽然在20世纪80年代中期，大家的观念中还没有外出打工，还没有用承包地种植经济作物带来经济效益的思想，但种出来的粮食不光让土地承包人解决温饱问题，还可以有余粮出售，给家庭带来经济上的收入。大家的日子好过了，而七爷家的日子却还在贫穷的边缘煎熬着，七爷家也虽然同别的人家一样，承包到了属于他们自己的田地，但是由于七爷对跳猴鼓舞太过痴迷，没有把心思好好地花在种庄稼上，大部分时间承包地上都是七奶带着两个还不到二十岁的儿子在料理，虽然也是勤扒苦做，但种出来的粮食总是比别人家的稍逊一筹，除了一家人的口粮外，再没剩下多少。七爷经常被人请去跳猴鼓舞而荒废农活，为此七奶及两个儿子很生气，经常和七爷吵架，但七爷仍我行我素，一气之下，七奶带着两个儿子住到了老屋的另一边，并划出一块地叫七爷自已去耕种，一家人从此后过上了分灶吃饭的日子。

分灶后，七爷收敛了许多，也安下心来开始认真下地干活了，虽然还是经常被办酒席的人家请去跳猴鼓舞，但已不像从前那样痴迷。然而好景不长，随着办酒席的人家越来越多，七爷被请的次数也越来越多，七爷又沉迷于猴鼓舞的诱惑中而不能自拔。用七爷自己的话说：没有办法，一跳起来就什么都忘了，心中想的就只有舞蹈，眼里看到的就只有猴鼓，耳中听到的就只有老歌。如果不跳的话，身上就会发痒，手脚就会乱动。

分家后不久，七奶病倒了，而且一病后就没再爬起来，临终前七奶拉着七爷的手，叫他不要去跳舞了，好好带着两个孩子把庄稼种好，争取盖上新房为两个孩子成家立业。

把七奶装进棺材后，七爷不顾当地只有晚辈才能为长辈跳猴鼓舞的习惯，亲自为七奶跳猴鼓舞，跳着跳着，七爷把鼓棒放到七奶的棺材上一撅，“啪”的一声，鼓棒断了，七爷也结束了他的舞蹈。七爷撅鼓棒的这个动作不光撅碎了他的心，也同时撅碎了在场所有人的心，当人们知道这是七爷在向七奶发誓“从此撅鼓”时，在场的很多人都莫名其妙地哭了起来。

安埋七奶后，七爷不再跳猴鼓舞，也不再唱老歌，他带着两个儿子起早贪黑地认真侍弄着一家人的承包地。几年以后，七爷一家不光盖起了两栋新屋，两个儿子还分别成家立业，为七爷添了孙子。儿子们当家做主了，七爷自己也步入老年，虽然不再跳猴鼓舞，但他还是经常和寨上的老人们聚在一起，看大家跳猴鼓舞，为跳舞的人伴唱。

奥运的春风吹到这片毛南山区土地上时，猴鼓舞已经作为非物质文化遗产入选国家名录。在这期间，纳料所在的卡蒲毛南族乡民族小学已经把猴鼓舞这个民族民间舞蹈纳入教学计划，推进到学校教育中。七爷作为猴鼓舞传承和发展的民间艺人，领到了有关部门颁发的证书。经过乡政府领导和学校老师们多次动员和做工作，七爷又重新拿起鼓棒，来到乡小学，教学校的老师和学生们跳猴鼓舞。

奥运火炬手选拔在各地风起云涌时，七爷还沉浸在教孩子们跳猴鼓舞的乐趣中。为了猴鼓舞的文化传承，七爷在一招一式地向学生们传授跳猴鼓舞的动作要领时，还把跳猴鼓舞的文化理念也传给了乡小学的老师，希望老师们能把猴鼓舞这个古老的文化内涵也世代传承下去，并发扬光大。奥运火炬手选拔推荐中，七爷所在的卡蒲毛南族乡推荐了七爷。得知自己被推荐参加奥运火炬手选拔，七爷专门跑到市里来找我，叫我给他介绍奥运知识。在市里，我尽我的所知向七爷进行介绍，还把他带到市体育局，由体育局的老师们向七爷做更多的介绍和讲解。当七爷了解到奥运会是全世界各国人民大团结、大繁荣、大发展的体育盛会，而火炬手就是向更多的人传播奥运文化、传播奥林匹克精神、展示奥林匹克体育魅力的传播使者时，他的眼睛里流露出了无限的渴慕和向往。回家去做准备时，七爷对我说，如果他真能当上奥运火炬手，他一定要在火炬传递中跳一段猴鼓舞，并来一个空翻，让更多人在感受到奥运文化魅力的同时，也能够感受到我们民族猴鼓舞的文化魅力，让毛南族的猴鼓舞文化与奥林匹克精神一道传承发展。

把七爷送上回家的长途汽车，望着七爷渐去渐远的背影，我在心中默默地祝福，希望七爷的愿望能够得到实现，并通过他的努力把我们民族的传统舞蹈融入奥运火炬的传播中，与奥林匹克精神一道展示，一道传递，一道发展。

从市里回到纳料的家中，七爷变得更加精力充沛，更加充满活力。他白天除了继续到乡小学去指导师生们练习猴鼓舞外，晚上还把寨上的老人们邀请到家中来，与大家一道切磋猴鼓舞的技艺，有时他还把别寨的老人们请过来给他当老师，力求把猴鼓舞中出现的每一个动作表现得更加完美，更加充满魅力。这期间，通过七爷的渲染，“奥运”这一个名词已在闭塞的毛南山寨火热起来，流行起来。那些平时不怎么关注时事的老人们，在七爷的感染下，也开始与儿孙们一道，通过电视来了解和关注奥运的发展。

七爷最终没有被选为奥运火炬手。当得知七爷没有当上奥运火炬手的确切消息后，为怕七爷想不通，七爷的两个儿子——也就是我的两个堂叔，专门打电话把我叫回家去陪七爷，给他做做工作，让他不要背思想包袱。哪知七爷知道我的来意后，反过来安慰我不要多想。他说他这段时间都在看电视，那些奥运火炬手，一个个都是做出很多成就的人，而他只是一个会跳猴鼓舞的普通人，能当上火炬手，那是祖宗积德，当不上也没什么关系。末了七爷说：“其实我的心早已经参加到奥运会里去了。”“我的心早已经参加到奥运会里去了”，七爷的这句话没来由地让我也跟着激动起来，一个毛南山寨里没多少文化的老人，一个把自己的一生都奉献在“猴鼓舞”的传承和发展上的民间艺人，就这样用最简单的方法寄托了自己对奥运会的向往，不能不让人肃然起敬。七爷说他感到遗憾的是没有把猴鼓舞带到奥运会上去展示，他说他知道奥运会是每隔四年举行一次，是全世界任何一个民族都可以参加的文化和体育盛会。他相信不久以后猴鼓舞这个我们祖宗传承下来的独特的文化活动，一定也会融入奥运这个大文化中，展示给更多的世界人民。最后他说他要好好珍惜现在的时间，在有生之年把从祖宗那里学来的东西好好教给那些孩子们，让他们在传承猴鼓舞这个古老文化的接力棒中，继续将猴鼓舞发扬光大。

6月13日，对七爷、对我来说，都是最激动的一天。那一天，奥运火炬接力来到了与我们自治州相邻的黔东南苗族侗族自治州。为了圆七爷的奥运梦，为了能让七爷看到奥运火炬接力传递，堂叔带着七爷来市里找到我。我们找了一个车，拉着我们一家、七爷和两个堂叔及他们的三个儿女，共九口人到黔东南去观看奥运火炬接力传递。上午九点多钟，在凯里的寨瓦苗寨附近，当我们看到我们熟悉的八十六号火炬手——平塘县教育局的王老师手持火炬一路跑过来时，七爷也像我们年轻人一样忘情地高喊起来，眼里闪动着激动的泪花。那一刻，七爷衰老的岁月在奥运魅力的掩盖下已经荡然无存，在奥运精神的感召下，七爷全身上下只洋溢着奥运的活力。我相信，这一刻如果擎着火炬向我们跑来的不是王老师而是七爷的话，他一定会跳一段猴鼓舞，一定会像他当初对我说的那样，来一个跳猴鼓舞时最让人激动和兴奋的原地空翻，把猴鼓舞的魅力淋漓尽致地在奥运火炬接力中展现出来。

（原载《民族文学》2008年第9期）

潘国会

说什么好呢

九月十五日中午十二点多，我像脱胎儿那样在广州机场降生，在还没来得及睁开眼的一刹那，喧闹的嚣声贯耳而来。我试着伸展卷曲的四肢，努力张开皮皱皱的双眼，那偌大的机场，顷刻间天堂般的世界哐当地出现在了眼前，说什么好呢？在这时候我要是瞠目惊呼，大发感慨，那不就是最可笑的白痴吗？

当天晚上住在广州庐山酒店，趁天还没全黑，我从十七层楼往外望，高楼林立，一座比一座洋，往上看楼顶直插云天，往下呢？高楼之间绿树葱茏，树下又是路隐车流。我强捺心中的兴奋，独自轻轻地如释重负地发出无数感叹，当晚是假寐入睡的。第二天我们便乘着粤侨国际旅行社的专巴走南闯北，我们这次采风活动的行程是：广州、东莞、深圳、中山、珠海、虎门、佛山、南海和佛岗等，时间是十二天。

十三年前我来过珠三角，那是在乡镇任职时派到深圳学习来的，十多年来竟恍如隔世，在我的记忆中像是死过又投生人世一般，这记忆的保持是否在阴间没饮过忘川水，对那遥远的古国仍是记忆犹新。那时候的东莞、深圳、珠海等就像块未开垦的处女地，到处洋溢着犁痕刀疤，远近冲鼻而来的是泥腥铁味。这十三年来又如一年中的春季到秋季，那些个春初的犁痕刀疤眨眼间变成了金灿灿的稻田一片，真是喜不自禁，眼前的珠三角正向人们昭示，它正在进行历史与现实、过去与未来的转换呐。

十多天来，每天“摩宁控”过后，我们便乘着专巴在市与市、市与乡村、乡村与景点之间穿梭，坐在车上的我看得眼花缭乱，最终什么也看不透啥也说不清。看到广州，犹如一位花枝吐艳的靓女，一路芬芳地走来，咋看咋漂亮；深圳有点像个大户家庭的小媳妇，身紧行促，一天二十四小时根本就不够用；珠海则似若一对情人般悠闲，默默地在黄昏的野伶岛边传情表爱；而皇岗村却是一对坐享清福的老头老妪，一天就在那明净的亭前水边聊古论今……

从广州一路走，摄入数码相机里的全程景致动静分明。而留存在脑海里的则是全动态景观，车轮向东推进，两旁房屋与树绿向西飞去，说不清是车轮在路上滚，还是地球在车轮上打梭，反正一个向东一个朝西，都在动。一路看到的是车多房多树多桥多人多。实际上最多的是人，然而街道上却看不到几个，除了一拨拨行色匆匆地紧跟导游黄色三角旗奔走的以外，街道上大多数都是两步做一步走，不屑旁顾的人，比中奖领奖的人还要忙，一会儿就消失在那楼前树下。

车多到什么程度，形容如蚁群还不够，那车一辆挨着一辆在六道的单边路上拥挤，一辆辆的红着尾灯屏住气腼腆地悄然赶路，好像经理老总就在后面盯着似的，车多得看不见车轮子，泥水般的来回流动。房屋多就没法讲了，从历史悠久的广州到年轻漂亮的深圳，从生机勃勃的东莞到喜气洋洋的皇岗，一路没断过高楼大厦，那房屋一座连着一座，一座比一座高大，隔着玻璃窗我们像赛舟扁那样齐刷刷地从头看到尾，直到一座座高大的建筑物消失在车屁股上，在导游的解说中人人啧啧于口。树，在这里不是装饰品，纯粹是城市的绿窝子，有时候房屋遮挡了树，有时候树却淹没了房屋，掩映间，远远看去也像一张花花绿绿的大花盘：那树都是木棉树、大小叶榕树、大椰树；还有一些名贵花草插于其中，处处枝丫展露，花葩纷繁，姿态妩媚，艳丽夺目，娇柔且服帖得淋漓尽致；还有红树林，狂欢得从海岛燃烧到海滨路，感化了异域风情的加勒比海岸，把海洋温泉烧到了九十二度的高温，还大笔勾就了《大海的记忆》。如此这些，仿佛远古它们就为构建一个和谐都市而来。说到桥，那就更是复杂多变，有立交桥和地桥，有江桥和海桥。广东仿佛是桥的天下，立交桥就是桥上桥，那桥有两层三层甚至四层，桥连着桥，路连着路，使这座城市的血管永远流通。那江海长桥则拼命地跨大步子伸长脖子把对岸紧紧咬住，那恢弘的气势令我惴惴不安。人呢，自然是文礼交融。进宾馆，上商店，随处传来的是悦耳的“先生——请——”，然后是甜甜的笑脸，说来叫人心儿痒痒。

入秋已经一个多月，但在珠江三角洲到处是春天的影子，连春天到此都得流连忘返，难怪人们总是一步三回首呢，真的难以抹掉“木棉花暖鹧鸪飞”的韵味。这是古人断论的时绮景艳之乡，也是岭南特有的海天一色的港湾风光，这果真是人间天堂啊。从进入广州的第一天看到一排最醒目的标语“同爱这方热土，共建和谐广州”想到，广东这会儿不再是《祭鳄鱼文》中的投以猪羊驱鳄鱼了吧。

作为来自穷乡僻壤的游客，此情此景，回想起我那羞涩的故里，脊背陡然冰凉，仿佛对它原本的生活方式已经大有不满。然而那绝对是望尘莫及的感慨，对家乡却无须抱有什么不合情理不可预及的奢望。“子不嫌母丑，狗不嫌家贫”，过几天还得回到她的怀抱里，尽管对活着发出阵阵哀鸣。

在此，我深深地领悟到吴亚丁先生的一段话："只是，新的生活令人迷惘。因为我们总也找不到关于生活本身完美的答案。是不是我们的欲望太多了？我们既要城市的繁华和富足，又要乡村的宁静和诗意；我们希望金黄的稻子生长在城市街道的两旁，又幻想汽车和电脑能种植在肥沃的原野上……我们是不是向生活索要得太多了？"

（原载《文艺报》2008年10月30日）

2008年

王明析

读书随笔三篇

文人末路欲何往?

我不喜欢盗版书，但《绝响——一百个中国文人的临终绝笔》是个例外。那天在成都闲逛，我被路边书摊上的这本书吸引了。一望便知是盗版，但它特殊的内容却让我很难与其失之交臂。随便一翻，这些令人颇为吃惊而又沉重的心里话，一字一句就像针像刀一样，扎得人心里异常疼痛。草草浏览一遍后，我立即翻到瞿秋白《多余的话》和林觉民的《与妻书》，想借这两篇文章来判断这本书的"印刷质量"：一看真伪，二看错漏。还好，盗得不错，以我对这两篇文章的熟悉来看，暂时还没有发现错漏的地方，遂将其买下了。

这本《绝响》的不同凡响之处首先在于它对"文人"的定位，像瞿秋白、田家英、邓拓、周作人、陈布雷、陈公博等，按常规，他们都应该是大名鼎鼎的"政治人物"。本书编者将他们冠之以文人头衔，你还真不知这是在高抬他们还是在贬损他们；但我喜欢他这种归纳或者说定义。瞿秋白说"文人"就是读书的高等游民，是最没有希望的那种人，因为他往往连自己也不知道究竟做的是什么。（《多余的话》）他这话或许藏有一种无奈与辛酸、狂放与通达，你说他看破红尘也好，悟透世事也罢，但他敢于敞开心扉坦然面对死神的姿态的确令人肃然起敬。这位独具品格的共产党人1935年6月28日在长沙英勇就义时，国民党军阀处长传令他起程赴刑之际，他还集唐人诗句成诗一首：

夕阳明灭乱山中，（韦应物）
落叶寒泉听不穷。（郎士元）
已忍伶聘十年事，（杜甫）
心诗半偶万缘空。（郎士元）

一颗既苍凉又透明的流星就这样划破黑暗的夜空消逝了！透过这沉郁顿挫的“集句诗”，再结合他那篇惊世骇俗的临终绝笔《多余的话》，我仿佛看到了这位三十六岁便英年早逝的学者型革命家抱恨终身的微笑。一种令人沉思不已辛酸不已的微笑。

与瞿秋白死于敌手不同，陈布雷死于自杀。但有趣的是，这个做了半辈子官，写了一辈子文章（蒋介石大部分讲演稿、文稿都出自他手）的文人，也和瞿秋白一样后悔“文人从政”（见《多余的话》）。临死前，他把他女婿叫到面前说：“我一生最大的错误就是从政，以至不能自拔。政治这东西不好弄，你们千万不要卷到里面去。”这样的话我们听得太多了，有名人说的，也有凡人说的。这是怎么回事？难道文人就真不能从政吗？你说他们书生气重，不谙世事吧，可他们对世事实在可说是洞若观火。就以陈布雷为例，抗战胜利举国欢腾时，他的近身助手陈芷町打电话向他报喜，他却回答说：“有什么可高兴的？艰难的日子正在后面呢。”清醒得很嘛！可要说他们清醒，那为什么从古到今许多卓有政绩的文人，最后一段人生之路又都走得那么令人扼腕叹息，留给后人的话都是那样心灰意冷呢？

是不是说，文人都只能待在书斋，即使出仕，也只能做幕僚？但古往今来，我们看到的历史又并非如此。诸葛亮大家很熟悉，就不用说了；看看曾国藩，我们难道还敢轻视文人吗？如狼似虎的湘军创始人兼统帅，就是一个手无缚鸡之力的文人啊！话不能说得太细了，灯笼一张纸，点破不值钱，有心人自己去想吧。

人这一辈子，什么样的体验都可能有第二次，只有真正的死亡无法再重新体验；而且都知道，一旦远离阳世，身心俱不可再回。因此，贪恋红尘可说是我们每个人与生俱来的一种“集体无意识”，高质量的生存就成了众望所归的追求。人之将死，其言也真，更何况是内心世界异常丰富的文人。读《绝响》这本书，我经常忍不住要想的一个问题是，这些“文人”的所谓临终绝笔，设若不到生命的尽头，他们会吐露给世人吗？比如我一直在想，瞿秋白为什么一定要在英勇就义之前，才为后人留下一篇《多余的话》？

“戏说”宋诗解人颐

“诗评”比“诗选”更有趣的书我至今只见过这一本。钱锺书的《宋诗选注》（人民文学出版社1958年9月版）是一本学术著作，有许多地方我没兴趣读也读不太懂，但好读的地方却读过不止一遍。那诗评的口气很有点方鸿渐“玩世不恭”的口吻，深刻而又有趣。

宋诗不如唐诗，事实明摆着。许多人都对此发表过看法或高见，连毛泽东对宋诗都颇有微词，说“宋人多是不懂诗是要用形象思维的，一反唐人规律，所以味同嚼蜡”（《给陈毅同志谈诗的一封信》）。但真正将宋诗揪到学术大殿上作一番既通俗又深刻的剖析的人，我觉得钱锺书好像还是第一个。他为本书写的序是一篇长达一万八千字的“宋诗通论”，虽然谈的是宋人作诗的种种流弊，但对今人读诗与作诗却不啻是一种振聋发聩之言：“把末流当作本源的风气仿佛是宋代诗人里的流行性感冒”，不仅“苏轼有这种倾向……陆游更有这种倾向”。钱锺书好像是“闲得无聊”，不仅在序里展开他博古通今的论述，就是对一首“有口皆碑”的小诗他也不忘将其调侃一番。王安石《泊船瓜洲》“春风又绿江南岸，明月何时照我还”是人们熟知的讲究修辞炼句的名例子，都说这“绿”字选用得是如何的好，可钱锺书大不以为然。虽然他也选了这首诗，可在注释上他却要揭王安石的“丑”。他说“绿”字这种用法在唐诗中“早见而亦屡见”，像“东风何时至？已绿湖上山”“东风已绿瀛洲草”“行药至石壁，东风变萌芽。主人山门绿，小隐湖中花”，多的不是？于是他在想：王安石的反复修改是忘了唐人的诗句而白费心力呢，还是明知道这些诗句在有心立异？他最后选定“绿”字是跟唐人暗合，还是“自觉不能出奇制胜，终于向唐人认输呢”？这言外之意就只能靠我们去意会了。

钱锺书好像是在“戏说古人”，但他同时又告诉我们，不要“从古人各种著作里收集自己的诗歌材料和词句，从古人的诗里孳生出自己的诗来，把书架子和书箱砌成了一座象牙之塔，偶尔向人生现实居高临远地凭栏眺望一番。”这样，“内容就愈来愈贫薄，形式也愈变愈严密。偏重形式的古典主义发达到极端，可以使作者丧失了对具体事物的感受性，像玻璃缸里的金鱼，生活在一种透明的隔离状态里。”（《宋诗选注·序》）钱锺书在这里不仅一针见血指出了宋诗“错把末流当作本源”的弊端，还以一种深谙创作真谛的眼光，指出了具备“对具体事物的感受性”对于诗人（作家）的重要性。

话说到这里，他又让我们思考起另一个问题，宋诗的致命缺陷——爱讲道理和发议论——为什么会那样令人触目惊心。

诗歌长于抒情而拙于说理，这是稍有一点文学常识的人都知道的道理。就拿苏轼来说吧，其词无论是婉约还是豪放，都让人有一种心潮难平之感，像“大江东去”“十年生死两茫茫”“明月几时有”“老夫聊发少年狂”等等，而他最好的诗歌像《题西林壁》一类，了不起就是说了一个很浅显的道理，从表情达意的方式和深度看，与他那些伤时感怀一唱三叹的词都是无法比拟的。而更多的宋诗在说理上“道理往往粗浅，议论往往陈旧，也煞费笔墨去发挥申说”（《宋诗选注・序》），自然更是难以卒读。钱锺书对苏轼诗的优劣说得更是直截了当：“他在风格上的大特色是比喻的丰富、新鲜和贴切……毛病是在诗里铺排古典成语”，这实际上等于是告诉了我们欣赏和写作诗歌（尤其是古诗习作者）要注意的一个基本道理，只看我们能否领会和接受了。

尽管《宋诗选注》是郑振铎指示编的一本古诗选，是“命题作文”，但钱锺书还是在选谁与不选谁这一点上充分展示了他独具魅力的智士眼光与学者风度：“押韵的文件不选；学问的展览和典故成语的把戏也不选；大模大样的仿照前人的假古董不选，把前人的词意改头换面而绝无增进的旧货充新也不选；有佳句而全篇不太匀称的不选，这真是割爱；当时传颂而现在看不出好处的也不选，这类作品就仿佛走了电的电池，读者的心灵电线也似的跟它们接触，却不能使它们发出旧日的光焰来。”（《宋诗选注・序》）有了这样的高标准，读者便完全应该放心，这是本非同寻常的古诗选本。一般今人所编的古诗选，在注释上“人云亦云”的太多，真正像钱锺书这样“敢说善说”的实在是少见。我特别喜欢读这本书的那些简评和注释，往往是这些文字让我忍俊不禁从而心有所得。常常是这样，一首耳熟能详自以为懂了的诗，经钱锺书一简说，你往往会被惊得一激灵：嗬，还是这么回事啊？比如叶绍翁那首“应怜屐齿印苍苔，小扣柴扉久不开。春色满园关不住，一枝红杏出墙来”（《游园不值》），钱锺书虽选了它，但又将它如何从陆游诗“脱胎”而来的根根底底翻了个遍，使你在读他那些“考据赏析”文字觉得通透舒服的同时，又总是忍不住要想：这钱锺书是要拿叶绍翁来开玩笑呢，还是在用这种“揭短”的方式来轻轻松松告诉我们应如何去阅读和写作？

读钱锺书这些“戏说”文字，很多时候比读他选的那些诗还有趣。你有时简直要怀疑这不是他在“评”而是方鸿渐在“评”。例如他说严羽，对这个中国文学批评史上大名鼎鼎的诗评家，钱锺书在其作者简释中说：“批评家一动手创作，人家就要把他的拳头塞他的嘴——毋宁说，使他的嘴咬他的手……他的诗论着重‘透彻玲珑’‘洒脱’，而他自己的作品很粘皮带骨，常常有模仿的痕迹；尤其是那些师法李白的七古，力竭声嘶，使读者想到一个嗓子不好的人学唱歌，也许调门没弄错，可是声音又哑又毛，或者想起寓言里那个青蛙，鼓足了气，跟牛比赛大小。”刻薄得很呢！看他这段文字，你可能以为钱锺书把严羽的诗一巴掌都打死了，可他没有，《宋诗选注》还是选了严羽一首《临川逢郑遐之之云梦》：

天涯十载无穷恨，老泪灯前语罢垂。
明发又为千里别，相思应尽一生期。
洞庭波浪帆开晚，云梦蒹葭鸟去迟。
世乱音书到何日？关河一望不胜悲！

这显然是一首好诗，钱锺书虽未对它有溢美之词，但在注释上还是能看出他是比较欣赏这首“送别诗”的。

《宋诗选注》的确是本奇特的诗选，每次翻读，总感觉真学者做学问给人的启迪还不完全在“学问”上，那种好便说好，差便说差的求实作风尤其让人肃然起敬。而且，最让人感到难能可贵的是，“评”诗，他用的是自己的语言。

用自己的语言说话，看似容易，其实可是很难的哟！

孤独无援的海明威

“随后，坏天气就来了。往往秋季一结束，天气就开始变坏。夜晚，飘来的雨点使我们不得不关上窗户；孔德埃斯卡普广场上，寒风吹落了树叶。”

回忆录起笔便是这样一句，你觉得这像一本书，尤其是回忆录的开头吗？更奇的是作者还在序言里明确告诉你：“读者如果愿意，也可以将本书作为小说来读。”海明威这本特殊的回忆录原名《流动的圣节》（浙江文艺出版社1985年版），写于1957年。这年他五十九岁，此书正是他深味创作甘苦，历经病痛折磨，婚姻逢遭不幸，深感现实严峻和痛苦之际对自己青年时代的回忆。与杰弗里·迈耶斯（美）那本五十四万字的《海明威传》相比，这本十一万字的《流动的圣节》在文字和剪裁上我以为可读性更强。普通读者看书最常见的一个目的可能就是好奇，对一个在1954年便摘取了诺贝尔文学奖，生前一有作品发表，不论写得成功还是失败，都在西方引起巨大轰动的这位著名作家的自传，我最关心的是他为什么单单对这段消逝的时光情有独钟。看完这薄薄的一百六十五页文字后，我在猜，海明威之所以对在巴黎度过的这段“花样年华”念念不忘，怀念发妻哈德莉很可能是其中的一个重要原因。写这本书时，海明威已结过四次婚，当有人对他终身沉湎酒色，并留有不少婚外风流韵事大加鞭挞时，你不能不为他的这种“反常”留恋产生思索。尤其是在经过了三十多次的改动后，作家仍让这本“自传”酣睡箱底，生前不让它与他的书迷们见面，非要到死后才由其妻玛丽·海明威将其付印出版，会让人很容易去猜想这里是否有什么“难言之隐”。一般说来，作家生前不愿发表的东西，往往都是他人性中最为本质的一部分，就像《普希金秘密日记》初见天日时让人一读之下眼镜大跌一样。在《流动的圣节》中，我惊奇地看到，海明威居然还有那样一颗孤独而又脆弱的心。这头“阅尽人间春色”的老狮子在回首前尘时，遥想哈德莉，竟是这样一副曾经沧海的口吻：“我爱她，我不爱其他任何人。”

这话肯定会让他那些“红颜知己”中的某些人大为光火。不过，海明威毕竟是海明威，他也许早就想到了这一点，所以他在书的序言里预先已声明：“读者如果愿意，也可以将本书作为小说来读。”但我在想，即便是小说，也不会是空穴来风啊。我不是对这个文学怪杰的私生活感兴趣，而是在想，了解作家这类埋藏至深的“隐秘”后，对理解他作品所具有的特殊意义。

所以，我读海明威，体会最深的不是一般论者常津津乐道的那种坚强冷硬，而是他那种深入骨髓的孤独无援。

我觉得在海明威所有重要作品中，都无一例外地浸透着孤独无援这种崇高的悲哀，人类与生俱来的悲哀。纵观人类有史以来的优秀作品，很少有哪一部不浸透着孤独无援这种沉重的血液，从《离骚》到《红楼梦》到《呐喊》，从《神曲》到《约翰·克利斯朵夫》到《百年孤独》，一代又一代肤色不同信仰各异的读者，就是在这些孤独的先驱者的指引下，悲壮地行进在语言文字的崇山峻岭之中，苦苦跋涉着，追寻着。海明威的许多重要作品都涉及打猎、斗牛、捕鱼、枪杀、战争等惊险环境，人物也常常是“硬汉”形象，但我认为这只是一种表面现象。以他最负盛名的《老人与海》为例，这部倾注了他十五年心血，为他赢得诺贝尔奖的中篇小说，“硬汉”圣地亚哥显然不如因他捕鱼而概括的主题出名：“一个人能被消灭掉，但不会被打败。”

我读《老人与海》有一个很怪的感觉，海明威为什么要用一种掷地有声异常精确的语言为我们讲述这样一个“冗长乏味”的故事呢？不错，“硬汉”圣地亚哥的壮举的确让人感到惊心动魄，但书中弥漫的多愁善感和自我怜悯的哀伤气息也让我心头惆怅难去：大海的单调与苍茫，小屋墙上亡妻孤零零的照片，匮乏的食物，伤感的眼泪……我觉得，“硬汉”圣地亚哥其实就是“海明威”！他不是在为我们讲述一个古巴老渔夫的捕鱼故事，而是在一种孤独无援的落寞中总结他一生的“辉煌”。表面上看，一个不屈不挠、信念坚定的人，历经艰难险阻却得个啼笑皆非的结局委实令人颇为尴尬。但我们细细一想，这不正是人类在许多时候实际状况的写照吗？很难说海明威对他的一生不是这样看。我总觉得，海明威1951年写《老人与海》，1957年写《流动的圣节》，都是他内心孤独无援或彰或隐的一种体现。因此，1961年7月2日，海明威在爱达荷州家里用他心爱的猎枪打掉自己的大半个脑袋，才会成为他一生最有代表性的“经典作品”。

有思维、有思想是人区别于一般动物的本质特征之一。人与生俱来的“弱点”很多，孤独无援我以为是很多人的“通病”，尤其是在一些政治家和文学家身上。前者由于某些能“理解”的原因一般不易为人所知，后者虽较前为显，但也要细心才可洞悉。其实，海明威的孤独无援并不始于20世纪50年代，在他此前的许多重要作品里早已初见端倪，如《太阳照常升起》《永别了，武器》《乞力马扎罗的雪》《丧钟为谁而鸣》。海明威的每一部重要作品都有他刻骨铭心的生活经历为写作原型，在《太阳照常升起》中，他是“迷惘的一代”；在《永别了，武器》中，青年亨利在惨烈的战争环境下，内心深处的孤独无援触目皆是，这在电影上表现得尤为鲜明；《乞力马扎罗的雪》（包括同名电影）把这一点更是表达得淋漓尽致。甚至，以我陋见，海明威在写作上广为称道的“冰山理论”和他惜墨如金的“电报语言”，也未必不是包裹他那颗孤独无援的心的一种“无意识”选择。

海明威的书现在印得太多了，这些书一本比一本印得漂亮，但我最心仪的两本还是1981年上海译文出版社的《海明威短篇小说选》和贵州人民出版社的《战地春梦》。前者封面由著名的陶雪华女士设计，先锋而又古雅，深得海氏小说精义；后者书名有些媚俗之嫌，不如《永别了，武器》这个有双关意思的书名耐琢磨，但译者林疑今很可能是个读了不少古书的人，译文非常漂亮，我所见的其他版本在文字传神这一点上，无人能出其右。故在此赘言，希今日爱海氏者寻来读之。

（原载《散文》2008年第11期）

2008年

罗吉万

顶云往事

新照片上的沧桑面孔

清早一上班，就有老友送来了一张新照片。

是一张小型会议合影彩照。照片的额题是："'顶云经验'三十年，贵州作家走进关岭"（2008年5月28日）。背景是关岭布依族苗族自治县顶云乡政府办公楼。这张合影照很是特别，和以往的会议合影照不一样，最不同寻常的地方，是照片上的形象组合格局。画面的显要位置打眼之处，不是司空见惯的领导官员排排坐，也不是美女若干众星捧月列前添彩，而是五个衣着老旧、面貌朴拙、肤色黧黑的老农民。

他们，就是"顶云经验"的历史见证者和主要当事人。

这五位老农，个个都是年过花甲的老人。沟壑纵横的苍老面庞上，深深地刻画着吃苦耐劳的坚韧、从容不迫的执着、宠辱不惊的平和，这就是贵州贫困山区普通农民的形象及精气神。我深信，当日在场的与会者，无论是官员或是作家，每一个在农村泥巴地里长大的人，都可以从他们花白的胡须和密布的皱纹深处，找到自己的父辈和兄长的影子。而三十年前，就是这几位平凡普通的农民父兄，为了一个最基本的生存诉求，为了一个最简单的小小梦想——"吃上一口饱饭"，同心携手，密谋筹划，干出了一件很不平凡的大事情。在中国改革开放三十年的历史文献中，被称为"顶云经验"，与发生于安徽省的"凤阳经验"遥相呼应，石破天惊，在全国激起一场思想大讨论，引发农村大改革。于是，忽如一夜东风来，改变了中国农民的命运。

在顶云乡政府敞亮的会议室里，县委书记王猛舟以诗人的激情，一面向作家朋友们概述关岭县情，一面高度评价五位老农的历史功绩。是的，遥想当年，在中国大地，在贵州高原，凭藉“顶云经验”春播秋收，贫困的农民“伯伯”真的吃上了饱饭，他们顿时成了时代英雄。然而，这份意外的荣光，却是几位老农当年做梦都没有想到过的；恰恰相反，他们为了那个在当时极度“违反政策”的行动准备随时付出代价，做好了去坐牢的心理准备和事后安顿。那个年月，他们连“发家致富”的一丝念头都不敢有，“底线”低得可怜——只求活路做得走，好地能出好庄稼，“有一口饱饭吃”就行了。甚至直到现在，他们拘谨地坐在那里，有点局促不安，桌上摆放有时鲜水果，他们也不曾去碰一下，不多言语，提起陈年旧事，也只是不断重复着那几句大实话。

当我拿到这张照片独自端详和回味的时候，采风拍照的那个日子也已经成为过去成为历史，几位老农也不知又平添了几条皱纹几根白发；然而，回望三十年前，在顶云这片贫瘠的土地上，他们却是正当茂年的精壮汉子；不单在家里是上有老下有小的顶梁柱，在集体所有制的村寨上也都是大大小小的当家人。那时候，他们就得时时要站出来说话：说良心话，说公道话，说台面上必须说的套话空话假话，说台面上不敢乱说的心里话，说怎样挣脱饥饿的实在话……他们的话语，似乎已经在那时候——“顶云经验”悄然酝酿和形成的时候说完了；现在，九转功成之后，印堂一片光亮，反倒好像再也没有什么可多说的了。

我怀着深深的敬意，拿出“黄果树”香烟，给五位老人逐一敬上。他们谦恭地接过去，欣然打火吸了起来。朦胧缥缈的烟云中，一切都尽在那祥和的微笑和眼神中了。

我与他们似曾相识。三十年前，在顶云这个地方，也曾留下过我行走和狂奔的脚印。也许，就在田边地角的哪一条小路上，或者就在哪一棵歇凉的大树下，我们曾经对面走来借火点烟擦肩而过？在我的感觉之中，这几位老人，是那样的面熟。

“顶营公社”时代的当家人们

上边这个小标题中，“顶营”的“营”字，请读者千万不要误会为错别字；在20世纪80年代以前，顶云这个地名原本一直是写作“顶营”。这是地名，也是一个历史符号。

据史载：明王朝曾在这里设立“顶营长官司”，与西边的“沙营长官司”、南边的“慕役长官司”及东边的“六马”，为关岭境内有名的“三司六马”。改土归流（改土司制为流官制）之后，土司不复存在，但当年显赫一时的土司营盘城堡至今还残存于乡政府对面的山顶上。可是，不知从什么时候开始，出于什么理由，“顶营”被更改成了“顶云”——头顶一片云，生了另一种意味，写起来笔画也简约得多，但是，却也把这个地方历史文化的烙印给略掉了。顶营，顶云，一字之差，普通话念起来不太一样，地方口音叫起来倒完全一样；但这当中永远不一样的，却是太多说不完道不尽的东西。这是题外话，不多说。

顶云乡的前身，是“顶营人民公社”。

“顶营公社”时代，是五位老农民的青壮年黄金时代，也是我的年轻时代。那时候，顶营公社办公环境简陋得很，在车辆隆隆飞驰而过的320国道边上，立着矮巴巴的两栋青砖平房，大门前边的院坝一直没有很好地修理平整，到处是大大小小的石包参差突兀，远远看去就像一个巨大的山地沙盘模型。不过，逢到春光明媚的日子公社露天开会，倒可以当沙发随便坐。裸露的青砖屋墙上，挤满一条条醒目的大标语：“人民公社万岁！”“大跃进万岁！”“农业学大寨”……比起现在的顶云乡政府，新旧面貌反差之大，可以说真是天壤之别。如今的乡政府，亮堂别致的几栋办公楼巍然矗立，周遭一片浓荫簇拥花木掩映。院墙外除了与时俱进的标语口号，还有许多居高临下的现代广告牌，制作精美，色彩亮丽，十分吸引眼球而富于煽动性。我从“热烈欢迎”和“‘顶云经验’三十年”的大红横幅下走过去，步入顶云乡政府（也是当年的顶营公社）大院，旧地重游，却恍若隔世。

三十年前，我跨出校门没几年，在县文化馆干着“万金油”的活儿，奉命到顶营农村“深入生活”，编写剧目参加省里和地区的文艺汇演，多次往返奔忙于县城和顶营公社之间。而且，有时在那里一住就是十天半月。我通常是住在顶营分销店我同哥（世兄）周正祥那里，分销店是一栋两层的青砖楼房，隔着马路与公社办公楼咫尺相望。后来，在公社那栋青砖平房的一个角落上，也有了公社临时指派给我的一个小房间，说好让我免受各种干扰，独自在里边熬更守夜冥思苦想，搜索枯肠闭门造车。那时候，顶营公社当家的“一把手”是个年纪不到四十岁的布依哥们，名叫卢泽江。这位年轻的卢书记看上去十分敦厚温和，平时言语不多，但多是很诚恳的实在话。

那时候，隔着墙门，我不时感受着这位当家人和他的搭档们白天夜晚的忙碌。那年月，似乎每天都有解决不完的问题，处理不完的纷争，最头痛的就是粮食问题，老百姓的吃饭问题。公社食堂的伙食很简单，通常是白菜萝卜豆腐闹一锅，外加一两碗煳辣椒蘸水，三五碗饭下去夯实了肚皮，然后抽一支饭后烟，然后各忙各的事去。偶尔也安排“打平伙”打打牙祭，煨鸡炖肉喝回把酒，把分销店的周“掌柜”和小学校的老师们也邀拢来，热热闹闹地过一回幸福而贫穷的社会主义生活。

那时候，那几个正当壮年老农民，是顶营地方更为基层的当家人。隔三岔五，有事找书记，自然是断不了到简陋的公社大院进进出出。尤其是春耕大忙之际又总是闹粮荒，他们会在公社当家人的办公室磨上大半天，为的是给自己管下的社员缺粮户多争取一点政府专门接济春荒的“返销粮”。说起来，身为一个农民，守着土地勤苦劳作却连饭都吃不饱，还有什么比这个更难堪更尴尬的事情？其实，庄稼汉们心头很明白：一窝蜂的“大集体”生产方式，永远不可能真正地获得好收成。可是不管怎样，作为光荣的人民公社社员，还得要胸怀全球，情系水深火热的亚非拉，时时想到全世界还有三分之二的穷苦人民等着去解放。因此，每到秋收上完公粮过后，还得做出高高兴兴的样子，响应号召去交“爱国粮”，交“欢喜粮”。剩下来的粮食，就少得仅够过一个冬；过完年，又得苦起脸靠上边下拨“返销粮”救济。

在顶营这片乡土上，贫苦农民们的祖上受穷受罪，是罪在地主恶霸的剥削压迫；祖上的祖上受穷受罪，是罪在土司“以夷制夷”的残酷统治；可是到了这一代，是得解放翻了身当家作主的新时代农民，还吃不饱饭，这该从何说起？

当家人们心知肚明，问题就出在人民公社的“一大二公”——“三级所有，队为基础”的生产方式上。天天喊穷则思变，怎么变？只有一个选择——摆脱“大集体”的生产框架，实行定产到组、联产承包、责任到户甚至到人，产量与责任人的收益挂钩的生产方式，去除滥竽充数的出工不出力等低效劣质因素，让好地正常地长出好庄稼，让瘦地变为良田夺得好收成，让真正付出辛劳的责任人能够多劳多得增产增收，还愁不得一口饱饭吗？但是，在当年，那可是一条铁的政策、钢的框架，谁有胆气有本事乱“跳”出来，就有可能接着又“跳”进班房里去，就算从轻，也得被打成“坏分子”天天背书。

但是，这几个当家人豁出去了。这样，在那个春季的日日夜夜里，当我龟缩在公社的角落里挖空心思闭门造车的时候，一场命运攸关的密谋行动，正在离我不远的山地里悄悄地发生。而后来，在“纸”终于“包不住火”的关头，他们的斗胆变革，最先得到了公社的当家人们的斗胆支持。许多年头过去，当我再次面对“顶云经验”这几个字，不禁心生愧怍——我也曾是个农民，但当年我是那样的麻木不仁，离农民弟兄的内心那样的遥远；所以，也注定了我在那些日子里写出来的所谓剧本，属无源之水无本之木，只能是一件失败的废品。

事实上，在中国广袤的农村，心存这番“思变”念头的当家人到处都是，但敢于付诸行动的却不多；敢想敢做又能得到上边支持的，就更是少而又少了。所以，顶营公社那几位基层当家人是幸运的。他们的变革实施，从公社当家人起始，层层惊动上去，最终得到肯定，无疑是远远超出了他们的能量和想象。

记者的责任与良知

有关“顶云经验”的文章，包括其十年、二十年、三十年的纪念与回顾，追踪报道、评述研究等等，连篇累牍，令人目不暇接，一时读不过来。而有一些报章，则难免有所雷同和重复，似乎无须乎新意，不过是凑凑热闹而已。但是，有一篇回头看来仍堪称经典的文章，当年一刊出就深深地烙在我的记忆中了，尤其是在文章“出笼”之前的采访期间，我与记者曾有过短暂接触和闲聊，每每记忆犹新，至今想来依然感慨良多。

这篇文章，就是《“定产到组”姓“社”不姓“资”》。

该文采写于1978年秋天，在当年11月11日的《贵州日报》头版加“编者按”推出。一石激起千层浪，在广大读者中特别是在广阔的农村引发强烈反响；因发表于11月11日，一度被渴望推行联产承包责任制的农民们称为“1111号文件”。

作者是两位新闻记者，一个是当时《贵州日报》驻安顺记者站记者陈朝禄；一个是安顺地委宣传部新闻通讯科的干部冯先受。我与陈朝禄至今没有见过面，第一回他们下顶营采访时，我只见到了长得瘦瘦的冯先受。此前，老冯与我有过一面之交，在地区召开的某次会上还同过组。那天中午，秋高气爽，在县委食堂门外的九月阳光里，我端起一钵菜盖饭，他也端起一钵菜盖饭，意外喜相逢，打哈哈拉手问候，然后相挨着蹲下来刨饭。

那时，县委食堂的饭桌很少，年轻人们都喜欢蹲到饭厅门外的院坝，边吃饭边说笑，有时吃完了也还闹上半天不散伙。那时，冯先受是上边派下来采访的记者，却也没有任何特殊招待，更没有红包之类的“补给”，就端个钵钵打上菜浇饭，跟我们一帮单身汉“打蹲蹲”。我问老冯这回下来搞的是哪方面的采访，老冯说：非比寻常，非同一般，是个难整的活儿。他操着浓重的四川口音说，你们顶营公社好几个生产队搞包产，惊动到上边去了。这事儿争论很大，我们奉命下去探个虚实，做个摸底采访，这几天就要写篇东西出来。我说，顶营我很熟，但对包产的情况不是很了解。老冯说，正想拉个“熟脚”，就要拉上我一路去顶营。可惜，那些天文化馆有会议和活动，我无法抽身同行。这时，一个红烧洋芋从老冯的饭钵掉出来，骨碌碌滚去好远，老冯追过去抓起来稍做卫生处理，塞进嘴里吃了，说道，真遗憾。不过也没关系，那就后天再见吧，到时初稿出来给你看看。我已经隐隐感觉出老冯他们这桩“活儿”（采访任务）的特殊和分量，却无从插手帮不上帮，就说，老冯，到顶营乡下，须用电筒的时候太多，如果需要补充电池什么的，就去分销店找我哥想办法。

老冯说，这活儿太大、太难、太重。想想看，人民公社“一大二公”“三级所有，队为基础”是个天大的政治原则，一搞“定产到组”，等于彻底否定了这个实行了若干年的政策。这个政治风险有多大？但是，老百姓，农民，为什么要冒险去搞？为什么？民不畏死，奈何以死拒之？该肯定，还是该否定呢？一边是人民公社化的既定政策，一边是新中国成立近三十年了农民还吃不饱饭的严酷现实。你说这篇文章该怎么写？难啊！

分手的时候，老冯说，不过，我和老陈（朝禄）都想好了，深入采访，实事求是，从实招来。不管怎样，一定要说真话。

两天之后，在县委招待所里，我们又见面了。老冯拿出一沓贵州日报的文稿纸来，第一页上，一行刚劲钢笔行草，写的就是："定产到组"姓"社"不姓"资"。

老冯又跟我聊了很多。有一句话至今我还记得很清楚，他说，过去常说"大河涨水，小河才会满"；到顶营看了定产到组之后的丰收景况，这话就得要倒过来说，"小河涨水，大河才会满"。

至今我常想，假令当年陈朝禄和冯先受的文章不是这样写，而是"顺理成章"地站在维护"一大二公"的立场上去写，那又将会是怎样的情形呢？

（原载《山花》2008年第12期）

喻莉娟

我一人独自将此火高高举起
——关于当代新诗的随笔

诗歌不是我的强项。当然，我并不是说，其他的文学形式就是我的强项了。我虽然出版过一部长篇小说和一本散文集子，成为了作家协会的一员，但我的感觉却至今还是稀里糊涂的。用现在的流行语来说，大概就是“一不小心”，成了作家协会的会员。

我很羡慕我的公公寿生，随随便便就可以写几句叫“诗”的文字。因此，我对诗的好奇，是一种二极走向。一极，是古典诗歌，因为寿生基本上写的是古诗，寿生的家人和他们的朋友，也经常在家里背一些古典诗歌。另一极，却是当代诗歌，朦胧诗和后朦胧诗，这大概是我在读师大中文系的时候，已经在遵义教育学院做了中文教师的先生给我推介了顾城的《一代人》——“黑夜给了我黑的眼睛，我却用它寻找光明”的缘故。在之前，我的先生也曾经给我推介过泰戈尔的《飞鸟集》，诗集多是这样的句子：“如果错过了太阳时你流了泪，那么你也要错过群星了。”泰戈尔的诗富于哲理，跳跃着思想的火花，但却灵动轻松，而顾城们的诗，却多较沉郁。从那个时候起，我就对当代诗歌比较感兴趣，只是我觉得自己还没有写诗的天赋，写，是没有尝试过。但我至今还经常记起我与女儿一起欣赏海子的《面朝大海，春暖花开》的情景：

从明天起，做一个幸福的人
喂马，劈柴，周游世界
从明天起，关心粮食和蔬菜
我有一所房子，面朝大海，春暖花开

我们经历过那么纷繁复杂的历史变化，奋斗了一生，读着海子的诗，真的是感慨万千。至于我的女儿，大概是受了两个老知青的影响罢。

后来，我要评教授。作为中文系副教授，我想，我应该写一点思想较深的东西。因为我们的书架上《朦胧诗选》《诗探索》《中国探索诗鉴赏》等有关探索诗歌的集子还比较多，我突发奇想地对我先生说，我想研究一下当代新诗。我先生就给我推荐王家新他们主编的《中国诗歌九十年代备忘录》，说，研究当代新诗不可不读。

说实话，刚开始看的时候，你会感觉有些恼火，这些新生代诗人们的诗论，比他们的诗歌要难读得多了，但我是要研究他们，只有硬着头皮读下去。也许我这个比喻很不恰当——在《儒林外史》中，主考官周进刚开始阅看范进的文章时，觉得这个人的文章难以卒读，但当他闲坐无事，又取过范进卷子来看，“看罢，不觉叹息道：‘这样文字，连我看一两遍也不能解，直到三遍之后，才晓得是天地间之至文，真乃一字一珠！’”于是范进才得以中举。我读《中国诗歌九十年代备忘录》的感觉就是这样，当我耐心去读的时候，我发觉，中国当代诗歌，无论它的表面人们怎样看，但它的骨子里面，却有着铁的脊梁。

表面上看，当代诗歌产品不免粗糙，但正是这种“粗糙”使它们保持了不灭的艺术生命之火。有人认为，与其说当代诗歌面临着“荒漠”的命运，更不如说它闪耀着“荒漠”苍凉雄奇的北极之光。正如新生代诗人海子的作品所展示的：

万人都要将火熄灭，我一人独自将此火高高举起
此火为大，开花落英于神圣的祖国
和所有以梦为马的诗人一样
我借此火得度一生的茫茫黑夜

（《祖国（或以梦为马）》）

比起过往的新诗现象来，中国当代探索诗具有以前诗人们不可想象的发展优势：

诗歌的写作由过去的精神压抑向精神的自由释放发展，因此诗歌的内涵意义由浅薄向深刻发展；诗歌的语言形态由“千人一面”“言不由衷”向诗歌话语的个性化发展。诗歌，用它的内涵美取代了仅仅停留在形式上的“诗美”；“诗”，真正变成为“诗”，而再不是具有语言美的“意识形态广告”。

随着中国文学历史语境的深刻改变，中国当代诗人的内心情绪终于可以得到一种自由的释放，他们不必再仰人鼻息。我觉得，当代探索诗有一种最重要的诗歌史状态：

“诗”，已经成为诗人自己内心世界的组成部分。这是诗人们应该珍惜的关于诗的历史语境。

在过去的历史语境中，“诗歌”实际在很大程度上与诗人的内心形成了某种对抗。不得不承认的现象是：诗人用语言阐述着“他人”的意志。可以这样说，过往的“诗歌”，在“诗”的历史话语场上，不存在“诗人”的“个人话语权”，只存在一种“诗性”的“集体话语权”。

这就是后朦胧诗人们认为朦胧诗不过是一种“集体写作”的原因，因此，他们发起对朦胧诗话语的“颠覆”。

但如果我们阅读了食指的经典诗作《这是四点零八分的北京》，作为朦胧诗的滥觞之作，它表现出来的，与以往诗作的巨大差别，却不能不使我们感到朦胧诗派在中国诗歌史上的重大“启蒙”意义，诗人的个人话语权开始悄悄地入侵“集体话语权”。没有这种“入侵”，就不会有后朦胧的“颠覆”。

作为当代诗歌发展过程中一个重要的历史环节，我在研究的过程中，还专门阅看了《天安门诗抄》。作为一种“思想上的启蒙”，《天安门诗抄》无疑具有重大的意义；但从诗的艺术角度去审视，《天安门诗抄》还不是“诗的艺术解放”。

作为“诗的艺术解放运动”，我们看看食指的诗作，你才可能发现：诗，原来是这样！

我们看过多少关于知青的文学作品，但在所有这些作品里，我们仍然深刻地感受到作者所受到的外力所施与的心理暗示和意识强迫；而在《这是四点零八分的北京》里，我们则完全是一种全新的感受，而这种“全新”的感受，却是每个知青在离开自己的栖息之地，即将去到一个不可知的地方时，他们真实的内心体验。谁也不会相信，下面的诗，会是写在1968年的诗；因为从这首诗里，我们完全感觉不到那个时代必然的文学特征——用诗人的语言表现他人的意志。

这是四点零八分的北京，
一片手的海浪翻动；

这是四点零八分的北京，
一声尖厉的汽笛长鸣。

北京车站高大的建筑物，
突然一阵剧烈地抖动。
我吃惊地望着窗外，

不知发生了什么事情。

我的心骤然一阵疼痛，一定是
妈妈缀扣子的针线穿透了心胸。
这里，我的心变成了一只风筝，
风筝的线绳就在妈妈的手中。
…………
我再次向北京挥动手臂，
想一把抓住她的衣领，
然后对她大声地叫喊：
永远记住我，妈妈啊北京！
…………

诗歌的震撼力，在于那时任何一首诗也不可能透露出的那个时代整整一代人的彻心之痛。它并未对那场强加于人的运动进行质疑，而是通过未经“扭曲”（在过去用了一个非常美妙的伪词——“艺术真实”）的真实生活细节，真切地表达了诗人内心的感受。我们认为，作为诗歌，不但在这里抒发虚假的理想之歌是矫情，即使质疑或反思，其实也是一种矫情。正如王家新所说：“它不再指向一种虚妄的宏大叙事，而是把一个时代的沉痛化为深刻的个人经历，把对历史的醒悟化为混合着自我追问、反讽和见证的叙述。”（《中国诗歌九十年代备忘录·代序》）

不妨认为食指的诗是埋下的种子，当20世纪70年代一旦提供了适宜的时代土壤，就有了朦胧诗的破土而出，也就有了第三代、第四代诗的自由成长。

正是由于这种诗歌史状态的形成，无论我们是翻开《朦胧诗选》还是翻开《中国第四代诗人诗选》，我们目及之处，大多是沉甸甸的思想积淀，与以往不一样，既无歌舞升平的应制之作，亦无风花雪月的轻浮之品。

“新生代”诗人亦即“90年代诗歌”诗人陈东东的阐释，使我们对中国当代诗歌有了更深刻的认识，或者说，面对陈东东的阐释，我们不由“松了一口气”，陈东东说：

因此，诗歌写作，它是诗人的一门手艺，是他的诗歌生涯切实的一部分，而不是一个大于诗人实际的寄儿之梦。诗人通过写作创造一件飞翔之物、一个梦、一首诗，而写作本身是有根的、是清醒的，这门手艺只能来自我们的现实。作为一个出发点，即使是一种必须被否决的世俗生活，也仍然是至关重要的，不容忽视和逃逸。诗人唯有一种命运，其写作的命运是包含在他的尘世命运之中的。那种以自身为目的的写作由于对生活的放逐而不可能带给我们真正的诗歌。诗歌毕竟是技艺的产物，而不关心生活的技艺是不存在的，至少是经不起考验和不真诚的。

（《中国诗歌九十年代备忘录·有关我们的写作》）

这就是我研究中国当代新诗的一点点感想：不管诗坛发生了什么情况，我们认为历史给予诗歌最好的机遇，就是你可以按照你自己的方式进行写作，也可以按照自己的方式进行批评。这种历史的机遇，或可以说，这既是诗人们的努力所致，也是某种“集体意志”的努力所致。因此，我这里有点想把前面的逻辑颠倒一下来说：我们还要说，“诗”，是每个诗人“个人”的，而“诗歌”，却不仅仅是每个诗人“个人的”。不知道我这样说是不是有点前后矛盾，我自己认为不矛盾。

（原载《山花》B版2008年第12期）

张　劲

仁怀杵印石和它的邻居们

一

邂逅杵印石，是在仁怀市驰名的“国酒门”边。

“国酒门”，一座以“国酒”而命名的高大城门，重檐翘角，龙柱华表，雕栏宫灯，一派富丽堂皇。杵印石所在的仁怀博物馆，与它的芳邻“天下第一瓶”、盐津河大桥等等，便都定居在城门附近。

这是一个风格有些别样的居住群落。“天下第一瓶”原系茅台酒瓶模型，因其三十一点二米的巍峨身高和十点二米的硕壮腰围，1997年曾被上海大世界吉尼斯总部认定为“世界最大的实物广告”而享誉遐迩，无论什么时候望去，都可见它雄峙山头，高高在上，彰显的尽是王者之气。

广告瓶山下是盐津河大桥，其桥身凌空飞架，下临深谷，磅礴伟岸，释放的尽是豪者之气。

桥的一侧与“天下第一瓶”隔公路相对视的是博物馆，其建筑低矮、简朴、陈旧，吐露的则是平民之气了。杵印石就终年落寞地蹲伏在馆内的楼角处，不但平民气十足，而且还格外地土气与老气。

我们来访的那段日子，正值盛夏炎天，炽热的太阳倾下一盆盆火来，烤得大桥冒烟，蝉声发烫。人们喜新厌旧的目光，总是率先被“天下第一瓶”所俘获，大家宁愿曝晒在骄阳之下，也要争先恐后地穿过公路，把自己兴奋的脚步竞相献给那座小山、那尊巨瓶；而侧立在桥旁树坡下的博物馆，即便近在咫尺，也荫凉许多，它那褪色的大门却仍然鲜有人前去叩问。

我恰是在这个时候信步踱进馆内，并且见识了素昧平生的杵印石。

说来也许有缘，那天我走过它身边的刹那，恰逢一缕清风越窗而入，在扔给我汗湿的胸背以凉爽的同时，风也轻轻拴住了我的脚步。我停下来，才一低头，就看见了它那张脸——一张灰暗、粗犷、野性、满布着许多麻窝的脸。

那张麻脸很奇特，奇特得令我愕然，令我震惊。那些个麻窝，竟是一个个杵印。不足二分之一平方米的石板上，竟然分布着好几个杵印窝，其模样是一律地浑圆、光滑，甚而称得上精致。这些圆形坑窝，深的可达七八厘米，浅的也有三四厘米，坑沿直径或大或小，宛如嶙峋岩石上镶嵌着的酒杯。其形状乖巧而又粗蛮，黑丑而又美丽，典雅而又异端，如果送到大都市展览，并不比某些后现代作品逊色。

但我深知，这些大张着口的“酒杯”里，注满的不是美酒，而是渐行渐远的沧桑时光和背夫们早已风干的汗渍血痕。

杵印石旁边，还卧着它昔日朝夕相处的老对手、老冤家——杵杖。杵杖长约一米，弯月形的杵柄，铁皮包裹的杵身，细长、黝黑、坚韧。背夫们爬坡下坎歇脚时，杵杖是必不可少的支撑工具，当杵杖死死顶住背篼的重压，杵身就死死咬住滑溜的石头。年深日久，不但杵印石被啃咬得麻窝分明，杵杖也被磨得溜光锃亮。

一对清代留下的老冤家，本来早就相忘于江湖，如今却又退休言和地聚到一起，在“国酒门”边促膝叙旧来了。

叙旧，叙些什么呢？背篼、杵杖、杵印石，本是压迫与反抗，征服与斗争的关系。三者都想证明自己的力量，这里没有客气与谦让，没有虚文与浮词，有的只是强者之间挟带着粗重喘息和金属撞击声的铁硬对话。

杵杖一日日变短，杵印一分分加深，当背夫们把自己也打磨成一根根黑瘦的杵杖时，一个个“酒杯”也就镶嵌在杵印石上了。或许可以这样说，杵杖也好，杵印石也好，都是背夫们“行为艺术”的作品。那么背夫自己呢？背夫自己，则是背盐活计反复研磨出的作品。

二

背盐，是公路通车前川黔交界处一项特别的运输活计。旧时，贵州所需食盐要从四川运来，川盐进入黔西北后又多沿赤水河上溯转运。由是，便形成了一条条特殊“盐路”。

水上盐路，铺在峡深流急的赤水河船道上，扛在纤夫们的肩膀上；陆上盐路，开凿在仁怀等县的悬崖峭壁间，驮在背夫们的脊背上。水上盐路有纤夫们拉出来的累累纤痕，陆上盐路有背夫们啃出来的累累杵印。盐路上引进的是盐巴，输出的是茅台酒等土特产。

在“引进”与“输出”之间，盐与酒在纤痕与杵印上完成了相遇相知和相伴相生的联姻过程；“酒冠黔人国，盐登赤水河”“川盐走贵州，秦商聚茅台”的繁荣景象，也是在纤痕与杵印上绽开的经济文化之花。

如今，人们多只识得喜庆欢宴场合茅台酒的香醇美妙，而极少有人知道杵印石上背夫们当年的艰辛与磨难了。

20世纪30年代，受到鲁迅赏识的著名黔籍作家蹇先艾，曾在他的乡土小说《盐巴客》中，逼真地描述过那些“因为重载的压迫，有几分像骆驼”的背夫们。作者写道：“他们有一种特别的本领，便是背上驮着仿佛大理石块子的盐巴，重叠着像三四尺高的白塔，和骡马一样，跋涉十天半月以上的长途，每天走七八十里或者一百余里路，不算一回事——他们被大家叫作‘盐巴客’。”这些“骆驼”似的“盐巴客”，脚下摆脱不掉的是崎岖山路的无尽纠缠，头顶摆脱不掉的是烈日风霜的连年煎熬。

今版《仁怀县志》收录的民谣《背盐歌》中，还曾这样唱道：“打杵栽在屁股上，背上生起盐水疮，痛痒难耐睡不着，睁眼一晚抠到亮。老婆儿女盼回家，三天两头敬菩萨，背垫、打杵都是神，保佑亲人背盐巴。”（笔者注：“打杵”即杵杖）敬杵杖为“神”，可见其对于背夫们行路安全的重要。但即便杵杖结实，即便万分小心，也不能完全保证他们往返平安。他们还要受到贪官劣绅的欺凌和土匪兵痞的勒索。蹇先艾笔下那位悲惨的“盐巴客“，便是被国民党乱军推下悬崖而致腿断骨折的……

仁怀博物馆的这块杵印石，据说采自茅台镇下游的吴公岩河段。我曾沿赤水河北行，专程去考察过那处险隘。其地毗连川黔两省，触目皆是如削的绝壁，狰狞的险滩和翻腾浊浪，一条被称为“雪梯”的白色石级小路，斜斜地立着身子遥遥站在河的对岸，虽已站得很久，很累，但它没有倒下。

相传那是清乾隆年间，民间义士吴登举率众在此修渡疏航、凿岩开路的见证。我想，那也是吴登举以其人格精神留在这段盐路上的第一个杵印。

此后，接踵而至的背夫们又留下了第二个、第三个杵印……盐路愈是陡峭，杵杖的点击率就愈高；杵杖点击率愈高，石上的杵印符号也就愈加醒目，背夫们付出的血汗也就愈多。

杵印石深刻地记录下这一切，并把储存的信息默默带到了今天的博物馆内，带到了“国酒门”边，带到了我们这些造访者面前。

三

那几日晨昏，我常在“国酒门”边流连，一任“天下第一瓶”、盐津河大桥、仁怀博物馆在我脑海中往返穿梭。我发现，博物馆、大桥、巨瓶，恰似一个寓言式的梯级结构。

以空间位置论，巨瓶需要仰视，大桥只需平视，博物馆则需俯视；以时间站位论，却刚好颠倒过来，除中年的大桥仍需平视外，年老的博物馆则需仰观，年轻的巨瓶却只需俯瞰了。

梯级结构的邻居关系，充满了张力。它们层层递进，矛盾和谐，互补共生，颇耐人寻味。然而遗憾的是，一些急功近利、目光短视的人们却常常把复杂的问题简单化了。他们只知道“天下第一瓶”的高贵富有和广聚博纳的旺盛人气，却不懂得平民性的博物馆其实也很富有，几千年的历史都驻扎在里面了，而且不能复制，你看有多珍贵！他们也不懂得，粗黑的、沧桑的、麻脸的杵印石，其实也有很高的人气指数，数不胜数的生命印记赤裸裸地都贮存在上面了，难道还能说是人气不旺？

人们已经赋予了“天下第一瓶”很多的神性之光，赋予了盐津河大桥很多的诗性之光，那么杵印石和它所在的博物馆焕发的，就该是本真的、毫无包装的人性之光了。

我欣赏神性之光的照耀，也喜爱在诗性之光中沐浴，但我更愿意定下心来，先得到人性之光的抚摩——特别是在目前这个时候，在滚滚商潮和滔滔物欲追赶得人们气急败坏、无暇他顾的时候，在我们正待大力提高生活中的精神含量，重新思索幸福的品位和不断修复心灵中的感恩链条的时候……

因此，杵印石这张灰暗、粗犷、野性、满布着许多窝痕的麻脸，给我心灵的震撼，是难以言说的。

（原载《贵州日报》2009年1月7日；《散文选刊》2009年第7期转载）

2009年

欧阳黔森

故乡情结

有一天，我侄女带着她的小孩来看我，叫了我一声爷爷。我的嘴乐呵呵地答应着，心却被震撼了。那稚嫩的声音闪着针的光芒，一下子穿透了我的胸膛。

小侄孙走后，我独自坐在书房，目光从一沓沓的书籍中扫过。我想找一本书来细读。可是，我的目光漫无目地的，手也不知所措，不知该伸向哪一本书。

我被人喊爷爷了。让我这颗一直还没有准备老的心，刹那间被深深地刺痛了。是呀！我是一直被人称为青年作家，我是青年吗？

记得光荣退团的那一天，算一算已过了十多年了，却仿佛就在昨天一样。这个那天，一〇三地质大队的团委书记对我语重心长地说，今天，给你办退团手续，下一步，你该向党组织靠拢了。超龄退团？当时也让我震惊，我意识到，我不再是青年了。但这意识又在不久被青年作家这个称呼给冲淡了，于是，我的心又渐渐是了青年。

爷爷，这个词，于我来讲，似乎太遥远了，遥远得我毫无准备。但是，它说来就来了，实在令人恐惧。当这种惶恐和沧桑感渐渐涌上眉头又下心头的时候，多年来郁结于怀的那团丢不开、忘不了、解不散的故乡情结溢满了我书房的所有空间，我只好打开窗对着楼下喊妻子。

我决心再一次回故乡，谁也别想拦我。妻子说，你不是三月份才去的吗？我说，心都去了，身子留在这儿别扭。我要去看一看那里的山，那里的水，还有那些沈从文先生笔下的乌篷船。

我的故乡就是梵净山脚下的铜仁市了。记得第一次带妻子回故乡，当妻子看到生我养我的那一条碧蓝碧蓝的锦江从城中心静静地流过，江面上还有一些野鸭子在戏闹，还有三三两两的乌篷船在江面上撒网打鱼时，妻子的脸上写满了笑意，兴奋地喊道：我看到乌篷船了，看到《边城》中的乌篷船了。

虽然妻子只是寥寥数语，却震撼了我，让我萌生出自豪感来。我的自豪并不来自于我妻子的兴高采烈，而是这些让妻子兴奋不已的乌篷船，让我意识到我的出生地竟然与沈先生的出生地凤凰县只有六十公里。

其实一回到老家，我早就想告诉妻子：在明代以前这儿和湘西同属沅陵郡管辖，只是到了明代末期才将铜仁划入黔地。行政、地域虽归了贵州，但它的文化背景、文化传统还是楚文化范畴。铜仁和湘西不管是在饮食方面还是民族风情方面都十分相近。作为贵州人还真的要感谢明王朝的统治者们，他们竟然把湘西最美的一块土地甚至是湘西人最为自豪的武陵山的主峰——梵净山也划归了贵州。难怪贵州欣然笑纳后，在贵州府志上美滋滋地写下一笔："黔各郡，独美于铜仁。"

当时我并没有把这些罗列给妻子听，因为不朽的沈先生笔下的一条条乌篷船正在我们的视线里，比我唠唠叨叨的解释要直观得多。

清晨，要走的时候，我才决定自己开车去。妻子不允许，说是四百多公里路程，山高路陡的太辛苦了。我还是坚持要开车去，说在那儿生活了二十多年，想多去几个老地方看看，开车方便一些。妻子说，喊了一声爷爷就受刺激了？现在就开始怀旧了，怀旧可是内心衰老的表现，心一衰老了，你可真的是爷爷了。

为了这话，我还真的去照了镜子，看不见心，脸是看见的。还好头发未白，皮还未皱。这才自信自己还真不是爷爷。

从镜子边走开，我马上跑到书房，妻子正在那儿写新闻报道。我走过去拍了拍她的肩说，作家和记者是有区别的，记者是根据事件记录事实，作家根据感情创造美丽。我的情感都来自于那一块土地，"为什么我眼里常含泪水，因为我对这一块土地爱得深沉"。妻子满不在乎递给过杯子，说给加点水。我只好去给她加水。加完水，她还不领情居然调侃我说，在那一方土地，你也敢称作家，我看你那常含的泪水算是空含了，人家大诗人艾青常含泪水，写了故乡多少传世之作，你呀做梦吧！人家沈从文先生可是把那一方写绝了的。

妻子虽是调侃，但的确一针见血。我深深地感到一种巨大的恐惧感正从那遥远的地方袭来。这恐惧是沈先生的"绝了"乃至我的故乡居然距他的出生地不到六十公里。

我更深深地明白每一个作家都有自己的基本文化背景，而且是自己所处地域特有的。世界上伟大的作家包括诺贝尔文学奖获得者所写的作品，有的不出其所处地域文化的方圆百里，有的甚至就是写出生地不出十里的范围，但这样的作品往往以其所独有的文化背景而成为世界文化的经典。沈老先生就是写生他养他的那一块土地，而差一点成为华人第一位获诺贝尔文学奖的作家。据瑞典汉学家说，如果沈先生晚去世一个月，瑞典文学院就将宣布他获得诺贝尔文学奖。不授予去世的人的诺贝尔文学奖，使中国文学又一次与该奖失之交臂。

我的恐惧多半来自于对老先生泰山压顶的那种让我须仰视的感觉，我最有优势最为熟悉的生我养我的地方被老先生写绝了，这一点我不敢妄言否，全国乃至世界也不能否认。我这个对故乡满含泪水爱得深沉的青年作家，也许在老先生巨大的阴影下真的永无脱颖而出的可能。也许“阴影”这个词用在这儿有些欠妥，因为沈先生呈现给世人的无论作品与人品都是辉煌和灿烂的，但这于我来说却是贴切的，他的出生地和我的出生地，他的文化背景和我的文化背景，他的辉煌无比和我的在他辉煌下的虚弱，一切都在他前行的伟岸而灿烂的背影中自惭形秽。

还有一小半恐惧来自于我无边的幻想，我常不自觉地想，有一天我真的从老先生辉煌而巨大的身躯投给我的阴影下走出，我的和老先生同吃一方水同吸一方气的心脏是否能承受那种巨大的甚至可以上升到为人类文化做贡献的惊悦？当然在梦中我承受得相当轻松自如。这仅仅是一个梦不是现实，但这的确是个好梦。做美梦而不能达尚能轻轻松松，这也许是我的过人之处。看看那些因做美梦而痛苦万分的人，我有些幸灾乐祸，有这幸灾乐祸说明我也是一个俗人，可我一直坚信俗人比坏人好。

做美梦醒来而痛苦的人和噩梦醒来而恐惧的人是没有太大区别的。相同的是他们同样有一颗不自量力且自私自利不知舍己的心，他们的区别是前者可能是被动的，而后者可能是主动的。做噩梦通常是干了亏心事或者心理有缺陷，这是脆弱的表现；可偏偏有人脆弱得妄想无比强大，因而这种人区别于前者的被动行为，他的主动行为是冲动的、不严谨的、有害于他人的、超常理的。这对于智者来说，他的行为无疑是堂吉诃德式的可笑，但对于与他类同的人却有相怜之处。有了这些的认识，所以那一小半的恐惧并未让我吃不好睡不安，我还是长得健健壮壮，仍然不时对那方土地满含泪水深深怀念，有了这份真情，我也才活得真真实实无所顾忌。

心理学家说，当一个人受了伤害，第一感是跑回家。我受的当然不是外伤，一句爷爷嘛！说是受了心伤也勉强，只是这些年太忙于事务，找一个理由回家。

回家的首选当然是上梵净山了。当我们一行三人登上梵净山顶的时候，我的那一份情感得到了痛快无比的宣泄。我站在万卷书岩下的平台上，面对着那一片起伏的连山大声呼喊起来。我把声音提到了最高，嘹亮的呐喊声一声声传出去碰到红云金顶巨大的悬崖壁上又折回来，变成了生生不息的声响，这可是发自于生命之内的声音。也许登山的人们都被我嘹亮的声音感染，其中有几个忍不住与我一起伸开双手，呈大鹏展翅状，仰头放开喉咙痛快地吆喝起来。有了这样的呐喊有了这样的痛快，在这个有了惶恐感和沧桑感的年岁里，又萌生出嘹亮的本色来。

这是我第十一次登上梵净山金顶。

也许我与山有缘，从小我就有一个踏遍青山找矿的父亲，因而我是生在山里长在山里。长大了我也成了一名地质队员，在野外普查组一干就是八年。1987年我带了一个化探组在这片原始森林搞了大半年野外普查，这儿的山山水水一草一木对于我都是那样的熟悉。

喜欢山，这是我天生的爱好。所以祖国的名山峨嵋、黄山、泰山、华山等我都去过了，但那都只登了一次。我笨拙的笔描绘不出梵净山的美丽，为什么我十余次登顶而痴心不移，这一切都说明了，我还会来的，不断地来。我一直认为梵净山集峨嵋之秀、黄山之奇、华山之险、泰山之雄于一身。也许有人会有“谁不爱家乡好”的疑问，但我却与几百年前明代一位皇帝有英雄所见略同的事实，不同的是他在山门留下了“天下名岳之宗”碑文，而我却不能留下什么，但可以肯定的是，只要我还活着，这儿就会有我的脚步我的身影。

不管以后怎样，我还要带朋友来到这里。在这一会儿有你在我身旁看着这灵山秀水，我将又一次从你惊讶的眼中萌生出无比的自豪感来。就我本人而言，目前的所为还没有让自己感到自豪的地方，所以我常借助于这令我魂牵梦萦的梵净山，使我显得苍白的心灵充满人性本身最为瑰丽的自豪感。也许在这儿我才纯洁得像一张白纸，让受伤的理想在这儿无所顾忌地指点江山、激扬文字。我生活在这个充满希望和险峻的时代，自身的危机感使我只有不断地拼搏，不断地奋进。在这个让人幸福而又使人痛苦的世界上，在这个力与智较量的社会里，同情弱者，这不能让我有自豪感，踏着失败者的血迹成为强者，也不能让我感到自豪。在这个渴望英雄的年代里，我也渴望英雄。但如果把你、我、他都视为敌人而因此横尸遍野、妻离子散，乱世造就的英雄，这样的英雄，我想，没有人会反对我此时就可以代表你、我、他庄严地宣告，这样的英雄人民不需要。人民不是英雄喝庆功酒用的好看的玻璃器具掉下地会粉碎，人民是永远不会粉碎的，五千年的历史充分说明了这一点。人民需要的是安定、和谐、天下太平。没有敌人的英雄，我们深深地渴望。

梵净山红云金顶，我每次都要必须攀登上去的。这次我也不想例外，哪怕已有人喊我爷爷了。可是我同行的朋友却怎样也不敢与我同攀登。在梵净山的几个金顶中，当数红云金顶最为险峻最为独特。它因常有彩云缭绕其间而得名。

面对红云金顶这样的险峻，朋友尝试了几次而最终望而止步，这并不让我太意外，前十次登了顶的朋友相对年轻，而这次的朋友却已年过半百。孔圣人说五十而知天命，在这个知天命的人面前，我是不敢造次的，因而我并没有像前九次对我的朋友们又是讥讽又是嘲弄，并动用我的三寸不烂之舌像著名辩士苏秦一样滔滔不绝；但事实和苏秦的悲剧一样，你口才再好，六国要灭，仅仅靠嘴巴是不行的。其实上得上不得红云顶，也许在一个缘字。上了金顶能否看到佛光也是一个缘字。

当我爬上红云金顶，再一次挥动我的双手，当天空的对面，佛光的金轮再一次映照我的时候，我想不惑之年的我，心已是知天命的人了。下了红云金顶，我的朋友说，你刚才登上了生命之门。我真的不由叹服起孔子的伟大来，知天命的人说话就是不一样，与前十次朋友的话可谓天地之别。这个朋友的老家是湘西桃源县人，是喝沅江水长大的，十几岁时，就像沈先生一样远走他乡。到了天命之年才到了这沅江之源来。他说沅江碧蓝的江水是他一生无法忘却的记忆，而这碧蓝从哪里来，是他从小就想探求的。黔东、湘西都属武陵山脉的范围，梵净山是武陵山脉的主峰。这个巨大的山体有六条主要水系，分别流入锦江再入沅江经铜仁、沅陵、桃源、常德进入洞庭湖。朋友是第一次来到了母亲河之源，不由感慨万千。他把这个生命之门理解为男根。因为红云金顶高约百米，从梵净山之巅拔峰而起，像一根巨大的男性生殖器，而红云金顶顶部的金刀峡，就是这巨大而雄伟生殖器的输液口，创造人类创造生命就是从这儿开始的。

要离开梵净山时，我看见我的朋友俯下身去，在那一片片不老的常青绿叶上，用嘴吸着一颗颗晶莹剔透的液体。是的，水的美丽是碧蓝，碧蓝的深处就是晶莹了。朋友是沅江之子，他吸的是锦江、沅江之源的灵气。我知道沈先生是得到了这种灵气的，不知这位让我佩服的作家朋友，是否也从此获得了这种灵气。换一种说法就是我希望我的这位朋友在以后不禁让我佩服而且让我感到恐惧，须仰视他。我很乐意很真心地希望除了沈先生，再有一个武陵山人让我这个同一方土地的人再一次感到幸福而自豪的恐惧。

走过“天下名岳之宗”山门碑文后，我问朋友，你是桃源县人，你说武陵山真正的桃源在哪里，他说就是这里。我又说桃源深处是什么？他机智地一笑说，当然是梵净。我说还来吗？他说你是一个月亮，我是一个月亮，合起来就是一个朋字。怎能不来？一来我就找你。我说，你不找我，我就让天狗吃了你。我们俩孩童般大笑不止。在这一片梵天净土，我们被净化得像一张白纸。

（原载《山花》2009年第1期）

潘 鹤

我的三个母亲

三个母亲，犹如三根生命之弦，穿过我的心房，儿时村口的阳光，今日的我已无福消受，怀揣着三份沉甸甸的母爱，轻微的疼痛，昭示着似水的流年。我想起梁晓声说过这样一句话——只要灾难不是一个接一个而来，生活永远都得珍惜下去……

生母：我望不见的风

我是一枚枝上的树叶，望不见生我养我的根；二十多年的岁月是一道深沉的暮霭，它迷住了我眷恋生母的双眸。

生母去世时，我两岁多，那是20世纪80年代中期；时隔二十多年，当我在纸上写下这些文字时，总感到一种难以言说的遗憾，因为我触摸不到她的身影。

我在脑海中努力地搜寻生母留下的一丝音容笑貌，徒劳无功，寻遍脑海，记忆的天空还是一片空白，母亲没有给我留下任何的痕迹。我想，最初的关于生母的记忆已被我忘却了。

是生母带我来到这个世界，我的身上流淌着她鲜红的血液；生母给了我的生命，却没有给我留下任何可以追忆到她的东西。我曾经天真地想过：要是生母生前能够给我留下一张相片，说不定我的记忆会因为相片的刺激而突然苏醒，脑海中会浮现出她留在我记忆深处的生活画面。这是一种奢望，我今生是再也无法拥有生母的一张相片了。我想一辈子生活在穷乡僻壤的生母，在她四十岁的生命历程中或许根本没有过照相的经历；因为直到现在我都没有看到过一张关于她的相片。看来想从相片上去捕捉生母的想法是行不通的了。

关于生母的最初记忆，是一座小土堆。

小时候，家中喂养一头老水牛，放牧是我的任务。在一片广阔田野的北面上有一座长满树丛和杂草的土坡，每当经过那座土坡时，大人们常常有意无意地指着土坡上一座长满野草的小土堆对我说，那是你妈妈的坟。我懵懵懂懂地想着大人们的话，说的次数多了，我便开始相信那的确是母亲的坟。趁着牛群忙于吃草的空闲，一个人悄悄地溜到生母的坟前，只见坟上长满了杂草和一些不知名的小树。坟前紧靠着一条小道，牛群时常在小道上出没，也许是牛群踩踏的缘故，土坟的一边坍塌了，露出一截已趋于腐烂的棺木，我在坟前静静地望着那半截乌黑的棺木，却唤不起任何关于生母的记忆。

我不知道是自己太容易健忘还是人无法承载三岁以前记忆。

记忆像一根链条，只要其中的一个环节脱落了，回忆的大门是再也无法打开的。

生母的娘家离我家不远，翻过几座山头，再走上一段田间小路便到了，大概四五里路而已；但我很少去，因为外婆过世后，生母的娘家已经没有一个人了。生母很小的时候，外祖父就离家外出，最后客死他乡。在外祖母的期待中艰难地长大的生母二十岁年那年，经人介绍，嫁给了家庭成分不好的父亲。听人们说母亲生性柔弱，我想在凄凉无助的环境中长大的她也只会具有这种性格了。

生母死于难产。

20世纪80年代，在我的故乡，妇女临产都是在家中接生，很少有上得起医院的；经济上的困窘，食不果腹的岁月，哪有闲钱上医院。那个灰暗的清晨，当生母心力交瘁地生下妹妹后，没有来得及看她一眼，便走向了那漫无边际的黑暗。妇女难产而死，在故乡叫作“湿亡”，人们认为“湿亡”是一种不祥的征兆，“湿亡”甚至与耻辱紧密相连；死于“湿亡”之人是没有资格进入祖茔的。生母没有例外，被抬到四里以外的荒山草草掩埋。

当灵魂缓缓流出肉体，朝着这个了无边际永不回头的宇宙飘去时，生母，能否告诉我，您是否怨恨世俗强加给你的凄凉？又或者告诉我，离开亲人的路上，您是否还在频频回顾？

生母，您生前从未享受过父爱，死后又被埋葬在荒郊野里，心中是否充满了哀怨和孤独？漆黑的夜晚，周边的树林显得阴森森的，偶尔间还会有野兽出没，怪鸟呜咽，生性胆小的您那一刻是否透过林间极目去寻觅我们家那抹置在灶头上的灯火，最终一无所获后，才害怕得缩成一团。

秋风又起，生母坟前的那几棵老树又该落叶了，生于泥土最终又走向泥土，这就是生命，平淡而自然。

恍惚间，又站在那片荒坡上，我什么都没有看见，只有树林里吹来的风，还时不时地从生母的坟前吹过，呜呜的，像哭，更像怨……

母亲，我是您生命的延续，如今这个世界上能够记起您的人也只有我一个了，而我努力去记忆，却只有这些。

继母：我诉不尽的爱

继母是我生命中最不可缺的人，我想，如果没有她，我人生的轨迹将更加灰暗，是她哺育了我的生命，给了我做人的尊严和活下去的理由。从小到大，我都习惯地叫她母亲，这种称呼已浸入骨髓。

很早就想写一篇关于她的文字，但是我总不能。往往不是难以下笔就是半途而废。蓦然回首，才发现在所有属于自己笔下的文字中，竟然寻不到关于母亲的只言片语，愧疚的感觉油然而生，随着岁月的流逝，这种感觉与日俱增。

母亲实在太平凡了，平凡得让我无法用语言来叙述，母亲与父亲结婚于20世纪80年代中期，那时我大概三四岁，童年记忆的天空中，属于母亲的云朵不多，只知道母亲是一个严厉的人，她容不得子女的半点差错。调皮的我常常是母亲严惩的对象，而生性倔强的我是绝不会向她屈服的，并常常怀疑，或许自己不是她亲生的才遭受这份罪罢了，一种恨恨的感觉使我常常向父亲告状。父亲是宽容的，每当此时他总用自己那宽厚的掌心，轻轻地抚摩我的小脑袋，然后回过头对母亲说："孩子太小，你不能太严厉的。"望着眼前那副自始至终都严厉的面孔，我觉得母亲是不爱我的，哪怕一丁点儿也不。她关爱的只是妹妹一个人而已。

恨恨的感觉如疯长的野草，在内心深处越长越茂，我常常觉得母亲是一个熟悉的陌生人。是的，她于我，仅仅是共同生活在同一个屋檐下的一个陌生人而已。

积劳成疾的父亲，幼年时为了生活曾经四处奔波，历经沧桑，一生坎坷的他没有享受过人生片刻的平静，在生命最旺盛的中年便被致命的肝癌死死地缠住了。

终究，父亲没有陪我走完童年的路。那个黑色的七月如幽暗的森林吞没了父亲的身影；多少个宁静的黄昏，年幼无知的我总是一个人悄悄地在村口守候，终究没有看到父亲破浪而来的身影。幼年丧父是人生的一大悲哀。只有经历过这样遭遇的人才能够真正体会到其中的真味。时至今日，幼年时跟小伙伴们上山砍柴，夜幕降临的时候，看着他们父亲背着自己子女的柴火健步如飞的身影，空旷的野外，只剩下我蹒跚而行的情景还恍然如昨。多少年后，每当看到一对对年轻的父母牵着他们年幼子女的手时，那一幕又在眼前浮现。

中年丧夫，对于母亲来说，也许我一辈子都无法体会那是一种怎样的打击。

在偏远的黔南山村，没有男人的家庭犹如没有顶梁柱的木屋，在风雨中摇摇欲坠。

屋漏偏遭连夜雨，家中境况一日不如一日的时候，姐姐又重病缠身，弟妹年幼，嗷嗷待哺。面对无米下锅的凄凉、病魔缠身无钱医治的彷徨，只能眼睁睁地看着别人自扫门前雪的冷漠；跌倒之后，看着别人飞奔而去的背影，才感到世态的淡凉，人情的冷漠。

家中所有的一切重担全部落在母亲瘦弱的肩上。

那一段艰难的日子，不知道母亲是怎样挺过来的，年幼的我常常看到母亲那忙忙碌碌的身影。

母亲平生不识一个字，但她始终坚定不移地将我们兄妹送进学校，并常常对我们说：只有知识才能改变人的命运。靠着自己的双手，不分昼夜地忙碌，在仅有的那三亩薄田里，母亲苦苦地支撑着我们兄妹的学业，其中的艰辛真是难以想象。

在母亲汗水铺就的求学路上，我顺利地读完小学、中学。只是常常让我感到愧疚不已的是，自己竟然是一个严重的偏科的人，在注重各科均衡发展的高考制度面前，偏科注定是一个失败者，尽管我的某些科目还算是优秀。

多年来，母亲吃过了多少苦，我不知道。或许只有她脸上的皱纹才能够数得清。长期的劳作和饮食的不规律性使母亲患上难以根治的胃病，如影随形的病魔时刻折磨着母亲瘦弱的身躯。

母亲对我仍然很严厉，只是为了我，她曾经让妹妹辍学多年。时至今日，我才明白：对我，母亲的爱在严厉中包藏着几多的深沉。

异乡求学的日子，吊在半空中的一颗心总是忐忑不安。

母亲的希望是把我培养成“吃公家饭”的文化人，母亲在乡亲们的预言中透支着遥远而不可企及的幸福。记得有一位诗人这样写：我本是母亲身边的一张叶子，因为好高骛远而随风飘荡……

有一种痛，像尖刀扎在儿女的心头，滴血的背后就是子欲养而亲不待，这样的预兆像泛滥的河水常常在午夜梦回的时刻涌上心头，浑身涌起一阵阵彻骨的悲凉之后我不禁痴痴地问自己：如果人生的旅途里，母亲猝然离去，我是否还能够调整人生的步伐？

在泪水无声无息地顺着眼角滑向耳际的时候，才发现，自己坚强的背后，竟然也有脆弱的时刻。生命的意义无非在于领略，我想用一生的努力去换取母亲的欣慰，母亲是否能够等到那一天，我不知道。只是我明白，没有母亲的人生，于我无非是一场空白的守候，没有母亲的岁月，注定是一场空白的等待。

窗外的细雨淅淅沥沥地下个不停，犹如我那沉重的心情。

时值深秋，窗外那棵梧桐树上的最后一片叶子在寒风中瑟瑟发抖，拼命地挣扎，舍不得离弃……

泪眼蒙眬里那枚枯黄的树叶化为母亲的身影……

秋日的黄昏在烟雨的笼罩下，给人增添淡淡的哀愁。

义母：我谢不完的恩

儿时村口的阳光下，那是一双皲裂的手，手的主人正背着我沿着田间小道慢慢地朝着小镇的方向走去，这是我对义母最初的记忆了。

义母大概是我一岁时所拜认的，听人说那时的我日夜哭个不停，吵得四邻无法入睡，于是邻居们劝我父亲为我拜认一位义母。相传爱哭的小孩，只要给他找来一位义母，那么他不但停止啼哭，而且还能健康地成长。心疼我的父母便照着邻居的话去做了，给我拜认了一位义母。

人生的旅途充满了太多的不可知的因素，一些看似微不足道的机缘，也许在某种契机下，会给自己人生带来重大的影响，我想义母带给我的就是这样的机缘。

幼年时，常常盼望着春节快要到来，因为每年春节前夕，义母总会从镇上给我捎来一套崭新的衣服，童年的我一年到头没有几件衣服，记忆中只有义母捎来的衣服才是新的，我把新衣罩在一身破烂的旧衣上，度过了那一个个寒冷却美丽的冬天，并且还在伙伴前骄傲地说过："瞧，我义母送的衣服多好！"淡淡的月光下，看着他们一脸羡慕的样子，我终于拥有一次难得的快乐。少小的虚荣如今已是一片云烟消散在岁月的深处，如今望尽天涯，也觅不到那份曾经漾满心头的快乐和欣喜。

父亲过世那年，义母要接我到小镇上读书，因为她家就住在镇上。我舍不得离开家中年幼的弟妹，还有家中的那头老水牛，我走了，谁来放它？最终没有去。直到小学毕业那年才真正住进了义母的家。初中三年，我大部分时间都住在那里，只有周末才回家与弟妹团聚。可惜的是当时的我并不懂得勤奋学习，只知道疯狂地去读一本又一本厚厚的武侠小说，义母不识字，看我在灶边生火做饭时还在冥思苦读"教科书"，便叫我到房间去看。我"阴谋"得逞，以后屡试不爽。这样做的后果是肚子里面收获了一些杂七杂八的东西，而理科的成绩尤其是数学更是每况愈下了。

我是一个顽皮的孩子，不懂得珍惜义母给我那难得的读书机会，大部分的光阴都交给古龙和金庸了。时过境迁，世间的一切都在发生着变化，唯有这样的一幕却永远鲜活在我的心里，使我愧疚不已——冬日里，风从墙外呼呼地刮来，我躲在房中看着那一本本厚厚的闲书，灶边的义母却在忙碌过不停，满头的银发在风中不断地飞舞……

人世间有一种恩，来自热情澎湃的心海，像默默而流的小溪，施的人从不提及，受的人或许一生都不知晓，但那抹从心灵中发出的银辉，经过岁月的洗涤，会熠熠生光，愈加灿烂，这份恩情我们叫它大爱。

义母生于1944年，今年六十二岁，她一生都在辛勤地劳作。义父体弱多病久卧床榻，多年来都没有恢复的迹象，里里外外都得靠义母一人操劳。一年四季她那皲裂的双手时不时溢出丝丝血迹，常常叫人不忍心去看，药物也起不了多少作用，因为那双从早忙碌到晚的手停歇的时间太少了。

又逢深秋，荒坡上的红薯地里，义母弯着腰，手中不断地挥舞着那把古朴的镰刀，是在收割红薯藤吧！天微下着雨，薯叶在刷刷的响声中不住地上下翻飞，一如义母那满头不断飞舞的银发，布满裂缝的双手，是否还在流出细小而殷红的血丝？

后院边上的那眼清泉，细水长流，弯曲的古柏屹立泉边，常常入我梦中，一如义母那淡淡的面容。

（原载《民族文学》2009年第1期）

2009年

李金福

丹江河的长诗

那条丹江河流淌在苗岭的腹地，曲折而温柔地穿过一片片森林和众多的山岭，像是苗家姑娘腰间的那条银链，弯弯地向远方流去。河两岸到处是苍白的翻卷石崖，成片的随风拂动的林草和翠色的毛竹，山的影子像结实沉重的卵石般沉在水底。我故乡的这条河实在是条寻常的河。你见到过众多的大江大河之后得出这种结论当然不是偶然的，当然不是因为熟悉它，更不是想要故意轻慢它的缘故。实际上我热爱丹江河。我喝过丹江河的水，吃过丹江河的鱼，我像条泥鳅一样在丹江河里游来游去，清凉的河水长久地滑过我的肌肤。

我曾坐着一只橡皮船从丹江河的源头漂流而下，直到它汇入另一条名叫巴拉河的大河。河中的砂石擦着船底，发出沙沙的回响，船四周尽是激荡的波浪和旋转的水涡。河边水车的影子，两岸田畔的村寨以及山野的静寂混合着飞溅的水花都一起扑进舱来。朋友们在船上大声说笑，粗野地逗弄在河边洗衣的妹子。有一位朋友坐在船尾不停地唱着歌谣，并着浑圆的太阳一直在满河的歌谣上面漂浮。我熟悉丹江河，我想。我自以为熟悉的那条河，它开始由西向东流淌，中途向南流，后来我站在丹江河岸那个拐弯的地方，还以为它只是一条再寻常不过的河，望过去，对面一道山峰壁立，连绵数里，这边则一片平坦。河湾深处那座名叫丹江的城灰蒙蒙的，那里有林立的砖楼和宽阔笔直的街道，还有横跨河岸、多彩美丽的风雨桥。高耸的烟囱飘出烟雾，结成城市上空的云朵。当然，那时候谁也没有想到这座巍峨年轻的城市原是建筑在有着数千年历史的地基上的，古老的先人们曾在这片异常荒蛮的土地上往来游走，与我们拥有同一方天空，谁敢相信呢。他们自然是溯河而来的，试想那时的河水会是什么颜色会有什么气味呢？那时候河里的鱼会是什么样的形状呢？

我站在河岸，眨眼间觉得丹江河变成了一条陌生的河。

那天太阳很好，黄黄的阳光使秋后的天气变得明净温暖。我想如果那天下着绵绵的细雨那也许更好一些，那会有利于延长思绪。那天我走在丹江河边的丹江城内，离开宽阔的街道之后就一直在弯来拐去的小巷里行走。走过了一座小石桥，跨过了一条溪沟，爬上一座小山丘后，走进了一栋被遗留下来的房子里。那是一座旧木房子。在那里我看到了那些掘自丹江城地下的先人的遗物，它们一件件排列在展览厅内，身上落满了灰尘，发出酸酸的气味，那是一些陶器和青铜器，外加一些木壁。那些陶器形状奇异，有着罐壶之类很熟悉的和土炮之类很生疏的名称，它们遍体褐黑，绘满了暗红的山河明月的彩纹。那些青铜器则多是剑戟和箭镞，上面长满了灰绿的铜锈，像是一层厚厚的尘垢，磨钝了一切掩盖着一切。后来我小心翼翼地捧起那块状如薄饼的石璧，它安静地躺在我的手心里，像琥珀那样透明，沉甸甸的，压着我的掌纹。石璧的中心有个圆洞，光润的璧面上布满了精细的线条，互相交织成千百规则的菱形。那时我把石璧轻轻地举了起来，偶尔从璧心的圆洞里看出去，发现窗外的丹江河正静静地躺在阳光下面，遥远得如同幻景。

那时候丹江河远远在那里无声地流动着，清凉的水草气息夹带着淡淡的腥味正隔着城市随风飘来。

那只船，原来只是一只小叶舟，静静地躺在那里。

现在丹江城包括那些纵横的街道和高楼林立的建筑，像从未存在那样无声地瓦解并消失了，阔达的盆地里长满了密密麻麻的灌木和丰茂的茅草。有一大群鸟在草丛中随意地飞起飞落，地里落满了鸟的影子和鸟的叫声，那些鸟是白鹤。那时候的丹江河周围的荒山上春笋般长出了成片的林木，一棵棵古老的大树耸立在山岗上，枝叶翼展开来，遮蔽了天空，每棵树上都爬满了纠缠的野藤。看上去，原始的莽林中没有人迹和大路，只有细如游丝的小径在山岭间弯来绕去，上面落满了野兽的粪便和蹄印。云朵不停地从天边移来，无比轻盈地飘过盆地，一团团悬浮在沉静的河面上。那时候一切都处在无须言语的自然状态之中，河水是那样洁净那样清碧，河中的鱼多如蚊虫。太阳升了起来，雾升了起来，然后又都飘散了西落了，季节像流水那样不住地流动。只是在极偶然的一个黄昏，阳光均匀地涂满了河面，水纹开始像琴弦那样波动的时候，一种完全陌生的声音从河的下游升了起来，飘了过来，覆盖在阳光和水面之上，那是人的歌声。随后那个人和那只独叶舟就在河湾里出现了。那个人唱着歌，双手划着木桨。那船只慢慢地傍着河岸前进。那个人唱歌的时候是不会感到害羞的，他只管凭着兴致唱下去就是了，他只管让河中的鱼，河两岸的崖石、树木、鸟兽及山脉听着就是了，他坐在田野上，在风雨桥上，在河的对岸边高高兴兴地唱下去，渴了就俯身捧一口水，然后抬头看看落山的太阳。那时候丹江河及两岸山脉都听着他唱，那块灌木上歇满了白鹤，丹江河在他面前徐徐展开。就在太阳落山的同时，我们的先人终于止住了歌声，走上了归途。

随后丹江河畔便有了人烟，有了村庄。往昔的那个村庄是个朴素的村庄。栋栋茅屋坐落在坡脚下，盆地里开出了块块玉米地、荞麦地和稻田。庄稼生长起来，在盆地里慢慢地成熟。玉米、荞麦和稻谷在不同的季节里飘散出来的香味滞留在空气中和河面上，感染着整个河流和村庄。白天的盆地里已经随处可见晃动的人影，人们劳作在田地里，手里拿着农具，风温情地拂过他们的面颊，吹起他们的头发，太阳将他们的影子一个个地投在泥地上。他们会成群结队地走上山去又走下山来，肩上扛着刀枪、弓箭、猎物和成捆的柴火。有时他们徘徊在水边打鱼，用力撒开用藤蔓棕绳编织的渔网。那时候盆地里已经人丁兴旺，歌声在节日里汇成宏大的合唱在丹江城上空回响。每逢黄昏，每一栋茅草房顶上都会冒出迷人的炊烟，女人们纷纷走出屋来，提着顶着水罐去河边汲水。那些女人全是些丰腴的女人，那些水罐全是些粗大的水罐。那些水罐随同女人立在河岸的时候，夕阳的余晖和着清幽的水光照亮了它们身上的图案和花纹。

除了这遐迩闻名的丹江古城之外，它河岸两边居住着无数美丽的苗寨古楼。我喜欢四处游走，看不同地方的人和景。对少数民族的风土人情更是有着一种难以言表的情愫，心中一直有挥之不去的怀旧和古典情怀。丹江河畔的苗寨，或许就是最好的注释。

当我漫步这些苗寨时，高高伫立着的黝黑的木楼，蜿蜒铺展的青石板路，错落有致的青石台阶，还有那挂在廊檐上金黄的玉米，沾满着泥土的气息，带着清淡的酸菜鱼香味儿和浓浓米酒香味儿飘扬在丹江河畔的上空，却是另一种景致，另一种魅力。这里的路承载着历史的脚印，路面上的凹陷，斑驳着写满了亘古的往事，它们曲曲折折，向前伸展，像滔滔远去的丹江河水。也许每一段流域，每一颗石头，每一个被岁月剥蚀的苗寨，每一条曲折蜿蜒的小巷，都书写着一个故事或一个古老的传说。丹江河，一首亘古的长诗，不是因为它那滔滔的流水，更不是因为它那清澈可口的纯度。而是因为它的古老而沧桑，因为它的自然而朴实，因为它的神奇悠远而漫长，使我穿越了时空，仿佛进入了一个最质朴最纯净的世外桃源。

从河的此岸走向彼岸，一只猫和一条狗依然在门前安然熟睡，我轻轻地走近它们，生怕把它们的美梦惊醒。静静地离开，把它们的恬静和安详带走，夕阳余晖暮色把这个藏在深山的木楼群落包裹成一片春色，一幅浓烈的水墨画展示在我面前。此时，丹江河岸的生机也在袅袅炊烟和微弱的灯光中慢慢舒展，突然间有种舍不得离开的感觉。也许在这之前很久，我们的先人一直过着平静的日子，整年忙着种地、狩猎和打鱼，忙着繁衍子孙。他们的后代已经发展起来，丹江河两岸零零散散的都是情歌、酒歌、渔歌、炊烟和村落。这就是家园的意思了，从丹江河出发，整条丹江河已经成为我们的家园，人们住同样的茅屋，穿同样的服装，讲同样的语言，种同样的庄稼，乃至喝同一条河里的水。他们就那样生活下去，就那样唱着先人唱过的歌谣，跳着先人跳过的舞蹈生活下去，唱着跳着，他们的容颜固定了下来，不管走到哪里，一望便知是丹江河畔的人，甚至他们痛苦哭泣或纵情大笑的声音里也融化着丹江河的水韵。

一切看来是那样平静的时候战争却降临了。一支强大的清兵侵入了丹江城，掀起的寒风夹带着一片沉重的阴云。丹江河畔在阵阵凄厉的号角声里开始飞舞密如飞蝗的箭矢，剑戟和头盔在天空下闪亮，房屋成片地倒塌下去，烟尘冲天而起。那时河畔里暮色苍茫，呐喊声和兵器的碰撞声此起彼伏，构成宏大的乐章，暗红的血流则肆意切割着混战的人群。寒风吹来吹去，明亮的火焰像飘扬的旗帜。人们倒下去后，像割倒的茅草不再站起来，日后则化作了泥土。而丹江河畔的山峦乃至丹江河水，不论当时还是将来都依旧悄然屹立悄然长流下去。那时候，那片飘落在河里的落叶不再停留在河边的沙滩上。

每当我站在这里思绪时，如果能拥有一个彼此相爱的女孩，住在这样安静而古老的村落里，望着这条滔滔远去的河水，慢慢到老，直到最后一抹夕阳在天边沉去，河畔开始沉静下来……我想这也许就是生命里最美好的光阴了。然后，挥了挥衣袖，把脚留在这里，而心在远方漂泊。丹江河，您是我的故乡，您是我灵感中一首古老的长诗。我不知道该用怎样的文字去将你描述。

（原载《民族文学》2009年第2期）

龙志毅

一次有趣的差使

1988年的12月8日，我意外地接到一个任务：代表贵州省委、省政府去广西，参加广西壮族自治区成立三十周年庆典。

我们于晚八点赶到车站，同行三人除我和秘书李三旗，还有省民委常务副主任刘广洛。这趟车是由重庆开往南宁的，据说卧铺票很紧张，只给贵阳留了半个软卧车厢。按照当时的规定和实际情况，我们的车票有两种处理办法：一是买下一个包房三人使用；二是谁坐软卧谁坐硬卧完全按规定办。我那几天很忙没有过问此事，是由秘书会同办公厅办理的。他们采用的是后一种办法，我和刘广洛乘软卧，李三旗去了硬卧车厢。当我们在列车员的引导下进入第四号包房时，里面已经有两男一女了。原来那位女乘客也是硬卧车厢里的，在此陪她的两个同伴。虽然感到很拥挤，也只好如此了。

三位同行者似乎对我们心存戒备，总是躲躲闪闪地问一句答一句，甚至问一句只回答半句。三人中的那位主角显得特别突出，他大约六十岁，胖胖的身材。大概是在害眼疾，他总是用手掌或手绢捂住右眼，歪靠在下铺的角落里背对着我们。这样正好，他可以理直气壮地避免和我们攀谈了。话不投机半句多，时间已晚大家都上床睡觉。在此之前那位女乘客早已回到她的硬座车厢去了。

一觉醒来，列车已经奔驰在广西的土地上了，窗外处处奇峰突起，甚为壮观迷人。经过一夜的沉默和尴尬，包厢内的气氛也开始活跃起来。这首先是刘广洛的功劳，他善谈而又给人一种亲切之感。在他的感染下同行者们终于“自我暴露”。那位总是捂着眼的主角是从台湾来我省大方县探亲的，被探者即同行的一男一女是他的弟弟、弟媳。

大陆和台湾开放探亲，是近一年的新鲜事。这使得许多分离四十年、音信杳无的亲人得以见面。先将政治放在一边，就以人情人性来说，也是一大好事。其实三个同行者的顾虑虽可以理解（毕竟探亲就只开放了一年嘛），但却是多余的。在省里这件事恰好归我管。近一年来我已经在省对台办的安排下接见过许多来黔探亲的黔籍台胞了，其中老兵最多，也有政界人士，如国民党中央委员李志鹏等人。他们的心理状态各不相同，但共同点是心存戒备。政治上的对立和生活上的隔绝四十年了，能不处处小心、“摸着石头过河”？探亲者们似乎形成了一种自然规律，第一次找台办安排，第二次也找台办，但自主行动的频率却迅速地增加。短短的一年中，有少数人已经来了三次，河里的“石头”已经摸清，干脆来往自如，由亲友直接到机场、车站接送。如果不想找官方谈事，便也不再登台办的门了。这种现象现在才开始，但是一种发展趋势，本来就是本乡本土的人嘛！可以预计，不久的将来，各级对台办接待探亲者的任务，将会自然消失的。

还是将视线拉回到车厢来吧，有了融洽的气氛，什么话不好谈呢？你不问人家也会主动告诉你的。原来他们是安徽人氏，在天翻地覆的20世纪40年代末期，兄弟俩在时代潮流的冲击下分道扬镳，兄长去了台湾，弟弟参加南京军大来到贵州，现在大方县粮食局工作。别梦依稀四十载，开放两岸探亲的决定才使兄弟终于团圆，现在又相约去南宁，探视退休在那里的姐姐，这岂不是在特定的历史条件下，中国许多家庭共同的一部悲欢离合史？那位在南宁的姐姐又是怎么去的，是否也是参军南下？我们来不及多问，列车已经进了南宁车站，时间正当午后四点。

中共广西自治区党委副书记和贵州驻广西办事处的同志到车站迎接，住西园宾馆。乘了一天一夜的火车觉得很疲倦，本想早一点入睡，却欲睡而不能，首先是接到电话通知，主人家要登门看望。这当然是礼节性的程序，但看望不过三五分钟，却等了一个多钟头，人家要一个房间一个房间地走呀。送走了登门看望的主人，已经是夜里十点多钟，正要洗漱上床，又来了一个不速之客，是《人民日报》驻贵州记者站的站长，他是奉命到广西来采访的。他并非礼节性拜访，而是来反映实际问题。他是从《贵州日报》社推荐出来的，谈的自然是《贵州日报》的人和事，虽然有些事只能是他个人的看法，但别人既然来向你反映，岂能不听！支撑着昏昏欲睡的身子听了将近两个钟头，虽然可以不表态，却不可以表露出不愿听或听不下去的表情。

作为自治区成立三十周年的重要活动内容之一，12月10日举行了庆祝活动的首次大会：全区民族团结表彰大会。上主席台之前特别安排了一个节目：各省区市代表团团长与中央代表团在贵宾室见面。中央代表团的团长是宋任穷，副团长有司马义·艾买提和中央统战部的副部长李定等人。“行礼如仪”之后，我向司马义转达了王朝文省长建议他推迟贵州之行的意见。司马义本打算参加广西的活动之后便去贵州，这是大家事先都知道了的，朝文为什么建议他推迟，就不得而知了，大概是同一把手换人有关吧？我正在同司马义说话，李定将我推到宋任穷面前，先介绍了身份，然后说："他是云南人，彝族，我的同乡。"宋听说我是云南人还是彝族，似乎唤起了他对往事的记忆，便显得很热情，拉着我的手问长问短。我笑着对他说："宋老，三十九年前你和陈赓同志是我们夹道十里欢迎入昆明的！"事实确也如此，1949年的12月9日云南宣布起义，中间经历了一场保卫战，陈赓的四兵团则是次年即1950年2月才进昆明的。那两个多月的时间内，云南地下党发动群众，支持和协助卢汉的起义当局，击退了国民党二十六军和第八军的反攻，并做了大量的宣传工作，群众发动得很充分。到了陈、宋入城时，轻而易举地便组织了十多万人的队伍夹道欢迎。据说那次入城式的隆重和热烈，是渡江之后所没有的。后来还专门补摄了电视纳入《中国人民的解放》大型纪录片，我们也充当了一次义务演员。提起这些往事，宋老显得很高兴，在问长问短之余，他忽然端详着我问道："你今年多大了？"听了我的回答后他忽然失声尖叫："你都五十九岁哪，老兄！"引来了周围的一片笑声。我的直觉是，他的这一声长叹，不仅是对我而发，而是感叹时光如流，人生易老，更包括他自己在内。是呀，三十九个春秋在一眨眼之间流逝了。那时的宋任穷将军正是意气风发的壮年，而今却已是龙钟老人了，怎能不令人感慨……乃至上了主席台，大会在乐曲声中开幕，我的思绪却依然萦回于纷至沓来的往事之中。

12月13日，部分省、区、市代表团去防城港参观，并从那里乘船去北海。这是庆祝自治区成立三十周年活动的组成部分，既是主人的精心安排，也是客人的共同愿望，可以说主客双方想到一起了。道理很简单，作为主人来说，防城港和北海既是老港，又是扩大建设和开放的新港，急需吸引周边省份来投资参与建设。作为客人来说，特别像贵州那样的内陆省份，在改革开放的浪潮中，急需寻求最近的出海口，而防城港和北海还有广东的湛江便是最理想的选择。湛江是老港，而防城港和北海却是老港新开发，或者干脆就是待开发，贵州对它抱有很大的希望，专门在这里设了办事处，省政府的雄心是在此投资，同广西共建共用。但建设一个现代化的大港，需要的资金很多，贵州是否能拿得出来（包括贷款），还是一个未知数。同广西具体怎么合作，目前也还没有正式商谈，一个尚未实践的理想而已。正因为如此，去防城港、北海的十二个省区市大部分是西南和华中以及西北地区的，有的省例如江苏省委的副书记孙家正，昨天听他说要去睦南关那边凭吊老山战场，以他们省的区位和条件，自然是不会对广西的这两个海港有所企求的了。到达防城港已经十二点多钟，按日程先吃饭后参观。进了餐厅才发现陪同前来的不只是区党委副书记陶爱英一人，还有区政府、区人大、区政协的副职各一人以及一批工作人员，还意外地发现中央代表团的程思远夫妇也来了。程氏是广西人，过去是李宗仁的智囊人物。李宗仁1965年的回归，程氏是立了功的。还有他那位年轻漂亮的夫人石泓，在李宗仁的回归过程中也做了不少工作。我看过一本杂志或什么报纸的文章，专门写她在香港的接应活动，情节十分生动和神秘。二十余年又过去了，归来的李宗仁夫妇已先后作古，程思远先生也已是龙钟老人，唯有石泓女士风度依旧，看上去不过四十来岁，与程先生的年龄差距甚大。

午餐后乘大巴去港区参观，并就此乘船去北海。参观前照例有人介绍一番，但他说得很简单，而且一口地道的广西话很难听懂，又没有发文字材料，听了等于没有听。只将我们作为“三十年大庆”的客人来此游览，这样的介绍也无可非议，如果同时也将我们作为招商的对象，这样的介绍也就太简单了，不足以引客上门。实地参观时也依然如此，走马观花似地这头进那头出，给人一种模模糊糊的印象。但虽云模糊也依然是形成印象了的，那就是：一个简陋的码头，一个待开发的港口。作为有意愿的投资者来说，这也许是最好的状态，如果已经是一个现代化的港口，还要你来干什么？但无论如何，那介绍也确实太简单了一些。

在防城港“走马观花”了一番便上船去北海。乘的是海军的舰艇，舱位很窄，大家挤坐在一起品茶闲聊。满载着我们一行的几只舰艇在波涛翻滚海鸟飞鸣中前行，我的思绪却又回到了刚离开的防城港。出发前我在宾馆里看过地图，防城港位于广西南部面临北部湾，与另一有名的港口钦州相隔不远。我没有读过孙中山的《建国方略》或《建国大纲》，却听人说过，那上面曾经提到钦州港，而且大加称颂，意欲使之成为中国南部的一大国际口岸。然而此次主人反复向客人推荐的却是防城港和北海，对钦州只字未提，不知是什么原因。胡思乱想一通之后，将注意力拉回舱里。大家的谈兴正浓，围绕着在座的湖北省一位刚退出一线但却显得身强力壮的副省长，热烈地议论着目前干部的任职年限问题。

北海给人的感受是“一见钟情”。我们住在“富丽华”宾馆，走进房间迎窗而立，眼前便是一望无际的蓝色大海，立刻便产生一种心旷神怡的感觉。漫步在那柔软漫长的沙滩上，只见海浪拍岸，海鸥飞鸣，使你感到幽静、闲适，产生无边的遐想。北海，更像一个待开发的旅游胜地。然而，主人向我们推荐的重点，却依然和防城港一样是它的港口资源，旅游也提了却是作为附带的。我却始终认为，北海的优势是旅游。在主人的陪同下，我们乘车周游了一圈。每当车行至成片荒地时，主人便大声指点乃至停车介绍，急欲为这些“处女地”找到“婆家”。区党委副书记陶爱英还专门和我谈了一番与贵州合作的意愿和优越性，并略带警告似的提醒我：时间要抓紧，四川已经走在前面了！言下之意是：机不可失，否则后悔莫及。我当然给予了积极的回应，其实贵州省政府不是已经在防城港设立了办事处？其目的也就不解自明了嘛。

我们一行在北海住了两天。这里的主人不仅将我们当作贵宾，同样地也将我们当作招商对象。当然了，他们也知道这一行人中的身份其实也是很复杂的，主管经济的省政府领导有，如广东；但很少，甚至像我这样虽然不主管经济，却是省委或省政府的现职主要领导成员者也很少，多数则是人大、政协的副职，甚至已经退出领导岗位的老同志，如四川的老红军天宝。但有一点主人也是知道的，无论这些人在什么职位甚或已经离退休，但他们都是一个省、区、市的使者，在他们自己的地方也都是说得上话的人，因此不能等闲视之。大约是基于这样的思维吧？在那两天里，除了参观还以口头介绍和书面材料等方式，将北海的现状、中长期规划、远景等等进行了大量的宣传，特别是投资环境、投资方向做了无微不至的介绍，在生活上也十分周到。结束两天的北海之行后，大部分人要去桂林，那纯属旅游观光了。我要赶回贵阳，然后去北京出席中组部和中宣部联合召开的党员教育会，还有几个人要去其他什么地方。但当时北海的航空似乎尚未开通，无论去哪里都必须先回南宁。主人安排了两台豪华型大巴，依然是四大班子副职和大批工作人员陪同，浩浩荡荡回南宁。程思远夫妇却早已不知去向，到达北海后他们便分开行动了。

一行人在合浦停留了近一个钟头，目的是便于大家上街采购珍珠。合浦是著名的珍珠产地，并因珍珠的生产而得名，还有一个浪漫色彩很浓的传说，主人讲了我没有记住。我没有采购珍珠的打算，也不想上街，便和几个工作人员坐在休息的地方喝茶闲聊，忽然想到了苏东坡。合浦古名廉州，岂不是苏东坡的放逐之地？我向工作人员打听，得到了肯定的答复，而且说至今尚存苏氏旧居。我问他离此处远不远，他立即便猜到了我的意图，回答说：“比较远，您想去？”其实合浦就这么大点地方，还能有多远？但考虑到不要给别人找麻烦，便摇摇头以作回答，依然喝茶闲聊。采购珍珠的人陆陆续续回来了，大家上了车正待出发，工作人员却叫司机暂停，说新疆的两位同志还没回来。几个工作人员正准备下车分头寻找，却见两位头戴维吾尔族小帽，身着深灰色西服的朋友小跑着回来了，大概走得太急，一串串珍珠项链尚握在手中哩。其中的一位我认识，是生产建设兵团的负责人，好像是分管政工的，我们在一起开过好几次会，见面都打招呼，但互相都没有通报过姓名。他们从遥远的边疆难得到沿海一次，多采购点东西是应该的，大家对他们的迟到报以理解的微笑。

汽车开动了，我的心却平静不下来，老是想到苏东坡的事。首先是因为来不及参观他的谪居之处感到遗憾，并因此而联想到他的身世和遭遇。苏氏是我从学生时代起便十分崇拜的大诗人，我不仅喜欢他的诗词，而且为他坎坷的一生感到不平。据史料记载，这廉州（合浦）应该是苏氏多次被贬的最后一站。在此之前年已六十二岁的他，几经贬谪之后被发落到海南的儋州，那时他的原配夫人王弗和继配夫人王闰之均早已“千里孤坟，无处话凄凉”了，就连跟随他流离多年的侍妾朝云也在前一个贬谪之地惠州病死，只有幼子苏过随侍在侧，父子二人在穷途末路中相依为命，纵然如此，他却在困苦中坚强地生活下来了。《东坡先生墓志铭》中说：“人不堪其忧，公食芋饮水，著书以为乐。”

他在儋州的三年不仅写下了大量的著作，还讲学育人，为当地培养人才。正如他在一首诗里所说："二年阅三州，我老不自惜。团团如磨牛，步步踏陈迹。"后来不知为什么，朝廷又发了"善心"，被赦内迁廉州（合浦）。他在合浦只住了一个月，似乎时来运转又接旨被赦免而且还封了官，但却既不准回京城又不准回家乡，只准"在外州军任便居住"，他便选择了常州，去后第二年便陨没了。

这些有关苏氏的只鳞片爪之事，伴随着车轮的旋转在脑海中翻腾，心情总是平静不下来，直至在漫长的车行中昏昏欲睡为止。

（选自《特殊年月》，贵州教育出版社，2009年3月）

王永梅

想要抓住春天的翅膀

春天，你冷吗？

——题记

立春

脆弱的爱从秋天开始，冷彻整个季节的骨髓，忧郁的风是落寞的情绪。

干涸的小河，是一个极大的情感伤口，凝视着内心的空虚和无助；数数去年开花的枝头，它们还沉浸梦魇里，灵魂的温度始终无法触摸。玫瑰和月季及其他的植物，一边想要捂住伤口，一边想要捂住流泪的眼睛，措手不及。在风中披一身苍凉，让无可奈何在风中洒了一地，无法收拾，只能幽寂地站立，让爱恨无语。

风狂噬伤口，时间有多长，伤口就有多深。

岁月深处，谁在宿命里静静死去。灵魂被现实一寸一寸地撕碎，烟消云散。不堪一击的梦想触目惊心。不屑一顾的神情里，疼痛不能自拔，泪水拒绝眼帘的遮拦，汹涌而下。

你不是我自找的羞辱和痛苦，更不是我自残的刀……

我不想与你擦肩而过，为你神情专注写下的誓言和承诺，为了人群中千万年的重逢，我才大胆地向你靠拢，记忆在角落里仍然固守淳朴的感情……

没有幸福可以固守平淡，没有金钱可以固守清贫，没有积蓄可以付出努力……可你怎么可以给我残忍的伤害，将我的努力、辛苦还有所受过的无数委屈，像抹桌上的灰尘一样轻轻抹掉？

难道，所有的痛苦真的是我自找的吗？被狠狠刺伤的心为何痛得如此透彻……

谁捏碎了那一地的梦想……谁的嘴角还沾着血浆……

谁为谁修了千万年的道行，最后留下刻骨铭心的伤。

有一种冷渗入失却温度的躯体，爱和恨纠结……

春寒料峭，小河、玫瑰、月季，仍然在拒绝棉袄，在最为冰冷处，咀嚼那株鲜活的记忆，温暖自己……

雨水

温柔如梦，是那般地遥远，又如往事那般地贴近。憔悴地独自打捞心的碎片，徒劳无功的努力，不过是祈祷心灵不再荒芜。雨如细丝，是老天爷在飞针走线地缝补梦境深处的痛苦，缝补那些流失的年年岁岁，不让绝望的泪水淤积成深不可测的河，隔在心间。

直面流失的光阴，以过滤的方式思索，你是被宠坏的孩子，用无助狠狠地折断我飞翔的翅膀。从此我的眼中没有蓝天和白云，眼瞳中只有你。在爱恨的轮回中，我深陷泥潭，无法自拔……

回忆的边缘，你的眼睛定格，眼神中落雪纷飞，我找不到我想要的位置。

矮矮的枝丫，残忍的刀刃，伤感的情节携着遗忘的誓言，精疲力竭。回忆有多美好，伤口就有多残忍。我寂寞地呼吸，拖动我的双脚……情感世界里的疯子，害怕孤独如影随形，用文字叙述自己。疯子的世界里只有自己，自己的心情只有自己能够体会，心碎的痛无人知晓，一些伤心，一些心痛，一些委屈，凝固在喉间，咕咕作响……

小河里流动的明显是泪水，怀揣绿意的枝头，伤心的泪水覆盖住了细细的芽儿……

惊蛰

干涸的小河是情感的伤口。流动泪水的小河呢？有谁会来摆渡？

幸福的玫瑰和月季，抽出片片伤心的叶芽……

你能不能停止你残忍的不屑一顾，用温柔把痛苦摆渡，不要用太多的毒菌侵蚀我的伤口，腐蚀我的灵魂，不要让我的灵魂在爱情里灰飞烟灭……

给我一点深情的凝视、一点至诚的呵护，给我真情的滋润，不要让我总是凋零落寞的模样，不要让爱你的花瓣上每一片都是心痛，不要让我的腮边总有委屈的泪滴，不要让我的美丽和你擦肩而过，静静凋谢，撒落一地的心碎。

为了前世的约定，请让我用真情和你相守一生，不要让你的诺言滑落指尖，不要让寒冷浸入春天，紧紧地包围我……

抚摸季节给我的伤痛，我用文字慰藉灵魂……

一个落泪的疯子，一个流着血还不断向前爬行的神经病，在痛和伤中，泪和着血，湿了每一个脚窝……

失血的疯子，喝下蛊毒的神经病，在自找的困境里艰难爬行，血泪的足迹里写着希望，想要抓住春天的翅膀，朝着幸福飞翔……

（原载《十月》2009年第3期）

钟元贵

母　亲

写一点关于母亲的文字，其实并不容易。母亲给我的太多。然而，就因她给的越多，我就越不知该怎样来写她。

人的一生中，会遇到许多人和事，但大多随着岁月的流逝，也逐渐模糊起来。而唯有母亲，在日子的颠簸和生活的辗转中，越来越清晰地定格在心里。这不仅是因我身体里流有母亲血液的缘故，母亲身上的一种力量始终在感染着我，激励着我在生活的道路上奋进的勇气。

打我记事时起，母亲就是勤俭和严厉的。还记得我小时候，约摸七八岁的光景，那时是人民公社大集体，公社下面管辖着生产大队和生产小队。我家所在的是秦家院生产小队。为了多挣工分，母亲总是起早摸黑，坚持出工，从不耽误工时。

后来，父亲被人民公社推荐到县卫校读书，父亲把自己从十六岁便干起的生产小队会计工作交给了只读过小学二年级的母亲。当时小队上会识字的人不多，母亲因为拥有这份工作而自豪。至今，每每提到此事，母亲脸上总是洋溢着无以掩饰的那份激动和喜悦，一如当初。

于是，母亲不得不从学打算盘和记第一笔账学起，每次父亲从县城卫校回来，母亲总要把自己的账本拿出来给父亲看，并像学生一样虚心请教。有时为了核准一笔账，母亲经常工作到深夜，第二天又得起很早。虽然很累，母亲仍然坚持着，因为她实在不愿失去会计这份工作，这份工作能让母亲多赚工分，多为家里添些米、面。但这无形中却使母亲更加操劳。

记得有一次，队上在茶子山分玉米。那是个秋日的傍晚，夜幕虽然来得有些晚，但终于还是来了。由于母亲是会计，当分完最后一户人家的玉米时，暮色已完全降临，我和弟弟们走到村口等母亲。在茫茫的夜色中，母亲挑着满满的两筐玉米走近来了。虽然看不清母亲的脸，但我感觉得到她的倦意和疲惫。母亲把玉米倒在堂屋门口，又叫上二弟前往有夜莺啼叫的茶子山。母亲在凹凸不平的山路上来回往返挑完最后一筐玉米后，已是晚上十一点过钟。母亲还来不及擦一把脸，又叫我抱来柴火在灶上煮起饭来。那时因为粮食不够吃，总是在大米里面掺杂玉米、洋芋之类的杂粮。因我小时候身体孱弱，吃不惯洋芋，母亲就专门为我留了一碗白米饭，使得弟弟们都很羡慕。那晚吃的菜是我到村头的自留地摘回的青椒，母亲把青椒放到锅里炒熟透，再放上一点猪油，撒些盐，便成了当晚的下饭菜；虽然很简单清淡，但是我们都吃得很香。那个年代的生活很清苦，但母亲总是会用仅有的材料做出可口的菜，让我们几兄弟吃得香香的。至今仍然记得母亲从园子里摘回的水煮天星米蘸辣椒水的味道，以及母亲天不亮就做的魔芋豆腐的味道。

那个时候，吃肉是很难的事。让我和弟弟们翘盼和高兴的，就是每月底从区食品站领回的父亲那份定量补贴猪肉，大约有两斤，母亲用刀一点一点地把肥肉剔下来，放在锅里煎油，等到煎得实在不可能再有油淌出来了，近乎冒出一点糊臭味了，母亲才意犹未尽地说："好了，剩下的做菜了。"然后，母亲用熬干油后的油渣和剔下来的瘦肉，加上自家园子里摘的白菜，切成一丝一丝，舀一木勺糟辣椒和着炒。那做出的菜的味儿，直至今天，吃了许多所谓的"佳肴盛宴"，仍觉无以与之相比。对于父亲拥有的那份定量补贴，母亲说那是吃红本本口粮的所谓国家的人才有的殊遇。为此，那成了母亲教育、激励我和弟弟们努力读书的最有力的活教材，也成了我和弟弟们勤奋向上的最直接的动力和最简单的理由。这是我和弟弟们在村里同龄人面前引以骄傲的事，也是我和弟弟们在那些日子里对读书的意义最初始的理解和认识。

母亲就是这样勤俭持家，严厉要求自己，也严厉要求子女，严厉得似乎有些不通情理。记得小时候我们做错了事，母亲会严厉批评，有时还会棍棒相向。所以，在我小时的印象中，母亲始终是一个很严厉的人，有时甚至会对她敬而远之。至今想起，在那些困难的年月，如果没有母亲的严厉，我们不可能度过那些清贫的日子。以至今天，在人生的道路上，不管遇到任何艰难，我都能奋勇直前，只因这些年月有母亲严厉的教导时刻提醒着我，有母亲勤劳忙碌的身影激励着我……

母亲还是一个极其善良、乐于助人的人。尽管自家不宽裕，她却常常帮助比她更困难的人。记得在我读小学五年级那年的春季的一天中午，有两个乞讨的姊妹俩，姐姐不过十二三岁，妹妹大约有八九岁的样子，她们怯生生地站在门外，说她们的家乡河南涨大水，受灾了，父母已不知下落，她们姊妹俩是逃难过来的。母亲听后，很是关切，把姊妹俩拉到屋里吃饭，一边还询问了许多事，待姊妹俩临走前又把剩在锅里的饭食送给她们，并叮嘱她们一路上小心。其实，那时家里粮食并不够吃。

生活的路很漫长。而今，我和弟弟们已逐渐进入而立之年，岁月让母亲变得日益衰老，再没有当初的强硬，对儿女的过错她更多的是无奈。有时，看到母亲的退让和妥协，我心里突生一种悲哀。母亲老了，老了的母亲就会开始走向生命的尽头，这是我们做儿女的不愿看到的。

但有一件事，使我感到母亲始终是个坚强的人，一个不服输的人。那是2003年的国庆节，我和妻子新婚度假，邀上母亲一起去北京游玩，母亲一直想去看看在水晶棺材里的毛主席遗容。火车上长途的颠簸使母亲一路晕车，几乎没有吃一点东西，到北京下站时，母亲已体力不支，但她为了不影响我们的兴致，努力坚持着。当天下午四点钟，毛主席纪念堂开放了，母亲极有耐心地排在队伍里，随着长长的人流进入纪念堂，终于看到了心中崇敬已久的领袖遗容，了却了多年来的心愿。第二天，我们乘坐旅行客车到天下第一关——山海关，游览长城。在爬往长城的陡峭处时，很多人都望城兴叹，不敢往上攀登。望着又高又陡，几乎接近垂直的石阶，本来就有点怕高的我，在母亲提出放弃攀登的意思后，我不敢再执意劝她了。可就在我们即将登临最高点雄关时，不经意的回头中，却看见母亲已从后面艰难地爬上来了。当时，我和妻子都很意外，感动于母亲的坚韧毅力。站在制高点，一向节俭的母亲也同意用两元钱给小商贩，暂借刻有“好汉”二字的石碑前，照了一张“好汉”像。她说要拿回去给大家看。母亲从不示弱，靠着顽强的意志，终于登上制高点的情景，直至今日，我眼前还不时浮现。

从那以后，每年的夏秋时节，尽管我的工作越来越忙，但总要抽出几天陪同母亲和父辈们到县内及邻县各处景点看看，母亲虽有好些推迟，我知道她是怕影响我们的工作，在劝说之下，她还是很乐意。去年的国庆节假期，我们陪同母亲和父辈们去遵义，那次，母亲因身体带病，一路上晕车，呕吐不止。最后，不得不改乘摩托车到达遵义。

回来时，也依然如此，大家只能同意母亲坐乘摩托车，又怕不安全，只好由二弟开车在前，压着摩托车的速度，母亲坐乘摩托车在中间，三弟开另一辆车在后，不远不近地跟着。四五百里的路程，几经歇息，母亲硬是凭着坚韧的毅力坚持下来了。晚上吃饭时，母亲虽很疲惫，但言语间却充溢着欢喜。

正如《常回家看看》那首歌中唱的那样，老人不图儿女为家做多大贡献，一辈子总操心只奔个平平安安。做儿女的对父母的最大安慰就是：常回家看看。今年春节，我和弟弟们像往常一样回到老家陪父母一起过年，四弟用摄像机把过年的热闹情景给录下来，并播放出来。当母亲看到自己在电视中的形象时，异常高兴。这是母亲第一次上镜头，她很专注地看着每一个场景，还反复嘱咐要把她说的重要话语刻录下来，以后好教育子孙后代。母亲虽然老了，但仍为子孙操劳，总是放不下心来，哪怕是一些小事。我曾试着劝说过母亲，你已经含辛茹苦大半辈子了，就不要再费那份心了，但母亲内心那种根深蒂固的责任感使她终不能熟视无睹子孙们的不是之处。也许，这就是普天之下做母亲的无法走出的悲哀吧！

走过了岁月的风风雨雨，我终于悟出：“只有母亲才是那个摘果实给我们吃的人！”我应该感谢母亲，她是我人生的启蒙老师，教给了我许多生活的知识和做人的道理。我崇敬母亲，崇敬普天之下所有勤劳善良、无私奉献的母亲！

（原载《山花》2009年第3期）

2009年

李天斌

我的初中履历

油菜花

进入初二或者初三，许多同学就进入了青春期。许多女同学的胸脯开始隆起来，许多男同学开始长出胡须，就像春天的油菜花一样，当几阵春风吹过，金黄的花瓣就开始冒出来，及至在春天的阳光下不断泛滥……

其时，我一个人坐在遍野的金黄里，一边看着书本，一边就鬼使神差地想起了一个女同学的身影——她的浓密的睫毛，又大又圆的眼睛，微笑时嘴角漾出的两个浅浅的酒窝，还有长长的秀发，总会穿过这耀眼的金黄进入我的眼帘。她像一个魔——我不断告诫自己，她最具颠覆和毁灭性，一定不能让她缠住，否则那个跳出农门的梦想就会被她碾碎。我努力地闭上眼睛，然后又睁开眼睛，想要彻底驱逐那魔——我想，我一定要保持内心的平静，必须把来自体内的那份灼热化为清凉，不能有一丝的躁动。

但我彻底失败了。一个最明显的现象是我总爱在课间跟她打闹。不管她是否愿意，我总想尽各种理由对她进行挑逗，不管她是高兴还是生气，只要她对我有所反应，我就觉得无比地愉悦和踏实——她的身影就像一个魔，在明处或是暗处诱惑着我。我不能自拔……我最终为我的行为付出了代价。原本领取一等奖学金的我，竟然有好几门功课不及格。我后来甚至参加了一次集体作弊——在一次平时的几何测验时，我和几位同学无意间发现老师把刻印试卷的蜡纸随意丢在了球场边上，而此时，我已经有好几次测验不及格了，按捺不住对于高分的向往，我们小心翼翼地从球场边拾起了那几张刻印有试题的蜡纸……我们原以为这是一次秘密的行动，不承想很快就被其他同学告发，除了我们的考分作废外，还写了检查。我记得我的检查一直写到第四遍，当其他同学都已过关，老师还说我的检查不够深刻。而偏偏此时，老校长出现在教学楼二楼的走廊上，在问清情况后，老校长长叹一声，说："唉，你在走下坡路喽……"他的声音很是洪亮，几乎整个校园里的人都听到了。我觉得羞愧万分，紧紧靠着走廊上的一根柱子，把自己藏起来。我不敢正视他——但我知道，直到此时，我仍然还在跟内心的那个魔玩着危险的游戏，她的召唤随时都会让我跌入深渊，直至万劫不复！

但我还是感到了些许安慰。因为除我之外，油菜花里的魔，一如既往地此起彼伏，而且比我的来得更猛烈。就在我考试作弊不久，一个姓廖的同学和同班的一个女同学（已记不起她的姓氏和名字）以油菜花为床铺，直接实现了彼此心里魔的交融……这件事直接导致他们双双被校方开除。他们似乎也无怨无悔，一起收拾好行李后就告别了学生时代。而我的堂哥和堂嫂，则是主动出击，在把青春的萌动与油菜花一起燃烧后，不等学校下发开除通知，就主动收拾行李离开了校园……我虽然暗暗羡慕他们，最终还是为自己没有越轨的行为庆幸。我甚至觉得完成了自我拯救，相比他们而言，我内心的魔只是一个不为人知的秘密。

而我对于心中那个魔的驱逐，还要感谢我的一个姓杨的同学（我觉得感谢这个词并不准确）。他还没读完初二，就被他父亲送去参了军。事情就发生在第二个油菜花盛开的春季。从部队回乡探亲的他，在油菜花里跟我暗恋的那个女同学做了爱……我不知道是出于强迫还是自愿，一个事实是此后不久，那个女同学就悄然离开了学校。我觉得很是气愤。尽管只是暗恋，但我还是有一种被人羞辱的感觉。好在这种感觉随着女同学的离校很快消失，我也很快恢复了最初的平静。我终于重新在油菜花里坐下来，终于觉得心静如水……

现在想来，从一簇油菜花出发，我的那些青春往事，就像一些蜿蜒曲折的通道——残缺的，完整的；那些美好和忧伤，那些幻灭般的影像，早已支离破碎，仿佛朵朵破碎的梅花，如血，在肌肤的冰凉里独自绽放。

煤油灯

一个没有墨水的墨水瓶，一个用铝片制作的灯管，一截搓成细绳并从灯管穿过的白纸，组合在一起就是一盏煤油灯了。

煤油灯是那时学习的必需物。没有电，上晚自习时，煤油灯算是一道风景。制作各异的灯盏参差不齐地摆放在每张课桌上，就像一些并不规整却极有秩序的排列组合，参差错落。明亮不一的光焰燃起来，最后汇成一股强烈的光芒，使得宽大的教室里如同白昼。这让我很是触动。那些光焰的温暖与质朴，直到现在，依然让我想起自己或者时间的履历。

那时的教室，窗户总是没有完整的玻璃。不是整扇窗户空着，就是只剩半截玻璃摇摇晃晃地插在里面，尽管校方不断地更换，但要不了多久，又恢复了原貌。不完整的玻璃，总会让风吹进教室。为了不让灯熄，我们总是把一本本的书卷起来，挡住风，企图用它罩着灯盏。冬天风大，就把几张课桌并拢，然后把各自的灯盏集中起来，我们想当然地认为这样就可以增强灯光对风的抵御能力，如同屏障。事实是否证实了我们的想法，我已经不记得。只是我们无疑为此温暖不已。几个同学，就这样挤在几盏煤油灯的光焰下，为着一个跳出农门的梦想，不断唤醒我们的执着。远方是荆棘丛生还是一路坦途，我们没想过，也不曾仔细想过。只是相信，在这里，我们一定是抓住了什么，我们踏实而又温暖。

那时我们都很用功。谁都不愿意离开教室。即使夜色逐渐加深，也总有人把自己深埋在一盏煤油灯下。有一个夏夜，高我一级的几个女同学先是按学校的作息时间下晚自习，待老师都休息后又悄悄摸回教室。下半夜，突然电闪雷鸣，暴雨如注，一直持续了很长时间。山洪很快暴发，并淹没了校园，位于低处的楼房都灌进了水，老师们纷纷被惊醒并及时组织我们转移。我就在此时看见了教室里忽明忽灭的煤油灯光，并听到了她们恐惧和无助的尖叫——她们一边不断点亮被风吹熄的煤油灯，一边不断尖叫……我们虽然置身在洪水中，但有老师在场，还有众多同学相互搀扶，所以并不觉得害怕。她们却仿佛置身一座孤岛……我无法确定那时她们是否想起了什么。只是后来听她们说起一个细节，不管大风如何肆虐，她们唯一要做的，就是要坚持点亮煤油灯，只有在一丝的光亮里，她们才会觉得自己没被雷电和暴雨所吞噬……

而我，当我在那个夜晚，也独自点燃一盏煤油灯时，也有跟她们一样的感慨么？

同样是一个电闪雷鸣、暴雨如注的夜晚。因为周末，同学们都回家了。我一个人待在寝室，把讲义夹铺放在床上，煤油灯放在夹子上，再找来一块用作凳子的石头，然后开始进入那些文字和习题。全身心的投入让我忽略了那场雨，霹雳般的电闪雷鸣仿佛与我是不相干的两端。我不知道时间的指针已滚到几点（整个初中，我都没有计时的钟表），只是逐渐睁不开的眼皮告诉我已到了深夜。我不知道他是何时走进来并站在我身后的，不知道他站了多长时间，静静地注视了我多长时间。只是记得，当我终于从煤油灯的光焰里抬起头来，他就吓了我一大跳。他说："小子，你这是玩命喽，雷声这么响，雨这么大，你竟然还一个人在这里用功……"他是伙食房的老头。他说他怕伙食房被洪水灌进来，所以冒雨前来观察。他说他是被我的灯光吸引来的。他没再说下去。只是离开时，从暴雨中回过头扔下一句："小子，快睡吧，学习也不是唯一重要的……"在又一阵闪电和雷声中，他的声音跟他消失在暴雨和黑夜里的身影一样缓慢和神秘。那晚，我始终没有睡意。躺在床上，总想着他的身影他的话，似乎明白了什么，又似乎什么也没明白。那晚，我始终没有吹熄煤油灯，直至油尽灯枯……

只是多年后，我却突然想找到那个老头，问一问他那晚扔下的话，是否有着偈语般的意味深长？只是，当我终于打听到他的消息时，他却已经去世，这个秘密，注定只能随时间跟他的肉身永远尘封了。只是，我无疑记住了一盏煤油灯，和那些属于20世纪80年代末的初中生活。

同学们

先说说蔡大勇和朱华贵。那时，蔡大勇成绩最好，我第二，朱华贵第三。整个初一，我们仨人一直是老师最喜欢的学生，同时也是同学们羡慕和嫉妒的对象。到了初二后，因为各种原因，我的成绩开始下降，蔡大勇和朱华贵却仍然保持了强劲的发展势头。到了初三，蔡大勇以全县第一名的成绩考取了西安航空学校，成为学校应届生获取最好成绩的人，他的名字也因此作为正面宣传的典型在学校传播了好几年，成为老师们的骄傲。朱华贵考分虽没有名列前茅，也上了师范录取线。那时往届生很多，应届生能考取的几率，几乎为零。所以蔡大勇和朱华贵，一度让学校激动和振奋不已。与他们的成功相比，我却是黯然的，尽管我后来用了功，但还是以一点五分之差被淘汰。

蔡大勇从此走了。从此后我再没见着他。只是后来遇着他大哥，才得知他中专毕业后进了一家企业工作，后来企业改制，下了岗，从此四处打工，就连家人也不知道他的确切行踪。至于朱华贵，毕业后分回出生地的村校教书，一到那里就没挪动过。

他也不想挪动，在那里结了婚，生了孩子，还修起了房子。我后来因为工作关系，到他的学校检查工作，遇着他时，他竟然有几分局促和不安。这让我总觉有些悲凉，总觉得这就是时间的作用——时间的刀刃总要把一切的存在割成碎片，让所有的一切变得似是而非。

夏成丽和张厚芬是初二时来插班的。她们都长得漂亮，而且家境不错。夏成丽的父兄是客车司机，家里拥有两辆客车，是她们那个乡镇的首富。张厚芬的父亲是个干部，听说还任了一个不小的职务。她们的到来，使同学们的眼球受到从未有过的刺激——她们的穿戴，跟我们破旧的衣服形成了鲜明对比，让我们无限自惭形秽。她们成绩不是很好。她们到这里来插班，其实也没有抱着要考取学校的希望。她们说过，只要混到初三毕业，父母就可以给她们找一份工作。后来，张厚芬果然到某乡镇当了一个半脱产干部。而夏成丽，却没有兑现曾经说过的话，只是嫁给了一个同样当客车司机的小伙……而不久的后来，她们竟然相继死亡。张厚芬是在一次由县妇联组织的参观活动中翻船死亡的，一条船上的三十多个妇女全部死亡，把尸体捞起来时，三十多个妇女还紧紧抱成一团，死前的挣扎与恐惧让人怵目。夏成丽则是死于疾病，至于是什么病，我至今不知道。死的时候，她们都不超过二十岁。

王光辉与周刚。我之所以把他们排列在一起，主要是多年后他们的命运几乎保持了高度一致。他们也是跟我一起考取初一的。但他们却是两种不同的学生。周刚成绩不错，除了蔡大勇、朱华贵和我之外，他就是第四名了，而且他还是后来全校唯一上高中准备考大学的人，他的前程让老师们充满了期待。王光辉则是成绩最差的人，由于个子矮小，体格瘦弱，他父亲怕他干不了农活，非要强迫他读书考学。但他始终无法专心于书本，每次考试几乎都是倒数的名次。而让我最感兴趣的，就是我刚才说到的他们最后的命运——周刚高中毕业后考取了贵阳医学院的专科，但因为他一直认为以他的实力完全可以考取重点大学，所以在读了一学期后再次回到高中教室补习，后来却出乎所有人的预料连专科也没考取。最后匆匆回到村里结了婚，并一口气生了三个女儿。为了生一个儿子，从此踏上“超生游击队”的漫漫路途……王光辉也是这样，回村务农后一口气生了四个女儿，后来举家搬到昆明，一边拾垃圾一边躲计划生育，不到三十岁的人竟然爬脸上满了五十岁的皱纹。我后来还听到了他的一个笑话，说是有一个四十多岁的人给他借火点烟时，竟然尊称他为老人家，并问及他的年龄。他很幽默，他说：“还不算大，才五十多一点……”而在当时，他真实的年龄也许只有二十九岁……

［原载《散文》（海外版）2009年第4期］

完班代摆

爱情在天上

这个题目所蕴藏的含意，源于那首名叫《爱情鸟》的歌曲。这只小小鸟，在歌手林依轮的深情演绎中，展示了全部的热情、浪漫和奔放，承载着一个人的爱情梦想，在清新的天空中自由地飞翔，幸福、快乐、健康，充满了生命的活力。基于这样的认识，我在丹寨观看嘎闹支系的苗族同胞跳闻名遐迩的“锦鸡之舞”的时候，也就是在去麻鸟之前，我就对白张燕的爱情充满了遐想，我想象着她的爱情一定会像优美、灵动、活泼、奔放的“锦鸡之舞”，她的爱情一定会在芦笙的伴奏下，飞呀飞，飞到天上去。

但是，在我进入麻鸟之后，这个深居在高山之上、至今仍保存着古老纯朴风俗的苗族村寨，却给了我视角上的强烈冲击和心灵上的极大震撼。这样的冲击和震撼来自于他们的贫穷与落后，同时也来自于他们激越悠扬的芦笙曲调与蹁跹灵动的“锦鸡之舞”。让我无法理解的是，一个苦难深重的民族，一个深居简出的民族，为何会有这般激荡的情致和开放的心态？作为一名生长在黔东北丘陵山区的苗族后裔，我没有理由不对生活在高山之上的麻鸟同胞，对他们的勇敢、坚强和乐观表示我的敬意。

事实上，在麻鸟，同宗同族同一条血脉，决定了我并不是这里的匆匆过客和充满好奇的观望者，而是他们中的一员，是失散了多年的兄弟回到了亲人的身边。我想，从松桃到麻鸟，我是省亲来了。因为，今天是我的同胞姐妹白张燕放飞爱情鸟的大喜日子，我要把我的祝福送给她；同时，我还要为她唱一首歌，那首镌刻着我们迁徙历史和沧桑命运，永远是我们的精神家园和心灵支柱的古歌。

我不知道白张燕是否听见了我发自灵魂的歌唱，但是我坚信她一定感觉到了来自一个同胞兄弟的祝福。对于一个正沐浴在爱河里的人，祝福是多么的重要。然而，在白张燕决定用热情和生命去赴她的爱情之约的时候，我却感到了一种前所未有的沉重。我就像看见一只高贵而美丽的鸟从温暖的窠中跌落下来，重重地摔在贫瘠的大地上，没有了歌唱，也没有了飞翔。一只小小鸟，一个灵动的锦鸡少女，就这样甘心情愿地被世俗的绳索束缚着，开始了自己披荆斩棘的爱情之旅。

这是2007年的12月3日，对于白张燕来说，这一天无疑是一个难以忘怀的日子。因为在这一天，她就要成为别人的新娘，就要成为一棵大树，为自己遮风挡雨。这天天气晴朗，太阳微暖的光芒普照着大地，有和缓的风从山巅吹来，轻柔地抚摸着人们的脸。

在朵朵白云的缠绕下，群山静默着，保持着它固有的庄严与坚定。这样难得的好天气似乎为白张燕预留了许久。这是老天爷的恩赐，也是老天爷的祝福。

当我敲开白张燕家的柴门的时候，她已在她家木楼的回廊上等了许久。她似乎知道我要来，来赴她的爱情盛宴。她站在木楼的回廊上痴痴地看着我，好看的嘴唇动了动，似乎想说些什么，但并没有说出来。我看见她的脸上镶嵌着两片淡淡的红云，看见她的心潮在涌动，看见一缕明亮的阳光从木板的缝隙中射过来，正好照在她的身上，为她的身体勾勒出一道银亮的轮廓，看上去有一种极鲜明的木刻效果。她明眸皓齿，面若桃花。她的身材并不像我想象中的高山女子那样，因为生活的负重和环境的恶劣造成的矮小，而是如城市女子一样纤细高挑。她是大山的另一种形式的存在，她的一颦一笑，都像大山一样端庄秀丽，都像大山一样沉稳安详。她是苗乡山川的青春写照。

这是白张燕留给我的最初印象：纯朴、平静而且美好。

她就这样痴情地站在木楼的回廊上，像一缕光亮，蕴藏着无限的情思。在我看来，那是一个离天很近的地方，只要伸一伸手，就能触摸到天上的云彩。以至于，当我站在柴门前仰望着她时，我就感觉到她是站在天上了。既然是在天上，就注定了她与世俗生活的远离，她只能透过城里来的人打探那个她所未知的世界。对她来说，那个流淌在大地上的世俗世界永远是一个谜，她无法进入世俗的核心。

她是在等待。等待一个心仪男人的到来。这样的等待耗费了她全部的青春和热情。

终于，一个男人手握宝剑敲响了她家的柴门，同时也敲响了她的心扉。此时，她知道，她该盛装了。在自己的楼阁里，她从容而又细致地装扮着自己，没有忧伤，也没有眼泪，她似乎早已知道这是一个女人必须完成的仪式。当她把最后一枚银饰插上发髻的时候，楼下的芦笙已经为她奏响。

手握宝剑的男人在深情地召唤着她。

我在芦笙的悠扬声中静静地观望，像一个人走进了陌生的领地，对眼前的一切充满了好奇与迷恋。我看见盛装的白张燕被许多人簇拥着走下楼梯，走到她心仪的男人面前，脸上荡漾着幸福的笑容。因为她知道，娶她的这位手握宝剑的男人，会在她未来的道路上，为她披荆斩棘，为她赴汤蹈火。

就这样，她的手被她心仪的男人牵着，离开了家，离开了养育她的父母，离开了只属于她一个人的闺阁世界，走上了通往婚姻的道路。在这条道路上，她身着的花带和百褶裙在和风的吹拂下，多了几分灵动与飘逸，头顶的银饰被透明的阳光摩擦着，显得晶莹透亮。在这样的美丽面前，心仪的男人生动地挥舞着宝剑，斩断荆棘，斩断猛兽的咽喉，为她开路，为她搭桥，为她的爱情献上忠心与热情。他干净利落地挥舞着宝剑，他的宝剑似乎不是砍在虚设的荆棘上，而是砍在一个人的心里。总之，他那硬朗的甚至可以说是健美的身子一阵阵地跳跃起来，无声地言说着爱情的内涵。他扬起头，目光坚定地看着前方，随时准备着把酝酿在胸中的情绪释放出来。他的每一个动作，每一股力量在晴朗的苍穹之下，在神秘莫测的古老仪式中激情满怀地流淌着，是那么地扣人心弦。这样的场景极具象征意味，它容纳了一个女人生命中的全部内容。

这是一场披荆斩棘的爱。

整个下午，我坐在白张燕家的木楼上忘我地面对着两个人的爱情誓言，和所有人一起，情不自禁地陶醉于这种干净单纯的美丽之中。

在麻鸟，我为这样的爱情深深地感动着，尽管这种披荆斩棘的爱看上去有点悲壮，有点凝重，但在男人那挥动的宝剑的阴影中，我却看出了一种责任，一种对爱情的忠贞不渝的坚守。正是这种对爱情的坚守，才成就了他们稳定的婚姻生活。这样的婚姻形态是多么地与他们的原始生命形式相契合，那么单纯、优美、自由和凝重。

这种披荆斩棘的爱，使我对麻鸟人的“锦鸡之舞”有了一个全新的认识。在麻鸟人看来，生活的艰辛无处不在，它就像一条贪婪的蛇，紧紧地尾随在麻鸟人的身后。而事实也正是这样，在那些悲怆凄凉的古歌声中，他们一次又一次地被血腥地屠杀和追赶，被迫离开肥沃的长江中下游平原，向着贫瘠而未知的山区行进。富饶的温柔之乡，在鲜红的血泪中，离他们越来越远。就这样，迁徙再迁徙成了他们挥之不去的噩梦，也成了他们无法摆脱的宿命。最后，他们拖着疲惫的身躯和对美好家园的无限依恋，来到了麻鸟，来到了这个远离富饶与肥沃的高山之巅。这个地方的艰难险阻和恶劣环境，曾经使民族英雄林则徐生发了荡气回肠的感叹。公元1819年，他在赴云南途中，路过黔东南这块僻远之地时，写下了《镇远道中》一诗：

两山夹溪溪水恶，一径秋烟凿山脚。
行人在山影在溪，此身未坠胆已落。
……

不敢俯睨千丈渊，昂首但见山插天。
健儿撒手忽鸣炮，惊起群山向天叫。

在这首诗中，我读出了一种比鸦片更可怕的东西，那就是险恶的高山与峡谷。英雄林则徐敢于销毁入侵者的鸦片，却“不敢俯睨千丈渊”，可见，英雄在恶劣的大自然面前也不得不承认自己的渺小和虚弱。在从丹寨去麻鸟的路上，我一直在想，在没有公路之前，当英雄林则徐面对这些高山和峡谷的时候，他是否产生过退却？他又是以怎样的方式和毅力翻越了那些高山和峡谷？遗憾的是，历史的细节已经消弭于时间之海。我们只能从他的诗中看到他对无所不能的大自然的敬畏。这是一个英武之人对大自然的顶礼膜拜。

尽管在来麻鸟之前，我已把林则徐的这首诗熟记在心，就是说，通过这首诗，我对麻鸟的高山峡谷已有了一点“诗化”的了解。但是，当我进入麻鸟之后，仍然被一种东西震撼着，那是一种源于心灵的痛。这种痛毫无掩饰地被大山诉说着，被日月诉说着，被坚硬的风和期盼的目光诉说着。千百年来，一个苦难的民族就这样孤独而又寂寞地被群山簇拥着，压迫着，“不知有汉”。我不知道，英雄林则徐在写这首诗的时候，是否会想到，“山插天”，依然是今天麻鸟人居住环境的真实写照。

在这样的苦难际遇和恶劣环境中，他们于是把对生命的最后一丝信赖交给了宗教，交给了勇于在天空中飞行的精灵。他们试图在纯净的天空中找到一片让灵魂安息的居所。于是，他们开始了对鸟和太阳的顶礼膜拜。这可以追溯到麻鸟人的古歌唱述的蛮、鹊宇鸟孵抱十二个蛋的神话时代。在麻鸟人的神话传说中，是蛮、鹊宇鸟孵抱十二个蛋孵化出人类祖先姜央，以及其他各种物类的耆祖。在他们最古老的家乡，即在太阳升起的地方，飞禽像星星一样缀满了天空。锦鸡便是麻鸟人的始祖。

没有史料证明麻鸟人选择锦鸡作为图腾的理由，所以我不知道他们为什么会在众多的鸟类中选择锦鸡。当我在丹寨看到他们表演的锦鸡舞之后，我才知道，他们原来是选择了一种浪漫和美丽。

我们知道，当一个民族在物质上得不到满足的时候，他们总是渴望从艺术上找到宣泄情感的出口。于是，麻鸟人在简单枯燥的生活中开始了对锦鸡的模仿。是生动妙曼的锦鸡给了他们舞蹈的灵感，给了他们艺术的启示。对外面世界的人来说，“锦鸡之舞”只不过是一种显现民族文化的舞蹈形式；而对于麻鸟人，“锦鸡之舞”则是对自己生命的一种诠释与交代。

在麻鸟人开始他们的“锦鸡之舞”的时候，他们怎么也不会想到，他们的“锦鸡之舞”会在物欲横流的今天，成为万众瞩目的非物质文化遗产被国家保护起来。这是一个民族坚强与智慧的结晶。

面对这绚丽的“锦鸡之舞”，面对那些灵动的舞者，我深刻地体会着一种遥远的神圣感。在我看来，“锦鸡之舞”中蕴含的那一缕精神线索，就是麻鸟人对生命和家园的呵护与坚守，是一种倔强的力量，是生命的原始冲动与理性信仰相结合的产物。

所以，在麻鸟，在白张燕的结婚盛典上，在那些锦鸡舞者扇动着她们美丽的翅膀的时候，我终于明白了我为什么总是躁动不安，总是沉默不语。我仿佛正在被一条干净的河流冲刷着，涤荡着，心底忽就升起了一股沧桑的感怀。在“锦鸡之舞”优美的节律中，在白张燕披荆斩棘的爱情之路上，我听见了芦笙在吹响，同时也看见了一个民族隐含在节律中的精神履历。“锦鸡之舞”的优美和爱情的坚贞不移，于白张燕的身上完美地结合在了一起。所以，在白张燕披荆斩棘的爱情盛宴上，我感到了血在往土地里流，感到了生命个体不由自主地融入广阔的家园与历史深处，感到了爱情是不可以被玷污与背信的。我相信每一个触摸到岁月的根脉，于披荆斩棘的爱情中感觉到先民体温的人，都会为一个民族对誓言的无悔坚守表示尊敬。

在麻鸟，这种披荆斩棘的爱情方式明显与其他地方不同，他们依然延续着自己古老的生活习俗，依然坚守着自己的生命原则。我相信，城市人永远也无法理解麻鸟人对于这种爱的渴望，以及这种爱给他们带来的那份喜悦、那份自由和那份浪漫。也正是这种披荆斩棘的爱情使得麻鸟人依然停留在世界之外。这里的时间在按照自己的流速滑行。尽管，因为“锦鸡之舞”的名声远播，使得他们的面容和表情发生了细微变化，他们的生活也发生了变化，他们知道了对自己的宣传，他们渴望让自己的文化与世界共享。但是，他们并没有因此被那些好奇的目光牵引着走进一条陌生的世俗峡谷，并在这里感受到被预设的困境挤压的痛苦。他们依然固执地守望着自己的信念，守望着那片离天很近的土地。

在麻鸟，披荆斩棘是一个男人应当的责任和使命，同时也是一个女人梦寐以求的温床。

来参加白张燕的爱情盛宴的大部分是青年男女。姑娘们身穿漂亮的百褶裙，头上戴着银饰，系着精心缝制的花带，跳着优美的“锦鸡之舞”。小伙子们也穿得整整齐齐，吹着芦笙和木叶，唱着山歌。这样的场合，自然少不了看热闹的孩子，他们对眼前的热闹充满了渴望和向往；而那些为数不多的老人，则站在热闹的边缘，他们的目光里饱含着祝福与回忆。

在这个热闹的中心，我突然成了局外人。我坐在白张燕家的木楼上，观望着那些快乐的人们，他们在送亲的路上走走停停，脸上洋溢着无边的幸福。可是没有人会注意我，那些年轻漂亮的姑娘只顾三五成群，坐着或站着，不知在说些什么，声音像锦鸡的鸣叫一样玲珑圆润。她们的笑也很香甜，宛如粉红的花朵。我也不知道她们为什么笑。但有一点我是清楚的，她们那颗咚咚跳动的心，一定在期盼着月亮的升起，她们要在这明月星稀的夜晚，用歌声寻找到自己心仪的情人。

我在热闹的边缘静心观看，在白张燕的送亲队伍渐渐远去之后，在整个麻鸟山村又恢复它固有的宁静之后，我看见两只恩爱的锦鸡在白张燕家的屋檐下盘旋着，嬉戏着，一副亲密无间的样子。我不忍心打扰它们，便悄然背起行囊，离开了白张燕家。

（原载《民族文学》2009年第4期）

赵剑平

茶事二题

茶说遵义

陆羽《茶经》载：茶之出黔中，生思州、播州、费州、夷州。唐时黔中为今渝南一带；而思、播、费、夷四州，则今黔北大部分治所均为其属地。可见遵义自古就为产茶区。《茶经》是陆羽考察三十二州、郡的茶事后写成的。所以，遵义这样一片唐时的产茶区，事实上就包含了两层意思：一是茶叶种植面广，产量大；一是茶叶品质好，出名茶。不然，远在湖州的茶圣是不会关照到这里的。《贵州通志》有这样的文字：“茶出婺川者，名高树茶。”陆氏《茶经》载：“往往得之，其味甚佳。”即指这种茶。“黔州都濡月兔两饼”，为北宋诗人黄庭坚赞不绝口的贡茶。我们从近代《遵义府志》也可以看到这样的记载：“仁怀产茶，清明后采叶，压实为饼，一饼厚五六寸，长五六尺，广三四尺，重者百斤，外织竹筐包之，其课本输纳，多贩至四川各县。”虽为唐以后的表述，却有包装、课税、运销诸环节，全无小家子气，完全可以推想当年遵义茶叶生产的盛况。

但历史发展到今天，像饼茶这样的加工和包装，除前些日子如火如荼的普洱茶还保留着这样的形式，黔北茶叶生产中却是看不见了。而茶叶终不过一种经济作物，本是无所谓倒退与进步的。却也有如罂粟，它的生产与消费，以及对民族和社会的影响，则又断不可等闲视之。尽管茶不可能成为鸦片，而对遵义这片土地而言，茶叶之大，浓缩了时代与社会的进步、文化与习俗的变迁，却一点也不夸张。

正安庙塘有一条挂在悬崖上的街。聚而为市的街尚且挂在悬崖上，可想而知，那里的地有多金贵。除两条小河带出来的几个田坝，几乎所有的土地都在山坡上。我幼年的记忆中，老百姓在有限的自留地上，除了种一些蔬菜和杂粮，每一块地上还栽了几棵茶树。他们叫它们“家茶”，那意思显然不仅仅指茶的品种，还有一种“家用”的含义。

那年头，拿自己种的茶叶到市场上去卖，是要冒很大风险的。我看见有上山下乡的知识青年，不想种庄稼，去做茶叶生意，就坐了班房的。老百姓对这种茶叶的加工很简单，不管老叶子还是嫩叶子，连同茶籽采摘下来，沸水里走一遍，放在阁楼上阴干，就用来熬“罐罐茶”。一家一户的，灶台上都安一只大铁锅，边上掏一个洞，余火从灶里蹿出来，形成火眼。一只沙罐终年“屯”在火眼上，就熬茶。那茶且喝且往里掺水，却总也浓浓的；一罐茶常常要喝上一两天。除自己家的人喝，客人进屋，主人还舀出一碗来招待客人。他们不只拿“罐罐茶”当饮料，还常常用“罐罐茶”来泡饭。民间有一种说法：“好看不如素打扮，好吃不如茶泡饭。”这不仅表明他们的一种审美追求，而其实也是他们生活的一种真实写照。

我后来才知道，熬“罐罐茶”的这种茶属大叶茶。《遵义府志》所载仁怀饼茶，应该就是这种大叶茶。而时过境迁，大叶茶被小叶茶取代，在黔北已很难看见。但大叶茶也真够神的，仿佛跟这片土地厮守的历史太长了，形成了一种魂魄，即便在优胜劣汰的竞争中败下阵来，也一时半会儿不会消散。20世纪80年代，我徒步考察芙蓉江，就在绥阳枧坝，听那里的人说芙蓉江源头石瓮子有几株茶，终年云缠雾绕，那茶叶熬的茶简直妙不可言，历朝历代的地方官都专门聘请茶师，把那几株茶加工出来向朝廷进贡。我赶到那里一看，石瓮子确也有一些茶，只是看不出来贡茶的气象。无独有偶，我后来在道真又听人说洛龙有一株茶王。道真曾是贵州省七个产茶大县之一，那里有一株茶王，仿佛也在情理中。只是茶王年产干茶叶三十多斤，虽蔚为大观，却不一定能够称王。但道真中坪山里的一片原始林区有一片野茶，方圆几百亩，当地老百姓叫这片茶林叫“天茶”，却实在令人称奇。而无论传说，还是传奇，抑或正经八百的事实，却都透视出人们对大叶茶这种特殊乔木的一种拜物情结，也含蕴着老百姓对大叶茶的一种生命情感、一种生活理想。

相比大叶茶，在遵义这片土地上，小叶茶显然属于外来户。黔北民风淳朴，小叶茶在行政支持与科技普及的推动下占据主导地位，老百姓并没有一点排斥，他们只是叫小叶茶“茶叶”的时候，却特别叫大叶茶“土茶”，把对大叶茶最后的情意保留在了一种称谓中。

如果追溯，小叶茶如今在黔北茶叶生产中的主导地位，恐怕与“东方剑桥”浙江大学抗战期间西迁遵义是分不开的。竺可桢当年一路走来，就想为浙江大学找一个落脚的地方。进了遵义，他才算找到了感觉。文学院、工学院和师范学院的文组设遵义城，而农学院、理学院和师范学院的理组却设在距遵义城七十余公里的湄潭县城，其中一年级又设在距湄潭县城二十余公里的永兴镇。现在看来，流亡办学，浙江大学与遵义不期而遇，不过一种偶然的缘。但谁又能够说清楚呢？这种偶然的相逢会演绎一曲命运的交响。也算到哪山上唱哪歌，湄潭的浙江大学成立了“桐茶研究所”，专门对黔北两大土特产品油桐和茶叶进行研究。谁都知道，这实际上就意味着对油桐和茶叶的改良。岁月流逝，带走了人与事的关联，也消解了情节与真相，只留下一个抽空了的历史的壳让人琢磨。浙大对油桐与茶两个品种的改良具体做了哪些工作，我们已无从得知。但是，有些事件是可以反向推定的。比如对茶的改良，来自龙井茶故乡西子湖畔的浙江大学可谓轻车熟路；而永兴镇在1949年后不久，就发展起来在全省从规模到技术都数一数二的永兴国营茶场；甚至到了后来，贵州省的茶叶科学研究所，索性也设在了湄潭；即如现今，那些远道而来的茶商，也紧紧盯死了湄潭、凤冈这一片高原丘陵，一到春茶采摘季节，就鱼贯而入，收了茶青，车装车载，连夜往外奔，以至于在湄潭县城郊区形成了一个红红火火的茶青夜市。而据知情人透露，这些茶青大多被运到浙江，用来加工龙井茶了。湄潭茶与龙井茶的相近相似，由此可见一斑。浙江大学西来，湄潭茶叶东去，这种历史的往返真令人寻味。我们因此可以说，浙江大学在湄潭办学七年，以龙井茶生产为模式，建了一个磁场。这个磁场虽然看不见，我们却可以感受到它的存在。它确定了湄潭作为茶乡的命运，到了今天，还弄一把进入吉尼斯世界纪录的大茶壶来顶在头上；而且这磁场也通过雪球效应，实际上奠定了黔北现代茶业发展基础，也影响了整个贵州省茶叶生产发展方向。

今年，我被天俊拉着到几个县转了一圈。天俊从前在湄潭任县委书记，我在那里做了几年挂职副县长，都是老朋友了。他现在是市里副巡视员，管茶叶生产。刚上任那会，市里仿佛没有县里具体，他找不到感觉，便研究家谱，且拿一些又冷又生的问题考别人，常常弄得人很尴尬。有人喊他黄巡抚，其实是有一些调侃的。我喊他茶总管，却是实实在在的。仔细想来，他就像一棵大叶茶，虽然闲了一点，但毕竟乔木，还有那么多积淀，也挺有意思的。省里提出来遵义要发展茶叶上百万亩，茶总管就来了劲头。但跟他下乡却是一桩苦差事。他一上车就睡，我却眼睛都不能够眨一下。一到目的地，他下茶园，上茶山，兴致勃勃，我却疲惫不堪，力不从心，成了他精力展示的一种陪衬。

累一点，苦一点，也就认了，可人家还以为你不上心，对那些茶园没有兴趣；却又带你上茶山，或者去育茶苗圃，一直要等你叫上一百个好，而吃饭时间也差不多到了，这才算告一个段落。坐上桌子，酒啊，肉啊，都不香，只想睡觉。但几天下来，我还真长了不少见识。

小叶茶在黔北能够推而广之，其实是有一些文化因素的。烟、酒、茶，一家亲，都跟人的精神有着直接关系。说到底，市场的消与长，都是由文化来决定的。时代发展到今天，世界变大了，人变小了，信息取代历史与自然，知识代替情感与理想，文化变成了一种快餐。“小”意味着灵敏、快捷。但小叶茶还不是时代的一个简单的符号，它继承了大叶茶在漫长的黔北社会与民间生活中形成的文化影响。当年的大叶茶在茶馆提供“讲茶”排解街坊四邻纷争，今天的小叶茶也在茶楼酒肆为生意为人情推波助澜。保护生态、节约能源的新观念正日益深入人心，乡里改水、改厕，也改灶，“罐罐茶”消失了；而人来客往，玻璃杯冲一撮绿茶，却也有一样的情义，一样的风味。另一方面，时代喧嚣而浮华，身处其中的人越来越烦躁，也越来越忙碌，小叶茶却格外有一种清雅与宁谧，正好对这种心境有一种补偿和调整。君不见，遵义大城小市的，茶房咖啡屋数也数不过来，娱乐休闲，成了一种新的文化时尚。这之间，清茶一杯，几乎是每一个消费者都会要的。有的茶房为招揽生意，把茶道也引了进来，讲“和、静、清、寂”，与禅意结合，把世俗的茶文化推向哲学层面，参与人的精神的修复。

当然，小叶茶相比大叶茶，主要还是投资少而见效快的优势。一株茶，从扦插育苗，到移栽上山，也不过三四年工夫，就可以采摘加工，真正变成摇钱树。而大叶茶则要漫长的等待，就像养孩子，十年，二十年，长粗了，长壮了，它才能够挣钱。茶树年龄越古越久，茶的品质则越佳。只是黔北茶的盛衰兴亡，不由黔北市场决定，而要由黔北区域外更广大的市场决定。历史老人多次告诉我们，一旦市场娃娃脸一变，遭殃的还是农产品。我们铲过烤烟苗，也砍过柑橘树。可摧毁跟人一起成长起来的大叶茶，则是消灭一种历史，无论从经济还是文化，都是一次大震荡。而小叶茶就不同了，即便没有三灾八难折腾，它本身也会老化，人们也要对茶园进行更新。近年，茶乡湄潭对小叶茶深度开发，往常扔掉的茶籽用来榨油，投入市场后供不应求；而茶园更新翻起来的茶树根，则用来提炼医药原料茶多酚；这为黔北茶产业的全面振兴拉开了序幕。

但跟酒跟烟一样，遵义茶开发的关键除了科技含量的增加，工艺水平的提高，更重要的还是文化的开发。这一点，茅台用坚持不懈的实践，已经探索出来一条文化振兴产业的成功之路。价值是什么呢？价值就是观念的认同。而影响观念的，则毫无疑问是文化。文化是产品从品质散发到外表的光华。一个没有光华的产品，要被世界发现，简直是不可思议的事情。事实上，遵义现代茶产业走到今天，几多风雨，也几多风光，却还没有从文化上认真进行过开掘和打造。结果在名优品牌创立和产品深加工等举足轻重的关头，一是缺乏信念，顾虑重重，摇晃不定；二是缺乏理念，根基浅浮，茫然而不知所终。名优品牌一定是一种飞翔；只有胆识，才能利用文化给产品插上翅膀。黔北民间茶文化的土壤是丰厚的。除了受巴蜀文化背景影响的汉民族茶文化，还有独具风味的仡佬民族茶文化。茶这个概念，在人们心中，早已经不是一种单纯的饮料。它是人情与社会的一个缩影，是历史与现实的一扇窗户。茶用一种物质的形式，醒示这个世界最后的情感，并穿越人的灵魂，抵达一种终极的精神境界。不管是小叶的绿茶，还是大叶的土茶，抑或老鹰茶、苦丁茶、甜茶、虫茶、果茶、油茶，说到底，都是一种理念的延伸。

茶文化开道，遵义破百万亩茶园纪录当指日可待。

一个民族茶汤里的影子

一个多民族杂居的社会，孩子的世界总也有惊奇。

祖母在阳光好的时候，常常拿出一个四方的布包。她在光亮中慢慢打开，我才看清楚这是一个折叠的包。手摸一摸，也才知道那质地是用很多层布粘在一起糊出来的“布壳”。祖母说这叫“线底”。“线底”一层又一层，每一层套很多小包，总算全部打开来。那一瞬间，阳光停留在这个展开的世界，那些小包竟然装满了五彩斑斓的花线，我一下就兴奋起来。

祖母跟她的“线底”编了一个“猜子”——

四四方方一座城，打开里头门对门，针头麻线摆得有，只只差个卖货人。

祖母是仡佬人。祖父是汉人，老籍四川合川，常年蹲茶馆“打玩友”消磨时光。有祖父在场，别人是不能“坐统子”的。“坐统子”是川戏的坐唱指挥。老人家在抑扬顿挫的鼓击声和折子戏起伏跌宕的情节中忘记一切，连吃饭都要我穿过镇上长长的街路去叫，他才会放下鼓棒，跟他的那些“玩友”回到现实中来。或许因为这个缘故，祖母较好地保存了“线底”这样的仡佬人的美好事物，也保持了仡佬人特有的智慧和幽默。

我对仡佬人茶文化的了解，也是从祖母那里开始的。

仡佬人喜欢喝茶汤。我到现在都不明白，茶这种植物，到底在仡佬人的生命中意味着什么。茶对于仡佬人，显然不是一般意义上的喜欢，而是一种需要。不然，祖母不会教我唱这样的歌谣——

推磨嘎，押磨嘎，推粑粑，熬些茶，公一碗，婆一碗，磨子旮旯还有碗，猫打倒，狗舔碗，幺儿媳妇没得吃，心心慌慌脚打闪。

喝茶汤的意识，竟然被编成儿歌一代一代往下灌。

但祖母的茶汤却很特别。她用“过浓茶”做茶汤。茶叶被泡过了多次，没有多少味了。老人家用刀在砧板上把那些茶叶剁成泥，便架铁锅加猪油炒制，有时候还放一点油渣进去。这样做出来的茶汤虽然淡一些，却很香，老人孩子都能喝，喝多少都不会上瘾。我后来长大成人，到仡佬族聚居区喝茶汤，却怎么也受不了那浓浓的苦。这时候，我才意识到祖母其实是舍不得，这才利用那些丢弃的茶叶来做茶汤。也因此一来，祖母无意中发明了一种新的茶汤。

事实上，茶对仡佬人来说，不仅是一种饮料，还是一种食品。遵义务川和道真，中国仅有的两个仡佬族自治县，相依相傍坐落在大娄山腹地。务川新场、云峰一带的仡佬人，一日三餐，其中一餐的主食就是腊猪油煎制的油茶汤。而道真，则有“一天不吃两碗，脚杆打闪闪”的说法。因为这个缘故，老百姓也叫油茶为“干劲汤”。但他们都不说“喝”油茶，而说“吃”油茶。一字之差，却道明了油茶在仡佬人生活中作为食物的地位。道真因为吃油茶，全县一年要吃掉茶叶几十万斤，仡佬人家平均每户五十斤。道真一个青年留学美国，带了一个洋妞回家。洋妞油茶当饭吃了十几天，回到美国加州，却不想喝咖啡了，打电话要婆婆寄油茶过去。这恐怕是仡佬油茶最有魅力的一个实证。

就像祖母的油茶自成一格，务川和道真两个自治县的油茶也各有自己的特点。道真油茶多用细嫩的茶叶加工；而务川油茶则喜欢用老茶叶、粗茶叶制作。从油茶种类看，不只有油茶汤，还有油茶汤粑、油茶稀饭。顾名思义，油茶汤粑不过是将元宵放进茶汤里煮食；而油茶稀饭，则不过用茶汤代水来熬制粥。仡佬人家里有一种石凿的用具叫“擂钵”。“擂钵”一钵一杵，那杵叫“擂茶棒”，可见这工具就加工茶汤的。现实不过是历史的未来。仡佬人这种茶食一体的吃法，我们从文献资料看，晋代的“茗粥”，清代的“擂茶”，其实一脉相承，可以说源远流长。

从饮到食，仡佬人生活中离不开茶。我在务川和道真两个自治县考察，明显地意识到“茶”在仡佬人心目中，就像公孙龙的“马”一样，已经不是一个种的概念，不过象征而已。茶汤是茶，而茶，却不是茶汤。因为茶的亲和力，茶在仡佬族地区被赋予广泛的社会涵义，作为一个符号，出现在生活和生产过程中。

道真洛龙民间流传《十二月茶歌》，歌中茶酒并提，作了这样的描述——

茶仙仙，酒仙仙，茶酒相交数千年，客来之时茶为贵，客去之时酒为先。

仡佬人家的“三么台”是招待客人最隆重的筵席。“么台”为西南方言，意为结束收场。虽然无酒不成席，但“三么台”却是先摆茶席，接风洗尘，吃油茶、糕点、果盘。茶席撤下去后，八仙醉酒，摆酒席，上冷盘和炒菜。酒席过后，四方团圆，这才开始正席，上蒸、炖、烩、汤菜，开始吃饭。茶、酒、饭三轮席完了，这才算尽了礼数。如果敬祖宗，用哪样供品，很多人家神龛上清清楚楚镌刻着十个汉字：香花灯水果，茶食宝珠衣。茶是必须的。牌位跟前摆四茶、四酒、四菜、四饭，取“四”为方正，引申义为恭敬，不然会被笑话没有“教招”。而大大小小的祭祀活动，不管阴道场，还是阳道场，敬神灵也好，祭鬼魂也罢，春傩的先生唱、念、做，都要“数茶根”，行茶礼，主人家心里才踏实。

《贵州通志》载：“茶出婺川，名高树茶，色味亦佳。”可惜这种茶已经很少，只在务川涪洋一些边远山区才能够看见。这种茶减少的一个重要原因，就是难移栽成活。仡佬人很看重高树茶这一层忠贞的品质，引申到婚俗，男方向女方下聘礼叫“讨茶”，或者叫“下茶”。乡里迎娶一个姑娘，要“讨茶”三道，姑娘才会体体面面地跟你过日子。茶礼之重，穷家小户是很难承受的。而男方看女方贤淑，则也以“茶”为标准，一要茶饭好，二要针线好。茶饭好不只是厨艺好，下得厨房，还要上得厅堂，能够待人接物。

广东人说“喝早茶”，其实哪是“茶”，地地道道一顿饭，甚至比一顿饭还讲究。殊不知偏僻遥远的仡佬族山民，竟把茶的寓意运用得更娴熟，也更地道。人情各有所归，却手段和路径竟然都是差不多的。

文化的作用归根到底是一种引领。有了茶这个坐标后，仡佬人把很多能吃能喝的植物的叶子或果实都叫作茶。务川仡佬人拜大树为“保爷”，本来有一种植物崇拜情结。有树王做保，人与山川万物一家亲，饿了，渴了，随便摘几片叶子，采几个果子，大自然也不会计较。他们从从容容，坦坦然然，就跟取食正儿八经的茶一样，取食这些来自山野的叶子和果子也格外讲究。

老鹰茶在仡佬族聚居地是比较流行的一种饮品。务川仡佬人采来老鹰茶后却并不急着饮用。他们要把它搁一段时间，而且搁的时间越长，泡出来的汤色就越红亮。他们甚至仔细到了老鹰茶树的根，发现把它们切片泡水，其实也是很好喝的。有意思的是一些仡佬人家把老鹰茶用一只棕衣口袋装起来，放进一把糯米去，然后挂在通风的地方，让老鹰茶生一种虫子，虫子又吃老鹰茶，最后屙出屎来，这就成了虫茶。虫茶听起来不好听，也有叫沙茶的。虫茶不仅喝起来口感好，还治消化不良。整个生产过程活脱脱一个生物加工厂。

苦丁茶也是仡佬人喜欢喝的一种茶。这种苦丁茶不像苦丁茶之乡余庆小叶苦丁茶那样精细，却完全野生，大叶的，采自山里，沸水里过一遍，晒干后即可泡水饮用。苦丁茶有泻火功效，哪个季节喝苦丁茶，仡佬人却是有讲究的。火旺的夏日，喝上一杯苦丁茶，不仅解暑气，还维持阴阳平衡，浑身舒泰。

地母很奇妙，也很公平，生了一种苦丁茶，又生了一种甜茶。甜茶是一种乔木。春夏时节，务川泥水枫香坪几乎家家户户都采这种叶子来泡水喝。

务川山野还有一种带刺的灌木，叶子苦中有甜。当地仡佬人采叶子来泡水喝。他们奇怪地叫这种饮料叫“老婆婆茶”，只有少数人叫它“刺杆茶”。

但真正让人迷惑的，是有一种不能用叶子的乔木，仡佬人却叫它“油茶树”。这种树的果实桃一样大小，含油重。他们叫这种果实叫“茶包”，并且拿它榨油。“茶”在这里，居然跟“油”相同的含义。

仡佬民族是一个富有智慧和创新精神的民族。仅一个茶，由饮而食，由食而虚化，而精神，演绎出多少奇特而丰厚的文化内容来。

我琢磨由夜郎多因竹筒而生起，凡夜郎故土仡佬、布依、彝很多个民族都有以竹为意象的图腾文化。竹的形貌潇洒而风雅，大自然中几乎没有与之相似相近的。因其独特，画师喜欢画竹，文人雅士喜欢写竹、颂竹。春夏秋冬，梅兰竹菊四君子。竹守夏，在自然界所有的植物中，可说是知名度最高的。竹文化实际上已经成了一种大众文化。进入到现代文明，很多国家、很多城市都确定国花、市花，希望在一个新的时代找一个凝聚精气神的象征物。只是茶这种植物，大叶小叶的，乔木灌木类似太多，实在不便做标志。幸而有文字，茶还可以露一露。倘若为画，或者做造型，大多不知所以，一塌糊涂。

但如果可能，竹作为精神喻体代表一种历史；而茶，尤其对大娄山中的仡佬族山民来说，则指向一种未来，其实也大可以为旗。

（原载《人民文学》2009年第6期）

杨启刚

生命的内涵（外一章）

下午四点，窗外飘起今冬的第一场雪，雪片密密匝匝地漫天飞舞，迷蒙了近树远山。也就在这个时候，桌上的电话响了，拿起一听，是长途，在深圳工作的朋友勇告知我一个不幸的消息：我们共同的朋友妮子因为舍身救人而永远地离开了我们。

事情来得太突然，我呆住了，脑海里犹如突然短路，一下子不知道说什么好。沉默半晌，我挂掉了电话，陡然瘫坐在沙发上，周身冰凉。

接下来的整整一个礼拜，我都因为这个意外而心神不定，坐立不安。每天从办公大楼望出去，远山的瑞雪已化掉，剑江大道依然是车水马龙，从深圳那座城市长途而来的疲惫的汽车和火车仍旧风尘仆仆地从我们的大楼前经过，奔向贵阳、遵义、重庆、成都，或更遥远的城市和乡村。一个年轻生命的消逝，一个含苞欲放的女孩的离去，并不曾给这个喧嚣的世界带来太大的震动。

妮子的男朋友跟我是至交。他俩经常双双到我家来玩。在我的印象中，妮子是一个处事落落大方，处处讨人喜欢的女孩，曾担任过单位的团委书记，在她任职期间，曾经组织过好几件颇为轰动热闹的活动，如歌手大赛、文艺晚会之类，尽职尽责地做好她的本职工作。

后来单位连年亏损，发不出工资，在她远赴深圳谋生之前，我们还曾见过一面。那是七月中旬一个周末的晚上，我在"芭啦啦迪士高舞厅"碰到她也在跳舞，彼此相视一笑，我问她，怎么和你男朋友分手了？她幽幽地叹息：一言难尽！随后她又很热情地给我留了电话和手机号码，我一看，区号0755，是深圳的。"我上个月去了一趟，这次回来办一些手续。"接着她对我一扬手，说"以后多联系"，便融进舞池。谁知道这匆匆的一晤竟成了永别。

我的悲哀与伤感或许有些物伤其类的味道。毕竟，我跟妮子都属于日子过得很平凡的“上班族”，在都匀这座小城里我们相识相交，不多的往来为苍白的生活增添了一点点色彩。她离乡南下虽出于无奈，却也想在深圳大干一番的。谁知竟成了如此哀怨的结局。这不免让我们这些仍做着好梦的朋友惊觉人生的莫测，生命的无常。

妮子死后，当地的几家大报都在头版显著的位置连续报道了她的事迹，以此来追悼这位勇者。事情发生在一个女孩子身上，固然壮烈，其实也哀婉。一个风华正茂的青年，或者，准确地说，一个为生存而抗争的二十五岁的女子，我们不必刻意地描绘她有一个多么完美的内心境界。要记下的只是她在关键时刻，用自己年轻的充满青春活力的身躯挡住了凶手在众目睽睽之下刺向那位孕妇的利刃。那惊心动魄的几分钟里，光天化日之下，为什么竟然没有一个人会像她那样挺身而出呢？人群中难道没有一个男子汉吗？那个瘦小的歹徒虽然将被处以极刑，可是妮子，永远也不能再睁开她那双美丽的眼睛了。妮子，她用自己的行动，在生与死、轻与重之间果断地做出了选择，在人生的渡口上绽开了璀璨绚丽的花朵。反躬自问，我们也许不乏种种冲动，但恐怕很少这么行动。

这又使我不由得想起我们这一代人的成长。我和妮子都属于在传统的熏陶下长大的一代，彼此的童年都被灌输了强烈而美好的英雄主义思想。然而随着年岁的增长，知识的积累，时代的变迁，原有的价值观已在不知不觉中发生了错位、剥落和碰伤，对许多从前视为高尚的事物和思想都产生了逆反的心理。我每天在熙熙攘攘的都市里出没，目睹人间的种种悲喜，心灵已然有些荒芜和麻木了。而妮子的死，恰如一道强烈的光束，照亮了我心灵落满尘埃的一角，给我们留下了可歌可泣的生命传奇。

妮子去了，而我们依然活着，依然会在这个理性多过感情，矜持多过真诚，追逐多过思考的社会里平静地生活下去。当然，我们无须因此而在勇者的荣光面前自惭形秽。妮子赴死的意义，并不是要求我们每个人都变成英雄，但是，它迫使我们再次面对这个问题：怎样才能使生命更有意义？怎样才能给生命增加一些丰富的内涵？

在我看来，这个突发事件只是一个姿态，一种警示，在这个物质社会喧嚣与迷乱的背景下，为我们活着的人群指示一种坚持与责任。面对生命的创口，我们是有理由继续微笑着面对生活呢，还是在生命的苦难面前向岁月和世俗投降？

茶一样的女子

认识晓寒之后，我真正地喜欢上茶。像茶一样的晓寒是清雅素净的，她的谈吐，她的气质，她身上散发出的那种独特的韵味，她优雅的姿态，温柔的目光，恰到好处的微笑，不紧不慢的言语。永远搭配合体的赏心悦目的衣衫，永远隔着距离的宁静。永远这样的，淡淡的却能入人心，久久不能忘记。淡淡的她就这样深深地把我迷恋住。实际上，晓寒恍若是一株历经沧桑的千年古茶树，静静地淡淡地生长在沙漠般的城市里。

晓寒这样的女子是可遇而不可求的。与她的相识相知相互欣赏，是百年修来的缘分，犹如我与茶的一见倾心。与晓寒在午夜的茶楼，出神地看着她娴熟的沏茶技艺，我惊叹于她竟懂得如此高妙的茶道。晓寒说，茶很理性，它要先被仔细地摘下，细心地烘焙，周全地储藏，然后还要人们懂得正确的泡制，什么样温度的水，什么样的茶具，什么样的心情和什么样的人。晓寒何尝不是茶一样的女子呢？所以她这样的女子要孕育一个世纪，绵绵泊泊，如同源头活水，长久且醇厚，可以是爱人，也可以是挚友。

我知道，晓寒的前世一定是一位爱茶的女子。她在前世的某个冬天，把屋后那株老梅上的雪收进青瓷瓶，埋到土里。三年后的夏夜，她打开从土里挖出来的青瓷瓶，用红泥小炉将梅雪化的水烧开来烹茶。那水无比清凉甘冽，泡出的茶香味醇，让人上瘾。

她选了一个山脚下有菊花盛开的地方，请人盖了一间屋子，然后给这间屋子起名“心远庐”，来自于两首她最早喜欢的诗，而写诗的那个人，她觉得，是她最早喜欢的人。她知道他的名字叫陶潜。

然后她开始爱上菊花茶。

她就这样每日烹着茶，在丝丝缕缕幻梦般的茶香中等待她未知的陶渊明……

晓寒知道，喝茶的器具与方式多不胜数，而喝茶也已上升到了道和佛的境地。古人说：心即佛，而茶是心，则茶即佛。喝茶讲究的是色、香、味、气俱全，缺一不可。好茶入口，必定是唇齿馨香，气定神闲。品茶时的茶香清幽，茶的味道使人飘出来，浮起来，仿佛是托着天籁之音的佛的传说。

晓寒就这样在茶的熏香之中，生活在高原上的这座西部茶都。

她一个人住在这座城市。这座城市当然有很多人，但她只是一个人，一个人住，一个人孤寂地乘着的士穿梭在这座城市的白天和黑夜。

她是一株茶树，在喧闹的城市中保持着她超脱凡俗的境界。

她也泡茶，在不得不熬夜的时候，但她对茶并不专一，虽然对外总是宣称自己惯喝菊花。泡过的菊花茶有杭白菊和贡菊两种。前者原本色泽枯黯，泡开后如水母般膨胀浮起，而且有一股她不太喜欢的药味，所以后来就不喝了；后者色白而艳，悠悠地浮在杯中，小巧如初。有一次她惊讶地发现贡菊泡久了会变成奇异的绿色，像被人下了毒。

凭良心说，茉莉花茶的香甜气息其实很吸引晓寒，但就是因为这种吸引才会令她抗拒。她否认内心深处对香甜感受的本能贪图，她认为那是一种俗气的放纵与堕落——就像她无法忍受自己只因为一个男人外表英俊就爱上他——需要约束，需要摒弃，需要装作若无其事，漫不经心，满不在乎。晓寒说，茶的发现是因为远古的神农日尝百草，日遇七十二毒，得茶而解之。她又幽幽地道：在现代都市里，人与人之间的情感也是变幻莫测的；而有些感情，却如一种爱的病毒，是需要一杯清幽的茶来解毒的。

但晓寒曾经为一个人放弃过她清高无味的菊花茶，跟着他一起喝茉莉花。他还带着她去喝过一种花里胡哨的“八宝茶”。她好奇地打量着茶碗中的冰糖和红枣、枸杞、桂圆等干果，她不知道一杯茶也可以这样丰富，这样不甘寂寞。

我与晓寒还喝过一种薰衣草花茶。我觉得与晓寒的交往和那种淡淡的情感是个缓慢的过程，正如那天我与她在上岛咖啡馆临街而坐，感觉时间悄无声息地在升腾蔓延的热浪中缓慢流去。咖啡馆的空气里满是咖啡的香气、女人的柔情、男人的慵懒，浓得化不开。但我们却没有喝咖啡，而是第一次要了一壶薰衣草花茶。自从看了由陈慧琳、金城武主演的电影《薰衣草》后，晓寒就开始对这个生长在澳洲西部的蓝紫色小花感兴趣了。就像我初识晓寒时，就被她身上散发出的那种世间少有的独特韵味所迷住。

晓寒偶然又在《旅行家》杂志上看见帕斯乡间大片大片的薰衣草，紫得纯净发亮，明丽得如同琼瑶笔下那个穿紫衣的女人，就更加心仪了。它的独特气息让很多人摇头，晓寒对它却情有独钟。第一次闻到就立即喜欢上了这种涩涩的、微微有点刺鼻，却给人以无穷回味的气味。徐徐地斟满洁白的瓷杯，让熟悉的香味溢满周围的空气，晓寒低头深吸，让气味沁人心脾，有了久违的满足感和渴望四肢舒展的惬意。而我看着茶壶中的水慢慢变成蓝紫色，突然觉得晓寒有时很像薰衣草，颜色是浪漫的，气息是独特的，味道是耐人寻味的，正如我与晓寒的交往，正如晓寒眼中透露出的几许淡淡的愁绪。

咖啡馆里一直播放着蔡琴的老歌。我们用银色小勺轻轻地搅拌着茶杯中渐渐融化的细沙糖，全神聆听着歌曲娓娓诉说的亘古不变的爱情故事。我和晓寒都喜欢蔡琴的声音，它有种可以紧紧抓住人心的特质，忽而低沉、幽怨、迷茫、苦涩，忽而豁达、开朗、积极、阳光，让人联想到张爱玲的矛盾、林徽因的理性、席慕蓉的情愫，甚至《花样年华》中张曼玉裹在合体旗袍里胴体的黯然。在这样平静的氛围里，晓寒清澈明亮的眼睛往往令我沉醉。

徐行的列车也好，涓涓的溪流也好，郁郁的薰衣草也好，缠绵的老歌也好，淡淡的清茶也好，都需要平和的内心、从容的品味、细腻的体悟，是急不得也快不来的。

茶一样清淡的晓寒，也是一个抽烟的女子。每每坐在茶楼里用心品茗，她优雅的右手都会夹着一支烟雾袅袅的香烟。从多年前的那个秋天开始，因为爱情。她说，坏女子一定抽烟，但抽烟的不一定都是坏女子。这句话，多少有些为自己辩解的嫌疑。但当她已经离不开香烟的时候，她发现，那关于抽烟能化解痛苦的话完全是假的。一根烟能承载多少的思念呢？一根烟又能忘记多少的痛苦呢？

晓寒喜欢的烟，牌子很杂，但都是这个城市能买到的，主要是“磨砂黄果树”。她一向不抽专为女士精制的香烟。她说，那些烟烟味很淡，没有真正烟的韵味。她笑道，其实，这烟里只是有自己的往事，只是已经成为一种习惯。习惯的力量是巨大的。一直觉得并没有什么所谓的烟瘾，而完全是一种习惯的力量。

在茶楼，抽烟的女子现在已经不会引起任何人的特别关注，好像是一件非常自然的事情。这和香烟无关，眼神和阅历才是最重要的。

有故事的女人，看上去总是那么不一样。晓寒就是这样的女子。

红颜弹指老，花无百日红。

晓寒淡淡地说，青春美丽不过是云烟，内心的成长才是最迷人的风景。早年就听一个女明星说，很奇怪中国的男人都会喜欢年轻的女子，其实只有内心成熟的女人才是最美丽的。那时候小，觉得她是吃不到葡萄的狐狸。现在觉得十分有道理，再美的容颜也遮不住内心的荒芜。可惜的是，这些往往都是我们的一厢情愿。太多男人，没有兴趣和耐心听那些心底的声音，他们只是单纯地想从那些烟灰女子的眼里，看出她寂寞的程度。

但是，烟灰女子的眼神里，往往没有任何内容。一缕青烟，带走了全部的曾经；一壶清茶，喝尽了所有的感伤。

我就这样凝视着清茶一样的晓寒，品味着晓寒身上散发出的阵阵茶香，迷恋着她亲手沏泡的各种香茗。我们之间有时话语不绝，有时语言贫乏。她看着我时脸上淡漠的表情，仿佛对任何事都无所谓的样子。她觉得自己像一只被无法自拔的情爱驯服的宠物，将爪子的锋芒藏在光滑柔顺的皮毛里，将所有不安分的思想与背离锁在眼睛里。

晓寒还是幻想有一个与她倾心相爱、真心懂她、心灵相通的人，当她为生活而牺牲幸福的睡眠时，在一旁陪伴着她，给她添茶斟水，无比怜惜地欣赏着她的喜怒哀乐，体验着那份蜜意的似水柔情。

非他不嫁，遥远如前世的誓言，晓寒知道今生无法兑现，却依然无法忘却，一如饮茶时的那一份甘苦自知，那一份唯有下辈子才能实现的诺言……

（原载《民族文学》2009年第6期）

2009年

孟学祥

故乡是棵草

走近故乡时，自己是孩子，总想腻进故乡的怀抱里不想远行；远离故乡时，自己是游子，总有一股思念挥之不去地一直萦绕在心头。

一直以来，人生的路就在故乡和外出谋生之间延伸着，折转往返，从故乡走到异地去谋生，然后又从谋生地走回故乡，这一条路说长也不长，说短也不短。这条路之所以长，是因为自从踏上这条路后，故乡就远了，就陌生了，就与人生的经历和岁月的年轮扯开距离了；这条路之所以短，是因为随着年龄的增长，思乡的情绪就越扯越浓了。

周末回家时，到父母的坟上去祭拜，突然看到父母的坟头上长满了茅草，清明节回家扫墓时才拔过的草，现在又是葱茏一片了。草从泥土中疯长出来，遮盖住墓碑上的字，什么也看不清，什么也看不见。如果不是草丛中的这颗墓碑，这里的草和山上的草并没有什么两样。蹲在父母的坟头上用手去拔除那些草，思绪就陷入了一种无以言状的惆怅中。父母走了，永远地走了，故乡以其博大的胸怀接纳了他们，让他们得以亲近故乡的泥土，与他们侍奉了一辈子的泥土一道，滋养出了故乡旺盛的茅草。由此看来，父母也是以其博大的胸怀接纳了故乡的茅草，让茅草在他们的生命中安家，在他们融入泥土的岁月里延续生命的故事。

故乡已经没有我的家，曾经居住的茅草屋在父母去世后被侄子们改造成了两层的楼房，除了面积小一点、除了楼层低一点，房屋和我在城市里的住居没有什么两样。那条公路，那条从小楼门前延伸出来的公路，匆匆淡化了山外与山里的距离。仿佛还在昨天，我就着油灯在父亲的陪同下努力辨认着书本上的字，而仅仅只是一段不太长的时间，油灯就被明亮的电灯代替了；曾经只有城市里才有的电话，也一样延伸到了故乡的每一个角落。日新月异的变化已经把故乡勾勒出了一个新的家园，这片家园和自己就没有了多少实际意义上的联系，唯有自己在履历表上填写的“出生地”，才会唤起自己似曾相识的感觉。然而站在这簇新的环境里，自己越来越感到陌生，越来越感到故乡的遥远。尽管努力想从这片土地上去做更多的寻觅，还是仍然找不到昔日熟悉的影子。唯有路边的小草，才是那样地熟悉，才是那样地亲切。

给父母拔草，我不知道这一棵棵被我硬从他们栖息的泥土中拔下来的草会不会扯疼他们的身，因为在我用手去拔这些草时，我的手被扯疼了，我的心也被扯疼了。这些草就像父母的孩子，就像我的兄弟姐妹，它们应该都是从父母身上掉下来的肉，它们与父母的分离，应该就像我以前从父母身边离开一样，紧紧地联系着父母千丝万缕的牵挂。

我知道，被我请人雕刻在父母墓碑上的字迟早都要被风化掉，父母连同包裹他们的那两个坟茔迟早也要被融入岁月的泥土中不再隆起，只有泥土才是永恒的，那些年年都在生长着的茅草也是永恒的。但是还在活着的我总是放不下，放不下这抔长满了茅草的泥土，放不下对躺在泥土下给予我生命的父母的牵挂。我之所以一次次地回来，一次次地不能把被自己称之为故乡的这片土地忘掉，之所以要到父母的坟头上去拔草，也许是缘于自己一生都在漂泊流浪，没有好好地与故乡亲近，没有尽到作为子女所为故乡、为父母应尽的义务，而到有一天感觉到故乡已经完全陌生时，才生出如此的情绪。

随着年龄的增长，对故乡的思念就越来越强烈，曾经有过的故乡印象就越来越更多地出现在记忆中。尽管故乡在不断地蜕变和发展，但是那些熟悉的茅草却永远根植在记忆中，它们不会随着故乡的发展而变化，更不会随着世事的变化而被淡忘。那些茅草就是故乡，是我的先人，也是我的父亲母亲，它们会越来越更牢固地生长在我的岁月中。

（原载《文艺报》2009年7月23日）

2009年

何毓敏

安龙荷塘（外三章）

初秋的早晨，乳白色的晨雾为安龙荷塘披上一层素洁淡雅的轻纱。晨雾中走来两位年近花甲的老人，他们站在荷塘边上，面对满目荷叶田田、十里荷花飘香的优美景致，禁不住感慨万千，喜极而泣。为了“十里荷香”的美景重现，他们从几岁的孩子一直盼成年近花甲的老人，渴盼了半个世纪！

安龙，是贵州高原腹地一个风光秀丽的小城。城郊的千顷沃野本是大自然赐予的粮仓，却也是水患频繁之地。每逢雨季，山洪呼啸而下，茫茫田畴顿成汪洋大海，锦绣而富饶的家园饱受洪水的肆虐。为了彻底根治水患，古人在城郊的千顷田园中间修筑了一道堤坝，堤之南仍为千顷粮仓，堤之北则为蓄积洪水的池塘。池塘占地百余亩，而且水量充盈，非常适合水本植物的栽培和生长，于是人们从水乡引来荷花，植荷于池塘之中，种柳于晓岸之上，并在塘边修建了醉荷亭、半山亭等人文景观，安龙荷塘遂成为秀丽的风景区，遐迩闻名于毗邻的西南三省。

荷花在静静地生长，厄运却在悄悄地来临。20世纪50年代中期，人们在震天价响的口号声中，破堤放水，围湖造田，十里荷塘变成了十里稻田，粮食没有增收几粒，水患却时有发生。更令人痛心的是，一朵朵荷花和一缕缕荷香消失了，优美而独特的高原荷塘消失了，锦绣的家园受到了自然和人类的双重摧残。干枯的荷塘俨如一面镜子，折射出一个时代的悲剧，浓缩成一种浮躁的代价！

历史的价值在于给人们反思和借鉴，而这需要一定的时间跨度来沉淀。半个世纪后的今天，安龙人恢复“十里荷塘”的梦想，在保护自然环境的春风中发芽，在对历史进行深刻而理性的反思后，他们把珍爱自然和保护环境的旗帜，又一次高擎在安龙荷塘上！于是，人们倾其所有的激情和努力，大力恢复十里荷香的原始风貌和秀丽风景，退田还湖、退耕还荷。在进行系统科学的整体规划之后，投资近百万元，修建了纵横两万米的堤埂工程，湖种荷五百多亩，引进籽莲、藕莲、花莲等多个品种分带种植，荷花面积达到一千余亩，十里荷塘的美景重放光彩，半个世纪的梦想变成了现实！

走进今天的安龙荷塘，仿佛走进了江南水乡，真可谓“接天莲叶无穷碧，映日荷花别样红”。放眼望去，满眼尽是无边无际、摇红舞翠的荷花，绵延十余里，浩荡天地间。高处廊桥曲折，亭台辉映，杨柳依依，绿韵盎然；低处荷叶田田，如墨如烟，鱼虾成群，水绿波清；好一幅“把钓人来，一蓑碧荷，采莲舟去，双桨摇红”的水乡画卷。勤劳而智慧的乡亲们，饱蘸荷塘水，挥笔大市场，已经在这片荷塘里书写了种莲大户、养鱼大户、旅游大户的激情与潇洒。一朵朵绿茵茵的小伞举在荷塘上，举出了独特的高原景色，举出了厚重的荷文化，举出了改善环境、促进旅游、拉动经济一箭三雕的新亮点。她优美的景色、清秀的神韵、独特的功能，在历经半个世纪的兴衰沉浮之后，得到了最完美的展现与释放，并成为苗岭高原一道独特而亮丽的风景线，吸引了无数观湖赏荷的中外游客纷至沓来。

人类珍爱自然，自然养育人类，这是何等至高无上的境界呵！而这种境界，需要人类理性的思维和行动来维持，这是安龙荷塘为我们诠释的生命哲学的全部内涵和真切含义。荷塘里的一枝枝婀娜多姿的荷叶，宛如一篇篇绿莹莹的书页，写满了人类理性抉择的诗章，熠熠闪耀在锦绣的苗岭高原，闪耀在人们心中……

醉在香纸沟

在素有天然公园美誉的贵州高原，选择旅游去处是一件极其简单的事。确定去香纸沟的那一瞬间，我的心里充满了平静的感觉。或许正是这样一种平淡随意的心境，使我有幸走进清新自然的香纸沟，走进山、水、林、竹组成的原始神韵，并深深地醉在其中。

汽车从森林之城贵阳的东北方向出发，在诗意般的田园中划了一串优美的曲线，抵达一半是溪水一半是山谷的地方，便是香纸沟了。轻纱般的晨雾从沟的入口处袅袅地涌出来，不知是羞涩的问候还是温柔的邀请？仿佛在不经意之间，我已经穿过晨雾走进如梦如幻的境界了。

深邃幽静的龙井湾山谷，一眼望不到深深的底。此时冉冉的晨光已经杳无踪影，原来它很难穿透这层层叠叠、密密匝匝的浓荫，因而浓荫便如绿色的巨伞，撑出山谷中一片清爽无比的世界。石头铺设的山径有如珍珠项链，镶嵌在翠绿之中，绿白相间，若隐若现，九曲十折，蜿蜒伸展。徜徉在山径上细细聆听，我仿佛听到树叶均匀的呼吸，仿佛听到微小生命轻松的心跳。湿润而清新的空气在山谷中爽朗地流动着，吸一口，仿佛全是氧气泡泡；抓一把，仿佛满手都是莹莹水珠，从头到脚沁透了整个身体。而风就在这恰当的时候徐徐而来，亲切地拂动竹枝树叶，或许是叶子过于茂密的缘故，头顶上的几棚叶子仅轻轻颤动几下，便悄悄停息了。透过眼前微微颤动的叶子，但见一股山溪从绿荫深处潺潺而来，或为池潭，或为山涧；或为溪流，或为飞瀑；或叮咚流淌，或婉转低唱。身旁那些清澈宁静的池潭里，满池尽是绿茵茵的水草，真不知它的绿源于自我还是映自山谷。挂在高处的瀑布飘坠成白茫茫的银练，往往只在下泻的中间，便碎银般跌落并散挂在苔藓上，晶亮晶亮。其实，山谷中的这些溪流和飞瀑并非迢迢而来，细心俯视身旁和脚下，到处都是涓涓流淌的泉眼。阳光山外照，清泉石上流，徜徉山水间，激情逍遥游；在激情难抑的时候，可千万不要碰着身边的竹林，因为那枝头掉下的露珠儿会洒满一池潭的碎银。只有在此时，微微荡漾的波纹中，便会出现鱼虾快乐游弋的身影！我想，喧闹的城市阳台上那些玻璃缸中的金鱼等等，是无论如何也理会不了这种快乐的！

仅仅在锅底箐的入口地带，我们就目不暇接了。循着一串串石碾声放眼望去，山溪边错落点缀着一点点的瓦房或茅房，哗哗的溪水既在茅房的脚下流淌，又在房子的檐边飞溅，古朴自然，优美有加。踏着溪水和石碾组成的交响曲走近茅房，原来这里是古老而原始的造纸房。一捆捆竹枝，一池池竹浆，以及一沓沓散发着竹香的草纸，使我在这一瞬间已经感受到古代文明的悠远与芬芳，感受到香纸沟的由来与贴切。古法造纸术是我国的四大发明之一，这些看似简单和平常的房屋，是全省乃至全国保存下来的为数不多的造纸房，诠释着历史文明的古朴悠远和生动魅力，2006年被列入中国非物质文化遗产名录。

走进锅底箐山谷深处，全然是一幅原始森林的图画！苍劲的古树悬生在峭壁陡崖之上，茂林修竹繁生于悠悠山谷之中，竹林如海，绿色苍茫。步行于尺许宽的盘行山道之上，古朴粗壮的藤蔓常常会牵扯衣裳，回首的瞬间我才发现，挽留抑或问候我的并不仅仅是藤蔓，还有藤蔓周围那些知名或不知名的绿色植物的盈盈笑脸！绝美绝伦的锅底箐景区，是对山高水高最有力的佐证，有山必有泉，有泉必有溪，有溪必有瀑。就在山峰最高处的峭壁边缘，悬挂着一块硕大的伞状钟乳石，巨伞四周哗哗地流泻着悬泉飞瀑，银练飞坠，雾气弥漫。而伞下是唯一的绝壁山路，要想继续前行，就不得不穿过飞瀑，痛痛快快地洗一次山泉浴！酣畅淋漓的沐浴之后，敞开胸怀和心扉，让湿漉漉的身体展露在山风之中；放眼香纸沟原始的山谷、清澈的溪水、丰富的植被、葱茏的竹海，我发现自己灵魂深处的门已经打开，吹进了一串串关于绿色的诗句和警句；而这些句子，居然像高原盛产的茅台酒一样醇香和醉人！

清新的香纸沟，自然的香纸沟！高原因你而锦绣，你因高原而秀美，这种相生相息的辩证哲理是何等崇高和神圣呵！虽然你仅仅是故乡高原俊秀风光中的一个部分，一个小小的部分！

醉在香纸沟绿色的怀抱之中，真是一种幸福，一种自豪！

平塘三奇

未到平塘之前，望文生义，直以为是一个平平的坝子中点缀些池塘浅湖的地方，这种高原盆地的景色，在贵州是屡见不鲜的。因参加在平塘县召开的贵州省第九届散文诗研讨会，几位文友相约走进平塘，在秋色的夜晚细细品读这颗镶嵌在贵州南部旅游黄金线上的璀璨明珠，我不禁被她天然去雕饰的独特地质自然奇观深深地倾倒和折服了！

平塘位于贵州南缘中部，是一个山川秀丽、风景迷人的地方，拥有“山水园林生态旅游县”的美称！亿万年前的地质造山运动，为这里留下了山峦叠嶂、峰林遍地、河谷深切、瀑布飞悬的独特地形地貌，加之平舟河、槽渡河、霸王河三条主要水系，呈“川”字形由北向南流过全县，滋润和哺养这些鬼斧神工的地形地貌，山水相融，山绿水美，平塘这颗璀璨明珠便更加水灵和俊俏了。尤其是“玉水金盆”“藏字石”“甲茶竹廊”三大自然景观堪称天下三奇！

平塘县城不算大，但其独特的“玉水金盆”地质景观，堪称天下奇观。一条清澈见底的河水，在平坦开阔的田坝中蜿蜒穿行；在县城地区，清粼粼的河流划出一道半圆形的弧线，把县城围在半圆形的河岸上，远远望去，河水碧蓝如玉，河岸圆绕如盆，玉水浮起金盆，栩栩如生，实乃天下之奇观，令人叫绝！恰逢秋天的夜晚，月盘圆圆地挂在天穹，文友们把酒对月，以圆吟诗，“玉水金盆”的平塘因呈圆形，自然成为诗的主角。有人把她描绘成地上的月亮，秋夜正牵动着人们对她的无限感怀；有人把她吟唱成地上的太阳，称新世纪的平塘，正在火热地创造一个又一个辉煌！诗人们的吟唱是美妙的诗，其实平塘本身就是一首绝妙的诗！她以现代城市建筑与山水自然风光融为一体，呈现出天下独特的“玉水金盆”的诗意风光，倾倒了四海宾朋，2000年被命名为贵州省级风景名胜区！

掌布峡谷风景区的“藏字石”，堪称盖世无双的天下奇观！景区内碧水清澈，植被葱茏，古树参天，藤蔓垂吊，溶洞密布。在这独特的原始生态环境中，山中有洞，洞中有山，林中有水，水中有林，独具特色的山水风光让人赏心悦目。最令人叫绝的是河谷中的“藏字石”，在一块坐地一分为二的石头右边风化的断面上部，显现“中国共产党”五个刚劲有力的凸型大字，五个大字从左至右横向排列，字迹工整，字距相当，大小一致，极易辨认，实为世界之奇观，中国之瑰宝，令人叹为观止，吸引众多专家前往详细考证研究。有学者称“中国共产党”五个凸型大字是经融蚀和差异风化形成的奇特地质现象，距今已有两亿多年，是一种小概率的偶然现象，自然天成，绝非人为，因而堪称举世无双的天下奇观！有人认为是人力诱导差异风化作用所致，是一种人为地质作用现象，目前尚无定论，有待进一步考证。平塘县文联的朋友介绍说，由于掌布峡谷为原始生态环境，山高谷深，人迹罕至，这奇特的地质现象一直藏在深山无人知，直到2002年该县进行大规模旅游资源考查，才使这盖世无双的天下奇观得以发现。消息传出，轰动一时，慕名参观者络绎不绝，不到一年时间已吸引全国各地数万人前往参观。

美丽如画的甲茶风景名胜区，是贵州乃至全国罕见的亚热带绝妙风光，自然生成的茫茫竹海，一棵挨一棵，一丛挤一丛，沿河绿两岸，绵延翠十里，不是桂林，胜似桂林，不是漓江，甚是漓江，堪称天下一奇！风景区融水、瀑、竹、石、泉为一体，汇俊、秀、奇、幽、美于一身，数十个景物景点，呈现各自鲜明的特点，清盈秀丽的瀑布，成林成带的刺竹，四季常翠的藤竹，清澈碧蓝的河水，粒粒金黄的河沙，神秘幽深的溶洞，陡峭俊秀的峡谷，以及掩映在苍翠欲滴的竹海中的布依村寨和浓郁的民俗风情，给这片清秀而美丽的土地增添了迷人的魅力！最令人叫绝的是甲茶河沿河两岸，自然生长着四季葱茏、高大挺拔的刺竹，宛如两条翠绿的绸缎，飘荡在甲茶河两岸。这些自然生长的刺竹，已有上百年的历史：有的高扬数十米，势如撑天；有的粗如碗口，坐如巨松。更有一丛丛竹林簇拥天空，跨河相交，为河道架起一道天然的绿色竹篷，浓荫蔽日，雾霭弥漫，即便是骄阳似火的正午，阳光透过竹叶泻下的也仅仅是一丝丝金线。河面清幽凉爽，河水清澈见底。荡舟其间，似若水中仙景，又如绿色走廊；两岸翠竹如画，沿河石碾声声，传统手工造纸工艺生产出的草纸，散发出阵阵竹香和纸香。此情此景，恍若人间仙境，令人流连忘返！

世界之美，在于丰富多彩；世界之最美，在于独具特色，唯有独具特色的，才既是自己的也是世界的！平塘的“玉水金盆”“藏字石”“甲茶竹廊”三大自然景观，正是在于她的独树一帜，在于她的天下无双，因而被人们称为独步天下的自然奇观，清新自然而又无与伦比地丰富着世界之最美。因此我们有理由相信，平塘的三大自然地质奇观将一步步走出国门，走向世界……

一枝兰草

初秋的阳光像一位羞涩的少女，静悄悄地爬上窗台，照得书房暖融融的。很久没有收拾书房了，趁着这阳光明媚的好天气，我准备将书房好好收拾一番。在清理阳台时，我忽然感到眼前一亮，在阳台的角落里，一丁点微弱的绿芽儿微微露出亮绿绿的颜色，在阳光照耀下泛着可人的绿韵。我赶紧将它移在阳台的正中央，让绿色与阳光充分交融，在这一瞬间，我分明看见一小片准确地说一小点羸弱而细小的绿芽儿，正顽强而生动地挺立在花盆中。

我怎么也没有想到，在这样一个被人遗忘的角落里，在这样一盆龟裂干涸的泥土中，竟然还会有这样一个卑微而弱小的生命在艰难而顽强地生长。我觉得有些意外，也觉得有些失笑，不管怎样，我没有对它抱有任何的希望，她毕竟太弱小了。尽管如此，我还是打来一缸水，细心地浇灌它的全身，让绿芽儿在清清的水和暖融融的阳光的双重滋润下，自个儿生长。

以后的日子，每当我坐在书房里，那细小的绿芽儿总在眼前晃动，其实不是绿芽儿在晃动，而是我的心被牵动。我知道，一些被称为弱小和纯朴的人或事，总是被善良和真情关爱着，不管你知道不知道，不管你愿意不愿意，不管你自觉不自觉。于是我常常站在窗台边，细细地观看它，静静地品味它。绿芽儿却全然不知这些，依然自个儿静立在花盆的泥土中，像是襁褓中熟睡的婴儿，又像是薄雾中的山水画。清晨的阳光照在叶芽上，水珠儿泛着明亮的光，仿佛天空飘动的轻音乐，萦萦地飘荡在我的书房。

有人说，伸出温暖的手同情和关爱弱小，是人的美德抑或品格，其实这不过是举手投足间的小事，应该是做人的本能抑或起点，只看你愿不愿意去做这小事，能不能跨越这个起点！我专门到花鸟市场买来肥料，又到山上去采些沃土，精心呵护着这弱小的绿芽儿。日子一天天过去，那小小的生命也一天天成长起来。我高兴而快乐地感受着它的生长，坚强而努力的生长。越长越高，越长越壮，从最初仿佛嗷嗷待哺的雀舌，渐渐舒展成一叶迎风挺立的绿叶。叶子的绿色也不再是过去那样的柔弱，而是日益浓重和深厚，无声无息地弥漫过叶片的每一条茎脉，像河流在绿色的河床上舒展延伸。不知不觉到了夏天，挺挺的绿叶周围又长出四五片嫩叶，高低有致，绿韵簇拥，俨然一幅生机勃勃的闹春图。

从那以后，不管我在不在书房，心中总惦记着阳台上那些绿色的小精灵，牵挂着它的每一寸生长，每一片葱茏。有时独个儿站在书房阳台前，静心品味这细小而无语的生命，心脑海里竟涌荡起无限的思考，这小小兰花到底蕴藏着什么样的力量呢？以至于让我生活的每一天，都是那样充满新鲜、充满激昂、充满开心、充满快乐、充满生机和朝气……

如今，那盆兰花依然繁茂在我书房的阳台上，虽然我至今仍然记不起买于什么地方，叫什么花名，但这些并不重要。重要的是那一小盆葱茏灿烂的兰花，时时闪动一种温暖而感动、质朴而深刻的情愫，漫过我的眼前，漫过我的心灵，漫过我的情感世界！

此时我仿佛明白，无语的兰花告诉了我们许多生活的道理，不管你有多么弱小，不管你身处什么样的境况，只要心中有蓬勃向上的理想，心中有对阳光和雨露的追求，心中有自强不息的动力，你的生命就一定会绽放出最美丽的本色。

（原载《中国国土资源报》2009年8月28日；
获贵州省第七届“新长征”职工文艺创作一等奖）

刘 毅

渡功亭写意

我差点儿与渡功亭失之交臂。

那应该是仲秋的午后，因为中秋节刚刚过去不久，人们嘴里还萦绕着月饼的余香。天气出奇地好，天空就像刚冲洗过似的，一片瓦蓝，艳阳灿灿的，无私而慷慨地照耀在普定古西堡，也就是如今马场镇丰收在望的田野上，让人平添由衷的喜悦。我情不自禁地扬起头，瞅一眼头顶的碧空，不知是那高远的瓦蓝，抑或是那一轮灿烂的白，竟觉得有些目眩。此时，我们采风团一行数人，弃车徒步，沿着微波荡漾的夜郎湖，正向一个名叫乐东的村子走去。阳光明媚，天空如此难得地澄澈，天气也就有些热了，竟有点儿三伏天的样子，同行的普定文友世明告诉我们，眼下，正是“秋老虎”肆虐的日子呢。恍然大悟间，仿佛全身的毛孔都争先恐后地相继开放，竟有些汗流浃背。倏地，心里不禁生出些许悔意，这大热的天，顶着毒毒的日头，走七八里坑坑洼洼的水冲公路，去看一个什么渡功亭，值当么?

其实，这次由省作家协会、省文学院组织的采风活动，队伍是蛮浩荡的，仅我们这个采风小组，就多达二十余人。大约就在个把小时前，我们在那细村村主任乔传学家，吃了一顿有水豆豉、菜豆腐、折耳根、小白菜、当然也有老腊肉的绝对天然绿色的农家饭后，按东道主的安排，我们采访的最后一站，就是渡功亭。但因我们在前往那细村的路上，中巴车一不小心陷在边沟里，怎么也爬不上来，尽管一伙文人捞脚舞手地帮着又是推又是拉，那庞然大物也一个劲儿吼叫着使劲，依然无济于事。后来，有人到前面去，拦了一辆大卡车前来帮忙，这才解除了我们当“山大王”的威胁。可来来回回这么一折腾，竟耗去了将近两个钟头，我们到达乔主任家时，已经饿得前胸贴着后背了。

大伙儿狼吞虎咽地满足了温饱，坐在村主任家清凉如水的屯口上，嗑着似乎还能捕捉到阳光的新鲜葵花籽，啜着沁人心脾的苦丁茶，享受惬意的同时，倦意竟也沿着松弛的神经，悄悄地爬上我们的眼角眉梢。充当向导的世明见状，善解人意地说，各位老师，我们将要参观的渡功亭，路面不好，车去不了，只好走路过去，所以实在走不动的，也不用勉强，休息一会儿，就从这儿坐车回去；喜欢去看看的老师就动身吧，等会儿我们还得赶回乡里去参加座谈会呢。

世明的话可真是说到了大伙儿的心坎上，愿意去参观渡功亭的果然寥寥无几。想想也是，这些号称作家的人，走南闯北，什么样的名胜古迹亭台楼阁没见过，谁还傻拉巴叽地冲着这张牙舞爪的“秋老虎”，去看一个八竿子打不着的什么渡功亭呢。

坦率地说，到底去不去看这渡功亭，我也很是犹豫，后来，经不住江虹几个年轻人的怂恿，这才踏上了去乐东村的路。

渡功亭就坐落在乐东村村口。

乐东村临水而栖，村前就是乌江上游的三岔河。20世纪八九十年代，普定人在三岔河上修水库建电站，形成了一座方圆数十里的烟波浩渺的大水库，并冠之一个古老而富有韵味的名字：夜郎湖。历史悠久的乐东渡口，就是往日的三岔河，如今的夜郎湖边一个为人们提供舟楫之便的所在。渡功亭的兴建，就与发生在乐东渡口的可歌可泣的故事密切相关。

实话实说，从自然景观的角度，我们眼前的景致并无过人之处。一圈五六尺高的红褐色的围墙内，一座六角琉璃瓦亭阁耸立其中，亭子正中，立有一块两米来高的石碑，顶端赫然镌着“渡功亭记”四个隶书大字，碑文较为详细地记录了建亭和树碑的由来。

这就是马场镇遐迩闻名的渡功亭。

伫立在古老的乐东渡口，凝视着一望无垠的波光粼粼的夜郎湖，思绪仿佛脱缰的野马，在历史的原野上尽情驰骋。

作为水上交通工具的船，中国的舟船文化至少可以追溯到一万年前。

早在公元前6000年，人类大都聚居在土地肥沃的大河两岸、平坦富饶的湖泊边缘，生活中一刻也离不开水，捕鱼，渡河，运输……于是，人们盼望有一种水上工具能征服江河湖海。古籍《淮南子》有云：“古人窥木浮而知为舟。”人们试着骑到水中漂浮着的较大的木头上，居然不会落水，从而想到了造船，由此推测，世界上最早的船，应该就是一根木头。此后，人们逐渐有意识地利用漂浮的天然物体，如树木、芦苇等，渡过河流。为了平稳地浮在水面，就用两根、三根或更多的树木捆绑在一起。后来，根据圆木和芦苇能浮在水面的原理，制作了类似于筏或船的水上交通工具。如将三四个葫芦串接起来，缚在腰间，入水后半沉半浮，用手和脚划水，就能不断前进，古人形象地称之为“腰舟”。接下来，又由“腰舟”之类的浮具过渡到筏子、独木舟、木板船，甚至到两船并列的舫。

15世纪，中国的帆船已成为世界上最大、最牢固、适航性最优越的船舶。中国古代的航海造船技术，在国际上处于领先地位。其间，著名航海家郑和，曾率领由两百多艘船、两万七千多名船员组成的庞大船队远航，访问了三十多个西太平洋和印度洋的国家和地区，加深了中国同东南亚、东非的友好往来。这就是历史上久负盛名的郑和下西洋。

六百多年后，沐浴着灿烂的秋阳，站在夜郎湖畔的我，透过历史的烟云，船的往事依然历历在目，耳边依稀可闻三岔河边的先人们用石刀石斧古捣独木舟的声音。然而，时光毕竟流逝了数千年，历史也似乎有些厚重，往返划行于三岔河上的木板船，究竟始于何时，已无从查考，或无须考究。但20世纪初叶以来，艄公杨子臣一门四世终生摆渡于三岔河上，为人们提供舟楫之便的壮举，却镌刻在人们的心扉，广为流传，有口皆碑。

渡功亭，就是普定县三岔河两岸民众，为怀念渡工杨氏子臣一门四世的功绩而自发集资兴建的。

三岔河边的乐东渡口，处于普定、六枝、织金三县交界之地。千百年来，源源流淌的三岔河，仿佛大地母亲永不干涸的乳汁，滋养着这一方土地。然而，因这里水流湍急，山势险峻，汛期河水猛涨，河床极度膨胀，又被人们视为“畏途”。

19世纪末叶，也就是1898年的夏天，出生于湖南衡山杨家湾、年仅十六岁的杨子臣，不顾家人的劝阻，背井离乡，毅然决然地来到普定马场镇的乐东渡口，以渡船为业，开始了自己撑篙摇橹的艰辛人生。殊不知，这一干，就是六十余年，直至白发皓首，长眠于三岔河畔的绿水青山之间。

月是故乡明，云是故乡美。浪迹天涯的游子，对故乡的眷念总是魂牵梦萦，夜不能寐。叶落归根，常常是漂泊异乡的游子梦寐以求的夙愿。时至今日，我无法准确地揣摩杨子臣老人离乡背井时的心态，但可以想象，刚踏进人生第十六个门槛、唇上的绒毛尚未泛青的他，在父母长长的依依不舍的目光中，脸上写着的一定是“壮士一去不复还”的悲壮。尽管这种悲壮与当年的汉王有着质的不同，一个为的是江山社稷，一个为的是给人提供舟楫之便；但其精神实质，却别无二致，同样地让人景仰，让人肃然起敬。

拜读渡功亭内“功德碑”上由戴明贤先生撰文、贺未泓先生书写的《渡功亭记》，我对杨氏艄公的生平事迹，有了更加深入的了解。

碑记云：

杨翁名瑞之，字子臣，生于一八八二年，殁于一九五八年，原籍衡山，而摆渡乐东渡口达六十余载，生性仁厚淳朴，重义轻利，二子并有其风，父子终年摆渡，风雨无阻，遇急渡者，有求必应，尝深夜渡难产之妇，保全母子；恶浪援覆舟之众，化险为夷。且技艺娴熟，虽大汛险滩，亦能劈波斩浪，安抵彼岸，从无失误。故过客誉乐东渡为“阴骘渡”，子臣为“河神爷”，少明为“模范船工”，洪惠为“水上好手”。历年间救溺水者数十人，未索分文报酬，受惠者至今思之坠泪。建国前后，杨翁父子冒死渡运我游击队及解放军跨河剿匪，因之受残匪劫舍拷掠，终不稍屈。长子洪生，字少明，生于一九〇八年，殁于一九八四年，执篙亦六十余载。辞世当日仍撑渡运送人货，饭后对儿孙辈击节唱莲花落小调为乐，唱毕含笑而逝。次子洪惠，生于一九二二年，殁于一九八三年，朴纳沉厚，寡于言而敏于行，六旬而殁。今少明洪惠之子光智、光辉，又继祖业，操篙摆橹于三岔河上矣。

戴先生不愧是大手笔，寥寥数语，便生动传神，栩栩如生地概括了杨氏艄公丰富精彩的一生。

在三岔河的惊涛骇浪中，杨子臣从英俊少年，到虎虎生气的青年，继而到老成持重的中年，然后是满脸沟壑的老年，晃眼又是两鬓雪染的古稀暮年。勤勤恳恳兢兢业业默默无闻地做了一辈子艄公，把自己的青春年华，乃至最宝贵的生命，都献给了三岔河。更让人扼腕的是，其长子少明，次子洪惠，也子承父业，终生摆渡于三岔河上。少明、洪惠之后，其孙、重孙又继其业，迄今已是四代执篙，绵延百余年。有人估计，杨氏艄公所渡之人，当逾千万，所渡牲畜，当逾百万，至于物资物件，则无计其数。

杨氏父子一家四代在三岔河上绵延百余年的风风雨雨中，任劳任怨地为南来北往的或生或熟的过客摆渡，不分亲疏彼此，不管为官为民，皆笑脸相迎，一视同仁，且从不强求船费，随多遇少，全由过客看着掏。偶有交不起者，你只消说声，对不起，手头不便，也就作罢。杨氏父子身为艄公，除了过硬娴熟的技艺，就是对过客由衷的尊重和对生命虔诚的敬畏，他们深知，在自己的船上橹下，执掌着来往过客的命脉，稍有不慎，自己就无法担待。也许正因为时刻绷紧了人命关天这根弦，在杨氏父子漫长的水上生涯中，事故这个令人生畏的恐怖的字眼，从未和他们搭过界。不仅如此，每当看到有人在急流险滩中挣扎，他们便一跃而起，挽救他人的生命于旦夕之间。其中，既有老人、妇女，也有青年、小孩；既有远方的过客，也有邻村的百姓。

在渡功亭仓促短暂的采访中，我有幸听到这样两个故事。

1926年盛夏，暴雨如注，河水翻腾，谯家寨十八岁的青年李少先不慎落水，危在旦夕。船翁杨少明不顾个人安危，毅然跳入水中，拼命将李救上了岸。

1945年5月的一天，那芮村李炳奎的“独根苗”一不小心落入水中，李炳奎眼看儿子就要被恶浪吞没，急得又哭直跳，大声呼喊，天啊，哪个救出我的儿子，要一千八百

（银元）我都给，家产也可以平半分。这时，杨氏父子兄弟一齐下水，费了九牛二虎之力，这才把奄奄一息的李家独苗苗拖上了岸。事后，他们却没向李家索取分文报酬。一时间，他们的高尚德行，在三岔河畔传为佳话。

听了这两个故事，一向不易感动的我，眼眶里竟然有些潮潮的。之所以如此，也许是在我们平素的日子里，听到或看到的，多是些与杨氏父子的所作所为大相径庭的事吧。

正因为如此，杨氏父子的人品德行，也就要常常为人缅怀和称道了。

公元1989年，普定人刘淮楚、杨盛光、杨家英诸君，感念杨氏艄公似平凡而伟烈的劳绩，倡议为他们兴建渡功亭，以表前励后，永志缅怀。一时间，可谓反响热烈，一呼百应。九年后，人们又在渡功亭修建园林，使之益臻完善，及至成了夜郎湖畔一道亮丽独特的人文景观，被普定县人民政府确定为“爱国主义教育基地”，游览参观者络绎不绝。

在乐东村，渡功亭已成了人们心目中的圣地，是人们进行精神洗礼的殿堂。夕阳西下的黄昏，抑或月朗星稀的夜晚，乐东人都会不约而同地来到渡功亭，或溜达，或沉思，或神侃。那些上了年纪的长者，总会指着几十米开外的渡口，对那些小青年说，知道吧，那就是杨家摆渡的地方，这渡功亭，就是大伙为了记住他们的功德修建的。于是，小青年们的神情，便由迷惘和不屑，慢慢地变得肃然起来。

走出渡功亭，太阳已渐渐西斜。我们一行人在世明的带领下，来到乐东渡口，一来想感受一下老艄公往日的神荫，二来可坐船回马场去。

一艘湖蓝色的大铁壳船，静静地停泊在岸边。船老板是个四十来岁的壮实精干的妇女，兴许是长年在水上风吹日晒吧，她微黑的脸颊上，透出一圈嫣红，洋溢着劳动妇女成熟健康的风采。一打听，她居然是杨子臣老人的重孙媳妇。

我陡然来了兴趣，走上前去，与她闲吹。

你当船老板有些年头了吧？

是哩，少说也有头十年了。

成天风里来雨里去的，太辛苦啦。

没事，习惯了也就好了。原本这船是我老公打理，前些年他去广东打工，没办法，我也就顶上了。她嘿嘿一笑，说，没想到，这一沾倒起（注：方言，粘住之意），倒还舍不得了哩。

从这里去马场多少钱？

你看着给吧，随多遇少，给多少都行，实在是手头不空，捎你下去也没关系。她顿了顿，笑着说，我们家跑船，不是要赚多少钱，主要是给乡亲们捎个脚，提供些方便。

真的？

我觉得她的话是那样熟悉，眼前仿佛闪现出老艄公当年宽厚豁达的笑容。

说话间，突然响起“突突突”的马达声，一股股浓烟从船尾喷薄而出，船就要起锚了，噪声有点大，我们只好停止了交谈。

我和大伙坐进了船舱，无意间抬眼一望，驾船的舵手，竟是个十二三岁的学生模样的娃娃，心里不免有些担心，这乳臭未干的小不点儿，成么？

禁不住好奇心的驱使，我不顾噪音的干扰，来到舵室，和船老板继续交谈，并大声武气地道出了我的担心。

原来，会驾船的小不点是船老板的大儿子，兴许是长年累月地在船上耳濡目染吧，小家伙对船有一种与生俱来的亲近，且一点就通。年纪虽然不大，却是有三四年“驾龄”的老舵工了。当然，每当儿子驾船的时候，母亲都会坐在他的身边，须臾不离，以确保航行安全。

于是，我们悬着的心便放了下来。

乘船的不是太多，甚至显得有些零落。不知是疲劳至极，抑或是马达的声响原本就是不可多得的催眠曲，渐渐地，躺倒在椅子上的我，便呼呼呼地进入了梦乡。

一觉醒来，马场镇已经到了。

站在马场镇有些高远的码头上，蓦然回首，那艘由杨少明老人第五代孙掌舵的湖蓝色的大铁船，正劈波斩浪，渐行渐远……

（原载《山花》2009年第8期）

王鹏翔

一匹马奔驰在思想的旷野（外二篇）

一

一匹神骏的马总在思想的旷野不倦奔驰。

它从时间的深处打着响鼻而来，从古驿道上踏着响蹄而来，从村庄黄泥小路扬尘而来，从收割后的旷野乘风而来，“得得”地踏进我的思想。

它载着时间的重量，它挟裹着古战场的烽烟，它驮着爱情的幻梦，“踏踏”地在我的思想里冲突、腾跃。

它高昂着头颅，骄傲的目光电射四方，被风吹散的鬃毛纷纷扬扬，猎猎如旗。四蹄翻飞出锃亮的马蹄铁，御着那四轮半圆的铁器，绝尘飞奔。

这匹神性的牲畜，让我的思想不得片刻的安宁。

一些成语在马的奔跑中不断闪现：龙马精神、快马扬鞭、马到功成、白驹过隙……一连串关于马的故事：千里马与伯乐、塞翁失马、白马非马、老马识途、赤兔、乌骓……蒙太奇般地投影在思想的原野上，形成华夏民族一种复合型的文化符号，穿越时空抵达我的内心。

我奋力抓住奔马的缰绳，轻拍它挺直的脊梁，为它梳理纷乱的鬃毛。马从躁动逐渐变得安详，这匹神驹回归现实，居然是我在村庄喂养过的那匹白马，它目光盈盈地与我对视，凝视中，我们化解了人与畜的恩恩怨怨。

二

马生来就是为了奔跑的。唯其奔跑，才能充分显出马性。它那健美的四肢，应该驰骋在广阔无垠的大草原，追风赶电般踏云腾雾。让我们想象这样的情景：万千马匹龙卷风一样刮过草原，一泻千里，气势如虹，那是何等的快意，何等的力量！

群马奔腾成为一种意象、一种向往。

但我生活在多山多梁多沟壑的云贵高原，我的马只能是水西矮马，它的奔腾也只能是在收割后的原野上的奔腾，只能是乡村黄泥小路上的奔腾。但只要它四蹄翻飞，昂头嘶鸣，仍然体现着马的神骏。

我从小牧马，与马有着难解的恩恩怨怨。而今我头顶那个半圆形的伤痕，便是我六岁那年家养的白枣骝马留下的。那原本是一匹温顺的母马。

马在十二生肖中排列第七，是和人类联系最紧密的家畜。何时被人类豢养掉了野性，我没有考证过。野马在原野上自由自在地奔驰，却被人类驯化，圈进圈舍，为人类服苦役，这是人类的聪明，却是马类的悲哀。

村庄家家户户都养马。养的马主要是为村人驮负重物，特别是那些翻山越岭的长途搬运，都是靠马来完成的。拉车是后来的事，我的村庄，在我的童年少年时代一直不通公路。养的都是清一色的矮马，高不过人胸，个头小，不像北方名马那样高大威猛，力强势雄，惯于在战场上冲锋陷阵。它是地道的本地马——水西矮马，善走山路，爬坡下坎，体现出一种灵便与精巧；耐力极佳，扬开四蹄，便可负重日行千里。虽不如汗血宝马、大宛名马之类有名，也是世之良驹，曾是水西土司向历代朝廷上贡的贡品。

村庄有一句俗话，谁对谁有恩难以为报，便说：下辈子我变牛变马也要来报答你的大恩大德。看来马当是前世的某人变的。马既为人所变，人当善待之，说不定下辈子你也将轮回为马，也需要主人的善待。但马之所以为马，再通人性，再神骏，也免不了牲口的劳役之苦。

在村庄，许多搬运的活都是马承担的。从家里驮粪到山地里，从山地里运回粮食，全靠了马。这些活路还分季节，驮煤一项却一年四季都在进行，对马来说，那是每晨必做的功课，也是每天必受的苦累。东方还没露出鱼肚白，夜幕还紧裹着高原裹着村庄，主人便开始起床。给马撮上一碗粮食，或苞谷，或黑豆，让马嚼了，背上鞍，鞍上马驮，便踏上去驮煤的山路。路隐隐约约，每踏一步都要很小心。好在这条古栈道马早就走熟了，哪里有个坑有个凹，哪里有个弯有个拐，它都已记在心中，老马识途嘛！又据说马有夜眼，它蹄子上部相当于肘的地方，有一只像眼一样的疤痕，老人们说那就是马的夜眼。马就用那几只夜眼看夜路，就算是伸手不见五指的黑夜，每踏一步也分毫不差。驮着两三百斤的重驮子从煤炭山上回来，朝阳已跃出东山顶，得趁日头不毒，赶快往回走。一路爬坡下坎，汗流浃背，马还是稳稳当当地走着。赶马人跟在马后面，危险陡峭的地方帮马扶扶驮子，坡缓路宽的地方就任马自由地走着，不由自主地哼出山歌：

隔山听到妹歌声，
隔河听到马摇铃，
赶马三年知马性，
跟妹三年知妹心。

歌声悠悠而空旷地在山峦间飘荡，飘荡出一种渴望，渴望中又有一份忧郁。

待卸下马驮子，已是吃早饭的时候。马是长舒了一口气，汗仍在背上冒着，进了圈，主人会在马槽里撒上一把青草，喷上几口盐水，疲乏也就慢慢在有滋有味的咀嚼中释放出来。

马必得精心喂养，它才能膘肥体壮。俗话说：人无横财不富，马无夜草不肥。又说：马乏无力皆因瘦，人不风流只为贫。要马为你出力，你得把它喂养好了。早晨要派小孩把鲜嫩的马草割回来，堆在圈门口，晚上好给马添足料草。马还要放到草坡上去，让它去蹓蹓蹄子。整日整夜站在马圈里，会被粪水把蹄心泡烂的，烂了蹄子的马也就残废了。膘肥体壮的马，牵出圈门，便哗哗呵呵地嘶鸣，主人的脸上也有光彩。如果马瘦毛长，蔫巴拉几没精打采的，主人也打不起精神。

我从小牧马，从小割马草。六岁时随挑水的母亲拉马到水库边蹓蹄喝水，就是那匹白枣骝母马。那马一直很温顺，目光有一种母亲般的慈爱。马喝完水，我拉它到平敞有青草的地方，它便低头啃起草来，我也蹲在它旁边玩起了小石子。正玩得忘我，头顶被重重一击，顿时血流如注，满脸满脖都是血。我惊喇喇的哭声惊动了母亲，母亲赶忙把我背回了家。父亲跑到水库上把马牵回来，拴在晒坝里钉马掌的木桩上。也许是马一时糊涂，刨了蹲着的我一蹄子。母亲忙找白药为我止血，疼爱得眼泪都流了出来。父亲把恨气出在马身上，从柴堆里抽出一根结实的细木棍，狠心地往马臀马腿上抽，边打边数落：看你以后还敢不敢，看你以后还认得人不！我的血倒止住了，马左后腿却被木棍上枝丫的削口抽出了两三寸长的一个大口子，血喷涌而出，被鞭笞的马痛得全身细肉都抖了起来。我便说：爸爸，别打了，马腿出血了。父亲又心痛起马来，赶忙把我用剩的白药拿去敷马的伤口。

那以后我还牧马，还给马割鲜嫩的野草。童心里没有仇恨，伤疤好了，也就忘了痛。马也和我和睦相处。渐大，我敢站在坎子上跳到马背上，骑着它上坡去吃草了。白枣骝生了一个可爱的小马驹，我高兴得不得了，一天不牧马，一天不抚摸小马驹，心里就怏怏的。

一次赶马儿母子上山，母马嘴馋去捞路边的苞谷苗，我扔出一块石子去吓它，它一扬头，那石子不偏不倚恰好打在它的左眼上，尖利的石子顿时击破了它的眼珠。我哭出了声，连连说：不是有意的，我不是有意的啊！那只马眼痛得血泪崩流。我不敢告诉大人，仍把马赶上山坡。那日恰巧牧坡上有两匹公马，为争白枣骝打起架来，败者夹尾逃开，而胜者长伸着头，要把白枣骝赶离这个坡头。我的那匹瞎了一只眼睛的白枣骝，在奔跑中跌了一跤。在村子周围山地里干活的许多人，都看见了我的白马摔的这一跤，父母亲也看见了。收马暮归，赶着眼睛肿得山桃子样大的马，一到家我就给大人报告，我们家的马被追滚瞎了一只眼睛。我躲过了父母的责怪，心里却一直隐隐地歉疚。直到今天我提笔道出这件秘密，这种愧疚之情还在心里像虫子一样爬。

白枣骝的儿子长大了。儿子马仍然是白枣骝，比母亲高大魁伟，在村庄是一匹人人都称赞的骏马。待教得它会驮驮子了，父亲便把已瞎一只眼的母马卖给了同村一家人家，那家的马刚倒岩，而无马喂。买马的人家住在山背后，之后我再没见到那匹刨我一蹄子，让我头上留下月牙形疤痕，我又无意间打瞎了它左眼的白枣骝。后来听说那马在那家人家又生了两匹马驹，最后老得掉光了牙，站着死在了圈里。

三

我们村庄对马其实是很尊重的。没有谁家吃马肉。马病死老死滚岩死，便把马皮剐下来，绷抻在圈楼上晾着，也不卖。那皮在那里，好像那马还活着。一个人一生也养不了几匹马，马与主人有了感情，一般也不愿卖给别人，自己喂熟了的马知情知性，好用。

在村里，公牛是要骟的，以去其势，除其野性。而对公马，从来没有施行过这种残忍的手术。马的那器官很阳刚，让所有的男人见了都羡慕而心生妒忌，但没有谁因嫉妒却要去骟掉公马的这种雄性。骑着一匹威风凛凛的雄马，仿佛那男人也雄性了许多。

马儿们的爱情常常在收割后的旷野上产生。我目睹了马儿们热烈的爱情。

庄稼已被收回了家，旷野一下子开阔起来，地里没了粮食，却有满地的青草。村庄人家开始放野马，把马匹赶进旷野。在那些开阔平敞的坝子麻窝地里，公马母马们获得等待已久的邂逅，有了难得的机缘，开始了它们如火如荼的爱情。

母马如果正处在发情期，便毛皮光滑，眼睛湿润，叫声嗲声嗲气。而公马一出圈门，闻到母马的气味，便呵呵嘶鸣，挣脱缰绳冲进原野。刚好有一匹小黄母马在那里低头吃草，偶尔甩甩尾巴，偶尔抬头顾盼生辉，它在矜持地等待着爱情。马儿们爱情的眼里也是揉不进沙子的，公马们便开始捉对撕咬。前脚跃起，互相重击，呲开钢牙，无情撕咬，钢铁的蹄刨破了皮，刨落了毛，钢硬的牙咬缺了耳，撕开了肉，败者夹尾奔逃，胜者扬头高鸣，直到最强悍的两匹公马又惨烈厮杀分出胜负，胜者便尾随在小母马的后面，鼻闻头偎，缠缠绵绵。小母马也格外温顺，摇尾摆头，交颈亲热。公马获得爱情也获得了性的权利，阳物挺拔，前腿搭上温顺母马的后臀，在天地间淋漓尽致地野合。

那匹获胜的公马就是我的那匹神骏的白枣骝。在那个秋季，我为它的无敌而骄傲，为它获得爱情而欣慰。每天早上，我总是偷偷喂它一碗苞谷或者黄豆，甚至把奶奶藏着的鸡蛋偷一个来打破塞进它的嘴里，让它有精神有力气去搏杀和做爱。我把它早早放出牢笼般的圈门，而那匹小黄母马也会早早来到旷野与它幽会。它们无拘无束，或在野地里奔跑嬉戏，或相跟着默默地低头啃草，或热烈地在天地间做爱。对于时常关在圈舍里的马，那是一段怎样自由而快乐幸福的时光啊！直到初冬的第一场雪覆盖了山岭原野，马儿们才被收回了家，又过起牢笼般的日子来。

马在圈里默默地沉思着，半夜会突然呵呵地叫，起夜查看，马槽里的草料还多。我想，它是思恋那匹小黄马了，思恋那段无拘无束的日子了。它渴望在那秋高气爽天宽地阔的旷野里撕咬、奔驰，渴望和心爱的马儿如影随形，在天地间热烈地上演爱情。但马终究为马，只等来年秋季，才可能获得这种自由。

马其实是恋家的，就算放野马的季节，就算对伴侣恋恋不舍，对自由恋恋不舍，当太阳落坡，只要我抓一把苞谷在瓷盆里，把瓷盆摇得哆哆嗦嗦地响，口中“嘟嘟，嘟嘟，白马快回家了”地念叨，我的白枣骝便会循声而归。

我也曾骑着它奔驰在收割后的旷野。它四蹄生风，我如坐云端，只见村庄和树木往后闪，我在它的背上找到一种飞翔的感觉。

再后来我考取了县城的高中，这白枣骝便交给了喂马更细心的二弟。再后来，家乡修通了公路，不再用马驮煤炭了，父亲觉得喂匹马专门运肥运粮不划算，弟妹们都外出读书，也没有人割草牧马，便把马儿卖钱作了我们的学费，家里没再养马。

四

在城市的高楼里困着，我便想起了骑马奔驰的自由。一匹马总在梦里驰骋。

在我骑着白马的时候，不知走进过哪一个少女的梦境？！

白马老去，爱情的梦歌仍然那样音讯杳杳。

村庄的消息，在山的那边。

还有一匹白马，让我跨上它温厚的马背，成为一个在风中奔驰的骑手吗？！

操镰而歌

镰刀，是我最先使用的一种农具。六七岁时，我便拥有了属于自己的镰刀，它伴我度过了乡村的苦乐童年。

镰刀多半是从小作坊铁匠铺定做的，也有在乡场上买来的。那多是熟悉的铁匠，焦家或者刘家，头一场约好：给打一把半斤重的小镰刀，钢火要好。第二场便可以在熙熙攘攘的乡场上找到面色油黑的铁匠，一手交钱一手交货了。当然，这些事都是大人们做的，我只要有一把属于自己的农具，我只管使用自己称心的镰刀。

它原本是一块囫囵的铁。在铁匠铺里塞进被风箱吹得炽热无比的炉火反复灼烧，被铁匠肌肉发达的赤臂抡圆了大锤小锤在砧礅上反复锻打，逐渐有了弯月的形状。在刃口上𫓧钢，接斗木把的笼口，一道又一道淬火，一把刚硬不跳火的镰刀便打成了。

镰刀买来时并没有锋利的刃口，铁质的面容灰黑冰冷。先在笼子上安上尺余木把，微翘，便于手握。再在粗糙的粗砂石上开刃，磨呀磨，刃口处变薄，渐起刀锋，然后用细腻的青磨石细细地荡。磨刀不误砍柴工，总要磨出青嫩寒逼的光芒，在手臂上一试，汗毛纷纷连根刮下，大有吹发立断之势，镰刀算是磨好了。记得村庄有位会理发的大爷，给人理发修胡子，从来不用剃刀，他用一把锋利的镰刀，照样把胡子修得精光，就像用镰刀割草或收割荞麦。

其实镰刀只是割草或收割荞麦的农具，用来剃胡须修面，想来并不那么称手的。

挥不动其他农具，也就干不了其他农活。作为山村孩子给家庭的贡献，主要是割草看牛掏猪草。镰刀轻便灵巧，适龄入学的年纪，便有足够的力量挥动镰刀了。庄户人家养着马养着牛养着猪。马驮煤运粮，马无夜草不肥，备马草是必要的。一牛抵半家，大片的土地靠任劳任怨的老黄牛耕种，牛也需要充足的草料。我也挺喜欢割草喂牛，抱一抱青草丢进牛圈，看黄牛慢条斯理地用舌头把草卷进嘴里，囫囵吞下，然后躺着悠闲地回嚼，哲人似的。而猪嘛，农家一年的油肉荤腥全靠了它，把它喂肥喂壮，是为了杀来熬油吃肉，当然也会勤快地去掏猪草来喂养那些饱食终日的蠢猪。

那把镰刀，除了吃饭睡觉上学时挂在墙上，都跟随着我。也有把镰刀磨好背在书包里，一放学就直接上山的时候。

村庄背后的山梁上，一进三月，野草便鲜嫩嫩水灵灵地长起来，荒坡头，地坎上那众多不知名的野草，把它们割回来喂牛喂马，牛马吃剩的垫圈积肥，草当然是割得越多越好。

一开始是大人带着割。右手握镰，把锋利的镰刀挥向密密麻麻的草丛，刀锋所及，草们纷纷倒伏，拢在左手里，一会儿一把，一会儿一把，堆成堆，捆成捆。大人们看着空旷的山野，在“唰唰”的草的倒伏声中，在镰刀的刀锋碰撞草根的清脆的轻唱声中，耐不住寂寞，便放开嗓子吼起了山歌：

割草要割这一坡，打鱼要打这条河。
联妹要联这一个，翻过垭口遇不着。

歌声随寂寞的山风悠悠荡荡的，从这个山峦飘到那个山峦，唱得山野更加寂寞空旷。

上山割草，一般是只带一根绳子，砍一根人高的树棍，细的一头削尖，粗的一头绑上绳索作背系，便做成了背草的草扦。把草扦尖头向上竖在地垄上，把草捆子横着一捆一捆穿在草扦上，合适的高度把绳子压入草捆做成背系，便可把草背回家了。有时也用背篓或花箩。大人们背得像小山一样多，走起来像小山在移动。小孩子们背得少，跟在大人屁股后面，像一座小山带着几坨青色的石头从山坡缓缓滚进村庄。

后来也就喜欢上山去割草。不用大人们带，邀约村庄的小伙伴，一群一伙地爬到山梁上去。主要是能在一起淘气，嬉戏打闹，追狐逐兔，烧马蜂窝采野果子，乐趣倒不在割草上。

晨起，先磨镰刀，打半盆冷水蹲在磨石边，细细地磨，把镰刀磨得飞快，用起来称手。割一背青草或一背猪菜再上学。放学，书包一丢，也先磨镰刀，揣上奶奶准备好的苞谷花或烧洋芋，便和小伙伴们上山去了。马的夜草，猪的早饭，就靠镰刀割回来，很有些穷人的孩子早当家的况味。

草或猪菜割得差不多了，伙伴们便用镰刀玩游戏。这种游戏叫作掷镰刀把。刀执右手，刃尖朝上，往前用力一掷，镰刀闪着白光在空中翻几个跟斗，便刀尖朝下栽在土里，刀把翘起来。没栽在土里的当然为输。栽稳了的也要分陡把、翘把、平把、歪把，陡把赢翘把，翘把赢平把，平把赢歪把。或输草，或输家让赢家掷镰刀砍镰刀把。赢草的背一大背回家，得到父母的夸赞：我儿今天割得勤，找到一片好草了？只是笑笑。输了的赶快补割几抱，或者天色已晚来不及割了，便松捆着装在草扦上，而背背箩的用小树棍撑在背箩底再装草，看着也是一大背呢！可回家要主动把草倒在圈门口，免得被大人发现做假。而砍镰刀把，是把输者镰刀挖在土里成陡把形，赢者用掷镰刀把的手法向木把尾部掷砍，掷得好的高手，几次便把输者镰刀把尾部砍开了花。当然，砍烂了也无所谓，山里有的是树木，砍一截来剔了皮，削上尖，抖进箍子，照样用得。

农忙季节，提着自己的小镰刀，也参加大人们上地里割荞割麦割秸秆，像参加辉煌的庆丰收盛典。

麦收时节，麦浪一片金黄，在山地里等着开镰呢！总是选一个好天气，晨光里天上还有几颗稀星，便早起磨镰。太阳刚露山头，麦地里朝露未落，镰刀便进地了。刀锋碰到那些喜悦地低头沉思的麦穗秸秆，纷纷折腰，被拢在左手，快要握不住了，镰刀一收夹在腋下，右手帮着左手将三两根麦秆一挽一扭便捆成了麦把，随手丢在垄沟里，好像割麦人歪歪扭扭又成行成垄的脚印。这是麦收时节大地上平平仄仄的诗行。麦浪在缩小，麦浪被镰刀的歌声荡平成一茬一垄低矮的麦秸，麦浪被捆成把收集运进了晒场。晒场上响起连枷有节奏的捶打声。新粮的香味很快就会从村庄里飘进旷野。

荞地无垄，割荞有些像割草。在一篇名为《荞子》的文章中，我这样描述割荞：

“锋利的镰像一弯新月，一路舞过去，荞被月亮的光芒击中，纷纷倒伏……”割荞时，镰的舞蹈真的很曼妙。

用得着镰刀的另一件大型的农活，便是砍苞谷秆了。苞谷棒子已被掰下运回了家，而苞谷秆还在。失去沉实的苞谷棒子，苞谷秆显得有些虚空和孤独，没精打采的，枯干的叶子在秋风中瑟缩着。它们期待着被镰刀集合，堆成小山样的苞谷秸垛，装点村庄秋日空旷的野地。最使我记忆深刻的是月下砍草。秋天的月夜清爽凉快，借着月华，挥镰砍草。这时草叶不枯不湿柔韧不易揉碎，也没有干枯时那么割人肌肤，是砍苞谷秆的大好时光。在寂寞的月夜里，只听到镰刀铮铮地响着钢铁之声，右手挥镰，左腋夹住倒下的苞谷秆，一会儿一抱，一会儿成捆。镰刀比手还兴奋，一路曼舞着轻唱着，青纱帐没有了，大地露出了空旷宽阔的胸膛。

镰刀总是繁忙的，操镰的手总是繁忙的。在这繁忙之中，镰被自己的光芒碰伤，被庄稼的韧性碰伤，被躲在草丛中的石块树桩碰伤，或卷口，或缺刃，便在磨石上重新找回锋芒，又开始新一天的劳作。在这打磨与劳作中，镰刀消损了自己小巧的躯体，慢慢地失去了锋利，慢慢走完它作为农具的一生。它的一生是陪着草走过的，陪着荞、麦、苞谷秸秆走过的，陪着磨石走过的。它的锋利砍倒了数不清的庄稼，也咬伤过我的手指，使我殷红的热血流在那片高原的土地上，而今，我的左手指上隐隐约约的刀痕，就是镰刀在舞蹈中不小心给我的烙印，也是我曾经是一个农民的纪念和证明。

镰刀也有休息的时候。冬天无草可割，无庄稼可收，镰刀便暂时被搁置起来了，或挂在墙上窗枋上，或塞在墙洞里。此时，它的刃口慢慢收敛了寒光，慢慢被时光和潮湿的空气镀上一层红锈，像一个暂时隐退江湖的武士，韬光养晦以待来年，直到被打磨成上弦月牙的形状，磨没了钢火，成为废铁，再回炉为新的农具。

我坐在城市回忆村庄里一把月亮形状的镰刀，运笔疾书之时，觉得自己正在操镰而歌。

薅刀在大地上游走

仍然是月亮的形状，只是超过了半月，快要圆满了的样子。刃口宽平，木把半人高。在我们村庄，那里的高原山地，给禾苗除草，培土，铲地坎，找边边，挖洋芋，全都用这种平稳朴实的农具——薅刀。

认识“薅”字，是读小学时在母亲上夜校用的《农民识字课本》上。一直读到初中高中，也没有从其他书本上见到过这个字。但自打认识后，便没有忘记过。对于一个乡村儿童来说，“薅”字有些难认难写，但薅刀天天在眼前晃来晃去，当然也就促使我把“薅”字记牢了。

用不着像镰刀那样锋利，太快了，刃薄，铲着泥土里隐藏着的石子，不变得缺口半牙的才怪呢！双手握木把，轻挥薅刀，那轮快圆了的月亮就往土里钻。使薅刀使得好的庄稼把式，就像挥舞刷鞭棍一样轻巧，一挥一旋间，铲除了杂草，拢起了禾垄，刨出了洋芋，当然也让大高原的土地浸入了汗水，增添了必要的盐分。

薅刀在大地上游走，主要是根除那些和庄稼争水争肥争阳光的杂草，或给苞谷、豆子、洋芋等禾苗培土，或者刨出深埋在土里的洋芋。

我曾在好几篇文章里描述过薅刀劳作的过程。薅苞谷和挖洋芋是我亲手用薅刀干过的农活。薅苞谷其实就是李绅所说的“锄禾”，记得他的《锄禾》是这样的：

锄禾日当午，汗滴禾下土。
谁知盘中餐，粒粒皆辛苦。

描述了农民劳作的艰辛，盘中食物的来之不易，大有怜悯农人的意思。一粒汗水一粒粮，对于面朝黄土背朝天在山地里刨食的农人，那是一点也不夸张的。苞谷要用薅刀薅两道。薅头道苞谷要轻松些，薅刀轻快地游走，在刚出土不久的禾苗周围一掏一旋，把那些同样稚嫩的杂草铲起，太阳一晒，杂草全蔫了，生长的空间都让给了禾苗，嫩禾苗便水灵灵地蹿高起来。二道苞谷就不同了，苞谷叶子划破脖颈上的细皮嫩肉，汗水再撒把盐，钻心地疼痛。这期间往往是炎炎夏季，太阳毒毒地照着，在一人高的苞谷秆林里挥着薅刀，一种憋闷的网状的抓不着根的痛苦包裹着挥汗如雨的你，有快要爆炸快要疯狂了的感觉。当然，挖洋芋要诗意一些，薅刀刨开湿润的泥土，赤脚获得一丝清凉的慰藉，而泥土里滚出的那些溅着土香的浑圆的洋芋，总是让人欣喜。

而今，我不会随意浪费一粒粮，从儿子牙牙学语起就开始教儿子背李绅的《锄禾》，也经常用李绅的这首诗来呵斥教训吃剩饭的儿子，其实就是源于薅苞谷的体验。

那年我初中毕业，不想读书了，父亲平淡地说：就回来种庄稼吧，只要人勤快，哪里都可以混碗饭吃。我就在村庄里种了一季苞谷，从犁地到播种，从薅头道苞谷到收苞谷棒子割苞谷秆。手掌从钻心疼痛的水泡磨成了老茧，我深刻体会了一把做农民的艰辛，产生了重新走进学堂的强烈愿望。父亲仍然是平淡地说：那就去读吧！没有哪一样行道是不经过艰辛的努力就获得丰硕的收获的。后来我读高中，进大学，再后来，我把这段经历写成了一篇散文《苞谷的过程》。

薅刀在大地上游走。使用薅刀时，我体味到的多半是痛苦：手磨起了水泡——水泡磨破了皮——辣痛从掌心直刺全身每一个细胞。母亲说，你不要把薅刀把握得太紧，兴许要好些。那时我渴望力量，渴望手掌长出厚茧，渴望皮肤变成古铜色又厚又韧不会被苞谷叶子划伤。乡村少年的我，不握紧薅刀把，哪里使得出力量来让这木棒上的月亮窜进土里，铲掉杂草和翻开泥土？薅刀游走在大地上，我掌心的痛游走在薅刀的木把上。劳作一天下来，累使我睡得很沉实，就像一只没有思想的猪，被痛和累喂饱后，连梦都被剥夺。

我咬着牙坚持了一个农忙季节，然后决定重新走进校园。踏着书本铺就的阶梯，我走进了城市，把我的那把薅刀挂在了村庄老屋的窗枋上，挂在我偶尔游回乡村的梦中。

薅刀贴近了我村庄的记忆，对薅刀的描述，实质上是对乡土绵长的恋旧。

谈不上对薅刀感恩，此时，对乡村的悲悯烧灼着我的心灵。我曾经无数次诅咒城市，诅咒城市生长的恶之花，怀念乡村的花朵清新朴实，但又情不自禁地陶醉在恶之花不断变异的别样的色彩和香气里。城市喂养我们缺少营养的躯体，乡村喂养我们纯净但却苍白的精神。怀旧乡村，只是对一种缓慢单纯的生活节奏和另一种单调疲惫的精神皈依。

我还有没有力量，让薅刀重新在大地上游走，铲除那些芜蔓的杂草，收获那些埋藏在土地深处的浑圆的粮食？

（选自《村庄的背影》，作家出版社，2009年9月；
《村庄的背影》获首届贵州少数民族文学创作金贵奖）

罗　勇

在人海里看见我的弟弟

傍晚，开车从街心花园经过，正赶上红灯，一转眼，就看见弟弟站在街边，手扶栏杆，仰头看街对面的楼顶，霞光染红了他成熟的脸。我沿着他的目光看去，一幢高楼，几缕薄云，霞光从看不见的地方漫过来，湮没了世界。

我和弟弟相距不过三米远，他看不见茶色车玻璃后面的我，不知道他此生唯一的大哥正坐在车里看他。他的目光忧伤地越过来来往往的车流和人群，融在了霞光里。我急着赶赴约定的酒楼，接待一个工作检查组，没想到要按下玻璃和他打个招呼，叫他一声乳名，听他叫我一声哥，我就那样注视着他，绿灯亮了，脚踏上油门，远离了我的弟弟。

已经很久没有听到弟弟叫我哥了，每次他打电话来，总是我先抢着说我很忙我很忙，有事就快说。他也就三言两语说事，没有称呼地说事，然后是我武断地挂电话。有时他没事也会打电话给我，让我无名火起，没事打什么电话，我没工夫和你瞎聊。弟弟轻轻地哦一声，就挂了。不知道他是否想叫我一声哥，或者他已经叫了，只是忙于应酬的我在嘈杂的人声里没有听到。

弟弟比我小五岁，他在上学之前从不叫我哥，只叫我的绰号“瘦猴”，这让我耿耿于怀，总想方设法让他叫我哥，甚至不惜采用暴力手段胁迫他叫。在危急关头，他叫了，故意把那一声“哥”叫得怪怪的。只要我一松手，他跑远了，还是叫我“瘦猴”。搞得他的伙伴们以为我们家真的养了一只营养不良的人类祖先。

弟弟厌学，上学的第一天，站在教室外面不肯进教室，一把鼻涕一把泪，伤心极了，把一身新衣服哭得一塌糊涂，他的班主任拉他进教室，他咬伤了班主任的手，死死抱住一棵树不肯松手，哭声尖厉，穿云裂帛，吸引了无数的学生围观。弟弟在他开学的第一天就这样一鸣惊人了。他朝我奔跑的姿势义无反顾——冲出人群，摔了跤，书包落到一边，他看也不看，一头扑进我怀里呜咽着叫我：“哥——我不读书！”

那是秋天，落叶满地，我半蹲着抱住我的弟弟，他的头在我怀里拱，我用手擦他的眼泪和鼻涕，然后抹在我的衣服上。他的眼泪和鼻涕来势汹涌，抹遍了我的衣服，后来我找不到东西擦了，就捡树叶给他擦脸，在树叶的碎裂声里，我的眼泪和树叶的碎末纷纷掉落。我找不到安慰他的话，一个劲说不哭不哭，心揪得紧紧的。在那个阳光明媚的秋天，我才知道这个一直叫我绰号让我讨厌的家伙会让我心痛，会让我手足无措，会让我泪流满面，很白痴地答应他要和我念一个班的要求。那时，他刚上一年级，我上五年级。

我上中学后离家很远，周末才可以回家，家门口是一道缓坡，有一个岔路口，每到周末，弟弟都和那只白狗一起守在路口等我。他看见我，边跑边喊：“妈，哥回来了。”他和那只狗跑成了一前一后、一黑一白的两条线。他拒绝那些终日陪伴他的伙伴们的邀约时理由十分充足：“我哥回来了。”他的脸仰着，两管鼻涕在天光之下异常醒目。他的目光充满骄傲，拉着我的手臂，回头对他们说，“我不和你们玩了。”

我那时身体不好，学校食堂饭菜很差，每个周末回家，母亲都要给我开小灶，弟弟不吃，站在旁边看。母亲哄他饭菜里有药，哥哥身体不好，让哥吃。我听见弟弟的喉咙里液体滑落的咕咕声，他的眼睛亮极了，像秋夜的星星，一闪一闪，落进我的碗里。但他从不说想吃的话，更不会和我争。我假装吃不了，母亲才让他吃，他粉红的舌头舔完最后一粒米饭，骄傲地对母亲说，他吃过饭的碗比洗过的还干净，然后感慨：“药比饭好吃。”

弟弟有他的私藏，他拿出私藏的时间总在临睡之前，光着身子，爬到床底下翻弄半天，爬出来，手就躲在背后，小声说：“哥，有好东西，我留着等你的，猜猜是什么？”有时候是几个核桃，有时是几个水果，最高档的一次是瓶蜂蜜，确切地说是一只装过蜂蜜有少许残留的空瓶子。弟弟说有蜂蜜的时候声音就甜得滴出蜜来了。那天晚上，我们俩先是用筷子蘸蜂蜜，他舔一次，我舔一次，后来觉得舔不过瘾，就把瓶子敲碎了，小块的玻璃集中起来，我们俩小心地舔上面残留的蜂蜜，边舔边笑。“哥，甜吗？”“甜！你甜吗？”“甜啊！”弟弟用了一个惊世骇俗的形容，让我们俩笑了很久，他说：“都甜到屁眼里了！”

弟弟的不顺利从中学毕业就开始了，他一心想到部队服役，身体方面的原因使他不能如愿，后来一直找不到称心如意的工作，磕磕绊绊一直到现在。我们的疏远随着童年的远去日渐明晰。他总在走投无路时才给我打电话，“哥，能帮帮我吗？”他的声音里充满无奈，有时候甚至是小心翼翼地讨好。我无力改变他的一切，对他的要求心生恼恨，知道生活的艰难了吧，为什么当初不好好念书，为什么你自己不去努力？我置身于冗繁的公务之中，为我的生计奔波，没有时间静静地听他想说的话，去想一想电话那头高大的弟弟，他握着电话的神情是否像今天傍晚似的忧伤，失落。他像小时候一样依赖我，而我，再也没有像小时候那样半蹲下来，为他敞开怀抱，迎他入怀，给他依靠和承诺。或许他什么也不想要，只是想叫我一声哥，只想让我为他擦去眼泪，鼓励他上路。就像多年前的那个秋天，弟弟在我鼓励的目光里，一步一回头地走进了让他害怕的教室。

弟弟站在街边，像一块礁石，周围是流动的人海。他在想什么？是否想起了他的大哥？是否想起了那些藏在岁月皱褶里的往事？

我把车停在路边，想给人海里的弟弟打电话，号码按到一半，我的眼泪潸然而下。我合上手机，亲爱的弟弟啊，我突然想不起你的乳名。

（原载《民族文学》2009年第9期；
2010年获中国出版集团散文奖，为该奖项唯一获奖散文）

李天斌

穿过村庄的火车

很多年以前，我喜欢一个人坐在村子的某条小路上。头上是正午的太阳和众多蜻蜓翻飞的影子。大地一片岑寂。一边是阳光的灼热透出的荒凉，一边是蜻蜓们演绎的华丽。我一个人静静地坐在这里，没有谁知道我竟然在这里想着一辆火车。在这样的情景里，没有谁知道，总是有一辆火车正穿过我少年的梦境。那些时候，面对贫穷的村子，我总无端地想着远方。我总固执地认为，一辆火车的尽头，就连接着我所希望的远方——包括我的事业、爱情，甚至在等待着我的一幢房子。我甚至想，要是有一辆火车能穿过村子，我一定毫不犹豫地跳上去……那些时候，从一辆火车开始，我少年的梦幻遥远而又真切。我总认为我应该属于远方。

但我终究没有走向远方。没有坐上我梦中的火车。后来我虽然第一个走出村子，但我所考取的师范学校就在邻县。从村子到邻县，根本就没有铁路，没有火车经过。这一直让我遗憾多年。我就记得，当我在安顺城郊第一次看见火车从铁路上飞驰而去的时候，我竟然激动得几乎要掉泪。而这一瞬的感觉，竟然就成了永恒的情结。直到现在，每当我看到飞驰而过的火车时，我仍然会激动不已。少年时代的那个梦想，仍然会在任何偶尔的一瞬让我潸然落泪。

这让我同时想起了我的乡亲们。曾经很多年，对一辆火车的渴望，一直贯穿他们生命的过程。这让我很是难过。因为当我发现在他们心里也跟我一样藏着一个有关火车的秘密时，我所触摸到的已是一种真实的沉重。那时我已师范毕业回到村小教书。那时坐在我教室里的学生还很多，他们都盼望着跟我一样，通过读书端上铁饭碗。那时我依然跟他们说着火车，说着远方，说着我未曾实现的梦想。那时候，火车对他们无疑也是一种诱惑。而就在那时，一起事件的发生，让我知道除我和学生之外，几乎所有村人也藏着一个关于火车的梦想。这让我无限惊愕。那就是，正当我跟学生们沉醉在我的火车以及远方的梦里时，村里的福长大叔跳火车摔死了。这无疑成了村里的一大新闻。因为此前，福长大叔作为村里第一个坐上火车的人，一度成为村人羡慕的对象。我至今没弄清福长大叔跳火车的真实原因，仅是听说被人抢劫时被迫跳下来的。人们对他的死因似乎也不太感兴趣，倒是对他能死在火车上觉得死有所值。这一直就是我为此沉重的缘由。由村人的价值观出发，我似乎触摸到了村人们围绕一辆火车的荒芜的生命。

我不知道福长大叔的死是不是直接的导火绳。总之自从福长大叔死后，先是年轻的，然后就连我的教室里面的学生们，都开始走出了村子，坐上火车成了远方的人。火车对他们再也不仅是一个梦想。火车把他们变成了远方的打工族。在远方，他们有的跟福长大叔一样，用自己卑微的肉身作了远方的祭奠；有的拖着伤残的身体回到村子，然后无奈地继续做着火车以及远方的梦；有的依然来来去去，在火车上成为一只候鸟……只是不知道，火车及远方对他们而言，是否真的如他们所想的一样绽开着绚烂的梦想之花？但我无疑是羞愧的。因为直到现在，我一直没有坐过火车。相比他们而言，我仍然停留在那个少年时代的梦影之上——火车以及远方，依然混沌而又迷蒙。

不过我终究还是感到欣慰的。虽然我少年时代的梦想没有实现。但在穿过村子的火车上，我的弟妹们让我看到了希望。先是我的小弟，坐着火车到了重庆的一所大学，然后又是我的小妹，坐着火车到了西安的一所大学，小弟曾一边坐在嘉陵江边吃麻辣火锅，一边用电话跟我说起他关于城市的理想，小妹则一边在古城墙上看日落，一边用短信告诉我她对于繁华过往的叹息与忧伤……他们在远方的诗意，让我看到了一辆火车真切的诱惑。在穿过村子的火车上，我们的希望之花，正悄然绽放。

所以我也一直在做着火车以及远方的梦。多年以来，每当夜晚来临的时候，面对岑寂苍茫的夜色，我总会听到一辆火车呼啸的声音。它从乡村穿过，然后碾过我的内心，然后驶入一片荒芜。我总在睡梦之中坐上想象中的火车，在遥远的远方寻找一个不曾实现的梦想。我总在梦里醒来，总想寻到一些什么启示——对于村子贫穷落后的叹息？对于生命中一份生动的向往？……然后我总是无法入睡。我其实是迷茫的。只是隐约中似乎明白，一辆穿过村子的火车，紧紧联系着我们美好的希望。不论是对我而言，还是弟妹们而言，抑或是村人而言，火车都是命里一份挥之不去的情结——它或许更接近于一种祈祷，或者安慰？

而我忍不住就感激起来。尤其是当我听说曾经梦里的火车真的就要穿过村子时，就像当初看见火车在铁路上飞驰一样，泪水无数次模糊了我的双眼。事实是，当时间进入2009年，计划新修的长沙至昆明的高速铁路已决定从村子穿过，并且还将在这里设一个火车站。这无疑是一个让人振奋的消息。因为此时的村子，几乎众口一词谈论的都是关于火车的话题。所不同的是，现在的村人，几乎都是眉飞色舞，火车再也不是遥不可及的忧伤的话题，家门口的火车让他们感觉到一种拥有主人身份后的踏实。他们还说起了各自的计划，比如开一个旅店，比如开一个饭馆，比如开一个超市，等等。穿过村子的火车，让他们感觉到一种新生活的到来。他们跃跃欲试。在他们看来，先前的远方就是现今的家门口，先前远方的一切惶惑与失落如今就要得到补偿……我无疑是替他们高兴的。只是不知道，当我们的梦想终于成为伸手可及的现实时，村人们是否会跟我一样，对一辆火车怀着深深的感激？

我不敢苛求他们。因为我知道，就其实质而言，他们心中的火车，跟我心中的火车，并不是完全相同的概念。他们心中的火车，其实仅是对于一份物质上的渴求。而我心中的火车，除了物质之外，更多的还是一种精神的向往，尽管那种向往更多地接近缥缈与虚无。我甚至想，当火车真正穿过村子，当穿过村子的火车给他们带来物质上的丰盛之时，也许他们还会忘记曾经的火车之梦。火车对他们而言，终究抵不过一份富足实在的生活。而我却一定会记得那个少年时代的梦，在穿过村子的火车上，它终究会让我想起一个村子连同自己的从前、现在与将来，那里记录着我们自己的行程，也有一个时代变迁的印记——也或许，那里更会镌刻着我们对于生命的祝福与感恩。

所以我将期待着——在不远的时候，我在村子里一抬脚，就坐上火车，就走进我不曾走进的远方——我梦想中的荒凉或者华丽。

（原载《民族文学》2009年第11期）

隐 石

五月的钟摆

一

一个怀抱诗书，听从内心的指引，二十多年来一直严谨安排自己日常生活的人，在这个炎热的夏日为我送来了犹如雨雾后的整片阴凉。这托阅读而来的福气使我陷在一片混合慵倦与麻木的泥浆中的思想欠起身子，重新开始了对自己的逼视与反省。

毋庸置疑，生活中最难以忍受的是日子的粗糙。我们于颠簸奔忙中的某个夜晚打马驻足，返身瞧瞧现实中你我，于滚滚红尘中，我们的心灵，我们的生活原来是如此的犹疑如此的经不起审视！所幸有了阅读。借助文字，我们接触到那些手抚琴弦、目光低垂、置自己于尘埃之下的人。他们接近老子所激赏的、持守虚静的人……就这样，通过阅读，我们在生活中找到了一个参照，找到了激励和榜样；在物流滚滚、粗鄙遍地的红尘中，看到了安放精神的支架，心中隐隐感到一丝慰藉。

为了自己的长篇写作，从三十三岁开始，他决意关掉生意正火的店子，远离尘嚣，一心写作；以长跑锻打意志，强健筋骨，澄澈思虑，使身心以最佳的状态为写作提供动能。他一直坚持了下来，并因为在这种长跑中发现了好处，参加每一年的马拉松比赛，一直持续到现在的六十岁。

他就是日本作家村上春树。

阅读村上春树《当我谈跑步时，我谈些什么》，慨叹之余，我忍不住要去翻看书的夹页中作者跑步的照片。一个置自己于尘埃之下的人，在摄影镜头下依旧如常，不曾放松自己抱紧的小小世界。是的，在村上春树的那些照片上，你能够显在地读出作者内心有一个世界。你会得到一个印象：他是一个为自己内心而生活的人。然后，你翻看了书中村上春树的所有的都很日常的照片之后，你会猛然觉得“作秀”和“导演”是一个多么令人无语的词。环视眼下，各种导演着的、作秀着的面孔在走马灯一样，让人心思缭乱。

村氏的那些照片（有些是背影和远景）若远山的石头，透出一种浑然天成的低调和谦逊。恰似他那同样精致而谦逊的文字和表达。村上这样透露了他跑步的缘由：

坐在书桌前，将神经如同激光束一般集于一点，动用想象力，从“无”的地平线上催生出故事来，挑选出一个个正确的词语，让所有的流程准确无误——这样一种工作，与一般人想象的相比，更为长久地需要远为巨大的能量。

另外，村上也认为他希望一人独处的念头，始终不变地存于心中。所以一天跑一个小时，来确保只属于自己的沉默的时间。并说这对于他的精神健康来说，是“具有重要意义的功课”。

这是一本村上谈论自己的书，它真实、谦逊。作家的关于跑步和跑步中的思索，时时让人震撼。坚决的意志力、身心灵的极限体验、对局限的清醒体认……汇在作者如同五月青草一样谦逊的叙述中，让人感动连连。

书很快读完。但留下来的沉思却宛若在西天铺展开来的奇异的晚霞，灿烂进心里，让人久久回味。这样的阅读使我看到了有精神光芒烛照的日常生活的无可挑剔，并进而滋生出一种因自己生活的潦草和困顿而致的沉重的忧郁。沉重了就好。我的生活已经长满浮躁而凌乱的藤蔓。我需要一把沉甸甸的铲子来铲除它们带给我日子中雨季一样的低迷。

二

一个遥远的朋友善意的提醒带来了一场生活中小小的修改。修改来自她的推荐。她向我推荐一本章诒和的书。她的推荐使我在这个草木疯长的五月的黄昏想起往年的雨水，如同雨中的旧伤复发。我这么说的意思是这本书我早年即已购得，但是却没有完整阅读。朋友的推荐使我感到羞愧。为了修补这样的一个愧疚，我从书架的顶层把它重新找出，认真阅读起来。

正如艾晓明的一篇文章《用一生来学习阅读》所示一样，阅读也是一个需要不断学习的过程。去年读到钱理群的一篇谈阅读的短文，大意是说他看了钱穆的一篇文章感觉很震撼。钱穆的那篇文章说阅读一本书“一定要从头至尾读完”。我看到钱穆的这一句话时也感觉很震撼。因为如果用它来对我的阅读进行检验，结果肯定让我沮丧不堪；有太多的阅读我都没有完成。

朋友的推荐使我认识到了自己在阅读中的错误和罪恶；也提醒我进行及时的修正。修正的过程明媚而愉悦。我的日子完全被书本牵引和占据。我进入到一种几乎只有感动与慨叹的境地。这是阅读带给我的丰硕而幸福的回报。章诒和的书以它沉痛悲抑的风格，引得我热泪倾盆，唏嘘不止。

章诒和的文章我是喜欢的。网络上“天益思想库”里有她的专栏，可以读到很多她书中所没有的文章。日常在《南方周末》上也会常读到她的文章。但是那样的阅读与我现在对于她的集中阅读，在感受上有很大差别。在一个相对完整的时间段内进行集中阅读效果是明显的。它产生的积极后果之一即是：我在网上复制了她另一本书的全部内容，备以后的再次集中阅读。

通过阅读章诒和，我看到了那些学贯中西的人，那些散淡的人，那些怀抱艺术的人，他们跃动于浪尖风口的生命。章诒和的笔触情感充沛，忧愤若杜甫的沉郁使叙述的笔力力透纸背；苦难的生活教给作者一双洞达世事、锋若针尖的眼睛。其文章读来每每扣人心弦，沉重处有如泰山压顶，悲恸处泪花无语静流，会意处使人颔首默味……

她让我们从另外的一个角度，看到过去那个时代中国精英的毁灭，看到他们毁灭之前的雅雅风度和哀哀凄凉，以一种震撼的方式，补充了我们的世界意识和历史意识。

三

南怀瑾的文字点染随意、通达天成，且多是建立在亲自实证的基础上，近似仙人，让人只可仰视观摩。而刘逢军教授的文字（养生论）雅致冲淡、亲切适意、平实敦厚，让我读出其对老庄的深湛领悟和内中持守的虚静来。这也促使我对自己文章中那些夸饰的文字猛加砍伐，竭力趋近低调的语气和单纯的语意。

读了不少的中医养生资料，让我吃惊的是，其养生修行思想无一例外来自老庄。这促使我想，这样一种切实的学问，从远古绵延而来，一直护佑了华夏子孙的身心。单只是想到这一点，就让人觉得不去读老庄，已是不可饶恕的行为了！

我对于《老子》的亲近是在成年后的现在。经历了来自身体与心灵的病痛，以及为疗救这病痛而读了一些关乎身心的文字之后，譬如说南怀瑾、刘逢军的文字，他们对老子的提及和推崇激起了我的亲近之情。于是翻出书架上的《老子》，发现了版本的粗陋，在比较了多个出版社出版的《老子》后，觉得花城出版社的不错，集中了以前的很多刊本名注，遂选定了。

把孙雍长注译的《老子》作为研读的教材，并发现了它的好。于是赶紧跑去书店，买了其余相关的古籍。可惜的是，却没有买到这个版本的《庄子》，以至于我在读南怀瑾的《庄子諵譁》时，不堪把以前装帧貌似古朴实则粗陋的《庄子》拿出与之对照而读。老庄是一门关注人的皮囊之内心灵的学问，于简陋粗糙的当下现实而言，于浮躁奔忙的人们而言，正是一种需要，但同时也是一种奢侈。在一个心灵远未自觉的时代，它只为少数心灵自觉的人所宠爱。从来如此。

四

一个年轻人杀害了二十六个少女，其目的并非为了性的占有，而仅仅是为了永恒地占有她们身上的体香，用她们的体香铸造成可以统治世界的香水。然而一切终归梦幻泡影。香水一旦制成，即宣告了结局的虚无，因为它无法再生产，终有用完的一天。这种疯狂之举从它实施之日起就埋下了毁灭的种子。凶手格雷诺耶用制成的香水可以实现他在尘世的一切梦想，但是他对于那些帝王之位毫无兴趣。他另有更宏伟的企图。他想要控制人类的嗅觉。他认为：香味可以随着呼吸进入人体，钻进心脏，从而支配人的好感与厌恶、痛苦与欢乐、爱与恨。因此，“谁只要控制了人的鼻子，他就能控制人类”。

法国作家聚斯金德的这部小说《香水》在开篇即宣告了这是一个传奇故事。看完全书，我以为，作家借格雷诺耶这个人物的故事，表达了他对于人类的厌恶。想想我们的这个世界所发生的一系列事件，即明白了人类的苦重灾难及人类在这种灾难中的疯狂和不知悔改的堕落。倒是那被杀害的二十六个少女，作为上帝的杰作而成为让人凭吊怀念的赞美之物。但是她们如此易逝，如此粗暴地无法遏止地死于人类的邪恶之手。

书中大量香水制作程序的精细描写，显示了作家对香水制作知识（物质基础）的熟悉和大量掌握，让飘飞的寓意有了坚实的地基。在某些章节，作家的描写使人情感激动，慨叹不已。但是，作为读者的我来说，常常被那该死的全知全能的叙述方式干扰。它就像一块粗砺的石头，常常不由分说地跳出来，横搁在我正顺势前进的路途上；于是我不得不停下来，在我停下来的当儿，作家的俯视与安排就跳出来了，牵引起我的思考——这等于是粗暴地打断了我对它的阅读。

这于我来说不能不说是一种遗憾。

五

口味的问题使我对赵柏田2006年发表在《山花》第八期的《岩中花树》另眼相看。这样一种从内部切入的小说让我感觉亲切和叹服。作家竭力返回当时人物的内心，犹如尤瑟纳尔写《哈德良回忆录》一样，以第一人称“我”写了王阳明的一生。

无法用一些很简单的话语来概括这部很短（六万字）的小说，但是对它的阅读却成为这个阴历闰五月最好的享受。以一种上溯的方式，回到当时人物生活的原点，是需要作家很大的心力的；对那些冰冷的历史材料的激活，是需要作家巨大广博的才情智识的；对历史知识的解读与人物内心的接近，是需要作家一颗敏感善思的心智和诗心的……如此，这样的文章便有一种互文的效果。我们从小说中看到了人物的痛苦和欢乐，毋宁说也看到了作家的痛苦与愉悦。

这样的一种小说很显然是现代主义的，是我所欣赏愉悦的那种。这种具备多义的、才情的、诗意的、严谨的小说，对作为读者的我的日常生活也有指涉校正作用。而这正是最为难能可贵的。用阅读校正了生活，这是一种多么可喜的结果。

收藏了这部小说（也收藏了这本杂志）；收藏了物质生活中所罕有的最高的精神生活。是的，与其说赵柏田写出了一个鲜活的王阳明，毋宁说东方的赵柏田用一种谦虚的眼光和学习的姿态，向西方的尤瑟纳尔致敬。

那么，我也向作者致敬，并期待。

（原载《山花》2009年第11期）

杨启刚

我 家

母亲盼了整整十三年，1978年初秋的那个9月，改革开放的春风终于把父亲从遥远的新疆乌鲁木齐送回了贵州。在党的政策和姨爹、大舅的倾力相助下，父亲终于工作调动从新疆回到了贵州。这一年，是我们全家终于团圆的日子。我和妹妹再也用不着苦苦等待两年才回家探亲一次的父亲了。

1951年7月，军事干部学校贵州省招生委员会到都匀第二小学招生，父亲以其强健的身体应征入伍。那一年，父亲年仅十五岁。

那年夏日炎炎的8月，胸怀鸿鹄之志的父亲精神抖擞地离开家乡的青山秀水，成为光荣的中国人民解放军的一员。辗转两个多月后，父亲到达远在千里之外的新疆乌鲁木齐，参加了新疆第一座现代化棉纺织厂——新疆七一棉纺织厂的建设，这也是新疆最大的棉纺织厂，同时也是新疆军区后勤军工部附属军工厂。从此，父亲便开始体验大西北的风沙与暴雪，体验了从一位少年成长为一名男子汉的心路历程。

新疆的地理气候非常适宜棉花生长，但由于历史原因，到1949年全疆仅有棉纺织手工工厂十多家，棉布绝大部分从内地和苏联进口。

为早日解决新疆人民的穿衣问题，1949年12月，新疆的党政军领导开始筹划建厂事宜，并成立了纺织厂建设公司。1950年初，一批专家和工程技术人员翻山越岭，在荒滩野地勘察地形，选择厂址。同年2月，新疆军区召开会议，确定在迪化（今乌鲁木齐市）近郊的水磨沟建设新疆七一棉纺织厂。1951年6月1日，纺织厂主厂房土建工程正式破土动工，并提出："力争1952年'五一'试车，'七一'开工。"

为实现这一目标，年仅十五岁的父亲与大批部队官兵响应新疆军区“全体军人，一律参加劳动生产，不得有任何人站在劳动生产之外”的号召，发扬艰苦奋斗的光荣传统，把当时人迹罕至、寂静荒凉的水磨沟变成了热火朝天的大工地。父亲他们战酷暑、斗严寒，开山劈石，伐木修渠，建窑烧砖，睡地铺、吃杂粮，节衣缩食，昼夜奋战在工地。就这样，仅仅用了十三个月，父亲他们硬是用双手建起了新疆七一棉纺织厂十余万平方米的厂房和宿舍，为新疆棉纺织工业的发展奠定了基础。

1952年7月1日，时任新疆维吾尔自治区人民政府主席的包尔汉·沙希迪为新疆七一棉纺织厂开工投产剪彩，新疆第一座现代化棉纺织厂正式开工投产。从此，水磨沟欢腾了，这座天山脚下耸立起的现代化纺织厂，不仅让新疆人民告别了“的确良”，穿上了自产的棉布衣服，生产的布料还销售到内地，甚至出口到国外。

两年之后，父亲就地转业，仍安排在新疆七一棉纺织厂。六十多年过去了，当年广大官兵节衣缩食在新疆兴办的一批骨干工矿企业，如七一棉纺织厂、八一钢铁厂、十月汽车修配厂、八一面粉厂等早已无偿移交给地方，但从带有“七一”“八一”等字眼的厂名里，我们依然可以感受到流淌在兵团血液里的红色基因，感受到父亲他们兵团人发扬以“热爱祖国、无私奉献、艰苦创业、开拓进取”为主要内涵的兵团精神，为新疆各族群众大办好事，为新疆工业发展做出的不可磨灭的贡献。

1959年8月，在新疆工作八年后，父亲第一次回都匀探亲时认识了母亲，被母亲的知书达礼和勤劳善良所感动。那时，母亲还独自一人在乡下一所小学教书。此后，每次的探亲假和鸿雁传书让父母亲彼此加深了了解。1965年那个春光明媚的日子里，父亲与母亲幸福地结了婚。母亲生下我以后，一直到两岁，我都没有看到过父亲，只是见过照片上的父亲。每当想念父亲时，都只能看看照片，照片上的父亲是如此地亲切。等他再次探亲回到家时，我躲在门后不敢上前叫他。等母亲告诉我是爸爸时，我心里想让他抱抱我，但又因陌生而不敢靠近他。等和爸爸熟悉之后，他又要走了。爸爸要走的那天晚上，两岁的我紧紧地抱住他不放，仿佛知道他要走似的。父亲远在异乡，四年后，母亲又独自一人带着我和妹妹去新疆探望父亲，并在那里生活了很长一段时间。我才第一次体会到和父亲在一起生活时那快乐无比的幸福时光。

少小离家老大回，乡音未改鬓毛衰。20世纪70年代末，我十二岁那年，因要照顾我们兄妹俩上学读书和生活，在新疆工作了二十七年的父亲离开他已经生活习惯了的美丽的乌鲁木齐，依依不舍地告别了他朝夕相处的同事和战友，告别留下他一串串青春脚步的工厂，调回家乡都匀，仍然从事纺织工作直至退休。这样，我们一家终于能够团圆在一起。我再也不用因想念父亲而几乎天天都在端详他的照片了。1989年10月，为表彰父亲在边疆从事纺织工作三十年以上，为边疆纺织工业的发展作出贡献，中华人民共和国纺织工业部、中国纺织工会全国委员会特向父亲颁发了“边疆建设三十年”荣誉证书给予表彰。这是父亲一生的荣誉，这也是改革开放后父亲得到的最高荣誉。

1988年，我们家的喜事还真不少。就连我们家百年老木屋前那片我爷爷奶奶种下的枝繁叶茂、硕果累累的橘子林里，每天白天都有啄木鸟、喜鹊、布谷鸟叽叽喳喳地欢叫不停，就像在举办鸟类“青歌赛”；每当夜幕降临，那一群群的麻雀更是在枝头上打打闹闹，把整个林子喧腾得格外热闹和喜庆。

这一年，经过十年的辛勤劳动，特别是1981年我们村里开始实行包产到户，激起了广大农民的积极性，结束了集体“大锅饭”吃不饱的局面。包产到户的当年，父母亲看着粮仓里那几百斤丰收的黄澄澄的稻谷，激动得几夜没合上眼，由衷地感叹：还是包产到户好啊。我和妹妹再也不用吃苞谷饭和红苕饭了。

父亲在厂里上班，母亲在农村做农活。父亲下班后，总是帮母亲犁田耕地，春种秋收。家里还养起了几头胖乎乎的母猪，每年的收入都在两千元以上。在20世纪80年代，这可是一笔不小的收入。要知道，直到1990年我参加工作，每月工资都才是五十几元。

经过十年的辛勤劳作，家里有了一些积蓄。父母亲开始商量，准备建一幢砖混结构的水泥楼房。因为这几十年来，我们一家四口住的都是爷爷奶奶住过的1949年修建的几十平方米的木房。说干就干，在1988年的春节过后，父母亲便开始着手准备建房。先买水泥、钢筋、砖等材料，然后请水泥工砌砖，木匠打门窗……那段时间，全家都沉浸在无比兴奋的激动之中。当年初秋，当一幢二层楼高，一百六十平方米的小“洋楼”终于雄赳赳地伫立在我们村口时，父母亲感慨万千地说：“如果没有包产到户，还是集体‘大锅饭’，修这样一幢楼房是一辈子连想都不敢想的事！”

在我家那栋小楼前，有两株高大的紧紧地连在一起的槐树，我叫它们“鸳鸯槐”。当然，只有我一个人这么叫它们。然而，就是这样极普通的树，在风和日丽的春天，在我家小楼前竟会开出那样美丽的长荚形的小风铃般的花来。如果你没见过，真的不会相信这样古朴粗糙的树干，这样坚硬交错的枝丫，这样简简单单的绿叶，在一夜之间，会挂满一串串如冰雕玉琢的花朵，那真是像雪一样清纯，像雪一样柔美，把我家的小楼映衬得格外清新。

一天晚上，看书至深夜，为了松松筋骨，我慢慢地走出房外，扑入眼帘的便是那两株在夜幕下愈发葱茏的槐树，一下子我便进入了槐花雪白的氛围中。四月的郊野一片静寂，偶尔，有一两声夜鸟的啼鸣，滑过月色下透明的空气，匆匆掠过。在这寂静的夜里，我清清楚楚地闻到了槐花的清香，极纯极纯的，如水一般，一点点地渗进肺部，不一会儿，胸中已满是清香之气了。也就是在那一夜，我知道了清香可以如水，如泉水，一点点地洗净人的灵魂。

那夜，我又爬上楼顶，举目四望，在这一片洁白清香的世界里站立了很久很久。月光朗照着，和风吹拂着，我心中的积郁和疲惫则一点点地消散着，心，一点点地澄明起来，柔和起来。此时此刻，没有宏言要旨，也没有精论妙理，只有最纯朴的自然，叫我体验最本质的生命——无瑕的纯洁，无瑕的清香，不带任何欲求，只有从生命深处奔涌而出的美好，这才是自然造化的初衷。也就是在那一夜，我忽然明白：如果没有这栋宽敞的小楼，还住在那年久失修的老木屋，我或许不会有这样的心境；正是小楼的拔地而起，我看到了幸福生活触手可及，由此带来的是那两株高大的槐树引发了我对物质之外的想象和一种内心情感的倾泻。

常言道"筑巢引凤"，没有梧桐树，哪会引得凤凰来。

安居才能乐业。有了"窝"，也才能挡风避雨，携手同行……

不论在农村，还是城市，如今，没有一套自己的房子，谈婚论嫁是很不现实的。我家地处城市北郊（现在则是高楼林立的经济开发区），交通方便，环境优美。特别是我家小楼前，那两株高大的槐树和一株绿荫如伞的泡桐树，每到炎热的夏天，不仅引来小鸟筑巢欢闹嬉戏，树下更是聚满了乘凉的行人。

由于家里经济条件相对较好，又有一栋充当"门面"的小楼，说媒者纷至沓来。男大当婚，女大当嫁。在妹妹结婚之后，父母开始操心我的婚姻大事。而我则由于工作和学习较忙，再加上又在南郊一乡镇工作，早出晚归，根本没时间谈恋爱。1997年的五四青年节那天，我终于答应去见一见朋友给我介绍的女朋友，谁知一见钟情，在看到介绍对象的那一刹那，我心里就拿定主意：这一生寻找的就是她了。在相识一年还差三天的时候，1998年5月1日，年过三十的我终于走进了婚姻的殿堂，品尝到了爱情的甘美……

那天的婚礼，让我刻骨铭心，一生难忘。本来早上还阳光灿烂，风和日丽，到了下午即将举行婚宴的时候，忽然黑云压顶，狂风大作，下起了暴雨，把精心准备的菜肴弄得铺了一层灰尘。与我家同一天办结婚酒席的隔一条河的另一户人家，则被突如其来的冰雹把碗、碟、锅之类的物品和菜砸得稀烂。一条河之隔，我家这边却未见一粒冰雹。

那天，真是辛苦一生操劳的父母了，还有妹妹妹夫、亲戚朋友，看着他们为我的婚事忙碌的身影，我眼里的泪花直打转。

那天夜里，我对新婚妻子说："琴，看来这一生我们要风雨同舟了，因为我们已经接受了风雨的洗礼！"是的，正如我的一位尊师为我的婚礼写下的一句祝词："开启春天之门柔中有刚，昌明琴瑟之声动情为上。”

那一夜，暴雨过后，我再次爬上楼顶，凝望苍穹，月色如洗……

时光飞逝，光阴似水，转眼七年过去了。

2005年2月，我和妻子在父母以及亲友的支持下，又在离我上班的市政府仅几分钟路程的市中心一个名叫“云星苑”的楼盘买下了一套住宅。一挚友对我说：“买房除电梯房外，最好的楼层是‘三金四银五铜’，也就是说，三楼是最佳的楼层！”我和妻子对三楼这套采光和通风俱佳的住房非常满意，又离儿子就读的小学不远，四周还有菜场、医院和一所全省重点中学。可以说，这套房子有一半是为孩子今后读书而买的。2006年6月，房子竣工交付使用。为方便孩子读书，我们简单装修好后，在10月的金秋时节便从开发区搬进了新家。

虽然离开父母修建的那栋两层小楼，搬到城市中心来居住了，但当初搬来时，一到周末，虎头虎脑、阳光健康的儿子就对我和妻子嚷嚷：“老爸、老妈，我要去爷爷奶奶家玩！”由于父母在郊区自己修建的小楼住惯了，不愿到城中心和我们一起住。儿子每到周末都要吵着去爷爷奶奶家。他在那里生活了八年，他的许多小朋友都在那里。我发觉，离开了高楼大厦的儿子就像一匹脱缰的野马，撒欢得不得了。也许，那里是他心中的一片大草原，只有在那样的环境里，他才能无拘无束地驰骋沃野；关在高楼大厦里，反而扼制了他纯真活跃的天性。

那段时间，有一次，儿子的围棋老师肖叔叔来家里玩。儿子一脸老成地对未婚的肖叔叔说：“肖叔叔，现在全球金融危机，中小企业纷纷破产，你赶紧趁现在房价有所下跌按揭买一套房子吧，没有房子，你拿什么结婚？”

搬新家那年，每天做完作业外，当时年仅十岁的孩子关心的竟然都是些大人们关注的事情。基金、炒股、彩票、金融风暴等字眼都是孩子时常挂在嘴边的词。孩子的班主任对我们说：“你们孩子的很多想法和同龄人有些不一样！”我们也发现了这个问题。“怎么办？”妻子问我。“顺其自然吧，好好地引导就行了。他毕竟只是一个十岁的孩子！”

儿子当时还非常喜欢买彩票，为此还专门写了一篇作文《买彩票》，他写道：“我就像快乐的小鸟，在彩票世界里飞来飞去……”

人们常用时光荏苒、岁月如梭等形容时间过得如此之快。在时间面前，每个人都是平等的，你浪费它，它就浪费你！

三十年间，国家的重大变革直接地影响到我们每个家庭。时代发展了，观念也不一样了，每个人认知社会的方式也各不相同。父亲十五岁入伍第一次离家，远赴新疆；我十七岁孑身一人第一次离家，赴北京求学；儿子十岁第一次离家，去湖南卫视做节目……

这个世界变化太快，我们为自己能够生活和成长在这个巨变和腾飞的时代而感到庆幸。到了我们的孙辈，那时的生活，又是怎样的一种幸福啊。

（原载《民族文学》2009年第11期）

韦昌国

老木的心事

认识老木是二十年前的事。那时大家为他的婚事着急，如今再见他，他已是蔬菜协会会长。

龙滩水电站下闸蓄水后，形成了横跨黔桂两省（区）十个县的人工湖泊，仅在贵州省罗甸县的水域面积就达八十平方公里，相当于十四个杭州西湖。高峡出平湖的美景，催生了当地对旅游开发、水产养殖和航运等诸多谋划。为了给这个巨大的人工湖泊起一个响亮的名字，罗甸县推出了“一字万金，征集湖名”的活动。我正是在那时候走进了“高原千岛湖”，并再次与老木重逢。

那天，我们正在五星村采风，站在湖边放眼看去，四围青山倒映水中，沿岸是成片的树木和楠竹林，宽阔的湖面碧波荡漾。这与我二十多年前看到的景象相比，已是天壤之别。这时，湖上传来了歌声：

拿根竹竿上木船，顺风顺水下龙滩。下河好比下菜地，吃鱼没有打鱼欢……

这是当地布依山歌的曲调，高亢、悠远，唱的人把长长的尾音拖得底气十足，甚至有几分放肆。等到一只小木船从竹林边冒出来，我看到了唱歌的人，拿着竹篙，站在船上，像一个将军。

“这是老木。”陪同的村干部说。“老木？”我心里不由一震，问他：“是不是村里原来的那个，大家要他娶七仙女做老婆的老木？”村干部说：“就是他。现在是我们村蔬菜协会会长呢。”我听了有些吃惊，也很兴奋，大声对他喊起来。

老木拴好船，奔上岸来。村干部将我介绍给他，他却有些迟疑。“你不认识了！这就是当年住在我们村，搞气候考察的韦同志啊！”老木看我半天，终于认出来了，摇着我的手说：“嗨！你好久来的。走，到我家去喝酒！”

老木家里里外外的变化，让人吃惊。而他整个人和当年相比，可以用脱胎换骨来形容。

认识老木，是1987年的夏天。当时，列为国家“八五”计划的龙滩水电站工程还处在准备阶段，我参加气候考察队到罗甸蹲点收集气候资料，观测点就设在五星村一个半坡上。那时候，红水河还只是一条浑浊而发红的河流，在群山峡谷里悄悄流过。

每到晚上，村民们就来和我聊天，其实是受我那个小小半导体收音机的吸引。来的人中，就有老木。他生性木讷，沉默寡言，总是闷闷地坐在一角抽着旱烟。老木没办法不沉默，他太穷了，在全村二十几户人家的土坯房中，他家的茅草房破得更扎眼。更主要的是，他当时快三十岁了，还没找到对象。

在这个布依山村里，很多人还不会说汉话，普通话更听不懂。但当我打开收音机时，大家看着抽出来的银光闪闪的天线，听着里面播放的节目，一双双眼睛充满了好奇。每到这时候，除了谈论收音机的神奇，老木的婚事就是另一个解闷的话题。

人们对老木说，王乃山顶上有一个大水塘，七仙女有时会偷着下凡来洗澡，你只要天天去守，遇到的时候，悄悄把她们的衣服收起来，她们就飞不回去了。并建议他，最好看准七妹的衣服，因为她是最漂亮、最心灵手巧的。每当这时候，堂屋里就会哄笑起来。

老木其实多次请人帮着提过亲，但是因为穷，都泡汤了。找一个老婆，是老木最大的心事，也可说是他一生的终极目标。但是正如老木所说，这事“比上天还难”。

静静的红水河，在山脚下日夜奔流。这个地处黔桂边界十万大山中的布依村庄，世代守着千年不变的日子。尽管人们起早贪黑，挥汗如雨，也只能维持温饱，遇到天灾人祸，就得靠政府救济。我到的第一个月，村里分过一次城市捐来的旧衣服，大家围在晒坝上挑选时，高兴得像过节一样。几天后，村里的男女老少穿上了花花绿绿的衣服，老木分得一件窄小的港衫，由各色布块拼凑起来。那样的时髦，看了令人心酸。

气候考察分四个阶段，所以我到山村去是断断续续的四个月。第二次快结束时，有天老木来找我，怯怯地说想借我的收音机，等我回来再还。我答应了，并教他开关机、调频。后来听人说，他是为了找对象，拿去摆个样子的。

不过当我再去时，老木仍然没有找到对象。但是这一次他并不太沮丧，因为他已经开始学种早熟蔬菜了。

罗甸号称贵州的“天然温室”，县里利用这一气候优势大面积推广种植早熟蔬菜，加上实施各种扶贫项目，农民的收入在慢慢提高。到我彻底离开时，村里有几户人家建起了瓦房。房东说，种蔬菜的收入比过去翻了好几倍，加上山上种的橘子，日子比以往好多了。

五年后，我有次出差到罗甸，顺便去小村看看。村里通了公路，拉上了电，很多人家买了电视机、打米机。这一次我没有遇到老木。房东说，老木现在“拽”起来了，每天骑着摩托车往返县城联系蔬菜的买卖……

转眼二十年过去，坐在老木家两层楼的水泥平房里，我半开玩笑地说，当年，你说要建平房、娶老婆的那些话，我以为是天方夜谭呢。老木说，其实不光是你不信，连我做梦都没想到啊。

饭桌上，老木频频举杯劝酒，话也特别多。说的不仅是蔬菜、果树栽培这类事，还说到了网络销售、市场链条等等新名词。村干部说，现在全县的蔬菜产值过了两个亿，他们村每年就有几百万，村里成立了蔬菜协会，大家认为老木有头脑，都推举他当会长。

“其实只要路子走对了，农村的发展就大有希望。”老木这句话印在了我的心里。话题最后说到了龙滩水库。老木说，他下步打算买一艘机动船，在湖上搞运输。我问他这要花多少钱，老木说，好点的也就三十来万吧，现在航运越来越火爆，加上游客逐年增多，应该没问题。

听着老木胸有成竹的话，我暗想，这二十年来，红水河畔的沧海桑田，不仅是地貌上的变化，更是众多农民生存方式和思想观念的变化，而这样的嬗变，无一不显示出新的希望。

［原载《人民日报》（大地副刊）2009年12月7日］

刘燕成

一粒麦子

麦子是跟随父亲的那捆麦哨进城的。

那一年的四月，父亲走了，他留给我两册手抄歌本、一支唢呐和一捆麦哨。我从千里外的老家将父亲留给我的这些遗产带进了城里的家。进城后，两册手抄歌本被我请人重新装订了一番，做得像书的模样，以便保存作永久的纪念，而那一捆麦哨，被妻丢进了阳台的花钵里，从此不再有人管它。

历经了半年的风吹雨打后，就到了秋末冬初，那捆麦哨竟然长出了一粒嫩绿的芽儿，在花钵里，正迎着窗外的冷风，猛烈地哆嗦。透过玻璃，从我的书房斜斜地望过去，正好可以看见那花钵里的麦芽，有一些冷丁的样子。那些废弃的书报、旧碗、拖鞋、破开了洞的棉袄，统统丢在阳台那边，花钵就是孤立在这些废弃物之中的。自从有了这一滴娇嫩的绿色后，我便开始慢慢地喜欢起这方小小的阳台来。

开始那一阵子，看麦，是我每天早上起床后必做的一件事。见得那小小的生命之色一日比一日浓，叶片也一天比一天粗壮，渐渐地，还长出了秸秆，包裹在那鲜绿的叶片里，我的心不禁欢喜起来。我在想，这粒麦，它生命之血是来于父亲手心的，或许，它那根底泛白的麦壳上还留有父亲的手温，这些绿，或许就是从那温度里生长出来的。一如今日的我，是从往日的父亲的经脉中走出来的一样。

冬日的阳光总是少得可怜，天气稍微转好的时候，也只是偶尔在中午方才见得厚厚的云层里那一个单薄的太阳影。那些稀薄的阳光，羸弱地从屋外的院坝上空穿过，然后从窗外那棵百年梧桐光秃秃的枝丫间轻轻地掠进了我的阳台，照着麦。可是没有多久，便发觉我似乎和别人一样，每一日都在忙碌着什么，静不下片刻的心绪来。麦总是孤独地站在阳台的花钵里，虽然它绿绿地日渐坚强了起来，但毕竟是生长在这繁华的都市中央，千条巷，万条街，恐怕再也找不着如此的第二粒麦来的。

那一年的深冬，大雪若棉花团一般大而厚实，一些落在广场上，一些飘在院坝里，一些，似若真的长出了手一般，伸进了阳台里面来，厚厚地躺在花钵里，盖得麦儿见不了影。我突然想起人们常说的那句谚语：麦盖三层被，明年枕着馒头睡。我倒不是期冀“枕着馒头睡”的充足和幸福，我只是在想，这般大的雪，倒是预兆了这麦的一生好命。我到底是可以在来年的春天，看到这一粒沉甸甸的麦子的。我喜欢那些沉甸甸的收获的日子，我对收获总是怀揣着莫大的期待，我期盼着那一个丰收的季节很快就可以来临。并且，我打算学着父亲，用收获后的麦秸做成唢呐哨，用这麦哨，像父亲那样吹一吹我很久没有吹了的曲子。那些往日熟悉的曲子，现在大概是忘记得差不多了。

我喜欢吹唢呐，小的时候就偷过父亲的唢呐，将麦秸，用滚水煮软，然后一小节一小节地剪下，做成麦哨。怕父亲发现，便躲到老屋背后那幽深的峡谷里，坐在那绿绿的麦地里死劲地吹。若此种种的恶迹，倒是使我越来越像父亲了。什么样的酒事，要吹什么样的唢呐，什么样的时辰，要吹什么样的曲调，这些我是烂熟于心了的。但是，山里人的唢呐，没了这小小的麦哨，是怎么也不可能吹得出乐调来的。每年的每一个节日，少不了的是唢呐，唢呐少不了的，是麦哨。所以，山里人的那些欢喜，那些快乐，一半是麦哨给带来的。

春天悄悄来临的时候，这花钵里的麦就成熟了。金黄的叶，金黄秸秆，金黄的穗粒，即便是夜里，也见得着那丰产的喜气依然荡漾在那小小的阳台里。然而这个时候，面对这沉甸甸的一棵麦，我的眼里总是含着泪水。当我从书柜里取出父亲的唢呐，当我抚摸着唢呐上的麦哨，我于是又情不自禁地想起了那麦哨声里的节日和节日里的村庄，我似若又看见了往日的父亲。

我想，花钵里的麦，就让它兀自流浪在阳台上吧。如同父亲，让我一个人漂泊在这座城市。

（原载《商丘日报》2009年12月10日；
获贵州省第十届“新长征”职工文艺创作一等奖；
入选《新时期中国少数民族文学作品选集·苗族卷》，作家出版社，2013年12月）

潘国会

美丽的乌鼠

我像是第一次走进秋的心脏，兴奋至极飘飘然。这次走的是外婆家，说是外婆家，现在按孩子们来说已经是舅公家了，我的外婆现在恐怕在阴曹地府里都已办了退休手续了。这次我能顾足舅父家是因为他的特别邀请——六十三岁的舅父要和一个三十岁的哑女成婚，听说了，我心都在跳，出于惊喜和礼数，我得前往贺庆舅父的“晚婚”。天刚亮我便从县城出发，下午六点以后就独自徒步在那羊肠山道上。

带着读诗的心情走在乡间小路上，才觉得坐车太俗太庸太普通。

我们山里的秋还是那么怪，太阳在那边刚要落坡，这边的秋露就争着上了草爬了树，像是要吸尽那天最后一丝阳光和暖气，然后那夜就可以富足、营生，直到酿出更多的晶液带到第二天排放。

小草还是过去的小草，茎壮叶绿地吊着露珠亲昵般地向石块铺就的小路伸来，这时候走在路上的我，得到了它们百般的抚慰，滴滴露珠沾浸心脾，叫我身酥如醉，沉湎于过去那秋阳中的艳福。

“我在前，你在后，等我把露水打了。”这是表姐香梅对我说的。那是三十年前的一个秋天，田坝的谷子刚收完，那天没事了，外婆就叫表姐香梅带我上山去拣板栗。那早上雾大得看不见远处，路上的草早像结了冰珠，沉重得都朝路面压来，只要一脚踩去，水珠就会猛地扑来。表姐把裤脚绾到小腿上。那年她已满十六岁，腿子皮白嫩滑溜。我说：“香梅表姐，你把裤脚再绾上点嘛。”她说：“没碍。”说完她回头来看我的眼睛，脸上飘着羞红云彩，而我还在看她那水淋淋的小腿。

表姐香梅家就在外婆家的下坎，她是外婆的侄女，大我两岁。我一到外婆家她就来找我玩，她说我山外这嫩小子，模样有点像猫，老盯着别人的脸看。那是因为她长得也特别像块鱼肉，令我格外的心向。就因为这样，每到星期六我就求妈放我到外婆家去，妈要是问去外婆家做什么，我也说不清楚。

到了外婆家我第一个先到香梅表姐那里，看到她了才安心上外婆家去。晚上我总是专心地在香梅表姐家坐，有时我们一起玩，有时我是待着看她做家事，在火坑边看她纺花，看她洗脚，还想看她睡觉，只是她爹妈不让，劝我回我外婆家睡了，说明天姐姐还早起做事。

那早她走在我前面用一根长竹子打扫路上的露水，我在后面顺着小腿肚盯到她修长的脖子，心想那宽松的衣服里面的皮肤一定很白嫩很光滑，一股可心的女子香气在秋雾中弥漫，那纷纷落地的露珠一片片地打湿了我的思情。走到山上时她的裤脚也湿到了膝头上，我说你裤脚都湿上去了，她坐在一块平而干的石头上，用力把湿的那部分“勒”出水来，把我的心也勒得一抽一抽地痛。

山上那板栗树虽是野生，但也多得一棵挨着一棵，密密匝匝的，树冠把天都遮挡了，树下草棘稀疏，厚厚的落叶铺满一地。撒秧时节板栗树上就开始挂着一串串毛麻麻的刺球，收谷过后那些刺球一个个地变了褐黄色，随着埂边鹌鹑的低啼大开了阔嘴，板栗成千上万地从树上掉下来，外婆耳朵里便响起一片片的板栗落地声，这个时候外婆头晚就交待好香梅，明天你没事带着孩子们上山拣板栗，别让乌鼠（山鼠的一种，全身乌黑，体像黄鼠狼）吃光了，第二天香梅表姐就瞒着外婆和别的孩子，悄悄地只带我一个人上山。

时至中午，阳光火辣辣地烤着树叶，我和香梅表姐在树下扒拉着拣板栗，静悄悄地像是瞒着做了什么事，阳光透过层层叶子刺到我们身上，打乱我们的宁静和沉迷，然而我们不受任何影响，我们一会儿向前，一会儿向下，转眼又向上，在一棵棵树下并排着扒开落叶，说说笑笑地拣上一颗又一颗壮实的板栗。在我们边手忙脚乱地拣拾的时候，一些板栗抵挡不住太阳的曝晒，嘀哩哒啦地从树上掉下来，打在树干间，打在枯叶上，打在我们的头顶，逗得我们发出惊怪脆朗的笑声。香梅表姐上前抢拣板栗，我就跟着迎上她的笑靥。板栗都朝低处的槽里窝里滚，一堆堆的黄褐色的算盘珠大小摆在那里，我们就直接用手捧进篮中，这个时候我和香梅表姐不是头碰到一起来，就是两人都滚到槽里滚成一堆，通过这一碰撞她的包头帕就松散下来，那瞬间她脸红得像只下蛋的母鸡。就在这个时候，树上有只乌鼠突然咯咯咯地笑个不停。它原本是在找吃板栗的，听见我们来了它就溜到一边去，此时它闪电般跳到树上，做着逗笑的动作，用前脚朝我们羞脸。表姐看了，拣颗小石头朝它打去，它略微警一警，见石头对它没有威胁，就高兴地跳转过身，使劲摇着比身体还大的尾巴，再次咯咯咯地乐着。我看看那乌鼠全身乌黑，油光滑亮的，和香梅表姐散下的头发一模一样，她只要解开包头巾，歪着脖子一甩，发丝荡出的波浪和那乌鼠的蹦跳具有相同的灵性和魅力，要问我愿看谁，当然我愿看我的表姐香梅啰。

我们拣了不知多长时间的板栗，反正我们没饿，边拣边吃都塞一肚子板栗了，等拣满了篮子，没处装了定会歇手回家的。

我说我是男生我拎，她说她是姐她要拎，满满一篮板栗至少也有十多二十斤重。我们原本还想移到另一面山去拣，然而篮子真的装不下了，香梅表姐的衣裤没有包，我除了几个小荷包不能再装以外，吃得肚子也鼓得不能再撑了，于是我们只好尽快返回家来。

刚走出山口，我就走不动了，见我老抱着肚子想蹲下，香梅表姐问我，怎么啦？我说肚子疼，她把沉沉的篮子放到一边，上前来问我哪里疼，见我两手紧紧抱着肚子不放，她说你吃得太多了胀痛的。我真的实在是忍不住，噔的坐在了地上，脸上惨白汗水淋漓，香梅表姐见状，眼睛都急得快要流出泪来了，她一只手伸到我的肚子里面一摸一摁说，肚子这么凉。我裂开疼痛的嘴问她，怎么做才好嘛？疼得厉害哪！她说我整一整就会好。怎么整嘛？我确实也很疼，但也有种愿望，又不好说。见她也折腾得身上都冒了汗水，估计她是没办法了我说：“表姐，我知道有个法子做得好。”她有点意外，便温和地笑了笑，她问我：“怎么做好快讲。”我吞吞吐吐说不出来，她催得紧：“快点讲嘛。”我说了，用她的热肚子来贴我的冷肚子一会就好的。她唰地脸就红了，那羞涩的眼睛像要想咬我几口。我脸上的汗水还是一个劲地往下流。香梅表姐站起身来朝四周看了看，那样子有点像偷吃鱼的懒猫，然后急急地又蹲下来，她问我：“你听哪个讲这样做好？”我说：“是妈，只要我肚子痛了妈都这样做。”我刚说完她就把我的衣扣解开，让我的肚包晾在太阳下，我正想说这样不行，凉风吹了更是冷，没等我开口，她就解开她的长外衣，接着从下到上撸起里层的短内衣，上到胸下停止，看到她那一片白白的肚皮，软软的肚囊叫我忘记了一切疼痛，很快，她那板栗颗大小的肚脐眼就朝我的肚子砸来，顿时两个肚子就紧紧地贴在一起，一股暖流浇遍了我的全身，肚子里的疼痛此时变得只有阴阴一小点，甚至越飘越远，可有可无了。开始是让我坐到她的大腿上，立着抱得很紧，时间长了手臂酸软坚持不住，她就干脆仰身睡下去，闭着眼睛，叫我顺势扑在她身上，这样就很省力。她把我抱得很紧，我们的肉黏着肉呼吸在了一起，肚子里所有动静都是共同的，不存在任何隐私，没有比这更美妙的了。好在我比她小，是弟弟，否则是绝不会有这好事的。她不时问我好点没有，我总是说好点了。其实疼痛不知早哪阵就飞得无影无踪了，我只感觉到扑在她的肚子上时间越长越好，甚至希望她不只闭上眼睛，最好还是睡着去，这样我就可以看别的，想到这我的手就想去摸她的肚子，然而她警觉地双手把胸部箍得紧紧的，她还是闭着眼问我：“好点没有？”我说好点了，但还没好完。她觉得时间有点长了，用手摸摸我的脸，发现没有汗水了，她睁开眼睛坐起来说，你好了还唬我吗？这时她不只把自己的内衣放下去，还把我的衣服扣好，以免再次着凉。我仍然坐在她的大腿上不想起来，她说："怎么，你还想坐到哪阵（什么时候）？"我不起来，也不说话，这回轮到我脸红了，她问我你怎么脸红红的，还眼泪汪汪的，肚子还疼吗？我说："表姐……"看我又不像疼痛的样子，"想讲什么嘛，快点讲。""表姐……""快讲！""我想要你……""要我？要我做什么？""要你做老婆。"听到这话她突然就哑了口，盯着我看半天，然而她说："我是你表姐嘞。""我就想表姐！""回家！"说着她突地站起来，拎起篮子就走，我跟都跟不上，一路上拉着距离撵着回家。

秋阳作证，还有我们睡在草丛中的窝子和窝子边的草木作证，我已经正式向表姐香梅表白我的心事——我爱她。

那天回到家，香梅表姐隐得深深的再也不露面，我想再见她一面就回去，然而她家总是把门关得紧紧的，几次到了门口就都脑袋空空地回来。

表姐，难道我说错了吗？你千万不要以为我是小孩子说话不算数，我可是认真的啊，你可以不着急回答我什么，但你不能对我的话有任何怀疑，我只要你见我一面，就足够证明你对我的坦诚了。那天我一直坐在她家门前，后来她家人虽然出出进进，门是开了，我还是不敢进去，到了晚上还不见香梅表姐出来。那夜多么漫长。第二天天没亮我就离开了外婆家，独自悻悻地踏上回家的路。

年后妈送我到镇上的三叔家读书，说三叔可以把我送到镇中心学校去读初二下学期。从镇上到我家要走一天，从我家到外婆家香梅表姐家还要走半天的路程，这样我就再没有时间去看香梅表姐了。我人虽然在学校，心却早晚离不开表姐，有时候实在思念她就在日记本上写几句话：香梅，如果你识字，我就天天给你写信。

初三毕业了，我回到家的第一件事就要去外婆家，去看我表姐香梅。都一年多不见面了，她怎么样了呢？她还记不记得我说的话呢？

这次到外婆家，外婆很惊喜，说一年多不见我长高多了。我首先是神思恍惚，然后开口问外婆表姐香梅在家吗？外婆像是想起什么来了，她跑去房间里拿得一样东西来递给我说，这是香梅送你的，我迫不及待地把包布拆开，顿时一双鲜红的鞋垫展现在我的眼前，上面绣着一对鸳鸯，啊！我明白了，这是她回答我的最美满最甜蜜的一句话，也是她给我的信物，一个女子一生中唯一的信物。

我已经坐立不安了，在屋里徘徊一圈便风一般冲出门去，正好香梅表姐家门开着，她家屋里有什么人我都看不清，一个劲直奔香梅的房间门去。门是闩着的，我喊几声表姐，她在里面说话，她说我就知道你今天会来。哦，所以你就先闩了门。她说，你回去吧，把书读完了再说。得了这句话，当天我就离开了外婆家。

为了学业，我离开表姐香梅上县城读高中，思念之情如春笋般一天天生长，三年寒窗成了三年苦熬，好不容易等到高三毕业。

毕业的时候我没有参加学校的毕业典礼，下午考完试就赶忙收拾东西，第二天天麻麻亮就等车回家，到家放好行李就往外婆家跑去，一路上在想，香梅表姐一定也等我等急了。这次我没有先上外婆家，而是先去敲香梅表姐家的门，她爸出来开门说，你找香梅是吗？她不在家了，他面目满是难为情。我匆匆上到外婆家去，想打听香梅表姐去了哪里，她爸怎么有那么硬的口气？外婆先是观察我的表情，然后说，香梅她一年前嫁人了，可惜啊！你们没有缘分。听了这话，我真的想上前去掐破外婆的嘴皮子。我问为什么？接着外婆就一一告诉我。

我刚读到高二那年，有媒人上香梅家说亲来了，香梅死活不肯，第二天背着她爹妈坐车到县城来找我，见到学校就问，找了两天找不着，住了两晚旅社，第三天跑回家哭跟外婆说，县城那么大，不知去哪找聪。后来她爹妈也不征求她意见就收了人家的礼，不到一年时间男方家就来接她去了。走的那天香梅又跑到外婆家哭一个早上，说对不起表弟。

出门那天，香梅哭不成声来。

没等外婆说完话，我的脑子轰隆地就炸了花，整个世界一片空白。

连我的学名她都不知道，只晓得我小时候叫聪，那是妈叫的乳名，当然找不着，苦了你啊表姐！

过后我发誓，我等你，香梅！

从那以后我就再不到外婆家去了，这一前行，难免旧感重伤啊！

到了家，当晚跟舅父贺了喜，第二天也是那个时辰我早早起了床，顺着过去我们一起上山的路，等我走到我们拣板栗的地方时，心中那茂密林子早已面目全非，那丛丛树冠早变成了云层飘游天外，美丽的乌鼠不知漂泊何方。我蹲在伤心的树桩旁发呆，心中再度空寥落寞。

（选自《新中国成立60周年少数民族文学作品选·散文卷》，作家出版社，2009年12月）

2010年

王智源

乡村的散漫时光

乡村秋日的阳光是明媚的，照在人身上，感觉无比温暖。一个人在旷野里散步，感受一下泥土特有的清香和日子的清闲自在，不禁浮想联翩，往日趣事历历在目。

那年秋末，大人们都到村北半山腰砍甘蔗，一群小孩儿听到有甘蔗秆吃，一窝蜂跟去，我也在其中。远看，近千亩的甘蔗地淡绿一大片，在秋风中连绵起伏。近看，已经成熟的甘蔗叶绿中泛灰白，棵棵粗大，人工脱壳后的蔗秆青中带褐，一节比一节长，让人涎水欲滴。公社的社员们用锋利的柴刀砍倒一片，每棵一尺长左右的顶部是要留做种子用的，经过简单处理后第二年又可栽种。我们小孩子很少能吃上大棵蔗秆，一般剩下的是拇指大小的蔗秆，尽管如此，我们都要争抢着上去拔扯，等不及大人砍掉，现场大嚼起来。待捆好两头，大人们陆陆续续扛走了，第二天，社里没有将成捆的甘蔗分到各家各户，而是要榨糖。

榨糖水也很讲究。榨蔗机全是木质的，其形状似农村自制的木耕器，两个木轴转动，蔗秆从中间过，糖水往下滴，递送蔗秆的人必须有经验，否则会出现安全事故。主轴的另一端是弯下来的木杆，是水牛拉杆的地方。水牛拉杆算是农活中最劳累最辛苦的事，必须选择健壮驯好的大水牛拉杆，一遍又一遍绕圈子，每天饲料备足，营养要跟上。大棵的甘蔗送进去，水牛的脚步越来越慢，鞭子一抽，它往前跃进了大步，拉杆转动，主轴吱哑声响得刺耳。榨出了糖水，妇女们就挑进厨房，倒入大锅里熬糖。熬了一个多小时，事先在大锅边放一碗井水，用一支筷子伸入糖水中，再滴进碗里凝成一滴不散才算到火候。选择干净的席子垫底，固定住制糖木架，一人倒进熬好的糖水，另一人调匀，等到温度降低时，用手掌试温度已不冷不热，就用尖刀按经纬线切成方块，一块块色质俱佳的红糖便制成了，然后再由生产大队按工分多少分发到人，社员们笑得无比开心。

小河边长满了芦苇，河里鱼虾多，村民们要开荤就得往河边跑，这是最经济的办法。年幼时，家里没钱买猪肉，我常去小河里打鱼，仿照大人如何堵住大水舀干水或浑水摸鱼，累了半天，小鱼小虾有半盆之多，哥弟俩心里像灌蜂蜜一样甜，也为博得了大人们许多赞许的目光而心情舒畅。

六十多年后的今天，家乡的变化让人惊喜，百感交集。变化最大的要数河水，昔日弯弯的小河不见了，取而代之的是龙滩水电站的大水库，大水淹没了小河，淹没了小河两岸上的田地，也淹没了世世代代耕种庄稼农人们的永久梦想。

冬日初升的太阳投射到湖面上，冷风吹拂，水中的太阳一漾一漾地像在跳跃。不知名的大小鱼儿欢喜地跳出水面，像是欢迎你的到来。我和朋友们坐上竹筏，竹竿划破如镜的水面，驶向水中央，人的眼前豁然开朗，心情无比惬意。远山如黛，树木泛绿；近处的枫香树黄叶落尽，冷风带走了飘散的花絮，光秃秃的枝头开始吐露新芽，嫩绿得逼人的眼睛。几棵被淹没去一半的木荷仍有很强的生命力，小鱼儿在枝叶间自由自在地活动，不怕人来袭击，我们也不愿意去惊扰它们。我心儿美滋滋的，自然而然地涌现出一副对联来："山青水绿千人醉，国富民安万户欢。"

在罗妥码头附近或明朗的岸边，有不少人在钓鱼，一人就有几根鱼竿，他们在静静地守候，很有耐心。不管白天黑夜，他们已习惯了等待，习惯了守候，习惯了收获时的窃喜，也习惯了这样散漫休闲的日子。

不时有机动船只在湖上驶来驶去，若是赶集的日子，过往的船只就越来越多。竹筏渐渐驶入两条大河汇集的交叉口，湖面更开阔。北面不远的地方有一小木房，浮在河面上，岿然不动，那是养鱼人住的，一个人，每天都是那样坚守。他的面前立有手摇卷线机，船只过时，他就将连着对岸的大鱼网线放低，等机动船过后，渔夫立即摇动卷线机，横线提高了，大鱼就不能越过网线。小房子的左侧浮着几十个网箱，箱箱相连，那片水域是他们承包后网箱养鱼定点的地方。网箱呈方形，每个网箱三十平方米左右，表面都有一张网罩住，防止饲养的鱼儿逃离。相隔几十米就有一个悬浮的铁桶或圆形漂浮物，将网箱稳稳地固定下来，任凭风浪起。在这片宽大的水域里，有几个专职的渔民，拦湖养鱼，连接的网箱一字排开，成了一道道亮丽的风景线。据有关人士透露，每个赶集的日子，渔民们都有大桶的鲜鱼出售，大头鱼主要销往省城和省外的大城市。养鱼使一些后靠的移民和专职渔民尝到了致富的甜头，是水库给他们带来了难得的发展机遇。

村人记住了时令，却记不住由季节带给人们美好而忙碌的时光。

乡村的时光是散漫的，许多时光构成了细碎的日子。日子像河水一样在不经意间流过，让人感叹不已。

（原载《贵州日报·娄山关副刊》2010年2月26日；

入选《新时期中国少数民族文学作品选集·布依族卷》，作家出版社，2014年10月）

徐成淼

人在腾冲

风从谷底再一次沿陡坡冲上来的时候，旅游车刚驶过又一座悬崖的边沿。

翻越高黎贡山是一次生命的惊恐，车轮和海拔的较量总是充满悬念。一车人的生死安危，全攥在司机的那双手上。盘山公路是从崖壁上硬凿出来的，上面是千仞绝壁，下面是万丈深谷，车就在这惊心动魄中蛇行，一车人被惯性操纵得东倒西歪的。不敢往窗外看，窗下就是无底的深渊。车轮从悬崖边上碾过去，急弯时，会觉得有一只轮子已悬在了路外。人的心被不断提了起来，咕咚咚地跳。

好容易从盘山公路的最高处翻过，开始下坡。刹车声连续啸叫，又是一路惊魂。终于，窗外的景色温和了些，画面一点点升了上来。逐渐看见圆丘，缓坡，山麓，然后是河滩与房舍。这时候，那颗悬着的心才慢慢放了下来：到腾冲了。

很累很累，一见床和枕头，就不由分说地躺了下去。梦也是摇摇晃晃的，感到人还在歪着倒着。也不知摇了多久，醒来时，窗户通明。

推开阳台门，迎面一片山崖。斜对过的山道上雾气缭绕。有个戴红袖套的老汉在那儿扫地，水汽弥漫中，像道人在做法事似的。那把大扫帚，拂尘般地起起落落。没有声响，腾冲的早晨分外安静。寂静的背景下，山道，白气，老汉，看上去像无声电影。

如雾水汽的出处，是一孔又一孔热泉。急匆匆跑过去，拾级而上，走进那片白雾。沿着山道，这里一个，那里一个，是大大小小的泉眼。池中热水涌流，水珠迸溅，热气冲腾。还都有着精致的名字：珍珠泉，鼓鸣泉，美女池，仙人澡。全都冒着扑面的热气，人还没有靠近，眼镜片上就已蒙上了一层薄雾。路旁水渠中的水也是热的，一路冒着白气，把整座山都裹在了云里雾里。太阳出来了，照得水汽更加浓厚，扫落叶的老汉已不知所之。

来到热海大滚锅，一群人尖声叫了起来。大滚锅里沸水泉涌，嘶嘶有声，水花起处，热气蒸腾。池中央有一眼喷泉，涌水如柱，冲出水面后悠然滑落，将水花和气雾浑然糅在了一起。有农妇在兜售现煮的鸡蛋，把蛋放进热泉，很快就熟了。池边的木牌提醒游人，别以手试水。那水温已经接近沸点，会烫伤人的。

那么这一注注热泉，就是当年那场大爆发的余温了。地层之下，火炽的岩浆还在涌动着。地下水涌出地表，仍然带着火山的体温。

所有曾经的变故都不会完全偃息的，总会有些什么东西被留下来，叫人不至于彻底遗忘。除一处处热泉外，还有这里那里的火山石，也在将那场爆发重新提起。火山熔岩冷却后形成的火山石，意外地轻，轻得可以浮在水面上。它被加工成各种造型，轻盈地摆放在货架上，供游人选取。当年再怎么冲天而起，烈焰万丈，待到激情平复，大幕落下，也只能如此地化为举重若轻，给浮在水面上，随着水流漂向四方。

阳光从天的最高处飞瀑一般泻下来，把空气中那些轻薄的浮尘都拂净了。街上行人不多，汽车也少，和许多县城一样，只是腾冲更清爽，连杂乱与喧嚣也难得一见。腾冲的沧桑与优越感，使它带有某种与生俱来的伟岸。这种伟岸不在外表，而是像熔岩一样深蕴在地层深处。腾冲二字的词语意义是“过去时”的，是被岁月屏蔽了的，它的激越藏匿在遥远的往事里。而眼下，腾冲看上去一片宁静。高楼很少，空间开阔，给人以宽舒之感。远处一条便道上，一辆四轮拖拉机冒着青烟慢慢朝城外驶去，突突的引擎声听上去有些空旷。腾冲显示给人们的，就是这样的通常日子，温存而平和。

当晚，在热海公园中沐浴。浴池就在热泉旁边，被称为九蒸十八泡，想必是一道比一道热、一道比一道更烫的了。一孔孔浴池迤然排列，热气腾空而起，与夜雾融为一体。忽然想起小托尔斯泰的那句名言：三次在灰水里沐浴，三次在血水中浸泡，三次在沸水中蒸煮。九蒸十八泡，该是对这句名言最形象的解读了。这样的历练，没有几个人能一一做完。几个决心赴汤蹈火的游客，也只过了三五道，就大汗淋漓地跳了出来，呼哧呼哧地连声叫着吃不消了。

去火山公园。汽车驶过一条公路。公路很普通，路面多处破损，汽车驶过，尘土扬飞。导游说，这就是当年著名的史迪威公路的一段。这条公路是为战争修建的，那场闻名中外的战斗就在腾冲的土地上进行。导游口齿伶俐，一边介绍战斗的经过，一边面露笑容。她笑起来很好看，露出一排细细的牙齿。这就是时间的力量了，是时间这只魔掌，把所有的腥风血雨，都瓦解为一句句精美的解说词。而且随着时间的推移，后人对历史的描述，会变得越来越浓缩，越来越精练。枪林弹雨的日日夜夜，最后也只蒸馏成了史书上的寥寥数语。

火山公园的大门，正对着长长的一条甬道。甬道中间是绿化带，两旁各有一行平行的圆形红地灯，通向大空山。从山脚处开始，两条石级直通山顶，成一“A”字。

“A”字是火山的造型，是岩浆涌流的轨迹。

大空山的火山口略显浅平，大锅似的，朝天平放。遥想五百年前的那次大爆发，这儿曾是何等景象，烈焰冲天，岩浆迸涌，嚣张狂野而不可一世。而冷却过后，激情巨大的伤口就这么裸露着，瞪着眼睛看天。天若有情天亦老，对于大自然，长长的五百年，只不过是眨眼之间的事。

大空山左侧，有一条便道直通小空山。小空山的火山口略小，却深，底部铺满绿草。绿草之上，有人用大大小小的火山石排列成一组组粗大的图文。其中一个心形图案最引人注目，心形中央是一个巨大的“情”字，“情”字下面，靠近心尖处，用中英文排出两行字：“赵心宝贝，I LOVE YOU！”这是痴情男子的叫唤，不知道这写在火山口上的热烈呼唤，能在那个“赵心宝贝”的心上，引起怎样的回声。

火山口周围，长着一片松树，把火山口密密地围了一圈。树下面是厚厚的草地，草茎虬结，松软得像地毡。坐在草毡上，凭山风拂面，听松涛起伏，一时竟不知自己身在何处，滔滔世事，也好像要被暂时忘掉似的。我在草地上躺了下来，躺成一个大字，让身心全然松懈。我上面是广邈的天空，天空的上面是无极，无极之外则是永恒之谜。这样躺在一座活火山的火山口上，是一种奇特的体验。我身下是随时可能喷涌的炽热岩浆，我上面是浩渺无际的神秘天宇。而我则是匆匆过客，对于腾冲，对于世界，都是如此。

离开腾冲的前一天，执意要去叠水河瀑布看看。从黄果树大瀑布那边来的人，照说对瀑布的兴趣不会太浓。我去那儿，是为了见那位百岁老人一面。那会儿她还硬朗着，只要天气不错，她总会出现在叠水河瀑布旁边。阳光下，她坐在一座院落门旁的石墩上。艳红的上衣，大袖口，宽宽的纯白翻边，那白边一尘不染。碎花扎腿裤下面，是那双真正只有三寸的金莲小脚。见我们走近了，她拿起笸箩里的一双绣花鞋，说，这鞋我卖五十元，你看着给也行。说着，她孩儿般地笑了。那笑容极其纯粹，没有一点儿沧桑。笑容牵动了她脸上的密密皱纹，一条条迎风舞动。当年少女的眼波，辫梢上的阳光，裙摆上葫芦丝的鸣唱，都在这舞动里成了遥远的绝响。杨秀凤，她也曾喷涌过，也曾澎湃过，像五百年前的火山喷发，像20个世纪的那场鏖战。她从岁月的深处走来，三寸金莲带起滚滚烟尘和厚厚的火山灰。终于如此澹定地端坐在瀑布之侧，向着太阳亮出她一脸皱褶的笑容。

就在这一刹间，瀑布的轰响突然隐去，隐约听见火焰猎猎，炮声隆隆。清风明月，历史绕指而过。

印度《摩诃婆罗多》写道：“甚至在烈火中能种植金色的荷花。”这偈语般的诗句，可看作是对腾冲小城的经典诠释，大可用来探寻腾冲二字的深层意义。

半年后，杨秀凤老人安然离世。

（原载《散文》2010年第2期）

2010年

孟学祥

通往白沙的那条路

坐着村支书刘勇的送水车沿着弯曲的公路往山上爬，心就一点一点地往下沉，路边的那些田那些土在阳光的烘烤下，时不时卷出一股泥沙，顺风卷向高远的天空。远处的树林虽然挤出了几许嫩绿的叶子，因为阳光的曝晒，叶子就少了清新勃发的新鲜活力，看上去灰蒙蒙一片。刘勇这一趟要去的是他们村最边远的村民组白沙，在这之前我从未到过白沙，只是听说那个寨子是在一座很高很高的山顶上。一路上坡下坎走过来，我才感觉到当地人所说的“很高很高”的含义。从开始上山到我第二次掏出手机看时间，已经过去了三十多分钟，这三十多分钟里，我们的车子就在这一片山上一圈一圈地绕着，已经绕了十多圈都还没有看到我所渴望看到的寨子。开车的刘勇安慰我说再有二十多分钟就到了，而这二十多分钟，此刻在我的时间概念里却是那样的冗长，长到我不知不觉地就睡着了，刘勇推醒我说到了的时候，我才蒙蒙眬眬地惊醒过来。

我已经很累了，我相信刘勇也一定很累。车停稳后他却顾不上休息，而是立即爬进车斗，把水管牵出来，往村民们的桶里装水。刘勇的送水车是他用自己的皮卡车改装的，皮卡车的车厢中间是一个用油桶改装出来的大水桶，油桶被倒放在皮卡车里，油桶的两边和后部塞着几个装满水的大塑料壶，一方面可以给油桶起到固定的作用，一方面又可以多拉一些水。从白沙断水以来，刘勇就一直用他的皮卡车给白沙拉水，两天一趟，已经四个多月过去了，刘勇的车已经送厂修了两次，老天仍没有下雨的迹象，刘勇仍旧两天一次两天一次地往白沙送水。

从刘勇家所在的国道边分手往白沙走，路是一条坑洼不平的泥土路，路况不好，路面比较狭窄，有些地方仅仅只能容一辆小车通过，当地政府曾想请求消防队用车给白沙送水，消防车从国道上拐过来走不到一公里就没办法再前进，用消防车送水的计划不得不取消，从此后给白沙送水的任务就落到了刘勇的头上。

天一直干着，泥土都被晒成了坚硬的石头，车子忽高忽低地在路上颠着，颠得人的五脏六腑都快要从胸腔里迸出来。车子的背后，总是跟着一路的尘埃，车走到哪里，尘埃就飘到哪里，一路的尘埃一路的颠簸，人就容易变得烦躁，也容易变得疲倦。刘勇的脚一直踩在油门上，从车子走进这条泥沙路以来，车子就一直哼哼着，排气管爆发出来的声音一路上就没有停止过，从管子里迸出的油烟伴和着一路上的尘埃，从山脚一直向着山顶不断地弥漫和扩散。

刘勇在国道边开着一个小店，为来往的村民们提供方便，顺便赚点力气钱。皮卡车是他为自己的小店拉货而配备的，刚买不到一年的皮卡车一直没有出过毛病，从给白沙送水、从到这条路上来回颠簸，短短的四个多月时间，车子就开始毛病不断。刘勇一边开车一边向我诉苦，他说如果再这样干下去，要不了多久，人还没有被拖垮，车子就要先垮掉了。

也许是太阳毒辣的缘故，一路走来，我们都没有碰到人，冗长的一条乡村公路上，就是我们这一辆车在行走着，轰鸣着，路边的丛林里，鸟儿们的身影也看不到，也许鸟儿们都躲进丛林里去逃避阳光的曝晒了。在这之前，镇里的一位领导向我介绍刘勇，说他坚持义务给白沙送水已经四个多月了，然后就用车把我送到了刘勇家。见到刘勇时我本来想问他很多问题，当他告诉我他是这个村的村支书，不懂什么大道理，只知道村民没有水吃他有责任，这个责任促使他必须让大家都能喝上水。听刘勇这么说，我把溜到嘴边的问题都咽了回去，同刘勇说话时得知他正准备往白沙送水，我就跟着他一道踏上了白沙之路。

刘勇帮大家灌好水，又帮着几个老人把水提进家，在白沙忙碌了一个多小时我们才从白沙出来。下山的路上，车就快了许多。刘勇一边把方向盘一边告诉我，他们村十四个村民组，有八个村民组如今已全部断水，都是靠送水车拉水解决吃水问题，其他几个寨子虽然还没有断水，但如果再这样干下去，要不了多久那些寨子也要找不到水喝。

干旱以来，当地政府组织了很多送水车给因干旱断水的村寨送水，但受旱的村寨太多，加上交通不便，送水车很难到达每一个需要水的寨子。为了让送水车无法到达的村寨有水喝，刘勇所在的村把村里的机动车都组织起来，改装成送水车，给那些断水的交通不便的村寨送水，送水的时间从去年的10月份至今，除了过春节的三天时间，就一直没有间断过。这些送水车都是群众的私家车改装的，政府除了给大家补贴一点油钱外，基本上没有什么额外的补助。由于路况不好，加上每天都在超负荷地在路上行走（有的车一天跑一趟，有的车一天要跑两趟），很多车都已经多次进修理厂了。虽然大家都心疼车子，但从送水至今，参加送水的车子没有因为遇到困难而退出。山区出去打工的人本来就多，因干旱种不上庄稼，从这里走出去的打工者就越来越多，有的寨子年轻人基本全部走光，留守在家的除了老人就是孩子，如果没有人给这些村寨送水，留守在家的老人和孩子就找不到水喝。看得出来，持续的干旱让这位当过兵，四十岁还不到的村支书很忧虑。拉着水往白沙去的路上，他显得很焦虑也很少说话，从白沙回来，看得出他仍然很焦虑但话却多了起来，一路上都是他在说，不停地说，不停地向我倾诉干旱以来他们所做的工作。

下到坡脚，来到一条除了一河床的鹅卵石外一点水都看不到的小河边，刘勇把车停下来，下车指着河滩对我说，这条河以前也干过，但无论怎么干，河中间都会留下一滩一滩的水，水里还会游着一群一群的鱼，只有今年才干得这么彻底。

站在河滩上，顺着下坡的路仰望白沙，白沙早已被隐没在缥缈的白云下，从这里看上去只看到白云，只看到白云下的山影，只看到大山上那些连绵起伏的树丛，那条通往白沙的路就隐没在那一簇一簇的树丛中。重新上路时刘勇说如果白沙能吃上水，他坚决不会开车再上这条路，这条路已经让他走累走怕了。他告诉我每次拉水走上这条路，他都有种紧张的感觉，怕车子在路上出毛病，怕水送不到，怕看到那些提着水桶焦急地等着接水喝的村人的样子。每次送完水回到家，他就特别想睡觉，睡到第二天都不想起床。他特别希望睡一觉醒来后就能看到老天下大雨，然后就可以彻底远离通往白沙的这条路了。

刘勇的话对我触动很大，想想每隔两天，他就孤零零一个人要到这条路上来颠簸三个多小时，还真难为他。换上别人，恐怕早就受不住了，但是他必须坚持，就像我们刚见面时他对我说的那样，他是村支书，肩上担着一村人的责任，他别无选择。车到国道边我谢绝了刘勇留我吃饭的好意，从刘勇的车上下来后立即拦了一辆过路车，匆匆逃离了刘勇的视线。后天刘勇又会驾着他的皮卡车往白沙送一趟水，他又将独自一人往返在通往白沙的那条盘山公路上。

（原载《文艺报》2010年4月14日）

梅　子

莫扎特的阳光（外一篇）

这个社会是一个以“圈子”为单位的社会，从来如此。天才莫扎特同样难逃“圈子”带来的厄运。莫扎特是一个平民音乐家，却是当时欧洲唯一一个拒绝贵族供养的音乐家。追逐理想的莫扎特在与另一个阶层的抗争中，付出了悲惨的代价。

莫扎特曾经在给父亲的信中写道：“心灵使人高尚起来。我不是公爵，但可能比很多继承来的公爵要正直得多。我准备牺牲我的幸福、我的健康以至我的生命。我的人格，对于我，对于你，都应该是最珍贵的。”那么他是做好思想准备的，用生命来捍卫人格的尊严。

沃尔夫冈·阿玛迪亚斯·莫扎特于1756年1月27日出生于奥地利萨尔茨堡，是欧洲维也纳古典乐派的代表人物之一。他四岁开始作曲，八岁完成第一部交响乐曲，十二岁写下第一部歌剧。他的作品中尤以《费加罗的婚礼》《唐璜》《魔笛》最为著名。1791年12月5日，三十五岁的莫扎特贫病交加，在维也纳悄然离世。

莫扎特被誉为音乐神童。六岁时就在父亲的带领下，和十岁的姐姐安娜一起漫游整个欧洲大陆巡回演出。一直到了十年后，莫扎特才回到家乡萨尔斯堡，在大主教的宫廷乐队里担任首席乐师。然而旷世奇才莫扎特在大主教眼中照样不过是一个奴仆。他不得不像海顿那样，每天在前厅穿堂里，恭候主人的吩咐，随时都有可能遭到大主教的斥责辱骂，甚至严厉的惩罚。面对这样不公平的际遇，独立不羁的莫扎特再次外出旅行演出，希望能找到一个落脚之处，永远离开萨尔斯堡。令人意外的是，这位曾轰动过整个欧洲的宠儿此刻竟四处碰壁。莫扎特发现，一个关于天才的神话正在世俗社会各种复杂的因素里消逝，他不得不重新回到萨尔斯堡。这时候等待莫扎特的自然是更为难堪的处境，他不得不最终与大主教公开决裂，毅然辞职，成为欧洲历史上第一位公开摆脱宫廷束缚的音乐家。正如他给他父亲的信中写的那样，他知道这样的抉择意味着艰辛、饥饿甚至死亡。

莫扎特与格鲁克、瓦格纳、威尔第并称为欧洲歌剧史上四大才子，与海顿、贝多芬一起为欧洲交响乐写下了光辉的一页。他的《安魂曲》也成为宗教音乐中的一部杰作。据电影《莫扎特传》里演绎，这部杰作的诞生竟然始于一个“对手”的阴谋。

1782年，带着一颗自由的心，莫扎特来到“音乐之都”维也纳。初来乍到，他的绝世才华就引起了宫廷乐师安东尼萨列里的强烈嫉妒，萨列里一心要毁灭这个强大的“对手”，一场灾难由此开始。以萨列里为代表的一族权势千方百计排挤莫扎特，莫扎特的作品要经过由萨列里与另外两人组成的评审团来评审，天才创造的作品被庸才肆意删改，甚至难以上演。莫扎特除了精神上遭遇的打击，还陷入了无法挣脱的冷落和贫困。莫扎特的一个朋友回忆，那时候在寒冷的冬天，衣着单薄的莫扎特与妻子常常在清冷的房间里相拥跳舞，彼此取暖。

就是在这样的困境里，莫扎特还能发出孩子一样笑声。他的笑声犹如天籁，干净透彻，直抵心扉。都说莫扎特的音乐非常优美和欢乐，我很难想象，生活在绝境的莫扎特如何还能创作出那样优美的旋律。

为了让莫扎特加快死亡的步伐，萨列里决计让正在丧父之痛中的莫扎特创作一部《安魂曲》，他料定这将成为莫扎特自己的《安魂曲》。一个阴森的夜晚，沉浸在悲伤中的莫扎特家里迎来了一位面戴酷似莫扎特父亲的面具的人，来人告诉莫扎特，请他创作一部《安魂曲》，他将获得不菲的报酬。穷困潦倒的莫扎特惊吓之余，答应了来者的要求。

那是怎样令人伤感的一个夜晚呢？妻儿不在身边，病卧床上的莫扎特在黑暗中，极度虚弱的他大汗淋漓，已经无法亲手写下乐谱，而来此打探虚实的萨列里俨然是他的知己，坐在床边为他执笔记谱。莫扎特像往常那样，一边投入地沉醉在音乐创作的专注里，一边发出那种令人怜爱的笑声。当清晨最初一缕温暖的阳光终于来临，莫扎特身上那件雪白的衬衫已被汗水湿透，《安魂曲》完成了，莫扎特也永远离去了。

那缕稀薄的阳光应该来自莫扎特的心灵深处，否则他如何能以虚弱的力量来抵御强大的权势。他用最后的坚强，向人类证明了精神的强大。

我们在哪里丢失了自己

最近从女儿嘴里听到一个非常有意思的词汇：臭皮。大概是新新人类们形容面部表情的词汇，大意应当是“臭脸皮”。什么样的“臭脸皮”呢？她说起这个词的时候是讲到一个“大人”的行为举止：冷漠孤傲，愤世嫉俗，如讨债的冤家、厌世的怨妇。当然女儿不会说这样多，她只说，就你们大人常有的那种表情。我说，是类似苦大仇深吧？她嘿嘿一笑，说就是就是。

于是走在街上我开始留意迎面而来的路人，寻找“臭皮”。“臭皮”们两眼空洞、嘴角僵硬，那么多沉重的脸孔让我感到压抑和窒息。从临街的橱窗望去，我悲哀地发现自己真的老了，因为我那么清楚地看到，橱窗里的那张脸孔如此“臭皮”。

那一个穿着红色衣裙的女孩子，十八岁，像我女儿一样的妙龄少女，此刻正与我走在一起。我可以清楚地看到，她干净的双眸，单纯的笑靥。她脸上淡淡的红晕缘自她健康的心灵、清新的肺部滋养，她轻快的脚步缘自她涉世未深、心无城府的力量，她羞怯的微笑则是因为她常常想到了那么美好的爱情。而我充满担忧，这花儿一样的女孩子在纷繁复杂的社会一定会吃亏的。我想告诉她很多关于人生的经验，我希望她能够避开那些麻烦，少走一些弯路。比如处世，比如友情，比如爱情。她的回答跟我女儿如出一辙：那是你们大人的看法。最终仍是我妥协，我无可奈何地说，那么你该吃的苦，该受的罪，你自己去经历吧。

她前进的路上，一定会布满荆棘和陷阱。我的经验对她毫不起用，她才不惧怕呢！因为她拥有年轻的勇气。

她脚步轻轻，走得那么畅快，弃我于茫茫人海。那一个曾经的我，在哪里丢失了？

谁说过，少年不读《水浒》，老年不读《三国》。据说是因为少年年轻气盛，读了《水浒》会引起很多冲动的想法；老年不读《三国》，则因为那里面有太多计谋，让晚景更添悲凉。我不禁想问，千百年来，中国人都活得如此沉重，苦难究竟来自哪里？

郎咸平在谈到中国文化长什么样时，说《三国演义》是一部以“术”为主的钩心斗角的大作，《红楼梦》书中所描绘的就是妻妾丫环之间钩心斗角的“术”，《孙子兵法》则是一本以讲“术”为主的、充满各种阴险狡诈计谋的书。中国文化传递给世界的，多是一个“术”的传播，而且这个“术”是带有非常强的心机在里面。所以在外国人的心目中，中国这个巨人就是《孙子兵法》等的主体，就是一个以“术”为主的主体。

那么，我们从来到这个世界开始，就生活在一张布满“术”的天空下。我们所接收到的外界信息，或多或少夹带着关于“术”的最初教育。在这样日复一日的浸润下，我们终于练就得精明老到，几乎一眼就能看清别人的虚伪与欺骗，却看不清自己的内心。

我们学会把真实包裹在心里，这样的人生如何能不苦涩？

十八岁，我第一次坐到我的办公桌前，忐忑不安地看了一眼对面的“老师”。我这样尊称她，是因为她至少年长我二十岁，我不能叫她阿姨，那样把她喊老了，怕她不高兴，喊姐姐，又显然不太合适。我后来发现很多人面对这种情况都会选择这样一个称呼，又委婉又尊敬又避开了尴尬，显然也有“术”的成分。她高大而丰腴，脸色红润，满头卷发，给人一种优越感。她老公是一个部门的老总，所以她家境优裕，属于有权有势的那种，连单位领导在她面前也显得有些谦和。那时候我们常常在办公室吃午餐，我见她煮面条，总不会忘记放一个鸡蛋到里面，还有从家里带来的卤鸡腿之类的，偶尔还有一点小酒浅酌。不过一顿面条，被她吃得很是丰富。兴致一来，她就跟我聊上几句贴心话。她说，“女人要学会装憨，不然就要自讨苦吃。男人算什么，我家那个人我从来不管他，他爱走就走，爱回就回，醉在门口我都不会扶他进屋，装不晓得，等他在楼梯上睡他的。”她在跟男人的战斗中，如此超脱，让年轻的我匪夷所思。

若是真爱，何以能如此放轻？若不是真爱，又何以还耗在一起？难道阴魂一样的“术”在生活中真的无处不在？

有天突然想起了她，对她竟有几分挂牵。早听说她终于还是离婚了，跟女儿生活在一起。那么一个很懂得“术”的女人，还是没能稳住大局，活出圆满，一个没有了力气的女人，是否还像从前那样坚强？

记得她说过人生就是一场战斗，那么在这场战斗中，也许我们该感谢“术”。“术”教会我们怎样运筹帷幄、突出重围。也许该憎恨“术”，否则我们又哪至于活得如此沉重，落得一张“臭皮”布满“术”的伤痕。

［原载《散文》（海外版）2010年第6期］

刘照进

缓缓穿过

几乎整个夏天的傍晚，我都习惯如今夜这样，一个人靠在防洪堤的石墙上，看河流静悄悄地从低矮处穿过县城。高高的防洪堤挺立在岸边，托举着灯红酒绿的生活。一条河似乎就这样离我们更加遥远了。但我喜欢这种恰到好处的距离，若即若离，不即不离，一种高格而理性的境界。不必为那些表面的喧哗所烦恼，那些浪花独自表演的影子，我也只能从宽泛的河面看到一丝亮色。不动声色地流淌，宁静、飘逸、收敛，像血液默默在我们的体内穿行。

很多时候，我所面对的天空落日已经消沉，只有河流还在哑默而静静地流淌。无法看清西边的地平线，县城密集的高楼已使我们过早失去了对方向的判别，我甚至连太阳升起的方向也一无所知。久居城市，我们对时间的认识仅仅止于按部就班的闹钟，桌面上厚厚的一叠台历，只是在理性地一天天减少，彰显不出日子的消逝。无休无止的废烟，从县城的角落汇聚、上升、悬浮，将城市的天空越挤越矮，像一张撒开的网，挂住我们高远的眼睛。

又一个日子逗号一般急不可耐地停留在夜晚的面前。空阔的防洪堤广场逐渐涌聚起了喧嚣和紊乱的人流，像一段冗长而空泛的句子，许多华丽的词汇在无病呻吟。音乐骤响，舞蹈开始了，无数双昏昏欲睡的眼睛此刻却变得异常明亮，僵硬而懒散的手也活泛空灵起来。但我注定不能融进城市的节奏。缓缓穿过的河流，此时倒映了许多迷醉的灯光，和人们期待已久的夜生活。一两只船正在小心而执着地夜航，归来或者远去。一群人工喂养的鸽子飞过低矮而扁长的天空，影子多么颓废。这些城市的宠儿，被精美的笼子喂养，飞翔的欲望和能力注定要逐渐退化。

在县城生活了整整四年，我只是偶尔发现鸽子们飞过低空，几乎再也看不见其他鸟儿。从什么时候开始，城市的天空就停止了鸟儿的飞翔呢？我上班的大院里，也有一些象征性的树，老气横秋的梧桐，叶子扁长的棕榈，修枝剪叶的矮丛植物。但我从来没有看见过鸟巢，甚至连我们在乡村十分瞧不起的乌鸦窝，也照例没有。

倾其所有地仰望，我依然无法看清县城以外哪怕稍稍遥远一点的世界。我的视野在霓虹灯影和迷醉的音乐里越来越窄，直至无奈地定格于眼前的浪漫。只有面对故乡的天空，我的目光才会更加高远。在故乡的山头上，我可以任意追寻红红的落日，把遐想涂抹成满天的云彩，直到最后一滴黄昏被不急不缓的牛蹄踩碎。

然后，一盏又一盏的煤油灯就把故乡的黑夜点亮了。幼苗似的光亮在村庄闪烁明灭，常青藤一般缠绕着山村的夜晚。那时我们的想象在静默中抵达了无边无际。山村的夜晚像一条静悄悄的河流，只有空灵的时间缓缓穿过。

我喜欢防洪堤上的那些石头，那些来自城市边缘或者乡村的石头，它们在异地依旧保持着传统的硬度和一丝泥土的气息。一座城市有足够的理由拒绝乡村，鄙夷乡村，但不能拒绝土里土气的石头，不能轻贱石头。石头是城市的灵魂，是城市的肋骨，它们使高贵而又易脆的城市站立，并且保持着藐视的高度。在河边，我看见大大小小的石头团结起来，垒成高高的防洪墙。有的石头被填埋很深，作为这个城市的基础，隐身暗处，闪光的一面永被埋没。像雨后春笋，城市的高度被石头一节节拔高。

我知道，在这个城市，我弱质的意志要将这些石头双手捧起有多艰难。我只能用一双早已习惯了失去灰尘的手掌摩挲石头的体表，以此表达我对它们的亲近。就像长期习惯了居住在六楼或者七楼，我只能通过一扇狭小的窗子，暗暗打量那些在烈日下挥汗如雨的民工，我同样无法将他们的苦难和哀愁双手捧起。

夜色逐渐地深下去，我的目光依然固执地穿过那些表层的黑暗，到达远处。彼岸已经模糊，似乎极其遥远，防洪堤上妙曼的舞韵远不能抵达；又似乎并不遥远，在一切凝望它的目光之内。隐隐约约，我看到了老街的影子。河边那条肮脏而狭长的老街，几乎占据了县城的整个底层。青瓦木檐的吊脚楼七零八落，逼仄的街巷曲里拐弯，只有被磨得溜光的青石板似乎还在陈述着旧时的繁华。

老街临河，许多建筑就临空架在水面，来来往往的船只将四面八方的道路引向这里，因此成就了它当初的繁华。但是，一条河流终究不能承载城市的整个重量，嬗变中的城市逐渐逃离老街，抛弃老街，并且在更宽阔处构筑它的核心。凉湿的河风中，老街更加显现出了落寂。我知道，居住在这里的大都是一些生活并不如意的居民，他们靠拿低保金在矮小的住房里过着窘迫日子。因为曾经可能有过的辉煌，所以作为城市人的尊严还没有放下，我时常看见那些悬空的吊脚茶楼里满满地飘着他们一整天的悠闲。当然，也有不少乡下人，在这里租了别人遗下的旧房，早出晚归，做着卑微的梦想。在很深的夜晚，他们被城市喧嚣的爵士乐震荡得无法入眠。

也许，对于许多事，我们的确不能用回溯的目光去寻根问底。从什么时候开始，河流有了岸边的尘嚣呢？我曾无数次漫步河边，试图从那些浣衣女子的棒槌声中去寻找答案，可我看见的只是她们渐渐慢下去的手臂，淡出了深蓝的水面。我也曾试图从那些斜斜向上生长，被时间磨去了边角而滑溜的石阶小路，去探寻河流对这座城市的接纳，我看见的只是寂寥的河边那些所谓文明的人们抛弃的垃圾物。

贫困与富有、高贵与低贱、繁华与落寞、喧嚣与沉寂，这一组组尖锐对立的词汇，使我无法判别，我所面对的城市究竟是优秀还是平庸。就像一本书，一些章节浮浪丽华，一些章节平淡真实，紊乱的结构让我无法产生阅读的快感。

低处流淌的河流，像民间的隐忍。它穿过城市中心的繁华、富有、浮躁、喧嚷，同时也穿过城市边缘的落寞、贫穷、肮脏、沉静。从初春到冬末，从潮涨到枯落，河流依旧只是缓缓穿行，一切皆是那么平静和自然。

又一声尖啸喑哑下去，城市终于入睡。我看见一群戴着安全帽上夜班的民工，正在河边修筑另一段防洪堤，他们卑微的影子在异乡的河床上缓缓流动，像一条隐秘的河流，默默穿过城市的夜晚。

（原载《山花》2010年第6期；《散文选刊》2010年第8期转载）

2010年

宋小竹

风太大，我找不到回家的路

2004年的最后几天，单位上分房子，以评分高低选房，轮到我时已没有了选择的余地。要房子已是很久以来的愿望，因为等了很多年，愿望在长时间的磨砺中就淡了，终于分下来，内心有点得之不喜、失之不忧的感觉。

但我后来还是很忧虑，这套房子不大，我却没有足够的钱付首付。付款期限只有两天，我没有积极地去筹钱，而是想到首付之后间隔一年，我将开始按购房合同签订长达N多年的还贷，在这一年间，我必须还掉首付借来的那一笔钱。想到这些我有一种喘不过气来的感觉。我想到除了正常的开支，每周我会带女儿去德克士一次；一年中会有几次疯狂大采购，花掉一个月的工资买上几件喜欢的衣物。这些事在我眼里一直是一种对生活的享受，但这种享受会在首付后变得奢侈。2005年我曾经有一个家庭梦想：比照着夏姐家的雪弗莱买一辆家用车，比照着办公室的同事在怀孩子的时候体重增长到一百五十斤，比照着朋友妹妹的女儿圆圆生一个活泼可爱的小女孩。

我不想把日子过得很清苦，就打定主意要退了房子。但看见其他人都在为房子忙碌，心下又有几分惋惜。那天下午快下班了，一位朋友打来电话，就对他说到了要退房的事，他说你千万不要放弃啊，我很想帮你。他说了很多话，我在这边一语不发。他问我，你在听电话吗？我说，你不要说了，我都要哭了。其实我已经哭了，我说我不要你帮我。他刚买了房子又花钱装修，孩子从另一座城市转学过来办了户口，妻子现在还没有找到工作。那一刻我很感动，竟然是一个最没有能力帮我的人说了要帮我。

一直到下班我都很忧郁，我在单位上冲了个热水澡，以为可以洗掉愁绪。然后我给一位朋友打了电话，希望能带我到郊外。朋友抽不开身，我便离开单位，湿漉漉的头发罩在帽子里，脖子缩进羽绒衣，瑟瑟地走进夜幕。我一路上想起了很多往事，就一路走一路哭，倒吸着气，整个心都在痛，整个胃也跟着痛起来，完全抑制不住。我不想这个样子回家，自从我接受了女儿中枢神经瘫痪的事实后，我就不在家人的面前掉泪了，要掉泪就让泪水洒在回家的路上。很多事我都一个人扛着，我没有办法让比我脆弱的家人去承受一切打击。我沿着都司路走到邮电大楼，然后往甲秀广场走去。我发了一条短信，“风太大了，我找不到回家的路。”

甲秀广场很静很空旷，很多地方前一天下的雪已经化了，但这里还看得见。风刮过来，细密的雪米打在衣服上发出簌簌的声音。一个残疾人拄着双拐从我身旁走过，在潮湿的青石路面留下空空的响声。夏夜我带女儿来过这里，觉得璀璨夺目，但这个冬天所有的灯都显得萧索和清冷。我走上浮玉桥，然后对着雕在亭柱上的“银汉浮空星过水，玉虹拖雨雁横秋”站立了片刻，想起一些童年往事。我甚至想起了当年读甲秀小学去扫墓，老师让学生交了钱作为集体费用买水果，但真正吃到水果的却是那些晕车的同学。我一直都很瘦，脸色青黄，每次学校活动却没有晕过车，所以就没有吃到水果。我好像很介意这件事，突然就把它想起来了。

街上行人很少，河风吹过来就更冷了，我止不住发抖，但还是往前走着。一路上我都在希望有一位什么朋友到来，我要告诉谁我所经历过的事。我想到有一年我哥让我回家烧了壶开水，滚开着从壶盖边缘冒出来，溢得灶台上到处都是。后来这壶开水我哥浇在了自己的双腿上，好像是深秋，他只穿了一条薄薄的裤子，开水烫下去，裤腿粘在肉上，最后是用剪刀剪开的，铜钱那么大的水泡爬满了双腿，皮肤全变成了紫褐色，很可怕。他没有哭，脸上说不清是不是还带有笑，可能这是他所期待的结局。我有点手足无措，很害怕，觉得是自己伤害了他。那是一个下午，太阳还没有从窗口越过。一家人都在，还有我哥的女朋友。家里拿不出给他的治疗费，他的女朋友用了很大的劲拔下手指头上的金戒指给我，让我想办法去借钱。我刚毕业进一家公司工作，经理给我安排了一个很好的岗位，我们常到幼儿园帮他接女儿，我带小家伙到我家里玩过好多次。我想来想去觉得他是唯一可以帮助我的人，是有钱人，是能够关心我的人。我敲开他的门举着戒指说明来意，但我最终没有借到一分钱。那一年我不知道我满十九岁没有。

我的大弟几乎不出去工作，他每找到一份工作都似乎干不到半个月。有一天饭后他说他最怕我用工作的事说他，我知道我给了他很大的压力，所以前不久他又离职我什么话都没有提。大概有一年时间了，他建了一个网页，每天就守着电脑，不停地更换页面，从简单到复杂，又从复杂到简单。这是他唯一的精神寄托，他每次做了新的页面和内容就让我看，我对他的不懈有着一种敬重。每个月我会给他四十到八十不等的一点钱，让他支付上网的费用。他其实有着大智慧，还有着不被家人欣赏的幽默。我对他的帮助只能是微乎其微，全家人对他的帮助都微乎其微，所以他把生活降到了最低限度，一天可能只吃一顿饭，在房间里几乎不出来，吃苹果他会连苹果核都咽下去，他想尽量少地给地球留下垃圾。

我走到省委礼堂的前面，以前我一个人在省委住了几年时间。我想起几年前的一个傍晚，我在这里见证了一个人的死亡，遭遇了内心的伤痛，写过一篇散文《在生命之上》，开头这样写道："我就这么撑着伞，站在雨中，夜色已经垂了下来。"我总是这样孤零零地承受着一切，所以我特别喜欢雨天和冬季，这样的日子我同世界有一个距离。我不知道是不是承受了太多的伤和痛，我害怕别人的关心，哪怕是一点点微小的关心，总会让我泪流满面。

有一天和朋友经过某个公墓，看见夜风中有人骑着自行车赶路，就谈到一些关于灵魂的话题。我一直胆大，我想我热爱生活，善待亲人，工作努力，充满活力，心里就很少存有畏惧，但我还是会被一些这样的问题困扰，比如一个人离开这个世界，是不是会走上一条长长的通道，没有方向，也看不到边际。面对生死，我总是无法大彻大悟，所以我对自己说，如果有一天女儿将离开我，我一定要笑着，把她搂在怀里，为她唱歌，让她在歌声中宁静地离开。这一世我为她流过太多的泪，我不想让她心存遗憾。我记得刚生下女儿，父母无法在我身边照料，孩子的父亲又出差到外省，我一点经验都没有，顾不上吃还要不停地洗小家伙的衣物，带孩子累个半死，夜里还要听她哇哇大哭。我每天都有一种恶劣的情绪想摔死她，但每到天亮我睁开眼，总能看到她小小的脸上灿烂笑颜。她那么一丁点就会笑其实是个奇迹，我后来就对她非常依赖，我觉得我所做的一切都变得有意义起来，我知道这个世界上没有一个人会再这样信任我依恋我了。

我想起在北京的冬天，我到《父母必读》杂志社交稿出来，在路中等公交，有一个男人已经站在站牌那里避风，那站牌也就一扇门般大小竖着，他见我过来就往旁边挪了挪。这无疑是一个陌生人能让我接受的唯一的关心，零下十几度的北京因此有了一点阳光的气息。那几年我特别无望，我没有办法从女儿患病的事实中找到一条出路，我一直都处于崩溃的边缘。我总是在这种小小的行动中感动，总是在绝望的背后看到一点点生机。

但是这一切都没有办法解决我生活中遇到的问题。我想我的几个兄弟将来都无法照顾父母，他们现在还一直生活在父母的护翼下，我的姐姐可能会离开这个城市，所以我不知道，我如果一无所有，家里遇到什么事，谁能应对一切。我从来都不是这个家庭中最重要的一个，我的母亲宠爱其他子女胜过我，后来我就明白，在很多问题上，包括我的内心，都很独立。

我在夜风中走了几个小时，脚底很痛，这种痛终于缓解了我内心的伤悲。我等了十分钟左右，等到了十五路车。车经过甲秀广场时我还向外张望着，但后来我睡着了，连续睡着了两次，直到车靠近终点站才完全醒来。母亲打来几个电话，让我赶紧回家吃饭。我的脚步迈得很大，细密的雪米打在衣服上发出簌簌的声音。我想只要我打开门，所有的温暖和光明就会将我包裹起来。

（原载《山花》2010年第7期）

2010年

杨 村

乡村笔记

柔软的河，坚硬的河

我的整个少年时光都陪伴着村子根部这条河一起流淌。这条河以洁净明澈而著称，她滋润村子，滋润远处的城市，滋润少年的心田，永远是无私的姿态。但如今我面对着她时，无论怎么回味，那种梦幻似的甜美已经荡然无存——她的柔软已逝，而坚硬逼近我的心胸。我对少年时光的河流第一次如此意外。

抵达河流的源头，有如回到生命的出发点。我们驱车而往，驶入正午的源头，阳光打在河床上的时候，石头坚硬地忍受着——那是被河水亘古以来洗刷得溜圆光滑的石头——它们眷恋着明澈的河水，却坚强地接受阳光的暴晒。老村长正站在河流的左岸，阴郁的神色里，有一丝无奈和沮丧在空气里停滞。

那时候我们唯一的想法是走向老村长。我们这些把采风与搜集民风民情当作游玩一般的人，或许老村长能够为我们讲述一点什么。我们走过去，看着老村长忧郁的脸色，然后说：

老村长，你在研究河流吗？

老村长没有直接回答我们。他那张阴郁的脸被一丝笑纹掩盖了。我们开始高兴起来，兴许，老村长确实是满腹文章呢。

老村长抬起了朴素的头。他的目光应当是向着村子。忧郁的目光。我们随着他的目光也望向了村子。这时候，我们发现有许多村子上的人，他们或挑着空水桶晃荡在田埂上，或在一处一处原本草丰水腴的井边——现在已经草枯井涸了——抱着水桶蹲着。他们在等水。水一滴一滴地从岩缝里渗出来，滑过一道一道沟槽，缓缓地滴在水桶里，水桶的四壁和水井的四壁都回荡着清越的却很无奈的声音：咚，咚，咚，咚……

我们知道老村长心里在想什么了。据说，村长已经是第五天站在村子根部的河岸上。他其实是站在原来的河流中间，流水应当从他的大腿根部滑过去。而现在，他被阳光照射着，那双瘦削的脚板踩在石头上，像一些奇怪的舞姿一样颤抖着。我们想象着往昔的河水流过他的脚背，看见村长的腿闪动着柔美的线条。一种生命的活力跳动着。

老村长终于开口了。老村长说：四个多月了，滴雨不下，村子上的人畜都要喝不上水了。

老村长连续几天站在那儿，他是在寻找河的源头，寻找流淌着的河的源头，寻找那些逝去的如日月一般的往事。我忽然之间被老村长的这一举动感染了。我不得不回到了自己的少年时光，回到被河流滋润着的岁月。我们就站在那儿，那些河水洗过我们的脚踝，冲刷着洁净的石板，奔流不息，去滋润远处的城市和村庄。两岸墨绿色的森林覆盖着山野，我们在流水中浸染着天籁与绿意，生命由此出发，走向远方。

现在，老村长两眼苍茫，他再也找不到那个流水 汩汩 的源头了。河床上的石头散发出一股股热浪，山野枯黄一片。老村长眼巴巴地看着自己的村民和牲畜顶着烈日，水的重量就在他的心里无限放大。他要为村子上的人找到水源啊，找不到水源，还有脸面当这个村长吗?

我们和老村长在想象的河流中间坐下来。石板在我们的皮肤上传导着热气。我们望着遥远的天空没有谁再说一句话。这时，老村长的手机叫起来了。老村长掏出一个土拉巴几的手机，虔敬地听那头的声音。我们屏住了呼吸，都看到老村长阴郁的脸色渐渐舒展开来，接着向传话器里频频地说了无数个“谢谢”。老村长面对着山野，差点在想象的河流中间磕起了朴素的头。放下手机的时候，老村长说，是河那头的城市来电了。河那头的城市说，这条河滋润了他们一代又一代人，现在，河的源头干涸了，他们也要溯着河床而上，滋润一次河的这头，帮助村子上的人和牲畜渡过这一道难关。他们在电话里说，从明天起，每天给村子送来两大车水，让河的源头滋润起来，让那些生命鲜活如初。

第二天，我们和老村长一直站在村口等待着，当太阳从山坳上升起来的时候，运水的汽车开过来了。村子上像降下了一场喜雨，整座村子挑着焦渴的水桶从汽车上接过鲜活的水，笑成一朵朵灿烂的鲜花。此刻，我又看见了我少年的河流，她依然清澈地，从村子的根部缓缓流淌，从我的眼前缓缓流淌，从我的心上缓缓流淌……

那天，我们从早到晚都在激动不已。我感到每一条河流都能够拴着自己的两头，就像我们的生命一样十指连心。当这头鲜活的时候，另一头也会明丽无比；当这头潮涨的时候，另一头也会浊浪滔天；当这头焦渴的时候，另一头也能够感到隐隐灼痛……

这是一条柔软的河，也是一条坚硬的河，一条坚强的河！

羊和洁白的花朵

太阳已经架在远处的山坳上了。那是下山的太阳，鲜红的太阳。一个美丽的黄昏来临之时，我们都站在刘秀能家的屋坎上，透过重叠的屋檐观赏落日。当身边的那扇快门咔嚓地摁下时，鲜红的落日就在远处的山口消隐，这个世界仿佛静止了。这时，一只羊的生命也结束在落日之下，两只眼睛紧紧地闭合了，四只小蹄僵硬地踢在空中……

大约两个小时以前，我们缓缓地走向刘秀能家。那是一座百十来户的小村落，全部将房屋立在一片斜面的石坡上。清云告诉我们，那是白磊寨，是白胆村的一座自然寨，也是观么乡的养羊示范村寨。我们鱼贯而入，穿过刘秀能家的厨房，才能走到他家的堂屋，走到小院坝。我们都在欣赏着刘秀能家的全家照，忽然一声羊的叫声叫起来：咩——！一种凄清的声音，无奈的声音。我们一转身，一只羊就站在我们身后的院坝上。那时，羊还睁着一双眼睛，很友善温良的样子，它看着我们这些陌生的客人，叫起来时眼里还噙着泪花。我知道它有许多伙伴，它们都上山了，它们在山里啃吃着香甜的青草和树叶。但这只可爱的羊，这只可怜的羊，它却因为我们的到来，被刘秀能留了下来。我不知道它是否想到了这些，如果想到，它应当痛恨我们。可它那一副温善的模样，简单的小羊，它一定不会想得那么复杂。

支书，算了吧，今天人少……留在下次吧。带着我们一路走来的清云书记说。

刘秀能笑盈盈地看了清云一下。刘秀能说，反正都留在这里了，下次……下次山里还有啊。他又把脸转向了大山，一座蓊郁的丛林。他的自信写在他的笑脸上—— 一副十分自足的模样。

他们是在说那只温善的羊。

羊乖乖地站在那里，眨巴着眼睛。它的脖子被一根绳子套住了。它只能在刘秀能家的院坝上，在那个角落里，在刘秀能给他限定的半径里，打着一个又一个很小的圈儿。我看着小羊，有一种不祥的预感。危险的信号藏在灿烂的阳光之下。就在太阳渐渐西沉的时候，就在我们坐在刘秀能家院坝上聊天的时候，就在远处的农人的挞斗声响起的时候，就在山鸟在林子里鸣叫的时候……

现在，羊已经架在两根粗壮的木头上了，四只小蹄僵硬地踢着空气。稻草在木头之下熊熊燃烧，火苗绕过粗壮的木头，在羊身上肆虐，一坡雪白的草山燎原起来，一阵糊香充塞着村子。白色的羊，简单的羊，顿时变成焦黄一片，白嫩的皮子开始皲裂，炸出了一些细密的纹路——那就是有名的稻草烧羊了。

羊被肢解的细节，我没有来得及看到。那时候我好像一直顺着清云的手势，远望一座林子。清云说，这座村子由于地处高寒，试验过许多致富的途径，都没有成功，现在只能养羊和种药材。他说，养羊和种药材，确实让村民们尝到了甜头，而且成立了养羊协会，在城里建立了一家很大的屠羊场，好多人家都靠养羊发了财……他指着的那座林子，就是当地的养殖区。我们说着话的时候，羊已经在锅里沸腾开了，香气扑鼻而来。

我顿时理解到了刘秀能的兴奋和坚定——他一定要在我们到来的日子让那只温善的羊追逐着鲜红的落日。让无知的小羊在落日西沉时分断送自己的前路，因为那些简单的羊改变了自己的村子。羊在村子里创造了奇迹，村子里的人因为羊，能够在银行里存入或取出花花绿绿的钞票。他圈住了一只简单的羊，是因为他放走了许多简单的羊。那片大山，那片林子，那些躲藏在林子里的羊足足能够安慰那只被他拴住的羊。

羊汤鲜美，其香绕梁。我们在刘秀能家的院坝上分别围成两桌，滚烫的羊肉汤锅鼓动着那些无底的胃。我们在明净的天空下朵颐。酒碗撞得很响，笑声也很放肆。两桌人围着两只大锅，飞鸟从空中掠过，就看见我们在刘秀明能家的院坝里造出了两枚香气四溢的太阳。

趁自己没有喝醉之前，趁夜色没有包围我们的时候，我仔细地观察了一下叫白磊的那座村子。羊群列队归来了，它们都很乖顺的样子。它们用犄角逗乐着，缓缓地从我们身边走过，掀动着地面上的石子，友善地看着我们。有些羊来到那两根粗壮的木头那儿，在一堆稻草灰上面，它们好奇地用鼻子嗅了一会儿。我不知道它们是否嗅出了什么悲剧，但在一个小时之前，我看见我们汤锅里的羊正架在木头上踢着空气，之后在熊熊的焰火下壮烈地燃烧。羊群简单地嗅过，它们赶着前边的队伍，走了。它们一定没有嗅出什么信号，它们是简单的羊啊。

那时候我已经端上了酒碗，面色开始烧红。我想，在许多时候，我们其实都是一只简单的羊。但我眼前忽然浮现一座林子，林子开满了洁白的花朵。阳光从山巅照耀下来，那些花朵闪耀着露珠。它们跳跃着，奔跑着，花花绿绿的钞票就开始从山根叠起，叠成一座美丽的山寨。

草以及植草人

从白磊苗寨去刘秀能家的缬草苗圃，是朝正南方向行走。那是沿着斜坡而下的崎岖小路，经过田野，沟渠，菜地，山梁，一路俯望着深山丛林。

我们逶迤而下。走在最前面的是个头矮小的刘秀能。他扛着锄头，西沉的太阳照过来，看见他的身影横在田野上，像一尊巨人塑像，长长的锄头钩住了遥远的田坎。都是因为我们好奇，想看一看那种叫缬根草的植物，它是怎样为白磊苗寨创造那么多财富？

刘秀能径直地走在前面。他向我们描述着他们的缬草，描述着他们的缬草油，描述着呈现在我们眼下的丛林，丛林中的猴群，以及他自己的致富经。他轻轻地将他的坎坷藏在心底里——那些日晒雨淋的日子，那些向壁凄泣的日子，而呈现给我们的，是他的自信与快乐。那时候，刘秀能的心底里仿佛只有缬根草，其他事情，他都忘了。

这是我第一次听说缬根草和缬根油，一亩地的缬根草只能够炼出三至四斤缬草油，而一斤缬草油能够卖出四五百元。刘秀能让我感到神秘。我一直纠缠着他，就是想看看缬根草的模样。从他的描述中，我在心底里暗暗地与自己熟知的百草联系起来。我说，哦，我知道了，就是小时候我们说的满坡香啊。但我指着一株我想象中的缬根草时，刘秀能摇了头，他说，不是，这不是缬根草。

我们来到了他的苗圃。那个季节已进秋天，缬根草早已枯萎，只剩下一畦畦覆土。我们跟随刘秀能踩着苗圃而过，等待他举起锄头的时候，他又说，这一锄下去，都是人民币呢。刘秀能的锄头锄下去了，用力一翻，一爪缬根随之被翻开来，均匀地呈现在阳光下，酷似千手观音。刘秀能说，这是苗圃，要尽量培养丰富的根系，若是移种来炼油，则不让它有这么多根系，在施肥以及种植技术上都有讲究的。他又不断地给我们描述缬根草：有芹菜一样的叶，高高的茎，开着细朵的花，有一股细细的穿透肺腑的清香……如今它栽在我的花盆里，那是刘秀能给我的一爪缬根，它开始长出了几叶嫩芽。

缬根草原本为普通的野生植物。以前，在白磊寨一带的坡坡岭岭，哪里都散布着缬根草。后来由于缬根草能够换回钞票，缬根草就一年年地稀少，至今在山野上已近绝迹。而像刘秀能那样，能够培植缬根草苗，掌握这门技术的只有少数人。如今，刘秀能不仅卖缬草油，而且又卖缬草苗。

缬草油，在国际上拥有广阔的市场。据说，它是一种十分俏市的化妆品原料。这些年，刘秀能带着白磊寨的农户，种植和烤炼缬草油，找到了一条致富路。村子上有近一半的人家，都在银行里有二三十万的存款。白磊虽然没有修通公路，但刘秀能早已用缬草油的收入购置了一辆越野车。他摆在乡政府里，积极地鼓动着白磊人修公路。现在，俄罗斯客商已经将三百多万元货款押在了刘秀能账上，等待着刘秀能为他们供油。

嘿，这丑陋的普通的缬根草，谁知道它能美化世界？美化人类？为人类创造财富？这个世界的许多事情，有时错综复杂。

我们从刘秀能家走出来，在回乡政府的路上，挖掘机正轰隆隆地在山野上工作。清云说，那是刘秀能他们村在修公路。看来，刘秀能的越野车马上就可以开回家了。

（原载《民族文学》2010年第7期）

杨启刚

红禅：低吟或晚唱

红尘之外

1

在积尘的迢遥旅途上，我一直隐匿在你的身后，伫立于一旁，默默地注视你黑色的背影，如同注视某段隐秘的人生。在你温柔的呵护里，随你跋涉了许多年许多年，才从出发的地点走到你的这扇门前。

2

很多年过去之后，不知你是否还会把我想起，想起曾经暗恋过你的那位郁郁少年。

子夜时分，我设想你的歌声正披雪而来，令禅房僻林中落寞的花朵，陡然盛开。

星子黯然无语的刹那，尘缘的印象逃隐于记忆深处。当被你爱过的人，在某一个黄昏里突然死去，他永不生返的消息，不知是否会使你陷入红尘的回忆，并且流下柔情伤怀的泪滴。

3

伊人远逝的日子，你可以独饮暗夜，可以聆听来自灵魂深处的音籁吗？

与谁相聚，和谁分手，都仅仅只是凡间一些草草的梦事。

一番花谢又是一番花开。每一条路都指向最初和最后。

在那一时刻，你是否会重新取出这本过时的献给你的诗集，恰如从你自己的菩提树上摘下一枚泛黄的叶子？是否会重新阅读这些残缺的章节，并通过它们，向另一冥冥世界的我，倾泻你收藏一生的爱意，以及那份迟迟未道出的情语？

空门

1

晶莹的目光定格于东篱之下。我们相视，默默地。无语。静如禅。这对视有大悲苦，恰似我数遍五百阿罗，不知谁是你，谁是我。

弹筝的手指开始闪烁。是楚竹的萧萧，汉鹤的韵雅。自从我把漂泊的岁月别在你飘飘的黑发上，我就想不再流浪，不再做孤寂行吟的歌者。

佛说，何处此身容入座，与君相见有前缘。若焚化我们的身心，会烧出情感的舍利子吗？抑或只是灰烬？撒亦可，埋亦可。

夕阳在上。当我回首再望，幽怨已遥，雄心已罢。要与你再对视，但你回头，回头无岸。我们都还没有获得至善至美的安详之态。

2

那好，你带发修行吧。

我会在有你打坐的禅房里，为你燃一炷袅袅的紫檀香。

那迢遥的古寺里，青钟已把佛音幽幽远扬。

我曾说，要走遍你心的万水千山，但没有万语千言。佛说：要知去世因，今生受者是。要知来世界，今生做者是。

然而，你不知道何处是迎灯火的归程，何处是系缆的崖岸。

其实，你何必燃起心灯茫然四顾。

四顾，便是你的不静了。

等待中的城堡

1

城堡落寞地隐匿在幽静的僻林深处。

城堡历经了无数个世纪，一个又一个神秘而美丽的传说密密地覆盖着它尖形的布满花纹的堡顶，它的四周有花朵与草的栅栏围着。

住在一朵春天的花瓣下，我是里面唯一的主人。

黑发在怀念中开满花朵。在馨风中叮当作响，没有回应，遂成熟为一颗色彩最艳丽的果子，沉甸甸地牵挂远方。

如果准备出门，那我轻轻推开几片花瓣，于是碰落了一些上个世纪的香气。等待中我深居简出。静若禅。

2

城堡因我的守护而熠熠闪烁，灿烂无比。充满乐声和色彩。流香四溢。

绕过一泓泓泉水，我不歌唱。

我的歌声只有在与你相遇时才最具魅力。

城堡在子夜沉静着。

只要你迈着充满了弹性的纤足，轻巧，而且敏捷地提着裙裾翩翩地涉过我的栅栏时，不绕道避开我清亮的眸子。

在深夜，城堡是含苞玫瑰的花蕊，虽然动人，但却深隐不现。

城堡在等待归音中愈发精致。

我所钟情的人呵，你要知道，任何一个方向对于你都是他乡，都只能是匆匆的驿站。除了我忠实的城堡。

城堡在落日的晚风中浅唱低吟。

——念你如斯。

——念你如斯。

谶语

你说过你是一座美丽的城堡，我不知道我最终是否能够成为屋里的主人。我的语言微苦，像噙含着你酸涩的名字。只因我是如此孤独，怯羞而又一无所依。

一群人看铁树开花，寺院无木门，以为你小屋只有一炷清香；僻林深处，花朵绽满草地，溅过我的渴待。

遥遥赶来，仅仅只能选择无言的静坐吗？

我独自去我的庄园呼吸空气，那段精心为你准备的日子，现在花瓣是寂寞地躺在晶莹的月光里。

凝望古堡，除了这花香与月香混凝的夜，这长发。叩答你的弘慈。我没有了明眸，往事刺破身体和残梦。

夜半，有骊歌自远处幽幽传来。

无题

六十年后。再视于青灯古寺。

我问。你不语。——只冷然对我一笑。

那隔夜的歌声，恍若隔世的心跳。

为什么，无论远近，我都无法看清你。你是一幅只可意会的远景，总在彼岸，与我隔着整整一个世纪。无法企及的距离之美，使你与尘俗去来的路，已成非路。你已不复存在其身，你站在你之外，听风说话。在这里，唯有捉不住的空灵是真实。

有人低声耳语，传言你是削发入山的小尼，在一个蔷薇的黎明，不慎堕入俗人的视线。

你，六十年前，六十年后，卧于我心间。近得比什么都远，远得比什么都近，这就够了。

宁可你静静地美在尘世的对岸，宁可我永远都握不到你合掌的纤纤十指。

（原载《民族文学》2010年第7期）

戴 冰

金顶梵呗

我的曾祖母年纪很轻就孀居，带着我的爷爷和姑奶奶独自生活，全凭对佛的虔信支撑下来，终生诵经持斋。据说她一字不识，却能背诵多部佛典，捧经诵读时且能及时翻页。后来爷爷离开四川老家，远赴贵州安顺谋生，立下门户后，就把曾祖母接到身边，专为她建了一座佛堂，从此僧尼往来不竭，直至逝世。那佛堂至今还在安顺老宅，我去看过，四十多平米的规模，三个神龛分别供着如来、观音和弥勒的瓷塑，两边又有戴氏历代祖宗牌位及安顺高僧昌明法师的一帧相片。瓷塑当然都是仍住在那里的姑妈后来请的，不复再是旧物了。我祖母和我祖母的母亲，我应该叫外曾祖母的，也是一生信佛，吃观音斋（逢二、六、九日茹素），我祖母的父亲，我应该叫外曾祖父的，更是长年住在城外的观音山庙里……这些事，大都是从父亲处听来，但祖母诵经，我却是目睹，还记得她操持一天后，必坐在堂屋的一张矮椅上，戴着老花镜，用一条半尺长一分宽的篾片翻经；某次她不识某字，问还在上小学的我，我也不识，她于是咕哝了一句表示不满。除此之外，我的父亲和我的姑妈们，也都皈依过，是真正的“小居士”；我父亲的皈依师父法号心和，是比丘尼，而我八姑妈的皈依师父，就是现今老宅佛堂里供着的昌明法师了。因有这样的因缘，我从小也对佛家深感兴趣，常常在父亲的书架上捡些佛经胡乱翻看，由此还涉及别的宗教典籍，但看来看去，倒还是佛经看得多些，觉得《古兰经》的语气隐含威慑，《圣经》的语气常如警示，而佛经不同，初读时只觉其重三遍四唠唠叨叨，久了，才慢慢体会出其中悲天悯人的一副婆妈心肠。沈从文先生早年曾模仿六朝译经的语言写文章，想想，从文先生不正有一副悲天悯人的婆妈心肠么？

后来祖母过世，请了黔明寺的明照法师来做法事，父亲告诉我，明照法师算起来正与他同辈，当年去读佛学院，还是我爷爷全额资助的呢。我听了大感亲切，突发奇想，告诉父亲我想皈依在他的门下，父亲给明照法师说了，法师就呵呵笑起来，说哪天带他来，先给他取个法名吧。过了半月，我专程去黔明寺拜谒法师，重提皈依的请求，他立即取了一片一寸宽两寸长的红纸，用毛笔为我书法名“慧径”二字，楷体，字很娟秀。那片红纸我至今夹在笔记本里，前几天清理抽屉，突然看到，有隔世之感。算算，已是二十年前的事了。明照法师据说是贵州一流的学问和尚，曾修过《贵州佛学志》，这事我也曾偶然听他说过，后来却未见该书行世，很可能是我不知道罢。我皈了依，原本应该常常去请教的，但我并不，而且几乎渐渐就把这事给忘了。几年后，就传来法师在安顺西归的讯息。

其实有时我也曾这样想，以我家几代人和佛的缘分，到了我这一代，该出个真正的和尚了吧？事实上我也竟然真的动过这样的念头，那是无意间读到南社诗翁柳亚子的公子柳无忌所撰《苏曼殊传》，一时惊艳，于是就想当和尚，当然是苏曼殊一类的和尚了，觉得和尚倜傥，比起名士风流来，别有一种异样的魅力（说句题外话，古龙《楚留香传奇》中的无花和尚，我很怀疑就是受了苏曼殊行迹的启发）。记得当时正跟父亲习练书法，常写的都是萧娴一路的擘窠行楷大字，忽而就练起《张黑女》来，父亲怪我哪来这样的耐心，我推说是想练练题款，但真实的原因却是有个和我关系很好的大姐喜欢苏曼殊的诗，我想练好小楷，抄一本苏曼殊的诗稿赠她，想来该是多么雅致的事？气功热时，有朋友自称能于冥想状态中给人写诗算命，给我的诗中有“坐禅乡”之类的词句，正切合了我当时的心理，竟然让我得意了好几天。

如是种种，可见我当时的浮浪轻妄。但有两个人，让我彻底认清了自己的肉胎凡心，而从此甘于“泥涂曳尾”了。第一个就是弘一大师。苏曼殊是艺术和尚，弘一大师也是艺术和尚，不同处在苏曼殊当什么不像什么，而弘一大师由翩翩洋场公子一变而为留学生，又变而为教师，三变而为道人，四变而为和尚，当什么像什么。“每做一种人，都做得十分像样”（丰子恺语）。读《弘一大师年谱》及丰子恺、夏丏尊、曹聚仁等诸先贤追忆弘一大师的文字，震骇莫名，才知道世间另有一种人，另有一种和尚。后来父亲教我背苏轼的《卜算子》，其中“谁见幽人独往来，缥缈孤鸿影”“拣尽寒枝不肯栖，寂寞沙洲冷”等句，总觉得正是弘一大师的写真传神。弘一大师从此成了我心目中的绝顶标高，常有学佛信佛的朋友或长辈劝我正式皈依起信，我每每回答，如我面前有一人而如弘一大师的真虔敬，我立即匍伏礼拜，绝无二话。

但后来才知道，这话也仍是说得孟浪了。1995年还是1996年初夏，我邀了一个朋友同游湖南凤凰，途经铜仁，顺路去爬了一次梵净山。梵净山是弥勒道场，武陵主峰，有数千米海拔之高，即便时值盛夏，峰顶上也是寒风肆虐，凛冽难禁，而红云金顶更是主峰之上突兀而起的一座擎天巨柱，上指青冥，下临无地，上面的小庙整个由厚石铁瓦构筑，否则不能御风势，由此可见其上风势之烈。但不上金顶，算不得登过梵净山，所以抵达的当夜，我和同伴就决定到金顶上的小庙里过夜。登金顶是无路可循的，只能凭借两根手臂粗的巨链，于岩隙石缝间，一步一步寻级而上。与我们一同上金顶的，还有一位五六十岁的居士，据说他每天黄昏上去，翌日清晨下来，长年如此。当天晚上，我和同伴在小庙里扎了帐篷，与那位居士交谈几句后，见他拨亮油灯，摊开经书，预备做功课的样子，于是不敢叨扰，也就钻进帐篷睡了。夜半时分，我突然惊醒，见一灯如豆，黄澄澄地印在帐篷上，隐约可见那位居士仍坐在小木桌前轻声诵念。屋外大风狞厉，忽狂吼如怒海涌潮，忽啸叫如夜叉巡天，而那位居士的诵念之声始终澹定如常，一刻不息。心慑于屋外的天地之威，感于身旁的喃喃梵呗，我恍若身堕迷梦，心中顿生绝大敬畏，只觉除身下的金顶一柱兀立外，周遭大地只是一味沉陷，黑漆漆渊深不可知测，其境界之孤绝，之荒清，不仅当时，至今想来仍觉不寒而栗毛骨悚然……

弘一大师是大知识分子大艺术家，以精深学养辅之以至情至性，终成一代大德。其境我虽不能至，尚敢心向往之，但红云金顶上的那位居士，不过一介山民，试想，需要何等的信，何等的勇，何等的执拗和质朴，才能经年累月在那绝壁之上，与天地对峙，伴青灯苦修？此境我不独不能至，甚至也是不敢向往的了。

2008年五一长假去了一趟五台山，满眼只见香火熏天，充耳只闻人声鼎沸，想起金顶上的那位老居士，心里忽生苍凉之感。当年十月底，又有机会爬了一次梵净山，金顶上垂下的两根巨链还在。只是间隔十几年，比印象中的多了许多锈迹。这次我没上金顶，不知上面的小庙是否还在。我给当地的朋友说到当年金顶上的一番际遇，他们告诉我，金顶上多年来一直有两个居士，其中一个八十余岁，已于数年前去世。不知我当年在金顶上与之共度一宿的，会是其中哪一位？

（选自《不存在的分界》，贵州人民出版社，2010年8月；
《不存在的分界》获第五届贵州省文艺奖、第三届乌江文学奖）

安元奎

寻找巴人（外一篇）

思绪悠悠，时空回望。三千年前的巴人，这个具有传奇色彩的民族，辉煌的崛起与悲壮的衰落都像一个永远的谜，让后人无尽地猜想。

这个剽悍的民族发祥于湖北长阳的武落钟离山，最早有五个部落，后来巴氏务相夺得酋长之位，称为廪君。从此，“巴”由氏族名称演变为整个民族的称谓。在廪君的率领下，他们不断繁衍壮大，创造的文明堪与中原媲美。在周武王伐纣的军事行动中，巴人以奇特的作战方式与悍勇的战场作风而载入史册。《华阳国志·巴志》记载：“巴师勇锐，歌舞以凌殷人，前徒倒戈。故世称之曰，武王伐纣，前歌后舞也。”他们一边打仗一边歌舞的表现，引起后人的浓厚兴趣。一边是血腥的厮杀，一边却是诗意的弦歌曼舞、雅韵清声。两种不相谐和的图景，为什么会出现奇特而错位的拼接？我以为那是原始巫术在战场上的实际运用，也是巴文化最显著的印记之一。

武王灭商之后分封巴子国，巴人建立了一个强大的国家，国号为“巴”，其疆域横跨长江中游的鄂、渝、湘、黔广大地区，国界东至鱼腹，西至僰道，北接汉中，南极黔涪。这是巴国最初的疆域。但进入弱肉强食的战国时代后，由于种种原因，巴国先是被楚国削弱，国势渐衰，最后为秦国所灭，曾经强大的巴国一夜消失。但他们所创造的堪称神奇的巴文化也一同蒸发了吗？

阳春白雪与下里巴人的典故尽人皆知。“下里巴人”本是不登大雅之堂的巴国俚曲，楚国的士大夫很有些不屑。但它却在楚国都城里广为传唱，被楚人所接受，成为楚国的流行音乐，表明了巴文化对楚文化的浸染与二者的紧密融合。此时，巴文化与楚文化已是你中有我，我中有你。后人所说的楚文化，其实是巴楚文化的水乳交融。国家灭亡了，文化还在延续，却是以寄生的方式。这是巴文化的悲剧。

屈原，楚国伟大的爱国诗人，所有的教科书都是如此界定他的身份。但是，考察屈原身世，就会发现他的祖上曾是巴国的一个巫官，他其实是一个巴人后裔，是后来才迁居到楚国的“移民”。也许，这也是屈原得不到楚王重用并最终遭到流放的一个重要原因。阅读屈原的作品，我们也就不难理解其中那浓郁而又神秘的巫文化氛围。屈原的文学成就，标示着巴楚文化融合的历史走向，也可以视为一个被遮蔽的巴文化高峰。

而那些伟大的巴人，他们去向何方？

根据零星的史料碎片，我们可以拼接出一个大致的历史线索，了解巴国灭亡后，巴人后裔的生存走向。败于强秦之后，失去家园的巴人溯江而上，向西迁徙，在长江支流重新寻找生存空间，进入鄂渝湘黔的边缘地带。而乌江、沅水等河流域，就成了巴人后裔避难和生息之地。我们可以据此推断，乌江流域栖息着巴人的子孙。

早在巴国强盛时期，乌江流域就活跃着巴人部落。其中一支沿乌江支流的郁江而下抵达郁山（今属重庆彭水），开发郁山盐泉，占据这一重要资源。一支溯清江支流到咸丰，再沿冷水河等进入阿蓬江，到达黔江、酉阳。他们熬制食盐，打造土舟，运送到楚地获利。以酉阳为例，因为年代久远，有些酉阳土家族人已不知自己是何民族，只因世代居住于此，为与其后的外来客家相区别，而自称土家。

乌江流域的史料中有“廪君之土舟”的记载。巴人打造的“土舟”，是乌江有史记载的最早运输工具。后代有的学者认为土舟就是陶船。以今天的科技常识，土陶易碎，焉能颠簸于乌江的险滩恶浪？除非他们掌握着比今天更高的科技。当然还有一种解释，“土舟”即土人之舟。但至少说明，巴人在乌江拥有当时最先进的文明。

东晋诗人陶渊明的《桃花源记》，为我们勾画了一个前所未闻的世外桃源，当人们向往其至善至美的同时，又普遍认为是作者的一种向壁虚构。但我们如果变换一下阅读的视角，假定它是具有几分真实可能性的民间传说，结果就很有趣。因为陶渊明记述的，可能就是巴国后裔的故事。

唐代梁载言撰《十道志》：“楚子灭巴，巴子兄弟五人流入黔中。汉有天下，名酉、辰、巫、武、沅等五溪，各为一溪之长，号为五溪蛮。”桃花源故事的发生地位于武陵，正好巧合历史记载的五溪地区。在陶渊明的笔下，桃花源人的祖先是躲避秦朝战乱而来的，也与秦灭巴国的历史背景大致吻合。他们不知有汉，亦不与外人往来，其行踪确实有点像国破家亡、隐姓埋名的廪君后裔。也许无意之中，陶渊明记述的就是巴人后裔生活的真实图景，至少也是“疑似”巴人吧。

如果桃花源的故事让人将信将疑，那么位于沿河县境乌江西岸的蛮王洞传说就逼近历史的真实。与酉阳龚滩隔江相望的蛮王洞，传说很久以前有个蛮王和他的部下逃亡到此。他们最初居住在洞中，先是与当地人发生摩擦，但最终结为友邻，和睦相处。传说年代久远，记忆已模糊不清，但蛮王也许就是逃亡到此的一个巴人首领。

让我们把目光投向那神秘的巴人墓群。重庆市涪陵区白涛镇小田溪，乌江西岸台地。20世纪后期与21世纪初期的几次考古发掘，惊醒了那些巴人祖先沉睡的灵魂，部分揭开了巴人之谜。

在这里先后发掘了多座墓葬，其年代从战国一直延续到东汉时期。印证了《华阳国志·巴志》“其先王陵多在枳”记载。古称为“枳”的地方，就是今天的涪陵。出土的随葬品，可以用“丰富”来形容。不仅有绳纹陶片、错银铜壶、铜斤、铜凿等生产工具，以及铜釜甑、铜镜等生活用具，而且有铭文铜戈、巴式柳叶剑、矛、弩机等兵器。更令举瞩目的是，出土了巴式编钟、虎钮淳于、铜钲等战场乐器。编钟，祭祀和宴饮最隆重的礼乐乐器。虎钮淳于形似圆筒，是一种可供悬挂的军中乐器。其虎头饰物，具有独特而浓郁的巴文化特征。虎仰首翘尾，身有文饰，是典型的巴式文物。《后汉书》说“廪君死，魂魄世为白虎。巴氏以虎饮人血，遂以人祠焉”，巴人便以白虎为图腾，这也许是因为敬畏而产生的崇拜。很容易让人联想到巴国军队那前戈后舞的情境。在两千多年前，信巫祀鬼的巴人，为何选择乌江河畔作为他们灵魂的寝宫？小田溪巴人墓群，隐藏着太多深奥的文化密码。

难道所有的文明都能够埋进地里？不。礼失而求诸野吧，我们不妨走进乌江两岸，翻过重重叠叠的山坳，在那些白帕子白裤腰的老头老太脸上，捕捉远古巴人的遗传基因；在土家吊脚楼飘出的哭嫁歌中，感受巴文化的流风余韵。

而最让人血潮涌动的，莫过于流传在乌江流域的薅草锣鼓。无独有偶，清《龙山县志》也可见“土民自古有薅草锣鼓之习”的记载。古到何时？其源头自可追溯到远古巴人。又说“往往集数十人，其中二人击鼓鸣钲，迭相应和。其余耘者退进作息，皆视二人为节。闻歌雀跃，劳而忘疲”。这种薅草锣鼓习俗与乌江流域是一脉相承的。

在贵州的沿河、思南、德江和印江，直到20世纪70年代，以生产队为单位集体劳动的岁月里，薅草锣鼓依然风行。这是一种历史悠久、源远流长的民族习俗，遍布湘鄂渝黔边区。风和日暖的天气里，男女老少几十上百人成群结队、浩浩荡荡地上山，集结在苞谷地里。他们携带的不仅有锄头镰刀等薅草工具，另外还有些锣鼓乐器。形而上的音乐和形而下的生产劳作，会有怎样的结合呢？

在蛮荒的山野里，锣鼓声总会突然铿锵响起，那些本很懒散的薅草人便突然似神灵附体。最有趣要算打锣鼓的两人，上蹦下跳、又说又唱，活像两个精灵。紧锣密鼓的青纱帐里，但见手舞足蹈，锄头翻飞。真真是挥汗如雨了，但不是挥袖成云。因为本来就赤膊上阵，根本无袖可挥，那是地道的“肉莲花”啊！喧腾的锣声、紧密的鼓点、野性的山歌，具有一种无法言传的感染力。无论内在节奏怎样急徐或张弛，那延续一天的锣鼓与歌唱，始终与薅草的劳作相生相伴。情到高潮，总是一呼百应群起而歌，起伏的歌谣像汹涌的浪潮在山头与田间回旋，仿佛土家人灵魂深处发酵千年的激情被熊熊点燃。只有当日影在山、即将收工的黄昏，锣鼓声才会渐行渐弱、曲终人散。

这击鼓鸣钲、载歌载舞地劳动的奇特习俗，与古代巴人在战场上前歌后舞的情景何其神似，让人思接千载、浮想联翩，古代巴人歌舞而战的情景如在目前。所不同的是，生存方式从渔猎进入了农耕。歌舞依旧，而手中的戈矛化为锄头，战场厮杀变成田园耕耘，原始巫术也嬗变为民间娱乐。退居山野的巴人后裔远离了战争，但民族的文化记忆并没有因此消亡。我们今天所见那些充满生死之悲的丧葬歌、下里巴人的竹枝词与仪式化的哭嫁习俗等，其实都是巴人非物质的文化遗存。而音乐、说唱与劳动伴生在一起的薅草锣鼓，是一个民族独特的文化记忆方式，较为完整地演绎了一段巴文化的千载传奇。

辉煌或悲怆都已成为过去。乌江，河谷或山野，廪君的后裔们生生不息。

野生的民歌

我对那些传唱千年的民间歌谣，总是心向往焉。那似乎简约到了极致，却又韵味无穷的旋律，总让人感受到别样的苍凉。野生野长的民歌，也许就是一个族群或一片地域的心灵史。

2005年7月，在贵州高原乌江河畔的一个古寨，我就意外地享受了这样一次天籁之音。

当歌师们挂在胸前的锣鼓重重敲响，打闹歌就隆重开场了。空旷的高地上，扩散着一种简单的乐音，土家人粗犷的歌喉与悠扬的旋律随之响起：

山歌好唱难起头，木匠难修转角楼；
石匠难打石狮子，铁匠难打铁绣球。

打闹歌的现场在古寨高处的梯田里，这里视野开阔、景色优美，层层叠叠的梯田里，绿油油的秧苗与白晃晃的水田交相辉映，有一种视觉上的韵律感。古寨人几乎是倾寨出动，热闹得如办喜事。薄雨之中田里有些冰凉，但不论老幼都很踊跃地涉水下田。

打闹歌的队伍，由歌师和薅秧者两部分组成，人们一边应和着歌师的号子，一边保持着队形快速前行。这种天气在冰凉的水田里打闹，自然有感冒的风险，但他们却有着儿时游戏般久违的兴奋。

小小黄鳝尖壳嘴，打我田坎漏我水。
扯匹茅草穿起你，看你款嘴不款嘴。

万物有序，歌亦有头。一人起了歌头，那蓄积在每个人胸间或喉头间的打闹歌，仿佛被突然激发和牵引，全都汹涌奔流起来了。此时，歌声在寻找歌声，激情在拥抱激情。男声、女声，碰撞、融合，汇成一股滚滚洪流在高原上流淌。也许他们歌唱的欲望，被日常生计的重负压抑太久？

远近绵延起伏的山坡上，层叠的梯田次第而上，像群山荡漾开的层层绿浪，充满田园的诗情，而当粗犷的打闹歌覆盖这片山野的时候，那些人头攒动的条条梯田，让人恍然觉得是一道道跳跃着音符的五线谱。

所谓打闹歌，又称薅草锣鼓，是黔渝湘鄂边区土家人代代流传的一种古老习俗，但范围早已不限于土家族了。其演唱形式是在薅草或薅秧时，由两位敲锣打鼓、又唱又跳的歌师指挥，众人以歌作号，如军旅行阵般前呼后拥、热烈有序地在庄稼地里快速前进。它将劳动与歌唱有趣地结合，那载歌载舞的田间地头，哪有锄禾日当午的艰辛，完全变成了一种诗意的狂欢。我不知道这是他们灵性的舒张，还是祖先浪漫血性的遗传？

两千多年前武王克殷的战争中，就有一支奇特的军队在短兵相接的战场上作战神勇，战法却有点怪诞有趣：有些人执戈扬盾，有些人却拿着锣鼓又唱又跳。这些勇士就是巴人之师，土家族的祖先，我猜想他们战场上的表演可能是一种原始的巫歌巫舞。岁月沧桑，战争渐渐稀少，这种习俗也从战场转移到田间，渐渐嬗变为如今的薅草锣鼓。湘西清代的《龙山县志》就说“土民自古有薅草锣鼓之习”，并作了如下记述：“往往集数十人，其中二人击鼓鸣钲，迭相应和。其余耘者退进作息，皆视二人为节。闻歌雀跃，劳而忘疲。”而在乌江中下游，直到20世纪70年代，这种习俗依然普遍。

我忽然觉得这就是民间艺术诞生的温床，是民歌表演的最佳舞台。那蓝天拉开的幕布、梯田布景的舞台，四围群山列阵，而天上的日月星辰与地上的生灵万物，都可以与人共赏。

哥是高山大石头，娇在平地望水牛。
牛不抬头欠嫩草，娇不抬头欠风流。

这次组织的打闹歌，其实已是一种乡村表演秀，与原始的打闹歌有了不少区别。毕竟土地下放二十多年了，即便薅秧也只是几个人的劳作，不会出现这样大的场面。再说秧田里已经使用除草剂，好些年不曾薅秧了。所以好几个人都说，二三十年没唱，词都忘了。但在锣鼓声中，在领唱的歌谣里，我还是听到一个与众不同的男中音，尽管苍老，却极富穿透力的。那绝对不是作秀，而是用生命余光聚合成的天籁，一种灵性的歌唱。循声望去，是一个年近八旬的老者。

他肯定是整个活动的中心和灵魂，以至于在打闹歌的队伍中如此惹人注目。后来我们得知，他叫朱光普。四个站成一排的歌师中他是最年长的一位，老得像这片土地上一棵年深月久的风水树。似乎每支曲子的定调，每首歌的起头，都是由他来完成的。其他人敲打锣鼓和歌唱时，都要用眼角的余光瞟着他，往往唱到中途，有的人就唱得很含混，显然忘词了，他便唱得大声些，众人又掺和进来，歌声才得以继续。似乎所有的打闹歌，全都收藏在他肚子里。中途休息的时候，他还不断给身边的人大段大段地提词，算是一种临时抱佛脚的补课。也许平时大家对他的歌并不以为然，此时也只是一种临时的兴趣，人们津津乐道的，只是他的那些逸闻趣事。他的故事可能很不少，但经过人们记忆的过滤与筛选，留下来的大致有这么两个。

其一，在食不果腹的困难时期，人到中年的他偶然搜求到两个宝贵的鸡蛋，就藏在家里煮蛋（荷包蛋或其他烹调方式不详）。谁知天有不测风云，鸡蛋刚一下锅，灶头四周就不知从何处突然冒出来一圈小脑袋，似乎是一种侦察了好久之后的不谋而合。整整一圈脑袋都瞪着锅里，嘴里垂涎，眼里差不多都长出舌头了。关于这个重大疑难事件的处理结果有两个版本，一说他哗哗地掺了几瓢水，问题就解决了；一说他捞起了两个囫囵的鸡蛋，而让那几个小子去美美地分一大锅可能渗透了不少蛋白质的羹汤。

其二，同时期一个无肉无酒全家寡味枯坐的大年三十，朱光普突然福至心灵，临时提议全家来“打个闹”。孩儿们群情踊跃，纷纷找来锅碗瓢盆，筷子敲之，锅铲鼓之，手指扣之，全家歌之，茅屋顿时乐声大作。绳枢瓦牖之家，弥漫宫商之音。朱光普一人兼总策划、总导演、乐队指挥、首席演奏、歌手等多种职务。在他的打闹生涯中，可能这是兼职最多的一次。我猜想朱光普的这一创意，也许是春节联欢晚会最早的民间雏形。村人怪而羡之，笑着叹气：穷快活。

而今，七十六岁的朱光普，握一根短铜烟杆，穿一件过时的黑色长衫，头上白帕子，腰间白腰带，嘴上白胡子，黑衫的下摆斜挽了一截在腰带上。打闹的时候一直打着赤脚，裤脚高高捞起，脚杆上沾着许多泥巴。令人难忘的是，他总会不时发笑，眼眶里都蓄满笑意，自然无邪，有几分顽童的意味。一时兴起，会突然来几句：

号头师傅你不要夸，田坎底下是你家。
蛤蟆是你亲兄弟，癞疙宝就是你老人家。

他的笑像自涌的间歇泉，似乎不笑就会感到难受。脸上笑容的那个灿烂，让人感染又无法形容。笑起来的时候，但见嘴里门牙脱落，偏偏两边又各剩一颗牙齿，形成对称，像别墅门前的两根廊柱。而嘴巴中部空空，使得笑容的意境更其深邃，而悠悠的歌喉更加迷人：

凉风绕绕天要晴，画眉绕绕要出林；
娇妹绕绕要出嫁，郎哥绕绕要接人。

他笑起来的时候，总让我产生一种笑容如花的幻觉。脸上虽然许多皱纹，却让人不觉衰老，倒像是层层叠叠盛开的莲花。满脸阳光，看不到生活的一丝沉重与阴影。那笑似乎与生俱来，是一种天性与本能，与世俗生活毫无关联。那份飘逸洒脱，让我们感到现代衣装包裹下的自己，所谓的文化人，才是大大的俗人。

这分明是一个孑遗的仙人，一位民间的歌仙呢。

关于他的爱好，众人毫无争议地认为，一是歌，二是酒。据说现在每天还要喝两斤，有钱就买，没钱就赊。总之，歌不可少，酒不能断。这一天，我们就特意带了一些酒去，朱光普和老乡们喝得像凉水一样滑口。中途休息时，几口酒下去，歌又冒出来了：

凉风绕绕天要晴，老鸦叫唤要死人。
死人要死亲丈夫，莫死周围野男人。

内容的谐谑让听众会意地大笑起来，朱光普的笑容无疑是最灿烂的了。几个轮回后，歌唱了许多，酒只剩最后一点了，大家都推让给他喝。他一手提了酒瓶，一边朝田埂边走去。最后朝天一仰，将最后一滴酒抖在嘴里，随手把空瓶撂在田埂上。一边浇水洗脚，一边自说自唱起来：

又打锣来又敲鼓，闹得心里不做主。

打闹歌最后曲终人散，但朱光普不像众人一样散去，而是在我们后面尾随而行，一路都是他洒下的歌声：

太阳出来绿洋洋，情哥来到花树上。
蚊虫咬你扇子打，狗儿咬你冷饭诓。

到寨中刚一坐下，他又谈兴甚浓地攀谈起来。有人问，你唱歌有书没得呢？书？

他得意地一拍肚子：我肚皮里头就是书！几天都唱不完。他特别提醒说，下次你们来要提前通知，以便好生组织唱歌的人，最好戴蓑衣斗篷唱。连道具都替我们想好了，而对于掩饰不住的生活艰难，只轻描淡写说了一句，要做才得吃。再无多语。但他却几次反复强调自己是花灯“灯头”的经历，让我们听出了其中自豪的意味，以及强化听者记忆的用意。已是下午五点了，他说牛还在圈里，坐一会儿就要回去，但直到我们告辞，他始终坐在凳子上没动，很留恋的样子，分明意犹未尽。当别人几次把话题转移到耕作或世俗事务时，他又固执而牵强地试图把话题拉回到唱歌上来，却总被人们有意无意地岔开。就像酒桌上正喝得兴起，别人却纷纷离席。这种微妙的尴尬，让我为他难过。耳畔回旋着他那些美妙的山歌，眼前却是他苍老前躬的身影，我感到这个好酒量、好歌喉的老头，笑容背后藏着多么深厚的孤独和不合时宜啊。

草草告别后，我们一行便带着满足的神情离开寨子，行色匆匆。转过山坳，我又听到他的歌声穿过层层雨雾而来：

望郎望到二十三，两只眼睛都望穿

我不知道他那苍凉而忧伤的歌谣，是依依惜别还是对我们来去匆匆的怨艾？而感觉此行不虚的我们却只顾赶路。那渐渐模糊的歌声，以及行将终老的歌者，都被车轮毫不留恋地抛在了这片雨雾笼罩的土地上。我觉得无意间走近了一位仙人，一位孑遗的歌仙，这也许是我们地域里最后一个歌仙了，但又与他擦肩而过。也许，我们不该如此来去匆匆，还应该继续做点什么？但我们就那么匆匆地走了。望着车窗外迷茫的雨雾，我心头涌出深深歉意，并无端想起瞎子阿炳和他流浪的城市上空那轮冷月。

我突然感到怀疑，自己虽用熟悉的汉语记录了几首歌词，但这还是那原生的民歌吗？还是与这片土地的历史和命运紧紧缠绕的天籁之音吗？并且，我们真的能把它连同泥土的芬芳，原汁原味地带进喧闹的都市？

（选自《远山的歌谣》，大众文艺出版社，2010年9月；
入选《新时期中国少数民族文学作品选集·土家族卷》，作家出版社，2013年12月）

2010年

刘照进

匍匐的姿势或大地的倾听

地地道道的农民装束，神韵、气质、动作无不透出几分稚拙憨朴，甚至带着几分滑稽。不过没关系，这恰是民歌手们身上的特质，为他们将要进行的“演出”做一层铺垫。

清越的歌声响起来了，原汁原味的乡音俚调满地流淌，简单、素朴，不带任何修饰，却将这片地域的文化内涵演绎得有滋有味，有声有色。

以大山为背景，靠水而居的土家族人世世代代在这块土地上繁衍生息，骨子里融会了山的粗旷和水的柔媚，他们似乎天生就是优秀的歌手，在与自然抗争的过程中，他们摘天上的日月星辰为词，扯身边的清风流水为曲，自编自创，自导自演，自歌自吟，用穿云透月的清越歌音，抒发胸中的喜怒哀乐，释放劳动的负重与愉快，描绘对美好生活的向往，表达对爱情的纯真追求……

我曾采访过一位农民歌手陈庆国。精神抖擞，丝毫没有农民的卑怯和委琐。耕种之余，他也替人做些砌墙垒灶的泥水活。清贫的生活丝毫没有影响他对民歌的热爱。无论是上山砍柴，还是栽秧薅草，他都喜欢扯着喉咙吼几嗓子。唱歌已成了他的一种生活方式，寂寞时他唱，欢娱时他唱，得意时他唱，失落时他也唱。他的日子里注满了民歌的韵脚，只要心灵的和弦轻轻拨动，那些优美的野曲俚调就抬起头来，站到生活的表面。

陈庆国说他最爱唱的是对歌（山歌的一种），他说对歌的“味道”特别浓。对歌一般都是一男一女对唱，而且在野外要相隔一定的距离。“这山望去那山平，对门有两个好女人。大的就是大姨子，细的就是管家人。”隔着河流、山坳，看见对面走着两个陌生女子，年轻的土家汉子按捺不住激动，放开喉咙就把山歌递过去。但他显然未经对方同意，就说“细的是管家人（妻子）”，语气霸道，先声夺人，大胆、粗犷、率真、鲁莽的性格一览无余。对方顺口就回绝：“小兄弟哎你莫聊白（聊皮、无赖），你的家底我晓得，那年那月从你家门前过，你瓢瓢铲铲都没得。”人家不仅讨厌你的性格，更是对你的家底了如指掌，自然要遭到挖苦和奚落。

后来，我从陈庆国的歌声里品出了他说的“味道”的确切含义，那种不修边幅、素面朝天、贴着大地飞翔的乡音俚调，饱含男女之间对爱情的追求、渴望、期盼、向往，确实蕴涵了无尽的意味。

民歌的源头，是大地本身。每一块石头都是琴键，每一缕山风都是曲调，每一滴流水都是音符……你的脚印只要轻轻踩踏着这里的任何一寸土地，都会有民歌从那些隐蔽的角落探出头来，向你招呼问候。劳动歌、情歌、山歌、打闹歌，哭嫁歌，仪式歌、红军歌、犁唱、船工号子，哪一首不婉转悠扬？哪一曲不震魂夺魄？哪一首不穿云透月？

暮春季节，斜风细雨，土家山寨到处是头戴斗笠、身披蓑衣的成年男女，他们弓身田间，把大地当作稿签，以手中的秧苗作笔，书写一行行精彩的诗句。春天提着五彩的油漆桶把大地的每一寸肌肤都涂抹得花红柳绿，啁啾的鸟儿在树枝上赶着爱情的集墟。不远处的水田里，一对秧鸡头挨着头，在秧苗的空隙间悠闲地游玩。弯腰“写作”的“诗人”触景生情，想起心中爱恋的姑娘，灵感喷发，一曲高亢粗放的《栽秧歌》就从田间的这头扯到了那头。

土家歌手王波七八岁就爱唱民歌，启蒙歌曲是母亲教给他的《奴幺妹》《望娘歌》《赌钱歌》。那时，当地唱民歌的风气特别浓郁，尤其是唱山歌。虽然有些俚俗，多数歌曲带有调侃、骂人的意味，但是很刺激，体现了人们在生活劳动中的单纯和愉快。在那些生活填不饱肚子的年代，繁重的田间劳动，枯燥单调的乡村生活，压抑的情绪，成为人们心头一块沉甸甸的石头，然而，土家人正是用这歌声来消愁解乏。隔着河沟、山岭放声对唱，一起一伏，此唱彼应，歌声穿行在林间山野，如一缕缕清风拂过。王波和小伙伴上山放牛，就和乌江对岸的放牛娃对着山歌，整日不厌。而到了栽秧季节，满田都是栽秧歌声，那韵味就更浓了。

“唱歌对我的最大好处就是欢乐，只要有歌唱，无吃无穿都无所谓，如不唱歌就心里闷沉沉的。”王波称唱山歌为“穷欢乐”，那时家里九口人，只有两间木房，穷得连媳妇都娶不到。后来他到别的村去做木工活，一边做活一边唱歌，整日不歇，渐渐引起了村子里一位姑娘的注意。姑娘是村小的民办老师，也是个“乡村文艺”爱好者，不知不觉就被王波的歌声“缠”住了。后来，这位名叫宋仁春的姑娘成了王波的老婆。乡亲们戏谑王波的老婆是“唱来的”。

几十年过去了，王波的歌声依然高亢、明亮、清澈，像山涧里流出来的泉水，一路叮叮咚咚地伴随着岁月流淌。在那一曲又一曲高亢激昂的演唱中，一条民歌的河流正从远古时代缓缓流来。

劳动创造了歌声，劳动创造了生活的美与和谐。远古的蛮荒年代，土家人身居高山深谷，人烟稀少，野兽肆行。他们于是邀约众人，推举一名歌头领唱，众人敲锣打鼓大声吆喝，赶山守苗。后来，聪明的土家族人逐渐把这种歌舞活动运用到生产劳动中去，创作了《薅草打闹歌》，在农事繁忙的薅草季节，聚众劳动，伴之以歌舞督促，展开竞赛，提高效率。

透过歌声的丛林，我的记忆又回到了故乡人唱着山歌薅打闹草的激情年代。夏忙季节，山村的天边刚刚露出浅色的鱼肚白，挂在村子中央古树上的高音喇叭就扯开了喉咙，喊醒人们扛着农具走上了山坡。

坡头坎脚，四荣公手提铜锣，亢奋的激情在圆面上扩散，拣瓦匠老何斜挎半边牛皮鼓，棒槌舞动，彩袖翩飞。他们站在薅草队伍的前头，歌之，舞之，唱之，蹈之，一场民歌的大雨顿时倾盆而下。

歌声起处，锄头像勇敢的战士，朝着杂草的敌阵冲锋陷阵，苞谷林里，锣鼓和着汗水一起滴落草丛。

四荣公和拣瓦匠老何都是我们村优秀的民歌手。我曾在散文《散落的碎屑》里这样描述过他们：“四荣公天生有一副好嗓，他的山歌和唢呐一样远近闻名。他没有进过学校，那些民歌是他在山路上捡拾的，带着牛粪的气味和露珠的清香，充满十足的野性，与教科书保持着毫无关联的距离。年轻时他是我们村的歌手，他和拣瓦匠老何联唱的《薅草锣鼓》曾使一个乡村充满了理想主义和浪漫主义的色彩……”

不知不觉日挂中天，暑热难耐，有那精神不振者就偷奸耍滑，只把锄头在苗丛间来回晃动。也有那闲不住的嘴巴，三两张凑住一堆，叽叽喳喳扯着东家长西家短的闲话，影响了劳动的进程。这时，锣声和鼓点就会撵到跟前，或以白描的手法点出她们的偷懒行为，或以戏谑调侃的方式描写她们自作自受的情形。那位邋遢的懒大嫂，更是遭到了直接批评，歌词运用比兴手法，描绘形象生动无比，充满了乡村式的幽默。嘻嘻哈哈的笑声传遍山野，懒大嫂赶紧集中精力，融入薅草的劳动行列。那些清越的歌声就这样飘荡在20世纪70年代的乡野，带着明显的抒情和憧憬，撞击着一个时代的神经，让兴奋的锄头和劳动的汗水忘记了偷懒。

我曾无数次穿越在乌江这条古老的河流上，感受着沿途的陡滩恶浪，也曾无数次对着江岸绝壁上的蜿蜒纤道赞叹感怀。每当此时，那些肩负纤绳、匍匐拉船的纤夫背影就在我的脑海里一一闪现，我的耳朵也会响起那些节奏紧迫、刚劲有力的《乌江船工号子》。

千里乌江奔泻而下，沿途滩多浪急，水势汹涌，在航道未经整治之前，这是一条充满死亡气息的水上之路。“乌江滩连滩，十船九打烂。”在那些苦难的岁月，不知演绎了多少船毁人亡的人间悲剧。于是，一生把命运系在水上的船工们，在来来去去的走船日子里，创造了这曲震撼人心的号子。

如今，往来于乌江上的那些木质的歪屁股船、斑鸠尾船、竹篷船已被钢铁船舶替代，船工们再也不需要在险滩激流中匍匐拉纤。但曾经那段拉船的历史却深深地嵌进了他们的记忆，那一曲曲或高亢粗放或舒缓回旋的号子却余音袅绕，挥之不去。

两年前，我陪地区文艺采风团到黑獭乡采访老船工田海云。老人石雕般的脸上依然刻写着水手的坚毅，那些皱纹的沟沟壑壑写满了老人一生行走乌江的传奇色彩。听说是要来收集《船工号子》，老人不禁兴奋起来，赶紧邀约来了当年一同走船的同伴。最后，大家就在乡政府狭窄的院坝里为我们表演“拉船”。他们站成长长的一溜，弓着身子，手上“拉”着虚拟的“纤绳”，随着领唱的指挥，身子前倾后仰，嘴里跟着“吆吆嗬哟”地伴唱。一条负重的逆水“船”被他们“拉”着，缓缓地向“上游”“行驶”。

往前梭噢来哟，吆喂吆哦来吔，吆吆来哟，吆喂吆哦来吔。

清早起来哟吹嗨嗨，把门里开哟嗨嗨，嗨呀嗨哟吹嗨嗨，妹儿拿起哟嗨嗨，梳噢子啰嗨嗨，来梳理那头哟嗨嗨，前头梳一个呀嗨嗨，剪刀的发哟嗨嗨，后头的燕尾巴嗨嗨，紧紧拉哟嗬嗨嗨，吔喂，喂啰嘿哟吔啥拉，斗劲来呀吔啥，喂嗨嗨咗，哟嗬嗨咗，吔哦哟嗨咗，吆来哟嘛吆哦嗨咗嗨咗，吆吆嗬嗨咗嗨咗，吔哦嗬嗨咗嗨咗，喂啰哟。

让我感到无比惊讶的是，他们的脸上丝毫没有流露出“表演”的敷衍。他们充满了激情和斗志，起初时红光满面，渐渐地随着“船”的上行，肌肉不断绷紧，手臂上青筋突兀，汗水淋淋，号子声越响越激烈，双手扯动也越来越快速。终于，船被拉上陡滩，在平水中缓缓徐行，号子声也由激昂变得舒缓起来。一抹夕阳挂天边，歌声舒缓悠扬。那时，乌江就在他们不远的脚下流淌，他们的影子被阳光侧打在江岸，仿佛老照片中泛黄的背影。

在我的记忆深处，那些缠绵悱恻的哭嫁歌总是那么牵人情怀，以至时间过去若干年，我依然看见大红花轿在山梁上一闪一晃地簸动，爱情伴随依依惜别的歌谣飘荡……

寨子里的春花大姐要出嫁了，姐妹们早早地来到她家，躲在吊脚楼上唧唧咕咕地教唱哭嫁歌。新郎是山那边的年轻小伙，英俊孔武，姑娘心里暗暗充满了期待，她把羞涩一针一针地绣进鞋垫，自己掌握着爱情的密码。

婚期到来，远亲近邻齐聚一堂，鞭炮鸣响，唢呐声声，接亲的大红花轿停放在大门口，堂屋里点着红红的花烛，大红对联将古老村庄的黝黑脸膛描成喜色。姑娘心头充满喜悦与惜别的矛盾。面对即将离别的父母兄妹，居住多年的老屋，还有那朝夕相处的寨邻姐妹，一股离别的愁绪涌上心头。此刻，她用一方手帕遮住娇羞的脸，悠长悠长的歌声就从那方帕的边角缝隙溜走出来，一声两声敲击着亲人的心口。

母亲也心疼女儿，责怪自己家贫没有为她置办像样的嫁妆，不免伤心，但她想着今日是女儿的大喜日子，一边挥起袖子擦抹眼泪，一边劝慰女儿到了夫家要遵守妇道，孝敬公婆。

弟兄姊妹团团围住，听着她如诉如泣地哭着歌谣。想着自己从此就要远离家门，年迈的父母无人照应，只得依靠哥哥兄弟多替爹娘分担忧愁，于是，那哭声里又多了几分嘱托。

哭嫁的歌声就像山路上的草绳，长一声扯住哥哥的腿，短一声拴住妹妹的脚。

礼炮响过，锣鼓敲起来，唢呐吹起来，难舍难分的新娘子哭唱着歌谣上了花轿，离别熟悉的家园，向着另一个方向而去。大红花轿一闪一闪，抬轿的汉子唱着山歌野调，故意颠来荡去，唢呐声声，红绸子在风中飘舞，飘在山梁上的歌谣，就这样翻过了一坡又一弯……

时光远去的海面，民歌的岛屿浮现。这匍匐的植株，鸟鸣的清音，这带着露珠的清澈和泥土馨香的天籁之声，似乎，只有大地配得上倾听。

（原载《青年文学》2010年第9期）

安元奎

节令物语（节选）

立春

每年的这个季节，古龙川总有几个古装打扮的人，手握一个木刻牛头，在村寨间游走。那牛头很有些岁数了，被摩挲得光滑油腻，青麻黏糊的牛髯随风飘拂，透出几分古意和神秘。他们见物说物，出口成章，都是押韵的四言八句，而且使用一种近于吟诵的古调。

那是春官在说春。

说春的习俗可能由来已久。对春天的发现和四季的界定，是件了不起的事情。在食不果腹的远古农耕时代，我们的祖先依然能够淡定地仰望星空、俯听大地虫吟，大约两千年前的某个傍晚，一位秦朝智者的剪影就曾倒映在黄河边的天幕上，一种奇特的天象牵引了他的目光，那是北斗七星的斗柄正好指向东北的艮向。智者似乎顿悟了上天的某种神谕，无意间找到了四季轮回的密码。这一天，从此有了另一个别名：立春。此时，太阳刚好抵达黄经315°。大地还是冰雪皑皑，冬眠的万物酣然未醒。

到了后来的唐朝或某个朝代，朝廷里似乎确有了春官一职，每到立春时节就骑了春牛，到乡下去催耕，那情景想必很有些趣味，令人神往。岁月变迁，朝廷早已不复有此职数，如今所见的春官都是民间自我任命，差不多属于山寨版。但这些自封的春官却颇为勤政，几乎走遍古龙川的村村寨寨。他们口若悬河，挨家挨户地吟说。说的是一些世代相传的古老传说，或者封赠一点廉价吉言，如遇有人考问古典，还得随机应变，即兴口占一些顺口溜。要么赢得考官心服口服，要么现出原形、落荒而逃。春官的道具除了牛头还有背篼，里面必有一摞摞的老黄历。粗糙的红纸上，醒目地耸立着一头墨色的春牛。木刻印版寸土必争地占领整张红纸，油印着被官方和城里人废弃的农历，二十四节气，还有黄道黑道、天干地支，三煞五黄。对于农人们来说，这才是一年的行动指南。据说古时的春官往往有些神力，说着说着，也许古龙川的哪棵梨树就开花了，某家圈里的牛会说人话了，而田埂上的草就在你眼前发芽了。

我并没有亲眼见证过那样的神迹，但还是固执地认为，春官有点像古老的巫师，让春天在召唤中降临；又像乡村版的圣诞老人，给无所事事的孩子们带来惊喜。

虽然到了立春，但春天往往并没有如约而来，古龙川的风依然凛冽，仿佛一把尖刀锐利的锋面，一片片切入你的肌肤，生冷、疼痛，不是春风。这个时节反而成了一年之中最冷的时候，天气阴冷，阴霾密布，间或飘起纷纷雪花，似乎在嘲弄似的模拟着千树万树梨花开的春景。山上白茫茫一片，迟来的凝冻牢牢地冰封着春天的消息。

也许，立春只是一个标志，一个象征性的日子。河岸的椿树不仅是打制木船的最好材料，树身冒出的春芽俗称“椿巅”，还是春天到来的标志。新发的椿芽色泽猩红，口感鲜嫩、还有一种特别的木香味。春天的味道往往是通过一盘椿巅炒鸡蛋，从舌尖直接抵达肠胃的。但这个时节，椿树似乎依然蒙在冬天的鼓里，没有半点消息。

但毋庸置疑，立春是四季的转折，是对冬天的革命或者告别，也是一年中最早的时间刻度，古龙川所有野生生命的共同生日。冬天的封锁已是强弩之末，大地深处那些涅槃或冬眠的生命正在暗度陈仓，光秃秃的枝头其实早已珠胎暗结。一切都已开始了孕育，所有的草木都在等待发芽，所有的枝头都在筹备开花。

于是阴冷的天色中渐渐增加了一些亮度，多了一点暖意的成色，让人看到了温暖和阳光的召唤。仿佛被冻得变短的白昼，又渐渐拉长了。

这个时节，豌豆还在努力地向上拔节，但嫩绿的豌豆尖还是缺乏生存经验，攀爬抵达的生命顶点竟然是人们的餐桌。青菜的叶片依然肥大地展开，更多的养分却偏心给予了日益长高的茎秆，这个生长于田间的草根，并不满足于终生作为别人的陪衬，悄悄谋划着自己开花，当一回灿烂的新娘。

胡豆无疑是含蓄而低调的，绿色的叶面覆盖一层灰色，装饰着最为缺少绿色的早春却并不招摇，但开放的胡豆花却算得上是古龙川立春时节的盛装。我一直觉得胡豆花有点像孔雀开屏，丰富的色彩和玄妙的构图甚至显得有几分灵动和诡异。对称的紫色外瓣完全敞开，露出鼓鼓的椭圆形花苞，外围的白色花纹又围着中心的一点浓黑，风吹之下像是眨动的眼睛。层层梯田里的胡豆花，如同孔雀的盛会。

也许，父老们并不是春天的第一个知情者，最早感受春天的可能是鸭子。古龙川过去有许多野鸭，但在某个夜晚不辞而别后，再也没有回来。

与小孩们对春天的向往不同，立春对刚成年的小牛来说显然有些不爽。经过一年的驯养，小牛犊渐渐脱掉了奶膘，成为一头骨骼粗壮的准耕牛，它无拘无束的童年和少年时光也到此结束。一向宽厚的农人们突然严厉起来，赶在立春之前将它套上棕绳编织的笼头，或者直接一条棕绳穿过鼻子。因为立春之前，就要教牛学习耕地，理解前进、止步、转弯等等口令，帮助农人分担劳作的艰辛。

牛鼻先是套上棕绳编织的笼头，继而在鼻子上穿孔，棕绳绕过牛角，套上一条鼻圈。因为护痛，牛会服从绳子的牵扯，乖乖跟着人走。粗粗的棕绳从牛鼻中间穿过，往往要渗血好几天，牛的眼神里，也会掠过一些哀愁，日子一长，更多是无奈了。一条棕鼻圈，绑架了牛一生的自由，也把农人和牛的命运，从此捆在一起。

古龙川有很多被固执使用的方言俚语，比如立春不叫立春，而是叫“打春”，这不像标新，更多是一种怀古。但如今的立春时节，我看到更多的不是披蓑戴笠走向田间的身影，而是携家带口背负行囊走向远方的匆匆脚步。曾经固守土地的父老们，草草过完一个年味渐淡的春节，往往又心急火燎地赶往沿海都市的某个工地。他们的故乡在这里；希望，却似乎在远方。

野草日益逼近的乡间故土，也许正日渐淡出他们的生活；而对于一年之始的立春，他们是否还需要保持记忆，我不知道。

雨水

立春之后，雨水来临。

我不知数千年前的祖先，如何参透了大自然的玄机。本是一片混沌的世界，却被分出天与地，阴和阳。在他们虔诚的膜拜中，天是万物之父，地乃生灵之母。这些素朴的理解歪打正着，多么接近事物的终极真实。

立春过后的天地，似乎确在筹谋着万物的妊娠。山野大片待垦的泥土，横亘着延伸向远方，尽管保持着懒洋洋的冬眠睡姿，却像婚床上春心暗动的新娘，在风中起伏着饱满的胸脯。这位袒胸而卧的大地母亲，的确在默默等待着什么。而雨水，很可能是上天之父汹涌的授精。当然，从这样的角度来理解，似乎有点不敬。

据说五行相生，而春天属木，木能生水，雨水由此得名。作为一个节令的称谓，雨水在很大程度上只是一个季节的象征。节令之初桃李并未含苞，春寒料峭；节令之末的太阳也依旧稀薄，乍暖还寒。

将五行中的水作为一个关键词，表明古人对生命之源的体悟多么深透。无法否认春夏秋冬草木的荣枯，莫不与水有着密切的关联。雨雾霜雪其实都是水的化身，但比起冰雪的凌厉，雨水多了几分婉约、几分温润。如果冰雪是对生命的桎梏和封锁，雨水则是对万物的滋润与催生，“雨露滋润禾苗壮”的俗语，道出了农人的期待与感恩。

其实雨水时节里，最典型的气候不是雨而是风。虽是春风，却说不上和煦，更像刀子或针刺，又像长着尖利的锯齿，似乎要切开你的毛细血管。所以二月春风似剪刀的诗句，我们也不妨歪着去曲解。但这样的物候，其实是春风又绿江南岸的前奏，只不过古龙川的父老们缺乏王荆公的文采，就直白地说成“扯水上树”了。扯字不太温良恭俭让，但异常精当，一语中的。很多民间语言就是这样，一下子就能剥皮抽丝，把伪装撕开，让最本质的东西带着痛感显露出来。我喜欢这个词。

扯水上树的日子，或明或暗的雨水，就这样以我们并不知晓的方式随风潜入夜，润物细无声。这是春天的变奏，在我们迟钝的肉眼之外。春江水暖鸭先知，万物开始萌动了。

但万物的萌动并不显山露水，所以表面上看，这个时节天地万物似乎并未被春风唤醒，除了那些喜寒的胡豆、豌豆和麦苗，大地的绿色并未添加多少。天还是灰蒙蒙的，山地依旧荒凉而枯索，地老天荒的样子。就连最性急的椿树，光秃秃的枝头依然不急不躁。

这个时节没有太多的活路（农活），乡村并不忙碌，除了偶尔的翻耕，更多田土选择了等待和保养。对节令烂熟于心的农人，智慧的策略还是休养生息按兵不动，当然除了栽树。我觉得地域辽阔的中国，统一一个植树节未必合适。对南方来说，天气开始燥热的三月里植树有些晚了，只有扯水上树的时候，才是恰到好处。

当然，并非所有的草木都无动于衷。短短几天，大片的油菜地里，零星的几株油菜不经意间率先抽薹，每株菜薹的最高处都顶着一个小小的黄色花冠，一抹暖色，融化我们心中的坚冰，油菜花开了。我突然觉得油菜花是个早熟的山野女儿，当别的草木还懵懂无知的时候，她已然情窦初开、最早怀春了。

也许我们应当对油菜花心存更多的感激。在这个色彩依然衰败的时节，在我们对春天甚至有些失望的时候，是她第一个挣脱严寒，投奔我们的视野。这时候的油菜地，几乎每天每夜都是新的，不断有新的油菜花，加入到绽放的行列。暖色的花卉热烈奔放，像黄色的火焰点燃了山野。这些小小生灵的内心一定带着前世的火种，才可能在春天里释放出如此艳丽的色彩。

当一声爆响炸碎古龙川凝固的夜色，久违的春雷，这春天的礼炮之后，便是“大珠小珠落玉盘”的那种急雨，自大唐白居易的琵琶行，从天而降。

作为季节的使者，春雨真的来了。

惊蛰

每当春雷惊醒那些蛰伏在泥土深处的小昆虫时，便是“惊蛰”了。据说昆虫其实听不到雷声，是大地回春的温暖唤醒它们遗传的记忆，才使其结束漫长的酣睡，开始在阳光下活动。抑或是春天的雨水，淋湿了它们的梦境，精心雪藏在地下的翅膀，这时已渐渐变硬，短暂的一生准备起飞。而那些孕育了一冬的虫卵，也将在这个季节里，化茧成蝶。

总之，春天在呼唤，该来的都会来临。

古龙川对于所有的生命，无论大小，也不管有害还是有益，统统选择了接纳和包容。即便毒蛇害虫之类，也一概来者不拒。就在我们的脚下，在离泥土最近的地方，乡村的虫子们，卑微的生命，演绎的或是传奇。

细想起来，乡村的虫子实在很多，因为被排除在统计学范围之外，所以不得其详，熟知的有蚯蚓、蝴蝶、蜻蜓、草鞋虫、竹子虫、毛毛虫、蛇、青蛙、蚱蜢、蚂蚁、地牯牛等。

这个时节，寒意去了三四成，依然还剩六七分。唐代诗家韦应物显然注意到季节的变化，所以写下了“微雨众卉新，一雷惊蛰始。田家几日闲，耕种从此起”的诗句。事实上，惊蛰前后的古龙川，并没有太多可干的农活。豌豆和胡豆，正在灿烂地开花，并不希望过多的打扰；越冬的麦子还有点柔弱，经不起太大的折腾。能做的活路，只是种一点瓜菜。冬瓜南瓜，黄瓜葫芦，茄子辣椒四季豆，所谓种瓜得瓜，种豆得豆。民谚说“惊蛰种瓜，收一啪啦”，这个“啪啦”不是拟声而是形容词，意思近于形容硕果的“累累”，但意味更加丰富。“累累”只有形状的叠加，而“啪啦”除了形状的描摹，还有一种声响效果。

四季豆和黄瓜之类，最初的秧苗需要无土培植，有一点古老的科技含量。母亲常用一个俗名“横筛佬”的大竹筛，底部垫一层厚厚的松木须，或者山上采来的巴地草之类，弄得像个舒适的温床。瓜籽被均匀地铺放在里面，每天浇上温水。那干硬的瓜籽，一天比一天滋润饱满，像个又白又胖的孕妇；没过几天，它的肚子被悄悄拱破，嫩嫩的绿芽探出头来。其实这过程类似于生豆芽菜，只是豆芽没有这么幸运，总是过早地夭折于人们的肠胃。

瓜豆发芽之后长势很快，最初只是一点小白芽，纤细的腰身柔弱无骨，但它渐渐长高，顶上的叶片像羊角叉，又像翅膀，渐渐变绿，越来越大，最后挨挨挤挤，密密匝匝。小小筛子已经容不下它们膨胀的野心，像长大的兄弟姊妹该分家了。它们，最终被交还大自然的泥土与风雨。

而更多瓜果的童年，并没有享受这样的呵护。它们被直接抛入冷硬的泥土，接受筛选或淘汰。比如种南瓜，就是简单地挖个坑，松一下土，几颗种子被随意丢入其中，最后只能耐心等待瓜秧的破土而出，听天由命。那些小小的种子，穿戴着坚硬的盔甲，把生命延续的希望紧紧怀抱，在黑暗中等待温润的阳光和春雨，在某个早晨侥幸地打开生命之门。

因此，每一个哪怕极为弱小的生命，都是一个奇迹，值得付出同样的尊敬。

春分

阳光或雨水中，一两片鲜嫩猩红的新叶，从椿树枝头好奇地探出头来。说得比唱还好听的春官又开口说，那是大山的舌尖，在舔吸春天。

这个时节的天气虽然转暖，但昼热夜冷，乍暖还寒。大势已去的寒流，如同某位喜欢干预新政的前朝老皇，依旧对新生的树木有些不合时宜的骚扰。阳光明媚的间隙，总是夹杂着一些令人不快的大风或阴雨，所谓春寒料峭。

但是，那些过于漫长的冬夜还是在缩短，光明的白昼获得了更多的出场时间。这个节令，叫作春分。

如果说立春是春天的序曲，谷雨为春天的谢幕，那春分刚好站在这个季节的中点。顾名思义，春分是春天的一半，也宣示着造物对昼夜的均分。

孟春时节的天气像小孩儿的脸，一会儿阳光明媚，满脸笑容；一会儿电闪雷鸣，闹点脾气。

春天的雨，有自己的个性和套路。它不像秋雨那么缠绵悱恻、长麻吊线，也不像夏雨那样暴烈任性、不依不饶直至泛滥成灾。它激情饱满酣畅淋漓，却又适可而止干净利落。民谚曰：春不烂路，冬不湿衣。刚刚还是大雨淋漓，转眼间太阳高照。那金色的光线暖和了每一粒寒冷的气流，抚摸我们低温的躯体，让人喜出望外，猝不及防。依旧厚厚的冬衣下，有了某种躁动和烦热，有人说是春心。

柳树，还是一层阴阴的绿色。日复一日，古龙川两岸的绿色，如越磨越浓的墨色，一点点濡染着树和草，以及山野的土地。那时远山的青草还来不及为山野铺满绿毯，古诗的一句“草色遥看近却无”，就把许多话语都说到位了。语言的精妙，用词拿捏的火候，令人叫绝。

大千之中，草只是底色和陪衬，花才是这个季节无可争议的主角。娇艳的樱桃最先开了，接着是桃花。桃树有两种，一种经过嫁接的，叫作接桃，色彩红白相间、异常艳丽，结出的桃子口味较甜；另一种则是原生的，叫作毛桃，花朵更为繁密，颜色也更为猩红，但桃子的口感要逊色一些。这些娇艳的花蕾，在春风摇曳的枝头上展翅欲飞。

更为繁密的还有梨花李花，一团团粉白，重复叠加，密密匝匝，如某位名家所形容的那样，你不让我，我不让你，完全没有一点矜持或谦逊。它们花团锦簇、层层叠叠、漫山遍野，简直是色彩的奢侈浪费。是姹紫嫣红还是争奇斗艳？太多过于烂熟的词语，都显得苍白无力。这些花完全是炸开了呀。除了一个暴力的“炸”字，还有哪个现成的汉字能够担纲表达的大任？

是的，完全是一种色彩的大爆炸！春天，古龙川两岸的花朵们爆炸了，彻彻底底、轰轰烈烈地爆炸了！

桃花的绚烂，其实只有短短几天，剩余的三百多个日子全是寂寞与等待。也许，为了这宝贵的绽放，再漫长的守望也是值得的。油菜花是早就开着的，大片大片的金黄，为贫瘠的山野铺上华贵的底色，各种零星的花朵，只是其间的点缀。人说芝麻开花节节高，其实胡豆、油菜等的开花莫不如此。自下而上，胡豆和油菜已经渐次结荚，如同怀孕的女子，开始专注于结果，不再招摇。只有高处的枝头仍在高举着花束，迎候着某只蜜蜂的垂幸。也许大自然的每一个高贵或卑微的生命，为了自身的延续莫不如此工于心计。

忙坏了蜜蜂和蝴蝶。秀色可餐，鱼和熊掌的兼得，实用与审美的合一，某些人垂涎而不可得的，蜜蜂轻而易举做到了。这个季节里，我们不知道有多少蜜蜂在劳碌中自足，又有多少在甜蜜中死去。这些热心的媒婆，穿梭在花丛之中，促成一桩桩美事，一个个大自然的天作之合。

春分，是不是天父与地母之间，一场轰轰烈烈无遮无拦的恋爱，或者野合？

也有些花，只开花不结果，让乡人空欢喜一场，因此不太满意，被指斥为“谎花”。但它毕竟只是极少数，不代表主流，暂且略去不表了。

节令与农历，其实并没有统一的步调。春分有时在二月，有时在三月，比如闰月的年份，所以对于农活的安排也比较灵活机动。民谣说了，二月不赶，三月莫懒。乡村的节奏就这样不紧不慢，透着一种自信与沉着。

因此，这个季节的农活，还是仅止于挖点苞谷土，种点瓜菜之类。挖土，也许是农活中相对简单的一种。工具是“7”字形的锄头，锄把与铁锄形成七八十度左右夹角，手握锄把挥向高处，继而重重落下，让铁锄嵌入土层，然后刨开、疏松，再重复若干次。所谓面朝黄土背朝天，就是挖土的标志性姿势。有一种偷懒的办法是把困难转嫁给牛，单方面订立不公平契约，让牛套上犁铧，替人卖力。据说古时黔地还有驯虎耘田的，即驯化老虎来铧田。道听途说，没有考证过。但犁土的犁字底下有个牛，与胼手胝足的挖土还是有点区别。

刀耕火种许多年后，古龙川两岸的平地早已开垦成田，土基本为坡地，不便牛犁，所以躬身挖土居多。挖土的同时，还要整理土地的边角，清除杂草，为即将进入的庄稼们提前清除异己。或许这是与庄稼人一样卑微的庄稼们，短暂一生中得到的唯一一次礼遇。

清明

我一直觉得，在野风中招展的清明菜，也许是这个时节的旗帜。

灰绒绒的清明菜在太阳下闪着银光的时节，就是清明了。青草给人的印象多是尖薄细长，清明菜的叶片却颇为肥实，蜷曲如兔子耳朵，样子灵动可爱。前人名其为佛耳草，其中也有一个耳字。

古龙川人将其掺上糯米和粳米，杂糅在一起蒸熟，做成清明粑。米团如白玉，而星星点点的菜色点缀其间，白里间青，有青花瓷的意境和韵味。单是品相就已令人垂涎，一旦入口，半粘半糯的清明粑在齿舌间投怀送抱半推半就，口感十分特别。而一缕清气，则溢出嘴角之外。倘若食者是一山中素女，樱唇榴齿，面若桃花之灿烂，其景更加妙不可言。

据说清明菜味甘性平，还有祛风除湿，调中益气的功效。它属于菊科草本，富含营养和纤维，也许在神农尝百草之前就被古人食用过。到了这个季节，山野才算走出冬季的阴影。阴气沉潜，阳气回升，气温陆续升高，雨量也渐渐增多了，宜于耕作播种，故有“清明前后，点瓜种豆”之说。这个时节，除了种瓜点豆，主要农活有下苕种、栽苞谷、撒谷种等。

看上去老实木讷的红薯，其实早已春心萌动。很多的情愫，已经在表皮下酝酿。农人顺时而为，把土翻松，锄成细末，铺一个舒适的温床。红薯被人从冬藏的苕坑里请出，一个挨一个铺在泥土上，再在面上撒一层更细的泥土，如同盖上一床棉被，为的是不让即将拱出的新芽被泥土压住。这个活，就是下苕种。这情景后来成为一个乡村比喻的素材。倘若几个人睡成大通铺，挨挨挤挤的，人们就会说，像在“面红苕种”啊，在这里，“面”是一个动词。

此时寒意渐淡，阳气日益充盈，稻谷也开始思念水里的世界。水稻以水为生，上岸后经过一个秋冬的休眠，离水的时间已经不短，该是他们回乡的时候了。民谚说“三月清明泡谷种，四月立夏栽早秧”“早栽秧，早打谷，早生儿子早享福”，对谷子的期盼溢于言表。

谷种被放进大锅，或一些大盆，温水浸泡，或一遍遍浇淋。那些沉睡的细胞被唤醒，几天之后，白色的尖牙纷纷冒出，谷种生秧了。然后将它们撒在秧地。秧地是稻秧的苗圃，早已蓄满山水，田泥也被划为一块块规整的长方形，作为稻秧的温床。稻种们要在这里集合，经过两个节令的生长，一起度过他们的童年，长高后才被农人们移栽。而在此以前，春寒料峭的时候，农人们早早就要冒着寒气，下水翻田。农人贯穿一年的辛苦，就是从整田开始的。那种钻心刺骨的寒气，非亲历不能感受。所以乡下人少有高血压和脑梗等贵恙，却多风湿类风湿之疾患。苏轼说“春江水暖鸭先知”，那是文人的诗兴和揣度；如果作一点非文学化的实用主义描写，当是“春江水寒农人知”啊。

苞谷的栽种比较简单，先是挖土，把板结的土挖得较为蓬松，用锄头均匀地掏成一个个土窝，把苞谷种丢进窝里。每个土窝里，有两三颗种子。最后把翻开的土回填，覆盖住种子。那时有一种名叫鸦雀的鸟，往往会去翻检这些种子，农人则会用树枝潦草地挂上一两件旧衣服，吓唬一下。以上这些都是几十年前的农作方式，似乎可以定位为传统农耕或古法种植。

如果把清明比作一首词，无疑要分上下阕。上阕的清明似乎是明朗的，按《岁时百问》的说法，此时万物生长，天色不再密布阴霾，显得清洁而明净，山青青，水碧碧，概而言之，谓之清明。这个时节阳光明媚，雨水酣畅饱满，雨滴中都带着几丝阳气，与阴雨霏霏的秋景大相径庭。山上山下，满眼春光，处处花开。除了节节向上开放的油菜花，梨花也来锦上添彩了。三三两两的农家瓦屋，往往掩映于花树之中，很是好看。触目所及，山野的色彩不是明媚，而是过于奢华了。我们平常感叹自己错过了多少春光，可能指的正是这个时候。

或许是小杜的两句诗，修改了这个季节的意境。与上阕迥异的是，下阕的清明落英缤纷，呈现另一种况味。几天时间，花树多成残红，枝头的绿叶渐次增多，枯萎的花瓣暗淡无光。野外无人问落花，绿荫冉冉向天涯。这是黛玉葬花的季节，容易孕育忧郁和感伤。

清明时节雨纷纷，路上行人欲断魂。据古书记载，古人要在三月清明，身着素服前往墓地，摆上酒菜祭品，修剪坟地草木，以哭当歌，然后尽醉而归。古龙川的清明粑也是人神共享的，每个墓地前往往少不了这一道祭品。

小时候，清明节前，父亲便带上香纸祭品，领着我走向屋后的山上。每到一个坟头，便拿出刀来，砍去上面的野草；或用锄头疏浚一下边沟，对墓地进行一些修葺。经过一番打理，一个个原本乱草萋萋的坟头，变得整洁敞亮，如同阳世的理发修面。最后在坟头最高处插上竹子或木棍，挂上几缕打成古钱状的白色皮纸。父亲念念有词，似乎有一套完整的程序。这个祭祀仪式，方言叫作“挂清”。我一直未能弄准其写法，是“挂清”还是“挂青”？那一束束白色的钱纸随风飘动，像是春天的一种招魂，撩起思亲的哀伤。但远远近近的，也有些寂寞无主的坟头依然荒草丛生，他们是什么人，从何而来又往何而去？令人对今生与来世不胜唏嘘。

也许，这是阴间与阳世的春天之约，一次跨越时空的一次短暂相聚？

谷雨

雨的故乡，本在江河湖海。因多情而随阳光私奔，隐身为云。但高处不胜寒，也可能是抵不住故土的呼唤，终究由无形而有形，化为水滴。当其壮大到空气不能承受之重，便完成一次宿命的回归，抑或失败的爱情之旅。

谷雨，顾名思义，播谷降雨。按照《群芳谱》的阐释，谷雨源自古人“雨生百谷”之说，乃是谷物得雨而生之意。这时，古龙川的气温开始持续上行，天气进一步暖和，肌肤也有了炎热之感。雨量充足而及时，正是撒下希望、播种移苗的最佳时节。

也许，雨是春天当然的主角。六个节令的命名，竟然两个和雨有关。第一个节令的雨水，更多是对雨的一种呼唤；只有到了谷雨，它才如同一个翘盼多时的主角，恰到好处地登场。杜甫有诗云，好雨知时节，当春乃发生。这个“时节”，应当更多是指谷雨。

但谷雨前后，往往还要夹杂一场预谋已久的寒冷。风和日丽的天气峰回路转，阵阵寒潮卷土重来。年年上演的这种现象，古龙川人见怪不怪，称其为“冻桐子花”，并提醒少不经事的孩子说，海口不要夸，还有三月桐子花。

若论各种花的出身，桐子花当归贫寒之属。与某些娇嫩脆弱的同类迥异，山野的桐子花似乎着意要用一场寒冷来证明自己的某些品质。寒风之中，光秃秃的桐树枝头，一夜间繁花满树。每朵花都是一个圆形花序，五个白色花瓣上，散布着橙红色的条纹，梦幻似的斑点。伞状的树冠，一朵朵聚成一束束，一束束又垒成一树树。远远近近的桐子花蓬勃灿烂，像山里那些冻得红彤彤的小娃娃脸，像我们放牛的童年。似乎有“桐子花，吹喇叭”之类的童谣，但记忆有点模糊了。

桐子花开过，天气才能彻底摆脱寒冷的最后一次纠缠，所谓“清明断雪，谷雨断霜”。这个季节，山野的色彩每天都在悄然变化，古龙川像个不断换装的T台美女，一夜间就会旧貌新颜。

桐子花委地成泥之后，山野一身绿装。“杨花落尽子规啼”，绿叶和青草层层叠叠，不断涂抹着浓绿的景深。“门外无人问落花，绿荫冉冉遍天涯”，已是暮春时节了。

当然，少不了下雨。都说“清明要明，谷雨要淋”，各种各样的雨，小雨，中雨，大雨；各个时刻的雨，夜雨，昼雨。但“春不烂路，冬不湿衣”。所谓“春不烂路”，是说春雨干净利落、酣畅淋漓，绝不拖泥带水、缠绵悱恻，但雨量自然有些偏大。

于是便有了雨具。一般的雨，只要斗笠即可。斗笠是竹子和皮纸所制，顶尖形圆。内外两层竹丝架，中间一层皮纸，经过桐油浸润，便可避雨。还有一种棕丝斗笠，竹丝里夹的是棕丝，不能避雨，只能遮阳。

但稍大的雨，除了头戴斗笠，还需身披蓑衣。棕树挺拔，叶色葱茏，本适于四季观赏，但乡间多忙人，也就无此闲情，只有棕树的丝毛最为有用。它是一种暗棕色的叶鞘纤维，可制成各种棕制品和日常生活用具。扇形的蓑衣像放大的扇子，棕丝利水，层层叠叠缝制，用于遮挡背部的雨水。有词为证，青箬笠，绿蓑衣，斜风细雨不须归。那是张志和的《渔歌子》，只不知他的蓑衣为何不是我们熟悉的棕色。

蓑衣裙或许是蓑衣的迷你版，呈长方形，使用方法和目的略有不同。棕丝不吸水，却有海绵似的柔软。拴在臀部，便于随时坐下。雨天放牛，最为实用。

这个季节空气清爽，微风拂拂，不冷不热，穿一二薄衣即可，许是一年中最为宜人的时光。

山野的庄稼，此时在各奔前程。油菜花基本绝迹，自下而上的油菜籽层层叠叠，更加结实而饱满，甚至有部分开始倒伏了。种下的苞谷，变成了几寸新绿的秧苗，刚刚分岔，像小小的羊角辫。在大片灰黄的泥土背景上，新苗还说不上葱茏，只是一些点缀。

而不久前绽放的胡豆花，已经变成一串串可爱的胡豆荚，像一个个手指，竖立在枝干上。指甲般大小的胡豆，是新年里第一批成熟结果的庄稼。最先尝新的是放牛娃，掰开豆荚，取出一颗颗胡豆，用竹签穿成一串串的，放入柴灶膛的热灰之中。稍等片刻，三两声细微的爆响之后，刨出的烧胡豆半焦半熟，半黄半青，怎一个香字了得。一旦入口，竟觉吞下的是整个春天。

立夏

“青草池塘处处蛙”的诗句广为流传，赵师秀的这个句子如用在古龙川，似乎要改“池塘”为“水田”才更贴切。因为这个时候，不独池塘，水田里也处处是蛙声了。

青蛙是乡村的歌唱家。大雨过后，每每会有许多呱呱的蛙鸣，声传数里。最美是月夜，皓轮当空，一丘丘水田如同一面面镜子，明晃晃地反射着月光星斗，你会听到蛙声此起彼伏，前呼后应，汇成一片嘹亮的大合唱，甚至有人细听出其中竟有领唱、合唱、齐唱、伴唱等多种唱法。特别是合唱，声音洪亮，气势磅礴，更富于音乐的美感。空旷的山野之夜，被蛙声填得鼓胀鼓胀的。

耕读传家的乡下老人，往往会立时因势利导地对子孙进行点即时的励志教育，说，青蛙在读书呢。后来才知，其实青蛙们并不识字，只是一种率性的歌唱。而且那些鼓腹而歌的，清一色都是雄蛙，他们的歌声目的明确，只是在呼唤爱情。在竞争激烈的情场上，声音最洪亮的，才能得到雌性的垂青。但让我遗憾的是，蛙界的诗人和歌手都是雄性，未免有些单一。而且，艺术竟然有点像爱情的副产品，也有些让人难以接受。

立夏之后，天气就有点热烘烘的了，雨水充足，阳光明媚，二者交替进行。天变蓝了，常常有大块的云在蓝天上游走；傍晚的天边，还有梦幻般的彩霞。

下雨的时候，稻田需要及时蓄水。为了留住转瞬即逝的山水，铧田往往要顶着倾盆大雨。这是人和牛的伙伴式合作，或者患难与共。铧口的前端是生铁铸就的尖角，需要在水下潜行，刺穿那些板结的老土，使其变得松软，利于秧苗的落脚。手握的部分是木制的，有一段还是自然生长的弯木。笨重，但造型古朴。牛在前拖行，人在后掌握铧尖的深度和力道。铧得太深，铧尖容易折断；铧得太浅，板土又不能铧透。这是牛最苦累的时候，有时一整天都不能卸下枷档。即便把草丢在田埂上，它也吃得潦草马虎，漫不经心的。铧田的同时，还要上盖，用钉耙扯出田里的稀泥在田埂边糊上一层，防止漏水。光脚下田，水有些冰凉，但为了果腹，两害相权取其轻，农人们只能如此，即便有风湿的危险也顾不了了。一天下来全身是泥，几乎个个都成泥塑。水田里的稻秧还没有移栽，但已蓄满了山水，虚位以待。

此时的山上，雄性的野鸡变得亢奋，招摇着周身绚丽的羽毛，漫山遍野地寻找旧时的情人。俗话说“一只毛鸡管匹岭”，说是一只雄性野鸡的领地就是一座山，山上所有的雌鸡它都可以临幸。

桐子花已经谢了，刚过几天，桐树叶长得比巴掌还大。再过些日子，便可以摘来包裹新熟的苞谷粑。油菜走完了生根发芽开花结果的生命过程，枝干已经撑不起自身累累果实的重量，像个累坏的农人弯下腰去，趴倒在田里喘气。颜色也由青变黄，只等一把镰刀的降临，收割它的余生。

而初生的四季豆和黄瓜秧苗，还对世界充满好奇。它们的藤蔓一天天伸长，嫩嫩的触须像婴儿的小手，触摸着陌生的世界，一旦抓住便不肯放开。农人总会及时给它们插上竹竿和树条，让其节节攀升，最大限度地享受阳光和雨水。

枇杷花已经开过，枝头冒出青涩的小果子。青青的李子，长得如樱桃大小。两三寸高的苞谷苗在不断成长，已经分出五六瓣新叶。从埋下红薯的地里，冒出一丛丛簇新的秧苗，或猩红，或嫩绿，密密麻麻挤在一起，还没有移栽，如同姑娘的待嫁。这个时候，如果你挖开泥土，会发现地下的红薯已把自身的全部水分和营养输送给苗秧，只剩一堆纤维、一副皱皱巴巴的皮囊，如同哺育了太多孩子的中年母亲。

山上，带刺的野花或红或白，一蓬蓬招摇地开。土豆已经长到一两尺高，开始开花了。白色的花瓣，黄色的花蕊。但土豆似乎对开花一事不太经意，花朵很小，颜色也不怎么起眼，花开得内敛、低调，甚至有些随意，不像某些植物，开很大很艳丽的花，却结很小的籽。土豆的功夫在地下，要真正了解它的全部，你得等到收获的时候。

事实上，这时候的花已经退为配角，而草和叶才是主角，绿成了山野的主色调。山野的树，地上的草，全绿了，从里到外绿个透，新绿变成了墨绿或深绿。小小的区别，只是层次深浅不同而已。而蒲公英已经准备好球形的果实，像一架架缩微的袖珍直升机，一旦大风来临，便会立即出发，去远方播撒新的生命。

据说，作为夏季之始，立夏这一名字在战国末年就已确立了。立夏的字面意思，便是春天播种的植物已经直立长大。

如果春天是大地的受孕，那么夏天有点像她的妊娠。而绿意丰盈的山野，或是她便便的腰身。

小满

山野里的草木，纷纷盛装登场。金银花的名字有点俗气，但那是命名人的问题，与花无关，也无损其天生的美感。田埂边，山坡上，一开一大片，旺盛蓬勃，黄白相间，淡雅而又灿烂。馥郁的香气浓而不艳，针形的花朵小巧玲珑，此时虽到尾声，依然意犹未尽。

牵牛花却正当其时，绿色的藤蔓上，每个节点弹出两三个花骨朵。圆形的花冠呈完整的圆筒状，像个小喇叭，或陶瓷的高脚杯。它没有如其他花一样分瓣开来，而是别出心裁，自成一格。看来世上既没有相同的两片树叶，也没有相同的两个花朵。撒野的放牛娃总喜欢将其摘下来，玩到兴尽撕成碎条，以破坏为乐。但大人有些祖传的禁忌，说摘这种花后果严重，损坏坡上的一朵花，便会打烂家里一只碗。碗乃口食所系，在农家是易碎而又偏于贵重的器物，打烂碗是饭桌上比较严重的责任事故。隔代的祖父祖母，一般会选择包容，把打烂碗看作是小孩又过一个成长的关口。往往笑呵呵说一句，又过一关了。轻描淡写，不再深究。而亲生的父母，则不会简单了事。为让孩子长点记性，惩前毖后，轻则骂几句，重则“干笋子炒腊肉”。但这不是《舌尖上的中国》，而是一个冷幽默的乡间修辞。那“干笋子”是充当临时刑具的竹条，“腊肉”则是小孩屁股。如同乡村的其他禁忌一样，打破碗花这一禁忌的内在逻辑令人费解，但环境保护的客观效果却颇为明显。放牛娃的破坏因此只是零零星星、偷偷摸摸，古龙川的牵牛花大多得以独善其身，囫囵地开，囫囵地谢。但这些野花只能饱饱眼福，与饥肠辘辘的肚子无关，也就不是古龙川乡人们重点关注的对象。

小满，意为农作物尚未完全盈满，亦即没有成熟，是以肯定形式进行的一种否定。而事实上，古龙川的麦子已经变得籽粒肥实，色泽金黄。那些带芒的麦子，早已逸出饱满成熟的体香，召唤乡人唇舌的拥吻。

麦有两种，一大一小。大者大麦，小者小麦。燕麦本也可食，但因无人种植，在古龙川成了野生之物，一个不受欢迎的第三者。乡人每年薅草，都要将其和杂草一起清理干净。但神奇的是，第二年它依然会不请自来，出现在麦地里。这位不速之客喧宾夺主，高高的枝干压过了小麦或大麦，旺盛的生命力令乡人生出几分无奈，几分佩服。但放牛娃喜欢燕麦。燕麦的籽粒与顶端的麦芒呈直角形，像手表的秒针。如将其插进黏稠的田泥，那麦芒也会像手表秒针一样，神奇地自转一圈半圈，屡试不爽。是其体内有个什么小齿轮，还是其他的物理学动力，至今为谜。据说如今燕麦已被列为全球健康食品前五位，早知如此，燕麦在古龙川的际遇或许会好得多。

小麦的幼苗很有点像韭菜，也就成了乡下人考问城里人的一个经典试题。这个话题本身暗设陷阱，城里人错误的回答往往正如乡人所料，自会引来提前准备好的一场大笑。他们似乎发现了那些貌似高人一等的城里人某种软肋，自尊心获得极大慰藉，城乡之间的种种沟壑也在一笑间填平。

成熟的小麦茎秆外直中空，亭亭玉立，顶端的叶子捧着椭圆形的籽实，近于一种奉献的姿势。麦粒外层为麸皮，里头才是面粉，需要有一个磨细的过程。殷实人家往往只磨个六七折，其余三四成全作为麸皮喂猪。那面粉色泽雪白，口感细腻绵滑，入口即化。“粉身碎骨浑不怕，要留清白在人间”的诗句本是形容石灰，用在面粉上或许也过得去。而人口众多、家境贫寒者，则会一磨再磨，直到把一些麸皮也磨成面粉状才甘心，只要数量，顾不上质量了。那反复磨成的面粉如同风吹日晒的村妇脸色，黑而黄，黄而暗，口感涩燥，很容易被舌头甄别出来。

麦面的做法有多种，而乡间常见只有麦粑、麦汤粑、面条几种。麦汤粑的吃法，是在面粉里加水调和成糊状，半干半湿，待锅里水开后用筷子夹入，或用锅铲将其削入锅中。它们先是往锅底下沉，不一会纷纷冒出水面，像一群漂浮的鱼。

古龙川的麦粑与山外馒头貌似相近，实则形近而神远。馒头精致，个头均匀，但用碱发酵，始终有股涩味。而麦粑用半熟的浆子发酵几个时辰，蒸时用桐麻叶包裹，出笼时每个麦粑随物赋形，膨大粗放，造型各不相同，甜味中还有隐隐的酸意和草木之香。不过，我以为最可口的麦粑不是蒸的，而是放在灶膛的柴灰中烧烤。待其内里熟透外部焦黄时拿出，麦香扑鼻，刚柔相济的口感，美到不可言说。

面条可算是面食中的贵族或绅士，讲究做工和造型。从磨面、擀面、上机、切割成细长的条状，最后晒干，加工的过程慢条斯理，从容不迫。非家境殷实的人家，不能做到如此精细。因此，乡间的一碗鸡蛋面，可成为招待贵客的主食。

大麦的麦芒细长茂密，像柔软的芒刺，但颗粒比小麦更大。古龙川乡间的做法有两种，一是炒面，一是麦米。把大麦放在锅里炒熟，用石磨推细，炒面就做成了。干吃几口，香；再喝点水，就会感觉饱胀。一般是大半碗炒面，掺一点开水，搅拌成糊。在青黄不接的季节，是一种难忘的果腹之物。大麦晒干后，还可以像加工稻谷一样，用水碾子碾成麦米。麦米是一种口感怪怪的食物，做饭时和大米掺杂在一起，外形上有点以假乱真，但混入嘴里后，麦米就不像米饭那样老实，而是滑滑的，涩涩的，硬硬的，感觉有点怪，像个刁民，处处和牙齿舌头唱对台戏，咀嚼半天也难下咽。一顿饭之后，舌头会对其产生本能的排斥。很多年没见过大麦了，后来只在西藏见过，变得有些矮小，名字也改了，叫作青稞。但我认得，那就是曾经吃过炒面的大麦，做过麦米饭的大麦。少年的怨气渐渐被岁月稀释，只剩一份感激了。

麦子收割后，意味着它的使命已经完成，山野的舞台交给了另一位主角：水稻。水稻似乎可算作一种水生植物，只能在水田里才能生长，其生命的周期当从育秧开始。此时，秧地的秧苗长到六七寸，密密麻麻的，生存空间已经过于拥挤，亟需移栽了。

栽秧是一系列的繁重劳作，从耙田、扯秧到移栽，有好几个连续程序，一个人单干很是费力，往往采取众人互助的方式，分工协作。

为使将来的秧苗享受均等的通风与采光，栽秧要讲究成行成排。有的拉绳栽插，虽然比较麻烦，但秧苗纵横交错，视觉效果比较整齐；有的以田坎为参照，随弯就弯，又叫顺田弯，栽出的秧苗是一条条曲线，换个角度看就有点凌乱。

这是个技术活，秧苗根部插入泥土的深浅要恰到好处。根部陷得太深，秧苗会长得很慢；插得太浅，水波一荡，便会连根浮起，“吃炒米茶”，被人笑话。起头时几个人站成一横排，每人占据几棵秧苗的间距，以左右手臂所及为限，平行后退。一样的起跑线，但手脚有快有慢，渐渐便有了差距。栽得慢的，会被甩下很长距离。如果周围的都是快手，就会被围在秧苗中间，叫作关门，是很没面子的事情。

主人家总是准备了好酒好菜。平时舍不得吃的腊肉猪脚，已经储存了好几个月，这时大大方方拿出来，用土罐煨得烂熟。桌子除了米饭之外还有糍粑，栽秧的人人一个盐鸭蛋，叫“栽秧蛋”。中午时送茶送水到田间地头，有些人家还煮了红苕米酒，兑点山泉水稀释一下浓度，酸甜酸甜的。吃个三四瓢，解渴，过瘾。

如果天朗气清，风爽爽的，心绪就很容易撩拨起来，会有山歌从农人们的心窝里飞出：

大田栽秧排对排，一对秧鸡飞出来。秧鸡抬头望秧子，小妹抬头望哥来。

大田栽秧行对行，中间栽个鲤鱼塘。鲤鱼要往龙门去，我和小妹进绣房。

唱歌的多是男性，所唱的山歌叫作“沙眼”，内容有点荤。但生活中他们其实没什么婚外情，歌中的小妹也抽象而朦胧，顶多算是一种乐而不淫的合法想象。

但山野的事情并不完全浪漫，比如田里的蚂蝗就有点让人扫兴。这种水虫最青睐的饮料竟是人血，栽秧时浸泡在水里的赤脚便成目标。它吸血时颇懂技巧，有一套成功的策略。开始粘在腿上时不痛不痒，神不知鬼不觉。它吸得很有耐心，轻轻地，细细地吸，抽丝一般两头并进。速度似乎很慢，但时间报答了它的耐心。等你发觉时，腿上已是血流如注，它却大腹便便了。它还有个不死之身，即便身子断成几截，或者剁成肉泥，依然能重新复活，长出头头尾尾，令人奈何不得。

栽秧上坎，水田的水初时不能关得太满，需要放掉一些，渠口便有水整天哗哗流出，形成一个个临时小溪。农家小儿无事，往往光着脚丫，用油菜秆制作一两部简易水车，安装在湍急的流水上，呼啦啦地旋转，水花四溅。这项审美而非实用的水利工程大功告成时，小儿往往满手满脚都是泥，鼻孔下挂两线瀑布，呼啦一下进去，嘻乎一下又出来，嘿嘿地笑。

（选自《节令物语》，大众文艺出版社，2010年9月；
《节令物语》获贵州省第二届专业文艺奖）

潘　鹤

父亲的记忆，我的河流

可能是大多时候我一直往前看的原因，以致常常忽略了自己的眼神，这是多年来养成的习性，它侵入血脉，形成一股看不见的逆流，在我的心里四处奔腾。

大多时候，我并没有刻意去忘却，可我还是忘记了那些在生命起初里哺育过我生命的温存。这让我难以捉摸，其实那片生我的土地本来就是寥落的，它写满忧伤的成分，就像一弯秋池，里面满是枯枝败叶，漂浮在水面上，风起，也只能翻起一地的凄清。我曾经站在半山腰里极力地想象我那早些的岁月，山峦起伏，树叶低吟，我看到往事都掉进那两条流淌不尽的河道中。

外边隐隐约约又传来鸡鸣，三更了。

有些时候，我的情绪是没有规律性的，一到深夜，当回忆涌起，眼里的泪水就会情不自禁地聚集，最后溢出眼眶，莫名其妙地忧郁，竟然不知道是为自己还是为他人难过。就这样落入万劫不复的窠臼里，我成了一个多愁善感的男子，为这我曾经努力地探寻过，沿着岁月的河流，我去寻找产生这一切的根源，我一直认为世间万物都饱含着因果相接。

我是冬月十一，戊日卯时生人，按照家乡习俗，这个日子出生的孩子，命定克父。这样的孩子可以抛弃或任其自生自灭的。这种说法，现在看来当然是迷信，当时传统习俗在家乡的威慑力是非常巨大的，父亲违俗了，他不仅留下我，而且呵护有加。这些事情小时候我常常听别人议论，自然心知肚明。父亲对我的爱与后来的猝然而死，中间是否包含某种契机，是没有人知晓的了。我毕竟没有含着金钥匙出世，父亲的死使我重重地惊醒了，像一个沉睡的婴儿突然被人掷出母亲温暖的怀抱，并弃之荒野。

我没有体会到自己的悲哀，我更多的是自责，世界上最爱我的那个人走了，在一个夏日的午后。我自责得没有留下一滴眼泪，当时我觉得一切都是明摆着的，大家都知道我克死了父亲，只是不便说出来而已。那夜我在窗前看着外面的雨丝，我在想先前死去的母亲，还有小妹的夭折，也都可能是我克死的，外边的雨里有风呼呼地刮着，没有任何人回答我的疑问。

我安静的性格和喜欢独处的性情，大概是这个时候生根发芽的。也许那一夜还是我忧郁的根源，像一棵小草在看不见的荒坡上疯长起来。挖开父亲墓穴的时候，我最能体会到这种感觉，悲伤逆流成一条暗河，在我身上肆意翻滚，却无处可流。我看到几抔黄土就可以将一个男人忽略，曾经的意气风发就这样被掩埋在人们的视线里，过后除了一阵议论与叹息外，没过几天，人们就开始淡忘了；这些人也包括我在内，我体内尽管流淌着那个男人的血脉，但大多时候，我并不感激他给我这样的恩赐，岁月这个看不见的魔，汹涌澎湃，它的力量如此荒唐。

我本来就是一个期待温暖的少年，父亲这个男人在世的时候，我本能地排斥一切不合常理的东西；可这个男人的死，改写了我原先运行的轨道，父亲的羽翼被斩断后，我才懂得生活这场雨里其实包含着无尽的苦涩。在闭塞的那块土地上，曾经的父亲无疑是一个强者，他特立独行的个性由来已久，无形中在人群里埋下了积怨；他死后，积怨自然要寻找出口排遣，我首当其冲地成为人们的笑料——白眼、鄙视、幸灾乐祸让我惶恐交加，同情、怜悯一样使我慌不择路。

我已经习惯了命运带来的惩罚，包括一切诅咒，只是我难以承受人们的前恭后倨，这种截然不同的反差。我想到过逃离，可我无法逃脱这个给我生命的村庄，剩下的就是死亡这条路可以供我选择了。某夜，我站在悬崖峭壁上，下边深不可测，一片空洞，横亘在我面前的是死亡的气味，间或看到一两只蝙蝠，还有寂静沉沉的气息。

自杀只是选择死亡的一种方式，人们鄙视用自杀来逃避现实的人，并把他们叫作懦夫；我并不这样认为，一个连死都不怕的人，我们还有什么资格说他是懦夫呢？

我闭上眼睛，风呼呼地刮来，当西边最后那一抹斜阳在山头闪现时，我突然惶恐不安，我选择了退却。我是这样地懦弱，在死亡这道坎面前，我并不敢纵身一跳，所以我并没有体会到那接下来的永恒的虚无感。这样的决定对我来说不知道是一种幸运还是一种缺失。其实对于生命个体和灵魂自由而言，无论是生还是死，怎样的选择都没有对错的。

那时我十二岁，一个整天在课堂上琢磨怎么死亡的乡下少年。

我流浪在田野里，入眼的都是金黄的稻谷，这本来是丰收的季节，那个金色的稻浪带给我的却是无尽的压抑和辛酸；一个顽劣青年屡次带着他的弟弟，且来势汹涌，光天化日之下，他狠狠的一脚，就将我踢翻在地，他们凶狠地威胁我，我的双手被两人反扭着，我还听到关节处发出的轻微的响声，咯咯地叫，我一滴眼泪都没有了，旁边围了一大群人，可就是没有任何一个人来解围，大家都围着看热闹。

像猎狗玩弄自己到手的猎物一样，看我疲惫不堪后，兄弟俩变了花样，肆意侮辱我父亲的名字。那个死去的男人在无端地被诋毁，只因为他生了我，就演变成了一种莫须有的罪恶。在他们的肆无忌惮的笑声里，我心中的泪水泛滥成灾，却也燃起熊熊的烈焰。就算如此，我也只能隐忍，我无力反抗，这时的反抗只能挣来更加密集的拳脚；我隐忍的森林长出参天种子，发芽后，那是复仇之树，初三那年我在义父家找到一块钢板，当晚就跑到街尾的打铁铺，要那老师傅给我打造一把锋利的长刀，我准备用它来声讨父亲被践踏的尊严。

单刀还没有打出来，我考上了贵阳的一所中专学校。那时考取中专还是稀罕的事儿，就这样我与所谓的复仇擦肩而过了，也总算避开了那场针尖与麦芒相对的截杀。

此去经年，我滞留城市，南北奔波。那把单刀就一直滞留在那个简陋的打铁铺，多年来，我都没有提及它了，想来早已锈迹斑斑，像隔夜的茶水，了然无力了。

现在想来，仍觉心痛，那是年少的轻狂啊，苦涩而感伤的冲动。

我叛逆和不服输的性格就是从那时候诞生的，在那片金黄的田野上，我仿佛还能嗅到自己倔强的气味。

我仰望蔚蓝的天空，正是秋高气爽的季节，这时候，遥远的天空一片蔚蓝，连一朵白云都没有。我努力去掉身上的张扬和叛逆，却永远也冲刷不尽那无限的感伤、倔强，还有那不知什么时候已经肆意流淌的泪水。

风又起了，稻浪翻滚，金黄的颗粒盈盈入目，一如从前；又闻上稻香味了，生活还得继续下去的。

（原载《民族文学》2010年第11期）

杨启刚

抵达都柳江畔的灵魂

马尾绣

我不知道，一匹马的速度有多快，是不是在电光火石之间，它就完成了一次迢遥的穿越?

生活在城市的我们，已经很多年很多年，没有看到一匹真实的马，长啸着飞越我们的梦想。

终于，在这个炎热的盛夏，我却与一匹白马的马尾相遇。

在贵州三都，在这个全国唯一的水族自治县，在那天晚上，在一场名为《远古走来的贵族》的大型史诗演出中，一匹匹真实的马，在灯火辉煌的舞台，昂首穿过剧场，它们带来的震撼，令我痴迷其中，难以自已。

马蹄声声，在我的耳畔渐行渐远……

而留下的，则是它们的尾，那长长的甩动如风的尾巴，最后却凝固成一幅幅精致的马尾绣作品，凝成公元2006年被列入中国首批非物质文化遗产名录的“中国刺绣的活化石”。

一匹匹骏马穿越岁月，一根根马尾却在这块神奇的土地上，张扬地宣泄着它奔腾豪放的个性。

在漫漫的历史长河中，心灵手巧的水族妇女，却用五十二道工序，用一根根马尾和着五颜六色的丝线，一针一线地勾勒出了各种精美的图案，就像勾勒幸福生活绚丽的画面……

水书

这样隽永而抵达灵魂的文字，已经传承了千年。

那些灵动、象形的文字，引领着我走进了远古的洪荒。

此刻，我的书桌上，就静静地卧着两册水书。

这种古老的水族文字，这种被汉译为水文或水书的文字，它的深奥，它的古远，它的神秘，使得我在一个又一个夜晚失眠。

闭上双眼，双手合十，殷商时期的青铜声呼啸而来；盘腿打坐，默念祷辞，我看见水书、甲骨文、金文一并穿行在莽莽的森林，它用数千年的坚持不懈与执着，终于走进了公元2006年国家非物质文化遗产的殿堂。

我们目前，虽然还无法破译它所有的文字，就像我们还无法探秘整个世界。但每当我一个人在深夜，静静地面对这些泛黄的、传承了无数代的书页，我清楚地知道，水书——这是一部独特的弥足珍贵的文化瑰宝。

在我的书桌左边，这是水语称之为“白书”的“普通水书”，用于丧葬、嫁娶、出行、占卜等等；而我右边的这一本，则是水语称之为“黑书”的“秘笈水书”，但传世极少，能破译之人更是凤毛麟角。

那就让我们用一代人，甚至几代人的智慧去破解它吧。

在清澈见底的都柳江畔，让我们手捧这部古老的文化典籍，举过爬满历史皱纹的高高的额头，在星星挂满苍穹的夜晚，为我们的水族同胞喝彩吧。

当夜幕完全笼罩白昼的时候，当星星挂满苍穹，我们心中还有一部神奇的古老水书，那便是我们前行的光明之箭。

端节

2006年的初夏五月，又是水族同胞吹起九十九支长号的喜庆日子，已经被岁月咀嚼得彤红的端节——被列入国家级首批非物质文化遗产名录。

这样至高无上的荣誉，和着秋收后沉甸甸的稻谷，黄澄澄地进入我广阔的视野。

人类的节日，只是一天、两天，或者三天；而我们的水族同胞，大开大合，一个节日一过，就是近两个月——这是世界上过节时间最长的少数民族年节啊，这是水族同胞最隆重的传统年节。

九十九面铜鼓“咚咚咚”的声音响彻在都柳江两岸，九十九坛九阡美酒醇香的气息弥漫在村村寨寨，悠扬的歌声和芦笙欢快的调子从早到晚，像一丝丝凉爽滑润的风，回荡在翠竹掩映的水家木楼……祭祀台上，神情肃穆的寨老正把喷香的“鱼包韭菜”端上高台；赛马场上，年幼的少年，正策马飞奔，身后是一串串扬起的笑声……

又是一年风调雨顺……

又是一年五谷丰登……

就这样呵，时光瞬息之间，就穿越了千年……

在幽绿的山谷深处，仍然有铜鼓之声隐隐传来……

狂欢而幸福的民族，又用香甜的米酒，等候下一个节日的到来……

卯节

这是爱情的季节。这是爱情的卯坡。

不会唱歌哟，就不要上卯坡；到了卯坡，只听一片情歌……

灼热的骄阳，阻止不了我们远道而来，寻找情人的一朵朵花伞。

七月流火，我们的心房，被爱的誓言燃烧得滚烫。

每一年，我们就是要选择这样的季节，来大胆地袒露我们包裹已久的爱情，大胆地唱响我们心中深藏已久的情歌……

火辣辣的太阳，高高地悬挂在卯坡；而我们怦怦跳动的心，只为心中钟情的她，悄然绽放；炽烈的情歌，只为心上人独唱……

在这个被水书称为“绿色生命最旺盛的时节”，九乡十八寨成千上万的水族青年男女啊，都身着节日盛装，汇聚在这个公开的爱情驿站，汇集在这个爱情的海洋，他们以歌传情，互诉衷肠，红豆树下，丛林之中，到处是含情脉脉的眸子，到处是情歌悠扬的回荡……

这是爱情最真实的表达，这是爱情最张扬的释放，这是古老的东方情人节，正在隆重上演：爱在美丽而神秘的水乡……

水寨

这样狂欢的时节，就让我做一次穿越之旅吧。

炎热的风，吹不走绮丽的山，吹不走灵动的水，更吹不走奔流的江……

在这个热浪逼人的季节里，我逃离城市的钢筋、水泥，逃离城市的喧嚣与肮脏，孑身一人独行于一条条野花遍地的乡间小道……

我要在碧绿的林海深处，寻找我心灵的栖息之地……

我要在被水书和马尾绣拥抱起来的寨子里，寻找那些散落在山野的明珠……怎雷、巴茅、水各、板告、排烧……这些寨子的名字，散发出泥土古老的芳香，但你能从中领悟它们的寓意吗？

我的浅薄与阅历，使我无法用水语与这些原生态的水族村寨交谈！

但我能够从她们散发着浓郁的古朴神韵的木楼里，品味出那些前尘往事，风雨烟云；从她们厚道仁慈的眼神里，看出未被污染的心灵和双手；从她们苍凉沙哑的歌声里，读出那些美丽忧伤的谣曲……

如果这个世界上还有一片净土，这将是我最后的栖身之野。

如果这个季节还有一份真挚的回忆，那就是七月里，我走进了三都这个“凤凰羽毛一样美丽的地方”，这将是我一生收藏的，夏天最美好深刻的记忆……

（原载《民族文学》2010年第11期）

2010年

杨 村

河流的出嫁形式

车泊在山口时，我脚下的土地可能是台江与施秉或镇远的地界了。四野都是耸入云天的林木。山风从谷底吹来，只有鸣蝉的声音，深入心灵。此刻，我的远处出现了一条河流，小村在河畔上倒映着幽暗的轮廓。于是，我又要奔向那条河流了。此刻，阳光照耀着正午的山冈。

知道这条河流的名字时，我停留在一处宽阔的谷湾。我向坐在门根上捶布的老妇人探问这条河流的名字。老妇人说："叫巴拉河！"哦，巴拉河。我知道了。我在雷公山下，无数次驾车从她身边驶过。那时，她还是一个清纯的少女，目光澄澈、灵动，有些羞涩地贴着山根，唱着歌向远处缓缓行走。而现在我的眼前，巴拉河已经壮丽无比而风姿绰约。

我问："这条河流往前流到哪儿？"

老妇人说："再往前，有个叫巴拉河的村子，这条河就汇入清水江！"

我继续前行。绕着高山和丛林。我寻着泥泞小路，来到老妇人说的巴拉河村时，我看见巴拉河果决地注入了清水江，以壮丽的青春投入另一条河流的怀抱。那是一个少女的最后时光，响亮着却转瞬凝成一个宁淡的音符。那时我忽然激动起来。我感到，那是一条河流没有被抄袭过的出嫁形式！她携着自己的嫁妆来自深闺，幸福地掀起浪花的笑声。

我立即摁响快门，拍摄下河流拥抱的瞬间。那场婚礼，在我的镜下显得如此美轮美奂。他们相拥着，奔流着，拧成生命中更坚实的强度与柔韧，如同一种暗藏的久远的预示。

后来，我走向了村子。那个历久经年的码头，青石砌筑的石阶，它伸向河畔时形成一把巨型的塔状的扇。还有悠长的石板路，飞檐，民居，墓地。它们都是这座村子的日历，也是这条河流出嫁的证婚人！

桥映在古枫树下，远远地如月黯淡的影。巴拉河就要做新娘时，她跨过那座桥影，你猜想，她犹疑着踯躅着的羞涩，曾经那样对影梳妆。而她的决绝而一往无前却没落下一丝留恋。那时，我以回首的方式想象河流在群山中脱颖而出。

一河绿波，一河阳光，一河涌动的激情。

走在石级上的老人告诉我，从这儿往下走，就是五河村。哦，五河，不就是我刚刚写下的苗寨吗？我的《五河逝水流年》，我的《照亮流年幽黯的底色》。嘿，我绕了一大圈，现在，我几乎回到了原地。顺水漂流，我就会融入这河流的日月，我将以什么方式继续描述我的河流呢？

夏天离去，这个秋天兴奋地登场。禾苗纷纷低下饱满的头，为这条做新娘的河流鞠躬行礼。村子宁静得没有一点声响，大家都来听新娘幽婉的歌声。

那是成熟的季节。蝶舞从清晨开始直达黄昏，甜美的蜜蜂一直在花丛中，陪着新娘歌唱。我不知道是谁策划了这场感人的婚礼，这个时间，这个场景，这两条河流，伸出两双练习已久的手，温情直接抵达心岸。我从桥上悠然而过，这个秋天让我的心灵显示这场婚礼的色道，温暖的心潮一阵阵袭来。

村后的松林，舞蹈着秋天的颜色，欢庆的笙歌在松尖上奏响。群山从远处赶来，它们凝然拥立，以亲人的身份观看这场婚事，纷纷击掌而歌，礼数洒落一河。风声再起时，河流柔媚地闭上美丽的眼睛，它们正在分享那个正午的暖色的光芒。

我想象着日出时分，村子开始备办婚事的忙碌，就像燕子衔泥一样欢乐。歌声证明所有的存在，无论下雾或满地晨光。它们一直忙碌到辉煌的日落过后，所有退场的一切，都隐藏于黑夜的底色，此时，揭开新娘的婚纱，馨香弥漫大地，一种缠绵缓重而来，欢乐与伤痛一同写出生命的日历。一桩婚姻，一份潜伏多年的注定。小村默默地见证这场婚礼，宁静而无私。

喜欢听故事是新娘的天性。清水江涌起波涛时，巴拉河的脉跳加速。她清纯地贴着清水江的胸怀，任清水江倾诉不休。它们叙述故事，然后演绎故事；它们回忆历史，然后创造历史。细语柔波，深入肺腑。

我们栖居的大地，无时不让我们感恩。那些群山，树林，河流……它们和我们赖以寄居的背景，就是这博大的土地。看见一次河流的婚礼，我就想到我们刚刚离去的前辈的身影，时光划过时，他们留下的，不是一路的足迹，而是一根潜藏的线，一种隐伏的精神。就像我们头上飞舞的鹰，它的雄姿，它的灵动的影不是留在大地上，也不是留在影册里，而是留在我们的心灵上。

一步步踏上石阶，小村的门扉洞开。我感到它像一张嘴，它吞吐着时光的流向，也吞吐着丰厚的财富。或许，它在絮叨着一些对这条河流感恩的语词。是这条河流滋润着小村的日月，滋润着小村的一代又一代。我坐在石阶上，凝目观赏两条交汇的河流，那场婚礼骤然掀起了高潮，浪花引吭而歌。几个水手踏在浪尖上手舞足蹈，还有欢快的渔舟，也旋舞在波峰浪谷中，群燕翻飞着，和蝶舞一起，生命宣泄到了极致。

那个老人告诉我，正是这两条河流，它养活了这座村子，还有沿途的许多村庄，包括我的五河村和我顺水漂流抵达的许多村庄。呶，他指着那些石阶说，这青石码头，就是当年运送财富的通道！他又指着河岸宽阔的三角洲说，呶，那个沙坝当年木头堆积成了山呐！

我一直坐在石阶上，一边注目着河流的婚礼，一边听老人讲述。群燕和蝶在水面上翻飞，那是这场婚礼最鲜艳的花朵。它们飞舞着，小村的黄昏遵循着自己的秩序次第来临。我慢悠悠地告别那场婚礼，一条河流的出嫁形式，就永远定格在那个美丽的黄昏！

梦可以延伸白昼和黄昏的美丽。阳光和雨露，高山与河流，雁阵及鹰舞……许多暗夜乍暖还寒，河流的婚礼是一场舞会的高潮，始终在我的梦境里洋溢。我告别那个蝶舞的黄昏，就是告别那场感动大地的婚礼。只是那些想象中的玫瑰总在我的梦境里绽放，瑰丽与歌声一同萦绕，夜的风与水声喧哗，正划破夜的黑暗，光明渐次从东方涌来，像一座门一样凝重。

我的梦境持续不绝，原野广袤如汪洋般漫延而至。那是我们祖祖辈辈遗存下来的高天厚土，那是我们黔东南的山川大地，磅礴与柔美，过去与现在，欢乐和艰辛，男人和女人，四季的花朵，辉煌的落日——那是我们的家园。一条河流的出嫁形式，就是一道独特的风景。从少女时光的秘密源泉到她告别昨日的天真烂漫。她不再痛惜那些逝去的年华，却酝酿着希望和昭示着未来。这场婚礼让我彻夜不眠，因为我的梦境一直宁淡流动。就是这样一条写在大地上的河流，恍如我梦境里的手势，她招引着我们走向大地的远岸，希望沉缓而来。

每天清晨，我坐在床上——我亲爱的床，我怀念着策划这场婚礼的人。这个秋天，他定然站在河流的高处，像摘果实一样欢愉。他看到了巴拉河与清水江从夜的甜蜜里醒来，喧哗缓慢涌起。他们孕育的那些未来和梦想一起在大地上奔腾。码头上的石阶在晨光中延展，翻晒陈古的历书。村子上所有的门扉洞开，所有的人都站在那奔涌的河流两岸，把所有的梦想寄托给那条蜜月里的河流。那时，浪花兴奋地翻卷着，唯有大地缄默不语。

（原载《贵州日报》2010年12月10日；

被翻译成蒙文发表于《民族文学》2012年第1期蒙文版）

赵剑平

梯子岩寓言

六月的阳光像灌浆的苞谷，把天地间鼓得满满实实的。

天俊在市里管茶叶产业发展，来了感觉，拉上我跟他一起研究茶文化。这些年，茅台酒的成功，也让一些领导人开了窍。从前讲“文化搭台，经济唱戏”，文化成了一种附庸。经过这么多年实践，姑且勿论文化其实也可以成为一种生产力，而产业要有大发展，离不开文化铺路，这却是当代领导人的一种共识。

我和天俊从正安、道真、务川一路过来，开座谈会，看茶园，还真学到不少东西。

回遵义的路上，听说凤冈县土溪镇有梯子岩村，正为一条公路举行开通仪式，便兴之所至，调转车头奔去。

梯子岩在凤冈西北的青连山中。我的印象里，湄潭和凤冈两个县，都属于高原丘陵地带，却不料大娄山褶皱的土溪镇，还藏着这么一重老高山。大娄山中的事物，都有一种闪烁和飘忽，给人一种神秘。20世纪80年代，我写乌江一级支流芙蓉江，总感觉有一种捉摸不定的东西。盛夏六月，从头到尾，我追着芙蓉江的浪花，跨桐梓、绥阳、正安、道真、务川五个县，进入四川武隆与彭水，一直走到乌江，肉掉了十几斤，人也晒得黑乎乎的，而回头写这条自己刚刚丈量过的河流，却取一个标题，还是“藏在深山里的河”。

但梯子岩的神秘却跟人类的遗忘和忽略有很大关系，就像历史上五尺道的开凿，会带来一些古商埠兴起，汽车的发明，现代公路的延伸，又会给这些古商埠一样地带来衰落。而梯子岩只是一个小小的村落，也从来没有开发过。国道在遥远的县城倏地划了过去，恍若昨夜星辰拖出来的一道亮光；省道在旁边一个镇上穿了过去，有如一阵风雨，轰轰隆隆走向远方；县道好不容易修到山脚下的土溪镇，却又戛然而止，依旧梦一般缥缈。一年一年的企盼，一次一次的失望。梯子岩立在那里，带着亘古不变的孤独与岑寂。不仅如此，这座沉默的山守着风冈一隅，与务川和正安交界，可谓鸡鸣三县而脚踏四方；边缘影响形成的文化归属感的不确定性，也给这座山带来了一种可怕的荒冷。梯子岩一百多户人家守着几棵苞谷、几根烤烟，日出而作，日落而息，过着一种超稳定的农耕生活。但毕竟21世纪了，外面的世界很精彩，差异产生可怕的吸引力，年青人走了，美丽的姑娘和爱情也离去了。只有老弱妇孺待在家里，坚守住梯子岩一份无奈的生活。

有女不嫁青连山，秋冬时节把门关。一天两顿苞谷饭，肚皮烤起火斑斑。

这是梯子岩乡土的歌谣，也是梯子岩乡土的写照。

很少有人想到梯子岩还会有振奋发力的一天。但梯子岩的困窘与无奈却被有关方面盯上了。贵州省扶贫攻坚计划一百个村，梯子岩被列了进去。因为梯子岩，作为以富、学、乐、美为主题的中国“四在农家”发源地的遵义显然感觉到了压力。2007年春节来临之际，遵义市委常委、组织部部长周素平带着慰问团来到了梯子岩。除了慰问金，周素平还带着一个党务工作者特别的疑虑。余庆“四在农家”，作为典型，率先走向世界；相邻湄潭、凤冈，不管从历史角度，还是现实要求，都为中国以农业、农村、农民为内容的“三农问题”的解决，做出过重要贡献；可以说，湄、凤、余一隅，蕴藏着乡土文明建设巨大的精神能量。周素平不相信在这么一块宝地，会有这么一个邋遢的死角。地方的闭塞与贫瘠是客观的。而作为哲学系毕业出来的周素平，却更注重这个地方人们的精神状态，尤其党的基层组织及其党员的精神风貌。他认为人的精神的贫困，那才是真正的贫困；舍此而外，全党全民都奔和谐图发展，新时代新遵义，没有什么艰难困苦是不可以改变的。

因为蹊跷，周素平一上梯子岩便格外显着一种细心。他将一沓五百元慰问金交到老支书手上；老支书抽出一百元，转手把四百元钱交给了旁边的会计。就这一刻，周素平敏感地发现了梯子岩的秘密。在这位来自遵义的大领导的一再追问下，老支书才吞吞吐吐地说，他们的炸药用完了，正急钱呢。原来，早在两年多前，梯子岩人就在老支书带领下，八个党员一呼齐阵，动员全寨子在家的人，有钱出钱，有力出力，开上梯子岩，凿出通天路。那一刻，周素平百感交集，望着老支书那一张饱经风霜的脸，又怜惜，又崇敬，甚而还夹着几分嗔怪。

“你们其实是可以跟上面争取一点资金的。”周素平说，“改革开放快三十年了，建国也快六十年了，你们还没有一条路，新中国的主人翁啊，还没有看见过汽车，国家怎么都会支持你们的。”

“国家有国家的困难。”老支书说，“那么多重点工程，轮不上我们梯子岩啊。再说，山前山后都搞红火了，我们也等不得啊。”

来到工地，周素平看见干活的大多是老人和妇女，顿时感到了一种震动。凛冽的山风中，这些人手脚裂开了口子，血珠珠钉在口子上，步子迟缓一点，搬起石头来笨一点，却透着一种少有的刚毅。

“只要不停下来，三年不行五年，五年不行十年，总有一天，我们会打穿梯子岩。”老支书说。

那一刻，周素平抓住老支书一双手，一下想到了那个古老而经典的寓言。“现代愚公啊！”周素平说，“我一定要把你们梯子岩宣传出去，让大家都知道我们遵义社会主义新农村建设，还有一个愚公移山这样的人和事。”

从梯子岩回来，周素平从组织部的办公经费中硬挤了一万块钱，帮梯子岩人买炸药劈山开路。他随即找市长，找交通局局长、财政局局长，为早一点搬掉梯子岩这座大山多方奔走。每到一处，这位哲学系出来的组织部部长都要特别说明他不只是为一条路，他还为了一种精神。物质富裕，而精神贫困，这已经是一种社会现象。梯子岩因封闭的环境一时难以脱贫，但那里的人们却没有被贫困压垮，人穷志不穷，焕发出来一种自强不息的精神，而这种精神，正是一个民族走向未来的支撑，应该得到社会各界的珍惜和有关方面的培植。

很快，遵义市委常委、宣传部部长张明辉注意到了梯子岩现象。一个阳光明媚的日子，他带着遵义各大媒体的负责人把多方筹集的二十万元资金送到了梯子岩。作为执政党一方主管意识形态的领导人，张明辉从梯子岩回来格外有一种兴奋。红军漫漫长征路走了一年，而在遵义二进二出——召开遵义会议、四渡赤水、打娄山关，就三个月光景，使中国革命转危为安。这是一段传奇，也是一个不争的历史事实。但在从中央到地方都全力解决“三农”问题的今天，代表社会主义新农村建设的“四在农家”也出现在这块土地上，却显然不能用“传奇”这样的字眼来概括了。那么，遵义作为中国西部的一个欠发达地区，她的底蕴又在哪里？她的优势又在哪里？走了一趟梯子岩回来，张明辉觉得离这些问题的答案似乎近了许多。

现在，这一切都已经成了过去。而梯子岩依然耸立在天地间，只是它的腰间多了一条美丽的腰带，看上去格外飘逸与妩媚。我们的车在路边上停下来。站在山崖上，我看看那条已经废弃的几乎被荒草遮没的山路，想想昔日梯子岩人牵一头牛，那屁股上都要有一个人吊着牛尾巴才能够下山，真有一种恍若隔世的感觉。不知从哪里来了上百辆摩托车，在宽阔平坦的公路上撒欢，轰轰隆隆地冲向山里。公路两边，牵丝网线走着穿绿戴红的女子，像赶一个盛大的节日，又说又笑地往岩上赶，给沉寂的梯子岩带来了动人的生机。从县里、市里赶来参加庆典的车不约而同地在山脚下走在了一起，正沿着公路冲上山来，锁闭的梯子岩颤动着，仿佛一锅冷水被一阵猛火烧开，终于沸腾起来……

我们不敢怠慢，赶忙发动车子，跟在整个车队后面跑了起来。我打听清楚了，梯子岩村已经搭好了台子，有好多精彩的节目要上演呢。

穿山而过的公路被我们抛在了后面，寂寞而坚定地伸向远方，冥冥中给人一种指引、一种无穷无尽的遐想……

（原载《光明日报》2011年1月21日）

王尧礼

锦屏琐记

我带着沉沉的酒意，爬上从天柱开往锦屏的客车。车开不久就睡着了。摇晃了两个小时醒来，已进入绿海之中。到处都是树，简直找不到一个没有树的山头。我本来还有点昏沉，一见到这无边的绿色，就完全清醒了。未久就到了清水江边，江水之绿，没法形容。汪曾祺在新疆见到天池水之蓝，无辞以状之，凡俗的我，对着不可思议的绿，也只能目瞪口呆了。去之前，我翻阅了几本地方志，都说锦屏一带自古为林木所据，“两岸翼云承日，无隙土，无漏阴，栋梁宗桷之材靡不备具。”果然不假。

第二天一早，主人说要带我去几个林场看看。车溯清水江支流亮江南行，秋阳高照，山水生辉，人的情致也涨起来。路旁的山坡林木毵毵，青翠逼人。我问此处是什么林场？答曰不是林场，是自然林。亮江时而在崇山峻岭间急涌，时而在平畴大野中漫流。这个名字真好，准确而诗意地体现了这条江的特点，清纯、澄净，泛着莹莹的光彩。两岸的曲干虬枝倒映水中，更增加了水的绿意。清代锦屏苗族诗人龙绍讷的著作名曰《亮川集》，想来是喜爱这条家乡水吧。他的家在亮江上游的亮司。

前行是敦寨，锦屏一大镇。正赶场，街道两边摆满了形形色色的农产品和山货。主人买了几个大柿子，分给每人一个。真大，每个不下半斤。我本来有点晕车，吃完柿子，居然好了。出敦寨，西折，半小时至兴隆林场。兴隆场系初建，用材林、经济林兼种，有杉、杜仲、桔、桐等，橘子已成熟，金黄耀眼，场长摘了一筐来犒赏我们。场长姓龙，苗族，矮而壮，手掌极宽大，是发育时劳动多的缘故。还遇到几个毕业于黔东南州林业学校的男女青年，他们已在此扎根。我看了各种各样的树种树苗，又听他们介绍杉树选种、育苗、分栽等方法。我随身携带了一部清人爱必达的《黔南识略》，其中就有这方面的知识。后锦屏人又不断改进技术，使杉木的成材期不断缩短，为十八年、十五年、十年、八年。

吃罢午饭，驱车向南往春蕾林场。半小时后，车已没入茫茫林海之中。春蕾是全县最大的用材林基地，面积七万余亩，却是个集体林场。场部在一个叫作放浪冲的山坳里。场长不在。主人又带我去登瞭望塔，并说春蕾的场长是个颇有雅趣的人，他在瞭望塔上备了纸笔，登塔者均要赋诗一首，否则他不给楼梯下来。主人又吟了前林业部部长雍文涛的诗给我听："层峰染绿拟翠微，清江排泛飘彩云。四季山歌声不落，侗苗挥汗绣锦屏。"说实在的，这首诗我不敢恭维，心想这样的诗我也会做。车在林中穿行十几分钟就停了，抬头看，几辆大车正在装木材，挡住了去路，道狭无法错开，只好打转。也免得我献丑，心下窃喜。这里的树几乎全是杉树，高大笔直。

再向西赴隆里所。隆里所，缘其名，当建于明初。所是明代的军事编制单位，辖于卫，卫辖于省都指挥使司。每所定额兵员为一千一百二十人。隆里所的居民当是当年屯军的后裔。隆里所到处都是老屋、老树、老井、老石街、老城门，还有一座清初建立的龙标书院。高大的风火墙、精致的雕花门窗、石础，随处可见，散溢着古朴、悠远的气息。据说隆里是唐龙标县所在，诗人王昌龄贬龙标尉就在此地，不知确否。唐龙标县地跨湘黔，此处既不是其县治所在，亦必系其辖地。王昌龄谪龙标，李白作诗怀他："杨花落尽子规啼，闻到龙标过五溪。我寄愁心与明月，随风直到夜郎西。"此夜郎，系指唐代三个夜郎县之一，治所在今湖南芷江。镇西二三里的河边有状元祠，河上有状元桥，都是为纪念王昌龄而建的。王昌龄曾中博学宏词科试首名。要不是与人同来，我会在此住几天。

从隆里所北上，经过钟灵，正是散场时候，迎面而来的，是赶场回家的农人。挑担的、赶马的、牵牛的，各形各色，在霭霭的夕阳中走向他们绿树怀抱中的家。我们的车不时被牛马挡住，只好停下，等它们走过才开。龙绍讷有《村居》诗二首，收入《贵州历代诗选》，我只记得两句："傍晚人归频让路，纷纷担影夕阳中。"正是眼前此景的写照。回到县城，已是上灯时分。

晚上无事，在旅馆里翻主人赠送的新编《锦屏县志》，其中说锦屏少数民族有造林、育林、护林的好传统。村寨有公林，都是村民自觉自愿义务种植。人家生子女，即种树一片，及子女长大，树亦成材，婚嫁之费有赖。亲友来贺，也以种树为贽。还录了两则植树护林的村规民约碑文，一在文斗村，乾隆三十八年立；一在九南村水口山，嘉庆二十五年立。这些出自粗通文墨的乡民之手的碑文，虽文有不通，字有讹误，但其意甚美。明代，朝廷向此地征派楠木、杉木，清代仍其例。皇木的征派，给锦屏人带来无穷的灾难，但从此木材贸易兴起了，锦屏木材通过清水江下湖广至东南各省，被称为"黎平木"，以其地属黎平府也。县内的王寨、茅坪、卦治成为黎平木的主要集散地，商业相当繁荣。清人吴振棫《黔语》说："黔诸郡之富最黎平，实为杉之利。"清水江沿岸的村镇，至今还保存着许多营造得很讲究的民居，就是当年林业繁荣的见证。

次日，主人陪游县城。他们把我带到清水江大桥，在桥上可观县城轮廓。城不大，依山临水，房屋由江边逐级上升，直爬到山顶。江边的房屋多为新式，山上的则都是吊脚楼，我喜欢的就是那些掩映在绿树之中的吊脚楼。想象在那些褐色的木板房里，有苗姑侗妹在挑花刺绣，嘴里哼着山歌。

清水江的水真清亮，站在十几丈高的桥上，水底的游鱼仍然清晰可辨。主人说，清水江最美的时候是放排，连绵不断的木排铺江而下，放排人的吆喝声、山歌声此起彼伏，山鸣水应。清水江是沅江上游，旧时为湘黔交通的大动脉，贵州的木材、山货顺江下达洞庭湖、长江下游，江浙、汉口的食盐、布匹、日用杂货溯江可抵天柱、锦屏、剑河等地。县城旧称王寨，即是清末因木材贸易发展起来的，为全省最大的木材集散地。《黔语》云："大筏小桴，纵横絚束，浮之于江，经坌处、远口、瓮洞而入楚之黔阳，合沅水而达于东南诸省，无不届焉。"写的就是今县城及茅坪、卦治等锦屏各大码头的水运盛况。现在是枯水期，无缘得见万筏争流的景象，颇憾。

晚，主人宴于桥下水上酒家。一条船，系在岸边，有小饭厅两间、舞厅一间，小而别致，装饰也简朴，录音机里播放着周璇唱的《四季歌》。坐在微微晃荡的船上，使我想起沈从文笔下的水手生涯。慢慢嚼着焖鸭，喝着黑米酒，天就暗下来了。一钩弯月挂在清空，洒下凉沁沁的光，两岸灯火倒映下来，满江闪烁。主人说今天是重阳节，多喝几杯，免得想家。我也说，多喝几杯，免得想家。

跋：1995年秋，我因工作关系去锦屏游了三天，惊诧于那里的树木之繁茂，原想是其地近中南丘陵，土厚雨丰之故，经过访问和阅读地方志，才知除了自然条件外，还有人力以致之。回来后写了一篇《黎平木》，刊于一家小报。此外还留下了几叶日记，扔在箧中，一直未整理。近日无事，因整理成文。我对此稿极不满意，但没法子，那时是走马观花，体验不深。我对锦屏的印象太好了，时时想再去。县人事局高兄与我有旧，将升任他职，打电话来希望我在他离任之前去一次，我遂偕同学兼同事商君同往，时间是2002年秋。我们此行，想到隆里所住几天。我前次去时，隆里所还默默无闻，现在已成为省级文化名镇，本省东线旅游的一个亮点。高兄则让我们先溯清水江西上数十里，说那边的民族文化更丰厚。果然如此。晚上，高兄招饮于江边的楼船上。不料一饭未毕，即得领导电话，命连夜赶回贵阳，只得怅恨而别，把心留在了那荡悠悠的楼船上。

（原载《散文》2011年第1期）

2011年

杨代富

割 草

往昔的夏天，太阳还窝在被窝里，只有赶早的星星稀疏地睁着不知疲倦的眼睛，望着黑灰的开始泛着朦胧暗光的大地。父亲比太阳起得早，趁着朦胧天光，打上半脸盆水，蹲在门前阳沟旁边，低着头，“嚯嚯”地把镰刀磨得脆响。

不一会儿，好几把镰刀全都磨得锋利无比，泛着白光。这时，父亲大着嗓门在楼脚喊：“老二、老三，快点起床！”我和三弟共睡一铺床，骨碌地翻了一下身子，嘟哝着，又入梦里去了。

在梦里，我突然惊醒过来，听见父亲用手“咚咚”地捶楼下的板壁：“老二、老三，快点起床！天都开眼了，一天没得多久！”父亲的语调明显加重。这下再也不敢睡了。我一边“哦哦”地应着，一边睡意蒙眬地大声叫着三弟。

起得床来，天还没全亮。我们胡乱扒了两碗泡了冷菜汤的剩饭，背上弯篓镰刀，扛着父亲为我们特制的扦担，跟在父亲身后，开始了整个夏天里最为重要的工作——割草。

割草，对于农村的孩子来说，并不是一项陌生的农活，我是无师自通的。八九岁的时候，就背上背篓学会割草喂羊了。不过，那时割得不干净，短一根、长一根的留在原处，用父亲的话说，像狗啃。割草我们都比不了父亲，只要经他割过的田坎，一溜精光，没留下一根草，太阳晒几天，显出一片浅赤色来。

父亲割草速度很快，我和三弟无论如何也追赶不上。等父亲把草挑到牛棚，才看见太阳红圆着脸爬上山腰，发出清丽的光芒。

见时间尚早，父亲又叫我们每人再割一挑。三弟和我都一百个不乐意。父亲说：

“现在有的人才出坡，还恩（很）早，莫把早晨大好时光荒废了，叫你们早起做活路（干活），不是害你们，等天（今后）你们就会受益的。”父亲的话虽然很在理，但我们还是不很情愿。不情愿也不敢说什么，只得默默地继续挥起镰刀。

整个夏天，我们每天最主要的工作就是早上和下午割草，中午砍柴。我家田不多，但田坎宽得出奇。在那个缺少化肥的年代，要想收成好，就全指望草粪多。割完田坎上的草，往往还得去荒山野岭找草割。每年夏天，我家的每个牛棚里，都堆着跟小山似的两三堆草粪。父亲说，“有了这些草粪，心里就踏实多了。”

随着时间流逝，我和三弟割草的本事渐有长进，父亲感到很欣慰，渐渐地，就把整个割草的任务移交给我们负责，父亲腾出手来做别的更为重要的事。从小学一直到初中，每年夏天，田坎上、野外都有我和三弟的身影。

我家的田地大多都离村子不远，有的就在村子边，但有一亩多的田远在村子脚下扣文村对面叫作冉谷岭的地方，离家约六七里。每天，天没亮就跑到下面去割草，割得一担回到家，往往已是十一点多。

这么远的路程，每天这么辛苦地往返的确不是办法。父亲要我和三弟去冉谷岭住，专门割草，免得每天早去晚来的，中午也不用砍柴。

我从来没在外面住过，虽然有些害怕，但不知为什么，还是爽快地答应了。

现在回想起来，每个夏天，在冉谷岭割草住宿的那段日子，却是我童年一段美好而幸福的时光。

我和三弟准备了一番，带上毯子、米和油盐等食物及锅瓢碗筷，在冉谷岭自家的牛棚里住了下来。开始，晚上不敢入睡，闭上眼睛，屏声息气地听着自己的心跳和楼下牛吃草和反刍的声音。猫头鹰“咕咕”的叫声从后山传来，令人毛骨悚然，心不由得收紧，眼睛却闭得更紧；迷迷糊糊中，老感觉黑黑的山向牛棚扑来。这样惶恐地过了两晚，随后，便陆陆续续有小伙伴效仿我们，“落户”冉谷岭。我们就再也不感到害怕和寂寞。

每天，我们都早早地起来割草；中午，或午睡或下到不远的溪里游泳、钓鱼、翻螃蟹、捉小虾。我们将从溪里获得的食物凑在一起打牙祭。晚上，我们在四周都无遮拦的牛棚上垫上稻草，铺上席子，三个或五个或更多的人赤条条地一律头朝外地躺在上面。

晚上没有灯火，我们早早吃过饭，有的磨镰刀，有的赶早躺在牛棚上，有的揣着本小说，在牛棚外面的田埂上就着渐渐暗下来的天光津津有味地看。夜晚，周遭一片寂静，唯有溪水不知疲倦地哗哗地流淌。在牛棚上，我们一会儿打架嬉闹，一会儿讲老变婆和鬼的故事，累了，怕了，躺在牛棚上，默默地看天上的星星，或唱一唱山歌，我们喜欢唱这样一首：

青山渺渺承蒙姣开成这条盘坡路，
海水悠悠承蒙姣架成这座洛阳桥。
手拿黄铜明想炼成珍珠宝，
水向东流楼上起楼直望高。
…………

唱着唱着，便无端地生出些许淡淡的落寞和愁绪来。不知何时，怀着这般愁绪落入了梦境里，等到一觉醒来，才发现天地一片灰白，月亮静静地挂在天空，睡意顿时全消。悄悄起来坐在田埂上，无端地发着呆，看不见远村的灯火，只有犬吠声远远传来，只有夜游的鸟偶尔发出悠长的鸣叫。

发了一阵呆，就带上镰刀，在自家的田坎上，“刷刷”地割起草来。割得一捆草又蹑手蹑脚地来到棚子里睡下，谁也没有知晓；有时割着割着，天也就泛白了。

我不记得究竟是从何时开始，这样快乐而幸福的日子就到了尽头。我也不知道从什么时候起，我青涩的无忧无虑的怀着莫名愁绪的少年时光一去不复返。当回首这一段难忘的记忆的时候，我已迈过而立之年的门槛，奔在四十不惑的旅途上了。

只是如今，每到夏天，在村子里，在冉谷岭这个地方，我再也看不到如当年我们割草时的那种热闹景象了，我不知是喜还是悲。田坎大多都被葳蕤的高过头的树木和杂草占据。田坎的草坡渐渐消失，就连农田也荒废了很多，长满萋萋野草。望着这些黯然和落寞的田地，我的心里莫名地生出一阵疼痛。

还有它生机勃勃的时候吗？应该有，我想。

（原载《西部散文家》2011年第1期；
入选《新时期中国少数民族文学作品选集·侗族卷》，作家出版社，2014年10月）

伍秋明

山寨情事

傍晚，淅淅沥沥地下起了小雨。寨尾的山坡上，一间古朴的石板房被浓密的竹林掩隐，屋檐上淌下的雨水滴滴答答地敲打着门前的石凳。

屋里昏暗的灯光下，年近六旬的德厚伯坐在长凳上，双脚踩着油黑的草墩，一边专心致志地剔着牙，一边漠然地望着门外的雨帘。离德厚伯不远的床上躺着身患绝症的二娘，二娘双眼凹陷，两穴青筋暴鼓，一双无神的眼睛望着天花板，那盏发红的灯随着门外吹进的风很有节奏地摇晃。

寒意袭来，二娘掖紧头上缠绕的头帕，把被角往上扯了一下。德厚伯赶忙起身走到床边，先是帮她盖好脚，又将身上披着的外衣脱下盖在被子上面。做完一切后走回到凳子旁坐下，长叹了一口气。他慢慢地从腰间抽出竹烟筒，裹上了几匹叶子烟，点燃后深深地吸了一口气，让那烟儿在肚子里溜上几个来回，才悠悠地冒了出来。二娘转眼看着德厚伯的背影，眼光又充满了依恋，变得柔和起来。

德厚伯后来给我说，他和二娘是年轻的时候赶乡场时“赶表”好上的。

那一天，风和日丽，德厚伯挑着苞谷到离寨子几公里的集市上卖，二娘也抱着一只未下蛋的小母鸡在场坝上溜达。德厚伯的箩筐撞了二娘的手膀子，二娘手上的鸡猛地挣脱开飞下了地，“咯咯咯”地满地乱跑，德厚伯急忙放下担子扑了一阵子才把母鸡送回给二娘。两人面对时德厚伯看清了二娘的面容：眼睛大而黑，两道眉毛像河边的柳叶，脸蛋白里透红。德厚伯心里忽然一阵激动，最后的话竟有些语无伦次。

集市散了，摆摊的人渐渐撤回，和往常一样到了姑娘小伙子们“赶表”的时候。场坝边的一个很大的“土包包”上，分别站着男女青年两个“阵营”。太阳当空，姑娘们撑着花花绿绿的伞争着往前站，等待对面的小伙子们的挑选，小伙子一双眼睛在对面的人群里扫来扫去，专心地物色意中人。一会儿，一个一个的姑娘小伙分别从人群中走出，又一前一后地向场坝外围的田间地脚或小山坡上慢慢走去。过了一会，那山歌也就从草垛旁或树丛中传了过来，此起彼伏，婉转、幽怨。

德厚伯就在那群小伙子里面。他用急盼的眼神在对面的姑娘群中寻找着二娘的身影，找了半天都没有找着。这时他看见一把撑开的红伞挡着打伞人的头对着正前方，红伞就像傍晚那落坡的太阳，喷着火一样的红。只见那伞往上抬一下，又放下，隔了好半天德厚伯才看见二娘从那伞下闪了出来，眼睛扑闪扑闪的，朝着站在最前面的自己调皮地笑着。

德厚伯跟着二娘来到一条清幽幽的小河边，与二娘对起了山歌。他向二娘介绍起自己的“家底”：他家是三代单传，母亲在他两岁时就因病撒手归西，父亲一手把他拉扯大，到现在四十多岁了也没有再娶。从爷爷那一辈起，家里在后面的山上种下一大片竹林，靠着编竹器、割竹笋卖钱，日子还过得去。二娘用山歌回应了他：

石板盖房房底空，
有心嫁人不嫌穷。
不信你看刺梨花，
有叶无叶它也红。

德厚伯顺着二娘的眼光看过去，河边真的长着一蓬刺梨树，盛开着簇簇鲜艳的刺梨花，叶子都掉得差不多了，那花朵却依然红粉夺目。

德厚伯跑过去摘下一朵，去掉带刺的枝条，给二娘别在头帕缠着的辫子上面，二娘羞涩的脸顿时红得和刺梨花一样。

德厚伯与二娘唱歌一直唱到夕阳西下，两人才恋恋不舍地唱起了离别歌：

夜幕来临赶不走，
太阳落坡招不回。
有心有意结连理，
二天赶场再相会。

第二个赶场天，他们又在此相遇了。一来二去的，两人有了意思。第四次见面时，德厚伯带来了一对手镯送给二娘，二娘接过想了想，又把一只递给了德厚伯。两人各拿一只手镯，发誓永远不反悔。那天他们一直在田坎脚坐到星月当头，最后，二娘跟着德厚伯走进了寨子后面竹林里的那间石板房。

在德厚伯家里住了三天后，二娘回到自己的家。她说服父母退了他们原先为她定的亲事，这边德厚伯抓紧找媒人去二娘家提亲。半年后一个吉利的日子，二娘带着三个月的身孕进了德厚伯家，做了他的女人。那天晚上，在红烛的映照下，德厚伯把一块橘红色的方块围巾戴在二娘的脖子上，二娘喜极而泣。

二娘生下儿子祥贵以后，月子里中风，落下了一身的病，再也不能生育。德厚伯心疼二娘，也不在乎有多少子嗣。二娘是个有福气的人，德厚伯地也不让她下，水也不让她挑，到场坝上卖几升苞谷也要给二娘买回雪花膏、尼龙袜子什么的，他们俩的恩爱在寨子里传为佳话。

儿子长到十七岁的时候，二娘就生了重病。早先时候她觉得肚子上有一个小小的包块，摸起来会有轻微的痛感，没有当一回事。过了一两年后，肚子就开始时时地痛。她到寨子里的“郎中”家，“郎中”只是给她号号脉，然后又包了一些去痛片、胃舒平之类的药片，让她回去按时服药。

二娘病后，德厚伯没有舒展过一天眉头，到处拜神求医。他很信迷信，那是父辈遗传下来的。家里堂屋的木板墙上，摆设着一个神龛，那台上的香灰已有两寸多厚，他在寨里寨外请了无数次“弥拉”（巫婆或神汉）到家里给二娘“驱鬼”“看病”。每次折腾完后，他一边给人家拱手作揖，一边从夹衣里掏出准备好的钱递过去，还热情地把人家送到寨尾的石桥上。时间长了，二娘的病非见好转反而越发加重。

一个赶场天，祥贵悄悄背着德厚伯用拖拉机把二娘拉到了县医院检查，医院确诊是早期胃癌，建议到省城的大医院做手术治疗。德厚伯一听，想起半年前寨子里一个患子宫癌的女人在医院动手术，一个多星期后就死在医院。他赶紧从几十里外的医院把二娘背了回来，他怕她也死在外头，祥贵为此和他大吵一架。

此时，外面的雨下得越来越大，屋里却出奇的静。望着德厚伯焦虑的目光，二娘伸出了那双母鸡爪子般的手，把他的手拉过来握住，轻轻地摩挲着。二娘卧病在床上几年，他们经常这样互相拉着手，摆谈着往事，不时还从箱子里面翻出那对手镯和那块围巾，看着，笑着。此时，德厚伯看着二娘蜡黄的脸，愁绪陡增，他生怕哪一天病魔会把他的女人带走。而事实上二娘的健康早已损折殆尽，余下的只是一股不愿离去的固执精气而已。如果不是因为丢不下德厚伯和她的独子祥贵，她是不会贪恋这痛苦的生命的。

又一阵剧痛使二娘开始呻吟，细密的汗珠从她的额上冒了出来。德厚伯赶忙帮她轻揉小腹，然后又从桌子上的瓶子里倒出几粒药片，扶起她的身子把药喂进了嘴里，吃下药后，二娘喘着气说她恐怕是见不着到儿子祥贵的面了。两天前祥贵听说省城的肿瘤医院有一种新药对早中期的癌症很有效果，就包上准备打家具结婚的钱到省城去了。

德厚伯一听二娘这句绝望的话，苍老灰暗的瞳仁里倏地闪过一丝痛楚，鼻子一阵发酸。他赶忙转过身去，眼里噙着泪。到了后半夜，雨仍然下个不停，寨子里死一般的寂静。望着痛苦不堪的二娘，德厚伯起身穿上胶鞋，从墙上取下斗篷，对二娘说他要去新寨请“弥拉”来。二娘说求你别去了，这么冷的天再让我脱光了膀子遭凉水泼激，我受不了。二娘的话让德厚伯心如刀绞，两行老泪从眼眶里流出。突然一道电光闪过，照在二娘苍白的脸上，接着一声惊雷炸开，德厚伯头顶上的灯泡左右摇摆不停。他想了想，猛地转身拉开门走出去，快步地消失在雨夜中。

七天后又一个阴雨绵绵的傍晚，二娘终于走了。半夜，寨子里响起了哀怨凄凉的唢呐声，寨尾竹林中那间石板房孤零零地浸泡在黑夜里，似乎和周围的树林一起在风雨中摇曳。堂屋里，被砸烂的神龛在地上东倒西歪，四周是洒落的一粒粒药片……

出殡的日子，寨子里的男女老少都来送葬，女人们都不停地悄悄抹眼泪。那副考究的灵柩前，摆放着祥贵头一天才买回的两大盒药，包装精致。药盒的两旁，一边是一对崭新的手镯，一边是一块没有皱褶的黄围巾。

其实所有的生命都行走在生与死之间。因为爱，这旅程才如此不同。

（原载《民族文学》2011年第2期）

2011年

李天斌

夏天的秘密

立夏

立夏伊始，田野里就热闹起来了。

田坎上、河岸上的蒿草已伸出头来，车前草借助柔润的泥土，略略展开身子，偶尔的一朵蒲公英，在风中舞动。云雀掠空，阳光普照，大地一片祥和。尤其是在夜色之下，蛙鼓响起，东一声，西一声，不多，但也此起彼伏，流水般托着村庄，亦如梦幻。蛙声响在梦里，虽然繁复，却是细致柔和的那种，如天籁，如大地的神秘之音，点缀着一个清幽静谧的夜。

母亲先前在院子里撒下的瓜种，已露出嫩绿的藤蔓，正爬上那堵老墙，企图扩充自己的领地。稍后的叶子，荷叶般立在藤蔓上。雨滴落在上面，微微地颤动，透出荷影的风致。真让母亲惦念的，却不是这些。母亲记得的，是每个清晨掀开逐渐茂盛的叶，偷看是否已有瓜果现身，然后将瓜果端上饭桌，满足我们胃囊的需要。当第一个瓜果出现，母亲必定惊喜而又兴奋。一个率先破季而来的瓜果，让母亲的目光和内心添上无比晶莹的光芒。

父亲却在念叨一场雨。立夏到来，父亲就要搬出“立夏不下，犁耙高挂”的农谚。对一场雨的渴望，让父亲充满了忐忑。我就记得，每年的立夏日，父亲总坐卧不定，一会在堂屋坐下来，一会又跑出院子，不断瞅着天空，紧紧寻觅雨的行踪。那一份心神不定，让我记忆犹新。

这时候，冬麦已呈现金黄，麦芒在阳光下显出灼亮的颜色，渐趋饱满的麦穗急着俯下身子，向着大地抚摸自己的内心。燕子和麻雀飞过上空，偶尔的一只鹰，盘旋在太阳上，天空更加澄明高远。成片的麦田外，秧苗已长到该移栽的时候。入夜的蛙声就隐藏在那里，并时时做好转移的准备。只待麦穗收割完毕，只待水田打好，便迅速占领整个田野，吟唱在夜的每个角落。

当然，蛙声也有迟到的时候。若是遇上持续不断的干旱，在没有一滴水的田野里，最多是偶尔的一两声蛙鸣，象征性响起后，就快速消失了。就像一两声有气无力的叹息。墨黑的田野，仅剩干渴的泥土和风，麦穗们失去了往年的容颜，在一场远遁的雨里努力支撑着半枯的身子。干渴的泥土像一个不堪重负的老人，无奈地想着往年的心事。这样的夜里，父亲们是不可能入睡的。父亲们总是一个人，悄悄地坐在自家屋檐下，在一袋旱烟燃起的火星里，一遍遍抚摸自己的焦躁与不安。也有偶尔的一个，悄悄地就走进了墨黑的田野，一个人站在早已干涸的河流上，再抬头看看干燥的天空，干渴的泥土和风，像是一些时间的利箭，一次次穿透他沉重的肺腑。他们都不说话，心却是痛的。为着迟迟不来的蛙声，他们显然看到了来年的荒芜。

但蛙声总是要响起的。就像一个人内心的梦，永不会断绝。

往往是，干旱之后，一场大雨就会在人们预想不到时莅临。先前枯去的草木和叶子，重新在一片湿润的泥土里立起身来。河流、池塘，还有先前的湿地，再次盛满了水。瞬间的工夫，蛙声仿佛从天降临，一滴雨水在身体里后，迫不及待就响彻了田野。如果有月色，起伏的蛙鸣，若明若暗中还添了几许清幽的诗意。

于是，泥土终于迎来了与人类肌肤相亲的盛季。洁白光滑的水流，一阵阵漫过泥土。所有村人，纷纷赤脚走进了泥土深处。一份内心的期待，一份绽开的笑容，终于贴紧了大地，充满了温润之气。万木趁机疯长起来。整个山野一片葳蕤。八角树、椿树、泡桐树、榉树、鸭掌木等不知不觉披上了盛妆。各种青绿的野菜，混着草木，为山野增添了一层暗绿，波涛般席卷大地。就连荆棘一类的植物，也涂上绿色，见缝插针地占据着山野的某一隅……

各色草木完成寸土必争后，夏天的帷幕就此拉开了。

芒种

芒种是在一株麦穗上悄然抵达田野的。

此时的麦穗，已长出耀眼的麦芒，像一层密密匝匝的光晕，为初夏的田野染上一片金黄。一株株麦穗，以花朵的姿势，在风中左右晃动。麦穗显然是焦躁的，初夏的风让它窥到了时间的某种秘密。

一株麦穗，成为夏天最后的寓言。

而此时，芒种却可以大张旗鼓地行走在田野里了。

在麦穗们纷纷隐身于一把镰刀之下时，一块块的水田却逐渐露出清亮的身子。先是一块，再是一块，紧接着就成了一片，一片片的水田连接起来，白花花的水在阳光下显得无比阔大，甚至有点湖泊的味道，堪称一种景致。

鸭子们则是水田的常客。一个赶鸭的老头，总是扛着一根长长的鸭杆，忙着指挥鸭群觅食。鸭子很多，鸭群窜动时，一片纷乱。鸭群在老头的眼下，却是一支有序的军队。据说老头能在鸭群赶路时，快速地清点数目，并能准确无误。我为此惊疑老头是个奇人。在村里，老头是不干农活的，从春到冬，只是随着他的鸭群，走遍了田野的每一寸土地。老头以他自己的方式，讲述了村子的另一种生命。

不过这仅仅是例外。村子的其他人，在芒种到来，就开始了日出而作、日落而息。

芒种其实是村子最重要的时间刻度，一道槛。

芒种的到来，标志着夏耕季节的正式来临。芒种一到，割麦、打田、插秧、薅玉米地，所有的农活都一起纷至沓来。芒种就像村子的一场盛典，芒种一到，全村上下，几乎就没了闲人，没了闲时。所有的人，所有的时间，全都交给了农活。农活成为芒种的大戏，成为你认识村子乃至泥土的标识。

母亲就常常对我们说："芒种不种，再种无用。"母亲的意思，是说芒种属于耕种季节。错过了芒种，就错过了季节。多年后想起这句话，很是感慨。想想人的生命，就跟一株庄稼一样，错过了季节，也就错过了一生。

但那些时候，我又如何能懂得这些道理呢？

我真正向往的，是山野里的那份热闹。芒种到来，那些草绿色的螳螂，已悄悄在某一个暗角里破壳而出，稍后就开始了它们对夏日的巡礼。从绿色浩渺的山野里走过，在众多的昆虫中，我一向认为螳螂是优雅的，无论是行走抑或跳跃，都极具贵族气质。我就曾仔细地扒开每一处草丛，凝神静气地欣赏它们的风度。百鸟在绿树丛中啼鸣，风从头上吹过，我却不为所动。这样的凝视我可以持续三五个小时，而不心生厌倦。

除螳螂外，蝉与蝴蝶亦是芒种时节不可或缺的主角。翩翩的蝶影，成双成对飞过蒿草上空，越过山野，向远处飞去，赶赴一个遥远的传说。蝉则按着去年的时间，隐在深树丛里鸣叫。我曾仔细研究过蝉，发现蝉是一种与阳光共生共灭的昆虫，太阳越大，蝉声愈明朗清晰。多雨的日子，蝉声则销声匿迹，让人怀疑蝉又开始了冬眠的时光。

先前还东一声西一声的蛙鼓，此时已密集起来。随着秧苗全部移栽完毕，整个田野就成了青蛙的舞场。但白天你是很少看见它们的。它们注定是为夜晚而生的一群。只要一入夜，它们就纷纷登场，为墨黑的大地，为寂静的村庄献上最美的乐音。它们是单纯而华美的，它们托着一个村子的梦。在那个梦上，劳累的心也为之柔软踏实。

蛙鼓到达极致时，芒种也该结束了。母亲们早已三三两两把涂满泥巴的衣物，扔进河里清洗，企图洗去一个季节带给她们的劳累。一条河流，洗涤衣物的同时，也洗涤她们的内心。

太阳逐渐烈了起来。风吹过，大地一片溽热，万木争先恐后挤在绿的深处，耀眼夺目。这时候，往往就会有一个老农从屋檐下、从一袋旱烟里不经意地抬起头来，眯着眼睛瞅了瞅明晃晃的太阳，然后自顾自说："噫，这夏天咋说来就来了呢……"

大暑

大暑时节的到来，是与一朵向日葵紧密相连的。

此时的玉米已经长成，逐渐高过人头。一片片玉米林随风舞动，清幽的山野，蓦然添了几许生气。最早的一朵向日葵，就在玉米林舞蹈的间隙，向着太阳昂起了高贵的头颅。它在那里站立，傲然、凛然，仿佛大地的某种标志。

稍后，一朵朵向日葵，争先恐后地昂起了头。一朵朵向日葵，无一例外地向着太阳不断拔节。让你诧异的同时，不得不生发敬重之情。在逐太阳而生的身影里，它们的坚韧与执着，正一点点风生水起。

它们生长的姿态，无声地透出乡野生命的某种气息。

我曾深深地被这一气息所感动。多年后，当我身处逆境，就会不期然地想起一朵向日葵。我始终认为，一朵向日葵，就是我们骨骼散发的芬芳。我们全部的微笑与隐痛，终将被一束阳光所抚平。

太阳总是一日烈过一日。先前充满活力的草木，开始恹了下去，一副无精打采的样子。只有在早晨，在露珠的亲吻下，草木们生命的本色才会被唤醒。一颗颗晶亮如玉的露珠悬挂在草叶上，玲珑剔透。一层烟岚浅浅地浮在远山上，云色清明，早起的鸟雀叩醒了树林和村子。大地一片湿润清凉，万物再次萌动勃发。不过，此后不久，太阳就快速移过东坡，跳上山顶。午后特有的溽热，复又挟裹了大地。

河流却赢得了人们的青睐。但在乡村，河流仅属于男人和孩子。男人和孩子们无论何时何地，都可以赤条条地让身体亲近一条河流。妇女们却不。妇女们的身子，是不能随意呈现的。至多在暗夜里，在河流的某一僻静处，悄悄将其放进河流，而心也总像一头惊惶的小鹿，深怕自己身体的秘密，暴露给突然撞入的男子。

在一条河流的梦里，茉莉与荷花早已翩然而至。

天气越热，茉莉开得愈盛，其香也浓郁无比。往往是，就在你感到溽热难耐时，一袭茉莉的清香就从那园子里，从一堵老墙边溢了出来，先是进入你的鼻孔，然后进入心肺，最后遍布全身，让你心清目明、神清气爽。荷花则呈现执着的一面，不论烈日还是暴雨，都无法阻挡它们盛开的脚步。它们以自己的娇柔之身，在夏的深处兀自开放，不为外物所动，不为环境所扰，静如处子，光芒四溢。

萤火虫快速地从腐草中获得新生，一群群从乡村的夜空飞过。它们跟蝴蝶一样，完成涅槃后，此身已是另种风情。它们一生为寻美而来，从夏日的大地上经过，一直为瞬间的美而活着。有月也好，无月也好，点点微光，仿佛夜晚盛开的花朵，又如盏盏移动的灯火，神祇般降下幽明，淡雅并静到极致。如果适逢夜来香开放，一阵短暂的幽香中，那微光，分明还多了几许迷离，让人疑心置身仙境。

一份惬意，由此弥漫了夏日的时光……

（原载《民族文学》2011年第4期）

2011年

姚胜祥

孔融：乖孩子不是好爸爸

一、神话般的乖孩子

公元208年，当孔融身首异处躺倒在许昌城郊殷红的血泊中时，一夜之间，神州各国一片哗然，上至达官贵人，下至学子、农夫的震惊丝毫不亚于今天美国总统全家被刺。

在他的那个时代，孔融实在太有名了，用今天演艺界的天王巨星来比也不为过。他不是因为全家被杀而扬名天下的那一类，早在幼年时期，他就因其至尊贵族的出生和聪慧机智而名满天下，加之成年后一手漂亮的文章和虚妄任诞的言行而无人不知。正是他的虚妄、任诞，造成了他先后两任妻子、儿女无辜为他殉难。可以说，魏晋牛人们的疯狂，是从他开始的。

“融四岁，能让梨，弟与长，宜先知。”千百年来，一代又一代的人吟诵着这样的句子开始识文断字。时空转到一千多年后的今天，很多人会怀疑这个故事的真实性。如果想一想孔融出生的家庭和西汉董仲舒之后，“罢黜百家，独尊儒术”的“主旋律”背景，就不难判断出这个故事的真实性了。这个真实的故事，使孔融的名字从他的时代一路响来，妇孺皆知。然而，翻开历史，我们惊讶地发现，这个早慧的神童、众目翘首的乖孩子，前景并未光辉灿烂，而是一生虚妄、狂放，并因此命运多舛、悲剧相随，甚至不得善终。

或者可以认为，从让梨事件的价值取向上，孔融就显露出了他性格中的悲剧色彩。这几乎是人们断然不曾料到的。但这一切还是被一个人不幸言中，这个人叫陈炜。

公元163年，这一年也叫东汉延熹六年，这一年东汉发生了三件大事：武陵蛮第三次反叛，车骑将军冯绲被诬免官，西羌势炽、凉州危急。正是这一年，中国文化史上，多了一个叫“小时了了”的典故。

这一年，十岁的孔融，随父亲从曲阜来到京都洛阳，外出办事的父亲把他一人丢在了旅馆。父亲走后，孔融悄悄溜上大街东游西逛。一处华丽的大宅深深吸引了他，一打听，原来是当朝负责百官督察的李元礼的豪宅。或许，官至太山都尉的父亲孔宙跟朋友聊天之时，曾多次说到这个人。“李元礼这个人，品格很高，不但对自己高标准、严要求，还把在天下建立以儒教为核心的道德是非标准作为自己毕生的责任。假如能上他家去拜访并受到接待，那简直是鲤鱼跳进龙门了。”

于是，孔融大摇大摆走到门卫室，对门卫说：“我是李大人的世交亲戚，有劳通报一声。”门卫一看是一小孩大大咧咧地吩咐自己，立马跑回府中禀报。孔融就这样走进了李元礼高贵的客厅。当着满坐高朋，李元礼惊诧地说：“我弄不明白你们家跟我们家有什么恩情往来？”孔融说：“是的先生，你姓李，我姓孔，我是孔仲尼的第二十代孙，想当年我们家先人同你们家先人一起探讨过道德学问，从而成了很好的师友关系，这样说来，咱们两家难道不是世交吗？”听到这样的话，李元礼跟在座的宾客大为感叹。

不一会，主管朝廷议论政事的太中大夫陈炜来了。于是，有人把这件事当奇闻趣事讲给他听。陈炜听完之后，说：“小时候聪明伶俐，长大以后未必就有什么大的出息。”听到这样的话，孔融马上反击：“您小的时候肯定也是特别聪明伶俐的那种吧，先生。”

陈炜顿时大汗。李元礼大笑：“这孩子呀，长大后就不是一般的人呐！”

不知是李元礼有意夸孩子，还是他根本就没有察觉到，除了智力超群之外，孔融的心高气傲和咄咄逼人对他未来的命运意味着什么。

在孔融即将跨入成人行列的那一年，又一桩载入史册的事发生了。这就是千百年来人们交口相传的“一门争死”的故事。

故事的起因，是因为一名叫张俭的名士。

张俭，汉灵帝身边狗仗人势、为非作歹的宦官侯览的死敌，孔融哥哥孔褒的好友，朝廷追杀的钦犯。

张俭逃到孔家的时候，恰巧孔褒外出，十六岁的孔融独自在家。张俭见他年龄还小，就打算离开。见张俭面有难色，孔融就说：“我哥哥虽然不在家，难道我就不能帮助你吗？”于是把张俭藏在家中。事情泄露之后，孔融与孔褒双双被捕入狱，兄弟二人都拍着胸脯信誓旦旦说是自己干的，与兄弟无关，自己愿意为这件事情承担后果，要砍头就砍我吧！郡县官拿这兄弟俩简直没有办法。孔融父亲已于三年前去世，于是只好请来他们的母亲。这位高贵的母亲一上公堂就把责任统统揽在自己身上，说都是自己管教不严，才让儿子犯下了包庇朝廷钦犯的大罪，如果要杀的话，就杀了老身吧。郡县官无计可施，只得把案件逐级上报，这事一下就传到了汉灵帝耳边，灵帝于是亲自裁决，朱笔一挥，下诏定了孔褒死罪。

“一门争死”，灵帝判案。轰动了朝野，也使孔融从一个神童一跃成了以身赴死的堂堂大名士。

二、如此“公务员”

中国有句话，叫“三岁看老”。从四岁让梨、十六岁让生以及“小时了了”这三件并非有意作秀的事情来看，孔融与生俱来的务虚、心高气傲、勇于牺牲而又生性耿介的书生特质，已经淋漓尽致地显露出来。

成了名士的孔融，仗着大圣孔子和做过元帝老师的七世祖孔霸的光环，凭着少时的几件让天下口口相传的“豪言壮举”，加上蔡文姬父亲蔡邕的指教，自然出落成了天下第一明星。由此，举荐其到州郡做官的人纷至沓来，这对于寒门学子来说，无不是梦寐以求的事情。而此时的孔融根本不为所动。直到有一天，他老师蔡邕的好友杨赐向他扬起橄榄枝，他才去了司徒（相当于丞相级别）杨赐手下做了一名僚属，从此步入仕途。

刚参加工作的孔融，一方面对工作兢兢业业，任劳任怨，另一方面，眼睛里却揉不得一点沙子，总是看不惯当朝的种种不端，关心他的人包括他的上司杨赐也觉得无力保护他，常常为这个“惹祸包”捏汗。

不久，他的耿介和虚妄终于让他知道了，天下原来并非书上所说的那么讲理，朋友和上司告诫他时所说的“后果很严重”其实离他并不遥远。

当时有一位炙手可热的人物叫何进，即将由河南尹升迁为大将军，杨赐派孔融拿着自己的名片去祝贺何进，孔融到达后并没有受到礼遇，甚至等了半天也不给通报，于是孔融一怒之下夺回名片撕得粉碎，打道回府。回家后他给杨赐写了一封信，辞官不干了。

何进跟他的属僚们知道这个事后，非常恼火，连夜请来专做人头生意的杀手，无论开价多少都行，只要能买来孔融的人头。

这一次孔融没死成。

不知是孔子后代的光环还是让梨的名气救了他，反正就在刺杀还没结果的时候，有人站出来保了他。那人对何进说，孔融这人名气太大，假如将军您要跟这个人结怨，所有的名士都会在感情上向着他离你而去。还不如就此给他礼遇，天下人都会知道您的仁义与宽厚。

公元185年（东汉中平二年），由于何进等人的保举，孔融当上了朝廷“侍御史”，这是一个朝廷的重要职务，协助御史大夫处理朝廷日常事务。

表面上看，孔融是因祸得福，从杨赐的属僚一步跳到了堂堂正正的“地师级”领导干部岗位。殊不知，何进及何进背后的这些操盘手，把他送上的是另一个屠宰平台。

此时，如果孔融能认真地反省一下，踏踏实实地干，万分低调地忍，少说话，多做事，凭他那样的出生、文化水平、后台靠背，且年纪轻轻，说不准到曹操主政时，在曹手下混个“一曹之下，万人之上”的位置也不是不可能的。那样才能对得起含辛茹苦、守寡养他的母亲，才能对得起显赫的门庭。然而，孔融却并不这样想，他依旧按着自己的性子出牌，丝毫不为家庭和自己的前途利益着想。明知山有虎，偏向虎山行。

这样的事情不久果然发生了。上任不久，又因为不能忍让，与中丞赵舍不和，实在待不下去，便又以健康为由辞职回家。《后汉书·孔融传》记载：与中丞赵舍不同，托病归家。

他这一辞职回家对他本人倒没什么，不用早起，也不用打卡，更不用忍受领导“更年期”般的言行和同事之间的尔虞我诈。问题是他还有母亲、老婆、孩子，他们的生活怎么过？就算家里是贵族，有良田万顷，不愁吃穿，但一个男人整天待在家里生闷气不去上班，总不是好事吧，何况他的情绪会让家里人无所适从、战战兢兢；作为家里的顶梁柱、核心，至少会使家里人觉得这种总做不好事的男人缺乏安全感，家庭的幸福指数会直线下降吧。

百无聊赖地在家摆上酒席，呼朋唤友，边喝边聊，云里雾里地谈谈哲学、文学，嘻嘻哈哈地谈谈女人，大骂社会，大骂谁谁素质差，谁谁没人格，接着就是一场大醉，一直睡到第二天傍晚才起床，起来之后又摆上酒菜，重复昨天的故事。说实话，这样的生活方式和做派，早背叛了他祖先孔子说的那一套清规戒律，还弄得自己的两个孩子也成了小酒鬼。《世说新语》里就有这样一段记载，说一天中午，酒醉的孔融躺在床上，他的两个孩子就蹲在酒坛边，偷偷地喝他们父亲的酒。一个按照当时的规矩，祷告之后再喝，另一个则没有那么多规矩，不管三七二十一舀出来就喝。正好孔融醒来，就对那个没祷告的孩子说，你怎么不祷告？孩子回答说，本来就是偷来喝的，还要讲什么法礼呢？这两个可怜的孩子，哪里知道，摊上了这样的父亲，不仅仅把他们害成了小酒鬼，更大的“杯具”正等着他哥俩呢。

有后台，起点高的人就是不一样。孔融在家待了一段时间后，终于又有人站出来，推荐了他。这一次级别也不低，在朝廷“总理”“国务卿”级别的司空手下做一名助理，这可是个有实权的差事。这一次的领导知道孔融的德性，怕留不住他，“在职三日，迁虎贲中郎将。”从总理衙门一个主办文案的官员，上任三天就迁调为“中央警备团团长”，这样的升迁速度，是何等令人惊讶和妒羡啊。

按说到了这样的位置上，已经是最高领导身边的人了，只要好好干，老老实实，像藏獒一样忠实，像石狮一样沉默，那么等待孔融的绝对是光辉灿烂的前程。

然而，孔融不是这样。

三、乖孩子却不是个好爸爸

到董卓完全架空汉献帝刘协，执掌官员废立的时候，孔融的不着调、不靠谱就更加突出。其实他完全可以像当时一些官员那样，你指鹿我不一定说是马，只要保持沉默就得了。“敌人过于强大”，我可以保存实力嘛。

“会董卓废立，融每因对答，辄有匡正之言。以忤卓旨，转为议郎。”（《后汉书·孔融传》）

因为每次与董卓对话，孔融都流露出叫董卓滚蛋，让献帝自己来主政的意思。并时常顶撞，不顺从董卓的讲话精神，于是又“被”迁调到了“议郎”——毫无实权的参谋位置上。在这个位置上，孔融仍然继续跟董卓作对。其实，按现在的价值观念来说，献帝也好，董卓也好，不管谁来做国家领导人，都是封建统治，民主、民生、民权都不可能得到，更何况让董卓来管理国家总比献帝有能力吧。

跟董卓过不去的结果是从“中央警备团团长”，变成了一个不管事的“参谋”，再从一个“参谋”变成了抗敌一线青州北海郡的县市级干部。

在北海郡的六年，可以说是孔融一生中家庭生活最幸福的时光。在工作上，他平定了贼寇，扶持学校，表彰好人好事，改善了百姓生活，等等，并且还举荐了一批青年学子，让他们去做官。孔融一生乐于推荐学子，他曾经惺惺相惜而举荐的学子祢衡，由于比他的性格还狂傲，最终也成了孔融死罪的理由之一，这是后话。工作上的成就感，地方百姓的拥戴，加之远离了朝廷那拨恶心的人，他的心情格外晴朗，由此一家人乐乐融融，煞是幸福。

这六年之中，如果孔融多搜刮些民脂民膏，多积攒点财富，在“政治中心”设个观察时局、跑官要官的“驻京办”，逢年过节或制造借口，不失时机地向得势者送上点“心意”，为今后的日子做一点打算，也许接下来他一家的悲剧也不可能发生。

在曹操、袁绍的势力开始鼎盛的时候，他的一个副手劝他跟去拉点关系，而孔融却一怒之下把他杀掉。

公元196年（汉高祖十一年），是孔融终身难以忘怀的一年。

这一年，流落在外的汉献帝回到了洛阳。皇宫已经全被烧毁，一粒粮食也没剩下。朝中官员饿得采摘桑叶充饥，有的饿得靠着城墙就死了过去，有的则被士兵杀死。

这一年，曹操带兵进入洛阳，把献帝和朝廷迁到了许昌，曹操做了一人之下万人之上的超级“司空”，真正实现了“挟天子以令诸侯”。

这一年，与孔融互称“孔子颜回”关系的祢衡被江夏太守黄祖斩首。

也是这一年，从春天起，敌人的部队把孔融的城池围得水泄不通，一直持续到夏天，战斗异常惨烈。

“战士所余裁数百人，流矢雨集，戈矛内接。融隐几读书，谈笑自若。”（《后汉书·孔融传》）

一向虚妄狂放的孔融却并不肯正视现实，生怕有损自己处变不惊的大名士形象，更不会到一线去督阵。当兵员只剩下几百人，攻城的箭镞像下雨一样密集而降，守军与敌军短兵相接，血肉搏杀的时候，孔融仍故作镇定，凭案读书，若无其事地谈笑风生。

终于，在一个漆黑的夜晚，随着城中的一阵喧闹，敌军攻进了城内。此时此刻，这个一生不肯正视现实的狂狷书生，才在几名亲兵的掩护下，狠心地丢下了妻子儿女，在茫茫夜色中逃出绝地。可怜他的妻子和两个儿子，只得用自己的生命为这个不争气的丈夫和父亲殉难了，她们母子三人被敌兵俘虏，全部被杀。

你孔融忠于汉室没罪，但你不顾妻子儿女的身家性命，大敌当前，还做“名士沉稳秀”，白白断送自己三位亲人的性命，能算个东西？

这个时候不知道孔融是否会心痛难过，是否会反省自己过去的一切。

事实证明，这个以智商闻名天下的傻蛋还是没有醒悟，在往后的日子，继续荒诞地做他的狂妄大梦。

只身逃过一劫的孔融，匡扶汉室，维护正统的心结不改，加之自以为是的膨胀、狂狷和耿介，就注定了他此后依然灾难重重。或许这些灾难原本就是伴随他的出生、所受的教育以及骨子里的性格基因而来的，这甚至是不可逃避的。但作为一个男人，至少应该有一点家庭责任感吧，你要杀身成仁、舍生取义没人可以阻拦，但明明知道自己这样坚持下去凶多吉少，就不要把别人的生命绑在自己顽固而愚蠢的战车上！

遗憾的是，落花流水的孔融回到许昌又娶了一位媳妇。这个女人在此后的日子里，先后为他生了两个孩子。

四、乖孩子的最终“杯具”

鉴于孔融的知名度，曹操不得不给孔融安排了新的工作，这一次是负责掌管皇家土木工程的“大匠”（建设部部长），在这个位置上干了一段时间之后，就提升成了九卿之列的“少府”，负责掌管皇家财产（财政部部长）。这也是孔融一生最实权，地位最高的位置。这时候是曹操的天下，孔融还依着性子出牌，自然是由不得他了。似乎，当年与董卓过不去的情形，又开始在孔融与曹操之间上演。终于有一天，孔融被调到了主管参政议政的“中太大夫”位置上。在那个军阀混战、“枪杆子里面出政权”的封建帝王时代，在那样的国体政体下，一个“参议”的位子算什么？

于是乎，孔融更加憋屈了。

“又融为九列，不遵朝仪，秃巾微行，唐突官掖。”（《后汉书·孔融传》）

他开始倚老卖老（其实仅仅比曹操大两岁），做出一副很不得志的退居二线的老干部、老顾问的样子，故意不按规定着装，“不打卡”，或去了也是满身酒气，对组织纪律嗤之以鼻，对领导和同事的态度极其冷漠、敷衍。

并每天在家大摆筵席，革命小酒天天醉，喝醉之后就疯疯癫癫，胡言乱语。或者把一个长相有点像他老师蔡邕的警卫员叫到身边，跟自己坐在一起，把别人当作自己的老师，胡言乱语一番。此期间，他常说，只要“座上客常满，樽中酒不空，吾无忧矣”。真是颓废得可以。

更有甚者，在一次喝酒中他还说，父亲对于儿子，有什么值得夸张的亲情呢？只不过是当初性欲冲动的结果；子女对于母亲，又有什么了不起呢？就像把一件东西放在瓦缸中一样，一旦离开就没有任何关系了。

就是今天的九零后也说不出这样的话来，这与大骂自己父母几乎没有区别。

那个时代，百姓和朝廷需要的都是王祥一类的道德模范人物，这样的人物不仅能做出冬天后母想吃鱼的时候用身体去化冰取鱼，更能做出在后母生气要杀他而没有杀着的时候，把斧头递给后母，把头伸向斧头让后母解气的事情。在当时“以孝治天下”的道德、礼法背景下，这样的话无疑是犯了大忌。

这时候，年过半百的孔融，第二次婚姻的孩子尚且几岁，他却丝毫没有顾及自己的这些言行会给孩子带来什么。

至此，那个让梨、让生的孩子，那个出生于制订“忠孝仁爱”规则之家的孩子，那个要立志匡扶正统的孩子，几乎蜕化为异端魔鬼了。

 如果说，你憋屈，你不满，卖卖老资格，酗酗酒，私下里胡言乱语，颓废一下也就算了；但他却死死盯住曹操不放，非把平定天下、治理国家的曹老大惹怒不可。

让曹操忍无可忍的，具体有下面两件值得一说的事。

男人爱美女，古往今来，人之本性。在破袁绍的邺城之前，曹操就听说袁绍的儿媳甄洛不但非常贤惠而且姿色了得。于是就铁了心要将这甄氏美女弄到手，邺城一破，曹操就迫不及待地要召甄洛到身边来，这时左右就告诉曹操说，甄美女已经被五官中郎将曹丕带走了。曹操一听，心里凉了半截，只得顺水推舟地说，今年我大破袁绍为的就是这小子。

上面这则故事也就是今天我们所说“想当然”这个典故的前提。

这本来是一件与孔融无关的事情，但此时的孔融却坐不住了，于是连夜给曹操写了一封信，说“武王伐纣，以妲己赐周公”。曹操看了信后，对“以妲己赐周公”这个闻所未闻的典故百思不得其解，于是就问孔融这个说法的出处，孔融回答说，从而今现在眼目下（四川方言，现在目前的意思）的情况看，想当然是这样的。听了这样的话，曹操气得杀人之心顿生。

由于孔融的社会地位，曹操暂时忍下了这口恶气。不久之后，曹操讨伐乌桓，这时候孔融的嘴巴又痒了，又一番对曹操冷讽热嘲。这次对曹操的嘲讽，进一步坚定了曹操杀他的决心。你在家不好好待着，老子带兵征战、吃苦受累，你不但没一句关心问候，天天在京城喝酒会友、奢侈享受不说，反而讥讽有加，怎不让人心寒!

人的忍耐是有限度的。公元207年，全国大旱，粮食歉收严重，为了储备粮食渡过难关，曹操颁布了《禁酒令》，而此时身为九卿之列的孔融，不但不积极响应支持，反而先后几次就禁酒事宜给曹操写了反对禁酒的公开信。

稍通人情世故的人都知道，身为九卿之列的孔融，再怎么禁酒也禁不了他吧。你只要不在朝堂之上一边喝酒一边骂人，谁管你？像他这么高的智商，只要随便动一下脑筋就能把喝酒说成为工作喝，为百姓的利益而喝，这既讨好又卖乖的事情又有何难？

然孔融就是孔融，他在致曹操的公开信中说，喝酒是最重要的礼乐仪式，你不是提倡以礼治天下吗？既然禁酒，是不是不要讲礼了？夏朝商朝，因为女人而丢了天下，为什么到现在还不禁止男婚女嫁呢？

这些话，把曹操气得难以呼吸。

公元208年，当曹操平定了北方，在南方战场全线大吉，罢免三公，自任丞相的时候；在孔融用虚妄把第一任妻子和孩子送上刑场十二年之后，斩杀孔融的事情就被提到了正式日程。

孔融被杀的时候，只有五十六岁。妻子儿女都一并被杀。当时他儿子九岁，女儿只有七岁。在他们夫妻即将被带走的时候，两个孩子显得无动于衷，若无其事地下自己的棋，有人问：“爸爸妈妈被抓了，你们怎么站也不站起来一下？”孩子说：“你见过覆巢之下，会有完卵的吗？”

临时，两个孩子被托付给了朋友。一天，朋友家不小心洒了肉汤在桌上，儿子因为口渴就趴下去用嘴吮吸起来，妹妹看到这里就对哥哥说：“父亲惹下这么大的祸，我们还能活多久呀？你还能吃得出肉味吗？”于是男孩马上停止了吮吸，号啕大哭。曹操听说后，下令尽快杀掉。在去刑场的路上，妹妹对哥哥说：“假如真有灵魂的话，我们就能够在另一个世界见到我们的父母了，那难道不是很好吗？”于是兄妹俩就刑时长长地伸着脖子，面无惊色等着下刀。

不知道这两兄妹在另一个世界见到他们十二年前先去一步的，未曾谋面的哥哥，并谈起他们的父亲，又会有怎样的感慨。

（选自《818疯狂魏晋的牛人》，万卷出版公司，2011年5月；
《818疯狂魏晋的牛人》获首届贵州少数民族文学创作金贵奖）

李天斌

从北京走过

2009年秋天，我去了一趟北京。

飞机落下时，正是午后。阳光虽然灼亮，但仍然覆盖不住风的冷硬。风吹来，刀子般割过脸庞，寒凉漫过肌肤。梧桐叶已逐渐枯黄，露出斑斑点点的残相。天空灰蒙蒙的，像一层厚厚的布，紧紧压着一个城市的头颅。并不高大的落叶乔木，规则地排列在广袤的华北平原上。偶尔一个空落的鸟巢，寂寂地挂在落尽叶子的枝丫上，仿佛大地的某种隐喻。

在穿过密如蛛网的高速公路后，我住进了五环的一家宾馆。五环已属京郊。虽在京城之外，但这里的繁华已可窥见京城的影子。对一个初次进京的人来说，京城之外的气象足以构成对我的诱惑了。四十年前，我父亲曾到过北京，并在天安门前照了张黑白照片。这张照片一直贴在我们家那块木制的相框里。这一直是他一生的骄傲。此后多年，在我远在西南之地的那个小山村，父亲因此成为人们眼中见过世面的人。而北京这个名词，也从此神秘庄严地居住在我的梦里。所以在那个午后，我是激动的——站在北京五环的一条街道上，在北方的秋影里，想着父亲，想着我自己，我看到了一个平民内心的卑微与富足。

初到北京的那个夜晚，我没有很快扎入市区。北京是陌生而又庞大的。一个城市的疏离与深邃，让我有一种无来由的迷茫。我一个人走在京郊的街道上，跨上天桥，尔后在那里站立，在那里看北京夜晚的风景。灯影摇曳，车流如潮，幢幢建筑在五彩的灯影中泛着迷离的色彩。人群来来去去。没有谁注意到我，一个来自遥远异域的人，一个瘦弱的身影，在这里静静地放逐自己——在对一个城市的彷徨甚至恐惧里，我在这里想着自己内心的来去。

后来我弄到了一张废弃的地铁票。忍不住惊喜，相比那张庞杂混乱的北京地图，这张地铁票让我清晰地窥见了北京的隐秘通道。我开始想象着，在北京的地底下，一条条地铁就像一个城市的血管和经脉，穿透着北京这具庞大的肉身。地铁是有温度的——我想，至少对我这个初次到北京的人来说，一张窄窄的地铁票，一定程度上温暖了我内心的陌生与疏离。

接下来的日子，我就凭着这样的一张地铁票，从一号地铁线八角游乐园站进入，然后从某个地铁站的出口，像一尾浮出城市暗流的鱼，进入北京的街道。黑夜降临的时候，我又沿着密如蛛网的地铁，在一片暗黑中浮出这个小站。小站是冷清的。尤其是我归来的时候。这个时候，一如蚁群的人们已不知缩进了哪个角落。最多是，跟我一起出站的稀落的几个行人，在橘红的灯影下闪了几下后，便快速地消失了。只有那个烤红薯的中年男人，始终固执地守在地铁门口。冒着火星的黑炭，在冷寂的秋风和细雨中透出微明。曾经好几次，在快要消失在地铁门口的时候，我都忍不住回过头看了看那个小摊，总觉得那里一定藏着一份说不清的惆怅。甚至想，很多年我一定都会记得这里的景象，记得我回眸时莫名的那份忧郁。

从北京走过，我先去了故宫。很多年来，我一直就想去故宫看看。想看看一个个王朝的背影在时间里飘过的苍茫。我跟着拥挤的人群——他们来自不同的国度，或许也带着各自内心的秘密，涌进昔日的紫禁城。千年前的太阳照下来，金碧辉煌的宫殿在秋风中尽显沧桑。雕龙画凤的廊柱与石刻，静静地坚守在原来的位置。石板早已被脚板打磨得圆润光滑，透着体温的同时，又泛着一抹空落的幽怨。帝王、才子和佳人，富贵、功名与利禄，早已被风吹去，被雨洗掉，只剩下时间的幽光，提醒一些曾经的肉身的存在。包括我，包括此刻熙攘的人群。在时间的面前，我们都不过是瞬间的一粒尘，一阵秋风过后，我们曾经的体温，就化成了这故宫石板上的又一层光晕。我们就成了古人。

在故宫，我一个人选择了一隅僻静的去处，在一块青灰色的砖上坐下。抬头，云天茫茫，一只黑色的大鸟在紫禁城上翱翔。偌大的宫殿、亭台楼阁，似乎仅剩我一个人在这里独自沉默或者忧伤。静静地看着远处那些汹涌的人群，静静地凝视眼前的喧嚣，我突然就有了浩然长叹的冲动。我甚至想起了一个比喻——左手帝王，右手平民，一个王朝与时间的关系，或许仅是左右手的距离？所以后来离开故宫的时候，我索性靠着某座宫殿的廊柱照了一张相，以一个平民的身份，在昔日帝王的住所里留下了瞬间的印痕。

从帝王的背影里出来，我又登上了慕田峪长城。长城同样跟帝王有关。我去长城的那天，落着细雨，秋风已有了萧瑟的气味。广袤的华北平原上，经秋的白杨透着微微的寒意。枫叶却开得正红，星星点点地散落在高速公路的两旁，给北京的秋天添了几许暖色。簇生的野核桃，仿佛历经千年的落魄精魂，在细雨秋风中铺开一地苍黄。燕山山脉始终沉默无语，突兀地耸立在华北平原的边上，酷似洗尽铅华的老者，忘却了一切的是非成败。在长城之上，我第一次近距离凝视了逶迤而来又逶迤而去的城墙、烽火台，还有岁岁荣枯的草木花朵，还遇上了今秋早早落下的雪米，雪米裹着秋风，在灰暗的天际里不断肆虐。燕山内外，一片苍茫。我第一次拍下了很多照片。我想起了白马秋风、羌笛胡琴，想起了帝王霸业、英雄柔情，在千古一梦的长城内外，在我拍下的某个镜头里，定格成我内心的辽阔与幽深。

从北京走过，我还在某个夜里跟朋友驱车驶过天安门。车是我跟朋友租来的。朋友是司机。我是唯一的乘客。秋风劲吹，笔直的长安街灯火辉煌。我们是快意的。朋友甚至唱起了《我爱北京天安门》的歌曲。这让我再次想起了我的父亲，想起了我自小种下的关于北京的梦。在父亲和我的梦里，北京是以天安门为标志的。所以那个夜晚，我特意拍摄下了夜晚的天安门。我想，当我回到远在西南的那个小山村后，我一定会跟父亲坐在一起，在他的黑白照片以及我的彩照里，再次谈谈他的北京，我的北京，谈谈北京带给我们内心的卑微与富足。

在北京，我注定还不能忘记一家普通的川菜馆。从西南之地远到北方，这里的饮食习惯基本上成了我行走的障碍。唯有这家川菜馆，勉强适合我的口味。在北京的十余天里，我几乎都在这里就餐。这是一家很小的馆子，馆子的主人是一个年龄跟我相当的四川女人。女人长得还算好看。端庄的脸上挂着青春的残痕。走路始终风风火火，一副忙乱的样子。那些天里，我总是坐在馆子的一角，一边吃饭，一边不自觉地就把目光移向了她。她总是说着两种话，客人进门的时候，她用的是普通话，客人点好菜单后，她就开始拉长了声音，用四川话对着厨房里的师傅吆喝，“一盘——青椒——炒——肉丝——勒——”，字正腔圆，郑重中夹着滑稽与幽默。客人爆满的时候，她的脸上就会再挂上甜甜的笑，使得青春的残痕多了几许明艳。有几次她发现了我对她的注视。所以在有一次目光对视的时候，我就看见了她脸上泛起的红晕，略略地透出羞涩。她并不知道我为什么总要瞅她。我也不知道为什么要瞅她，只是在看着她忙着招呼客人的时候，在听着她对厨房吆喝的时候，就会无端地觉得亲切。总觉得在北京，这份朴实的生活，更能切近我的内心。

当然，切近我内心的，还有我珍藏的一些小小的愿望。它们与生活有关。比如，当我听说慕田峪长城附近有个红螺寺的时候，我就一定要去拜拜佛。这么多年，因为疾病的折磨，我在内心总怀有一个美好的祈祷，总是希望能发生奇迹，让自己摆脱病魔的缠绕。因此，每经过寺庙的时候，我都会很虔诚地拜拜佛，并在佛前许下佑我健康的心愿，这次也不例外。在红螺寺，在佛前，我同样许下了这样的心愿。这是我唯一的心愿，也是我自己的秘密。又如，在北京，我一直想去拜望某编辑。两年前我给她所编的刊物投稿，于是就接到她的电话，然后就有了联系。后来，我果然鼓起勇气给她发了短信，只是不巧的是，她约我跟几个作家一起去看舍利塔的时候，我却因为特殊原因不能成行。这一直成为我小小的遗憾，但我却牢牢记住了临离开北京的前一天，北京迎来了据说是十年来最早的一场雪，天寒地冻中她给我发来嘱咐我多穿衣服的短信。正是这条短信，让我在北京感到了无限的温暖。也就想，一个人感到温暖的理由其实不要很多，有时一句话就足以让你铭记一生。

从北京走过，我最后去逛了趟王府井书店。王府井书店成为我在北京走过的最后标识。那天我逛遍了王府井书店的每一层楼，但最后却仅仅买了史铁生的一本散文集。只是觉得兴奋的是，我在那里还看见了一些朋友的书，其中还有一本收入我某篇文章的集子，让我在陌生而又庞大的北京城感到了无限的亲切。仿佛觉得我的朋友们，还有我自己，似乎也跟北京城有着不可分割的联系。从王府井书店出来，因为要等一个人，所以我就坐在了书店门口的石阶上，靠着那根柱子，旁若无人地读完了史铁生《我与地坛》这篇散文。我完全沉浸在荒废的古园、孤独的轮椅以及作家悲苦的内心之中，我甚至还仿佛看见了这么多年来我在病痛和生活两端的影子。后来文章读完了，后来要等的人来了。我抬起头来。也就是在那瞬间，在北京，我第一次看见舒展开来的天空，几朵蓝色的云缓慢而又安静地飘在城市的上空。我也觉得它仿佛是某种隐喻，在我即将离开北京的时候，它让我从史铁生的地坛里看到了不死的希望……

（原载《北京文学》2011年第6期）

张　劲

生与死的对视

一

当雷雨在葬棺洞外低一声、高一声地嚷叫时，我们正在洞内高一脚、低一脚地探路。雷雨越是呼天抢地，我们越是沉静、肃穆。

先前参观芦笙洞时还丽日晴空，后来考察葬棺洞时就变成雷雨交加了。生死殊途，阴阳迥别，看来老天爷比人类还深谙其个中三昧。

伴我们同行的是龙里县的两位青年干部——小陈和小吴。小吴的祖先就安葬在果里葬棺洞内，汽车路经果里大寨时，他特意下车买了一盘鞭炮带上。小陈坚持要带我们先去寨后的芦笙洞探望，他说芦笙洞又叫阳洞、生洞，葬棺洞则叫阴洞、死洞，应该先看近处阳洞，再看远处阴洞，最后从阴洞走出来回到阳光下面，这才符合规矩。于是我们一行人便先去了阳洞。

阳洞果然阳气充足。午后的日光毫无阻滞地泼洒在洞内洞外，宽阔、敞亮的洞厅里挤满了融融暖意。据说，过去每至农历正月，周围四乡八寨的苗胞便聚集在这里进行一年一度的跳芦笙活动。其时，欢声如潮，盛况空前，舞者、歌者、观者，无不喜气洋洋，春风满面。青年男女的爱情，老人、孩子们的亲情，朋辈乡邻间的友情，追逐着芦笙、鼓乐、银饰、百褶裙旋转。那几天，寨子里熙熙攘攘，家家户户时兴开流水席，走亲串戚的人们大碗喝酒，大块吃肉，大动作跳舞，大嗓门唱歌，欢乐的生命在这里打下了一个个鲜活的结。

如今，阳洞只剩下阳光而看不到芦笙舞了，跳芦笙的活动已迁至另外的露天场地进行。好在来往的田夫野老、牧童马倌还记忆牢固，并且依然保持着向人诉说往事的浓厚兴趣。

站在阳洞门口，可以遥遥望见对面山崖上的阴洞洞沿。阴洞被树木杂草半掩着，像一场似醒却终未醒来的长梦。两洞间的直线距离不过五六百米，一个人从阳洞躺到阴洞，至少也有五六十年光阴，然而五六十年以上的光阴就换来五六百米的距离。此岸打成的生命的结，终将在彼岸解脱；芦笙洞里的芦笙，必然会变成葬棺洞里的棺木；空间性的精彩缤纷，最后都会被时间性的悲怆岑寂没收……因而两洞之间的对峙，是真正的你死我活、势不两立的对峙。由是，果里阴洞的名声也就远远大于阳洞，以至在不少人心目中阳洞只是阴洞的一个陪衬，一个不愿挑明，却是实实在在绕不过去的陪衬。这看法固然过于悲观，应该说没有死就没有生，二者是互为陪衬，但微茫的智性之光，总不能赶走盘踞在多数人心头的死的恐惧的巨大阴影。所以历来参观阳洞者众，考察阴洞者少。

二

走过一片田野，爬上一座山坡，穿过密密的小树林，便到了阴洞洞沿。阴洞高十余米，宽二十余米，不仅阔大、深邃，而且干燥通风，岩壁虽满脸皱纹，表情却不似想象中的狞厉。小吴点燃了带来的鞭炮，我们也各自点燃了自己的一炷心香。小吴随后又唱起了一支古老苗歌，大意是：祖先们啊，后辈又看望你们来了，我以歌为酒，请接受后辈们的孝心，后辈们不会忘记你们的恩德，你们的在天之灵定会保佑我们吉祥安康。歌声满含着虔诚，浑厚的回音里还夹着一缕圣洁和温煦。凝重的氛围被化开了一条缝。循缝而入，一行人的目光开始小心翼翼地抚摸着棺材组成的暗黄色长卷。

只见从洞内几十米处开始，便依次向前有序地摆放着数百具棺木。棺木油漆早已脱落，一个个长方体灰白黄褐，随地形高低而参差排列，纵横成阵。所有棺木都由坚固的木架支撑着，木架离地面约一两尺高，既可以防潮，又能大体保持平稳。支撑架有四桩和六桩之分，据说四桩为男性死者，六桩为女性死者。女性之所以多出两桩，是因为苗族妇女喜爱银饰，亲属担心有人来盗，所以须加固保护。但也有另一种刚好相反的说法，认为四桩乃为女性，六桩才为男性，理由是男性身体沉重，需要多加两桩。棺木一律都无墓碑，也无墓志铭，甚至还无文字标识。据说，墓碑就竖在后人们的心里，亲属代代口耳相传，脚识眼记，不会遗忘，更不会弄错。先放的棺材离洞口稍近，后放的棺材距洞口稍远，故而越靠近洞口，棺材的年代就越是久远。

曾对苗族丧葬文化有过粗浅了解，资料告诉我，苗族古代丧葬主要有悬棺葬、洞棺葬（岩棺葬）、土葬三种葬式。洞棺葬通常是一个家族的公共墓地，外姓死者不得进入。在家族公共墓地中，死者陈放的方向大体都是头东脚西，而且按其生前辈分，由上往下排列，同辈人排在一个横列，弟在右，兄在左，夫妻则按男左女右排列。进入墓地的死者年龄都在六十岁，至少也是五十岁，且都是正常病死者，那些摔死、淹死、难产死、斗殴死等非正常死亡者，是不能葬入墓地的。从近些年来苗族考古发掘情况看，洞内灵柩从魏晋南北朝起到明末清初止，历朝历代皆有，就黔省而言，以明清两代最多。明代《贵州图经新志》就曾记载："镇宁部民曰康佐苗者……有丧则举家以杵击臼，更唱叠和，三五日方置尸岩穴间，藏固闭深，人莫知其处。"清乾隆《独山州志》也载："黑苗衣服尚黑，故曰黑苗……人死亦哭泣、椎牛、敲铜鼓，名曰：'闹尸'，葬或以棺木置洞中……"所以置棺木于洞中，苗族认为自己的祖先最初是从黄河流域东迁到长江中下游，再从长江中下游迁徙到黔、滇、桂等地，人死后魂魄仍希望回归故土，故而停棺洞中暂放，且头东脚西，目的是记住回家的路，准备随时拔脚起程。此类葬式，今已绝迹，在本省长顺县、都匀县、平坝县、惠水县以及贵阳高坡等地，都曾发现其洞葬遗址。

眼前这处洞棺葬，乃是本地吴姓家族五大支系的公共墓地。葬洞中有两类棺材，一类为平型棺，四平八稳似火柴盒；另一类为高型棺，棺盖之头高高翘起，与今日棺材已无多少差别。平型棺为明代棺木，高头棺为清代棺木。小吴告诉大家，据老辈人讲，吴氏家族原从惠水县摆金迁来，历时已有十六代人，这果里洞葬已有五百余年历史。入棺者的年龄、死因以及尸体安置方式，大体和在惠水时一样。洞内存棺，最多时曾达千余具，后因某次清明失火，被烧毁者不少，如今剩下的已是烈火篡改和时间增删后的残本，以至所存棺木，有的已经变形，有的已经坍塌，有的则只剩下朽木几片，白骨半堆了。这不，一具头骨正仰卧在积尘之中，怔怔地望着洞外，也怔怔地望着我们。不知道他的性别，更不知道他的身世，只知道他寓言式的眼窝里深藏着许多令人不可知晓的秘密。

尽管只是残本，这里仍然称得上是一座历史文化信息宝库。那些摩肩接踵、密密实实的棺木方阵，占地约两千平方米大小，俨然如一支特种部队，浩浩荡荡又安安静静。

我发现，棺木与棺木之间，支撑架与支撑架之间，彼此的层叠与交错，间离与呼应，都在竭力保持着一定的位置；位置与位置又构成秩序。在鲜为人知的葬棺洞内，在黯然失色的棺材之间，竟然也还保存着某种"秩序"，这多少有些令人讶异。那里面，包含着现代人所需要了解的多方面信息。

就在这支棺木队伍之外七八十米处，还有一座孤零零的土墓，静立在荒寂里。它同样也无墓碑，据说里面原埋着一位亦苗亦汉的乡民。那乡民本是汉人，后来落户本地苗寨，遂改了族属，于是他的后人便选择了这样一种葬式和位置，既安埋在同一洞内，又自觉地保持着与其他棺木之间的距离。但这样做还是违背了吴氏洞葬的秩序，所以最后其棺木还是被迁出了洞外，这里，只是一座空冢。

三

人最习惯的事是活着。人最陌生的事是死亡。以习惯之身去造访陌生之境，我们的每一跨步都格外谨慎。这既是因为洞内光线微弱，越至深处就越是阴暗，也还因为对古人的那一份敬畏，生怕一不小心就踩痛了亡者的魂灵。若干魂灵被岁月的厚被覆盖在同一洞穴里，想来当不至寂寞、冻馁；但他们的后辈仍然担心，因而每年拜祭时总不忘带去一罐米酒或数碗饭菜，以至于我们穿行其间，常会遇到破碎陶片前来附足攀谈。

敬以酒食，乃是生者对死者的忆念。说实话，葬棺洞里行走，虽然阴森我们却不感到有多畏怕，虽然神秘却不觉得有什么险恶，这在很大程度上就得自于这种忆念。消逝本是人的宿命，但有了忆念，逝者的价值便被生者挽留。敬畏也是一种忆念，当也是一种挽留。逝者被棺木挽留，棺木被葬洞挽留，葬洞被青山挽留，青山被后人的忆念和敬畏挽留，最后，挽留对象与挽留者都被时间挽留。挽留绵延无终，前提是不能中断忆念的链条。我们的考察与造访，正是对于链条的延续与修复——特别是在今天，在商品经济大潮涌来、传统文化遗产遭到冷遇和颠覆、苗寨中青年人纷纷外出打工的今天。

阴洞还在向前蜿蜒。洞内有起伏坡度，不大，但棺木区外是乱石区。越往前走，乱石越是嶙峋，道路也越是漆黑难辨，以至要用打火机照明，弄得我们中的两位女士步履维艰。据说洞的前端有另一出口，附近有人工砌就的多重石门、石坎，还有石墙、石圈，那是动乱年代苗民躲避兵祸匪患的地方。领队的小陈和小吴极力鼓动我们继续前行，但此时洞外已是雷雨大作，隆隆雷声和哗哗雨声不期而至，搅扰得我们有些心神不定，还有神秘的蓝色电光探头探脑，映在石壁如即开即落的巨大白花。惊愕之余，一行人只好从原路返回。好在初夏的阵雨来得突然，去得也很迅速，大家尽管被淋湿了衣服，到得山下时却已是云收雨霁了。

说来也巧。云收雨霁之时，我们恰好赶到两洞交界处的中间地界，看到了一种平时熟视无睹、现在却颇能引起人联想的景观。这中间地界是一片良田沃土，此时，但见油菜荚已经饱满转黄，过不了几日就要成熟待割了，它的这一茬生命即将走到尽头，我相信，它甚至已经听见了镰刀的催促，但它依然迎清风而舞，与田鸟共唱；而它旁边紧邻的育秧苗却正是稻苗青青，稻秧幼小的生命正待生长、壮大，抢水打田的农民驾牛扶犁，正忙得不亦乐乎。截然相反的两种命运就在这同一片田野里演示，并行不悖而又衔接流畅、自然。这便给人一种新的启示：生与死原来并非都是壁垒森严，不可调和，它还可以呈示为另一种形式。此时再来打量两边的阳洞、阴洞，只觉得两洞对视如目光。原本剑拔弩张、相互对立的两极，由于有了这么一块美丽的过渡地带的加入，其紧张结构已变得有些宽松、平和了。生固然可喜，死亦并非一律都是绝望、恐怖、狰狞，它还有可能转化为安详、从容、宁静。人不能拒绝死亡，却可以改变对死亡的态度。这心事，已被田野说破。

因此，当阳光重新照亮大地，雨后的青山格外苍翠，我看见，两洞洞口都有柔和的雾霭泛起。

（原载《山花》2011年第6期）

2011年

刘照进

目　击

颤动

从我居住的小区出门，往北，沿滨江路，走五百米，相遇一座桥。以前没有桥。以前是一个老渡口，一只渡船，每天往返于河的两岸。度日子，也度苍生。机动木船，简易，破旧，斑驳，船尾上架着突突乱吼的柴油机，在低处，烟熏油腻的面孔稳住了生活倾斜的阵脚。某年某月的某一天，桥修起来了，渡船便被取消，作为地理名词的“老渡口”也被取消了，“大桥”成了它的户籍修饰。

是一座复拱钢筋混凝土大桥。数只桥墩杵在江流里，像在水面行走的多足虫。我从桥头的碑文上得知，桥的修建已有些年月了，像上了年岁的老人，面部呈现出沧桑的斑纹。桥的腿脚和身子骨也像老人，每当有车辆从桥上呼啸而过，桥就禁不住颤动，伴随着轻微摇晃，哐当哐当地咳嗽，像年老的病人。

我在桥上感觉到这种颤动时，内心也有一种摇晃。我习惯了对生活保持探头探脑，任何摇晃都会让我疑窦丛生。有一种摇晃来自摇晃者本身，比如树。在大风中自乱阵脚的树，摇晃成为它自身的痼疾。可我无法剔除身上顾虑的枝丫，做一根沉稳的旗杆。很多时候，我外表坚硬，内心柔弱。风一吹，我的惶恐就会飘飞。

好多次，我站在桥上，正遇着桥在颤动，我以为桥就要倒塌。结果没有。桥修改了我对经验世界的误判。

有一段时间，大桥的确病了，有关方面下了“病危”通知，禁止车辆从桥上通行，车辆开到桥头就得绕道，转移，交通一下子变得阻塞，秩序紊乱。可是在夜晚，胆大的司机却将车飞快地开过桥面，仿佛偷渡者的冒险行为。夜晚淹没了危险，也淹没了某些疾病。

我居住的县城一直在被“改造”，沿江两岸到处是开挖的建筑工地，整天机器轰鸣，尘土飞扬，车辆拥堵，出行困难。街道翻来覆去地改修，像一场旷日持久的外科（还是内科？）手术，否定+否定=否定。切割机划过道路的肌体，新的伤口覆盖旧的伤痕，橡胶管，下水道，孔桩，沙砾，污泥，像被剖开的动物内脏，在聚焦的目光里暴晒。

生活的另一种摇晃。

满载砂土和建筑物资的大卡车源源不断从桥上轰隆隆地碾过去，桥又剧烈颤动起来，哐当哐当地咳嗽。我在桥上听到了一种碎裂的声音，短促，急剧，像枯枝突然离开大树身体时的痛楚。我想肯定是桥的某根肋骨断了，桥正经历着身体的伤痛和信念摇晃。我奋力跑到桥头，惊魂未定，桥却安然无恙。我在心里暗笑自己庸人自扰。

我的心里一直潜伏着“断裂”。断裂是不能康复的疾病，像修复后的大桥，“病原史”永久藏在它的身体里。

我不知道这样的颤动，还会波及哪一些群体?

譬如，桥下那些暂居的面孔：剃头匠、卖书人、算命先生、残棋老叟、神经病，我在日常的行走里与他们一一相遇。我开始了自己近距离的观察。有时我站在大桥侧面的石阶上。有时我干脆走到桥洞底下，站在他们身边，和他们说话，问一些奇怪的问题。我像一只寻找食物的蚂蚁，把细小的耳朵和触须贴到大地的表面。

他们的生活有我们看不见的背阴山坡。那里草木独自枯荣，野花为自己打扮，阳光幽微，石头沉默。这是一个公共而又极端隐秘的场所，他们彼此影响而又互不干扰，他们各自成为各自的个体，各自从各自的世界获得命运的阳光和阴影。

他们习惯了颤动，正如习惯了身边病变的大桥。

“河流”

常常凝注于午夜的电视画面，看到妙美的跳水镜头。修长的两腿直立跳板，凝神，敛气，身子暗中用力上提，脚尖点地，忽然一个旱地拔葱，双手在空中转体下落的瞬间屈抱两腿，一道风车叶子旋转数周后滑落水池，洁白的莲花迅速在水面盛开。仿佛传说中的美人鱼来到眼前，掌声响过，柔滑的肢体依旧在水底游翔……

很多时候，我沉迷这样的画面。几乎每有跳水比赛，哪怕是在深夜举行，也会锁定频道，一个人静静躺进沙发，直至比赛结束。单调雷同的动作反复出现，有时并不能给人特别强烈的快感，只是喜欢比赛的节奏和氛围。恍惚感觉，很少有一项体育竞赛比跳水更加安静，旷阔的室内赛场，即使坐满观众，也丝毫不会感受压抑，除了解说和短促的掌声，很少掀起加油的高潮。运动员的表情隐藏在水中，即使未能取得理想成绩，也只是把泪水埋藏在水中，给人留下的依旧是一脸青春微笑。

第一次见到的河流是故乡的板凳河。其实那只是一条深涧，河水在深谷里狂奔，带着野性，像斗牛场上急红了眼的公牛，哗哗的声响从谷底一直漫上山顶，会让人产生抑制不住的冲动。每一条河流都有自身的故事和历史，有漩涡、深潭、滩涂、暗礁，有内心的潮涨潮落。板凳河也不例外。很早，我就听说过板凳河的传说，关于水妖的传说，关于美人鱼的传说，关于跳磴塘每隔三年就要淹死人的神秘传闻。

从远方来，奔赴到远方去，默默注入时间的洞穴。河流给予我们此岸和彼岸，给予我们一生的穿越和摆渡，给予我们死的危险和生的希望。

夏天的河流呈现了它全部的喧哗和色彩，瓦蓝的天，浑浊的水，灼热的沙滩，赤条条的身子在水里钻来钻去，像一群滑溜的鱼。那是来自另一个世界的喧哗和真实。

靠近河流，我们成了另一条河流，内心永远充满奔走的激情。

人工泳池取缔了河流的深度、弯曲、滩涂、漩涡和永不停息地奔跑，最大限度地消解了户外运动带来的危险和干扰，让身体完全进入设计者的意志轨道。这时的水面总是温静而平和的，过分的安谧，与河流与生俱来的喧闹形成鲜明对比。

有时看到幼小的运动员，年龄不过十一二岁，甚至更小，却有一副成年人的持重和成熟，心中不免吃惊。小小年纪便能取得如此成就，之前需要在水中浸泡多少日月？而且是那种重复不变的机械运动。一切都得按照规范的动作和要求来执行，不得出现丝毫差错。孩子的天性被规范在方寸之间，得有多少欲望的诱惑来使他们放弃想象的翅膀？

人似乎越来越充满智慧，对于山川、河流也有能力通过剪裁搬进室内，作为征服的捷径——这让我们接近自然的距离相反变得遥远。

水，在静止中证明了它的死亡。

密码

记忆中印象深刻的“算命先生”叫“熊八字”，肥胖，瞎眼，身体里装着众生命运的密码，背一把断柄的二胡，脚步沉缓地行走在乡村的各个集市之间，试图为那些迷惘的灵魂指示“路径”。他的二胡独奏不是《高山流水》，也不是《二泉映月》，似乎永远只有简单的过门，但是他在乡间获得了足够的尊重和信赖。他那一双眼窝深陷的瞎眼仿佛可以洞穿任何一颗忐忑的灵魂。

我的母亲曾经暗中找他给我算过“命”，她从“算命先生”手里带回来的纸片像细小褶皱的偏方药签。己酉，丁卯，己亥，丁卯，我的“八字”端坐在纸片的四方，对我发出莫测的冷笑。母亲用五元钱的代价让瞎子先生说出了一条道路的秘密。那张纸片一直被母亲锁在箱子的底部，成为我此后命运的远方来信。我的妻子同样在我不知情的时候，悄悄为女儿算过一次命运。在子女通往未来的道路上，善良的母亲们总是率先一步赶往现场。

我在桥底下见到给人“算命”的是一位老年妇女，她眯缝的眼神让嘈杂的中午产生了轻微麻醉。她不给人掐算“八字”，她抽“数牌”，面前的陶瓷缸里，装着六十四张折叠的纸片，六十四种人生结论被人事先书写，埋伏在一场骗局的路口，等待迷信者心甘情愿留下买路钱。

老女人穿着陈旧的布衣，帽子上的花饰有些妖冶。她端坐在石阶上，沉默不语。她的“生意”并不兴隆，一些脑袋在旁边的剃头摊子前停下来，一些眼睛在围观旁边老者摆的残棋，一些腿从她眼前匆匆跨过。她坐在中午的时光里，偶尔抬起头来，和毫不相干的生活对视两眼。

我对她面前的瓷缸产生了兴趣，那是一只海碗粗的大灰瓷缸，手柄丢失，大块大块的漆皮掉落，像经风沐雨过后的石灰墙体，露出乌溜的皮肤。瓷缸上暗红的一圈字迹，依稀能够辨别出“农业学大寨纪念”，落款日期和“××公社”的字迹却有些含混不清，像那段热火朝天之后逐渐冷却的岁月，荒诞的历史终被淡忘。老女人以为我是她等待的顾客，双眼瞬间燎出明亮的火光，待读出我的意图，火光便熄灭在眯缝的洞穴里了。

时间在以秒针的脚板往前赶路。

一秒。

两秒。

三秒。

老女人的耐心端坐不动。

男人终于在她的面前停下来，游离不定的眼神似在寻找上苍的暗示。

求财还是问凶吉？话语简短而直接，像侦察排直插敌人的阵地，经过之处，早已窥探了对方的秘密。

男人一双筋骨突兀的手在瓷缸里触来触去，轻易不敢选择填写自己命运的那一张纸片。男人拣了一张，放弃。男人重新拣了一张，再放弃。也许对于他来说，在他的双手触摸到瓷缸里的纸片的时候，他就错过了自己希望得到的答案。

“命里有的终该有，命里无的莫强求。”女人给了他答案。似是而非。似非而是。

男人拿出两元钱交到妇人的手中，两双手掌隔着金钱相互会心一笑，像情报人员瞬间的隐秘交换。男人取到了他想要的情报，转身，很快淹没在人流里。

明晃晃的阳光下，女人挥起陈旧的袖子，试图揩去脸上的表情。一辆洒水车正从桥底下驶过，淋了她一脸尴尬。

碎屑

剃头匠在生活的表面留下一大堆碎屑。

剃头匠是个身材瘦削的老头儿，老迈、昏钝，脸上永远贴着卑怯的标签。也许是长期低头操作的缘故，他的背上隆起一个明显的包袱。我第一次见到他时，他的手里握着一把老式剃头刀，正准备给面前的幼儿剃“满月头”。孩子躺在母亲怀中，双眼流露对陌生世界的好奇。起刀前，老头儿神情庄重，嘴里念念有词（后来我才知道，那是一种“剃满月头”的封赠仪式）。唰！唰！唰！剃头刀在嫩软的头皮上轻松游走，好似闲庭信步，一绺一绺的胎发便脱落在地。短短几分钟，剃头匠就以娴熟的手艺在幼儿的哭声中完成了“精简主义”的启蒙教学。

上班期间，我几乎每天都要从他身边经过。我停下来看他的时候，他在看破镜里的自己。他的表情像他身上肮脏的布围，掩藏在生活的褶皱里。镜子的余光还收留了一部分事物，比如价钱和身体都渐渐高起来的楼房，以及板车师傅弯曲的背影。脸有些变形，镜子里的事物也有些变形。时间是一条漫长的河流，剃头匠的顾客有一搭没一搭，他有足够的空闲对日子做出必要的审视。

桥洞外面的一块小平台是剃头匠的领地，摊子前摆着一只小木凳，木凳上斜搭着布围，手提式旧木箱敞开，里面依次摆放着推剪、平剪、剃刀、碱粉盒、挖耳勺。墙根石壁上挂一面破旧圆镜——对自身形象的在意，使我们对镜子产生强烈的依赖感。破圆镜是剃头摊子紧靠生产车间的最后一道质检关卡，所有产品都需经过它的当场鉴定，才能放心走入市场。

冬天，剃头匠在地上放一只小铁炉子，煤球在炉膛里烧得通红，尖嘴锑壶蹲在火炉上直冒热气，发出哧哧的声响。大部分剃头人都是那些上了年纪的乡下老人和孩子，还有进城做工的农民。仰首之间，他们就能找到符合自己标准的选择。硬皮纸壳上的潦草书法内容简洁：“光头五毛，平头一元。”省略动词的广告完全符合价廉物美的消费需求。乡村是审美主义的大众影院，尽管美容美发这些时髦名词已将人们的传统审美宪法进行了大规模修改，但依然无法在城市边缘获得完全贯彻。生活需要简陋的舞台。

桥洞下放了一把扫帚，每天收工后，剃头匠都会用扫把清理地上的碎屑，将那些零乱的碎发扫进一只破烂的口袋，然后等待生活垃圾车唱着歌将它们运走。他的身影佝偻在地上，扫把一挥，扫把再一挥，那些碎屑就慢慢团成一堆，去它们该去的地方。

更小的碎屑留在地面，像生活本身。

散落

卖书人在肮脏的地面铺上一层油纸，借助桥拱的遮掩让风雨飘在文字以外。《百家姓》《增广贤文》《劝孝歌》《蟒蛇记》《满门贤》，多是民间劝善教化的读本。书籍设计简单，印刷粗糙，薄薄的纸张，柔软，泛黄。我欣喜地蹲下身来，慢慢翻看。某些久违的记忆此刻逐渐得到复苏。“昔时贤文，诲汝谆谆。集韵增广，多见多闻。”幼时也曾在乡村的某些书摊读到，此时再见，甚觉亲切。时光飞逝，万物更迭，很多人习惯了在“艺术”面前一本正经，对于这些民间的草本书籍早已不屑一顾。

卖书人银发白须，精神矍铄，鼻梁上架着一副乌溜的老花眼镜，言谈举止显现出与众不同。卖书人爱喝茶，大茶缸搁在身旁，茶缸内沿积着厚厚的茶垢，劣质茶叶浸泡的茶水泛着高粱的猩红。交谈中得知，老者是一位退休教师，感慨于现实的日下世风，于是收集编印了这些旧书。

我对文字充满无限的景仰。我曾在一篇文章的结尾中写道：“我尊重每一个词语。那些颓废的、昂扬的、愉悦的、哀伤的词语，它们原本是那么干净和纯洁……”我因此尊重那些爱惜书籍的人。书收留了流浪的文字，让文字有了薪火相传的家园。从龟甲到竹简到绸缎到纸张，文字的光焰从书籍中一路走来。

曾经一段时间，我对书店充满了彻底的失望。县城以前有一家新华书店，在我上班不远的路段，乱石砌成的老房子，是20世纪60年代的统一模样，墙壁抹了一层白石灰，人字拱形的屋顶嵌着大大的五角星，颜色暗淡，像黑白战斗故事影片中片头出现的“闪闪红星”，书店正面还有“新华书店”的毛体大字。那时候，书店里卖很多文学书籍。我每次到县城都要在书店里待上很长时间，尽管我没有能力购买我喜欢的所有书，但我会在书架前停下来，抽出我喜爱的阅读。看着那些心仪的书，心想有一天我会将它们买回我的家中。那些书也仿佛在默默地看着我，等待我哪一天再与它们相遇。

到我真正有能力买书的时候，那些书却已经失踪。新华书店的楼房先是改造，修建了豪华门面，“新华书店”的毛体大字不复存在，锃亮的玻璃门上印着显目的“某某某名牌服装城”的烫金大字，那些着装妖艳的时装模具，站在玻璃背后，表情木然地看着来往行人。

县城里也是有几家书店，可惜卖的全是学生辅导资料，即使有文学书籍，也是内容轻飘飘的青春读物。

我心爱的那些书籍已经散落在时光的角落里，再也没有人能够找到它们居住的地址。

（原载《山花》2011年第6期；
《散文选刊》2018年第8期转载；获第八届全国冰心散文奖）

吴世祥

感谢妻子

七七级，尽管它被披上了一层又一层神秘的面纱，抹上了一圈又一圈绚丽的光环，其实，它不过是一个正常社会里的一件理应正常发生的事情。高考，在一个正常的社会里，虽然也牵动着千万人的心，但不就是一件到时就该发生，到时就该结束的例行之事吗？然而，就由于我们这个社会曾经是那么地不正常，以至于“恢复高考”，才成就为一件了不得，甚至是石破天惊的大事。一位学友就这样说道：“正如‘文化大革命’的终结让‘1976’成为中国当代史的经典，高考的恢复已注定让‘1977’成为中国教育史的经典！”于是，七七级的学生们，在神秘的面纱后面，在一圈圈的光环里，或觉幸运，或感自豪，因之也就少不了有这样或那样的感谢。

比如我，倘若没有我妻子的全力帮助，我根本就不能读什么大学；我能成为七七级中的一员，我首先要感谢的，就是我的妻子。

我的妻子叫李照英。她本是成都女孩，在那动荡的岁月里，不知看上了我什么，竟只身随我跑到贵阳来了。到了贵阳后的生活，那是什么样的生活啊！我那时还是铁路上的一个挖老山，也就是一个抬石头挖泥巴的土石方工，长年流动在外，在贵阳并没有我自己的家。我寄居在孃孃家里，随外祖母一起生活。外祖母那时虽已年过花甲，却极勤快，在南岳山下开了一片不小的荒地，种着白菜、青豆、番茄之类应季的菜蔬。这一来，我那不曾当过知青的妻子，就不能不过起知青的生活来了。那时，我远在大凉山的铁路工地上。我至今都想象不出，一个不满二十岁的瘦弱的成都女孩，挑着一对硕大的粪桶，在贵阳市熙熙攘攘的石岭街、彭家巷等地的公共厕所里，一勺一勺地掏粪是个什么样的情景；我也想象不出，一个见了生人就脸红的小女孩，挑着一大挑白菜或萝卜沿着贵阳市的新华路是如何叫卖的；我更想象不出，倘若那时她的父母亲见了她这般模样，是否会责备我，或将怎样地责备我。半年不见，我从大凉山赶回来探亲看到她时，她黑了，更瘦了。我正搜索着如何安慰她或如何向她表示一点歉意的话，她却淡然一笑，先对我说道："唉，我不会换肩，只压着一个肩膀就有点痛。我要是会换肩就好了。"

1973年，我终于调回贵阳，在一所铁路子弟学校里教语文。谢天谢地，那时妻子也在一家生产劳保用品的集体企业里谋得一份搞缝纫的工作。我一调回贵阳，便给我的妻子增加了一项负担：将在农村老家读小学三年级的弟弟接到贵阳来同住读书。这不仅使我们原本就紧张的经济更显窘迫，尤其是给妻子增加了更多的体力劳动。不说吃和住的操心了，光是洗衣服一项，就给她添了多少麻烦。然而，妻子欣然同意了，而且将弟弟和我们的大儿子一视同仁。偶尔带回一个烧饼之类的小吃，一定是一分为二，弟弟儿子各一半，绝不厚此薄彼。三年后，我在位于沙冲路的学校宿舍分到了一套房子，此时，我们结婚已经八年矣，才终于有了自己的家！而转眼间，也就到了"经典"的1977年，突然间就听说要恢复高考了。

但我一直没有准备要参加这恢复了的高考。我孃孃的孩子，才读过高一就工作了的表妹倒是一心一意地要参加这才恢复的高考。为了辅导她，我拾起荒疏了的高中数学。没想到两个月后，我就可以到我们学校里的数学教研组去和数学老师们讨论数学题了。于是就有人劝我：你何不也去考一考呢？

我实在有点不好意思给妻子提出这个要求，因为这时我们这个家已经很不小了：一个十三岁多读初中的弟弟，一个七岁刚读小学的大儿子，还有一个一岁多正上着幼儿园的小儿子。且不说我和妻子的工资加起来才七十稍多一点，用度十分紧张；妻子上班处离家至少有四公里多，我真去读大学，家里家外的事忙得过来吗？

不料妻子说："去吧，只要考得上，就应该去。"

我不知道妻子如此爽快而诚挚地同意我去高考时，她是否明白，她那瘦弱的肩膀上，将为此又要增加多少沉重的负担。

我不无虚荣地忝列于所谓"骄子"之列了，我的家庭生活，却因此过得如打仗。我是"走读生"，即学校不安排住处，每天必须回家住的学生。不知道现在的大学是否还有"走读生"？妻子上班要走四公里路，已经够远的了，而我从家到学校，正好从南到北穿过整个贵阳。我和妻子每天早出晚归自不必说，弟弟和儿子们也受累了。每天，先是弟弟一早去上学时，拿一个铝饭盒盛上米，带到学校的食堂里去蒸，顺路将我的小儿子送到校办的幼儿园去。一年之后，弟弟因家庭突遭的变故不得已考到昆明的一所中专去了，蒸饭和送小儿子的事，便落到了才八岁多一点的大儿子身上。中午，大儿子放学后，到食堂提上蒸好的饭，再将他的弟弟接回并照顾弟弟吃午饭。菜是头天的剩菜，如果没有剩菜，他们就只能吃白饭。唉，真是穷人的孩子早当家啊！

因我读书而遭罪最大的，自然是我的妻子。

妻子的单位实行计件制工资。完成厂里下达的任务额，方可拿到基本工资。记得她当时的基本工资是三十多元。完成任务后，超额的可拿“超产奖”。事实上，厂里不少工人完成任务都相当吃力，别说超额了。但有一部分因经济所迫的人，为了拿到超产奖，除了正常上班时争分夺秒之外，便是在下班之后，拼尽自己的体力以尽可能长地延长工作时间，妻子的同事们谓之曰“抢奖金”。妻子每天早早起来，匆匆洗漱罢，便将头晚吃剩的饭菜装在一个铝饭盒里作午饭，提上忙忙地往厂里赶去。没有公交车，不过当时即便有，也坐不起。四公里多路，全靠步行。中午，厂里是有两个小时休息时间的，但那样的休息，在妻子的眼里简直就是奢侈，根本不敢享受。她总是极快地吃完饭盒里的饭菜，然后用二十分钟左右的时间小跑着到附近的菜场里拣最便宜的菜买上一些后，又小跑着赶回厂里，一头伏在缝纫机上。她很少在晚上九点之前下班的。她总是在其他“抢奖金”的同事们都下班之后才下班。下班的路是怎样的一段路啊！那个年代似乎还没有夜生活，八九点后行人就很少了。那时的沙冲路，自然也不是现在这般高楼鳞次栉比的沙冲路。一边是长势茂盛的菜地，一边是怪石嶙峋的荒坡。长长的两公里路，没有一盏路灯。每晚，我的妻子就提着空了的铝饭盒，抱着一小捆便宜的菜，拖着如灌了铅的双脚，打着冲口而出的长长的呵欠，在落寞的蛙鸣声中，或突然蹿出的一两只野狗的号叫声中，独自行走在这黑黑的越走越长的沙冲路上。

我没有去接过她，也不曾想到过去接一接她。当时是太年轻了，太年轻了！我做完第二天要吃的菜后，或看书，或干脆就先睡了。我曾是那么愚蠢地认为，生活就是这样。

妻子也从未要求我去接她。而每个月，妻子总能“抢”到二十多元的奖金。也就是说，妻子每个月都要干近两个月的活路。由于我读书，要买学习用具之类，家里的开支加大了，每到月底都得向邻居借上四五元钱，否则就难以为继。但自从妻子能“抢”到这么多奖金后，我们就不再借钱了。

深夜才回到家的妻子，大多数时候还不能就休息了。弟弟，两个儿子，虽然都很听话，但毕竟是男孩，少不了顽皮的。每月就那么几个钱，不可能购置多的衣服。于是，已经疲惫不堪的妻子，不得已还得强撑着为弟弟和儿子们洗脏得不能再脏了的衣服。

天晓得，我读大学的四年时间里，我的妻子是靠什么样的力量支撑下来的！

如今，我已步入花甲之年，我的妻子也退休了。四年的大学经历，确实改变了我的生活轨迹。我得到了份我喜欢去做的工作，我的妻子也靠着努力在她们单位当上了一名行政工作员，三年前光荣退休。我真诚地准备着尽我所能报答我的妻子。事实上我也做好了准备，一旦我不再上班了，我就买一辆车，带上她，再约上一两家好朋友，尽情地去游历祖国的大好河山。我的想法得到了弟弟和两个儿子的赞同。如今他们都做着自己的事，而且都有能力为我的计划提供帮助。然而，我的计划看来是不能实现了。

我的妻子病了，病得很重很重。

我诅咒上天！倘若我们真做错了什么事，你可以把你的一切惩罚加到我的身上，你何必去欺负我那善良老实的妻子呢？

我在妻子的病榻旁守护她，至今已经五个月了。当我打开电脑为七七级的学友们筹划的书写文章时，脑子里能想得到的，就只有对妻子的感谢。真的，为我能成为七七级中的一员，为我能顺利地读完四年大学，我要感谢你，我的妻子！

（我守候她九个月后，她还是离我而去了，永远地离我而去了。愿她在天国幸福！）

（原载《山花》2011年第7期）

2011年

戴明贤

物之物语（节选）

一份遗嘱

这份遗嘱是一位七十多岁的老太太亲笔写下，病危时交给儿媳，让在她去世后交给两个儿子的。全文如下：

人生自古谁无死。

今天将我死后的安排告诉你们知道。我这个安排，是我多年来的思想决定，也是我的顽固性。我的国平、琴霞、锦屏、国节、文斌、国松，要尊重我的遗言，坚决照办。死后的风光是给活人看，与死者无关。火葬，骨灰交火葬场处理。因为留下骨灰实无意义，是个大包袱。新中国天天都在建设发展，那时又要迁移。说不定迁移、再迁移，结果终归丢掉。以（与）其将来丢掉，不如现在不要。

不许壳（磕）头、点烛、供像、烧钱纸、点脚灯。不许设灵摆饭、搞花圈。走时只许放炮竹，只允许带（戴）青纱。不许缝新衣服，我有旧布衣。尸体不必用水洗，火场自有人消毒。

孙男孙女不必来参加，影响他们的学业。只许看一面。通知国节来看我。急葬三天就送我走。小虎子、小伟、小嘉、小轶、小君、小俊伟，都是些聪明可爱的孩子，用心教养。注意不要逆（溺）爱，有忠有孝。

夫妇要互相体贴，要（互）爱互敬，家合（和）万事新（应删）兴欣（应删）。文斌很好，我还记得他做的“金钩挂玉牌”油辣角好吃。

（注：遗嘱中，国平、国松为儿子，琴霞、锦屏为儿媳；国节为女儿，文斌为女婿；带“小”字的为孙辈。“金钩挂玉牌”即豆芽煮豆腐，民间对这种最平民化的家常菜加上个最贵族化的戏称，其味取决于辣椒蘸水做得好不好。）

如果这是一份名人学者之类的见识卓异者的遗嘱，顶多令人感动，不会令人惊诧；而出自一位终身家庭妇女笔下，就显得有点出格。然而，这份遗嘱，不过是她一生出格的完美谢幕而已。这位老太太实在太特立独行了。

老太太的长子国平，与我大妹夫妇先在交通学校同窗，后为交通设计院同仁。次子国松也在该院当勘察队员十多年，1980年起与我在文联共事。老人谢世于1982年元月4日，实际我只见到过三五次。

她与国松夫妇和小孙子，住在一个大院子里。从街铺进去，前后两个大石院，前进楼房，后进平房，像是一处绅商旧宅，前院住主人，后院住仆工。现在成了大杂院，容纳了不知多少个家庭。这种大杂院可谓藏龙卧虎之窟、鱼龙混杂之潭。单是国松见闻所及、向我们概述一二的，就有死人从灵床上活转来，道士与女店主相恋同死，敢撕红卫兵大字报的打抱不平者等，令几位写小说的同人艳羡不已。今年，国松终于用他们写成一本《旧时人物》。但其中最杰出的仍是他母亲，余子皆不能望其项背。

第一次随国松去他家，老太太正坐矮凳上吃饭。身材很瘦小，像一个十多岁的男孩子。国松说，有同事来了。老人转过身，黝黑，瘦削，没牙，像极了那尊有名的伏尔泰头像。国松去找户口本，老太太就和我说了几句闲话，声音也近乎男性，很苍老。三代四口人，同住一间大屋，拦腰用布幔隔开，老人的小床和厨房在外间。离开后，我说印象太深刻了，国松说，连他都觉得母亲是个神秘的谜，种种超常经历，如疯过，自杀过，自己拔掉满口牙齿等，兄妹三人都是知有其事，不明究竟。老人绝口不提，他们也从来不问。他说：要是我妈会写小说，她能写出一部史诗来！有一次我去找国松，不在家，又碰上老太太吃饭。她坐得挺直，拿着碗筷的双手搁在膝盖上，牙床极慢极慢地磨动，神情凝重，显然是想什么入了神。1981年5月，省里要组织一支小队伍去考察梵净山，包括植物、摄影、美术、文学各二人。有关人员找到我，我久闻梵净山神秘万状，无充分准备不可涉险的传闻，很高兴能有这个机会，就一口应允下来。出发前夕.临时有什么事要去找国松。老太太听说我要进梵净山，激动起来，嘱咐我一定要做一件事：站在“万卷书”悬崖边上，俯身对着万丈深渊唱歌。她说：那声音会一层一层地传下去、一层一层地传下去……边说边挥动手臂，形容那歌声层层向下的景象。又强调说：一定要大声唱！要用全身力气大声唱！她说：那年我听见男人讨了“小”，就上梵净山，站在万卷书悬崖上，对着万丈深渊唱歌，等那声音一层一层落下去、一层一层落下去……那些进香的老太婆远远围起看，当我是疯子，我不管她们，只顾唱我的，放开喉咙唱，把心里的气唱干净。国松在一边窘笑，老太太毫不理睬，临别还叮嘱不要忘记这件事。

等到真站在万卷书悬崖壁上，我何尝有勇气“用全身力气唱”，让那声音一层一层落下去？我根本就没有大声唱过歌。于是怂恿李起超来做实验。起超是省作协的作家，时不时引吭走过我们大院，与国松也很熟。他听了我的说明，鼓起勇气吼了一声，随即“再而泄”了。回筑后去国松家，老太太见面就问此事。我照直说了，老人连连摇头叹气，说是不行不行，要用尽力气大声唱，那声音才会……一边又挥臂做出歌声下落的姿势，非常惋惜和遗憾。我当时真正惭愧。我们这代人，退化到尽情宣泄一下的血性都没有了。这是我见到老太太的最后一面。再一次见到的，已是安卧在后院临时棚子里的遗体。

老太太生病住医院了。转危为安了。回家了。又能自己出去买晚报了。这些我都听国松告诉过。他又说，院子里的邻居，有人建议老太太，病好了要吃点甲鱼补补，另一些人又极力反对，说是万万不能吃。老人正在考虑。我听了也认为以不吃为好，我听说过甲鱼对虚弱病重者的危险性。国松说，老太太的脾性，谁劝也无用，只能由她自己决定。最后是喝了一小碗汤，第二天就肿得变形。再进医院就不行了。嘱咐两个儿子，吃甲鱼是她自己的主意，不要怪罪那些邻居，人家是好心。

我们几个同仁去吊唁。石院黑沉沉的，连盏脚灯也没有。国松想是猜到我们会有想法，赶快让我们看老人的亲笔遗嘱，解释只能凛遵、别无选择的尴尬处境。后来他告诉我，几乎对所有来吊唁的亲友，都要重复一次这种辩白，但似乎没有人真正谅解。

我很受这份遗嘱震撼，联系原先印象，写了一篇《老人和她的遗嘱》以代心香。主要意思是“岁月和阅历，能使常人变成哲人”，这是我接触一些老年人（包括我自己的母亲）得到的一种认识。

转眼间十九年过去，我们也成了老人。前不久国松写出《旧时人物》中最后、也是最难着笔的一篇：他自己的母亲。我读了稿子，才比较连贯地知道了老人的身世。国松在文章里说，他也是从老人在“文化大革命”中写的一份“交代”里，才知道了这些旧事。

老太太闺名何菊仙，1903年出生于省城贵阳一个书香门第，小学三年级后因病辍学，由母亲在家教育。在当时举国上下讲维新、办洋务、兴新学的风潮影响下，她身体未受缠足之苦，头脑装满自由、平等、抗争的新观念。她的一位远房表兄爱上她的贴身丫鬟，遭到长辈强烈反对。那年月，这样的事很常见，一般是冷处理：丫头开除，少爷远行，渐渐也就淡了。这次不同，何小姐跳出来伸张正义，为丫头做主，力挺这桩自由婚姻。直闹到与全族作对，势同水火，父亲只好把她送到苏州她哥哥处暂住。她到苏州后，与黄埔出身的江口人廖稚岩（即国松的父亲）结婚。他在省城时，曾向何家租房居住，可能已与房东小姐相爱恋；后来又随国松舅父参加北伐；军校毕业后在南京任职，国松舅父则在苏州当邮政局局长，常相往来。因之，这桩婚姻显得非常顺理成章。然而，1935年前后，夫妻俩回江口省亲，丈夫屈从母命，与父母早年订下的“娃娃亲”——一位当地乡下女子办了亲事。妻子抗争无效，从此心灰意冷，吸上了鸦片。这又是那时代最常见的一条人生之路。国松说，他童年记忆中的母亲，就是整天躺着吞云吐雾。还清楚地记住了小事大事各一件。小事是不到五岁时，在小县城街上，跟着其他小孩向美国军车伸大拇指喊“顶好”，美国大兵扔下糖来，大家就捡。回家挨母亲痛骂，说是喊几声“顶好”也就罢了.捡扔到地下的糖就太无志气。另一件事很严重。抗战胜利后.国松的父亲专员任满，只身去了南京，从此对妻儿不闻不问。母亲带着儿女迁回省城。国松上小学一年级时，有一天在球场做课间操，遥见半里外的十字街头烟火冲天，他跟着同学们大声鼓噪。放学才知道，那火烧的正是自己的家。母亲站在狼藉一片的火场边上，面无表情，反复念叨：烧光了好！烧光了好！后来听说，这场大火是因为母亲发脾气，一脚踢翻火盆，烧着床头电线引发的。火势还小时，有人要向警察局打电话，局长还是他家朋友，但她执意不许，甚至不让别人帮着抢救东西，就这样任火势蔓延。唯一从火里救出来的，是正在熟睡的小女儿。夫妇俩从来拙于生聚，多年积蓄加亲友援手才建下这份房产，这一烧，女主人的气消了，这个小康之家也就一蹶不振了。

1949年隆冬，贵阳解放前夕，国松的父亲随一批官员从南京回到贵阳“应变”。其实所谓应变，就是表面若无其事，西装革履出席舞会，很快就不辞而别了。国松回忆，父亲带了个年轻女人一道，据说是同事的姨妹。母亲漠然默然，视而不见，甚至父亲的去向也不过问。至于内心况味，只有她自己知道了。

接踵而至的是解放大军入城。深夜，战士们借宿在院子里，她照样躺在屋里抽鸦片。直至有个战士闻出烟味，惊呼起来，她才收藏起烟家什，永远熄灭了那盏相伴数十年的烟灯。国松写道：“对于新政权，她表现出一种出人意料的热切，声言她从前也是‘过着暗无天的生活’，解放才让她‘获得新生’。”他觉得，母亲扮演的角色，似乎与时代总是错位的。我则认为，如果不是从她的社会地位，而是从她最早的观念和后来的生存状态来看，毋宁倒是“到位”的。老太太为表明与旧世界彻底决裂，把所知丈夫的情况写成材料，连同大量照片等实物，上交到公安派出所。国松记得其中有一帧，是抗战期间蒋介石视察贵州时，与他父亲的合影：两人站在石阶上，相距两三米之远。如果不加以说明，一般人根本认不出那个中山装老头就是蒋委员长。

国松回忆，半年后的一个春夜，传来了父亲在毕节被镇压的消息。母亲没有流泪，并且说，“反革命”死，她是不会哭的。从此以后，丈夫在她口中不是称“反革命”就是称“匪”。国松说，时间长了，听她这么叫倒比直呼其名自在些，反正谁也不去理会其政治含义。但是，惩罚很快就来了，房子被作为“反革命”财产没收。几年来，全家就靠房租收入维持生活，来源一断，立刻陷入困境。唯一的出路是投亲靠友。于是，国松与母亲投靠大舅，妹妹和大姐（一位在他家多年的亲戚）投靠姑母，大哥则考进供给制中专。这个家实际已经解体了。接纳他们的都是至亲，对他们也不错；然而，寄人篱下的处境和难免的非议和奚落，与一个心高气傲到超常程度的性格，两者相遇，后果可以想象。她疯了。

据国松回忆，1952年秋季，那天他放下午学回来，还没进门，就听街坊议论，说他母亲惹了大祸：用石头砸坏了甲秀楼的窗子，还大声胡言乱语。幸得人家当她是疯子送了回来，没有报公安局。国松赶紧进家，看见母亲被捆在紫薇树上，又挣又跳，对着舅父大骂，说是在这个封建家庭里过不下去了。舅父也大声斥责妹妹胡闹。舅父以前是省府秘书长，后来以起义人员聘任省参事室参事，家里闹出这样出格的事，难免又觉难堪，又有顾忌。国松不知所措，只能看着哭。晚上和母亲在一起，她却是说话做事一切正常。此后，国松写道：母亲几乎每天都要外出生事，有时则深夜不归，成了街上出名的“疯子’。只要一到晚上，我就感到恐惧，不知母亲能不能回来。这样的焦虑延续了一个多月，终于有一天，母亲出去后再也没有归来，谁也不知她去了哪里。”两个月后，街坊上传言，她因砸人家店铺被送到公安局，在里面还动手打人。没有人出面去打听、调查，似乎这是必然的结局，或者甚至是解脱。

她这一去就是五年，音信渺然，也没有人提及过她。大哥国平中专毕业后参加工作，把弟妹和那位大姐接到一起，由那位精干手巧，锅灶针线无所不能，还知书识字的大姐，一手操持家务。1957年夏天，国平打听到母亲的下落：她在北门外的老残院。三兄妹赶去探望，见到的母亲头发花白，牙齿掉了大半，模样简直认不出来了，神智却是正常的。听了儿女的情况，只是说：不要忘记大舅和姑妈的好处，要记一辈子。自己的事一句不提。半年后，他们终得接母亲回了家。

离家五年的情况，老人一直讳莫如深。国松只从她的“交代”里了解到一点大略：先是关在公安局的疯人室，两年后移送民政局老残院，经过长期治疗，疯病得以痊愈。有一次，她告诉国松，满口牙齿是她自己拔掉的，以此表示与过去吸烟恶习决裂，为此还绝食十来天。而对于过去那些“非常行为”，老人在那份“交代"里归之于早年丈夫讨小、去南京后不顾家庭而种下病根。国松却怀疑是装出来的.即“佯狂”。我则认为，这是一个极端性格采取的极端宣泄方式，发作时无法自控，与疯狂无异；发作后烟消云散，复归于常人。

老人与儿女重聚时，已经五十四岁。很满足于平静简单的家常生活，每天看看书报，帮着大姐做点家务。偶尔到黔明寺逛逛，但并不烧香拜佛。她还做读书笔记，小本里有雷锋日记，也有佛教箴言。但不久以后，与他家同甘共苦多年的大姐，辞别回乡去了，家务劳动落到做母亲的肩上。对大多数妇女，这也算不上多沉重的负担，在她可就大不一样。做姑娘时是大小姐，出嫁后是官太太，连在老残院也不问炊事，只学会一门做布鞋的手艺。然而责无旁贷，只好从头学起。1958年，国松因家庭成分问题，中考被刷，整天愁眉苦脸。老太太心里明白，“除了沉默，也就是顾左右而言他，说些让人摸不着头脑的话”。那时正闹“大跃进”，全民办工业，一哄而起，街道上号召闲散青年支援“新工业地区”。在母亲力主下，国松报名参加，不到三个月又一哄而散；后来是进哥哥所在单位，当了勘测队员。妹妹国节初中毕业，母亲就说服她去了开阳县的林场当工人，一干四十年，直至退休。老太太清楚：他们升学无望，只有尽早就业是出路。1962年出了件异事：居委会根据群众推荐，动员老太太出任卫生委员。这是她平生唯一公职，无报酬的公职。她在街坊间，素有公正无私、主持正义的口碑。同年七月，人民日报发表社论《千万不要忘记阶级斗争》，居委会审时度势，又把老太太这个职务免了，但却颁发了一张奖状，肯定她的工作表现。儿女们是在她去世后才发现这张奖状的，包得很仔细，看得出老太太很在乎它。

1966年“文化大革命”发作，国松的同学贴省报的大字报，被打成“反革命”，牵连到国松，平反后跑到街上与红卫兵南下串连队辩论。老太太告诫他：哪有共产党叫人造共产党的反这种事？我们这种家庭的人，千万不要去伸杠头。国松惊悟，选择了逍遥派的定位。那时，红卫兵到处抄家斗人，大姐悄悄来访，劝老太太到她家避避风。老人说，是福不是祸，是祸躲不过。她还一改平日满身补丁的模样，穿得干干净净，说是哪天红色风暴刮来，破衣烂衫去游街示众不体面。居委会的造反派，是些戴上红袖套的婆婆妈妈，对老太太知根知底，囿于形势，不能不安排一场批斗会。但事先有所关照，让她准备一份材料，在会上交代反动历史，只要她规规矩矩，不会为难她的。国松偷偷去会场观察，果然比较文明，没有发生那些污辱性的行为。倒是老人亲手写下的这份两千多字的材料，后来成为儿女了解母亲的孤本。

“文化大革命”收场，老人已七十三岁。全家过了几天安静日子。老太太每天除了简单的家务，就是读些报刊。每天上街买一份晚报，成为定例，不订整月，也不让儿孙代买。1981年秋患重感冒，照例“自己调理”；硬撑到病情严重了，才勉强同意进医院。出院后体质已大不如前。将养期间，忽又来了个不速之客，是江口老家一位远房兄弟。老太太早已发誓与夫家彻底决绝，偏偏此人又出言唐突，惹得她大动肝火，声泪俱下，客人惶悚而逃，她也病情急转直下，终至不起。

老人的后事，儿女一一遵从遗嘱。只有骨灰处理这一条，无论如何不忍照办，还是入土为安，立了座坟。出殡时，三十多位朋友不召而至，有一些是国松的同学，他们最喜欢听老太太聊天，说她是哲学家，她讲的话比她抽的叶子烟还有劲道。八年后，老家寻得一册国松父亲的诗集《古罗留痕录》，国松兄弟复印一册，装入大理石匣，埋进母亲墓中。碑文也改为合葬字样。国松说，这可能有违母亲意愿，但再多的积怨，在地下也该化解了。

八六年文联建成宿舍楼，国松分得一套。离开那个大石院时，儿子小虎忧心忡忡地问："我们搬家了，太太（祖母也，读音如台太）回家找不到我们咋办呢？"

（2010年5月6日草竟）

读《王松年画集》

本篇引文之"物"，原想用松年先生赠我的一帧墨竹，但没找到，只好用他的画集。

安顺明清以降，出过一些画家，有的也享一时之大名。以艺术成就而论，袁晓岑、王松年二先生断为其中翘楚。但两位的遭际和处境，却有天渊之别。

我第一次知道王先生，记得是1963年前后。我回到睽违多年的家乡，老宅借给地方机关使用多年了，我住在一位文友家里。晚上与族叔走过东街，见县人民医院的招牌大字写得很好。二叔说作者叫王松年，画比字还好，是熟朋友，以后可以为我求张画。回到文友宿舍，说起此事，他说那是一位农民画家，原先在文化馆搞美术辅导工作，"三年困难时期"要精简机构，就解聘回乡了。当时这种情况很普遍，1958年"大跃进"运动，提倡全民搞文艺，涌现出许多新民歌之乡、农民画之乡，各地文化部门大量选拔民间文艺人才到专业部门。不久，大饥馑紧跟"大跃进"来了，为减少吃皇粮的人口，又把这些人大量送了回去。我以为他也属这种情况，加上当时未见其画，就只记住了王松年这个名字。过了不久，农民刚发还了自留地，城里人刚恢复"被节约"了两年的粮食定量，"四清"运动和"文化大革命"又接踵而至，开始新一轮的、更凶猛的折腾。此时我意外地因祸得福，去到了一个远离政治漩涡的乡村中学。小舢板泊在了避风港里。1972年，副统帅摔死后，局势略见松动，走亲访友自动恢复。这时才听说了王松年先生遭遇奇祸的迟到消息。

1964年春节期间，旧州中学教导主任胡石波在家中"请春客"。约的是几位画友，少不得要即席挥毫。于是王松年先生画了一只站在岩石上的公鸡；众人合作了一幅梅石，主人胡先生用篆书题《报春图》，行书作跋："公元一九六四年，岁次甲辰，春正月，久雨放晴，聚众友于一室，能画则画，能书则书，合作此帧，以为纪念云尔。""文化大革命"闹腾起来后，学校造反派师生抄胡先生的家，发现了这两张画，竟用它们做出了匪夷所思的大文章。这些人挖空心思、发挥想象，把这两张普通至极的国画，分析出“反革命”的含义来：公鸡头向西方，是“向美帝国主义求援”；公鸡的尾巴向东飘，是“暗指西风压倒东风，与毛主席‘东风压倒西风’的论断唱反调”；公鸡精神抖擞，是“配合帝修反污蔑中国为‘好斗公鸡’的反动叫嚣”。作者不署原名“松年”而用谐音字“嵩严”，则“更说明作者怀有不可告人的目的”。胡先生的跋文，也被解释为：“久雨放晴”是影射政治气候，意在污蔑“三面红旗”（总路线、大跃进、人民公社）；“聚众友于一室”是“纠集一伙对社会主义不满的牛鬼蛇神”；“能画则画，能书则书”则是“牛鬼蛇神要以各自的书画为刀枪，向党和社会主义发动进攻”。这种荒谬绝伦的罗织诬陷，只应引起正常人捧腹大笑，像听侯宝林说“关公战秦琼”。然而在那年月，却造成了骇人听闻的后果：作为国家专政机构的“公检法”，居然就按这种分析，逮捕了王、胡二位。胡先生在关押中不断写申诉书，都如石沉大海。关了四年多，好不容易才等来回音，却是两纸文书：一张逮捕证（迟到了四年多）；一张宣判书（从未审讯过一次的判决），以“恶毒攻击”罪判处有期徒刑五年，叫他签名盖手印。王松年先生的“罪行”比他更严重，足足判了十年！其间具体情况，想来也差不多。

我见到松年先生，已是国人亲历小沧桑的1986年。时过境迁，他不仅已是自由之身，而且刚从南京举办个展，载誉归来。他在六朝古都办展，起因于南京艺术学院一位教授到黄果树旅游，路过安顺，偶然见到松年先生的画，大为惊叹，热心地一手操办了这件事。展览在艺术界引起强烈反响。他画的鸡和牛，尤其广受赞赏。艺术成熟到只剩技巧的名都大邑，久已没见过这样生气勃勃的绘画了。擅画公鸡的陈大羽先生握着王先生的手说：你画得比我好！展品从南京撤回后，在贵阳黔灵山展出，我才真见到了松年先生和他的画。人是温蔼谦和的儒雅君子，气度高华；画是地道的传统笔墨，神清韵永；与文友说的“农民画家”全不沾边，他是地道的文士，只是居住在农村而已。耕读传家是中国的传统，陶潜、陆游、王冕都住在农村。按户口册规定的身份来概括人，有时会很搞笑。这么说并无重文轻农之意，只因弄清楚这点，才能理解其人其画。在贵阳的这次展览同样很轰动，省市报纸发表了不少评论文章。画家晓三写道：“走进《王松年书画展》展厅，我惊讶不已，竟然我们省有这样一位年逾古稀、艺术精湛的老画家，而我这个学画二十多年的人对他却一无所知。”那天我同晓三在一道，画界朋友们转来转去地看，碰面交谈，都是同样的惊讶。这以后，我算是与松年先生认识了，但各居一处，见面的机会极少。他赠过我一帧墨竹；我应命为他刻过两枚小印，一为“愚山”（自述曰：“我因想凭自己一股蛮劲把心爱的绘画艺术学好，故自号‘愚山’，取愚公移山之义”），另一方的印文忘了。后来计划为他出画集，嘱我写一篇序言。我却之不恭，要写又知之甚少，深感踌躇。后来小心翼翼地写出交卷，听说松年先生阅后不满意，希望少说人多说艺术。于是我想找一批他的作品照片，认真看了再重写。但得到的消息是画集出不成了，因为王先生希望由出版社正式出版，而书号问题一时解决不了，这事就搁置下来。2000年秋，松年先生谢世以后，次年《春画集》出版，我事先不知道，一看用的还是那篇应当废弃重写的短文，深感惭愧和抱憾，对不起松年先生。说实话，这本画集从装帧设计到作品编排，都难以令人满意，理应重新编印一本够分量的大画册，充分展示松年先生的艺术成就。

王松年先生的家世，我也是在他身后才稍知大略。他生在一个乡绅家庭，父亲是清末秀才，他儿时即在父亲开设的私塾念书。父亲见他喜欢看图学画，给他购置画具和画谱，表示支持，还把画得好的习作给亲友传看。但忽然又不许他学画了，对他说：古来许多丹青妙手，多是穷愁潦倒或招灾惹祸，成不了大器。但他痴迷已深，常用书本作掩护，偷偷描画。中学毕业后，因系独子，父母不让出门升学，他就决心在家自修。一面遍读家中藏书，一面搜求名家画谱，悉心临摹。前人“与其师人不如师自然”之论，特别给了他很大启发和信心，乃着意观察处于自在状态中的各类家畜野禽的形神，努力体现于纸上。公鸡健硕华丽、气宇轩昂，是他常画的题材。有父执辈讨了一帧，挂在壁上，引来真鸡寻斗；此事一经传开，亲友邻里争相索求，还奉上个“王大公鸡”的称号，如白石之虾、悲鸿之马，成了他的“品牌”。抗日战争期间，大批文艺家和艺术社团流亡到贵州，王先生有机会观摩到众多的名家原迹和精印品，眼界大开，艺技精进。建国初参加文化馆工作，后来机关精简时，不仅让他回乡，连个人成分，也从土改时划定的“自由职业者”说成了“漏划地主”。然后是画鸡惹出的十年无妄之灾，直至1979年才得恢复自由。哲嗣王翀回忆，他们兄妹六人从小半饥半寒，小学三年级时，隆冬仍无鞋穿，被同学呼为“赤脚大仙”。后来连学也上不起了，与大哥给人放牛，一年给家里挣几斗谷子；王先生则陆续变卖藏书，补贴家用。有一次他表姐从西安来探亲，见表弟辍学放牛，大哭一场，临行将所带衣物留给姑母，又替两个表弟交了学费，王翀和哥哥又才得以复学。以上种种，松年先生从不提起；实在需要回答时，不论口头笔下，也是淡淡带过，点到即止。1986年王先生画展在南京举办，香港《文汇报》发表作品照片和评论文章，引起本省关注，省报派记者赴安顺采访王先生。陪同前去的帅学剑老弟（时任地区群艺馆馆长）回忆，对那些不该发生而发生了的事，王先生答得很简略，话不多，声不高，不怨天尤人，不愤世嫉俗，淡而化之，一笑而过。谈毕请他作画拍照时，他画了一只展翼摩空的苍鹰，学剑领悟：这是王先生在用另一种语言，对有关人生际遇和艺术生涯的提问作答。松年先生的住所则是这样的：“王先生住在安顺市郊的一个山村小寨——王家庄。一栋石墙瓦房，别致而整洁。屋后是座石山，山脚有口清泉，沿清泉而上小山半腰，有一个六七平方米的平台，布满了先生种的菊花、芍药、佛顶珠、美人蕉……万年青顺岩攀爬满目青葱。一股小小的泉水在花间 汩汩 地流着。山脚那口清泉边的一棵沙特榄树，枝叶繁茂地伸到‘小花园’，互相映衬着，真是一幅美丽的山水画。”（引自杨宏广等《山村老画家》一文）。我接触王先生，留下的最深印象是：他活得有尊严。另一位给我同样印象的，是大书法家萧娴先生。人处逆境而活得有尊严，固然不易做到；但处顺境者，也不一定就活得有尊严，往往得意而忘形，言行失态，令旁观者齿冷。

一次乡侄王慧明来访，说起她去王家庄拜访松年先生，无意中从老夫人口中，挖出了一段旧闻，一段温馨的罗曼史。值得在此一说。王先生年轻时，有一年跟随一个商队去云南玩，中途在一个叫巴铃的小地方过夜，投宿在一家小客店里，女店主有位千金叫辜慧敏，人如其名，秀外慧中，令王松年一见倾心。他以留下写生为由，不随商队去昆明了，继续住在小店里，制造接近的机会。一个多才多艺的英俊青年，自不难赢取女郎芳心，于是终成眷属，数十年相濡以沫，白首偕老。王翀在回忆父亲的文章里说：“在生活上，父亲一直很俭朴，从不置多余衣物，从不求精美饮食。每日粗茶淡饭，深居简出，从不作无聊应酬。也不喝酒，不打牌，早年抽旱烟，晚年因病戒了。他日间作画，夜里观书。每遇画作称心、家人齐聚，则喜形于色。兴致来时，唱几段戏曲（父亲爱唱京剧《萧何月下追韩信》《甘露寺》、川剧《周大爷赶冷场》和《夜归》等）。饮食起居，全赖我那饱经风霜、贤达善良的慈母服侍。多年来，母亲对父亲从来是百依百顺，操持家务历尽苦辛。特别是父亲晚年病中，母亲形影不离，日夜殷勤护理，任劳任怨。”1999年，松年先生作七律赠老伴，跋曰：“老妻辜慧敏自结婚以来，历经五十四个春秋矣。无论在任何人所难堪的艰苦条件下，其坚强意志始终如一。尤其是余老耄病缠，赖其伴随医护，幸得存活于今，为难能也。”诗句是：“患难相依五四年，义同甘苦世称贤。身遭屈辱情弥笃；腹饱辛酸志更坚。和睦亲邻恒友善；管教儿女免愚顽。护持病叟恩尤重，景色光明夕照天。”并嘱儿女，将来母亲百年后与他合葬。去年我去安顺，经过王翀的画店，听说老夫人恰好在里面，即进去致候。友人甫通姓名，她就连连感谢大家的关心帮助，令我汗颜。

要评论松年先生的艺术，同学老弟黎培基（晓三）画家说得很到位：“我仔细拜读王先生作品之后，试把他的画分为两个类型：一是文人画，例如墨竹，墨色干湿浓淡的变化，随意挥洒，毫无做作习气，颇有大家风度。属此类的尚有松、梅等。另一类是重彩画。它吸收了民间年画的设色特点，用色浓重艳丽，对比强烈，富于生活气息，如鸡、孔雀等。这是就表现形式而言。至于作品内容（题材），那瓜藤下的小鸡，浴牛背上的牧童，好斗的公鸡，松树上的雄鹰，风雨中的竹子，紫藤花上的孔雀等，无不体现了画家对大自然、对生活的热爱，具有浓郁的生活情趣，给观众以美的享受。难怪南京行家这样评他的画：‘路子宽，功力深，生活气息浓。’十分中肯。”松年先生终生不离乡土山民，十分看重老百姓的喜闻乐见，认为必须是广大群众所能理解、接受、认可的艺术，才有真正的生命力；不取孤高自命、荒寒傲世的态度。所以他既画寄托襟怀的梅竹松石，又画（更画）富于日常情趣的鸡牛牡丹，达到了雅俗共赏的理想。画集中有一帧《对垒》，画二鸡对峙，一黑一白，一低一高。不仅神态生动，我尤喜王先生画这两只鸡的笔墨删繁就简，设色素净，恰于似与不似之间，味在着意刻画之上。王先生也在画上自题："余旧作曾有此构图，今试用此法为之，颇有奇趣。"孔雀中的一幅《默语》，也以笔墨疏朗深惬我心。

王松年先生辞世于2000年，享年八十四岁。一生从未获得过以资温饱的正式职业。直到南京和香港大力揄扬，名播海内外，又经多位热心人的多方努力，始以七十二岁高龄，得到一个群众艺术馆顾问的安排，担任了地区美协主席的社会职务。后来又评了个副研究馆员，还是"破格处理"。

（2010年6月18日写竟）

张宗和书《鲁迅诗钞》

这本《鲁迅诗钞》，我珍藏已三十八年。它比手掌略小，字迹秀劲，书尾落款："一九七一年十一月三十日辛亥十月十三钞毕以应明贤弟之嘱"。下钤小联珠印'张'、'宗和'"，是我专为此书刻的。

张宗和先生是贵阳师范学院（今贵州师大）历史系教授，终生站讲台，校园以外的知名度不及他的四个姐姐（元和、允和、兆和、充和"合肥四姐妹"），其实他在一切方面都同样优秀，毫无逊色。

我不是宗和先生的学生。我妻龚兴群与他大女儿以靖从小是邻居玩伴，小学到初中的同窗友；两家父亲是老贵大的同事。通家之好。以靖又是我的低班学友。我就是以这个身份与宗和先生结识，跟着妻子叫张伯伯张伯母，与宗和先生建立了一种介乎长晚辈与忘年友之间的关系。进出他家的年轻人不少：三个女儿的同学、朋友，校园里的后辈等等，宗和先生就坐在他们中间，笑眯眯地听他们胡说八道，甚至用他们的青涩词汇与他们对话。有时心情不佳或精神不济，就会提议："张以靖，请你们到里面房间去说好不好？"宽厚、和蔼、幽默，似乎是合肥张家的基因。

记得很清楚，我是1962年春夏之际第一次拜访宗和先生的。但早已知道沈从文是他姐夫，知道他家里有沈从文、徐迟、卞之琳在内的许多老照片。我首先就是为此而想去造访的。我在学校图书室已读过沈先生早年出版的多种小说集。读过徐迟从香港回到重庆看话剧《屈原》后，彻夜难眠，写给郭沫若的长信。也读过卞之琳的诗（似懂非懂）。对这些大作家满心的崇拜之忱。但因怯场，虽然妻子一再说张伯伯“好玩得很”，我还是一再犹豫。

那时张家住教授享用的“小平房”。一共四幢，每幢住两户，中间隔断，各自出入。与张家紧邻的项英杰教授，夫人孙毓秀是我的历史老师，正好同时拜访。

初访的细节记不清了。闲谈中宗和先生说起当时风靡全国的长篇小说《红岩》，评价不是很高，觉得单调，没有写出社会生活的丰富面貌。他产生了写一部反映抗日战争生活的长篇小说的念头，而且已经实行，每天凌晨三点过起床，写到上班。已经写出两万来字了。那时我正是“文学青年”，天天听的是“文以载道”的导向，对《红岩》这样的鸿篇巨制当然佩服之至。但也不满足，主要是觉得语言无特点，没有笔调。读《青春之歌》也是这个感觉。喜欢《红旗谱》，除了内容厚重，也因为语言不是学生腔或文艺腔。文学既是“语言的艺术”，“怎么说”与“说什么”就同样（甚至更加）重要。小说缺乏笔调，语言没有特色，好比只供白饭没有菜，更没有酒。我非常想看看：张宗和先生写出来的抗战，会是一种什么味道？但不久就听说，他因严重的神经衰弱而搁笔，并且已去息烽温泉疗养。以亲身经历写小说，会引起无穷无尽的回忆，有如洪水决堤，不听控制，肯定睡不好觉；再加上天天凌晨起来爬格子，年轻人也难持久。何况宗和先生因历次政治运动的刺激，本已患神经衰弱，这样干活，当然很快加剧。已写成的部分，后来以靖给我读过原稿。三万来字，自传色彩很浓。刻画细致，语言亲切。刚开始叙述抗日战争初起，主人公辗转旅途的种种遭际，以及交会的亲旧新朋。人物众多，场景广阔，预示出广阔多彩的社会生活视野，大器未竟工，太可惜了！

那天，趁我们闲聊，兴群与以靖从内室捧来一叠老相册。于是我看到了沈从文、徐迟、卞之琳，看到了张门济济一堂的全家福。宗和先生的大弟定和先生我也不陌生。他提起定和先生在重庆参加话剧运动，为郭沫若的《棠棣之花》谱过曲，我就哼了出来：“在昔有豫让，本是侠义儿。”我还能唱定和先生的另一支歌：“白云飘，青烟绕，绿林深处是我的家。小桥呵，流水呵，梦里的家园路迢迢呵……”是小时候听大姐唱听会了的。我这两下子很让宗和先生高兴。以靖则大讲长辈们的逸闻趣事。例如沈先生住旅店，晚上闹贼，他顺手抄了件家伙冲出去助威。贼去人散，发现手里抄的是一把牙刷。此类家庭经典，层出不穷，多属“幽他一默”类型，业绩成就之类是不谈的。宗和先生还说到徐迟年轻时写现代派诗，把数学方程式写进诗句里。宗和先生与四姐充和一起上清华大学时的合影很多，看得出姐弟俩的感情特别深厚。起身告辞时，兴群开口借《秋灯忆语》。宗和先生说：又要看？那有什么看头。兴群说最喜欢看，于是也就叫以靖找出来。《秋灯忆语》是宗和先生悼念亡妻孙凤竹女士（即以靖生母）的回忆录，开笔于

1944年11月，写竟于1945年5月，在立煌印刷。土色草纸，墨色不匀，字迹模糊，标准的“抗战版”，印数极少，到此时已成孤本。我妻子读过多次，一再念叨，定要让我也能读到。回家读了，果然感人至极。以朴质蕴藉的笔调，记述在那个颠沛流离的战乱时代，一对年青人相爱偕行，相濡以沫，终于天人永隔的凄美故事，真如秋雨青灯，娓娓竟夜，堪与巴金的《寒夜》相比。后来文化大革命中，以靖深恐这一孤本损失，曾托我秘藏过几年。2000年，宗和先生的小女儿以靖由于偶然的机缘，与香港胡志伟先生相识通信，胡先生知道这部旧著后，力荐在《香港笔荟》全文连载。这时距宗和先生去世二十三年，孙凤竹夫人去世更已五十六年了。

从这次初访开始，我们就三天两头地去张府玩上大半天，定要就着矮圆桌吃了晚饭才告辞。两位老人很愿意看到我们，叫我是“喝茶的朋友”，宗和先生沏好茶待我；叫兴群是“吃辣椒的朋友”，伯母做辣味的菜待她。碰上季节，还做费工夫的荸荠圆子之类特色菜。吃饭时我陪宗和先生喝一点酒，竹叶青、汾酒、五加皮之类。有一次宗和先生说，只有金奖白兰地，就喝它罢。我没喝过，正好尝尝新鲜，一喝怪怪的。宗和先生也不喜欢喝。

回想起来，这应当是宗和先生比较心情宁静少烦恼的一段日子。因为是两次政治运动之间的间隙。“大跃进运动”导致的大饥馑刚结束，元气尚待恢复，稍稍放松了的政治之弦还没重新拧紧。有一次兴群打趣张伯伯，小时候看他与贵大学生一起演《鸿鸾喜》，那么胖一个“穷书生”，还差点饿死；拜堂时又在脖子上骑一条红裤子，把贵大子小的学生差点笑死。宗和先生认真地说，上台之前节食一周，当天不吃晚饭，站台上还是肚子圆鼓鼓，没有办法。在一张1961年以靖从都匀回来省亲时拍的全家福里，他瘦成了另一个人，看去比他至少老十岁。张家姐妹兄弟酷爱昆曲，影集中有许多演出照片。1963年元月，尚小云来筑演出和讲学收徒，宗和先生以京华故人的身份与他欢晤，又写了好几篇评论文章，发表在省报上。内行说话，当然精当到位，尚先生看了非常高兴。有一次我们去看他，听伯母说在礼堂教学生，就赶去看热闹，见他在为省京剧团的张佩箴说《断桥》。前年偶遇张佩箴，提及此事，她说，当时除了到省艺校听张先生的艺术史课，还每周去请张先生亲授。演员们都很尊敬张先生是大行家。

现在都知道合肥张家酷爱昆曲，与传字辈关系极深，宗和先生的大姐和四姐在耄耋之年还粉墨登场。我暗地里想：虽然宗和先生是清华大学历史系毕业，但他对文艺的兴趣显然更大些。他相册中的青春友好，也尽是些作家艺术家。

“好景不长”是那个时代的规律。老百姓概括得很精辟：饿肚子了就安分几天，吃上几天饱饭又开始折腾。其实这是终极理论：“饱暖即‘修’。”这一回来的是“四清”运动。这时我正在乡下参加公社史写作，立即奉调回广播电台参加运动。去看宗和先生，他又犯神经衰弱了。而且相当重，经常心绪不宁，睡不好觉。这是中国特有的政治运动综合征，我这样的尚且易患，何论老一代“惊弓之鸟”。多年前，我初访宗和先生之前，就听在师院化学系念书的表妹说，在一次全院大会上，一个老教师揭批宗和先生的“资产阶级思想”，拿《秋灯忆语》说事，还装着不识“吻”字，说什么“这个字口旁加个勿，不知啥意思”云云，像个小丑似的，连学生们都觉得不成体统，替他害臊。此公既读过《秋灯忆语》，必为宗和先生故人，而不惜污己辱人至此地步。宗和先生对政治运动之恐惧，不难想象。贵阳“四清”之极“左”和残酷，在全国也名列前茅，至今是研究课题。报纸广播密集发布“某些地区某些单位的权力实际已掌握在敌人手中”之类天崩地裂的盛世危言。省市大干部一个个被点名扣帽子。一两个月后，电台的“面上四清”结束，以“储备干部”名义，隆重欢送四十名职工到各县。我的储备室是大方县。大家心知肚明，宁吃敬酒不吃罚酒，能享受储备待遇够宽大的了。妻子决定一起下去。我怀着“不论头上是怎样的天空，我准备承受任何风暴”（拜伦诗句）的悲壮心情，去张家辞行，两老没说任何诧异惜别的话。那时人人都有承受风暴的思想准备。宗和先生带上夫人女儿，到新新餐厅为我们饯行，又去相馆拍照留念。我们于1965年10月去到大方，我任百纳中学教师，兴群在小学代课。刚教了一个学期，“文化大革命”运动又开场了。暑假回到贵阳，听说电台留下来的老同事，一多半成了“反革命”，另一半成了造反派，两边反目成仇，势不两立。我们放逐在先，倒焉知非福了。当时社会上已无走亲访友一说，我们担心宗和先生的处境，“但从心底祷平安”。后来我们回校后，我家也被红小兵抄了两次。小姑娘们没收小手绢，踹死金鱼，上交了“白毛女等黄色唱片”数十张。1973年暑假回筑，社会上显得松动一些，就给张家打了个电话。接话者是从都匀来省亲的以靖。我说想去看看张伯伯，又怕他心烦谢客。以靖说，我问问，很快就回答：爸爸欢迎你来，他说戴明贤不会讲那些打打杀杀的事。

此时他家已搬迁了。并且搬了不止一次，一再降格，一再升高，现住到校园最高处的工人宿舍楼上去了。但照样收拾得窗明几净。宗和先生看去又憔悴又疲惫，半躺在藤椅里和我们说话，声音很小。渐渐也就愉快起来。以靖多年在都匀工作，难得见到我们，异想天开要唱《游园惊梦》，让我伴奏。宗和先生连声制止，我也连声说不会不会。以靖不听，硬去借了把二胡塞给我，把谱子摆好。我只好勉为其难。唱了两句，宗和先生又开口劝阻，我见他是真正提心吊胆，就坚决作罢了。以靖是化工厂工人，生活在另一种圈子里，不知道校园这个圈子里水有多深。晚饭时，宗和先生不慎掉了一小团米饭在地板上，他拾起来看着，怔怔地不知道怎么办。伯母轻声道：丢了嘛丢了嘛，他这才醒悟似的把饭团放在桌子上。我佯装不见，非常难过，一直忘不掉这个细节。他在“文化大革命”中的情况，我们绝口不问。前不久才从以靖那里听到一件事。那天她放学回家，走在师院园子里，经过操场边，听见闹哄哄的，仔细一看，正在开爸爸的批斗会。她飞跑回家，关好门，倒床上大哭。过了很久，才听见妈妈陪着爸爸回来。后来妈妈告诉她，爸爸回来就要自杀，被妈妈拉住，好说歹说，才劝得打消这个念头。

次年我调回贵阳，又可以随时去看宗和先生了。有一次我和兴群刚进门，宗和先生正要与以靖下山挑水，就叫我同去，多个人换肩。在山下宿舍楼外接了水，我挑起水桶，一鼓作气往坡上走。他在后面连声喊停，我心想，能让你替换我吗！咬牙一直挑到家。他好一会才走到，喘气，夸我体力不错。又一次，兴群推荐一种金属拖把架，说比老式圆头的好使，几天后买到了，就由我蹬单车送去。宗和先生一人在。他留我吃饭，说是正好杀了只病鸡。我还有事，就告辞走了。一路想着他落寞的神情。当时他虽然照样上班，却是身份不明者，天天等候“组织结论”下来，好知道自己是敌人、朋友呢，还是人民。这好像头上悬着块石头，不知几时落下来，也不知会是多大一块，自然日夜不能安宁。有一次问我，能不能替他批改几本学生作文。这些作文竟看得他睡不着觉，脑疼欲裂。还举了个例句：“星期天，同学们上公园寻花问柳。”我说小事一桩，就把十来本未改的带走。其实我也最害怕批改学生作文，因为不像数学题有标准答案，而是篇篇不同。我教的农村娃娃，纯朴得不得了，却是只会照抄报上的“大批判文章”，自己一句话都写不通顺。对着这种作文，好比狗咬刺猬，无从下口，只想仰天怒吼一声。宗和先生的这些工农兵学员，水平还稍强些。我勉强改了送去，宗和先生像得了什么好礼物似的。

这时期，我和宗和先生有一共同兴趣，就是书法。早在上清华时他就跟着四姐充和写神清气爽的褚遂良，不喜欢颜真卿，说它“抱手抱脚的”。我的兴趣则在行草。他有两册《集王圣教序》，一拓本，一影印本，把后者送给了我。还有一部日本影印的孙过庭《书谱》，被抄走，现在党委办公室里放着，等还回来就借给我。《书谱》是我当时最盼一见的法帖，恨不能立刻看到。于是盼望他的“组织结论”的心情，同他一样热切。一天天一月月，终于从空而降：“敌我矛盾按人民内部矛盾处理。”一个从学校到讲台、一辈子不沾政治的人，竟摊上个“敌我矛盾”！这对他的打击肯定十分沉重，但他从不说这类事，只说些轻松有趣的话题。有一次我得到一点旧宣纸，带着去求他写鲁迅的诗。于是就有了这本袖珍抄本。还写了两张小条幅：“运交华盖”和“曾经秋肃”。

再后来呢？再后来“文化大革命”终于收场了。再后来宗和先生突然辞世了，时在1977年5月15日。等到了“四人帮”倒台，没等到胡耀邦任中组部部长平反冤案。当时我出差到黔北去了，那天一回家就听母亲告诉，立即蹬车赶往殡仪馆，正好赶上最后的告别。宗和先生得年六十三岁。他本该与他四位姐姐一样活到近百岁的，他家有此长寿的基因。以靖编了一本纪念册，我刻了两枚印：“广陵散绝”和“高山流水”，收入册子，寄托哀思。不意远在美国的充和先生见了，让以靖令我替她刻了两方大印。后来还有幸见到这位“合肥四女”中才华和成就最出色的人物一面。

张伯母刘文思是一位真正的关心他人胜过关心自己的女性，善良厚道到极点。她的大姑子们在家刊《水》中称她是“张家最好的大嫂”。以靖在一篇文章中说，小时候她和以端认为妈妈偏心，喜欢大姐超过喜欢她们，长大才知道大姐从小没有了孙妈妈，母亲才这样处处以大姐优先。以靖一直在剑江化工厂工作，以端在安阳当老师，以靖在师大中文系资料室，先后都退休了。近些年，以靖与母亲一道，整理《秋灯忆语》发表，选录日记给《水》列出，退休后更把全部精力用在整理数量巨大的遗著《宗和文录》上，令人欣慰。

（选自《物之物语》，人民文学出版社，2011年8月）

2011年

赵剑平

红的启蒙

人的生命从呱呱坠地，到长大成人，除了身体上的发育成熟，还必须经历思想上一次一次启蒙，意志上一次一次洗礼，才跟世界有一种默契，跟社会有一种融入；而从形到神，也才算有一种结果，至少有一种阶段性的结果。当然，从我们睁开眼睛，感受第一缕陌生而清新的阳光，赤橙黄绿青蓝紫就与我们的生命相伴相随；它是自然的解析，却也是我们日复一日的生活的色彩。看似一锅大白水的生活，却也跟阳光一样有丰富的包孕。这之间，赤，通常叫“红”的，至关重要，也就首当其冲。

热烈而温暖的红，不仅让人感觉刺激，还有极强的穿透力。科学家利用红的特性，还制造出红外线夜视镜来。但懵懂的孩子，尤其我们大西南的孩子，天无三日晴，地无三里平，阳光被过滤后，剩着一缕脉脉的照耀，宝贵尚且不够，哪里还会感觉红的威力与凶猛。只是造物主一杆秤，天不赐，地生；我们红的启蒙，却有小小的辣椒做了重要的担当；这种绝色尤物，有如散落的太阳，亦如燃烧的火烛，开始并不断地延伸着我们对色彩的具体理解，对生活的客观感受。

鲁迅说过，第一次吃螃蟹的人是很令人佩服的。回首成长的历程，我们对第一次吃辣椒的感觉也难以忘怀。完全可能是一个陷阱，看大人兴味浓浓地吃着辣椒，我们馋得口水直流，直到不顾一切地要一个这种从外表看怎么也说不上怕惧的东西放到嘴里，咬上一口，这才天塌地陷一样愣在那儿；一股燃烧的火焰在嘴里蹿来蹿去，肆无忌惮地燎炙着稚嫩的口腔、舌头、咽喉；呼吸急促，嘴巴像渴死的鱼一样大大张着；火辣辣的痛苦，加之受骗上当的委屈，终于哇地叫唤起来。而这时候，大人会幸灾乐祸地笑着，从水缸里舀一瓢凉水给你喝下去，这才慢慢地有一种缓解。而即便如此，我们却奇怪地辣不怕，仿佛一种骨子里的欲望，一次一次的辣，一次一次地捱，挺到了如俗话说的“贵州人怕不辣”，辣椒溶到了我们血液里，成了我们生命的一个部分，成了我们生活的一种滋味，我们终于长大成人了。

事实上，人类文明最重要的启蒙就是从大自然中获取的。火山爆发，森林燃烧，动物倒毙火中，人类通过熟肉熟食，从茹毛饮血的蒙昧中走了出来。有鸟儿空中翱翔，人类也想生长一对翅膀，而终于发明飞行器飞了起来。我们山里孩子的进步，则跟大自然更有千丝万缕的联系。除了辣椒，贵州山里还有一种叫“和尚头”的果实，红亮光鲜如辣椒，却珍珠般大小，一捻即碎，美丽的外衣裹着黄黄的绒毛；有恶作剧的山民，常常将这种绒毛放入孩子后颈；绒毛细若游丝，却格外有一种毒，叫人痒得难受，巴不能将一块背扇抓挠下来。我吃过这种苦头，从此有人走在后面，就格外有一种提防。山中百草，红成了热烈而刺激的象征，而最普遍清凉的绿，却也可能有几分凶险。中华人民共和国成立之初，一支南下部队进山剿匪，有一个战士内急了，顺便捋一把路边的草擦屁股，竟然疼得跳了起来。他后来跟他的战友们说了一句话：贵州草都咬人，难怪贵州土匪这么凶。而这种咬人的草不是别的，就是我们通常叫的“藿麻”。

但归根到底，还应该算辣椒形成了一种文化现象。辣椒这种洋玩意引进到贵州不过千年，现在落地生根，成为人们的家常佐餐，影响人们的精神世界，虽说不上源远流长，而积淀丰厚，却无可争辩。贵州人叫辣椒叫海椒，不只是为了一种说明，而不提一个“辣”字，恐怕更多地还为了一种亲近。我祖母算仡佬族一个民间歌手。我那时候还小，她老人家把门前一块闲置的地挖了出来。第一年种苞谷。到了收获季节，她就用苞谷编一道谜语——

我走进园子，找到一个老者，一把抓住他的胡子，问他有好大的年纪。

第二年种辣椒。辣椒打红闪，她老人家带着我来到地里，又用辣椒编了一道谜语——

一根树儿矮又矮，周身结些红转转。

“转”读“跩”。辣椒不仅红，还有显摆的意思。这里，祖母有意忽略辣椒的味道，而更看重辣椒的色彩和姿势。显然，辣是一种融入与契合，亦如一句俗谚：运来扁担开花，倒霉海椒不辣。这才成就了今天的“贵州人怕不辣”。而四乡八里的，孩子生下来满百日做酒，大人在八仙桌上放几样东西让孩子抓，有钢笔、算盘之类，往往还有一个红辣椒。也许鲜艳夺目，孩子常常会先抓辣椒，再抓别的东西。这时候，大人就很高兴，认为孩子将来一定会红红火火，是做大事情的人。辣椒也好，海椒也罢，先辣而后红，哪怕一种心理暗示，也算参与了民间的精神活动。

但辣椒到底也还是一种食品，依照唯物主义观，只有从“形”上倒腾清楚了，游刃有余，才可能出神入化，达到一种物我两忘的境界。我有一个老辈子，大老远来到我家。我们知道她不大吃辣椒；但那年月，无辣椒，也就无菜；我们只好把“牤海椒”摆了上来。殊不知老人家吃了后，竟要求看一看“牤海椒”结在什么树上，这跟她往常吃的辣椒品种实在不一样。大家啼笑皆非，你一言我一语解释了半天，这才打消了她的困惑。但老人家回去后，却离不开这种菜非菜、饭非饭的食品了。而“牤海椒”的“牤”却是贵州土著仡佬人的土词，实际是“喂”“塞”的含义。“牤海椒”不过一种借代用法。她不会写这个字，也不懂拼音，提笔写信，便要求我们把“一个海椒里头装糯米面”给她寄一点。

红辣椒，辣椒红，到底是红成就辣椒本色而辣椒更刺激，还是辣椒赋予红活力而红更光彩，谁也说不清楚。近些年，有人用辣椒提取辣红素生产口红。辣椒少了辣红素还是不是辣椒，我很怀疑。而辣红素失去了辣椒，也就是一支口红而已。从自然走向装饰，也还算一种文明，而如果缺乏节制，却一定是一种堕落。从大地抽取石油，使我们的生活能够穿一件美丽的衣裳。石油危机，大量燃料从生物中提取，使万物生长的土地痛苦不堪。最后，我们不能从茫茫太空中“提取”一个地球，这件美丽的衣裳就会成为我们寿终的老衣而陪伴我们走向坟场。辣椒中国化，不只是环境与人的需求和适应，还有中国传统哲学自然天成的契合。而辣椒文化，则体现人与自然的一种往返，是虚实相生的典范，是精神与爱对生命的一个拥抱……

我们享用也享受万物，但我们还须用心倾听，感受它们用生命发出来的一声叹息，感受那无处不在的天籁之音。

（原载《人民文学》2011年第8期）

2011年

徐成淼

小木屋

小学毕业那年，父亲出了事，我家从租住的杨家大院里搬了出来，另租了一栋小木屋住。木屋在曲里拐弯的小巷深处，门牌却还算明快：米筛巷六号。屋主人是父亲原先的手下，姓王。木屋已经很破旧了，那间阁楼更老朽不堪，又黑又潮，还满是跳蚤蚊虫。我放学回家，爬上阁楼，一进门，跳蚤会成群往我腿上跳。我事先在门边放了盆水，用手往小腿上一捋，跳蚤就一把一把落到水里。跳蚤有这样的规模，实属少见。蚊子也是，天快亮的时候，帐子外面成堆的蚊子同声合唱，那嗡嗡声竟会把人闹醒。夏天，日头从薄瓦片上烤下来，阁楼里热得像烤箱，桌凳都烫手，我只好移了油灯到天井里做功课。冬天，寒风从瓦缝里吹进来，阁楼里冷得像冰窖，睡觉的时候，我得用毛巾裹了头睡。下雨天，外面大雨，屋里小雨。拿脸盆脚盆水桶接了，还不够用。有一年刮台风，夜里，屋顶上的横梁突然垮塌下来，差点儿砸在我脑袋上。就在这样一栋破木屋里，我度过了我的少年时光。

然而小木屋还是留给我许多美好的回忆，是它伴我度过了我的少年岁月。要知道，时间原是高明的艺术大师，它不断地漂洗，不断地筛滤，让一切芜杂和浑浊沉淀，淘汰，只将诗意留在记忆里。往事如烟，在时空中缭绕，最后全成了又温馨又委婉的忆念。即便是跳蚤，蚊虫，酷热，严寒，当时叫人恼恨不已；如今回想起来，也全成了温慰的记忆。是在小木屋里，我亲近了文学，亲近了绘画，亲近了音乐。那根横梁垮下来以后，屋主人给换上根新的。借此机会，整个阁楼也都修整了一下。我用白纸把板壁裱糊了，贴上从苏联画报上剪下的图片。那是某位画家的一幅木炭速写，画中一名小女孩眼睛亮亮地看着我。窗前的小桌上，放着我的速写本和诗册。有一次，我还把学校美术组的一尊石膏像搬来放在了窗前。这么一来，小木屋就光生多了，少年的情怀，从此诗情洋溢。到了高中，我对文学近乎痴迷。那时候买不到稿纸，我就自己用蜡纸刻了，求校工给我印了几十张。还在稿纸下方，端正地刻上“徐成淼专用”几个黑体字。我许多幼稚的习作，就是在这样一间小木屋中写成的。

高中毕业后，我离开了台州，也离开了小木屋。走的那天，下着小雨，好友吴到车站送我。不料这一去就是几十年，再没有机会回到原地。进大学后不久，父亲被遣返原籍，母亲来上海与我住在一起，更没有再回台州的可能了。不久，我自己也遭了横祸，从此洪流卷去，巨浪打来，自身尚不知会流落何地，更不能去重见当年的小木屋了。

没想到，世事总会有轮回；许多当时以为不可能的事，到头来居然也会变成现实。

1990年初夏，应当地文联的邀请，我到台州讲学。也是一个下着小雨的早晨，吴陪我去找寻我的“故居”。原以为那么破败的一栋木屋，几十年中早就倒塌了。去旧址看看，不过是“凭吊”一下遗迹而已。果然如此，去到那儿一看，整条米筛巷都拆迁了，现场一片瓦砾，哪还有木屋的影子呢。正欲转身回去，却见远处，在废墟的一角，还有半截子木屋立在那儿，像一堆破烂。再瞧一眼，却发现那轮廓，和我当年租住的小木屋好像有点相似。然而会有那么巧吗？四周别的旧屋全拆了，单留这木屋等我回来？

紧挨着它的另半边旧屋也拆掉了，门框窗架还堆在那里。看样子我要是再晚来一天，这半边木屋也要被拆掉。吴问我，是不是？我回答说，摸不准。我走过去，围着破屋绕了一圈，半信半疑。瞧了半天，还爬上木梯，摸了摸阁楼的门，终于点了头，确定这就是我当年的木屋。这里是它的门廊，月墙和护板都没有了，但是廊柱还在。这里是那道木梯，梯级已大部朽坏，我似乎看到踏板上还留着我少年的足迹。这里是阁楼，门框斜了，木门歪歪地吊着。吴问，确定吗？我说，确定，没问题。吴跳了起来，大声喊叫道，真的吗？真会有那么巧吗？这是奇迹！它是在等着你回来啊！

侧屋里有人在收拾杂物，听见响动，擦着手走了出来。她瞪大了眼看着我们，问，你们是？我回答说，三十五年前，我家租了这屋子住过。头发花白的妇人一下子张大了嘴，口吃地说，你是你是……？她叫出了我的姓名。妇人是老屋主的儿媳，老屋主早已去世。她激动得泪如雨下，抽泣着说，我公婆在世的时候，一直叨念着你！她是我离开小木屋以后才嫁过来的，却如此清晰地记住了我。那么我还是没有被人们完全遗忘，几十年来，当我把自己埋在苗岭之中的时候，自以为山外不会有任何人记得我了。不料在这江南小城的小木屋里，还有人在久久地念叨我。

我激动起来，心绪翻腾。眼泪涌了上来，真想扑上去在那妇人的肩头痛哭一场。我默默地走上前去，向她递上了我的名片。吴拿起相机按下了快门，记下了这珍贵的瞬间。这时雨停了，天上的云稀薄起来，留出一丝罅隙，一缕浅浅的阳光探了过来，照见了小木屋，照见了我，照见了吴和那妇人，也照见了那片废墟，和废墟外已建和正在施工的新楼。

相片冲洗出来，我在背面写："某年月日，在睽离三十五年后重返台州，雨中寻访少时旧居，木屋竟于风雨飘摇中依然兀立，似在艰难地等待余之重归；房主闻讯相见，唏嘘乃至泣下。"

带着这张珍贵的相片我回到西南，不几日，收到吴的来信，说小木屋已经拆去，住宅小区工程即将破土！

（原载《散文》2011年第9期）

喻莉娟

歌　者

新堡渡寨，贵阳布依族每年的新堡布依“三月三”文化节在这里举行，届时车来人往，有三五万人之多。这个迷人的山寨、美丽的歌声，引来美国、日本、加拿大、新西兰、泰国等专家学者的青睐，国内外专家学者前来观光考察。渡寨，在明清时期，是羊昌，经新堡通往水田的古驿道渡口，这一重镇，当年的新堡子屯军在此设有哨卡，在历史上渡寨就是繁荣之地。

生活在新堡的布依人有着三百多年历史，按传统举行一年一度的“‘三月三’地蚕会”。地蚕会的来历，据当地人的介绍，那是从劳动生产中产生的。布依族祖先认为，农历三月初三，大地复苏，是地蚕交配的日子，不能动土。动土，为地蚕的繁殖提供了条件。因此，虽是春耕大忙季节，布依族人这一天不下地劳作，而是要欢聚一起，尽情歌唱。同时，这一天每家都要炒苞谷花吃，他们以苞谷花代替地蚕，意在把地蚕吃掉，就能有好的收成。在这一天，你无论走到哪家，都可以吃上香喷喷的苞谷花；无论走到哪里，都能听到动听的歌声。后来大家聚在一起，就成了赛歌会。这种风俗一直流传至今。每到“三月三”地蚕会，方圆数十里邻县的人们，都赶来参加。

我们到新堡，没赶上“三月三”，却遇到了歌会上的歌手。

正时隆冬，天气却很好，冬天的太阳显得是那样的可爱宜人。半山的新堡渡寨宁静祥和，我站在村头高处的柏树下，欣赏着这依山傍水的布依寨。远处传来了歌声，接待我们的乡干部说：“今天是吉日，村里罗老师家‘进新屋’，正热闹呢！我们这里做什么都离不开歌，你们没赶上‘三月三’也能听到布依歌。”说着他给我们唱了一曲布依欢迎歌。介绍布依歌的唱腔主要分为三滴水、四平腔等形式，内容上有古歌、酒歌、情歌、山歌四种。酒歌可以分为欢迎歌、做客歌、起房歌。说着他带我们到了“进新屋”的主人家。

一阵鞭炮声喻示主人在欢迎我们。鞭炮声停，歌声就起，一群布依姐妹拦在大门前，她们的歌是一遍布依语，一遍汉语，唱完要我们喝酒。她们的歌声婉转悠扬，真是表情达意的好方式。

门前喜鹊叫，必有贵客到。进家的原来是远方的客人，客人进家莫要见了笑，水酒三杯表心意。

歌歇酒到，我们都喝了三杯，算是过关。刚坐下，歌声又起。四个年纪大一点的布依歌者抬着酒杯，拿着酒壶又来了。难得来我们农户，唱首老歌欢迎你，倒杯水酒欢迎你。倒给你来你要喝，吃了双杯我心才落。她们一首首唱着，我这个不会喝酒的人也喝下去了。喝下去的是一杯杯情和意，喝下去的是一杯杯欢与乐。

接着四个老姐姐端着酒，一起走来，要我喝，并说出有“四”字的祝福语。我躲不过，要求她们推荐一个做代表，来和我喝，那样我就可以只喝一杯。最后她们推荐出来人叫罗应珍，是这里有名的歌者，她豪迈地走过来，对我说：“我和胡松华握过手，他还给我写过一首诗。”我接着说：“那我要和你握握手，也沾点歌手的灵气！”说得我们都笑了。她告诉我，她的家祖上就是读书人家。

酒喝完了，我们一起唱起那首布依最有名的民歌“好花红”。“好花红哎，好花红哎，好花开在刺梨丛，哪朵向阳，哪朵红。”四个老姐姐说：“你要喜欢我们这里的歌，我们可以给你唱个三天三夜不歇脚，欢迎你随时来；你要看热闹，那你开年的‘三月三’一定要来，你可以听到好多情歌，古歌，那时候有好多唱歌高手，我们不算什么，那时的歌者才是成千上万。那才是歌的世界，歌的海洋呢。”

（原载《散文选刊·原创版》2011年第9期）

卢惠龙

美的毁灭
——三岛之刎与莎乐美之吻

题记：朋友听说我写这个题材，说这需要勇气。我明白，我们的语系，很难包容三岛乃至莎乐美之类的特异的行为，精英群体曾经警惕地与三岛由纪夫保持距离，这当中，可能涉及美女、爱、性、谋杀、人头、邪教……可我乐意一试，好在我非精英，也不是做考证研究，而是零碎地说说闲话罢了，也就无伤大雅。

一

我来到东京新宿的时候，在这里出生的三岛由纪夫已经自杀去世二十多年了。

新宿的繁华与浮华就不用说了，这里全是钢筋、玻璃、云石的摩天大楼，地铁站的人流量世界第一，说它是日本的曼哈顿也不为过了。我站在鳞次栉比的高楼间，满目皆是夺目的商场和广告，伊势丹、高岛屋……都不是我要关注的。三岛呢？那个炮制幻灭美学的三岛呢？那个主编《辅仁会杂志》的三岛呢？东面的靖国大街上，有一个廉价商店，命名“唐吉诃德”，或许加上密匝匝的歌舞伎町，可能与三岛还有着隐隐约约的牵连？

据说，三岛的后人，而今在比邻的银座做珠宝生意，这似乎无关紧要了。

二

任何类比都有缺陷。这个被称为日本海明威的三岛，与海明威似有某种暗合，同异兼备。两人都是刻意的文体家，都是浪漫派，都惯于展示男子气概，都是过时规范的拥护者。三岛至少有四分之一贵族血统，血管流淌着贵族的特质，威仪而又冥顽。他从小被过分严密地保护与管教，构成了他的孤独，甚至兼有女性化的气质。三岛曾经被征召入伍，他所在的部队在菲律宾几乎全军覆没。那个屁股上挂着杜松子酒瓶的海明威，亲临火线，两次坠机，出生入死。1955年，三十岁的三岛开始健身运动，写完《金阁寺》之后，加入了日本大学拳击俱乐部。海明威则是个满脸胡子、长满胸毛的拳师。有人戏称，海明威如果去了斯德哥尔摩接受诺贝尔文学奖的话，说不定酒酣耳热后，会找瑞典文学院的院士摔跤。他们的胸肌都一样地突出、硬朗。三岛头系“报国”字样的头巾，剖腹自杀，被称为“日本战后史上最大的谜团”。海明威因精神抑郁，将他的双管猎枪塞进自己嘴里，然后扣动扳机。三岛的创作，前期唯美主义，后期倒错美学。曾经硬汉的海明威，获得诺奖后，疾病缠身，消极悲观，没能再创作出有影响的作品。两人一样，短篇均为佳构，长篇相对逊色。

其实，三岛并不喜欢海明威，但钦佩他。他曾经问过李奇：海明威吞枪自尽，真的是用脚拇指扣的扳机，一枪致命的吗？他佩服海明威的坚定。

三岛是异类。一个备受争议又入围诺贝尔文学奖的人物。

三

三岛最有名的《金阁寺》中，丑与恶、毁灭与美同在。他自己说：“人类容易毁灭的形象，反而浮现出永生的幻想，而金阁坚固的美，却反而露出了毁灭的可能性。像人类那样，有能力致死的东西是不会根绝的，而像金阁那样不灭的东西，却是可能消灭的。”

在他的《忧国》中，武山中尉与新婚妻子，在爱的极致里双双饮剑自杀，死亡的身影中有“美”和“爱”的光芒，他说“美是可怕的东西”。

《爱的饥渴》中，悦子抡锹劈死自己热恋着的园丁三郎，从而保持爱的理想。

三岛前期作品，从《虚假的告白》《潮骚》到《金阁寺》，受法国作家雷蒙·拉迪凯和英国作家王尔德的影响，大多描写青年男女的性苦闷和浪漫的爱情故事，以不少笔墨刻画变态心理和风流韵事。

四

死亡，对三岛有一种诱惑。这里面深隐着日本民族美的意识和生的意识。

三岛本人最后的自刎，是在实践他的“殉教美学”，其间不无荒诞色彩、悲剧色彩和病理因素。这可以在他童年女性化的闭抑生活中寻到蛛丝马迹，这和尼采童年经历惊人地相似。

他童年在东京的新宿度过。祖母的熏陶，使他有非常多的机会接触歌舞伎与能剧，给他构筑了一个唯美而又畸恋的梦幻世界。他在小说、舞台剧方面兴趣大增。在母亲的鼓励下，他加入了岸田国士、福田恒存、小林秀雄等文坛名人所组织的“云之会”，参与文学立体化运动和演剧活动。他在《纯白之夜》里，担任了角色。他还自编自导自演了短片《忧国》。《忧国》中，三岛一身军服，军帽拉低，煞有介事。

李奇的《日本日志》中收有三岛三幅雪天武士图，三岛手持利剑，或半跪积雪之中，或侧卧雪地自卫，或仰天倒地做赴死状。

三岛的表现欲望，自恋情结，都日渐凸显。

三岛在《我经历的时代》（1994年，中国版）中说，他在文学上探索着多种道路，集浪漫、唯美与古典于一身，特别采取了日本古典主义与希腊古典主义结合的创作方法。首先承传武士文化传统，从男性肉体美、男性的活力、男性殉死的审美情趣中获得日本古典的情绪性和感受性，以此构筑他理想中的男性美。其次借鉴希腊古典主义，注重肉体与理性的均衡，憧憬希腊艺术的男性造型的宏大气魄、对生的积极肯定，以及艺术的严谨的完美。也就是说，三岛将日本武道的善的意义，以死相赌的悲壮精神，与古希腊艺术的享受生命的乐天精神融合，形成其两种极端相反的概念，生与死、活力与颓废、健康与腐败……对立交织，构建其人生空间和文学空间。

五

《忧国》是无法绕开的。

任职于近卫步兵第一联队的武山信二中尉和他的妻子丽子的寄寓，就是小说的全部。

请看他们新婚的第一夜，小说是如何描写的：

> 两人的第一夜是在这个家中度过的。入睡前，信二把军刀搁在膝前，进行了军人式的训诫：作为军人之妻，须知丈夫随时可能身亡。这一天也许明天到来，也许后天到来。你是否已有思想准备，无论何时到来，都不致惊慌失措？丽子起身打开橱柜抽屉，取出作为最珍贵的嫁妆——从母亲那里得来的短剑，像丈夫那样，默然放在自己的膝前。就这样，他们达成了最为完美的默契，中尉再也不必试探妻子的决心。

以后呢？“两人都有着非常健康而又年轻的肉体，因此，其激情的冲撞十分猛烈，不仅夜间，就是演习归来，一回到家中，中尉也会急不可待地脱下风尘仆仆的军服，就把新婚的妻子拥倒在地。”“几个月以前还陌如路人的男子，现在却成了她整个世界的太阳，对此，丽子早已感觉不到任何不可思议。”他们身体的每一个角落也都洋溢着震颤般的愉悦。

一天，响彻拂晓的集合号声，惊破中尉的梦境。中尉跳起身，默默地穿上军装，佩好妻子递过的军刀，向着天色未明的晨雪中的道路跑去。中尉什么也没说，丽子却从他的脸上读出了死的决意。

丽子倾听着每时每刻的新闻广播，知道丈夫几位挚友的名字已经列在举事者的行列里。这是死亡的消息。

武山信二终于回来了。他被命令去攻打他的挚友。挚友举事，是怜及他新婚不久，才没有叫他。“丽子，那样的事我可没法办到呀！”“今天晚上我要剖腹！”武山信二说。这时，丽子的眼睛里没有丝毫畏惧。“希望你把我剖腹一直看到最后。好吗？”两人的内心，油然涌起解脱似的喜悦。中尉确信，这种喜悦，没有一点儿不纯的东西。

最后的性爱，不可遏制。

中尉的手从丽子胸脯向腹部移去，浑然天成的细窄处，柔软而富有弹力，预示着由那里向腰部荡漾展开的丰富曲线，显现出没有丝毫不洁感的肉体真实的韵律。远离灯光的腹部和腰部的白皙和丰润，像是溢满在大盆里的牛奶，凹陷下去的肚脐显得格外清新，恰如刚刚被一颗雨滴猛然洞穿而过的新鲜的痕迹。在暗影愈加浓密的处所，丛生着柔软而敏感的阴毛，像散发出幽幽的香气，随着这不平静的身体不停息地颤动，香气一点点地向周围逸放，越来越浓的香气。丽子看着丈夫这张生机勃勃、紧绷着的肚皮，想到它就要被凄惨地剖开，感到无限怜惜，不由得泣伏在上面狂吻着。他们毫无倦色地一气攀上了峰巅。

电影《忧国》最后一场，武山信二切腹自刎，塑料袋装好的猪肠顷刻溢出，血红一片。

自杀是一种政治宣言、一种美学宣言、一种个人宣言？这近乎一种完美的预演？我臆想。

三岛死前，完成了系列长篇《丰饶之海》。三岛说：“很奇怪，我害怕结束这本书。”三岛的绝笔只有一句话，留在他的书桌上：“人生有限，但我愿意永生。”其实，他知道所有精神性的存在，在纷纭变幻而又绵延不绝的尘世中，注定了只能是短暂的瞬间闪耀，而不可能长存不灭。他临终却如是说。他已不止于“哀”，而近于“悲”“壮”了。

1970年11月25日，三岛按传统方式剖腹自杀，并由他的一个追随者亲手砍下他的头，终年四十五岁。三岛遗孀竭力维护亡夫形象，禁止电影《忧国》播放。

六

三岛在美国初次与李奇见面，李奇充当向导，三岛不想看什么景点，而要李奇带他去大都会剧院听斯特劳斯的歌剧《莎乐美》。

三岛心中萦绕的是些什么?

《莎乐美》，王尔德的唯美主义代表作。美女、宫廷、爱、屠杀、人头、宗教（或邪教），刺激而混杂。

莎乐美，古巴比伦国王希律王和其嫂埃罗迪亚斯所生的女儿，一个十六岁的妙龄美女。德国作家萨尔勃曾说莎乐美是一位“具有非凡能力的缪斯”。她的美无与伦比，国王愿意用半壁江山，换莎乐美一舞。然而她却是美丽和邪恶的典型，她以杀人始，以被杀终。

她爱上了约翰，向他表达爱慕，想得到他的一个吻：

“我渴望得到你的肉体！你的身子如未经耕耘的野地里的百合一般洁白，从来没有被人铲割过。你的肉体像山顶的积雪一样晶莹，像朱迪亚山顶的积雪，滚到山谷来了。”

约翰勃然大怒，拒绝道：

“退回去！巴比伦之女！女人是人间的万恶之源！别跟我讲话。我不听你讲话。我只听上帝的声音。”

这时，莎乐美之父希律王介入，对莎乐美性侵犯、性压迫。

莎乐美的后母，教唆莎乐美要挟父王割下约翰的头，理由是约翰反对她与希律王的婚姻。

在一个宴会上，希律王答应只要莎乐美公主跳一支舞就满足她的所有愿望。莎乐美献上了她的“七重纱舞”。

金色纱衣映衬着紫色的月光，雪白的花朵流淌出透明的汁液，孔雀绿的眼眸里闪耀着爱的光芒……

舞罢，莎乐美面对堆积如山的钻石珠宝，冷冷地说了一句：“我想要先知约翰的头颅。”希律王虽万般不愿，也只得令人奉上了约翰的头。

莎乐美捧起约翰的头说：“你为什么不看看我。只要你看到我，你一定会爱上我……爱的神秘比死亡的神秘更伟大。”

莎乐美还是如愿以偿，“亲爱的，你终于在我身边了，我现在终于可以和你接吻了，你的头颅已归我所有了。”她将自己的红唇印在约翰冰冷的唇上。

恋头癖，薄伽丘的伊莎贝拉将自己情人的头颅供养在花盆里，司汤达的玛特尔小姐与王后玛格丽特有头之恋，这回轮到王尔德的莎乐美。

希律王在远处看着莎乐美的得意，极为厌恶、绝望，他命令说：“快把那个女人杀掉！”于是士兵们跑向莎乐美，将她杀死在盾牌之下。

美索不达米亚平原哭泣，底格里斯河水倒流，穿越整个古巴比伦……

“美的毁灭”是王尔德的唯美主义代表作《莎乐美》所表现出的悲剧主题，美、恶、毁灭。

是施特劳斯把这个故事改编为同名歌剧，让世人熟悉了它。

七

莎美乐是欧洲历史上备受争议的人物。

莎乐美也被视为爱欲的象征词。

《圣经·马太福音》里简单的故事，无非是说，世界上只有两种感情能把人联系在一起，是爱，或者恨，这是古巴比伦的神示。王尔德的妙手挖掘出了这个故事最黑暗也最深刻的内涵。欲望的纠缠，畸恋的爆发，诡异的氛围，都被他发展到极致。

王尔德的《莎乐美》一出来，西方就认定了是伤风败俗的，巴黎也禁演。后来王尔德终于因同性恋败露被判苦役，从引领时代潮流的风云人物变为罪犯，最后隐姓埋名，去国而死。

《莎乐美》没有消失。查封、禁演，几乎都是没用的。继王尔德法文版《莎乐美》以后，他的友人道格拉斯又把它译成英语，随后，歌剧、舞剧、电影、油画，不曾断绝。意大利文艺复兴大师提香的油画《莎乐美与圣施洗约翰的头颅》，前主人是英国17世纪国王查理一世，价值六百万美元。2010年2月，却被拍卖师克里斯蒂以八千英镑贱卖，成为黑色幽默的国际热点新闻。

这是为什么呢？

八

阿部定，是一个误杀情人，割下男根，并随身携带通街游走的著名人物。三岛则很想造访阿部定开设的酒吧。

三岛还想去一家真正的基吧（gaybar），这是同性恋的所在。在格林威治村，他终于去了玛丽吧。要了饮品，三岛坐在玛丽吧，看几个中年男子像女人一样说话。

这是三岛割不断的追寻？走火入魔一般。

三岛切腹之前，站在军营阳台慷慨激昂煽动兵变，反被楼前士兵哂笑。

三岛遗孀否认亡夫有同性恋倾向，因为电影剧本略有提及基吧（gaybar），亦因三岛女儿读了之后吓得花容失色。三岛遗孀已经过世，但三岛女儿依然“强硬”，禁止放映《忧国》。

《忧国》的副题是“爱与死的仪式”。

三岛究竟想些什么？我们的词汇很难包含如此的特异。

九

三岛由纪夫是20世纪日本文化的一个独特现象，一个文化的符号。

才华横溢，又充满悖论。他自卑、自负、自恋，他苦苦地挣扎于理想和现实的矛盾中，文化的冲突和精神的苦恼，造成的双重行为和人格龌龊，给他作品意象打上了区别于其他作家的独特烙印，也给人们在价值取向上带来某种困惑。

三岛在绝对的美与丑的对立中构筑着他的唯美世界，这种由于虚幻而浪漫，由于破灭而悲情的唯美世界矛盾而独特，这可能是三岛本人的精神世界的折射？

死的永恒性不在生命之外，而寓于生命的瞬间性和特殊性之中。对肉体的迷恋、对死亡的色情幻觉，以及同性恋的倾向，在三岛的世界里以切腹的形式得到了统一。在日本，写自杀和死的作家，可以列出长长的名单，川端康成、三岛由纪夫、渡边淳一……他们的作品中，都包含了暗示其最终命运的线索，川端康成、三岛由纪夫二人都选择以自杀了结一生。这是天才的选择。

三岛说，艺术必须有针刺，有毒素。不吸这种毒素，而只想从中吸到蜜是不可能的。他美学的复杂性远远超过了他生命的沉浮。

三岛始终注视着自己的影子，像希腊神话里的美少年纳西索斯（Narcissus），爱上了自己在水中的影子，最后郁郁而终，化为水边的水仙花，可以永远低下头注视自己的影子。自恋（Narcissism）这个带有精神病理色彩的词，就是从纳西索斯的名字发展而来。而纳西索斯情结，是不是三岛由纪夫创作的动力？待考。

十

写出超越生命的理念或者情欲，艺术就达到一种极致。

三岛之刎与莎乐美之吻，都这样的。

三岛是日本作家，莎美乐出自欧洲，都无比地软弱与强大，都充满了不可遏制的欲望，这是生命无法绕过的宿命。

这个话题，中国也一样。

有着“西班牙国舞”之称的弗拉明戈的舞剧《莎美乐》，在北京保利剧院上演，引起了京城舞蹈爱好者的极大兴趣，两场演出，门庭满盈。

上海译文出版社引进出版了三岛的《金阁寺》《假面的告白》《潮骚》。

人人心中都有一个莎乐美，或许你更像另一个莎乐美？

（原载《散文》2011年第10期）

魏荣钊

水上鸳鸯（外二篇）

2009年7月19日，烈日炎炎。

北盘江岩架镇江岸边出现了一只渔船，船上一男一女，还站着一个孩子，大约六七岁。男的在船尾划船，女的在船头掌舵。孩子见了生人一下子钻入了船篷里不出来。岩架镇渔业管理站岑站长说，这是一只夫妻打鱼船。之前就听镇上人说，这一带水域，打鱼的“夫妻船”不少，一年四季吃喝拉撒都在船上，想象着这样的生活其实也蛮有味道的，充满了浪漫主义的情怀。没想到，果然就有这样一只活脱脱的夫妻船出现在眼前。

我叫岑站长把快艇开过去，靠近他们，和他们聊聊。

原来，这打鱼郎叫刘平清，来自重庆铜梁的永兴农村，小时候就在嘉陵江上跟师傅学艺（打鱼），出师不久就从嘉陵江跟着师傅到了北盘江。后来师傅去了下游红水河一带，他留在了北盘江岩架一带的水域。可谓是师傅江之尾，徒弟江上头，日日打鱼不见面，同漂一江水……

那一年，刘平清说他已经记不得是哪一年，他说就是那一年的一个赶场天，他提着鱼到岩架镇的集市上去卖，在闹哄哄的集镇上遇到了他的老婆王氏帕，一见就对上眼了。我问什么叫对上了眼，他说，就是你们城里说的一见钟情呗！

说来奇怪，那之后他们总是会在一个地方碰见，一见就会有很多话说。刘平清说：“我是汉族，开始的时候根本听不懂布依话，王氏帕虽然能说几句汉语，但说出来都变调了，我总是听不大懂，但是我们就是心有灵犀，晓得对方的意思。简单得很，就这样好上的，没有什么了不得的故事，缘分到了……”

这个三十三岁的重庆“崽儿”话语里充满了自信，好像漂亮的王氏帕就非他不嫁。

我又问他："你们的父母都赞同你们相好？"

"我的父母不反对。他们反对有什么用？我长期不在家，反对啥子嘛。"

王氏帕一直不说话，脸红红地站在一边，脸上爬满了羞涩。

"那王氏帕的爸妈也不反对？"我又问。

王氏帕的脸更红了。刘平清见老婆不肯说话，就回答："反对无效。她同意就行了。"真是说得干脆利落。毕竟长期远游在水上漂泊，使得这个重庆"崽儿"独立、开放。这无疑是他从小在水上打鱼锻炼出的大无畏精神。

然而这样的感情和婚姻肯定要承受许多压力和辛苦。他们的孩子出生后，就只能和他们待在船上，从小就得学会在水上漂流在水上吃喝拉撒，连睡觉都得在水上。如今娃儿已经上学了，除了上学的时间在陆地上行走，其他时间都得跟着大人在水上流动。可是长此以往，那狭窄的小小渔船怎么能满足孩子飞翔和快乐的心灵需求。

那么一只总面积不超过二十平米的小船毕竟有限，晚上一家三口睡在床上，对于孩子来说多有不便。但刘平清说，"莫得啥子得，选择了这么过，那就得承受，无怨无悔。"这是刘平清的看法。他还说，"打鱼期间我出去打过工的嘛，可钱也不好赚呢，还很不自由。打鱼虽然辛苦点，但自由自在，不想出工了，自己给自己放个假，躺在船上睡大觉，天王老子都管不着！"

我说，"渔政可以管你们啊？"

"渔政哪管得着我们怎么打鱼哦，他只管年审，只要我们的船莫得啥子问题，就没他们的事了。"

刘平清说他不担心渔政管理部门找麻烦，担心的是那些捞便宜的家伙，"早上收钩晚了，鱼就被人弄走了，一天的活等于白干了。"

每条打鱼船上都有一千多只钩子，作息时间是，下午五六点钟去放钩，凌晨三四点钟就得去取，取晚了，鱼钩上的鱼别人就帮你取了。

我问，"这些人是不是同行？"

刘平清说，"也算也不算，但这些人不是职业的打鱼者，职业的打鱼人都讲规矩，不会乱来。"

"一天有多少鱼上你们的钩？"

"这个不好说哦，一千多只钩放了一个晚上，有时一条小鱼都不上，除了技术，还要看运气。反正平均一天能挣个五十块钱，够吃饭就可以了，钱多了也麻烦。"刘平清幽默着说，"我们其实也懂得享受生活，在这条河上打鱼的，大家关系都不错，从我们重庆过来的就有几十条'夫妻船'，想喝酒的时候就凑在一起喝个开心。哪个过生日了，我们很多人就聚在一起吃饭，喝酒，摆龙门阵。人一辈子图个啥子嘛，不就是为了高兴，只要高兴哪个都行！"

朴素的道理至高的境界。

我走过去和站在船头掌舵的王氏帕说话，想让她开口说话，听听她说话的味道，可王就是不开口，只一个劲地憨笑着。刘平清说，“她的汉语说不好，她怕被笑。”

我还想问几个问题，可刘平清说，他们得去干活了，晚了要影响一天的收成。

我不敢再啰嗦，否则就是谋财害命。这道理是鲁迅说的。

看着这对婚姻奇特的夫妻带着孩子驾着船儿远去，我的心也跟着他们走远了。

王建腿和他的儿子

王建腿的名字很特别，我想天底下一定没有谁与他同名，一个“腿”字就能让你忘不掉。

我在江上见到王建腿的第一句话就是：“为什么是这个‘腿’呢？”老王愣在船头，老实巴交地，对我半开玩笑半认真的问话感到莫名其妙。岩架渔政工作站的岑站长见他有点尴尬，就笑着解读：“腿就是脚的意思，跑得快嘛。”

然而王建腿从来就没有当过陆地上的运动员，倒是成了水上的漂流者。

王建腿四十四岁，人不高，矮墩墩的，不多言不多语，但做事很可靠。他的家在北盘江西岸的岩架镇板弄村的板弄组，年轻时讨了个老婆，但老婆有智障，勉强能自理生活，但却给他生了两个聪明儿子。大儿子十五岁，小儿子九岁，儿子们的名字都取得很有特点，虽然王建腿没有读过书，取名字却挺有趣的，大儿子叫王丰修，小儿子叫王丰溜。

见他小儿子王丰溜一会跳进江里，一会蹦到船上的劲儿，我想这“溜”字真取绝了。

王建腿说他老婆也姓王，叫王乜修。这个乜字要不是用笔写出来，我八辈子也想不起这个字。他们一家人的名字取得真是绝。王建腿说他穷，讨不起老婆，后来就讨了这个耳聋木讷的老婆。我说，我想去看看他们的家，看看他老婆。他说，没有什么可看的，家就是几块泥巴堆起来的一个土墙，里面空空荡荡的，只有个做饭的锅子，没什么可看的，也看不下去，还不如不去。再说，也没有时间带我上山……

王建腿说他在江上打鱼的时间不长，刚出道，学着呢。2007年，龙滩电站库区淹没了他家的土地，补偿了一万多块钱，一万多块钱能做什么呢？让他把脑壳都想大了，因为这事关一家人的吃饭生存。想了很久，王建腿才决定干脆买只船在江上打鱼。

自从干上这打鱼的活，两个儿子除了上学时间外就到船上来帮他放钩，收钩。他说，运气不好的时候一条鱼也钩不上来，一分钱也找不到。虽然盘江那么大，但放钩的人也多，到处都是钩子，鱼也很狡猾，不是你放个钩子下去它就上你的钩。这放钩也是很讲究的，什么地方有鱼，是什么鱼，吃什么钓饵，这些都有学问，没有多年放钩的经验，打的鱼就不会多。王建腿说，他钩鱼最多的一天卖过一百多元钱，可是这样的运气一年没有几回。

因为家里困难，渔政工作站的岑站长对他们很照顾，经常招呼一家三口老少爷们在江边渔政工作站的办公屋里一起吃饭。岑站长说他很喜欢王建腿的小儿子王丰溜，说这小子很机灵，经常像一条小鱼在江上游来游去，时而帮大人做着活儿，勤快好动，显得十分可爱。

爷儿仨长期吃、住在船上，尤其是暑假期间，两个儿子几乎都不回家，都在船上跟着王建腿，下午和老爹去放钩，早上和老爹去收钩，然后再和老爹把鱼拿到岩架的码头上去卖。

鱼换成钞票后，爷儿仨就会买点好吃的高兴高兴。

我无法想象这爷儿仨未来的生活。十年，二十年后，难道王建腿的两个儿子们还得继承父辈，靠江吃江，靠水吃水，靠打鱼过日子？谁能预测呢。

他　们

清早，从乐元镇开拔，顺着北盘江东岸上行。一大早，太阳就热烈地照到了江岸。爬坡上坎，不知翻了几座山坡，险些在一个斜斜的满山的苞谷坡地上迷路，好不容易走出那段森森的苞谷地，满身汗淌，好想找个背阴的地方坐一会儿。走不多远正好遇到一处有些许荫凉的荆棘丛，就躲在下面乘凉。能有这么个荫凉处休憩几分钟，不让太阳的光热针芒似的炙烤，真是美妙，微风轻轻吹拂，那感觉惬意极了。

正想把湿透了的衣服脱下来晒一晒，却斜刺里走来三个背背篼的妇女。她们从我面前走过时，眼睛深深地看了我一眼，虽然是一瞥，但眼神里充满了奇怪的疑问。走过去后，又悄悄地掉头看了我一眼，才径直朝前走去。我感觉她们的步子加快了，好像有了什么担心。

一个人走在大山里，往往是瞎走莽撞，很少有人走来让你打听前行的路况，所以难免经常走错路。能遇到路人，那是喜事，不管认识不认识，至少可以给你提供一些路道上的信息。

看着三个农村妇女急急地向前走去，我赶紧站起来背着包跟在她们后面，因为之前我迷路钻进了苞谷林和杂草丛半天才摸出来。现在有三个人和我一个方向走，机会难得，不赶紧跟上，就晚了。

我跟在她们屁股后面。她们快我也快，她们慢我也慢。她们很警惕，边走边回头看我，她们轻轻地说着话，说的是什么我一句也听不懂。大约在山道上走了十多分钟，突然我手机来了短信，嘀嘀响了几声，她们听到声音后停顿了一下，仿佛是在细听声音从哪里来，这一听，却发现是从我身上传出来的，就站在草丛旁不走了，那架势就是让我前面走。

我感到她们明显对我产生了怀疑。

我走上前，说："我不是坏人，我是从这里路过的。"

她们好像没听懂我的话，对我说的话无动于衷，还是站在那里不肯走。我意识到她们听不懂普通话，就用手势比画，边比画边说，我是行走了解山下那条江的，沿江往上游去……然而她们还是拿眼睛看我，我感到很为难。因为北盘江两岸居住的人家几乎都是布依族，而布依族的话我听不懂，江两岸偏僻落后的布依族村寨有很多人没上过学，不但不会说汉话，连听都听不懂。眼下我遇到的就是既不会说汉话也听不懂汉话的布依族妇女。最最苦恼的是，我连简单的布依族字词都无法听明白。这就像地球人遇到了外星人，既不可能对话，更不可能交流。而且我这个"外星人"的来到，不光是不能和人家对话，要命的是还引起了人家"地球人"的怀疑，不知道我走在这江边干吗，跑到这山里来做什么……

她们听不懂我的话，我也听不懂她们在窃窃私语些什么。

僵持之下她们干脆不吭声了，就站在小路旁一动不动，看我怎么办。我急中生智，笑着拿出相机给她们照相，她们觉得我没有歹意，脸上这才露出了笑容。

我走在前面，不时回头说"我是好人"之类的屁话。可她们直摇头，好像并不认可我是好人的说法，还不停地用布依话说着什么。后来我才明白，她们摇头的意思，是表示听不懂我说的话。她们只顾说着布依族话，一边说一边哈哈大笑，估计是在议论我的什么。

她们解除了对我的敌意，边走边用手势表示她们的想法，但这样的手语一下子也难明白，只好满脸堆笑地和她们哦哦、唉唉地附和着朝前走。

走到山岩下，太阳正好被山岩上的树荫遮蔽着，留下了一块荫凉地。我一屁股坐在地上休息，并用手势招呼她们也休息一会，她们也就笑着隔我几米远坐在了地上。约摸休息了十多分钟，太阳的光辉就把荫凉的地方照烫了，不得不站起来继续前进。我对她们说："走吧？"她们回答我说："拜了。"

她们好像听明白了我说的话。汉话的"走"就是布依族话"拜"的意思。我想，其实她们未必听懂我说的走了，而是看见我站起来要走，心领神会，才用布依族话对我说"拜了"。

我们一同向山坡的远处走去，一直走到她们居住的叫纳上的村子里，一路上她们都在说话，有些话是对我说的，可我听不懂，我说什么，她们也听不懂。而且她们不识字也不会写字，我们就像聋子遇到了聋子，只顾向前走着。

翻了一个大山坡，中午一点钟，终于走到了她们居住的村子。我跟着他们来到村子，一方面是顺路，还有是想去她们家里吃点东西再赶路。

我跟着那位年龄大一些的妇女走进了她家，另外两个妇女各自回了家。

这位妇女的家是两间土屋，里面没有什么值钱的家什，倒是有些破破烂烂的东西塞在房屋的角落。家里没有人，我坐在凳子上休息，妇女走了出去，一会进来一个男子，年纪约有五十岁。男子能说简单的汉话，然而一句汉话有三分之二的字词听不明白，尤其是说地名和人名时，更是难以分辨。我问他，那三个妇女叫什么名字？他说了半天，我还是没听清楚。

男子说他会写字，我就把手中的笔和笔记本递给他，让他把三个人的名字写在上面。他一笔一画写出：黄生挥、岑阿谷、蒙阿买。我又叫他把自己的名字也写在本子上，他又一笔一画在三个名字的旁边添了个陆安明的名字。陆安明就是他，他就是陆安明，那个叫蒙阿买的妇女就是他的老婆。他们就住在黄生挥家坎下的那三间土屋里。

黄生挥的名字很大气，像个男子名字，这在农村，尤其是落后的布依族村寨，是很难想象的。事实上，这三个布依族妇女的名字都有特点，也很生动，一点不像女性名字，而且不俗，一个"挥"一个"谷"一个"买"，即使取名字的人当时没有什么想法，但名字本身却很有意思，令人想象无穷。

黄生挥就是年龄较大的这位妇女，我现在就是坐在她家休息。

陆安明还告诉我，黄生挥的丈夫早几年去世了，给她留下了两个女儿，现在两个女儿都在广东打工。她的家里一眼就能看清楚，说是家徒四壁也不夸张。尽管家里一贫如洗，但她的热情让人感动，不知道黄生挥是从哪里找来的大米给我做的饭，还煮了一大碗面条。叫我进她家小小的灶房吃饭时，我才觉得自己因为太累，喝水太多，根本不想吃米饭，倒是想吃碗里软软的面条。我就主动去捞面条，而黄生挥却阻拦我，指着锅里的米饭说："吃米饭，吃米饭……"

我不得不吃了碗米饭，然后又吃了碗面条。

后来我把这事说给人听，了解布依族风土人情的人说，布依族人家接待客人，是拿面条当菜的。而且只有贵客才会上面条做菜。

（选自《遭遇北盘江》，北京燕山出版社，2011年10月；

《遭遇北盘江》获首届贵州少数民族文学创作金贵奖）

刘燕成

遍地草香

小时，我和它们疯长在乡间的风雨里，长大了，我和它们漂泊在城市的霓虹灯下。我俯下身，就发现了它们，或是长在檐沟的泥沙里，或是贴在老屋外面的山道间，又或是爬在凄冷的老墙上。许多年后，我们都变了，唯有它们的体香，一阵又一阵，在我梦酣时分飘过。

檐沟草

我是在某一个深冬的半夜，从大学学生宿舍搬进了这个院坝里来住的，那时我刚刚大学毕业，在学校里赖了好几个月的床后，被勒令清退出了校园。这个院坝，就这样成了我的家。我最爱家檐下的那一沟檐沟草，那是一抹生长在檐沟水泥缝里的草，细瘦的身子，从缝间探出头来，风一过，便摇晃不止，若是遇了恶风，遭了暴雨，折腰的危险性是很大的。

就在那个寒冷的深冬，我看见这一沟稀稀拉拉的草，死劲地从檐沟的水泥沙间挤出那半黄的腰杆，可沙外的夜风冷得呛人，草到底是经不住吹打的，它们一日比一日枯黄，最后干趴着，倒在了檐沟里。

每一日，我都要沿着檐沟，出门和回家，只可惜这个季节的这一沟枯黄的草，似乎一点生机都没有。天气转冷至零下摄氏度时的早晨，草们便像是披了一身白衣，那是雪霜，紧紧地粘在檐沟草的头顶，直到中午时分，天气回暖，雪霜融化，草们才恢复原先的枯黄色。从沟的这端远远望过去，那金黄的草色，像一条金项链，围在这院坝的四周，或许这也算得了一种风景罢。但我想，这一沟的檐沟草，一定也和我一样，讨厌冬的冷，讨厌冬的风和雨，讨厌冬的萧条。然而这真的又容不得你悲伤，这是季节把玩的魔术，人都得遵守和服从，何况草呢。

在某个午夜，突然闻得一股灰味，我心里顿时感到一股极为不祥的预兆，连忙推开窗，探出脑袋，看见檐下的檐沟草已经化作了火舌，正噼里啪啦地爆响着。到底不晓得是谁家的男人，随意丢了一支烟头，点燃了这一沟檐沟草。第二天出门，走过檐沟时，那条金黄色的项链，已烧成了一沟灰，冷风一来，卷打着草灰在院坝的上空到处飞舞。这时我才发觉，人的冷漠原来是很绝情的，它甚至比冬更要冷。我在想，若是人们真要惹怒了这一沟的檐沟草，它将火舌伸进我们的屋子里来，烧伤了我们的皮肤，甚至，烧光了我们的梦，那我们将又会是怎样的苦痛呢。

檐沟草卑微，但檐沟草坚强。火烧掉的仅仅是它们陈旧的衣裳，它们的根，依然在泥沙之间静静地流淌着生命的血液。所以，当春风还未真正大势拂来，我却早早地在这檐沟一角，发现了那嫩绿的春天。伸出手去，轻轻地翻开檐沟里的小石块，便可触摸到春天的颜色了。甚至，偶尔还会碰得见石缝里那幼小的青蛙，眯着眼，正躲藏在早来的春风里做着美梦。这时，我还发现那檐沟边松软的沙浆之间，檐沟草那尖细的绿芽奋力冲破了沙石，在春风的招抚之下，快活地笑得满头的露水，亮晶晶的，挂在头顶，照得见人们的笑脸。这绿草芽，静静地站在檐沟水泥地的沙缝之间，迎着春天的微风，沐着春天的暖阳，一点一点地，显出了深藏于大地深处的光鲜嫩绿的女儿身，半个月的光景，便将去冬的那一抹死沉沉的檐沟绿绿地染了个遍。

青苔

苔痕上阶绿，草色入帘青。我喜欢青苔，喜欢诗人刘禹锡的这个句子。

那些年，或是在屋后的瓦檐上，又或是于阶前的石板里，每每见得好不容易长出的一丝丝绿青苔，我便总要立在那里看上好半天。我发现那色泽开始是浅浅的，柔柔的，泼在那里，若是细雨一来，便就饱满一些，待到次日你又靠近它们，竟然发现，前一夜被它们侵占的青瓦或石板，已是紧紧地裹在它们的怀里了。那绿的样子，也越发地浓了，变得更加可爱了。再过了三四日光景，便就是成片的细嫩的绿色，挂在屋瓦上，或是倒贴在石板里。当然，如果是怀了恶意，狠狠地踩它们一脚的话，则一定会摔得你四脚朝天的。我怜惜它们都还来不及，固然是不会去踩它们的，但是在村庄里，我常看见有人被摔得满屁股的泥，就是因为一不小心踩在了青苔上，给酿下的。

不过，我幼时喜欢青苔，恰是因了青苔的这个好。幼时顽皮，常常犯事惹怒父母，于是在父母追着要打人时，便会跑到长满青苔的石板小道里躲藏，而那一刻，眼见着就要被身后追来的父母捉住了，谁知这个时候便听见“啪嗒”的一声闷响，父母踩在了青苔上，四脚朝天，倒在那里，正吃力地用手揉搓着受伤的臀部，样子实在是痛苦之至。而我，却远远地躲在山道那头，傻傻地，大笑。

爹娘心，是儿女一辈子都无可报答的。那一年，我患得一场怪病，吃尽了各大医院的好药，却都见效不大，甚或根本就没有效果。父母心里着急，饭粒不香，只想着早日给我驱走病魔。偶然的一日，遇得从湘西那边过来揽活的一个木匠，他告诉我的父母，每日扯二两百年老枫身上长着的生青苔，用滚水泡好，然后取泡好的热水洗澡，半年即可医治断根。

好在老屋身旁的井坎塆里就有一棵百年老枫，身上长满了各类杂草，其中也不乏青苔，懂少许中医的赤脚医生，都说这一树杂草是块宝，但因树木太大太高，无人能采摘，也无人敢采摘。那一年，我的父母用竹子搭成楼梯架在老枫树下，慢慢地试着爬到树上，再用竹竿，一点一点地将树上的青苔刮落，然后下得树来，又一点一点在地上找出刮落下来的青苔，捡回家后，用滚水泡透，给我擦洗患病的身子。

很多次，我偷偷地跑到老枫树下，看树上的父亲是如何采摘青苔的。父亲长得高大，虽然不算胖，但他的身高和体重明显影响到了他爬树的速度。我看见父亲站在高高的树丫里，正吃力地弯下腰，使劲用削尖了的竹叉，将树上的青苔一点点刮落。那一刻，我心里一半是酸酸的苦，一半却又是暖暖的幸福。

许多年后的清明，我赶回老家祭奠远去的亲人，当我走到老屋身旁的井坎塆时，我便看到了老枫那满身的青苔，一串一串的，厚厚地挂在树上。它们那叠盖着的绿绿的样子告诉我，已经许多年没有人采摘青苔了。而在那条伸往老屋的山道里，无论是石板上，还是黄泥中，也长满了青苔。当然，正是这一路绿绿的青苔，把我领回家的。可是，当我再次渐渐地靠近那四周野草疯长的老屋时，当我看见的是那紧闭的柴门和冷清的烟囱时，我猛然发觉，我的父亲母亲，已经很久不在家了。

一个人，静静地坐在柴门外的石板上，像儿时那般，远望着山头那边，期盼出门的父母尽快早些回家。那时那景那心情，使我又想起了许多酸楚的往事，当然也包括往日那一抹小小的青苔。

爬山虎

一堵老墙将小区和外面隔成了两个世界。白天，我在墙外那个世界奔波，忘我地工作，夜幕降临，方才拖着疲惫的身体回到墙内，回到一个真正属于我的世界。这堵墙，每日照着我的两个影子，可是一开始我真的不怎么在意它，它实在太平实了。

一日夜里，我发现从墙头长长地流下了一串藤蔓。不知是哪个“好事者”所为，在墙根处，堆了一层细细的黄土，藤的另一端就插在黄土里，夜风拂过，藤蔓被高高卷起，飘在夜色里。孩子们都不喜欢在这墙内的院坝做游戏，甚至连老人也大多不在这墙内玩耍，他们宁愿坐一程公交车到那人山人海的人民广场看热闹，整个院子空落落的。

不久，我被单位派遣到离这座城市很远的一个小城锻炼，久久不回小区一次。在外漂泊流离了四年之久，我又回到了这墙内的世界。首先迎接我的却是一弯绿意葱茏的“青纱帐”。那不是过去的老墙么？它那满身的野广告已经换上了绿色的衣装，洁白的月光下，飞舞着闪闪发亮的萤火虫，笑声、歌声回荡在老墙内外。

我已经没有理由不关爱这一弯绿色的老墙。

我发现秋天的老墙虽然是一片荒芜，然而却看得见藤蔓去了叶后的身子，它们紧紧地缠绕在老墙上，细小的根须裹着老墙的每一个缝隙，我猜想那藤蔓的生命大概就是源于这些细瘦的根须罢。到了冬季，寒风肆虐，老墙已经彻底失去了绿色的模样，大雪降临，藤蔓上结满了冰花，长的、短的，热热闹闹地开放着，这便又引出了孩子们搬弄冰花的笑声。可是玩雪的心性还没到达高潮，春天就来了。那些淌过了冬天漫长而又干涸时光之河的藤蔓，在春雨的滋润里迅猛地萌芽、长叶、泛绿。到了夏日，那一墙绿藤，便又真真切切地浮现在了这个世界里。

我喜欢春夏两季的老墙多一些。这些季节里的老墙总是看得到那饱满的绿。绿是希望，是朝气，是充满青春活力的颜色。并且，在春天那温暖的夜里，听得见绿叶在老墙上一点点铺开的声音。许多年，这声音我一直都不曾忘怀。而夏天老墙上的藤蔓更是比春天的要绿了许多，柔柔地，垂到了墙角，孩子们躲在里面，玩我儿时玩过的游戏；老人们围坐在旁边，你一言，我一语，慢慢地回忆过去的苦和甜，回忆往昔的峥嵘岁月。

一墙绿藤，它就那样静静地站在小区门口，聆听着墙内墙外的声响，目睹着墙内墙外的一切变化，除开翻越季节的足音，它始终是默不作声的。这绿藤到底叫什么学名，我实在懒得去查，因为我更宁愿它只有这么一个俗名：爬山虎。

（原载《民族文学》2011年第11期；获第二届贵州少数民族文学创作金贵奖）

2012年

陈丹玲

走过的人，流过的水

开门声终未响起

记忆中的那些夜，和夜里的外婆，如周围的空气或光线中的尘埃，多年后，我都没处躲藏更没法脱逃，总在无人惊扰的夜晚清晰地脱离出来，让我一次又一次地深陷于那些遥远的时光。

天擦黑时，我都会不声不响地来到厢房，关好鸡栅。天亮，再放出鸡们。这是我小时唯一能帮外婆做的一件现实意义上的事。离开鸡栅，我轻轻地关上那扇被老鼠啃了一个洞的木门。门板很薄，因长时间的日晒而蒙上一层苍老的白灰色，上面雨迹斑斑。它的存在似乎只是一种象征，一种夜晚或回家的象征。外婆说女孩不能使劲关门，这话我至今不忘。

真正的夜，白天里的树枝、小河、绿山全掉进黑色中。外公早已出了门。屋内十五瓦的灯泡似枝头一只营养不良的瘪橘子，相信即使真的洒下一阵甘露，它也照样发出无精打采、心不在焉的昏黄光泽。我拖条凳子到火铺上，自己坐在自己身旁。下了火铺就是黑泥地，上面坐着比夜还黑的外婆，我怯怯地看着她。屋外响起老鼠不正经的脚步声。

一个五六岁的女孩依偎着自己的影子，看外婆一刀一刀地砍猪草。她挥着右手，一上，一下，长长的影子投在板壁上，一摇，一晃，像皮影那样空虚不真实。唰唰声有节奏地啃嚼一个小孩在夜里的胆怯。这时，外婆总是一言不发，猪草摩擦猪草的悉索声扩大房间的寂寞和空荡。外婆似乎忘记了我的存在（身旁的一个睁着眼睛的小黑点），更不明白，在这样的夜晚她对于我存在的意义。我是如此眷念着外婆。

屋子角落里的那些物件的影子，重重叠叠，晃悠成我眼里的一团惊恐。柱子一侧挂着一只马灯，上端的金属外壳被外婆擦得锃亮。这会儿，灯光在上面努力聚集着全部力量并折射出一束神秘的白光，而影子却重重地摔在火铺的木地板上。一只老鼠碰运气似的窜出洞来，被外婆一跺脚，吓得转身就逃。因慌不择路撞在楼梯的木脚上，昏死过去。我在它醒来的第一时间里与它相遇，清楚地记得它再次逃窜时的表情——欣喜、疲惫、恐慌，细长的尾巴甩给我一长串遗憾和失落，还有令人窒息的睡意。

外婆没睡，又在擦那只马灯。她在等门吱呀一声响起，等外公迈进屋子时的气息。村里人一直都在传言外公在村外的凉桥上搂过一个女鬼，很是亲近。外婆不信，但她信那是一个人，一个女人，一个至少比自己年轻漂亮的女人。

外公喜欢夜晚出去打麻雀和（一种纸牌）。我不懂麻雀和，一个孩子只能想象外公是一只麻雀，翅羽在夜间沾了露水飞不回巢。门，一夜都没响起。外婆也只是一味地擦那只用来赶夜路的马灯，在那些夜晚，她没有出半步门，后来也一样。

唢呐声声过凉桥

那个迷人的午后，今天想起，仍能感受到的清晰宛如昨日。阳光照着那只匍匐在泥地上的母鸡，所有时光在那一刻随着母鸡眼睛的一睁一闭而松懈懒散开去。

杏花在风中轻轻飘飞。我甚至注意到它们在偶尔来临的一丝风中如何旋转，像一场粉红的雨，美丽至极。地上星星点点，空中飘飘零零，如童话一样纯美，似一首高音轻弹的钢琴曲。在这花飞花落的音乐中，我用木梳一绺一绺地为外婆梳头。青涩的皂荚气味从外婆的头发里散发出夹杂花瓣的香味，一起淹没了整个院子。

外婆躺在靠椅上，神情舒适、闲逸。随着外婆的回忆，我走近了更遥远的一天。锣鼓喧天，唢呐声溅在山谷中欢快地四散开去。作为新嫁娘的外婆，红鞋、红衣、红伞、红线缠的辫子、红纸裹的香柱、红红的笑，多么幸福的一瞬。

快过村外的那座凉桥了，外婆把手里握紧的两炷香交给一位去迎接她的、有儿有女的、被认为是最有福气的嫂子手里。她会在过凉桥时，把两炷香抛到桥上伸出河面很长的一块木板上，那叫为夫家祖上接香火：左边一炷代表男儿，右边一炷代表女儿。如果两炷香都稳稳地落在木板上，证明你会有儿有女，很有福气。反之，则证明你有可能缺儿少女，没有福气。那是怎样一种等待和焦虑。新嫁娘外婆在桥的这一头，亲眼看见左边的那柱香在木板上，一晃，再晃，最终掉进了河里，随河水流出视线。

外婆说那是祖上传下来的规矩，很灵应的。杏花一瓣一瓣落在外婆仰起的脸上，她无力而又默然，仿佛完全沉湎于那个唢呐声声的日子。想起我妈说过的她那个唯一的弟弟，两岁时突然染病，在不足一小时的时间里生命之光悄然消逝，像凉桥下的流水……这时，我似乎也认可了冥冥中是否真有谁在操纵着什么。印象中，新嫁娘外婆的眼眶里，悄悄盈满泪光。

外公在那些午后，还是不声不响地下地干活。他爱于农活，累于农活，苦于农活，倾心于农活，也许也只是想把一切忘于农活。

唉！宛如昨日的午后，松懒的午后，落花飘飞的午后，回忆的午后。至今，意识中还能闻见皂荚混着花香的气味。

走过的人，流过的水

我相信，即使外婆做外公最喜欢吃的饭菜，外公也还会挑三拣四。一次，外婆煮了香喷喷的杂粮饭。“又是吃这个，米都留着装进棺材啊。”外公吼完，筷子用力砸着碗沿。他们会拉开架势很凶地吵。我在此时往往会在桌子的左方慢慢缩小，小到明明存在也会被人忽略或视而不见，切实的感觉只有自己清楚。因为，外公的一声大吼，有一口饭菜被吼得哽在了我喉咙里，嘴里又还有一口鼓撑着腮帮。吞也不是，吐也不是，我只能怯怯地睁大眼睛看他们。最终会是外婆大口大口地嚼着饭菜，把一些哽着的话一并吞进了肚里。我确实听到了叽里咕噜滚落的声音。一顿饭，吃得噎住了整个房间的空气。

上学的上学，下地的下地，午休的午休，我的一只耳朵伸到了村子的上空，在那一刻聆听到了整个村子的寂静。那种寂静伸手可触，真实得像灶膛里的一把烤焦的柴禾。

田野里弥散青菜和着油菜花的残存的气息。油菜田在未觉察间就沧桑成灰绿色的汪洋大海，渺茫无边。我不敢向里迈一步，只能坐在田坎上倾心于一只蚂蚁的“翻山越岭”，最终也未知它的目的地在哪儿。如果知道，我会用两只手指直接把它带到那儿，它定会认为自己坐了一次飞机或干脆是碰见了一个好心的仙女。我被自己的想法感动，独自一人在田坎上偷笑。我喜欢用针线把刚剥出来的青嫩青嫩的胡豆穿成一长串。确切地说，是喜欢摸胡豆上那个还未长满的窝，像小孩头顶上那个跳动的窝一样，让我感到亲切而真实。我一颗一颗地穿，时间就从一颗颗胡豆身上跳过，像跳过凉桥河里的那些石礅。我不懂时间的流逝，天色却渐渐暗下来，我起身往回走。刚才坐过的地方，嫩草被压扁了，血液印在裤子上。没有人能理解一个孩子的孤寂，就像多年后，没有人能理解，我是这样长时间地记住了那只老鼠和那只蚂蚁，还有一串胡豆米。

暮色笼罩时，有人站在村子对面的隘口上骂架，被骂的人有可能也被骂得投三次胎了。外婆说那是骂朝天娘，如果得罪她的人听见了却不出来承认，肚子就会痛的。我想隘口真是个骂朝天娘的好地方，因为村里只要是人都听得见。末了，我还坐在夜色中的门槛上，为那个不知名不知姓或许会肚子痛的人担忧：痛得厉害吗？会痛好久呢？记忆中外婆是不骂架的。村里有个习俗——没儿子就没骂架的资本。外婆没儿子，却像是在赎罪，赎一份难免的罪过。她相信宿命。

是的，外公终于把那个女人，那个挺着大肚子还很漂亮的女人带回了家。当着她的面，他理直气壮光明正大地揭去外婆心底的伤疤，我的心隐隐作痛。听村人说，外婆自嫁来那天起是头一次重重关门，“咣”的一声，一扇门被弹破。屋里的东西全被摔坏，唯有一只马灯幸免于难。女人最后还是走了，和来时一样，挺着大肚子，唯一不同的是眼底多了一层幽怨。而对于外婆，女人又像凉桥下的流水，恍惚着流到了心间，一辈子不得释怀。外公赌气上山砍了一个月的柴，柴捆从村头挨个排到村尾，最后终于回家，唯一的理由是我妈和三个姨娘。从此，外公迷上了麻雀和。

稍大些后，我向妈求证这一切，妈说，是真的。听完，我像在忽然间就理解了时间的流逝，理解了掉进时间河流里的外公外婆，像两粒尘埃，不到最后，就找不到落定的地方。茫茫人海，是生是死，割不断的是一脉血缘，外婆始终未得释怀，总是醒在那些有个小伙大叫——爹——妈——的梦的夜里。而外公在夜里的叹息越来越长，长达睡梦边缘，直到有人醒来。叹声是那样夸张、彻底，仿佛把前生后世的苦痛和疲惫都叹了出来。

前次外婆病重，我特意请假从学校赶回去看望。外婆安静地躺在床上，脸上一片释然。大家都沉默着心照不宣，但我无法确认，在那一刻，外婆对一些事是否还左右刻骨的记忆，外公的叹息还是那么长，长得能挂下那笼发黄的蚊帐。

（原载《民族文学》2012年第1期）

李天斌

乡村物事

虚构的风物

毫无疑问，我曾期待着村庄的风物。比如期待着能有一些在历史上比较响亮的地名或河流。比如期待着能有那么一个有着响亮名字的人，曾经从这里走过。期待着那些丰厚的文化蕴藏，能把村庄普通的日子镀上不寻常的光芒和质地。

但我失望了。这里仅是贵州高原上一个普普通通的村庄。这里不曾有所谓的名山大川，古寺古塔，亦不曾有那么一条官道。这里的山水，每一寸土地，都极度平常。日头和风雨所及处，丝毫寻不出我所能有的期待。称得上风物的，或许就是那么一些零碎景致。但就是这些景致，却也让我生出无比温馨的情愫来。

比如瀑布。在村子的出口处，分布着两条河流。一条的源头是从白腊田起，流经杨柳田后，平缓的河道开始变得峻急，在磨角山下，一堵长约两百米、宽五十米的大约四十五度斜角的石壁突兀着，流水也开始迅急起来，用了俯冲的姿势，在这里飞珠溅玉。若是涨水季节，猛增的水流，还有夹裹了泥黄的颜色，如雷的吼声，倒也有铺天盖地的气势。远望去，十里水帘的瀑布盛景，却也会让你感叹自然美的无处不在。另一条则起源于坝口，在走完那些平缓的田块后，就进入了水碾房地段。至此，每隔几米，便有一道石壁出现，层层相连，其整饬有序宛然人工笔下的巧妙构思，酷似斧凿痕迹。流水从上面不断倾泻下来，仿佛阳光下散开的窗帘，灵动诗意。它是狭小的，但一级级的水帘连起来，就有了很深的层次感。也因此多了几分幽深妩媚，像是被时间与岁月遗弃的妙龄村姑，兀自在山野里生长或零落。

除却瀑布外，或许能算得上风物的，也就只有腾龙寺了。腾龙寺位于月亮山与大坡之间。我家有相当一部分责任地，要从这里经过，但因了与神庙相关的缘故，每次都会有幽森冷凝从心底生起。但我终于还是走进了她的深处。作为村庄唯一有了点历史和文化厚度的风物，她的过去和现在，无疑能燃起我向往和诱惑的火焰。我是在某个阳光朗照的午后爬上腾龙寺的。我到的时候，跟村庄的时间一样，腾龙寺的香火已经历了几世几劫。除了那只依然静卧于荒草丛里的石狮外，除了那些完整的石阶外，曾经的宝殿与禅房，曾经的木鱼与诵经声，曾经的香客与烟火，早已被午后的太阳隐藏在了荒草深处。曾经的热闹早已零落成泥。除了那些不断飞过山冈的蜻蜓，我什么也没看见。时间在这里已成为久远的秘密，时间已不容许我有任何妄想。一只蜻蜓的飞翔，仿佛时间遗弃的偈语，除沧桑外，一切皆隐秘无形。倒是后来听母亲说起，我小时候一直学不会说话。直到五岁那年，母亲带着我在腾龙寺干活，一个下乡知青不断逗我，我涨红了脖子，在激烈的紧张后，终于喊出了平生第一句话：“爸爸。”知青们倒不以为然。只是母亲，当即就跪了下去，并认定一定是腾龙寺的菩萨显灵保佑，才没让我成为哑巴。此后，在母亲眼里，腾龙寺就成了我生命的庇护神，并嘱我用心，对其做一生的敬仰和祭奠。

此外，我还曾用心寻觅过的风物，是一个神秘的所在。它叫千秋榜。我最初听说这个名字时，非常兴奋。私下想，这应该是村庄众多名字中最为响亮的了，它具有必要的诗意和历史厚度。但我终究还是失望了。就是这唯一能激发我对于村庄铿锵之气的名字，实际上也是乌有的。实际的情形是，从爷爷的爷爷开始，就没有谁能够指出千秋榜所在的具体方向和位置了。更没有谁知道，在这份诗意和厚度下，是否潜藏着一段让人振奋或叹息的秘密？是否能让村庄的日常，最终镀上不寻常的光芒和质地？是否能让我的遗憾，稍稍获得某种弥补？总之是没有谁可以考证了。于是只能想，或许这确乎是个真实的遗迹，或索性就是杜撰的地名，但不管怎样，它的流传至今，至少折射了村人的某种期待——对于千秋岁月的某种记忆或见证？抑或，对于质朴生命之外的、泥土之外的追寻和向往？

那么，在虚构或真实的风物上，我也算窥到村庄日常的些许秘密了？

水麻柳与何首乌

水麻柳与何首乌，它们仅是村庄众多植物中的两种。跟众多植物一样，依附于山野的某个角落。连片而生抑或独自繁衍，都透着寂静的气息。它们是普通的，但它们却作为日常的构成部分，融入了我们的生活。

比如它们的名字，我就觉得非常亲切。在村庄，无论是每一处地块，每一座山坡，还是每一株植物，村人总能有一个与之相对应的名字，并总能切近它们的形或神。再加那带了泥味的声音喊出来，也就多了几分贴近心魂的气味。就拿水麻柳为例，单从名字猜想，就一定与水有关，总能让人想起一幅傍水而居的温馨画面来。

但我提起它们，倒不是因为名字。而是在村庄的日子里，作为植物之外，它们还有着明显的另外属性——作为药物的功能。它们曾因为与村庄的生命气息紧密相关，从而无限神秘。

那些年月，总有怀孕的妇女们遇着大流血，亦总有因此而不能生育的妇女。于村庄而言，这是关系死生的大事。亦可以说，它关系着一个村庄，一个家族的繁衍生息。它曾一定程度地让村人觉得了生命的脆弱。那些时候，面对缺医少药的历史条件，一场意外的疾病，往往就能改变一个人甚或一个家族的命运。村人们为此是惶惑的。于是，作为药物的植物们，就这样承载了村人的希望，走进了村人的生活。而水麻柳，作为能治愈妇女大流血的药物，则一直是以传说的形式存在的。

懂得医治妇女大流血的，是一杨姓男人。不论是谁家遇上了，只要找到他，他都会爽快地把药寻来，并用了特有的方式，让患者吞服下去，也总是能做到药到病除。他是爽直和善良的，从不收取患者的一分钱。但他更是神秘的，每当有人试图探取这药名，他总是想法遮掩，说这是祖传的秘方，虽可济救病人，但依了祖训，却不能公开。只是后来，有那么几个稍稍懂得药道的草医，偷偷从那药的性味功能分析，遂得出是水麻柳的判断。从此，水麻柳能治大流血的传说，也就在村庄传播开来。但传播归传播，后来有患了此疾的，亦不敢冒那尝试的危险，仍旧找了那杨姓男人。所以关于水麻柳的传说，亦只是一个传说。只是在流动的时光中，那一份神秘，倒也日渐深重悠远，让人总想要触摸到某些质地来。

至于何首乌，则直接与我的身体紧密相连。那些在我身体里不断生长不断枯萎的希望，事隔多年后仍然会让我无限酸楚。

就在那年，当我的肾脏出了问题后，稍通医道的大爷爷就说，只有找到那种并蒂而生，并已长成人形的何首乌，才能治好我的病。我为此几乎走遍了村庄所有的山野，几乎翻遍了所有的何首乌藤蔓，但我终是失望了。我从来就没找到过这种何首乌。于是，它像千年修炼的药妖，一直让我觉得神秘不已，而我也就更加笃信大爷爷的缘分之说——大爷爷总是说："药医有缘人。要得到这种长成人形的何首乌，需要时间和缘分……"我那时是灰心和失望的，我不知道在我既定的缘里，是否会有这样的奇遇。但我依然一次又一次，企图在某个偶然的瞬间，与长成人形的何首乌相遇……

而我也就懂得，生命中偶然的相遇，有时就能成为一生的刻度。而我也就学会了珍惜，对那些后来日子中偶然或必然的相遇，总是满怀感激，满怀对于生命芬芳的无限留念。

泥土的乳名

很多年，我一直记不住他们的学名。

在村庄，从生到死，学名似乎与每个人并不相关。倒是那些乳名，永远伴随一生。那些乳名，全都沾了泥土味，风里雨里，时间之中，率真而又朴实，就像日常的香火，很能切近人心。

比如葫芦。在他出生时，他父亲刚好从地里摘了葫芦回来，这个名词就成了他一生的代号。比如冬狗，因为出生在冬天，父母希望他能像家中的狗一样健康乖巧，于是就取了这个名字。比如小棒，出生时父亲刚好从山上找回一根用作牛鞭的红子刺，也就这样就近和随便叫了。比如斑鸠，八哥，猫儿，小马，小牛，老虎，老熊，甚至如豺狗之类，自然中的一切事物，皆可作为名字。而且总是重复，一个自然村寨总会有很多个小马小牛之类的。而奇就奇在，从来没有任何一个人会把他们混淆。虽然人们在说起他们时，并没有用什么特别的符号具体分辨出来，但听众却总能从你所说的气味知道你说的是此小马小牛，而非彼小马小牛，这种相融而又相互区别的色彩，一度成为村庄别异的景致。

很多年来，在没有字典没有任何书本词汇作依据的年月里，每个人的乳名，就这样紧紧依附于自然中的物事，在相似却不相同的秩序里，生生不息。

这自然与他们的文化程度有关，甚或是不文明的体现。但生活在这些乳名中间，我却从没觉得有任何不妥之处。当我或村人喊着他们时，并不觉得有什么别扭和阻隔之类，反倒是那些亲切的情愫，仿佛跟了泥土，进入我们的心扉，让我们感受来自集体的一份温暖和踏实。曾经很多年，我就在这些自然的名字里，在山野的质朴和温馨中慢慢长大，并慢慢培育了诚恳而简单的秉性。

那些时候，无论是在村里，还是在山野间，你都会听到有些野突突的，却带了亲切的呼喊："小——马——小——牛——"喊声往往此起彼伏，喊声通过四围高山的回音逼过来，便多了一份空旷和幽深。我曾经很迷恋那样的氛围。我就曾经站在一抹夕阳中，一边看鸟雀归巢的盛景，一边仔细倾听那回音。有偶尔的一刻，我竟然把她跟遍地生长的民歌联系起来，并在很多年后想起她与村庄生命的某种联系——也许曾经的村庄，也就因为有了这些泥土的乳名而生动？而更切近心灵？

但现在，如同时间一样，这世上一切都是流动不居的。在时间的重围里，事物的变化，已成为恒定的规律。一个事实是，现在，就在我们的下一代，这些曾经与村庄紧密相连的泥土的乳名，已销声匿迹了。现在，随着电视机的普及，所谓的文明，已成铺天盖地的席卷姿势。文明已彻底颠覆了村人们曾有的生活秩序，包括给孩子取名。事实是，现在，电视里那些演员或那些男女主角的名字，已逐渐成了每个新生小孩的名字。

现在回村去，总能听到许多在屏幕上听来的名字，比如紫薇、文强、尔康、家威等。至于那些泥土的乳名，早已跟农历岁月里许多消逝的物事一样消失了。我想我应该是高兴的，毕竟在文明的拂照下，我的村庄也嗅到了进步的气息。那气息，是希望，是通向美好的路途。但我也分明觉得了些许的惘然，觉得总有一种怀念，正在我的内心不断生长，并迅速蔓延。

于是决定，在某个时候，一定再回村去，再野突突地喊上他们一声。再喊上一次，生长在泥土上的那些乳名，那些亲切的乳名。

老阴潭

穿过那片红薯地，便是老阴潭。潭水终年泛着死的绿色。幽幽的光，让人不寒而栗。它总是静静的，仿佛躲在那里，也就有了不知今夕何夕的味道。一种地老天荒的恒久与悠远，就这样让它无限迷离起来。

不过我要说的老阴潭，却是一个泛指的地名，也即这个深潭周围的岩石群。这是位于村子西北面的一处所在。因为远离村庄的缘故，复因层层叠叠的岩石遍布，没有任何一粒泥土，也就没有任何可以耕作的可能，再加了那深潭冷异之光芒，使这里几近成为人迹罕至的地方。

不过偶尔也有人来的。比如谁家未满五岁以上的小孩夭亡时，人们就会抱着那幼小的尸体，用竹席或麻布裹了，到这里来丢弃。也有那么的一家，因了对孩子的不忍，直接用了崭新的小被子之类裹着。有时远远望去，还能看见那被子在岩石里的鲜艳，极像花朵的样子，闪着别样的色彩。

但我是不敢去这地方的。特别是看见堂二叔抱着红色被子穿过红薯地后，那个地方的恐怖，在我心里与日俱增。堂二叔这次抱上的孩子，是他第三个，还是第四个孩子，其实我已经忘记。但我知道，他接连生了几个孩子，但等不到满月，就都死了。死时的情形都很一致，这让堂二叔怀疑是撞上了鬼怪之类的。于是就请了所谓的阴阳先生查找原因。阴阳先生后来给他出了个极其残忍的方法，说是再生的婴儿死亡，就在死亡后的第一时间，用斧头把婴儿身上的经脉全部砍断，以后生育的孩子就能存活。现在的这个孩子，就是被堂二叔弄断了经脉的……我无数次想过这个无辜婴儿血淋淋的尸体，无数次想象当堂二叔手起刀落时的疼痛。一直到很多年后，这样的疼痛依然会刺着我的肌肤和灵魂。

及至年长，我终于随着人们去了老阴潭。那是某年夏天，在杨书舅舅六岁的儿子失踪后的第三个月，在杨书舅舅从外省打工回来的某天，在他的邀请下，所有村人走遍整个山野，帮他寻找失踪的儿子，但毫无所获。后来有人想到了老阴潭。当人们走进老阴潭时，果然看见他儿子悬站于潭边的湿地上，整个肉体已经腐烂，刚与木棒接触的瞬间，就全部脱落下去……

我后来就一直不能释怀。老阴潭从此就与死亡成为对等的名词，一直在我心上放着。只是偶尔会想，在那些幼小生命消失的地方，在那些层层叠叠的岩石上，是否曾开出一些水灵的花朵，照亮那些脆弱生命的行程？照亮他们穿过年年荣枯的红薯地？

我想一定会有的。我唯愿那些花朵，永安他们哀怨的魂灵！

（选自《漏网之鱼》，天津人民出版社，2012年1月；
《漏网之鱼》获贵州省首届专业文艺奖）

孟学祥

新房与老人

新房不是纳料的第一栋楼房，但却是目前为止纳料最高最大的楼房。在这个四面被大山封闭的小村里，矗立在村头的新房特别显眼。占地面积三百一十六平方米，房内空间高度四米六，三层楼的房子远远看上去就像是五层楼的样子。屋外墙壁上洁白的墙砖，屋檐环衬着金黄色的琉璃，屋内水黄色的瓷砖地板，宽大的客厅墙壁上挂着42英寸液晶电视，电视机下一套卡拉OK设备……总之，城里人家里看得见的摆设，新房里都能见到。新房的气派，装修的豪华，屋内摆设的堂皇，处处都呈现出新房主人的富足和优裕。

新房修建于秋后，完工于春节前的腊月十三，新房修建起来后就占尽了小村的风采。新房建成那天，四乡八寨的人都拥到新房里来参观，其中的一些人是应新房主人之邀来吃新房酒，而更多的一部分人是来仰视新房的高大和房主的富足。新房的主人也不吝啬，凡是进家来的人，不管是吃喜酒还是来看热闹的人，主人都会奉上一小包喜糖。

开财门，撒梁粑，进新房的所有仪式都是按照当地的古老习俗来进行，所不同的是别人家撒梁粑从房顶上撒下来的是喜糖、油炸的米花、炒好的花生、葵花瓜子。新房主人家从房顶上撒下来的东西除了这些小吃外，还撒下了一簇簇新崭崭的五角人民币，惹得新房下的所有孩童不再去哄抢那些飘落到地上的小吃，而是一心一意去捡拾那些从天空中飘落下来的新钱。

进新房那天，笑得最欢的是那位已经年过七旬的老人，他穿着簇新的衣服，坐在新房客厅的真皮沙发上，接受来客们的祝贺，喜气、幸福、满足一直荡漾在脸上。老人的两个儿子——新房的两个真正主人，则进进出出忙碌着，不断迎进新的客人，又不断恭送那些红光满面、酒足饭饱的客人出门归家。

进新房的热闹着实让沉寂的小村鲜活了很长一段时间。长期缺少人气的小村因为新房的点缀，在春节期间不算太长的一段日子里显得特别鲜活。那些长期在外打工的人们回家来过春节的这几天，在顺着通村的那条公路走乡串寨时，不管是骑着摩托还是开着面包车，经过新房前都要停下来，从车上走下来观看一番，说出一两句羡慕的话，然后才上车离去。与新房主人熟识或沾亲带故的人，还会走进新房，与新房的主人畅饮两杯后才会上路离开。新房不光占尽了乡人的眼球，也还占尽了城市人的眼球。年三十夜那天，中央电视台还播出了新房落成时进新房的热闹场景，作为毛南族人致富的象征，新房的气派和高大在小村众多矮小的楼房群里特别抢眼，那位年过七旬老人的笑脸特写更是让人过目不忘。

再次见到那位年过七旬的老人是清明的前一天，路过新房门前时看到了老人。老人如一株老树，静静地坐在新房的大门边，老人身后那些进新房时贴上去的对联，仍鲜艳夺目在老人的身后，老人的身旁坐着一只不算很大的狗，狗的头就靠在老人的一只脚上。也许是狗的叫声惊动了老人，老人才慢慢睁开眼睛，才慢慢坐直身子。待看清是熟识的人走近后，老人伸出一只手放到狗的头上，狗立刻安静下来。

老人起身把我让进家，家中的摆设还是进新房时的老样子，一点没有变，那些家具、电器依然能够窥见到昨日的喜气。

从老人的谈资里，才知道新房的主人——老人的两个儿子在进完新房，过完春节后又拖家带口出去打工了。他们这次走得很彻底，把孩子也带到打工的地方上学去了，只给老人留下一个高大气派的新家，屋内那些一应俱全的家具和电器摆设。清明节他们没有回家，清明节祭祖上坟的事，他们在走之前都做好了。老人就这样独自一人守着一个没有人气的家，守着一栋气派的房子和屋内那些豪华的摆设。大部分时间里，老人就搬一把椅子坐在大门边，希望看到熟识的人，借机唠两句，打发寂寞的日子。从这条路上经过的人很少，老人说有时好几天都碰不到一个熟人。年轻人都出去打工了，老人们都在家看家，很少有机会出来串门。

新房依旧气派，依旧高大，只不过老人的脸上已经看不出进新房那天的灿烂。清明前的雨丝飘飘扬扬地洒着，淋湿了新房门前的路，也淋湿了老人的心境。老人关了新房门，带着一只狗向风雨中走去。老人说，他也要提前去给祖宗们上坟。老人约了寨中几个像他一样留守在家的老人，清明节到家中来聚会喝酒。

（原载《文艺报》2012年2月16日）

2012年

徐成淼

丁酉漫记

题记：日子总是不紧不慢地流走，从不以人的意志为转移。丁酉至今，一晃竟已五十四年。再过几年，第三个千年的丁酉亦将来到。谁能经得起岁月如此地消磨？就是当年的翩翩少年，如今也已步入暮年。另一些人则已杳然西去，连同他们的故事，一起消隐于历史的烟云之中。若再没有人将当年的人事剔抉一点出来，很可能就此被时间的尘灰全然埋没，永无彰显之日。

历史从来都是静默的。它只将事件按必然的顺序一一推进，让施事和受事者，依各自的宿命扮演不同的角色。谁也没有料到，他们参与其中的事件，有可能作为人间喜剧，事后被一幕幕地记录下来。写作是后来的事，为的是让后人在反观往事的时候，有一个可以把握的着力点。

其实那些个旧闻，不少仍颇具可读性。在不寻常的境遇中，人的不寻常的一面常常会显现出来，让人窥见生活的繁复和人性的诡异。作为时代的记录员，作家常能把事件描述得有声有色。有的还充满了黑色幽默，令人读后禁不住露出含泪的笑容。

也许是由于命运的宽容吧，让我在半个多世纪之后，还能有时间和精力在这里絮叨。还能用这支磨损严重却尚未报废的笔，把当年的人和故事的有意味的一面，多少展示一些在读者的面前。世事难料，他们和我都没有想到还会有这样的一天。

2011年12月9日

我和邵嘉陵先生

邵嘉陵先生（邵嘉陵，原上海《新闻报》记者、《文汇报》特约编辑。复旦大学教授，曾先后在新闻系和历史系任教）教我们《新闻采访》课。那时候我们管给我们上课的教师叫“先生”，一般职员不称“先生”，称“同志”。到了1957年，新同学入学，不知怎么的，他们异口同声把所有的教职员都称为“老师”，这一叫就叫了开来，开后来逢人皆称“老师”之先河。

讲课中邵嘉陵先生说了这样一件事：1947年，他任上海《新闻报》记者，派驻沈阳，下榻于啤酒大饭店。10月8日中午，忽然传来隆隆的飞机轰鸣声。伸头往窗外一看，一架客机在八架战斗机的护航下，正掠过蓝天。八架战斗机为一架客机护航，这阵势非同一般。记者的职业敏感，使邵先生立即联想到东北战局国民党军队屡屡失利的情况。那会儿，东北解放军发动了大规模的秋季攻势，在长春、吉林、四平等地区，连续歼灭国民党军队数万人。邵先生判断，一定是南京政府的顶级人物到东北督战来了。这是一条特大新闻！他火速骑车去电报局，向《新闻报》拍发了新闻加急电，电文共六字：“蒋抵沈，八机迎。”发完电报回到饭店，电报局那边已奉命严禁向外拍发任何新闻电报了，其他外埠驻沈阳记者的电报一律扣发。而邵嘉陵先生的那六个字，已抢在禁发令之前发了出去。第二天，上海《新闻报》在头版以通栏大标题报道了蒋介石抵沈阳督战的独家新闻，报社编辑以邵嘉陵先生的六字电报为基础，加上背景材料编发了一篇完整的新闻，分析了当时东北战局的形势，指出了蒋介石前往东北督战的政治背景。这条新闻刊登后引起很大震动，令蒋介石极为光火，把情报部门痛骂了一顿。他此行严加保密，最终却还是走漏了风声。情报部门以为必有内鬼，可折腾了半天，也没查出纰漏究竟出在哪里。

说到这里，邵嘉陵先生不禁面露得意之色。

国民党在东北败局已定，邵先生决定投奔光明。他和夫人一起，踏着厚厚的积雪，穿过密密森林，在长途跋涉之后，终于遇见了东北解放军。战士们看到他俩皮长袍皮帽子，对他们的身份起了怀疑，将二人扣下了。经过邵先生夫妇反复申明表白，才答应把他们护送至部队机关。

1949年后，邵先生被安排在上海复旦大学新闻系任教。就这样，我成了他的《新闻采访》课的学生。那则六字电报的事，则是邵先生《新闻采访》课的得意之作和保留节目。

也许是显得过于得意的缘故罢，在1957年那场风暴中，邵嘉陵先生乃被划为右派。1958年初，邵先生被遣至上海市宝山县葑溪乡监督劳动。我也是。他是新闻系监督劳动右派中年纪最大的，我是最小的，一师一生，一头一尾，很有代表性。

因为年纪大，照顾他不下大田干活，安排在鸡棚养鸡。鸡棚在路边，我们下地路过的时候，常能看到他在那儿张罗的样子。天热，邵嘉陵先生总不能穿他的真丝绸褂吧，就用两根带子拴着布片儿，吊在双肩当汗褂子穿。胸前一片，背后一片，左右肩膀各一根布带系着。这模样儿，跟眼下女孩子们的吊带裙十分相似。她们袒肩露背的时髦夏装，没准就是从邵先生当年的汗褂子那儿沿袭下来的。瞅着邵先生那件迎风飘扬、欲盖弥彰的汗褂，想象当年他穿皮袍戴皮帽子的威严模样，我忍不住想要"噗"地笑出声来。

"大跃进"期间，要在各宅子的墙上写大标语，画宣传画。邵先生的字写得不错，我则会画几笔，就一道被派去干这活儿。我俩抬一桶石灰水，提着墨汁和广告颜料，穿行在各个宅子之间。他写字，我画图。邵先生在墙上写："稻堆堆得圆又圆，社员堆稻上了天，撕片白云擦擦汗，凑上太阳吸袋烟。"我就画稻垛，画白云，画社员扬脖往太阳上点烟。诗画相配，引来不少社员驻足观看。上海《农民报》的记者，还把其中一幅拍了照，作为农民画登在报上。当然，他不知道这画的作者，不是农民是右派。几十年后，我画了一幅当年和邵先生抬石灰水画宣传画的素描，刊登在《六零通讯》（复旦大学新闻系1955级校友编印的通讯刊物，因毕业于1960年，故名）上。同学们看了，说一老一小，两个人画得颇为神似。

要不是那场"阳谋"，我一个学生娃儿，哪能和邵先生这样的著名报人、教授一道，抬石灰水，写字画画呢？

接着是继续跃进，不断加码。我被派去深耕、开河、罱泥，吃住在工地，白天黑夜连轴转，就很少和邵嘉陵先生接触了。两年后我结束监督劳动，回校复学，再没见到邵嘉陵先生。也不知道他是什么时候回校的，一直没有碰上。

20世纪60年代初，我从贵州回上海成亲，想起了邵嘉陵先生。他是我的先生，是一起抬过石灰水的"劳友"。我带了妻子专程到复旦宿舍去看望他，不巧他不在家，记得是留了一幅结婚照给他存念。

后来阶级斗争的弦绷得越来越紧，终至酿成"文化大革命"。我身家不保，几乎殒命，更不能与邵嘉陵先生联系了。

1985年我到哈尔滨开会，回贵州时路过上海。上海的老同学，当年一起被划为右派的居思基、康成义等同窗，约我和几位老师同学见面，邵嘉陵先生也来了。见到他们，我心潮涌动。离开他们二十多年了，今日重见，乃有梦幻之感。

打那会儿起，邵先生常给我寄来资料，多半是从一些敏感报刊上复印下来的。复旦大学图书馆规模很大，书刊资料非常丰富，邵先生成了它的常客。要不是他频频寄赠资料，许多资讯我无从知晓。邵先生常用旧纸糊制信封，有时干脆就用旧信封贴上一张白纸充当，而邮局每每予以通融（邮局要求统一用标准信封）。先生信封上的字也写得很有特点，笔画颇有力度。收发室的工友都看眼熟了，见了我会说：你的老师又来信了。

邵先生给许多人寄资料，一次要寄几十份。他说自己每年要花六七百元钱买邮票，那会儿邮资比现在要低得多。为了减轻重量，节省邮资，邵先生常常把复印件周围的空白处剪掉，只留下文字部分，看上去曲曲拐拐的，别有韵味。听说后来有人向上面告状，指邵嘉陵先生常去图书馆复印此类资料，广为寄发。有关领导回复说：老同志了，由他去吧。也反映出社会之演进，时代还是变化了。

1990年我回上海探亲，专程到复旦去看望邵嘉陵先生。到了邵先生家，他开门见山，说："先讲大气候，再讲小气候。"我坐在那儿，听邵嘉陵先生讲了几个小时，从国际到国内，从正面到反面。直到吃饭的时间到了，我才起身告辞。邵先生简直就是情报站、信息库。毕竟是资深报人，收集、储存、传播信息的意识比常人要强得多。

20世纪末，我所在的学院异想天开，竟然要办新闻专业，而且办在历史系！这真是匪夷所思：历史是讲老早老早的事，新闻是讲刚刚发生的事，南辕北辙，怎么扯得到一起？他们回答说，此举是为了讲实际，求生存，要我别书生气。他们拿我当招牌，多方出招，居然申报成功，也算是个奇迹。然而一切都是零，两眼一抹黑，全然不知道从哪儿下嘴。无奈之下，又差我去复旦新闻学院弄些资料来，以便照葫芦画瓢。我离开复旦几十年，和那边已没有什么联系，能找谁要去？我想起了邵嘉陵先生，虽然他早已离休，也只能试着求他了。我给邵先生写信说明情况，竟然顺利成功。原来先生的女公子就是新闻学院办公室的负责人，天助我也。她把教学计划、教学大纲、课程设置、甚至课程表等，全都复印了一份给我。我转给学校，算是交了差。邵嘉陵先生帮了我一个大忙，不然我肯定抓瞎。

邵先生曾多次赠我珍贵资料。一次是赠我一本巴金的《随想录》，挺厚的一册，我一直妥为珍藏。一次是赠我一册"文汇报回忆录"：《在曲折中前进》，其中就有邵先生自己的《赞文汇精神——任文汇报特约编辑的感受》。一次是赠我一张记者采访邵先生的光盘，从中我可以欣赏先生侃侃而谈的风姿。再就是赠我一份复旦百年校庆的校刊，校刊图文并茂，上面有的文章写得很有时代感。

2005年，我的日记《我的复旦四年》出版。邵嘉陵先生在复旦校区书店里看到此书后，将二十来册存书全数买下，分赠校友。二十多本书，得花五百多元钱，加上寄费，更非小数。我深受感动，特地致信邵嘉陵先生，向他表示衷心的感谢。

2006年，我携眷北上探亲。抵沪后，曾去同窗彭正普处小聚。我偕内子随彭正普等人同去拜望邵嘉陵先生。先生贵体有恙，正吸氧中。见我们来到，十分兴奋。他鼻中插着氧气管，面露病容。当年投奔革命之新闻战士，今已风姿不再。告别时邵先生勉力起身，向我们深鞠一躬，叹道：“我辜负了你们！”言毕老泪纵横，至于哽咽。

回黔后我写信给彭正普，问起邵先生的病情。彭回信说他身体好多了，又开始到图书馆复印资料，分寄给当年的学生。直到去年，邵先生还写信给他的学生说：“我已九十二岁，每天还骑车买包子、鸡蛋。现在食堂多变，一会要到南区，就是学生宿舍食堂，买点包子。一会儿又不行了，只好到马路边商人处，有啥买啥！”耄耋之人，居然还能骑车外出购物，令人钦佩不已。

今年邵嘉陵先生已经九十三岁了，和老伴一起住在上海亲和源老年公寓。公寓设施先进，护理规范。独立单间，有专职护士二十四小时陪护。邵先生受到精心护理，健康状况良好。不久前，有同学从他那儿回来，告诉我说，邵先生红光满面，精神矍铄。还鼓励去看望他的学生说：“你们年轻，要多留点文字下来。”我也是邵先生所说的“你们年轻”者之一。那么，“多留点文字下来”，就也有我的一份责任。

我心如此快乐

2005年7月，我随“贵州省重点作家西部采风团”赴新疆、青海、甘肃考察。中旬，我们来到了伊宁。

7月15日，紧张的旅行日程中居然有了一个小时的空档，这可是非常难得的事情。这一路飞机、火车、汽车，环环相扣，没有一点喘息的时间，今天竟有了些许松动。参观了伊犁河大桥后，返回市内，中午十二点到一点，不安排集体活动。一点午餐，然后驱车赴博乐，乘火车回乌鲁木齐。短短一个小时里，同行者们到汉人街购物去了，只我独自一人，径直去了伊犁日报社。

接到我电话的时候，周仁寿（复旦大学1955级学生，1957年被定为右派分子，后任新疆《伊犁日报》党委书记）正巧在读《六零通讯》第六期上我的那篇《情况汇报》。听说我来了，他激动万分，立即赶来花城宾馆与我见面。

我在大厅里等，见有人进来，一眼就认出是他。周仁寿腰板挺直，印堂饱满，脸色红润，没有丝毫所谓“劫后余生”之态。他见了我也说，没变，还是那个样子，就像当年你那张照片一样。我说，变了，老了。他说，没变，认得出来，你是我们年级的美男子，也是最有才华者。我说，哪里，那时只是幼稚。干吗要急着露锋芒呢，应该韬晦才对。你也是。“春柳社”（复旦大学1955级学生文学社团）、“给爱花者”（“春柳社”所办文艺性墙报），都是很惹眼的。不过，当时要不表现自己也难。周仁寿抬头看看大厅的布置，说这里就是农四师，我刚来新疆就在农四师。然后他告诉我，他的女友也跟着他来了新疆，就是要和他在一起。“我告诉她，我是右派。她说右派有什么，你又没有杀人放火。我说，新疆很远很远。她说，只要和你在一起，哪儿都不远。她父母坚决不同意，她就瞒着爷娘，把户口迁到了这里。”闻此我深吸了一口长气，胸中漫过了一阵忧伤：世上还是有好女人！

我和他走到院子里，让人给我们照相。轻风徐徐吹来，叫人神清气爽。周仁寿说，你看，风多凉快，空气多清新！我说，是的，伊犁是个好地方。从乌鲁木齐乘火车来这儿，一路戈壁，荒无人烟。一进伊犁境内，即见满眼翠绿，一派生机。铁路两旁，无边无际的棉田，一排排的钻天杨，还有大片的蓖麻、油菜、葵花。鸭绿鹅黄，绚丽斑斓。河水汤汤，水渠蜿蜒，好一派江南水乡景象。

伊宁非常美丽，街道宽敞整洁，城市宁静而安详。微风掠过街树，发出了沙沙的轻响。周仁寿指着街景，说，你看，多好。我说，是啊，伊宁，伊犁，给我留下了非常美好的印象。我说，要是当年，说我和你，有一天会站在这儿，沐着和风，看着街景，用纯正的上海话，如此亲切地交谈，谁会相信呢？他说，是啊，没人会相信。可是今天，现在，我和周仁寿，在暌违了四十六年之后，就这样奇迹般地重逢了！

购物的人陆续回来了，我邀周仁寿一起用餐。餐前，我和他站在友谊路口随意交谈。街景极其优美，且富有情调。马路平整宽阔，行道树投下浓荫，铁艺栅栏透出古典的气息。出租车偶尔驶过，有少女从街角那边袅娜而来。迷茫中，竟叫人觉得是上海的哪条街道，汾阳路，抑或衡山路。竟叫人觉得是几十年前，我和周仁寿，都还正当青春……

餐桌上，我和周仁寿以茶代酒，让人拍下两人碰杯的“划时代”的画面。他说，你要把照片寄给《六零通讯》，发表出来让大家看看。他头发已然花白，而童心一如当年。他说，我和你，一个在最南边，一个在最西边，中间隔着大半个中国，今天却在这儿见了面。我说是呀，这是多么难得的事情。

餐厅里，音乐轻轻响着，我心中，也有歌声缓缓响起。“等待着吧，我会回来的！”世事总是这样的吧，任凭时间再长，距离再远，只要有信心，有耐心，就没有什么事情不能发生。历史老人总是那样地幽默，那样地可爱，他最拿手的绝活，就是让许多不可能成为可能。想到这儿，我又乐了。几十年的坎坷，几十年的沧桑，最终都是为历史老人的大手笔作证！面对历史老人的艺术杰作，我心无比快乐！

饭后，我和我的作家朋友上了车。周仁寿站在大门旁，等着我和我的同伴们。车驶出大门，他举起了手，向我挥手告别。一车的人都伸出手，隔着车窗，向周仁寿挥了起来。他们知道，我和周仁寿之间，隔着的，是几千公里的空间，是近半个世纪的时间。这一个小时的相聚，具有非同小可的意义！这是“历史性”的时刻，值得写进“编年史”里的……

话说朱大丰

朱大丰高我们一级，是调干生，平日写点文学评论。那时候能写几句评论文章的学生很少，朱大丰就成了我们心目中的文艺理论家。他自己也挺得意，言谈中颇为自负。朱大丰的笔名叫“雁序”，他解释说大雁以人字队形群飞，“雁序”暗含“人”的意思。看来他早就有了“文学即人学”的观念。

朱大丰架一副金丝边眼镜，眼球有点儿突出，很有学者的派头。一次他发表了一篇长文，得了一笔为数不小的稿费，就到旧货店买了一套奶油色的英国毛料西装。还是三件头的那种，背心，西装，大衣，一样不少。穿上三件头，走在那时蓝色大军的校园里，很显眼的。

朱大丰和当时上海的一些报纸刊物很熟。那会儿我正在写小说，曾给《文艺月报》《萌芽》等寄稿。朱大丰遇见我，常以业内人士的口吻告知我：你的稿子某某正在看，可能要用；你的小说他们说要用，但不要急。对我这个小阿弟，朱大丰还是挺关心的。我写中篇小说《勇敢的伙伴》，因无人指导很觉苦闷。朱大丰曾陪我去刘国梁老师处，让我把稿子给刘老师看看。刘老师是中文系的，好像教的是文学理论。

1957年春，复旦新闻系、中文系、外文系、历史系的一些文学爱好者，筹办面向上海大学生的“同人刊物”《黄浦江》，朱大丰是积极者之一。除在校内组稿外，还到当时的华东师大、上海戏剧学院、上海俄专组来稿子。记得是朱大丰来找我，要我为创刊号设计封面。我很快画出彩图，上方为“黄浦江”三字，下方是一只蓝色的海燕，在海浪之上展翅飞翔。

然而《黄浦江》未及出版，一场风暴就骤然袭来。穿英国西装、戴金丝边眼镜、绅士派头十足的朱大丰，迅即被划为右派分子。说来好笑，新闻系四年级批斗朱大丰时，叫我去揭发批判。我走进批斗会场时，有人还说“来了个小战士”。几个月之后，我这个曾经参与批判朱大丰的“小战士”，自己也掉进了泥潭里！

1958年春天，复旦大学几十名右派师生，被遣送到宝山县葑溪乡监督劳动，我和朱大丰都在其中。和朱大丰一起在田间地头劳动的时候，我会避开朱大丰的眼光。当初我不是曾经义正严辞地批判过他吗？如今我自己也逃脱不了同样的下场。这是历史老人的黑色幽默，是我自己对自己的讽刺和嘲弄。

有一次，我们被集中到一个名叫“校炮场”的地方挖鱼塘。几天之后，我们中间有几个人突然不见了，其中就有朱大丰。记得还有一个名叫江国曾的，年龄要大些，也是调干生。还有一个叫什么名字记不起了，是个“小开”，家里很有钱，劳动时还穿着西装。据说下乡前的那一晚，他还在百乐门跳舞。谁也不知道这几个人哪里去了，我们也不敢打听。

几个月之后传来消息，说朱大丰他们变卖了手表、衣服（我想一定包括那三件套西装），相约乘火车去了北京。他们去冲英国领事馆，想要求“政治避难”。结果是连领事馆的大门都没进得去，就全给抓了起来。又过了几天，有人从学校回来，说看到有布告贴出，内容是朱大丰等人被判了刑。

从那以后，我再没有听到过有关朱大丰的任何消息。

这样就过去了四十多年，世事已发生了天翻地覆的变化。连我这样一个对往事铭记颇深的人，也很少记起朱大丰了。不料在2003年的某一天，却意外地又听到了此人的名字。事情要从彭建安（复旦大学新闻系1955级学生，原《贵州科技报》编辑，曾在《山花》发表小说《弗罗恩堡之夜》，《小说月报》选载。现为广东省科技局编审）说起。

彭建安的亲家在贵阳，离我所在的学院很近。彭建安从广州来贵阳看望孙儿，就在他的一个好友家落脚。好友姓吴，在贵州大学任教，夫人很年轻，都是上海人。知道彭建安来了，我就去贵州大学看他。在吴先生家里，我和他们几个东拉西扯地闲聊。不知怎么的，突然就听到了“朱大丰”三个字。我心头一跳，好像突然掉进了一个旧梦，往事潮水般向我涌来。复旦，藉溪，校炮场，然后是一个人的消失，几十年没有音讯，而且无从寻问。如今突然从时空的深处重新冒出这个人的名字来，叫人猝不及防。我惊叫：朱大丰！你们认识这个人？彭建安指指吴先生的夫人，说，朱大丰是她的舅舅。我惊愕得半天说不出话来，心中涌起了浓浓的感慨。

曾经写过一篇短文：《世界真小》。说的是我“文化大革命”中的一个军代表，在我处境恶劣的时候，曾为我落实政策。我“改正”后想与他联系，却不知道他的去向。

二十多年后，突然接到军代表从上海体育学院寄来一封信。原来他调到体院后，在和一位从青海调来的同事闲谈时，获知她原是我复旦新闻系的同窗。军代表也在寻找我，是那位从青海来的同窗把我的地址给了他。读了军代表的信，我感叹世界太小。贵州，青海，上海，本该是八竿子都打不着的，却居然把天南地北的三个人重新联系到了一起。今天，“世界真小”的喜剧又一次搬演。几十年音讯杳无的朱大丰，又一次以如此奇特而轻而易举的形式重新出现。

我向吴夫人打听朱大丰的近况。吴夫人叹了口气，说，我舅舅没有等到平反的那一天，他病死在劳改队里，已经很多很多年了……

缅怀蒋定国

蒋定国（复旦大学新闻系1955级学生，原上海《新闻报》采访部主任，国务院发展研究中心特约研究员）是我们年级的帅哥，明眸皓齿，美目生辉。而且烫了头发，长发鬈鬈的，显得更为出众。同学中曾有传言，说有女生悄悄地往他口袋里揣手绢儿。那会儿，送手绢可是典型的示爱方式。我挺羡慕他，也想烫这样一头鬈发。只是我没钱（据说只有南京路上的华侨饭店才有男宾烫发，收费是二十元！），而且我们班风班纪极严，我吹个风都被视为不驯，谁还敢烫发呢？

没想到这样一位帅哥，却在那场风暴中，被第一批划为右派。听到这个消息的时候，我还在《杭州日报》实习，感到非常意外。更为意外的是，到了年底，我自己也给划了进去。我和蒋定国成了同类项，最后一起送到上海北郊的葑溪乡监督劳动去了。那时候我好像胡思乱想过：看来长得帅不是件好事。弄到葑溪乡的几个同类，好像形象都蛮不错的。都说女人是“红颜薄命”，这男的长得太俊，也容易倒霉。这下子好了，白面书生，一家伙沦为苦力，真的是要脱胎换骨了。

一天在路上偶遇蒋定国，见四周无人，他悄悄地对我说，看来这一跤要十年才能翻过身来。当时我好像点了点头，甚至生出了某些妄想。这太幼稚可笑了。十年哪够呢？翻一番都不够。直挨了二十多年，我和蒋定国才算“翻过身来”。

到了葑溪乡，当地社员听说了我和蒋定国的姓名之后，捧腹大笑。一说此人叫蒋定国，他们惊叫：“啊？伊叫蒋经国？”徐成淼呢，听成了“财神庙”——“哈！伊是财神庙！”（在当地上海土话中，这两个词儿也真的谐音）“蒋经国”和“财神庙”这两个诨名从此叫了开来。就是开田头批斗会，也是这样：“蒋经国，出来！”“财神庙，站好！”真名反而没人称呼。今天问问葑溪乡的老人，说当年有个“蒋经国”和“财神庙”在葑溪乡劳动过，说不定他们还会依稀记得起来。

蒋定国穿的裤子裤腿很瘦，那时流行小裤脚管，帅哥更要赶时髦，他的裤脚好像只有五寸五。我因为家境贫寒，下乡后拿了家里大人的旧裤子穿。旧裤子裤脚太大，不方便劳动，我就用细绳把裤脚扎了起来，成灯笼样。社员们又笑了，说“蒋经国”的裤子是杠棒，“财神庙”的裤子是麻袋。

其实劳动虽然很累，咬咬牙也还能挺着。只是主管者没完没了的批斗，却叫人不消生受。一次蒋定国不知什么事又惹恼了主管人员，开会狠批他。批判的调子很高，指着鼻子痛斥，蒋定国当场流下泪来。屋子里一盏小油灯，昏黄的灯光照见了他的泪痕，蒋定国往后靠了靠，躲到帐子后面去了。这个镜头一直印在我的记忆里，灯光，泪眼，和帐子后面年轻的面影。

我和蒋定国劳动都很卖力，要表现好才能有可能回校继续读书。我们干的是最重的活，挑粪、抬粮、挖沟、开河、拖车、拉纤，什么活最重，就都有我和蒋定国在。不久之后，我和他脖子后面，便压出了个肉疙瘩。到了夏天，光着膀子干活，晒出一身古铜色，油光锃亮，雨水落上去都沾不住。人确实是可以改变的，当年俏阿哥的影子已荡然无存。拉着纤绳，弓身遢行在大场河岸的纤道上，谁还能认出当年曾经的天之骄子呢？

1959年初，突然开会宣布首批回校学生名单，名单中有蒋定国，没有我。目送蒋定国离去的背影，我默然无语。后来才知道，因为我会画几笔，有一段时间被抽去画画。还因为写横幅和写连环画脚本的事，惹主管干部不高兴过。与蒋定国相比，我的表现就打了折扣。从那以后，我干活更卖力了，发狠心，猛干！挑抬锄挖，样样争先。累得躺下去要起不来了，还得爬起来硬撑着。这样干了好几个月，到了那一年的秋天，第二批回校名单中终于有了我的名字！1959年9月，我回到复旦。我没有回到原班，改读1956级。和蒋定国不在一个年级，接触的机会很少。第二年他毕业走了，此后便不知道他的下落了。

再次见到蒋定国，竟然是在二十五年之后。1985年我从哈尔滨回贵阳，在上海歇脚。在市政协餐厅用餐的时候，远远地看到了蒋定国的身影，他正在忙着点儿什么。那时候他已经是上海《新闻报》的编辑，我和他打了个招呼，没来得及细谈。谁知那一面竟成了最后的一面，好多年以后，从同窗的来信中，获知蒋定国竟猝然离世。

那么我还能再说些什么呢？斯人已去，一切便都结束了。我只能默默地回想蒋定国君当年的明眸皓齿，生辉美目，回想他颈后的肉疙瘩和古铜色脊梁。还有，那最后一面，在上海市政协餐厅里，他手上拿着文稿，与我匆匆相见……

五十四年后与王华良先生如此重逢

不久前的一天晚上，偶然在一封电子邮件的抄送人中看到了“王华良”（复旦大学新闻系1956级学生，复旦大学教授，原《复旦》校刊主编、《复旦学报》主编）三个字。王华良？不就是他吗？五十多年前的记忆又一次冒了上来。

2007年，散文诗集《一代歌王》出版。在自序中，我这样写道：

1957年早春，我还是上海复旦大学新闻系二年级的学生，刚满十九岁。记得那是一个阳光明亮的日子，我们小班在老化学楼里上课。课间休息的时候，大伙儿跑到门外休息。那儿有一溜花坛，春花在阳光下开得正旺。有个和我同姓的同学一边赏花，一边叹了口气，说这花开得多好，可惜不久就要谢了。听了这番感慨，我心头一动，有些什么话想说。接着上课的时候，我就在小本子上写下了几句话。意思是说花谢是为了结籽，不应该为此而伤感的。

那会儿我正读着泰戈尔的《园丁集》和《飞鸟集》，读着冰心的《春水》和《繁星》。课余的时候就试着写一点短小的散文诗，并冠以《星星集》的总题。文前有一个小序："我零星的思想，像涓涓的水流，从眉宇间滴下，滴在我朴素的诗篇上，缀成颗颗繁星……"课间在化学楼门外花坛前的那一点感触，后来被我写成了一首题为《劝告》的散文诗。我把《劝告》和其他几首散文诗一起，寄给了《复旦》校刊。校刊上有一个文艺副刊，叫"大草坪"。不久，我的《星星集》就在"大草坪"上发表了出来，其中就有后来引发了严重后果的那首《劝告》。

那年6月，我到杭州日报实习。实习期间，《文艺月报》编辑陈家骅到复旦大学组稿，把校刊上的《星星集》带走了。8月，我从杭州回到上海，看到《星星集》中的《劝告》和《给荣军》已被《文艺月报》以《〈劝告〉及其他》为题，发表在该刊8月号上。

人生有时候就是这样地由一连串的"不经意"链接而成的。要不是徐姓同学在花坛前说了那通话；要不是我站在他身旁，听到了那番感慨；要不是陈编辑到复旦大学组稿，看到了我的散文诗；要不是他选中了其中的《劝告》，把它发表在《文艺月报》上；要不是有这一串"不经意"链接在了一起，我这一生就可能完全是另外一个样子。

但这许多"不经意"居然就这样连成一串了，这一连串"不经意"就成了我注定的命运。可以说，从那时候起，我所有的遭遇，都是从《劝告》开始的。我就这样和散文诗结下了不解之缘，怎么也脱不开了。

两个月之后,《文艺月报》1957年11月号发表了徐杨、王冷的《如此劝告》，对《劝告》作了骇人听闻的批判。我的文学之路至此中断。这就是命运！

当年《复旦》校刊的主编就是王华良。也就是说，王华良先生是发表我散文诗处女作的第一位编辑！

《星星集》文前有小序："我零星的思想，像涓涓的水流，从眉宇间滴下，滴在我朴素的诗篇上，缀成颗颗繁星。"这里的"颗颗繁星"，原稿作"粒粒繁星"，还是王华良先生把它改为"颗颗繁星"的。

五十年后，我有意把这个小序印在《一代歌王》的封面上，"颗颗繁星"四个字，保留未动。

我发信给电子邮件的发送者，问："是不是曾任《复旦》校刊主编的王华良先生?"

回复很快送到，明确答道：是！

五十四年后，我就这样偶然地与王华良先生重逢！

王华良这个名字曾与我的命运紧密相连！如果没有王华良先生，我的一生很可能完全是另一个样子！人生即偶然，是许多偶然因素造就了你，造就了我，造就了你我的命运！

印象中的王华良先生年轻而帅气，在我这个学生眼中，校刊主编须仰视才能看见。

我给王华良先生发去电子邮件表示问候，还寄了一册《一代歌王》给他作纪念。

不久，王华良先生发给我一张合影照片。照片中的他戴着太阳镜，白发飘飞，神情肃然。

这样，一个久远的故事就完满了。

（原载《山花》2012年第2期）

王尧礼

游台笔记

小引：今年5月2日至11日，我供职的单位组织了一次赴台讲学活动，我得附骥尾，讲学之余，游历了宝岛的几处名胜古迹。每天回到旅馆后的第一件事就是写日记，虽然一路劳顿，但积习难改。前一天来不及写的，后一天必补上。归来整理一遍，又根据照片补充若干内容，遂成此一万数千字的流水账，挂在新浪博客上有日矣。日记为了备忘，大细靡遗，不免芜杂。今删其枝蔓，存其主干，各节另标名目，易名“游台笔记”。

太鲁阁

5月3日，晴。早五点半起，六点退房、吃饭，半小时后乘火车赴花莲县。台湾的火车比大陆窄一些，但走道两边的座位都是双人座，所以显得很疏朗。沿东海岸行两小时，抵新城站下，转汽车入太鲁阁峡谷。

一溪自西峡谷中来，东流入海。峡口有牌楼跨路，上书“东西横贯公路”，所横贯者，中央山脉也。车行数里改徒步，每人授安全帽一，望之如上工然。导游黄君云此山面向太平洋，海风剧烈，山石风化严重，时有脱落，伤人屡矣。公路溯溪而筑，蛇行两岸悬壁间，上负峻岭，下临深谷，摇摇欲坠。桥接洞引，循环往复，一会幽邃冥迷，不知西东，一会柳暗花明，别开一境。其水绿而浑，时潭时瀑。岸多绝壁，壁间多岩洞，燕子成群出入其间。路旁有石碑，书曰“燕子口”。再前数里，崖畔垒石为台，台上构屋，出售茶水果品。屋侧有半身铜像一座，像下有碑文曰“靳珩段长殉难碑记”，下署

“中华民国四十八年十二月，蒋经国立碑，钱穆撰书”。黄君言，20世纪50年代末，当局为改善基础设施，同时也为防止军人无事生非，蒋经国发动部队修建这条沟通前山、后山的中横公路。沿途崇山峻岭，地质复杂，人烟罕有，条件艰苦异常，死亡二百余人，靳珩即其一也。其他殉职者，尚有长春祠祭祀焉。复想五六十年代修建川藏公路、宝成铁路、成昆铁路，死人不知凡几，谁又记得他们呢？再前数里又有桥，悬接两壁间。至此而返，心中颇不舍。

复循海岸南行，经北回归线纪念碑、三仙台，摄影而过。晚七点抵台东知本富野温泉会馆食宿。此处温泉通到客房，洗澡尚可，饮用则不佳，硫磺味过重。一日劳顿，上床未久即入眠。

附记：归来后偶尔访到省美协山水画家沈福馨先生的博客，题图一看就知道是画的太鲁阁燕子口一段，大气磅礴，足为幽谷险道增光。沈老师是适斋师表弟，我虽认识而不太熟，只知道他是屯堡专家、画家，却不知道他在十多年前就已描绘了太鲁阁，而且是长达四十三公尺的山水长卷，这得费却多少时日？他在《长路漫漫画鲁阁》一文中写道：“1993年春天，我曾有幸访问台湾，两次游览了鲁阁幽峡，这里气势非凡的自然山水和雄伟壮丽的人文景观，深深地激动着我。在这里，自然天地之大美与人类智慧之伟力达到了高度的统一，非一般山水风光所能比。在鲁阁山水中，最让我惊叹不已的，正是这条路，这条把太鲁阁与天祥串联在一起的中部横贯公路。它是人文的，也是自然的，没有它，太鲁阁峡谷的山水便没有生命，只有它，才能将鲁阁山水衬托得如此壮美，不是吗？路的细小衬托了山的巨大、断崖的雄伟，而山的巨大、断崖的雄伟，反过来又衬托了开路的艰险，修路者的艰辛。天地之大美与人类之伟力通过它相互映衬，相得而益彰，两种景观便分别被推到了极致。只有两者加在一起，才会显现出这段山河的灵性，也才会使人激动，使人狂喜，使人们的心灵受到震撼。”他用了整整三年的时间，前后四次做过大的修改，1996年底才完成了这件作品。沈老师毅力可佩，非有山石般的精神不能为。他创造了黔台文化艺术交流的一段佳话。

台东

5月4日，凌晨四点就醒了，天已亮。五点顾久先生起床，提着相机出门了。我也只好起来，立窗边观风景。旅馆门口是一条河，地图上说是知本溪，过河是山，即知本山，林木青翠，云雾滃起。六点顾归，说对面是个公园，不妨出门走走，从之。雨季未到，河床干涸，泥石狼藉，河岸破碎，是泥石流肆虐留下的痕迹。东走百十步，西转过桥到山下，有二庙，一曰受天宫，一曰福灵宫，顾其名，当是道教场所，但门未开，不知究竟。两庙皆是新建，福灵宫因陋就简建在民居楼顶，下面是居人、车库，台人的佞神以至如此。庙旁人家稀落，门前都盛开着三角梅。一位老妇斜靠在门口的躺椅上，似醒非醒。七点回到馆吃早餐，馆后的山也滃起了云雾。

八点半坐车往台东大学知本校区演讲，师生五六十人在座，有几位是着当地少数民族服装。先顾久先生讲“贵州文化概说”，次何光渝先生讲“贵州人与台湾”，次翁家烈先生讲“贵州历史与民族”，效果还算好。该校从事民族学、人类学研究的师生对贵州多民族文化也很有兴趣，希望能前往考察。花莲、台东这两个地方，在台湾属于后开发地区，其地理人文环境与贵州很相似，一样地多山多民族。根据考古发掘，台东出现了“锐棱砸击法”制造的石器，而“锐棱砸击法”这种在旧石器时代先进的石器制造方法，出现最早、使用最广泛的地区就是贵州，虽然还没有证据表明台湾的“锐棱砸击法”是从贵州传过去的，“但至少可以说黔台两地的先民曾经心往一处想、劲往一处使”（何光渝语）。

午后参观台湾史前文化博物馆。1980年，东线铁路于卑南站施工时，发现了石板棺墓葬群，经台湾大学考古队数度发掘后，建馆保存，该馆包括本馆与遗址公园两部分。2002年8月正式开馆。我们仅参观本馆。内容颇丰富，惜行色匆匆，不暇细观，民族学家翁家烈先生更是恋恋不舍。在此购书两种：《台湾老明信片·原住民篇》，串门企业有限公司出版，三百八十元台币；《鸟居龙藏——纵横台湾与东亚的人类学先驱》，中薗英助撰，杨南郡译注，晨星出版，也是三百八十元台币。买到鸟居龙藏传记，非常高兴，因为鸟居来台湾考察过土番后，以为其中的一支与苗族很相似，疑出同源，所以又去贵州考察苗族，著有《苗族调查报告》一书。他怀疑大和民族是苗族的一支，所以贵州之行也是为了寻找日本民族的根。当然也未得确证。

三点访台东生活美学馆，参加书画笔会，馆长林永发先生率馆同仁、书画界代表数十人相迎。生活美学馆官办单位，负责花莲、台东两县的文化产业、小区总体营造事业、各项生活美学活动，简而言之，就是创造美的环境、美的生活，尤其是将美的理念贯穿于日常生活之中，美是生活的方式，也是生活的目的。蔡元培先生提倡以美育代替宗教，其内容就包含了生活美，不料他的部分思想、主张却在这里实现了。生活美学事涉全民，故参加美学馆活动的人各行各业、各种层次都有。其中一位老画家张志焜先生，九十岁，四川成都人，操川话说川黔地相连，方言相近，可说是同乡，今天见到同乡很高兴。你们只知道贵州“天无三日晴，地无三尺平，人无三分银”，却不知道贵州山水如何美，人情如何美。其又一位广东籍的老先生，九十三岁，是抗战胜利后来接收台湾警务的，擅书法。介绍、发言完毕，即展开笔墨纸砚，绘画写字。

笔会结束，台东大学宴请。喝的是金门高粱酒，主人言是台湾的茅台，感觉如北京二锅头，无余味。东道主殷勤劝酒，觥筹交错，酒酣耳热，兴致高涨。本团章先生即席赋诗，台东大学刘清财教授起而唱之。唱诗的传统，大陆断裂了，台湾接续了。

仍宿富野温泉会馆。本来今天很累，应该有一觉好睡，但却久久不能入眠。

台南

5月6日，晴。早八点起，饭后游安平古堡。当地导游来迎，是一位女士，姓李。

古堡地在安平港海岸上，运河与台江海湾之间。虽然残垣断壁，却是台湾头号古迹。连横《台湾通史序》云："台湾固无史，荷人启之，郑氏作之，清代营之。"明末天启年间，荷兰人占据台湾，在台南修筑两座城堡，热兰遮城和普罗民遮城，台人称之为赤嵌城和赤嵌楼，又称红毛城、番仔城。赤嵌城是其政治、军事和贸易的中心。郑成功收复台湾，设安平镇、承天府，分驻赤嵌城、赤嵌楼，郑氏三代都以赤嵌城为邸第。清军攻占台湾后，置台湾府隶福建省，府署设于赤嵌城西十三里，改赤嵌城为军装局。同治十年（1871年），英国军舰炮击赤嵌城，命中军火库，引发爆炸，城遂毁。同治十三年（1874年）日本人借故入侵台南，沈葆桢以钦差大臣身份赴台督办军务，拆运城砖至南数里处建炮台。日据时期，日本人将城垣铲平，改建海关宿舍，遗址几乎全毁。抗战胜利后，国民政府改曰"安平古堡"，供人凭吊。一部台湾开辟史，不能不从这里讲起。

《台湾通史·城池志》载，赤嵌城"基广二百七十六丈六尺，高三丈有奇，为两层，四隅各置巨炮"，今仅存内城右方，呈半圆状，及古井遗址，外城北、南、西南棱角，南城壁长九丈许，高三丈余。用红砖，烈日下灼灼如火。墙上古榕盘踞，气根飘拂如髯须。又有古迹纪念馆，就日人所遗房屋而设，陈列赤嵌城复原模型，荷人的对外贸易、荷兰专使求和息战图，郑荷条约，郑氏史迹，沈葆桢在台事略等图文资料。城下树立郑成功铜像，经过时不禁肃然。

李小姐又导往古堡附近的树屋，树屋不是古迹，而是风景，一所爬满了榕树根的破房子。据介绍，树屋初为德记洋行的仓库，后为日本人所得并重修，台湾光复后成为盐仓，因少使用而破落，而屋旁榕树的庞大根系就延伸过去，或爬上屋顶，或破窗，或穿墙，占据了屋内的墙面和地面。屋顶和外墙的根须又长出树干，繁茂的枝叶将屋子遮盖了。自外望去，这所房屋是被榕树强劲的指爪捏碎了。附近还有一所保存完好的日式住宅，当然早已是人去楼空，仅供游观了。

十点去武庙、天后宫，即是关帝庙、妈祖庙，一瞥而过。朱伟华教授昨天临时动议去台湾文学馆，深得我心。该馆在中西区中正路一号，原是日据时期台南州的衙署，陈列着清代以来各个时期台湾作家学者的手稿、照片、著作的各种版本，以及文学报刊。我熟悉的有如丘逢甲、连横、赖和、钟理和、杨逵、钟肇政、陈若曦、吴晟等，也有外省籍的于梨华、白先勇、余光中、龙应台等人。日据时期，日本人不许用汉语教学、汉文教材，但台湾的汉语文学创作未断绝，与祖国的文化血脉并没有被斩断。出了文学馆，车过府前路，导游黄君说连横的祖居在这里。我有大陆版连横《雅堂笔记》，其中《台南古迹志》中有一则说到这里原名兵马营，连氏在此居住了七代人，割台后被日人收入官，建地方法院。每过故居，他都不胜慨然。曾有《过故居》诗曰："海上燕云涕泪多，劫灰凌乱感如何。兵马营外萧萧柳，梦雨斜阳不忍过。"异族统治下士人的伤痛于此可见。

中午饭于永福路二段佐佐木食堂，此处专卖台南小吃，五花八门、琳琅满目，令人眼花缭乱。吃了一阵后又上来一个系列，计有八种，名曰安平蚵仔煎、府城棺材板、黄金炸虾卷、庙口芋粿、虾仁肉圆、台南碗粿、鼎边趖，样样特别，色香味形俱佳。棺材板尤其特别，其状若棺材，长三寸，高宽寸许，内装鸡肉、杏鲍菇、三色豆，又以酱汁浇灌。构成棺材的板块，是以面包切片烤就。还算可口，但过腻，不能连吃两次。店名是日本式的，菜肴也是日本式的。台南受日本的影响很深，不仅是饮食，商店的布置装饰也如此。

饭前，李女士自言原籍贵州赫章县，其父是来台的国军士兵。开放两岸探亲后，她父亲多次回乡，她自己则未去过。女士隆鼻凹目，疑是彝族，赫章县人口以彝族为多。饭后她上车与我们告别，我们送了一方苗族绣片给她。

台南曾是台湾的首善之区，可供凭吊、抚拍的地方不少，可惜只有半天时间，不克遍访。

阿里山的树

5月7日，晴。早八时离开嘉义市往阿里山。阿里山是嘉义县属，在嘉义市东七十五公里，是台湾最高山玉山的支脉，海拔两千公尺以上。上车就睡，醒来已到半山。又盘绕了个把小时，到了一个停车场，这里有若干商店，专卖旅游商品。在此换乘小面包车到阿里山阁饭店午餐，饭后游山。饭店前是游山铁路，近期才出事，停运了。我们所走的路线是姊妹潭、受镇宫、千岁桧，一路大抵都是下坡。前十许里，路都在森林间穿行。树皆红桧，高大笔直，形似柏，枝叶浓密。据云此树高大而长寿，树径可达六七公尺，树高可达六七十公尺，树龄可至二三千年，木质木材轻软，色黄而香，是建屋、造船、制家具的良材。林间巨大树桩随处可见，看似腐朽了，一摸却坚硬如铁。据说是日本人砍伐后留下的，日本人将阿里山年龄三千年的巨木砍伐后，运回日本修建宫殿、神社，嘉义至阿里山的铁路，就是为运输木材而修筑的。"或者用惊异的眼光，久久，向僵死的断树桩默然致敬。整座阿里山就是这么一所户外博物馆，到处暴露着古木的残骸。时间，已经把它们雕成神奇的艺术。虽死不朽，丑到极限竟美了起来。据说，大半是日据时代伐余的红桧巨树，高贵的躯干风中雨中不知矗立了千年百年，砉砉的斧斤过后，不知在什么怀乡的远方为栋为梁，或者凌迟寸磔，散作零零星星的家具器皿。留下这一盘盘一墩墩硕大无朋的树根，夭矫顽强，死而不仆，在日起月落秦风汉雨之后，虬蟠纠结，筋骨尽露的指爪，章鱼似的，犹紧紧抓住当日哺乳的厚土不放。霜皮龙鳞，肌理纵横。顽比锈钢废铁，这些久僵的无头尸体早已风化为树精木怪。风高月黑之夜，可以想见满山蠢蠢而动，都是这些残缺的山魈。”余光中在《山盟》中这样勾画阿里山树桩的形神。那些弯曲不堪大用的树，幸免于日本人的斧戕，成为山中元老。现在看到的桧林，是后来栽种的，今已合抱。

穿过桧树林，有相距不远的两个小水潭，称姊妹潭。想起《阿里山的姑娘》这首歌，觉得山中应该有这样一双碧潭来对应。至于阿里山的姑娘是否美如水，不是那么重要了。姊潭稍大于妹潭，中有树桩二，大树桩上建有茅亭，有桥与岸连。我们到亭上小憩，四面的树影倒映潭中，潭水呈鹅黄色。此时，游客一波一波接踵而至，都是大陆来的。我们想等稍微清静一点再前行，但总难以找到一个空隙，只好随着人流下去。下面是一片杂树林，树上草间，时见花影。一树木兰开得正欢，红紫一片，游客目光绕树三匝，才缓缓解去。未久至受镇宫，一个修建未久的道观，祀玄天上帝、注生娘娘、福德正神。宫高三层，一层门首三檐，二层无檐，三层三檐，三层正殿两侧露台又各构一亭。结构很是繁复，雕饰也很精细，但失之累赘。门口是商店，叫卖之声不绝于耳，如庙会然。

受镇宫西北山上原有神木，一株高五十多公尺、周围二十三公尺，须十四五人方可合抱的红桧。20世纪80年代我读台湾诗人高准的长诗《神木》，就知道有这株巨树，高准将它当作中华民族的象征来写，歌颂它“饱看千古兴废”“不向死亡低头”，是“亚洲之巨人”。天地间没有永恒的事物，神木三千余岁，也终于走到了生命的尽头。导览图上注曰：“民国八十六年七月一日上午十时五分，阿里山神木倾斜，树干断裂，三分之一倒伏于森林铁路上。民国八十七年六月二十九日，将阿里山神木三分之二放倒安息，回归自然。”某株树木的荣枯不足怪，重要的是一个群落的生生不息。我们未去凭吊神木的遗骸，而去瞻仰了它的后辈，一株千年桧，也是高数十公尺，十几人合抱的巨树。千年桧的四周有若干老桧桩，桩上长了新树，如老子生了儿子，这个儿子也是数百岁高龄了。有一株三代木，同根而生、年龄不同的三株树，第一代已经枯干倒地，第二代也只剩了个空洞的树干，第三代却正郁郁葱葱，健壮茂盛。千岁桧旁有一碑，曰“琴山河合博士旌功碑”，碑文字小看不清，想这位博士当是砍树“功臣”。有一圆塔曰“树灵塔”，铁铸，状如炸弹。基座亦为圆形，共六层，即是六个同心圆。导游说，日本人伐木时，煮出的饭色红如血，一而再再而三，日人惧，因造此塔以安树灵。塔基每一圈表示树龄五百年，六圈就是三千年，日本人所伐的红桧都是年龄三千年以上的。这么巨大、这么高龄的树，谁敢说它没有灵魂？

现在常说“两岸同根”，这个根是民族根、文化根。日本人占据台湾后，规定日语为国语，学校中不准用汉语教学，不准用汉文教材，不准讲授割台以前的历史，是想挖掉台湾人的文化根。几年前国民党主席连战首次来访大陆时，我买到一本华东师大出版社新印的《台湾通史》，作者连横即是连战的祖父。我在扉页上题了几句话：“台湾原为府，清光绪十三年设省，甲午战败，清廷割台付日本，日人即禁止学校教授汉语，而以日语代之。古人云，毁人治国，先毁人之史，其用心之恶且深也。连雅堂有慨乎此，独立完成此作，欲为台人留文化之根也。”此次访台，感觉台湾的中华文化之根是牢固的。台湾保存的传统比大陆还多，与台湾人交流，我甚至觉得比与广东、福建人顺畅。

四时许下山，忽然云雾弥漫。阿里山的云海是有名的，但我们在山上不曾见到，我们要走了，云却来了，一直送我们到山下。

日月潭

5月8日，晴。早八点起，饭后赴南投县中台禅寺。车南下复东折，九点半到埔里一新里，中台禅寺所在地也。中台禅寺创建于1994年，殿宇高大宏伟，结构别致，雕饰精湛，堪称建筑艺术的杰作。但游客摩肩接踵，恐非参禅之所。饭后往日月潭，潭在南投县。

抄一段旅游册上的资料：“日月潭旧称水沙连，又名龙湖、水社大湖、珠潭、双潭，亦名水里社。潭中有小岛名拉鲁岛，旧名珠屿岛、光华岛，以此岛为界，潭面北半部形如日轮，南半部形似月钩，故名日月潭。位于阿里山以北、能高山之南的南投县鱼池乡水社村，是台湾最大的天然淡水湖泊。环潭周长三十五公里，平均水深三十米，水域面积达九百多公顷，比杭州西湖大三分之一左右。日月潭本来是两个单独的湖泊，后来因为发电需要，在下游筑坝，水位上升，两湖就连为一体了。”《雅堂笔记》引漳浦蓝鹿洲《东征集》纪水沙连文云：“水沙连屿在深潭之中，小山如赘疣，浮游水面。”是则水沙连本是潭中岛屿名，后渐移作潭名。殆潭初形似日月，筑坝潴水后水面扩大，改变了原状。从地图上看，现在的日月潭既不像日也不像月，倒像是一匹回头的骆驼，又像一条转身的金鱼。水里社是所在番社名，非潭名。蓝鹿洲文中还说，水沙连上山青水绿，四顾苍茫，竹树参差，云飞鸟语，“番绕屿为屋以居，极稠密”。可见岛原不很小，现在只剩方丈之地，几株东倒西歪的老树。所云番，是指邹族，现仍居潭南山间。

连雅堂所辑《台湾诗乘》收吾黔周钟瑄诗七首，其中《水沙浮屿》一首即是咏日月潭小岛。诗曰："云根不坠地，半落东山头。天风与海水，争激怒生疣。断鳌足簸扬，支祈任沉浮。状若银河翻，回星漂斗牛；又若乘杯渡，一粒乱中流。山水有常性，动静安足求。呼龙与之语，掀髯嗔我尤。静极而思动，天地一浮沤。大笑挥龙去，浮沙云未收。"周钟瑄，字宣子，贵筑县人，詹事府詹事、诗人周起渭族叔，康熙五十三年来任台湾府诸罗知县。清人得台湾后，设一府领三县，隶于福建，诸罗治今嘉义市，今前山嘉义市以北的地方都属诸罗，其地占台岛总面积的一半，日月潭自在其中。《台湾通史·循吏列传》云其"性慈惠，为治识大体"。其时六斗以北至鸡笼荒秽未治，土著居民不知稼穑，宣子教其耕种，捐俸开沟渠、筑堰塘、辟阡陌、给种子，农业始兴。百姓得利，社会安定，三年内未发生一起互相残杀的事件。又建学馆、修县志，文教兴焉。他离任后，诸罗人民感其德，称所修塘堰为"周公堰"，并在龙湖巖绘其像以祀。日月潭旧名龙湖，绘像之所或在此。

又抄："日月潭之美在于环湖重峦叠峰，湖面辽阔，潭水澄澈；一年四季，晨昏景色各有不同。潭东的水社大山高逾二千公尺，朝霞暮霭，山峰倒影，风光旖旎。潭北山腰有一座文武庙，自庙前远眺，潭内景色，尽收眼底。南面青龙山，地势险峻，山麓中有几座寺庙，其中玄奘寺供奉唐代高僧唐玄奘的灵骨。西畔有一座孔雀园，养有数十对孔雀，能表演开屏、跳舞，使人倍添游兴。东南的邵族居民聚落，有专供旅客观赏的民族歌舞表演。泛舟游湖，在轻纱般的薄雾中飘来荡去，优雅宁静，别具一番情趣。"我们只是乘游艇从北向南过了一下，没有机会登临四山，册子上介绍的几处地方无从得观。据说玄奘法师先被安葬在长安东南白鹿原，次年又迁葬于樊川北原，建塔安奉。此后，玄奘遗骨在战乱中几经辗转，最终于宋仁宗天圣五年（1027年）安置在金陵（今南京）天禧寺。1943年2月，侵华日军在南京大报恩寺遗址兴建神社，意外发掘出玄奘顶骨舍利石函。日本人想独占，后来迫于舆论压力，将玄奘灵骨分为六份，分别在南京、北平供奉，并将一部分运回日本，供奉于日本琦玉县慈恩寺。战后，台湾佛教界派代表与琦玉县慈恩寺住持商谈，几度交涉后，日本同意分部分顶骨给台湾，1955年11月25日，台湾僧人将玄奘顶骨舍利从日本迎回台湾。很多地方都争相供奉，最终是老蒋先生拍板，定在日月潭边建寺供奉。1965年11月玄奘寺建成后，才将玄奘灵骨迁迎入玄奘寺安放。册子上未说到慈恩塔，在南岸，玄光寺之后，我们在游艇上看到，九层八角，仿辽代慈恩寺，是老蒋先生为了纪念其母王太夫人而建。黄君说，蒋先生每年来日月潭避暑时，都住在塔上，他经常站在第九层西望大陆。

三点半在南岸登车，赴台北宿。今天是最无趣的一天，几乎找不到感兴趣之处，就只有当文抄公。

意外的收获

5月9日，晴。上午众人赴台湾艺术大学演讲，我与孙兆霞教授往台湾中央研究院史语所，寻访抗战期间芮逸夫先生所摄贵州少数民族老照片。1939年底1940年初，昆明中央博物院庞熏琹、芮逸夫两先生到贵州调查少数民族装饰纹样，搜集了很多绣片。芮先生拍摄了不少照片，回到昆明后，庞先生根据照片描绘装饰纹样。次年入蜀，他凭记忆创作了《贵州山民图》二十幅。庞先生后来回忆说，顾维钧买走了十幅，说是赠送英国皇家学院。另十幅藏于家中，编入画集。照片则由芮逸夫先生携入中央研究院史语所，漂流到了台湾。安顺杜应国兄几年前就知道了这批照片的下落，得知孙教授有台湾之行，特嘱寻访。孙教授与史语所研究员王明珂先生相识，行前与王先生联系过，王先生在台中出差，介绍我们找他的学生胡其瑞君，胡君约我们今天上午十点相见。

中研院在台北东北南港区，乘出租车近一小时方到。并无门卫，大可扬长而入。孙教授说北京中国社科院外里两道岗哨，盘查甚严，视来访者如盗贼然。时间尚早，信步游观。院内很清静，行人极少，偶尔驶过的车辆也几乎没有声音。我就想到胡适、傅斯年、李方桂、吴大猷等前辈，似乎他们还在树林中的哪一幢楼住着。中有小溪，溪上有桥。至桥边，孙教授说，天上的云多，好漂亮哦。我仰头看，果然，时如悬瀑，时如惊涛，激荡不已。

到史语所，胡其瑞、白品键、王佳涵三位年轻人接待了我们。他们的工作室里有一张布标，上书“中国西南少数民族数据库”。他们将芮逸夫所摄照片电子版从计算机调出，约有两百张，涉及贵阳、贵筑、龙里、贵定、安顺几个市县。还有芮先生当时的文字记录本三册，纪事、记苗语词汇，是用钢笔书写，但时过七十年，字迹已淡如铅笔。他们将照片中的安顺部分制成光盘让我们带走。他们并不知道庞薰琴先生作《贵州山民图》的事，我以所携数张电子版出示，其中一张与照片极相似，我复制了一份给他们。还以本所整理出版的黎光明、王元辉著《川西民俗调查记录》与芮逸夫著《川南苗族调查日记》相赠，这类书都是我平时所爱搜集、阅读的。盘桓了个把小时才告辞。回来报告顾先生，说希望与史语所合作出版这批老照片，顾先生同意。

乡情

在台湾的最后一夜，与旅台贵州同乡欢聚。同乡会特地将聚会地点选在台北贵阳街。同乡会前理事长、退役将军、思南籍的饶德俊老先生在门口相迎，与我们的团长顾久先生携手而入。乡亲数十人已在等候，大多是八九十岁的老人，中年以下的都是他们的后代。饶、顾两先生分别介绍各自的人，那些老兵在介绍到自己时，都作立正状，如长官点名然。台湾贵州同乡会与我的单位几年前就有了协议，每年组织一次“海峡两岸黔人书画展”，来年在对方举办，已经举办了五六次了。好些人都互相熟识，此番在台北相见很亲热。本团章先生的父亲是同乡会韦先生的老师，他们见面时两度互相拥抱，惹得饶老先生抹眼泪。饶先生的欢迎辞很精彩，尤其是关于两岸关系的见解很深刻。

吃饭时，同桌都是旧思南府属各县的，邻座的一位老先生，我问其籍贯、姓氏，答印江人，姓戴，就知道他是戴传节先生，我读过他在家乡印刷的自传《归根录》，叙事生动，文笔也很好。他在辽沈战役中当了解放军的俘虏又逃回国军部队，随部队到了台湾。想多与他攀谈，但此公耳背殊甚，不能如愿。席间，九十七岁高龄的普定籍文秉衡老先生来了兴致，高歌起来，校园歌、抗战歌。一位陈克谦先生，擅作嵌名联，也为我作了一联：“尧天舜日民崇德，礼门义路君尚仁。”当场书赠。观其貌、听其音，都不像贵州人，问他，答是广东人。又问何以参加贵州同乡会的活动，答“我是贵州人养大的”，猜想少年入伍，是在贵州人为主体的部队里，贵州人对他多有照拂。可惜席间嘈杂，不便多问。

今晚同乡会参加欢聚的青年一辈很少，大多是代老病的亲长赴会，就餐时就走了。这几天在台湾校园里走动，我感到台湾的青年一代对大陆是隔膜的，不了解，也不想了解。饶德俊老先生说，同乡会每年花费数十万元办《黔人》《贵州文献》两种杂志，希望是将这份乡情延续下去，保持与故土的文化脐带。他嘱咐我回去要组织稿件寄来，不怕长。

回程

5月10日，晴。今天是访台的最后一天，准确地说只有半天了。一大早就起来，早餐、退房后直奔台岛北端的野柳。野柳在基隆西北三十四里，是一突出海面的岬角，长约三里许。岸上岩石奇形怪状，如烛台，如屐履，如女首，如海龟，如蘑菇，如蜂房，如鲤鱼，无不如也。此处岩石上硬下软，海风蚀之，海潮啮之，软者削损，硬者依然，久之遂为此无不如之之状。海水湛蓝，云天亦湛蓝，与海蓝做一处。近岸浅濑，藻荇鹅黄，小鱼成群，倏忽而过。区区海岬，一小时游历殆遍。归至基隆城，遇迎神队伍，鼓乐前导，戴各色面具，举各色旗幡，穿花衣，踩高跷，迤逦二三里。十二点回到台北，食于“胡须张”。饭毕趋桃园机场，一点到。与接待方樊、黄、林三君告别。两点半飞广州，四点半到。在广州机场等候五小时之久，天热人困，奄奄一息。子夜抵贵阳机场，天凉。到家，春说，这几天好冷哦，又是风又是雨。

2011年7月20日改定

后记

最早知道台湾，是从城乡墙上、岩壁上无所不在的标语中，其中一条是“我们一定要解放台湾”。那时太小了，不知道台湾在哪里，为什么还没解放，盘踞那里的“蒋匪帮”是怎样可怕的一个人。小学一年级的一天，学校集合全校师生，上山去搜寻台湾飞机空投的宣传单。集合时先背诵毛主席语录：“敌人磨刀我们也要磨刀。”“敌人是不会自行消灭的，无论是中国的反动派，还是帝国主义在中国的侵略势力，都不会自行退出历史舞台。”校长告诫说：“捡到传单不能看，立即交给老师；拣到饼干不能吃，饼干里有剧毒。”然后数百人迤逦而南，向我家后山走去。那天是否拣到传单，我也不知道，反正我没见到一片纸。倒是发生了一场小骚乱：几个学生尖叫奔窜，老师们疾速赶来，问，是炸弹么？学生们惊魂未定地说是一条蛇。十年后，我才看到传说中的传单。我上山砍柴，发现丛莽间有一张一张花花绿绿的纸，拣起来看，上面印着很多彩色照片，其中一幅是壮硕的身着深色西装的中年人的侧面半身像，头发一丝不紊地梳向脑后，下面的文字是“自由世界领袖、中华民国蒋总统经国先生”；一幅是一位美丽的小姐，说明是“中华民国歌星邓丽君”；一幅是什么协会的会长谷正纲“接见匪区投奔自由世界的反共义士”。其他的记不得了。那份传单，我没敢带回家，现在想来真有点可惜。

（原载《山花》2012年第4期）

曹　津

诗画般的岩脚

漫步在古色古香的岩脚小镇上，时值阳春三月。山醒了，它伸开双臂，将小镇一揽入怀。水睁开了眼睛，穿镇而过，用甘甜的乳汁，滋润着小镇上的生灵。群山上，小鸟哼起婉转的音乐，蜂蝶翩舞。小溪畔，谁家的姑娘哼起了“情姐下河洗衣裳”。小镇上古色古香的建筑物，在阳光的照耀下，波光粼粼，金光闪闪。岩脚新街、新城大道、发展街，纵横交错，欣欣向荣。

如果不是生在岩脚，你就会对眼前的美景产生怀疑：我是不是步入了人间仙境？

岩脚是一个古镇，位于六枝特区西北部，距特区机关驻地二十三公里。始建于明朝洪武年间，曾是连接川、黔、滇三省的古驿站，素有“小荆州”之说。岩脚聚旅游、文化、商贸为一体，历来以文明著称。境内居住着汉、彝、苗、回、布依、仡佬等民族。镇内建筑，古色古香；羊肠小道，纵横交错；商贾旺铺，星星点点。做生意的，纷至沓来，热闹非凡。

岩脚山清水秀，景色迷人。山抱水，水环山。龙溪夜月、廻龙晚钟、古寺双荆、财神观钓、魁楼雪霁、平桥春潮、石洞莲台、万灵僧塔、普贤骑狮、九狮拜象堪称岩脚十大景观。

火焰山算是一绝。悬崖绝壁上，至今留有石刻“太和永洽”四字，字大如斗，笔锋刚健，铿锵有力。上款书“丁丑中秋岩邑方为平乘巡”，落款为“一江飞去书”。据说是明代将军方瑛所题。火焰山树木繁茂，青山碧绿，独树一帜。在火焰山，空气清新，游人心旷神怡。

万灵山扑朔迷离，传说原名田家大坡，后说因有神仙为百姓治病疗伤，许多疑难杂症，皆治愈，故更名万灵山。万灵山半山腰上有万灵寺，原有三层楼宇，气势雄伟。庙里供奉着观音、释迦牟尼、三清等佛像，且有尼姑主持。现重修上山梯路，约有一百五十余个台阶。登上万灵山，随处可见耄耋之年，进进出出。

岩脚碉堡也为数不少，拔地而起，威武、雄壮。至今尚存有彭家碉堡、夏家碉堡和田家碉堡。据说是当时兵匪为患，盗贼四起，为保家防身而修建。

廻龙溪算是岩脚古镇的一条明亮的眼带。聪慧、清澈见底，护小镇而过。溪上多桥，供玩人踩水过河的跳墩，三三两两。顺溪而下，一坝挡水，溪水从几十米高的坝上飞流直下，水花四溅，震耳欲聋。溪两岸，垂杨翠竹、郁郁葱葱，精神抖擞。如一个个哨兵，不离不弃地守卫着环绕小镇的这条小溪。翠竹苍柏倒映水中，形态万千，楚楚动人。溪水岸，一群群垂钓者，姜太公般，稳坐钓鱼台。两岸的经果林，一到春天，更是婀娜多姿。桃树、李树、梨树……你不让我，我不让你，都赶集似的，争先恐后地开满了花儿。蜂蝶不断穿梭其中，群鸟聚集，好一派热闹的景象。

岩脚的仙人桥，构造特殊，全部用鹅卵石嵌砌桥拱，没用灰浆和水泥。水上修桥，桥上过水，水上过车马和人。工艺精巧，鬼斧神工，堪称中国古桥一绝。民间传说：很久以前有兄妹二人合力建桥，感动上苍，于是神仙下凡相助，一夜之间建成此桥，故取名仙人桥。据传，该桥系汉楚道从四川宜宾经夜郎下番禺之古道，属汉代所建，历经两千年风雨，至今仍完好无损。

有诗云：

仙人桥，桥上水，水下桥，桥上桥下桥摞桥，清水穿过仙人桥。
五指坡，坡前山，山后坡，坡前坡后坡连坡，秀山围住五指坡。

二道水河湾、岩泉、观音洞、回龙潭、水落岩瀑布，更是人心所向。天然的岩脚温泉，水质优良。在温泉里泡泡澡，全身舒服，快活似神仙。

廻龙溪度假村，依山傍水，聚休闲娱乐为一体。轮船穿梭，旅客观光，一年四季，欢笑声溢满河床。一到夏季，山庄的游泳池，行人络绎不绝。烤羊肉算是度假村的一道美食，驱车而过，鲜味扑鼻。还有河鱼，可以亲自下河去钓，实在钓不到的，花上几文钱，也可以吃到味道独特的鱼。

岩脚人杰地灵。彭公武，曾是“讨袁”战争与“北伐”的一代名将，他与朱德、杨森、熊克武等人是云南讲武堂同窗。孙中山的秘书、辛亥革命的元老安健也是岩脚人。岩脚人聪明，打得一手好银饰。1949年以前，就连铜钱，岩脚人也能模仿得像模像样。什么木匠、铁匠、篾匠……样样皆全。

岩脚特产也颇负盛名。廻龙溪牌的岩脚面、岩脚米酒、岩脚醋已远销省内外，是馈赠友人的上好佳品。岩脚凉粉、岩脚臭豆腐，回头率极高，吃了一次，保证下次你还想品尝。只要是吃过的人，一听说到岩脚凉粉、岩脚臭豆腐，就会垂涎三尺。

岩脚似一幅画，一幅精妙绝伦的画；岩脚似一首诗，一首意境优美的诗。诗中有画，画中有诗。

[原载《人民日报》（海外版）2012年4月12日］

何林超

让歌声飞越千年

这里是小黄，居住在黔东南州东部从江县城西北二十七公里之外的高山上。这里的高度，是可以与喜马拉雅相媲美的另一种高度，是一处让世人都惊讶与仰望的声音特域。

然而很久了，当我因所闻而慕名前来的时候，我几乎不敢相信自己眼前的所见：天籁般的无伴奏多声部合唱，那不受生活的艰难打磨，也几乎没有明显年轮甄别的真诚声调，在这里显得如此自然而和谐。那些呀呀的孩童，那些耄耋的老人，心口相传，执念如一，拙稚古朴如一群岩石，虔诚贞静如一群处子，在歌的左右，上面抑或下面，满目春阳。

此刻在鼓楼之下，在千人大歌的婉转旋律之中，在这些孜孜不倦的鸟唱蝉鸣里面，我看到时间正在拔节，季节正在开花，而世间，正在轮替。此刻，那些静处于其群体中的歌者，竟都佛陀般安静与从容；那些恒定的姿势，穿透千年而来却千年如一；那些娓娓的旋律，穿透乡间而来，而乡间的气息未变。尽管这些细节曾经漂洋过海，轰动彼岸；尽管这些肤色曾经东渡扶桑，震惊东瀛。也尽管这些天籁的旋律曾席卷了世俗的眼睛，赢回了丰硕的赞誉，但其音色音质，乡土乡味，以及祖先们遗传下来的嗜好与血脉，与今之歌者的浓郁乡味，依然安静如昨，依然全都未变。

或许正因此罢，当我又一次置身于这并不高大，似乎也不伟岸的小黄村鼓楼坪的时候，我的舒展的感觉早已情不自禁地遍体游弋，而我的身体，似乎也于顷刻之间，就充盈了自然流水与蛙鸣蝉唱的春日意趣。于是，醍醐灌顶的我仿佛于顷刻间就顿悟了，就忽然明白了一直困居于此的这些人群，何以能这么宁静，而那歌声，何以会一直如此深情圆润。

一

其实，小黄的山不高，不过披幔四山之上的峰陵的簇集；小黄的声音也不高，也不过一种整体的坚持与默认。而这种坚持与默认，本来就是一处精神文化的高地，当历史将其他社会板块都冲荡入低谷，旁近族群的棱角都顺势退化而消解之后，这个高度便以伟岸与特异的形式挣脱出来，而原来相邻而坐的友朋，现在也都只剩了惊叹，以及表情复杂的仰望了。

之所以说表情复杂，是因为这些人虽然都放弃了这个精神的坚守，但却以因应的形式，换来了更为真切与舒适的享受。而小黄在坚拒这个因应的同时，自然也坚拒了引诱。并且，他们因为这个坚拒，还必须同时付出坚韧；因为这份坚韧，还必须不断地强化执念，而这样的代价，就是他们同时还需不情不愿地忍受贫困与隔绝，歧视和排异。于是，小黄和小黄们世外桃源般的执守背后充盈的那种穷潦，与不被承认的生存状态，就一直延续到了昨天的边沿。的确，由小黄这个信念的执之不易，我们看到了今天这个高度的来之不易，以至于直到现在了，这种巨大付出的代价，依然还鲜活于我们的眉睫。

走进小黄，展现在眼前的景象虽然也杂融了些许现代的因素，但这儿整体的村落依然侗锦颜色般的灰暗：拥挤的房舍，黝暗的屋宇，寻常的巷陌，简陋的道路……甚至人们的脸上，仿佛也濡染了经年以来的历史烟尘，若非展颜露齿而笑，很难明媚。而如果衣裳确是心胸的外相，居所的确也是求索的标签的话，那么我们很容易地就可以从中看出他们经年累积的苦累来。因为像任一处山区的山民一样，这里的人们为果腹而拼搏，为生存而苦斗，已成了一种长期而艰难的日常，沉甸甸地压在小黄的脖颈之上。洒在太阳底下的汗珠变成了雨，遍布深山的耕作等同于生活，一个长长的日子横亘在中间，将生死都撑在了人们枯虑的目光以外。当外面的世界日复一日地升平，年复一年地物欲的时候，他们两耳不闻，双目不看，只是一门心思地双手刨食，专心吟唱，仿佛无意之间，他们便在这历史湍流的间歇里寻着了安静，也寻着了将自己拔高给世人的机会。他们不考虑这样做是否物超所值，更不强调这样做的目的与意义，他们只是想，既然祖先这样做了，作为子孙，只有照着样式继续。至此，他们也仿佛不经意之间，又做成了一份遗世而独立的业绩。

这样看来，他们曾经的苦与累，以及历代昭穆们习传转承下来的坚执，也就极其地远见卓识，极其地不凡和脱俗了。并且这种不凡和脱俗，还远非小黄自身所能涵盖，它兼具了世界的特质，同时也昭示了世界发展的一般性规律。当然了，这是衣食无忧后的学者们的话，对于小黄的民众而言，歌唱一直是他们自娱的途径，而追求衣食的舒适，也一直是他们历代以来不懈的共性要求。

基于此，我认为他们的当初，不仅没有预想过这么宏大的主题，而且也不太可能会主动背负这些人类演进的遗迹。我相信：他们曾经的选择和今天的坚持，昨天的被封闭和今天的被重视，也一定自有着他们自己也不能左右的因素，一定。

二

遍寻侗族的史料时我知道，侗族现存且确知的历史，实在少得可怜。

按一般的说法，侗族作为一个古老的民族，是早在秦汉时即已存在了的。只不过当时不叫“侗”而叫“骆越”（至于骆越是否属于古族名，我以为尚需考证），魏晋则被称为“僚”（或“獠”），明清以往，这才被称为“硐”或“峒”（即今之“侗”）。限于手边资料的欠缺，同时也因为自己的识见浅陋，所以一直不太明白本来乐居在粤、桂的侗族因何大迁徙，最后匿居到了黔东之东的崇山峻岭，与深沟峡谷之中。贵州虽素有“高山苗，水侗家，仡佬坐在石旮旯”的说法，事实上并非所有侗家，都能获此殊荣，可以在相对方便的平畴水边结寨。譬如小黄，就只能聚在这“纵是深山更深处”的群山之巅，而且尽管离县城不很远，也不妨碍他们自锁（或他锁）成一处历史河床之上的“孤岛”。

说小黄的侗族群落是“一处文化孤岛”，我知道这话可能有些言重了，但我还是愿意这样说。理由之一，就是他们完整的传统存留。到过这儿的人们都知道，尽管同样也有“侗族三宝”（大歌、鼓楼和风雨桥），但其他侗族的大歌，都是难以同小黄媲美的。不是因为别的，而是因为纯粹。哪怕就同样环在附近的侗民村落，也无法整体唱出小黄一样的优美与味道。2008年，黔东南州作协为采写小黄侗歌的“小九姐妹”，组织写作班子至此住了一宿。当时恰逢上级领导来此，我得以第一次，近距离地感受了小黄的天籁音乐。回凯里的路上，一路习唱小黄孩子们喜欢的《青蛙歌》和《猫头鹰歌》，仿佛一下子就又回归了山野，感觉很爽很惬意。现在又随全国“百名作家采风团”来此，这种感觉更是进一步得到了固化，喜爱的感觉仿佛又得到了进一步提升。然而也有遗憾，那就是我不懂侗语，无法知晓这些婉转曲调的内涵，因此对于体悟和理解，便又似隔了一层云雾。然而我还是固执地以为，这些都不重要，都不能从本质上影响我对她的喜爱和关注。

即便已知侗族的历史不多，但是不是就说明了这个民族的薄弱？恰恰相反，这种语焉不详，我以为正好是民族艰难的侧证。什么原因使他们放弃了粤桂的平畴美地，而辗转于黔东的高山峡谷？转入了高山瘠地之后，他们已不与人争，也不与人斗了，但为什么长期以来，外界还对之针插不进、水泼不入？什么原因使他们如此紧密抱团，让一直以来的正统们无法消化？又因为了什么，一个拥有这么漫长历史的民族，竟然连自己从哪儿来，为什么来，怎样来，都语焉不详，莫衷一是？而这个整体性的失忆，是什么造成的？在这里，当我们面临小黄，面临了这种近乎于神造的天籁时，我们是否有权过问，或者知道？对此我想，与侗族的经历大体相似的苗族，因为古歌，现已大体地理清了他们北上南下的过程，交代了他们迁徙的缘故了，而当时应该也同一阵营，也同样经历的侗族，是否也与此关联？

历史承认，在玛雅人本轮太阳长历之初，蚩尤是整个这片土地之上南方联盟的当然首领。那么侗族的远祖，也该就是这个南方部族的一员了吧？诚若此，那么世界和历史的军事史让我们明白：征战中谁最勇猛，谁最彪悍，那么谁就要准备付出最为深远和沉重的代价。苗族如此，莫非侗族也如此？对此，我们可以试想一下：基于南北部众的激烈对抗，作为首领部众的苗族当然也就遭遣最烈。当星散的族众最后艰难聚集时，见同样饱受驱逐的侗族也已占据了沿江沿水的河岸，于是就只好屈居于高山之上？关于这一点，不仅与从前先来先占，插草为标的民俗相同，也与如今贵州黔东苗侗的分布位次相同。而是否也是这个原因，才使得他们因为警惧，这才一直抱团自暖？

虽然没有直接的证据，但我以为这应是他们从历史中深痛出来，戒备至今的一种冲要理由，况且这样的推断也并非完全不可能。清咸同年间朝廷平定黔东的“苗乱”，其惨烈的过程以及相关的细项，虽然都相距不远，但史书，以及口碑，都已语焉不详……而当年剿杀的“成果”之一，就是直接肢解了千里苗疆中的一个县治（后来被恢复），所幸的是，举义者的后代并未被当局彻底地坚壁清野，扫地迁移。假使他们同样被大规模驱逐迁移，相关记忆被同样有计划的打乱、重组与洗涤的话，那么百千年之后，谁又能看得清楚，说得明白？

三

其实关于这个问题，我们还可以从另外一个角度来侧证，那就是，距离县城不远的小黄为什么一直拒绝融合，一直拒绝向现代转移。

众所周知，人类的本性趋向是闲适，因此，好逸恶劳作为历史以来的反面标杆，在人们用以警醒自己和别人的同时，被我们明批暗许地欣赏和沿袭。而这种做得说不得的追求，也一直鬼魂似地藏在历史与现实的背后。

那么，在这么聪明的小黄人的面前，在这么懂得生活的小黄人面前，他们更不可能会主动地选择闭锁与疲累，而自愿将自己禁锢在这层层重重的大山后面，坚持自己的旧习，就像坚持自己的歌声一样，千年不变。现在我们看到，当一切的不可能都完全地可能以后，我们不禁要问：是否有一种什么样的势力，强大到让他们一直都谨小慎微地避祸山林，强大到让他们自己约束与彼此约束，尽量地断绝与外界的联系？假若这种情况成立，那么这里面，就一定尘封了一段不忍目睹，且也久远到已不为人知的惨烈。况且这种惨烈不仅触目惊心，而且还使他们痛入骨髓，否则影响绝不会如此深远，即使痂结很久了，甚而记忆被删除了，还在下意识里负痛。

简叙至此，我们便理解他们生存为第一要义的必要选择了。也基于此，我以为小黄的始祖一定也是一个极其睿智的人，若非如此，不会做出如此决绝的选择。而当我们明白了这一层，也就明白了小黄离县城虽近却远，物质与精神虽然都穷困，而结果却大相径庭的现状了。依据这个思路，我们可以解决许多问题。诸如言语通婚，榔规定约与社区划定，甚至整个侗族地区以房族为基本单元的社会架构。这种社会结构是那样的牢固，牢固到即使外面的世界都天翻地覆了，这里依然还天清水静。据传，每当社会动荡到外人避祸靠近，甚至愿意改姓加盟了，但也只能于寨外建寨，丝毫不能动摇其清一色的血统构成。

当然，虽然能自成一体，而这与世隔绝的日子，自然就很苦很累很单调了。为了生存，人们必须奋力地劳作。而总是劳作，人们又不免疲累。于是，那本就已经绷得很紧了的生活之弦，就越发地显得困顿，幸而还有歌唱。人们用歌来解闷，来传情，来沟通，来娱乐，来记事，于是懂得和传唱侗歌的能力，也就渐次演进、替换成了被人欣赏与尊敬的程度。“汉人有字传书本，侗家无字传歌声；祖辈传唱给父辈，父辈传唱到儿孙。”于是劳作与歌唱，就此成了侗家人交付给白天和黑夜的载体和工具，使他们苦累苦累的生命背面，也濡染了浪漫的情调与韵味。

或者就因为以上的缘故吧，在时兴传唱的侗族大歌和琵琶歌中，除《始祖歌》蜻蜓点水地交待了黔东侗族沿都柳江而上的指向性经历之外，其他叙事抒情与描摹自然的曲调，也多即兴创作背景下的自然沿承。小黄蜚声中外的《蝉歌》，即属歌师不经意间的斩获。在这里，客人与村寨之间的酬唱，年轻人彼此间寻爱求恋的缠绵，老人之于自然的观察与觊觎，小孩们关于动物的模仿和咏唱，就此构成了多重维度的侗歌内蕴，奠定了侗族整体作为一个“民族歌者”的特殊地位。记得我2008年深入小黄采访侗家“九姐妹”之潘婢内的时候，时读初中二年级的小婢内告诉我，她喜欢时固然唱，愁苦之时更要唱。因为不如此，难以排解掉胸中的郁闷。一个不谙世事的小姑娘如此，那么整个侗寨严丝合缝，毫厘不差地倾寨高歌，也就成了顺理成章的必然，没有别的悬念。

四

是的，生存本就不易了，希求快乐则更难。而能将苦难还原为欢乐的，唯有歌唱。

因为歌唱，夜晚将艰难的生活还原为浪漫，孤寂将理想的追诉解化为柔情，孤单将思念贴上了浪漫的标签，云彩因月亮而染上了羞涩。“饭养身，歌养心”，放眼天下民族，唯有侗家深悟了此中真味，将歌唱提到了与活着同等重要的高度来认识。身无饭养会枯，心无歌养则死。而一个人活在世上，身死可以一了百了，心死却极其可怜：让侗族万众成为一具遗在世间苟延残喘的行尸走肉，这是何等的惨事？因此，为了侗族的延续，饭不能不吃；而为了自己的快乐与幸福，这歌却不能不唱，于是，小黄人一生下来就开始进歌堂。不，应该说还没生下来就已经濡染了歌唱——当其还在母亲腹中的时候，母亲就已履行了一个歌师的职责，开始了传歌授业。

如果腹中的胎儿是女儿，还没满月就要为她找好歌师约好歌队。等到开始牙牙学语，正规的歌堂传歌就展开了：母亲们带着针线，抱了女儿齐聚鼓楼，教侗话，唱儿歌。及至能走会跳，小姑娘们就要围着歌师正式学唱了，并且天天如此，月月如是。唱歌，就此成了小姑娘们与生俱来的功课。但为了磨砺能力，姑娘们往往还不止一个老师。据潘婢内说，不管在哪儿，只要她听到了自己喜欢的侗歌，就一定要想方设法地学会。为此，她坚持在劳作中学，在歇息时学，一次学校晚自习后有人习唱，那熟悉又陌生的旋律被她听到了，便独自潜到歌者的窗下偷学，不怕孤单寒冷，不觉露重夜静……在这里，像潘婢内一样痴心于歌，痴缠于歌的姑娘比比皆是，潘婢内并不是特例。

有鉴于此，我实在不希望我们都简单地看待小黄人的坚守与执着。对于寻常人看过即忘的随意，对于持有“快餐文化”观念的时尚人群，我诚恳地劝你们停下来，静下来，哪怕就一分钟也好呢，也要设法沉到小黄的天籁里去，听听这里面的蝉鸣鸟唱，品品这里面的风生水起，照照这里面的清水流泉……哪怕就只一瞬间，也好啊。我相信，当你从中听到了其中久违的召唤，就会感受一种已久违了的快慰。而这快慰，正是我们集体遗失于这纷繁世界中的魂魄与影子，现在有幸在这里重逢了，你得赶紧小心地捡起来，把它装入其本来的位置——催动它在我们的血脉里轮转流动。许多人认为，只要我们寻回了它，今后无论在哪里，都能找幸福和快乐。

这样，你就能真正理解小黄人世世代代的执着与坚守，理解他们珍若生命的吟唱与抒情，理解这种拙稚的抒发与吟唱，其实就是一种简单与快乐的高尚了。同时也因此，我依然顽固地认为这种歌唱，不仅不是一种简单的娱乐，而是一种大智若愚的固守，一种不着痕迹的纯粹的追求了。

（原载《山花》2012年第4期）

王鹏翔

喜 鹊

这是村庄吉祥的鸟。

村庄语云：喜鹊枝头叫喳喳，喜事要到主人家。又说：喜鹊叫，贵客到。村人谁家门前树上喜鹊叫，紧皱的眉头会舒展开来，心情会由阴转晴。喜鹊并不悦耳婉转的鸣叫，是村庄最动听的鸟语。

其实喜鹊是村庄最平常的雀鸟，鸽子般大小，尾巴较长，毛色也不艳丽，黑白相间，单调而朴实。它结窝于庄户人家附近的高树，在村庄的屋脊，秸垛，树顶飞来飞去；在庄稼地里啄食苞谷，在刚翻犁的土地里，敞坝头，粪堆边觅食虫子。喜鹊飞到哪里，都是欢天喜地的，仿佛永远没有忧愁。

在村庄久远的记忆深处，它有恩于村庄。在先民们刚进入深山老箐林的时候，是喜鹊飞来，衔来了苞谷的种子，让人们有了粮食。村人是不能够伤害有恩于村庄的喜鹊的，它就算啄食了庄稼，也不能记恨它。

喜鹊还是传说中的神鸟：农历七月七日，牛郎织女一年一度的相会，就是喜鹊首尾相接搭起鹊桥，让这对旷古的情人得以在鹊桥上相依相偎，诉说相思，诉说离愁别恨。这一天被称为七巧节——中国的情人节。这一天，你在村庄见不到一只喜鹊，据老人们说，喜鹊都飞到天上去搭鹊桥去了。

喜鹊是很恋家的鸟。喜鹊的家搭建在村庄的高树上，几乎每户人家旁边都有一株高树上有喜鹊窝。喜鹊窝用干树枝、干草、羽毛、湿泥等搭建而成。喜鹊开春就开始搭窝，雌雄两只喜鹊很勤快地在村庄周围寻找搭窝的材料，用嘴叼了，飞到选好的高树上。先搭建树枝，中空，铺上湿泥，再铺上羽毛、干草，一个舒适的窝就搭建成了。然后母喜鹊在窝里下蛋，孵蛋，公喜鹊到处觅食，虫子谷物，用嘴叼来喂给老婆。到了秋天，各种食物充足的季节，小喜鹊就孵出来了，夫妻出双入对，找食物来把孩子喂大。直到小喜鹊能够出窝，学习飞翔，学习觅食，找到伴侣，在别的高树上去建立自己的家庭。

喜鹊搭窝的地点是比较固定的。只要不被大风吹断了树巅，不被淘气的孩子掏了喜鹊窝，喜鹊是不会搬家的。她们一年搭建一个窝，新窝摞在旧窝的上面。村庄的老人们说，喜鹊窝摞到十二个，里面就会有灵芝草，有金银首饰。灵芝草是稀罕的草药，是喜鹊到悬崖上深山里找来的，金银首饰是喜鹊在先辈人的老屋基里找到的。谁家门前喜鹊窝摞到十二个，说明这家人家兴旺发达。没有见到谁家门前的喜鹊窝摞到十二个。童年时，老屋前有一株古老的粗壮的核桃树，喜鹊窝都摞到八个了，一年夏末，夜里风雨大作，刮断了核桃树，喜鹊窝从高枝上跌下，覆巢之下，哪有完卵！两只喜鹊绕树而飞，叫得很是凄凉，久久不愿离去。后来那株老核桃树被砍了，三间土墙茅草盖的老屋也改建成了现在的长五间石墙大瓦房。

喜鹊的勤劳是有目共睹的。一大清早，村庄就听到它喳喳的鸣叫，看见它飞动的身影。它黑白分明的身子优雅地在村庄滑翔，长长的尾巴一点一摆，忽高忽低，忽停忽飞，活泼而又忙碌运送搭建窝的草木和冬储的食物。只有寒冷的冬天，它们才一家人依偎在窝里，吃着平时积聚下来的食物，互相温暖。

少年时，我捉过刚出窝的小喜鹊，用线拴了脚，四处去挖虫子来喂。不自由的小鸟低着头，眼里全是对飞翔的向往，对天空的向往。它不叫不食，一副绝食的样子，我只好强行扳开它的嘴巴，把虫子硬塞进去。它的父母在我的周围飞来飞去，一声又一声地召唤。最后，我只好把那只小喜鹊放了。

有很长一段时间，村庄周围的树木被砍伐殆尽，喜鹊无枝可依，不知飞到哪里去了。那时，村庄没有喜鹊的叫声，没有喜鹊优雅的身影，村庄很寂寞，村庄没有一点喜气。这些年，村庄的树木多了起来，喜鹊又飞回来了。它们在那些还不太粗壮的树上搭窝，给庄户人家一次又一次地报喜！

前不久回到村庄，老屋门前的核桃树上，就有一个喜鹊窝。一只喜鹊在窝边的树枝上喳喳地又跳又叫，一只喜鹊在敞坝里优雅地散步，一条狗在它身边走过，它也毫不畏惧。我远远地观看它，想走近把它拍摄下来，这时父亲端了一盆脏水泼到敞坝上，把喜鹊吓得飞上了高枝。

后来，我只拍摄到了那个村庄之上高空之下的喜鹊窝。

（原载《文艺报》2012年5月26日）

杨打铁

翁 奇

翁奇在黔南，一座山清水秀的小村子，父亲生在那里，葬在那里。对这个村名他有个得意的发现，并且出了一副对子的上联：翁奇一代一奇翁。这句话奇就奇在，你可以倒过来念，一字不差。说起是个布依寨，可是没有一个人会说布依语，也没有人穿民族服装。父亲从贵阳退休后告老还乡，与一纯朴农妇相伴，在翁奇住了八年。父亲总跟我们说，想搬到一个说布依语的地方去。而实际情形则是，他八十岁那年秋天，开始张罗自学西班牙语。这时他住在惠水县高镇，我把他接来贵阳，带他去书店选了一套西班牙语教程。妹妹得知此讯，从北京给他带来一部辞典。不得不如此，我们假装相信有一天父亲会登陆拉丁美洲，用西班牙语教人学汉语。

父亲在贵大学的是中文，1950年毕业后被分到东北。本来是在中学教语文，被划成右派后才改教外语。父亲在东北生活了三十五年，将近二十年时间，在吉林市的几所中学辗转教俄语、日语和英语。教什么都由不得自己，得根据咱们国家的外交形势来定。诸如中苏关系恶化，中日恢复邦交，中美建交，这些事似乎都把我父亲扯进去了。我们从小就觉得父亲与众不同，随时都会看见他捧着一本外文书，口中念念有词。印象最深的是一本英文版的《伊索寓言》，里面有插图，父亲念了好几年，破破烂烂的，直到他调到师范学院才罢手。尽管我们都在他任教的中学上过学，但不知怎地，竟没听过他一节课。不过父亲的声音会时不时地从别的教室传来，每每让我们感到有些难堪。问题所在，父亲嗓门大，而且那普通话说得也太蹩脚了。说起父亲教了十载英语，我那北外英语系毕业的妹妹，曾当面指出，爸爸的口语实在不咋样，到了美国都没法跟人对话。同样也是实话，如果拿语法来说事，妹妹认为父亲不比一般美国人差。

弟子三千，贤人七十二，这是说孔子。说起我父亲，好像教了一辈书，仅落下一贤。当然，此贤非彼贤，他是父亲当右派以前教过的学生，姓皮，在市群艺馆工作，好酒，自称高阳酒徒。小皮一来——几乎每星期都来，如果没自带酒水，爸妈就吩咐我们去买二锅头。父亲几乎滴酒不沾，小皮则嗜酒如命，但这并不妨碍师生二人相谈甚欢。父亲多少还点讲师道尊严，只许小皮喝得偏偏倒倒，不许小皮烂醉如泥，否则没法把他连拉带扯地送回家了。那些年，小皮给我们订了一份《小朋友》杂志，每一期他都亲自送来。也是他亲口告诉我们，父亲当年买不起手表，居然别出心裁，裤腰上挂着一只马蹄表给他们上课。父亲在课堂上极富激情，且笨手笨脚，不是粉笔断了就是板擦掉了，有时干脆就用自己的衣袖擦黑板。不止小皮说过，别人也说我父亲挺有学问的，但不适合教书。有没有学问不好说，有一点倒可以肯定，父亲太啰唆了，你问他一个生字，没准他会从《说文解字》讲起。

头一回与父亲相伴而行，大概走了二十分钟，是他送我去考场。父亲放出大话，说考不上不要紧，不用花四年时间，爸爸完全可以帮助你达到大学中文专业水平。现在想起这话，眼泪都下来了。但那是1978年夏天，这话听来似乎挺不靠谱的。要知道，我们那一届高中毕业生，考不上大学就得上山下乡。当时没人知道这是最后一班车，只需一年半载，知青就都返城了。我倒也不是不能当知青，怕只怕没个准儿，不知猴年马月要熬多少年。明摆着，邻居家的姐姐，父亲也是中学老师，可怜她在乡下整整待了八年，回来后成了环卫工人。我虽然嘴上不说，但心里犯嘀咕：要是考不上大学，下了乡，就算有了大学水平又能怎样？但有趣的是，那天在赶考的路上，父亲啰里吧嗦地给我讲了几个成语，主要是怕我把关键的字音读错了。进了考场，一看语文卷子，真的有给“参差不齐”“言简意赅”等注音的小题，心里顿时就乐了。

那时父亲的确不行了，跟他聊天，提起一些往事，他一片茫然，而且也不难为情。就拿小皮来说，小皮他已经不记得了。可奇怪的是，他躺在病床上，那些唐诗宋词却依旧背得滚瓜烂熟。这一点让人伤感，倘若把人生一段岁月比作一串糖葫芦，那么东北的那串糖葫芦，在父亲手里，竹签上的山楂正在一颗颗地消失。记不清那是哪一年，父母已经离婚了，放了暑假我从北京回到家中，父亲拿出十块钱，让我和妹妹去一趟小皮家。小皮四十岁才结婚，喜得千金，我们姐俩送去六十多个鸡蛋表示祝贺。把小皮都忘了，想必父亲就更不会记得他多次扬言但从未落实的举家搬迁之举。比如说，有个地方叫新化，不是市也不是县，顶多是个镇吧，父亲从报纸上看到那里建成了一座规模很大的榨糖厂，就想调到糖厂子校去教书。目的所在，是指望我们一家人能住上宽敞的房子，并且有院子，可以养鸡种菜。对父亲的这类心血来潮的想法，说实话我们没多大兴趣，因为我们不相信换个地方就能过上好日子。不是吗？当年我们那个家属院，住了十来户人家，房屋面积相差无几，家境也不相上下，但我家却过得不同凡响。仓房，父亲盖的那间歪歪扭扭，房顶的油毡纸压得也不平实，看上去根本经不起一场大雨的折腾。我家的障子，也就是房前小院的篱笆，是用七长八短的木板树棍随便混扎的，既难看又不结实。别人家房顶上的烟囱炊烟袅袅，我家呢，哪怕冰天雪地，照样门窗洞开，以便排出蹿入室内的浓烟。滚滚浓烟中，父母在激烈争吵，邻居在看热闹，我们则为此羞愧难当，恨不得逃到哪去当孤儿。不过，最可怜的还是父亲，他得爬到房顶上，拎着一块拴在绳上的砖头通烟囱。实在不行就得扒炕，看看是不是烟道堵了，尽管看不出个所以然，也不会处理，但架不住母亲一个劲瞎唠叨，不得不做做样子。无论如何，他对付不了那该死的炉子，那种用于烧炕做饭的砖砌的炉子，足以让他这个“摘帽”右派变得更加愤世嫉俗，以至于对冬季漫长的东北都没一点好感了。

父亲在翁奇的那八年，令人遗憾的是，贵新高速公路还没有影子。去一趟很不方便，坐火车要六七个小时，坐汽车运气不好的话，十个小时都坐过。到了独山县城，再坐一个半小时的车去兔场，然后步行四公里方才抵达目的地。当然，这根本不能成为我一年才跑两三趟看望父亲的理由，若是多跑几趟，估计我也不会像现在这样心里总是欠欠的。如今父亲住在青草环抱的坟包里，每回梦里相见，我都还在操心他饿不饿，冷不冷。这份焦虑来源于父亲生活能力极差，日子过得不伦不类，不管在哪都不让人放心。在乡下老家，一天两顿饭，不是面条就是米饭，从来没有炒菜，一成不变的火锅——水里放点猪油，煮上白菜，赶场天才有肉和豆腐什么的。好在父亲不会觉得这有什么不好，甚至都不会在意自己吃的是什么。确实如此，从前在东北，那些年几乎顿顿粗粮，细粮定量极少，逢年过节才包一回饺子。每当吃完饺子，我们就问父亲，饺子什么馅？答案无非是白菜、酸菜、芹菜、韭菜其中之一，肉末可以忽略不计。对我们来说，这么重要而又简单的问题，父亲竟然一问三不知。大人的愚蠢，似乎最能逗小孩开心，所以我们才那么喜欢看父亲出洋相。父亲不会做饭洗衣，因而对他那位农妇老伴的好感，与她料理家务的能力毫无关联。他家里凌乱不堪，没有什么像样的家什物件，锅碗瓢盆随便搁在地上。每次去我都感到有点失望，有点心酸，但不会流露一星半点。因为父亲非常满意自己的田园生活，从他写的那些七言绝句里就看得出来。他一首一首地为我作讲解，其实差不多我都看得懂——只是不太感兴趣罢了，而且深信不疑，每一句都会合辙押韵。但也有不明白的地方，我问他，“欧工美学”什么意思，怎么这么别扭？原来，这四个字说了两件事，一是我弟弟曾受雇于做石材生意的老板，去欧洲几国跑过业务，一是我妹妹当时在北美加拿大留学。听他这么一说，简直笑得喷饭。但这种生拼硬凑的东西，套用一句现成的话说只是个别现象，父亲的诗绝大多数都是好的。

说起一年收获了七八十斤麦子、一袋花生，父亲喜不自胜。其实，他没出一点力，都是他老伴的功劳。这位阿姨见缝插针，田头地脚，找点空地就种点什么东西，有时赶场天还会卖点自己种的菜。她是个闲不住的人，也很善良，忙完了自家那点农活，就去帮助左邻右舍。父亲尽管土生土长于此，但从没做过农活，与此相关的知识也似有若无。说来话长，父亲是独子，有一大她八岁的姐姐，家里有些田产，曾一度由长工背着去上学。我祖父以教书为业，新学旧学都教得，英年死于邻县的一场洪灾。告老还乡的父亲，每天早晨上山走一遭锻炼身体，顺便拣些松毛球当柴烧。他对我说过，夏天烧开一壶水需要四五十个松毛球，冬天则要六七十个。

当年父亲已经七十五岁了，这年秋天，老伴帮一户人家晾晒稻谷，从二层楼的屋顶意外坠落，最终死在县医院的手术台上。我想把父亲接回贵阳，可他更愿意留在县城，与侄儿三哥一家一起生活。三哥的祖父和我的祖父是亲兄弟，因为家庭成分不好，父亲死得早，中学都没得念，吃过不少苦头。他属于最早一拨富起来的农民，在县城拥有多处房产，开商铺，办旅馆，同时又保有乡下的那份田土和房产，以及一族之长式的责任意识和权威感。比起我们做儿女的，三哥对父亲的孝心要来得实际得多。没过多久，父亲经人介绍又找了个老伴，同样也是乡下人，也小他二十岁。不同的是，此人多年在城里打工，尤其显得精明能干。父亲没跟任何人通过气，认识那女人没几天就扯了结婚证，还在县城买了一套房子。一开始三哥还担心父亲上当受骗，后来见那女人对父亲照顾得也不错，便放下心来。我倒没想那么多，只想也许父亲晚年真的遭遇了爱情，应了一句老话，老房子着火没个救，随他怎么折腾吧。好在贵新路开通了，开车只需三小时，随时都可以见上父亲一面。然而又是好景不长，真的就是一夜之间，父亲和那女人以及全部家当消失得无影无踪。三哥打来电话，吓了我一跳。经多方调查，三哥查到的结果是，他们把房子卖了，搬到了惠水县高镇。那天老公开着车，我们搜遍小镇，终于在临街的一幢小房子里找到了父亲。我当时又生气又伤心，一下子哭了起来。

当那一场五十年一遇的凝冻袭来时，从电视上看到父亲那里断了电，就打电话过去，想去接他们。父亲不想来，是因为老伴不能来，家里养着鸡鸭猫狗。另外，那女人还买了一台功率不小的粉碎机，给人加工玉米，逢场天生意好得很。现在想来，要是他们住在独山，以三哥为核心的家族势力，肯定不会让她这样以营利为目的跟父亲在一起。他们早就计算出，父亲每月三千多块退休金，满打满算，老两口的日常开销不会超过二百元，剩下的都落进了她荷包。但这不关钱的事，老公说，这么小的房子，老者都这么大岁数了，你搞得机器轰鸣的，他能休息好吗？毕竟是后母，有些话我不便开口，再说父亲对她言听计从，说也白说。那几天，为了给感冒发烧的父亲取暖，那女人把煤炉安在了他的床边，导致其病情恶化。眼见父亲病情加重，她才在电话里说了实话，我们立马赶了过去。父亲在贵阳两家医院前后住了四个月，先是当肺炎治，又当肺结核治，治得人日渐消瘦，最终瘫痪不起，到最终也没确诊是不是肺癌。后来因为三哥来过医院探视，父亲就天天吵着要回独山，说死也要死在老家，我们只好送他回去。

父亲去世时，没有一个子女在身边，他那个老伴也不在场。一星期前我还带着几包纸尿布去看过父亲，听到他信心满满地说，我能活到九十岁。临走前我包了些饺子冻在冰箱里，心想，九十岁是不可能的，父亲已经卧病在床一年多了，但看样子能坚持一两年就不错了。电话是三哥打来的，说父亲怕是不行了，那女人不知跑哪去了。没等我们赶到独山，父亲就走了，事后得知，那女人当时已经到了贵阳。至今我都无法释怀，眼看父亲不行了，她头一个念头就是跑去贵阳，找父亲的单位办什么抚恤金的事。那天是星期日，单位哪有人办公，再说也不是一下子就能办成的事，更何况人还没死呢。按照习俗，出殡和上山各有一个哭丧仪式，家族的女性晚辈要扎堆大哭一场。我一声也没哭，也许是那天在奔丧的途中，我的悲伤已经如滂沱大雨似地下了个透。按说也用不着她哭，可能是因为做了蠢事有点心虚吧，她一个劲地大放悲声。家族一位与她平辈的女人当面讥讽说，房子得了，钱也得了，哭哪样？她和父亲在一起过了六年，父亲死后，在三哥再三挽留下，她在独山住了半年才回惠水。如今已经两年过去了，一开始还有电话联系，后来她把电话换了，房子也卖了，从此杳无音讯。她有儿有女，作为父亲的遗孀，国家每月发给她三百多元的抚恤金。

我们赶到独山时，人们正在为父亲穿一套六件老衣中的最后一件——团花蓝缎长衫，接着有人戴起橘红色的橡胶手套为他理发刮胡子。花白的胡茬太硬了，刀片吃不上劲，老公见状，从车里拿来自己的三头电动剃须刀，父亲的脸这才刮得干干净净。然后是一条黑色的长条头帕，缠法有点奇特，想必是我们布依族的式样吧。按父亲的习性，要是他活着，谁也甭想在穿着打扮上烦扰他。他不修边幅，没穿破的衣服轻易不会丢弃，给他买的新衣服，当着你的面试一试就放一边了。总是这样，一般人在乎的东西，他往往不屑一顾。一切收拾停当后，老公开车，大表哥抱着父亲坐在后座上，我们一起回翁奇。记得是六年前，也是老公开车，带上父亲和他的新老伴，还有三哥，我们一行五人从独山去北海。头一次见到大海，父亲心潮起伏，对我们说，当我快要不行的时候，麻烦你们把我扶到海边，看着我走进去好了。虽然没有大海，虽然是座小山村，但我们把他装进了一副船形的棺材里。

父亲生前叮嘱过，他是无神论者，希望丧事从简，不要搞乱七八糟的东西。但这不是他能说了算的事，也不是任何能人说了算的事。毕竟他活过了八十岁，在几十年来整个家族男性成员中已属罕见，因此一场热热闹闹的葬礼在所难免。先是请来一拨人，装扮得似僧似道，一天到晚锣鼓喧天，抽风似的做了几场法事。当他们把一只只鸭状的小汤匙摆在棺盖上，逐一滴上几滴油，逐一点上火，忽然间，我一下子被眼前星光点点的灯火感动得泪流满面，相信有了这些指路明灯，父亲将去到一个再好不过的地方。于是心情放松下来，管他红的白的，把丧事办成喜事，一点也没心理障碍了。他们问我，要不要请个戏班子，耍狮子唱花灯？这事要由丧主的女儿作主并出资。我说，要啊。又问，纸扎的仙鹤、亭台楼阁之类的东西，要什么档次的？我说，不管什么，都来最好的吧。一场丧事办下来，感觉就是一场狂欢。杀了五头猪，一日摆两场酒，一场三五十桌，礼金分文不收，来者人人有份，一人一条白布，有的扎头上，有的搭肩上，接连五天，把个小山村搞得一派钟鸣鼎食，天上人间似的。

弟弟从加拿来大赶来，当天晚上出殡，把父亲的棺材从堂屋抬出来，放到路边上。不明白这什么意思，倘若下起雨来，父亲岂不遭殃了？月明星稀，蛙声四起，看着路边孤零的一具黑乎乎的棺材，我俩疑神疑鬼，老想把它撬开，看看父亲是不是还活着。这时弟弟想起小时候的一件事，说有一次他把人打了，那孩子跟着他爹找上门来告状。父亲特搞笑，一本正经地说，我教育不好我儿子，请你把他带到派出所去吧。是这样的，我说，父亲从来就没好好管过咱们，不打不骂不说，甚至都没批评过一句。然而对近在眼前，躺在棺材里父亲来说，咱们现在可能就是他年轻时写过的几首诗，信手拈来，不论好坏，早就没影了。生不带来，死不带去，这种感觉真的挺虚无的。第二天，我们把父亲送上了山，到了山上才发现，父亲又跟过去在一起生活了八年的老伴在一起了，两座坟挨得很近，附近还有他的父亲和母亲的坟。

（原载《山花》2012年第5期）

2012年

张　劲

风雪洛布惹

在一个叫“误读”的词里跋涉。

不知是我们误读了老天，还是老天误读了我们。陪我们同去赫章县韭菜坪的，本应是预报中的和风、暖日，结果却是未曾料到的大雾、冻雨、冰雪、寒风。

也许是选错了旅伴所致。旅伴是乍暖还寒、阴晴不定的早春时节。这季节，一脚已跨进尚不坚实的新春之门，一脚还停留在去岁的残冬里。虽然，山下已经睁眼的柳丝和已经绽开的桃蕊，都在温馨地“三八”节了，但山上众生，却还在把隔年的一团浓稠睡意，紧紧地搂在怀里。

于是，旅伴成了导游，导游倒成了旅伴。这抢班夺权的“伪导游”愿意让你看什么，你就只能看什么。

因而，我们一到珠市乡便受到了漫天大雾的密切关注，还被夹着冻雨、碎雪的高原劲风不停地猛啃，使你知道啥叫“寒烟荒雾锁关山”，啥叫“风头如刀面如割”……

由此，我们也就不能冒险攀登海拔两千九百点六米的小韭菜坪峰顶，而只能滞留在两千六百米处的洛布惹了。也就是说，不能登上“贵州屋脊”作鸟瞰状，而是只能在“贵州屋檐”一带“作壁上观”了。

不想如此一来，反倒成全了我们。这“伪导游”虽然能左右我们看什么和不看什么，却毕竟左右不了我们如何去看。误读，让我们读到了一卷平时难得见到的冰雪奇石图。

洛布惹石林，斜斜地挂在韭菜坪一侧的缓坡上，因地属古夜郎国核心地段，因而又称夜郎石林。它旁边是万亩草场。草场上覆盖着一层厚厚的冰凝，透明而又浑浊，如夜郎往事似的，化不开，理还乱，是乡愁。

“石草区”的岩石不算高大，构成却很复杂。那树丛，那草莽，那藤蔓，总与石头相缠相绕，不离不弃，斑驳陆离，让人分不清谁是主语，谁是谓语，谁是房东，谁是宾客。

走近细瞧，一些早醒的灌木已经萌动了春意，树枝上挑起的一枚枚春梦已经孕成了骨朵，但经冷雨那么一浇，又便不得不重新盖上冰被。那梦，也就只好仍然半醒半睡地朦胧做着。

原来铁青的石头，赭黑的石头，已被涂抹上了一层粉白。但粉白得有些暧昧，暧昧在寒风中，沉浮在雾气里。原来棱角分明、咄咄逼人的荆棘，刺条，也被模糊了性格，平和了脾气。在冰雪的改造下，一山的妙龄，尽皆晶莹成幽缈的曲线，而一山的苍迈，则被抹去了皱纹，淡化了老人斑。

我觉得这样的石林，更有资格“粉墨登场”。粉妆素裹的石、树、藤、草，或青丝染成华发，或白首簪上银花，或人作兽舞，或鸟作仙飞……一同演绎着魔幻现实主义似的另类故事。

“裸石区”的岩石则高大得多，也白净得多。有的威武雄壮，有的秀丽妩媚，有的清瘦劲峭，有的肥硕丰腴……无论怎样变化，都有一层好看的、亮亮的釉色。我注意到有一尊岩石特别伟岸，和它并肩而立的另一尊岩石却很苗条。几条玉臂似的古藤交织其间，好似要携手共筑一个冰清玉洁的爱巢，让你领悟什么叫作“白手起家”，什么叫作“白头偕老”和“坚贞不移”。

在它们不远处，还有一队昂首挺胸的将士，在仰观风云。那素面朝天的姿态，已被忠贞不二的时间定格了不知多少万年。更多的岩石，或者什么都像，或者什么都不像，无言地诠释着“素不相识”的深邃含义。“白”和“素”，还有“粉”和“贞”，在这里，真是点睛之笔，让人想起了“白素贞”——这个在舞台上粉墨登场的半人半妖的名字。

本来，对于游人来说，石林只是一种氛围，氛围有了，便可得意忘形，管他像什么还是不像什么。而对于石林来说，游人须有的应是一种性情，性情到了，什么都津津有味，活色生香，管他是精微雅致，还是粗粝蛮荒。

毕竟，这是赫章县的石林，连石头都“赫然成章”。

就在我凝神默想之际，一阵脆响——一阵断金碎玉般的脆响，自石缝外乘风破雾而来，那是当地村寨的彝族青年演出队踏冰践雪，专程来为我们表演。

见过许多表演，不是在正式的舞台上，便是在规整的广场上或院坝里。但这次不同，是在荒山上，在风雪中。表演者先得选择乱石丛中一处稍可避风的所在，再用锄头铲出一小块不带草皮的平地，然后在那湿滑的土坪上燃起篝火，接着再围火唱起歌曲，跳起彝家的舞蹈。

舞蹈有“铃铛舞”“撒麻舞”“酒礼舞”，等等。歌声与风声撕扯着较劲，加之岩石、树木的纠缠，它显得有些断断续续和跌跌撞撞，还有几分包裹在欢快中的难抑的悲怆。但那舞步却异常地热烈，奔放。双足结实地夯在冰凝上、泥地上，十分有力。于是，那断金碎玉般的脆响中，便也夹杂着鼓点似的沉雄和撞钟似的浑厚。

演出队还特地带来了白酒。喝几口酒再跳，跳累了再喝几口酒。那《敬酒歌》中翻来覆去地吟唱："喜欢的，也要喝。不喜欢，也要喝。管你喜欢不喜欢，也要喝。"颇具侵略性。它诱惑着你的鼻舌，挑逗着你的胃，煽动着你的心。

草地上，热气腾腾，雨雪霏霏，笑语阵阵。那激情的迸发，生命力的宣泄，也只有烈性的酒神才可以与之相配。我们之中，也有人加入了那且歌、且舞、且酒的狂欢的队伍。

篝火熊熊燃烧。红光在舞者的脸上跳动，在粉白、银白、素白、玉白、釉白的石、树、藤、草上跳动，分不清谁是演员，谁是观众。大家都沉醉在豪迈、圣洁、亢奋的情景中，恍恍惚惚悠悠，如梦如幻如真。

这么美的石林，这么美的草场，这么美的歌舞，却只能生长在远离人群的荒山野岭上。而且，也只有在荒山野岭上，在风雪中，才能收获到这么美的歌舞享受。我不由得忆起了鲁迅先生写在《题未定草》中的名言：

石在，火种是不会绝的。

又想起了西班牙著名诗人阿莱克桑德雷写在《火》中的句子：

所有的火都带有激情，
光芒却是寂寞的！

这里的农家，都有足够的生命的热力，也都有足够的生活的贫穷。热力与贫穷，激情与寂寞，常常结伴同居。越是贫穷和寂寞，便越需要热力的驱赶和激情的照射；越是激情和热力，燃烧后便越剩下寂寞与贫穷。

据说附近每个村寨都有大小不等的演出队，然而演出却大多无经济报酬。好在近两年，有些歌师、舞师已经走出大山，或在外地演出，或在外地执教，有的还登上了电视节目……于是，我又终于能够释然：

只要石在，火种就不会熄灭。

只要火在，光，就不会不被人所认识！

［原载《山花》2012年第5期，《马蹄叩醒苍茫》（外一篇）］

2012年

杨 燕

倾城飞雪

遇见他之前，冬日的江南，清寂无雪。

注定是一场诗意的相遇，在水做的江南小镇。

冬寒，雨深，一个人的城，开成水花中寂寞的花朵，连空气中都飘散着凄婉的江南曲。

她，有着雪样的肌肤，雪样的情怀，冰清玉洁，不染纤尘。

她，素颜如雪，衣衫清逸。在她干净的眼眸里，看不到凡尘纷繁与狂躁，清澈如水，温润如玉，气质如兰，飘逸若蝶。

飞扬的青春，寂寞而美丽。绕过江南的青石桥，穿过层层临水而上的石阶，她，宛如远古走来的丹青佳人，点缀在清清淡淡的水墨画中。

南方的冬，总是温润潮湿的。水边的垂柳，褪尽了颜色，只剩下淡色的绿串着温柔的风骨，在寒流中隐动。

就这样，她成了他镜前一直想找的画中人。雾色黄昏，她和他在水镇江南相遇。

不早也不迟，在安静的小镇里，她的纯美，他的俊逸，恍惚如梦，灵动了江南的冬天。

她说，她是来江南寻梦的。而他说，他是来江南拍摄冬情的。

他说，她属于江南，有着江南的清雅与灵秀，与这里的一山一水都浑然天成，她含羞不语。她从来不曾如此会心地笑过，发自内心的。她的神情，有着江南一样安静和雅致。

无论从哪一个角度，她在他的镜头里，都是最美的，仿佛和江南融合为一体，那么自然贴切。

多想，从此，留在这冬季临水的小镇窗台，细细和他一起品味，那些楼台玉宇，那些水色山青。

回首，凝眸，水边的小镇，枫红叶冷，船静月明。

冬天的江南，依旧是烟雨迷蒙，寒叶滴翠，轻寒漠漠。而他始终要走的，北方的妻来电，家乡已是飞雪弥漫了。

纵然是，绝美的期盼，悠悠深情几许，却也只能作今生最美的回忆。

这年的冬天，江南小镇下了一场罕见的大雪，当地人都说，是他们千年的缘分。

寂寞江南，烟雨浓重，一场红尘飞雪，没过小镇的天青色。

雪，恣意地飘落，如前世的她，一朵朵，一片片，尽情地挥散着漫天柔情与眷念。

离别的路上，望着他的背影，她抬头望雪，窗外，水边的小镇，有着别样的生动和空灵。

瞬间，那雪飘来的瞬间，是不是有一种期待无法释怀，是不是还有一些情感在悄悄沉沦。

雪中的小镇，她爱的白色，精灵般挂在树梢，淌在河里，一些香暗流涌动，如轻纱，若晓梦，那哪里是雪花，分明是你眼中落不尽的忧伤与祝福，丝丝缠绕，点点凝结，如梦如幻……

如有缕缕深情在远方呼唤……

你，听得到么？一片雪花的心事，风卷雨过，冬情过后，你是否还会记得，雪的纤纤手指在离别的冬天，一直一直，在你肩头，在你背影中，浸湿你沉默的眼睛。

不说，将所有的心语都化在珑珑的雪花中，飘逸成尘。

冬日情怀，一片雪的牵挂，化身为泥，流入一江春水，温馨恬静。忘掉，也是一种幸福吗？

江南依旧宁静如水，雪花缤纷，几许烟雨几多愁。

（原载《散文选刊》2012年第7期）

2012年

王剑平

爽爽的贵阳（神州漫步）

“乍寒乍暖早春天，随意寻芳到水边。树里茅亭藏水景，竹间石溜引清泉。”

五百多年前，心学大儒王阳明就对贵阳作了这样的描述。是的，这里冬无严寒，夏无酷暑；这里阳光充足，雨水充沛；这里有山有水，生态宜人。难怪王阳明在此悟出了“天人合一”之道，为天下儒者推崇。

时光荏苒，五百年如白驹过隙，不过弹指一挥间。在改革开放的今天，又有人用四句话概括贵阳：“四面青山含黛，三重锦绣楼台，两条绿带环绕，一湾碧水穿城。”由于具备典型的喀斯特地貌特征，这里山奇、水秀、石美、洞幽，形成了“山中有城，城中有山，城在林中，林在城中，湖水相伴，绿带环抱”的城市生态格局，因此获得全国首个“国家森林城市”“国家园林城市”“中国避暑之都”等美誉。

这是一片神奇的土地，是四十九个民族共同守望的家园，民族文化共融的地域风情，成就了这里的多彩民族和灿烂文化，只要你牵手一回，就会永远不忘。

贵阳的历史，是一部移民开发史。自元初建城，这片土地便见证了从蛮荒向文明迈进的七百余年辉煌历史。明、清两代，这里曾云集“六千举人，七百进士，三鼎甲，一探花”。明初的“移民实边”、清代的“客民”涌入、抗日战争、三线建设，每一个时期的开发，都写就了贵阳崭新的历史篇章。文教流芳，薪火传承。这座城市有历史文化的丰厚遗存、东西南北的民族风韵，而多民族的文化民俗、现代都市的节奏魅力，古代文明与现代文明交相辉映的迷人风采，正展现了贵阳兼容的文化品格和开放的博大胸怀。

贵阳是一个宜业的城市，它以兼容并包的个性敞开着自己的胸怀。作为我国西南地区重要的中心城市之一，这颗高原明珠，在祖国的大西南显示出了它特别的活力。贵阳市现已形成全方位、多层次、宽领域的对外开放格局，美国沃尔玛、微软，法国斯奈克玛、拉法基，泰国正大集团等世界五百强以及青岛海信、西洋肥业、山东兖矿、杭州娃哈哈等一批国内五百强企业相继落户贵阳。

贵阳更是一个宜居、宜游的城市。贵阳的绿色令人为之赞叹，行政区域内有林地面积近三百万亩，森林覆盖率达百分之四十二点三。市区四周群山环抱、林木苍翠，宽一至七公里、长逾七十公里的第一环城林带，长三百多公里、面积一百三十多万亩的第二环城林带，为贵阳市提供了绿色生态屏障，贵阳因此被誉为“天然氧吧”。绿意盎然中，贵阳的韵味让人回味无穷。除了真山真水，贵阳宜人的气候更是让人心旷神怡，年平均气温仅为二十三摄氏度，当许多“火炉城市”酷热难熬的时候，贵阳却是凉风习习、“这边独爽”。因为温度适宜，而且紫外线辐射小，夏季凉爽舒适的气候成了贵阳的骄傲。

截至今年，贵阳市已连续九次位列“中国避暑旅游城市排行榜”榜首。而用以专门分析、评价、权衡一个城市或一个区域是否适宜避暑休闲、是否具备夏季避暑旅游城市相关条件的评价指标体系——“中国避暑旅游城市评价指标体系”，被中国城市竞争力研究会、亚太环境保护协会、香港中国城市研究院等组成的联合研究评价机构命名为“贵阳指数”。良好的气候资源，催生了贵阳特有的“避暑经济”。贵阳的生态环境优势正在转变为经济优势，成为增强贵阳竞争力的重要一翼。

除了特殊的地理与自然条件之外，贵阳的“爽”还来源于建设生态文明城市的路径选择。2007年，贵阳市贯彻党的十七大精神和科学发展观，作出建设生态文明城市的决定。采取最严厉的措施保护生态环境，南明河与猫跳河是贯穿贵阳的两条重要流域，这两条河及其水利设施、湖泊库区，保护治理成效在全国同级省会城市中榜上有名；打响“森林保卫战”，依法判处“福海生态园”案件等做法在全国引起强烈反响，两条环城林带更加郁郁青青。坚持不懈地开展生态建设，建成筑城广场、十里河滩国家城市湿地公园、观山湖湿地公园等一批公益性设施，城市环境更加宜居。提高城市精细化管理水平，2010年以来全面开展“三创一办”，市容环境卫生秩序显著改观，城市文明程度明显提高，成功、圆满、精彩协办第九届全国少数民族传统体育运动会，获得全国文明城市、国家卫生城市称号。

为适应发展需要，2000年，国务院批准贵阳建立新兴城市——金阳新区，以优化中心区环境质量及提高基础设施服务水平。按照现代化新型城市的特点和21世纪人类对自然环境的高要求，金阳新区的功能定位主要从“行政、教育、居住、文化、金融商贸和高新技术产业”为主的城市性质出发，因地制宜，高起点、高标准地建设生态型、园林式、数字化、可持续发展的新兴城市，努力实现人与自然的高度和谐，经济、社会、环境的高度统一。

学者余秋雨曾对贵阳有过如下评价："21世纪的文明是和自然生态联系在一起的，在大家都担忧气候恶化的时候，贵阳却获得了'森林之城'的称号，还获得了很多环境生态大奖。同时，贵阳还具备很好的多民族人文生态，是一个拥有极其丰富的自然生态和人文生态的城市，这个以'贵'字打头的省份，拥有一个以'贵'字打头的省会，实在是贵不可言！"而身为贵阳人的龙永图先生也骄傲地说："近几年来，每到7月、8月份的时候看天气预报，真的只能找到贵阳这一个气候凉爽的城市，我们一定要利用好'森林之城、避暑之都'这张名片。"

国务院批准的《贵阳市城市总体规划（2011—2020年）》，对贵阳未来的发展作了远景规划。围绕生态文明城市建设这一总体要求，发展中的贵阳将形成"一城三带多组团、山水林城相融合"的空间布局。老城区、金阳新区共同构成城市核心，百花山脉、黔灵山脉、南岳山脉作为隔离绿化带及生态缓冲区，充分发挥过滤空气、防护污染、调节城市温度、美化城市环境的作用。

依据国家铁路干线布局规划，金阳新区已开工建设的贵阳至广州、成都、重庆、长沙、昆明快速铁路，以及正在建设的"一环一射两联线"市域快速铁路网，都将给贵阳市的发展带来新的重大机遇。

从2009年到2012年，连续四届生态文明贵阳会议在这里举行，层次越来越高，影响力越来越大。贵阳的知名度、美誉度快速提升，生态文明建设深入推进。可以想见，不久的将来，一个生态环境良好、生态产业发达、文化特色鲜明、生态观念浓厚、市民和谐幸福、政府廉洁高效的生态文明城市将在祖国的西部崛起。

（原载《人民日报》2012年8月31日）

申元初

乡巴佬寿生

1989年第8期《民俗（画刊）》刊登了署名王文宝的文章《风谣学会的一帧宝贵留影》并附了一幅照片，照片中的人，有寿生的提携老师胡适，还有北大著名才女徐芳，还有我的父亲寿生。

年轻时的寿生，英俊帅气，身高一米七八，腰板笔挺，黑亮的皮肤，峻拔的鼻梁，那双内敛着一种锐气的大眼，总令人想起贺铸那首《六洲歌头》中的句子："剑吼西风""目送归鸿"。20世纪20年代周西成任贵州省主席时期，他是贵阳老一中的篮球队长。《寿生文集》上有一张20世纪30年代他在北京中山公园的留影，一袭长衫，在微风中衣袂飘飘。如果你对"玉树临风"这个词没有太多的实际感受，你看寿生这张照片，你就豁然了。

寿生曾经自豪地对我们说过，胡适因喜欢他的文章，便给他介绍北大著名的江南才女徐芳做女朋友。第一次，徐芳到沙滩公寓来看望他，吓了他一跳，"第二次她又来了，我赶紧预先把你们妈妈的照片摆在书桌上。第三次，徐芳便不再来了"。对于寿生的这个说法，我们需要母亲的态度来验证，当时，母亲只是瘪了瘪嘴，说，"人家来看看你，你就以为你了不起，人家根本没有那意思吧。"我们就知道了，徐芳到公寓看寿生，这事是存在的，寿生把母亲的照片摆在书桌上以示他已经是有了女朋友的，这事也是存在的，但徐芳来看这位乡巴佬才子，多半是听了胡适对寿生的褒扬之词，出于好奇来见识见识这位乡下黑俊。谁都知道，比胡适年轻二十一岁的女弟子徐芳，那时正浓情蜜意地恋着他的老师呢，这位痴情的女子给胡适的诗里有《车中》一首，诗中写道："我闭眼坐在车里/什么都不看/什么都不想/只想得一会儿安静/但我惦着一个人/他使得我的心不定。”这时的徐芳，喜欢的是儒雅倜傥的老师胡适，大约不会移情到即便“玉树临风”却始终是一个乡巴佬的青年身上。

当然，乡巴佬寿生也是很儒雅的。当天气平和的黄昏，天上有些云层，有几处如洞似的薄薄的白云，隐约透出一点将有将无的微光，微风吹来，屋外梧桐的枝叶发出轻微的簌簌声。一天的工作和学习完成后，父亲寿生回来了，二哥也回来了。母亲在厨房里轻手轻脚地做饭，少不更事的我在屋檐下看小说，寿生和二哥在我与二哥的卧室兼书房里泡茶。我知道，他们又准备开始声情并茂的古诗文诵读了。

作为文人的寿生，留给我最深印象的，是他诵读古诗文的样子。如果你读过鲁迅的《从百草园到三味书屋》，那里面全身心投入到诵读中的老夫子，就是如此了。好歹在中文系混了四年，其实，除了在古汉语课文中分析过《郑伯克段于鄢》之类的文章，我对于那部中国文人都应该熟悉的《古文观止》，并不了然于心。但李华的那篇《吊古战场文》，却是耳熟能详，因为寿生常常仰头长诵这篇古文，往往至于手舞足蹈，在古诗文中，这是他的最爱。吟诵《吊古战场文》，他一定先抬头吸一口气，然后，从丹田里长啸出来：

浩浩乎！平沙无垠，不见人，河水萦带，群山纠纷。黯兮惨悴，风悲日曛。蓬断草枯，凛若霜晨。鸟飞不下，兽铤亡群。长告余曰：“此古战场也。常覆三军，往往鬼哭，天阴则闻。”……

在我的记忆中，寿生经常吟诵的篇章，大约有《滕王阁序》、前后《赤壁赋》《桃花源记》《阿房宫赋》《岳阳楼记》《湖心亭看雪》等——他最瞧不起的，是刘禹锡的《陋室铭》，他说：“《陋室铭》，一句话，小贱。哪样‘谈笑有鸿儒，往来无白丁’，太小家子气了！”寿生的这个评价，一直到我教了大学后，渐渐地觉出其深刻的道理来。

看寿生吟诵古诗文，你就会充分理解《诗大序》中所言“嗟叹之不足故永歌之，永歌之不足，不知手之舞之足之蹈之也”的真谛了。我想，《寿生文集》中那“重九登西山，昆湖脚下宽，天外云飞缓，胸中气浩然”的诗句，就是这么自然而然地从心底流出来的罢。

现在人们说到寿生的小说，大多引用我省著名评论家何光渝的评论：“寿生的这些小说，已经毫不逊色于四川的沙汀、李劫人、周文，湖南的沈从文、黎锦明等人同时期的同类小说。”

但每当我们用敬佩的口气说到沈从文时，寿生却总是从鼻子里哼一声：“沈从文，那是什么文章，哼哼唧唧的小白脸！”当时，我们感到讶然。而现在，每当我想起寿生那酸不拉唧的表情，却总是忍俊不禁，原来，那是可以理解的嘛！

关于寿生与沈从文，确实有一些耐人寻味的牵连不断的趣事。本文开头所提1989年第8期《民俗（画刊）》刊登的署名王文宝的文章《风谣学会的一帧宝贵留影》，文章说："1936年2月，顾颉刚发起筹备'风谣学会'，5月16日在北京大学文学院举行成立会议，顾颉刚、方纪生、容肇祖、沈从文、申寿生、常惠、胡适、吴世昌、李素英、章廷谦、罗庸、罗常培、周炅、钱玄同、朱光潜、徐芳出席，周作人、魏建功因事未到。其时，加入该会的还有广州、杭州、厦门、苏州、上海、南京以及日本各地的同好，共三十余名会员。"沈从文与申寿生名字比肩而立。

无独有偶，在三联书店出版的《北大旧事》一书中，有朱海涛先生所著"北大与北大人"一组文章，其中《"拉丁区"与"偷听生"》一文说："但也尽有毫无别意为学问而学问，一年又一年去的。并且产生的英雄并不少。听说沈从文就是此中人物。时常在《独立评论》上发表极精彩的文章，为胡适之先生所激赏的申寿生，也是'拉丁区'的一位年轻佳客。"沈从文和寿生相提并论，作为北大沙滩的"英雄"代表。

应该说，沈从文和寿生之地域文化小说，都是同类小说中的翘楚。但两人的文章风格，其实相差甚远。寿生经常给我们提起他与沈从文之间的"恩怨"。寿生的学历文化十分"单边"，现代化的数理化知识差不多是一知半解都不甚解，无法考取北大，胡适先生为了培养这位"为学问知识而来的'野'学生"（《论走直道儿》胡适编后语，《独立评论》第131号，民国二十三年（1934年）十二月十六日），专门为寿生举行了一次考试，内容就是写一篇文章，这摆明了就是要将寿生拉进北大，谁知这篇文章却送给了沈从文评改。沈从文不是胡适，与寿生年龄不相上下，同为寄居北大"拉丁区"的"英雄"，而写作风格完全是两派，用京剧做比喻，如果沈从文的文章是"袍带小生"，而寿生的文章则是"铜锤花脸"。"铜锤花脸"的文章落在了"袍带小生"的手里，命运可想而知，寿生的作文考试，只得了四十多分。从此北大的学历之门，向寿生而关闭。后来胡适欲邀请寿生做北大教职，这个倔强怪僻的乡巴佬青年拒绝说："我做学生都不够格，又怎么能做老师呢！"

寿生的这一举动，至今难被我们理解，放在现时代，恐怕十之八九要说他是个痴呆。但想想寿生不飞则已，一飞冲天，能做非常之事，必是非常之人，也有可想之理。

寿生经常摇头晃脑地哼唱一首文人山歌："相思江上相思岩，相思豆儿靠岩栽，三年结子不嫌晚，一夜相思也难挨。"他自我陶醉些哪样呢？原来这是他给他的老师胡适改的一首自创山歌。

他告诉我们，广西有条相思江，江上有座崖石岩，胡适将其命名为相思岩，相思岩风光秀丽，好长红豆。有感于相思江地方风情之美，胡适仿当地山歌，作了一首歌谣：

相思江上相思岩，相思岩上相思豆，三年结子不嫌迟，一夜相思使人瘦。

回到北京，这位不耻下问的学界长者，知道寿生于山歌一道是个内行，便将他写的这首“相思岩”的山歌给寿生看。乡巴佬寿生没有虚套子礼数，胡适给他看，他便老实不客气修改了老师的山歌。他告诉我们，那时，北京正热，他爬到公寓屋顶上，大热的天，晒着太阳，口中反复吟唱：“相思江上相思岩，相思岩上相思豆，三年结子不嫌迟，一夜相思使人瘦。”他告诉我们，“既是山歌，一定是能够吟唱”，但唱去唱来，胡适的这首山歌，总觉不畅，“我发觉了，胡适的这首山歌，基本是首文人诗，而不是山歌，它不能唱，不合山歌的音节要求，唱之气促！”

于是，寿生就像在农村山野里顶着日头唱山歌一样，晒着太阳，流着满头的汗，终于按照自己的吟唱，把胡适的这首山歌改成了如前所示的文字，并兴致勃勃地唱给胡适听。胡适听了，觉得寿生改的山歌果然好。

在《胡适文集5·南游杂忆》（北京大学出版社，1998年）中，胡适记载了此事。其实，当胡适在飞机上想起头一天游相思岩的情景，仿当地山歌，作了这首《相思岩》，他自己就感觉到，“这究竟是文人的山歌，远不如小儿女唱的地道山歌的朴素而新鲜”。因此，大度的胡适不因寿生修改了他的诗而以为忤，反而赞扬有加。

胡适在《南游杂忆》中记道：“后来我的朋友寿生先生看见了这首山歌，他说它不合山歌的音节，不适宜于歌唱。他替我修改成这个样子：

相思江上相思岩，
相思豆儿靠岩栽，
（它）三年结子不嫌晚，
（我）一夜相思也难挨。

寿生先生生长贵州，能唱山歌，这一只我也听他唱过，确是哀婉好听。我谢谢他的好意。”

寿生为胡适改山歌的故事，听寿生讲过多次。除了觉得寿生于山歌一道，果然内行，更觉得胡适先生的伟人谦虚风度，世人难及。叹曰：当世觅胡适风范者，能有几人！

寿生精于山歌一道，源于他对于农村的熟悉。而他与农民的交往，完全达于水乳交融。

1978年，我已经是县师范学校的教师，正准备高考。我家住在务川县一中。这里离城两公里，隔着宽宽的田畴，夏稻冬麦，春天是一片金灿灿的油菜花，景色绮丽。田畴的中间有一道水沟，隐隐约约，淙淙的溪水一直流到城里。公路沿山脚弯弯曲曲绕过来，在县一中宽阔的运动场边变得笔直，然后穿过一条山沟，消失在目不能及的远方。每逢赶场天，络绎不绝的农民便背篓挑担的经过一中运动场前的公路去到城里。于是，县一中运动场沿公路一带的槐树林下，便站满了一中采买农产品的教师职工。站在运动场边高地上的教工宿舍看下去，具有十分的情调。

当此时，如逢寿生休假在家，他也会漫不经心地踱到运动场边看热闹，他一般是不管家事的，并无采购任务。但兴之所至，他也会参与其中。

一次，一个农民用稻草绳包提了一个黑乎乎的似乎是石头的东西从马路垭口走上来，正好寿生坐在路边石坎上看风景，见了招招手："咦，你手头是个哪样子东西，好像重得很呢！"

农民见寿生招手，倒有些不好意思，说："啊，是老县长唛，哎呀，莫得哪样好东西咯，一坨石头。"

寿生笑了说："哪样石头你提去卖得？"（按：那个时候，还没有玩石头这一说，那是"封资修"的玩意儿）农民笑嘻嘻地把东西放在地上，原来是个舂辣椒的"擂钵"。四面都凿得十分粗糙，中间那个石头窝窝倒磨得溜光。

寿生说："这个窝窝摸起倒还玉光光地舒服呢。"

农民摸摸头，大笑："老县长，你说脏话咯！"

寿生"呸"了一声，骂他："老子说的是真话，夸你磨得细致，你个舅子的倒想邪了！"这是寿生说话的特点，他和知识分子说话可以引经据典，和农民说话则不上三句就开骂，农民恰恰喜欢与他交流，没有隔膜感。

农民哈哈地笑说："老县长，那石头摸起有哪样舒服的，又不是摸……咹！哈哈哈！"

寿生赶紧骂道："你格老子莫扯邪的！卖给我，好多钱？"

农民又摸摸脑壳，支支吾吾地说："你老人家要唛，一块三嘛，你看啷（怎么）样？"

寿生笑笑，说："那就一块五，你说要得不？"旁边围观的老师们"哄"地一声就笑开了："你这个申县长，硬是会还价，怕是天下还找不到说要不得的！"

农民有些不好意思，扭扭捏捏地说："那就不好意思勒，老县长，你喜欢，下回我再跟你整个来，不要钱，送你，等它们配对。"

寿生大笑，拍拍农民的肩膀，说："又不是猪牛马，配哪样子对哟，赶紧把你的钱揣好，赶场去哟！"

大家都哈哈大笑，散开去。

寿生就是这样一个秉性独特的乡土作家。文坛学界，议及寿生，皆认为，一个卓有成就的青年乡土作家，竟淹没于文学史中数十年，无人提及，不能不是一种遗憾和不公，比如中国社会科学院文学研究所研究员、博士生导师、古代文学研究室主任刘扬中认为："新中国成立以来海内外出版的许多或详或略的中国现代文学史著作中，竟然没有一部提到过寿生。这种遗漏对于作家本人是极不公平的！"（《弥补现代文学史书写的遗珠之憾》，贵州人民出版社《寿生文集》）何光渝也认为："令人遗憾的是，曾经写下了这些无论思想和艺术上都颇为优秀的小说的作家寿生，却被长久地遗忘在林林总总的中国现代文学史中，竟没有留下一点印记，是很不公正的。"（《寿生：不应被遗忘的贵州作家》，《贵州文史天地》2001年第2期）

其实，虽然现代文学正史中确无寿生之名，但一个能够在《独立评论》上大量发表评论和小说的青年作家——如千家驹所说："当时在《独立评论》上撰稿多为名流学者。如丁文江、翁文灏、蒋廷黻等，在该刊上发表文章，颇有一登龙门身价十倍之感。"（《名家经典记怀散文选》，向弓主编，四川文艺出版社，1995年5月）——这样的青年才俊，历史是不会遗忘的。现代文学正史而外，记载寿生的文献不可谓少也！在《胡适文集》《胡适传》《北大旧事》等重要著作中尽有详细评述，至于像《民俗（画刊）》和《文摘》等其他报刊，也不乏记载。

而一些重要学者在一些重要刊物发表的论文，也多有对寿生的记载，比如《民间文化论坛》2004年第3期刘锡诚的文章《歌谣研究会与启蒙运动——中国民间文艺学史上的第一个流派》，在论及中国歌谣的研究时，也不期而然地提及寿生："后期《歌谣》坚定地选择了文学派的立场。一大批文学研究者和教授，如朱光潜、李长之、吴世昌、林庚、台静农、陆侃如、吴晓铃、寿生等参加进来，他们分别从自己的文学立场对歌谣作出种种微观的阐发。"

比如张太原在《历史研究》2002年第12期发表的《自由主义与马克思主义（之一）：〈独立评论〉对中国共产党的态度》一文中，也并非偶然地提及寿生："一个为胡适所欣赏的《独立评论》投稿者申寿生，把当时资本主义的'落魄'说得更为形象，'只要看现在那些资本主义者，在明地里，不敢直表白其意向的那种狼狈相，就可明白一时代的主干思潮，一时代的要求，其力量之伟大了'。"

书香贝叶传经典，历史未必总无痕！翻检重要的历史文献，议及20世纪30年代的文坛往事，"寿生"，这个名号往往闪烁其间。历史其实对寿生并未遗忘，作为寿生子女，我自倍感欣慰，我对学者专家们的公正记载深感敬佩。而泉下寿生，亦能不叹之感之也乎？

（原载《山花》2012年第8期）

孟学祥

日　子

我跟着老人向山坡上走去，老人一只手牵着孩子，还要腾出一只手来牵牛，手脚就忙乱了许多。一路上，老人很少说话，我问一句他就答一句，一问一答中从不主动跟我多说一句话。倒是他手里牵着的孩子，一路上都显得很活跃，话也特别多，嚷嚷着要老人帮他做这做那，老人这个时候就要哄着孩子，就很难顾上走在旁边的我。孩子不听话，老人手上牵着的牛也不是很安分，它常常趁老人不注意，把头伸往路边去叼一口青草，或者去抿一口庄稼，美美地有滋有味地嚼着。老人时不时地不得不扯紧手中拉着的缰绳，把牛从庄稼地边拉回来。山路在我们慢吞吞的脚步下就被拉长了。

终于走到了老人放牛的山坡，山坡上的草在阳光下已经舒直了身子，鲜鲜嫩嫩地张扬和蓬松着，就等着赶来的牛们亲吻和采摘了。老人解下手上牵着的缰绳后，牛就撒欢着向远处青草茂盛的地方走去，然后融入先到的牛群中，开始分享山坡上鲜草的美味。放开牛放开孩子，老人从背上把烟杆扯出来，装上烟美美地吸了一大口，一边抽烟一边带着我向不远处的一棵大树下走去，寻着一颗石头坐了下来。孩子也跟着坐到了我们的旁边，也许是走累了的缘故，孩子现在已经不说话，头靠在老人的腿上，一个接一个地打着哈欠，迷迷糊糊似睡非睡的模样。我问老人为什么还不把孩子送去学校？老人说，年龄小老师不愿意收。我把同情的目光投向老人身边的孩子，孩子蜷缩在老人的身边，一边心不在焉地听着我们谈话，一边用散淡的目光仰视着老人的脸，老人的脸被从嘴里吐出的烟雾浓浓地笼罩着，此刻看上去显得十分滑稽和朦胧。

老人告诉我，大儿子和儿媳都在广东打工，小儿子大学毕业后分在省城上班，前年刚结婚，媳妇生孩子后老伴就到省城帮带孩子去了。老人一个人在家不光要帮大儿子管家，管他们留下的牛马，还要管他们的儿子。我问老人他儿子在广东是不是很找钱（挣钱）？老人没好气地说，找哪样钱？去了好几年，钱也不见在哪里。话虽然是这样说，但看得出老人对自己儿子在广东的待遇还是很满意。老人说，儿子每个月按时给他寄五百元钱，作为孩子的花销和老人的零花钱。老人很不满意的是儿子们不经常回家，他说，有时连过年都不回。老人告诉我，这个孩子来到他身边都快四年了，四年中孩子的爸爸妈妈只来看过两回。

一个无奈而又真实的日子从老人的嘴里牵出来，牵成一份牵挂，牵成一份责任。在老人的语言声中，日子就被老人分开来过了。白天老人很繁忙也很充实，老人牵着孩子的手走在石板铺成的山道上，老人顾前顾后地一直忙个不停，老人带着孩子去放牛，老人带着孩子去要猪菜，老人带着孩子去侍弄田里的庄稼。老人用劳作把自己一天的日子都塞得满满的，这时候的老人什么都不想，什么也想不起来了。只有到了夜晚，到了孩子去睡觉后，一直陪伴着老人的白狗也去门角打盹了，老人的身边没一个人时，才会胡思乱想起来，才会感到日子的孤独。

向我诉说时老人一杆接一杆地抽烟，睡醒了的孩子腻在老人身边，捕捉着老人吐出来的烟雾。老人的烟瘾特别大，在我们相处的一个多小时里，他的烟一直没有间断过，他吐出的烟雾总是飘荡着一股辛辣，袅袅地笼罩在他的四周，聚拢，飘散，然后又聚拢，又飘散。因为受不了这股烟味，我总是咳嗽。听到我不断地咳嗽，老人抱歉地问我，是不是不习惯他抽烟？我违心地说，习惯。于是老人从嘴里吐出的烟雾就一直没有停过。老人说他不抽烟就觉得身上难受，抽烟才有精神，身上才什么病也没有。

老人说，孙子刚来跟他的时候，天天哭闹，怎么哄也哄不住。后来他就烦了，就在一边抽烟看他哭，哭着哭着孙子就不哭了，挨到老人的身边一边看老人抽烟，一边追逐着从老人嘴里吐出来的烟雾玩耍。从那以后，只要看到老人抽烟，孩子就会一次次地追逐从老人嘴里吐出来的浓浓烟雾玩耍。老人把孩子的这个游戏称为“捉梦”，如果老人抽烟时孩子不在身边，他就会把孩子叫过来“捉梦”，老人对孩子说哪一天他捉住了梦，哪一天他爸爸妈妈就会回来了。

此刻孩子又在老人的身边跑前跑后地“捉梦”，捉着捉着孩子不跑了，孩子好奇地盯着老人的额头看了一会，然后像发现新大陆似的用手去抚摸，说爷爷的额头有一条沟，梦都跑到沟里去了，害他怎么捉也捉不到。老人就用手摸了摸自己的额头，摸到了一条深深的皱纹，并从皱纹里掏出了一些污渍。老人于是用手爱怜地抚摸着孩子的头，说，爷爷老了，爷爷的脸上长沟了，沟里先是装着你爸的梦，然后是你叔叔的梦，现在又装上了你的梦，梦多了爷爷也就老了，等你爸你妈他们这里也装着你的梦时，爷爷也就做不动了，那个时候你也能捉住你想捉的梦了。

听着老人的话，看着老人的表情，看着孩子的虔诚，我几乎有了想哭的感觉。空旷的大山上，一棵树荫护着我和一位老人、一个孩子坐在一块石头上，距我们不远的地方游走着一群牛，牛群无忧无虑地吃着草，老人则抽着烟，把生活从烟里吐出来，孩子追逐着老人吐出的烟雾，一点一点地感受辛辣的生活滋味。我很想了解他们的生活，而我却一次次地害怕惊扰和走进他们的生活，对于他们未来的日子，我更是不敢打听。

（原载《文艺报》2012年9月10日）

孟学祥

石头·土地（外一篇）

第一次看见供奉土地，更是第一次看见用树苗来供奉土地。村头树脚下那个用石头砌起来的小庙里，供奉着一颗不大的石头，村里老人们告诉我，那是他们的土地，是他们的衣食父母。长期以来，我不知道这里为什么供奉土地，更不知道祖先们为什么把石头称作土地并长期供奉，让一代代人顶礼膜拜。

供人们生存的庄稼是从石头缝里长出来的，庄稼羸弱的身体在这片土地上永远无法与石头媲美。石头从有限的土里长出来，长成石柱，长成石笋，长成石林，长成各种各样的形状，在这片土地上镌刻着庄稼无法镌刻的童话，一代代传诵，一代代蔓延。

发现石头越来越多是找不到土种庄稼的时候，土被山洪冲走了，被山风吹飞了，石头们就跑了出来，就占据了这片土地的每一个旮旮角角。站在高处的某一个地方，放眼石头们的世界，就会看到石头从山脚爬上来，抑或是从山顶延伸下去，成行，成列，纵横交错，像列队的士兵，像成林的石树，更像妖魔鬼怪们张开大口展露出来的可怕牙齿。

石头本来没这么多，也没这么可怕，它们原先躲在荆棘里或者蛰伏在小树下，是这里的人解救了它们，人们砍去荆棘，清除小树，于是它们就有了出头之日，就有了展现它们厚重和可怕的一面。庄稼遮不住石头，石头比庄稼高大，水冲不走石头，石头比水硬朗和结实，人更无法搬走那么多石头，石头的数量比人的数量还要多。石头多了，人们供奉土地的次数也越来越多，曾经只有节日才供奉的土地，现在却经常香火缭绕，有什么大病小灾的，人们想到的并不首先是去医治，而是先去供奉土地，在土地无能为力的时候才去医治。那一刻我不知道该是为土地庆幸还是为土地辛酸。石头多了，庄稼少了，人们在土地面前放置的供品也越来越丰富了。

真正能长庄稼的地也是从石头里长出来的，是把石旮旯间生长的荆棘请出去后腾出来的空隙，空隙里的泥土被保留下来，再种上庄稼，原来的石旮旯就被称为了土地。土地，土地，有土的地方才能称为地，但在这些土少得可怜的地方，因为被种上了庄稼，也就被称为了土地。这些地都太小，一块地有时就是一个脚窝，仅仅只能放下一只脚，土层也很薄，薄得都无法承载住一棵玉米的重量。地在这里的山坡上延伸着，在石头与石头之间延伸着，年复一年地重复着广而袤、宽而广的面积。地里的土在生长荆棘的时候，它们被荆棘抓住了，没有被雨水冲跑，也没有被狂风吹散。土里的营养不够根吸收的时候，荆棘们就会缠绕起来，相互间根缠着根，枝绕着枝，叶倚着叶，以彼此的相互依靠来传递着生长的信息，也以彼此的互通来均匀地分配着从土里吸收到的营养。这些土地上长出来的庄稼都很孤单，都是老死互不往来。庄稼们没有互助精神，没有均匀支配生存权的本事，更没有集体互助成长的基础。土层稀薄营养不够的地方，庄稼就长得瘦小，就长得可怜，就只能眼睁睁地看着土层好，营养丰厚土地上的庄稼茁壮成长。

土地仿佛是在一夜间被开垦出来的，在被开垦之前，土地还不叫土地，叫荒山。荒山上长着荆棘，长着小树，长着孩子们向往和捉迷藏的游乐园。孩子们在山上玩着，在荆棘和小树间玩着，追逐小鸟和小兽，玩着玩着小树和荆棘就不见了，小鸟和小兽们也不见了。不知不觉间荆棘也没有了，取而代之的就是被开垦出来的土地。春天雷雨到来的时候，水把石旮旯间的泥巴冲走了，雨水从光秃秃的山头上流下来，慢慢地汇聚，慢慢地组成激流，再很快地从高处一泻而下，无任何遮挡和保护的泥土被带走了，泥土们就像无牵无挂的孩子，在雨水的召唤声中义无反顾地跟着雨水淌下了山脚，淌进了悬崖下边的河流中。一些没有被雨水带走的泥土，在风吹来时也高飞了，它们飞向高高的天际，扬一路尘埃后就消失得无影无踪。土地消失得越快，被开垦出来的新土地也越来越多，被开垦的地方也变得越来越大，被丢弃遗留下来的石山也越来越多，到最后人们想从山上割一些荆棘来做自留地的篱笆时，才发现很多山上的荆棘已经消失得无影无踪。没有土的土地上，除了叹息，不再传出庄稼拔节的声音，人们把这一切的结果都归结为雨水的肆虐，山风的狂扫。人们诅咒着雨水的无情，诅咒着山风的无义，然后也开始诅咒自己的行为。

土地短暂的命运终于警醒了人们的意识，寻找、开垦、挖掘、丢弃，那些曾经成为生存观念的循环主题，再次引起了人们的反思。很多被开垦出来的土地种不出庄稼，一些人走了，说是去打工，一去就很少看到他们回来。那些离不了故土的人们在看到石头越来越多，泥土越来越留不住时，才像做了一场梦，突然在某一天早晨清醒了。他们放弃传统耕作方式，开始尝试亡羊补牢的补救办法。他们在石旮旯中一棵棵地种上可以固守住土地的小树，年复一年，日复一日，树苗就被他们当成了敬奉土地的供品。

有了树就有了土，有了土也就有了实际意义上的地。开春播种的时候，人们再次来供奉石头，供奉他们信仰的土地。供奉仪式结束后，人们拿走了摆放在土地边的树苗，纷纷走向山野，在石头缝中种上了又一年的希望。

母亲的土地

母亲累了，来不及放下锄头就一屁股坐到了地垅中间的泥土上，坐在很高很高的苞谷苗中间。苞谷苗在母亲的四周成林成片，纵横交错的叶子争先恐后地从挺直的苞谷杆上伸出来，伸到母亲坐着的地垅上，在苞谷叶片中炸裂开来的阳光，斑驳地渲染着夏日的炎热，把土里劳作的辛苦气氛烘托得更加浓烈。

汗水从母亲的脸上大颗大颗地滴落下来，濡湿了母亲的衣服，又濡湿了母亲脚下的泥土。这些苞谷苗连成的一大片土地，都是母亲今年种下的庄稼。下种的季节正好是儿女们纷纷外出打工的日子，在母亲的央求下，儿女们坚持着帮母亲把种子种下地才离开家。儿女们离开家不久庄稼就长出来了，先是粉粉嫩嫩的，然后就一日一个样地成行成列在母亲的视野中。除了黑黑的夜晚，每一个白天母亲都一个人细心地呵护在这些苞谷苗的身旁，浇水，施肥，除草。在母亲的潜意识里，她已经把这些苞谷苗看成她的儿女了。母亲说她种的这些苞谷是留给儿女们的念想，也是儿女们留给她在家的守望和期待。苞谷虽然是她种的，但却是儿女们帮犁的土，是儿女们临走前播的种，土里也浸透着儿女们的汗水。儿女们虽然不在家了，但还有她，她一定要帮儿女们把这些庄稼照管好，等他们回家后再把一个新的收获完完整整地交还给他们。儿女们走后的日子里，母亲的日子都在这些庄稼地中间算计和度过。在每一棵成长的庄稼苗身上倾注着汗水和心血，母亲仿佛就看到了儿女们的音容笑貌。

母亲六十三岁了，苍白的头发，粗糙却还不乏红润的脸庞上，一条条细密的皱纹里仿佛都漾满着岁月的艰辛。母亲四十一岁就没有了老伴，那个时候儿女们都还小，害怕找个后夫儿女们受气，就一直没再嫁人。十多年来，母亲既当爹又当妈，一个人拉扯着儿女们长大，直到他们成家立业。

母亲一生没有离开过这片山连着山的土地，也没有出过什么远门，到过的最远地方就只是三十多公里外的镇政府所在地。对于儿女们打工的城市，母亲始终无法在心中核定出那些地方与这片土地的距离，在我们谈话引出那些地名时她总是问我有多远。其实我也不知道母亲的儿女们打工的城市和这片土地的实际距离，每当母亲问到这个问题时，我都不能给母亲一个满意的回答，这让我的内心感到特别内疚。母亲说儿女出去闯荡她是赞成的，只有外出去闯荡过的人才会有出息，不像她，一辈子没出过远门，除了种庄稼什么也学不会，懵懵懂懂地就混成了老人。在我看来，母亲并不是没有出息，而是她把一生所有的出息都全部奉献给了儿女们，让儿女们替她长出息，替她争脸面。母亲就像她脚下的这片土地，在一成不变的岁月里，把一生的亮点都奉献给了那些在土地上长出来的庄稼，在庄稼鲜活、阳光、美丽、丰满、成熟的轮回更替里，土地就慢慢变瘦了变贫瘠了，尽管如此，从土地里生长出来的庄稼依旧鲜活，依旧阳光，依旧美丽、丰满和成熟迷人。

母亲以与实际年龄不相称的活力侍奉那些从土里长出来的庄稼，把庄稼幻化成儿女们的生命，在日复一日的岁月里注入对每一个儿女的呵护和关爱。母亲每天走进这些庄稼中间，一边劳动一边轻言细语地向庄稼倾诉着自己的感受，庄稼就在母亲的精心呵护下拔节了、长高了、成熟了，就给母亲带来了收获的乐趣和富足。尽管这些庄稼自始至终都没有享受到儿女们的一滴汗水，但母亲始终认为庄稼是属于儿女们的财产，是儿女们留在家乡的牵挂和羁绊，有了这份牵挂和羁绊，儿女们迟早都会回到这片土地上来。

山里的日子一年年都在发生着变化，像这片土地上所有的家庭一样，儿女们开始出去打工的那几年，都还尚存着眷顾家乡、眷顾承包地、眷顾庄稼的思想，每到种庄稼的日子，都还会回来把庄稼种下地后才出去，到秋天后又会回来把庄稼收进仓然后再次出门。渐渐地，收种庄稼的季节，儿女们也像其他人那样不再回来了。母亲五十九岁那一年，儿女们每个人在为她过完六十虚岁的大寿后，争相给她留下一笔钱，然后明确告诉她，他们不再回家种庄稼了，母亲想种，就尽自己的力所能及，在离家较近的地方种几棵苞谷就行了，权当是锻炼身体，远的地方就不要管了，哪个爱种哪个去种。儿女们给母亲算了一笔账，一亩地种出来的苞谷，都还赶不上一个人在外半个月的工资收入，而花的时间、精力却远远要比那半个月里花的时间、精力多得多。母亲知道儿女们说得很在理，也知道儿女们在外打工比在家种地有出息。从出去打工以来的这些年，儿女们每家的小日子都是一年一个样地变化着，旧房子换成了新房子，饭桌上的变化越来越丰富，身上的穿着打扮也变得越来越洋气，口袋里装的钱也越来越多。母亲看到不种地的儿女们把日子过得比过去滋润，比在家种地的那些日子要好上千倍万倍。但是种了一辈子地的母亲，乍一听到儿女们说不种地，虽没有说出反驳的理由，心海里还是泛起了深深的怅惘和失落。

儿女们说不种地就真的不种了，母亲五十九岁那一年过完春节，儿女们再次出去后直到第二年过春节的时间才回家，过完春节又急匆匆要走，要不是母亲的一再央求，他们连这片离家最近的地都不想帮母亲翻犁了，更不想再去地里帮母亲播种。

儿女与母亲的关系，就好比庄稼与土地的关系，每个儿女都是母亲土地里长出来的庄稼，母亲倾尽毕生的心血，用无私的汗水浇灌着儿女慢慢变美丽和成熟，并精心地呵护，让儿女不受伤害，健康成长。六十虚岁的生日大寿那天过后，年迈的母亲就独自坚守在这片儿女们承包的土地上，不管是天和日丽还是刮风下雨，只要是庄稼需要人侍奉的季节，母亲都会出现在这些庄稼苗的中间，像看护孩子一样细心地呵护着它们成长。最难能可贵的是别人种庄稼都是施放化学肥料，而母亲种庄稼的肥料都是她从家挑来的农家肥，别的不说，光是从母亲现在管理着的这片土地到她所居住的家，少说也有将近一里路的距离。现在的农村，在交通发达，各种运输工具纷纷涌进农民的生活中后，越来越多的人已经不愿意挑担了，但母亲却还在坚持着，坚持用一种传统的劳动方式来侍奉她的庄稼，不能不让人敬佩。有人看到母亲还在挑农家肥种庄稼，都劝她不要太费劲了，用化肥种庄稼比用农家肥种庄稼更让庄稼长得茁壮。劝母亲的人认为是母亲因没有钱去买肥料才这么干，就劝母亲喊在外打工的儿女们寄钱来买肥料。其实母亲有钱，儿女们给她的钱她却不拿出来用，更不会动用儿女们给的钱去买肥料来种庄稼。母亲给出的解释是农家肥种庄稼好吃，香甜，而用（化学）肥料种出来的庄稼，淡淡的，一点都不好吃。母亲坚持不用化学肥料种庄稼，就是为了让儿女们回到家能够吃上她种出来的香甜食品。也许母亲并不知道绿色食品的生活理念，但她用传统的理念来种庄稼，这一点倒无意间符合了绿色食品的要求。

母亲在六十一岁的时候病了一场，是在庄稼地里被雨水淋湿后生病的。那几天她躺在床上自己熬药喝，连着喝了三天后才慢慢好起来。儿女们知道后就阻止她，不准她再去地里劳作，说只要她在家帮他们把家看好就行了，家里的一切都不用她操心。母亲却不肯闲下来，她告诉儿女们，就因为她经常种地，身体的抵抗力才这么好，要不然她早就倒下去了。母亲说她这一辈子就是个劳碌命，天天在地里头做，反倒什么事都没有，在家只要坐个一两天，全身上下就开始出毛病了，不是这里酸就是那里疼，让人难受。

距母亲干活的地头不远有一条公路，母亲说儿女们就是从那条公路出去的。母亲知道公路的一头连着镇里，另一头就不知道往什么地方了。长期以来，公路延伸的意识在母亲的认知里都是一片朦胧，母亲说她总是搞不懂那条公路到底有多长，儿女们要走好久才能到达他们打工的地方。母亲居住的这个叫岩脚的小寨，就只有那么一条公路，两头延伸着，岩脚只是公路边一个不起眼的小村落，南来北往的车都不肯在这里多停一下，就是来拉人去镇上赶集的面包车，也只是在公路边鸣几声喇叭，见村道上没有人出来后就急急忙忙开走了。

母亲特别关注那些过路的车子，每次只要听到车子由远而近的声音，她都会从庄稼地里直起身子，希望看到有人从汽车里走出来，看到熟悉的人她还会高兴地同他们打招呼，碰到庄稼地里有黄瓜之类可生吃的水果，母亲还会热情地把这些东西拿出来，邀请路人品尝。在路边下车的人如果和母亲熟悉，都会亲热地同母亲打着招呼，有时还会送一点从外边带来的点心给母亲品尝，这个时候母亲的心就会变得暖融融的特别温暖。当然母亲最希望看到的是她的儿女们能从车里走出来，然后甜甜地对着她叫一声“妈”，这种愿望在庄稼成熟的日子里愈加表现得特别强烈。

令人感叹的是，母亲还喂养着四头大肥猪，是给四个儿女家准备着回家杀过年的年猪。过年儿女们回家，只有看到他们也像别人家那样，热热闹闹地杀年猪，热热闹闹地过年，母亲说她的心才会知足，毕竟儿女们在外边闯荡都很不容易。这一份浓情，这一份牵挂，应该不仅只是母亲一个人的愿望，更是这片土地上许多留守母亲的愿望。

母亲叫刘正美，住在贵州大山深处一个叫岩脚的小寨子里，是这片土地上千千万万留守老人中的一员，是一位四个儿女都在外边打工，仍以六十高龄坚持劳动，坚持在儿女们的承包地里耕耘种植，不肯让土地撂荒的老母亲。

（原载《民族文学》2012年第9期）

2012年

欧阳克俭

灵畜骆驼志

岁在庚寅，远赴西域，蹈袭敦煌。

入窟参佛、登山听沙、临泉观水，三桩心愿，在短短一天的行程中完成。

佛窟、名山、圣水，三大胜景，在一个绿地面积不到十分之一的“大漠之洲”里尽瞻。

而此番，我想得更多的是，于胜景，自是早已有了诸多的智者为之抒怀泼墨；然于人之眼中的畜类其如骆驼，却鲜有人专力为之付诸笔墨和情感。于是，我便决计要将自己的目光和笔触更热切地投向和敬献给眼前的骆驼们了，权以作《灵畜骆驼志》。

一

夏末初秋时节，西域的高空，云白天蓝、气候干燥、风大劲爽。

从吐鲁番坐火车至敦煌，硬卧下铺票价一百零三元。晚上十一时五十七分发车，行程近十个小时，于次日上午九时抵敦煌东北之柳园火车站。接站的是位姓杨的女士。

这位姓杨的女士，生之当地，面对大漠，或许是父母希望自己的子女，如木之葳蕤易长，秀之成林，于是便有了一个很诗意的名字——杨秀林。

她即是我们此次入甘旅途的全程导游了。

以貌取之，秀林女士虽然算不上一见就能攫住人心的那种漂亮女子，但其个儿高挑，穿了一件橘黄色的T恤外套，束着一把咖啡色微卷的秀发，颧骨稍凸，脸型骨感，身形紧凑、匀称而不失丰腴，且有着一双俏媚的眼睛，说话嫣然夸张，略带卷音，爱笑，齿白唇阔……总体上应算一个内在丰富、睿智可人的女子。

西北的早晨，太阳不像内地起得早，时过九点，天色仍觉朦胧。高风呼呼，气飒携劲，颇让人觉出几分高原的寒意。

不知何时，竟然恍惚觉得有悠悠驼铃之声从耳畔传来："叮当——叮当——"

曙光初露，万丈新霞。一支驼队，正沐浴着朝暾从大漠深处奔我心中踏踏而来，我的思绪自然也早已寻了那"噗嗤、噗嗤"的驼足迎迓而去……

秀林女士却先要张罗早餐，以暖和身子。出了站门，就地选了前方右侧不远处的一家小店，一碗当地正宗的羊肉面，外加一只鸡蛋、一小碟泡菜，价格不过三元，味道浓厚而纯正，价廉物美，远非内地可比。

在柳园等不及休整，便随了导游驱车向南奔去。至敦煌百十公里的路程，费时不过两个小时。

登莫高窟，攀鸣沙山，赏月牙泉，逶迤一路，时光似水，乐不思归。

经敦煌先至其东南面的莫高窟，行程仅二十几公里；如果直奔鸣沙山、月牙泉，则不过四五公里。

敦煌，属甘肃省河西走廊最西端，位于甘肃、青海、新疆三省区交汇处的"大漠绿洲"里。东边是嘉峪关、酒泉，西北边是玉门关、罗布泊、楼兰，南边有鸣沙山、月牙泉、莫高窟，西南边是阳关和祁连雪山，东北与柳园相邻，正北乃可通新疆的哈密。总面积三万平方公里，其中沙漠面积就占了百分之九十五点五；绿洲面积仅为一千四百平方公里，占不到总面积的百分之五，真正的"大漠"之地。

虽说是一座具有悠久历史的古城，敦煌如今却属中国距离沙漠最近的城市，已尽显现代都市的繁华和纷扰。

一箭之遥的东南边，即是莫高窟，去之不过个把时辰；再折西南向，就是早已闻名的鸣沙山、月牙泉了。

在无边的沙丘上，我在追寻着一艘"大漠之舟"……三五峰，抑或是一群远足的骆驼，急切地向莫高窟、鸣沙山、月牙泉，一寸一寸地靠近。

过去，在内地是极少见到骆驼的。偶尔见到一次，也不过一两峰，那是马戏团饲养来专供人们购票观赏的，再就是在动物园里见过这种"庞然大物"。第一次"零距离"与骆驼接触，是20世纪90年代初期在内蒙古的赤峰。"有朋自远方来不亦乐乎？"昔日在沪上求学时的同学崔英君热情相邀，并专程陪同，我们一起游览了当地的名胜——红山，并骑在高大的骆驼背上留了影。

仍记得，爬上山腰，皮鞋里总觉得有抖不尽的沙子。实则，那只不过是红山沙化所形成的一些沙粒罢了。抬眼近处，满是苍翠盎然的柳树、杨树、榆树和一些不知名的花草植物，不是想象中的沙漠。真正的沙漠，即距离赤峰市区最近的勃隆克沙漠，位于翁牛特旗的乌丹镇，相去赤峰市区还有百十公里的路程。

不见牧人，只有二三峰骆驼闲散在一座蒙古包前的沙地上，不紧不慢地反刍着。体态高大，却并不显得威猛，皮毛一点也不光鲜，灰头土脸、疙疙瘩瘩的，一副蓬头垢面、懒懒怏怏的模样……崔英君告诉我，那只是风景管理处饲养来作为运输工具之用的“家畜”罢了，工作人员也偶尔用它来为熟识带来的客人提供观赏照相留念之用。真正的骆驼，那得到真正的沙漠去才能看见。由管理人员牵着，并在其帮助下，我第一次骑乘这种庞然大物照相，心里着实还存有几分敬畏之意呢。

次日，崔英君夫妇执意要陪同我这个来自大西南的老同学去乌丹镇看看勃隆克沙漠。但由于从北京来前就已预订好了返程的机票，时间上已不允许，为了不爽归期，只好留下遗憾以待来日。

因此说，此行，我是怀着梦想和希望进入鸣沙山、月牙泉的。

鸣沙山属于巴丹吉林沙漠和塔克拉玛干沙漠的过渡地带，沙漠一眼望不到边，方圆百十公里、数百公里；而骆驼，则动辄二三十峰、七八十峰……

直到这时，我才算明白，什么才是真正意义上的沙漠，什么才是真正意义上的大漠骆驼。

然而，眼中所呈现的“大气象”，只不过是当下兴起的旅游行业中人工役使骆驼的一个繁丽之象罢了。

联想近日来的西域之旅，数千里的途程，何曾见过这种情形？于是，感喟不已：“过去常听说，进入西北大漠之区，经常会遇到迎面而来的驼群，少则几十峰，多的时候可达数百峰。”当今，为什么见不到这么庞大的驼群了？

此时，我在心里兀自发问，若不是眼前所见乃至未见的骆驼们用自己的骨骼和肉身化作“大漠之舟”，为敦煌这座“塞外绿洲”运来一道道自然的“生物屏障”，繁荣了这昔日“丝绸之路”所经之塞边重镇的话，时光最终吞噬的不仅是月牙泉、莫高窟、敦煌，甚至还会有境内那些星罗棋布的古城遗址、古道长城、烽燧驿站、石窟瑰宝……无疑，被吞噬的也一定还会有更多的流沙以及人类和骆驼们。

二

“吞噬”的魔咒既已起誓，毁灭和消亡只是迟早的事。

一如我等忧心“鸣沙山”，终究有一天会将“月牙泉”吞噬了一样，这已绝非我等痴人在做“杞人忧天”的春秋大梦。

诚然，“忧天”的题旨尤显庞大，也觉得过于空泛。于是，“痴人忧驼”的宿命，便骤然成了我等愚昧文人心头的梦魇之引。

如今，我以为，要想保护骆驼，仅将野生的骆驼纳入国家一级保护动物名录的举措已经显得十分乏力。眼下，恐怕连作为家畜饲养的骆驼也已成为了“濒危动物”。

2002年6月，新华网转引联合国粮农组织的一则资料显示：1998年，全世界有骆驼一千九百零八万峰，但双峰驼不足一百五十万峰。我国的双峰驼1981年为六十四万峰，达到最高峰。之后，从1982年至1998年的十六年间，全国双峰驼的数量以每年百分之七点一的速度一路下滑，到1998年全国双峰驼总数下降至三十二万峰。乐观估计，全国的骆驼目前也不超过二十五万峰。

新华网还披露，有名的“骆驼之乡”阿拉善盟，仅2001年，骆驼就骤减了三万一千峰，该盟的一家肉联厂，一年就宰杀了六千五百峰骆驼……

2003年12月人民网也曾有过报道：宁夏吴忠有一家屠宰场，一晚上屠宰骆驼的数量就达七十峰至八十峰，以供应整个西北地区的骆驼肉市场。

时代飞速发展，随着汽车、火车、飞机等现代化交通工具的崛起，悠然的驼铃已经不再适应市场经济滚滚向前的速度，古老的骆驼运输方式逐渐被取代，最终会淡出人们的视野，这是历史的必然……这不禁让人想起“兔死狗烹”“鸟尽弓藏”“卸磨杀驴”等一类用来考量世情无义并带有血腥意味的词汇。

正是，“无可奈何花落去”，病树后面春已无啊！

啊，曾经在瀚海大漠劈波斩浪，扬帆远行了千万年的“大漠之舟”，一经“搁浅”，留给世人的注定只有无尽的惆怅和戚戚的怀想。

在漫长的西域旅途中，因为怀着对曾为古代西域文明做过重要贡献的骆驼们的无限眷恋和敬畏之情，天山脚下、火焰山前、葡萄沟里，踯躅于吐鲁番盆地、徘徊于交河故城、逡巡在莫高窟内，昂首俯身、上下寻找、左瞻右觑，寻寻觅觅……

可想而知，一切过往的信息都难再以真实还原，一切陨落的翅膀都难再以赫然腾飞，一切消逝的声音都难再以戛然复响。

从而，我还有什么理由不好好地珍惜当下的时光，不去仔细地熟悉和研究一下眼前这些于我来说尚属十分陌生的领域，及其于心久已敬畏有加的骆驼们呢?

莫讥古之“杞人忧天”，且笑今之“痴人忧驼”。我不能不忧心，生怕这些可贵的“灵畜”们，会于刹那间不辞而别，远我而去，永无再见的机会。

关于骆驼，行前已查阅过一些资料，记载林林总总，浩如烟海。其如，《尔雅》即云：“驼，奇畜也，皆有两峰如鞍。其足三节，其色苍褐，负物至千斤。”晋人郭璞亦道：“驼惟奇畜，肉鞍是被。”李时珍《本草纲目》则又称：“驼状如马，其头似羊，长项垂耳，脚有三节……其力能负重，可至千斤，日行二三百里。”《博物志》又说：“敦煌西渡流沙，往外国千余里无水，时有伏流处，人不能知，骆驼知水脉，过其处辄停不行，以足踏地，人于所踏处掘之即得。”《北史》也曾记述“西北流沙数百里，夏日有热风，为行旅之患。风之所至，惟老驼预知之，即嗔而聚，埋其口鼻于沙中。人每以为候，亦即将颤拥蔽鼻口。”华希闵《骆驼赋》则描述骆驼“气骨傴危，形貌坡陀”。

…………

以上众多的记载，稍作归纳，让我初步懂得了三点常识：一是骆驼体格高大、雄健，性格淳厚、温顺，具有载物、负重、远足的功用；二是骆驼身形、体格、习性独具特点，具有预报大风沙暴、测知泉源水脉的本领；三是骆驼还有舍身救主的善良和忠贞，能为主人提供抵挡、防患风沙的“驼身屏障”。

同时，这也让我明白了一个浅显的道理：古人的记载，无非是为了复述一个早已经被求证过的事实——大漠戈壁，生存环境异常艰难、险恶，骆驼于人极具重要性。置身瀚海戈壁，自诩“万物之灵”的人类，须臾都离不开骆驼。

人之于驼，有之则生，离之则死！反之，驼之于人，却有之则累，离之亦活啊！

噫吁戏，从古至今，人之于驼，求诸者多矣！驼之于人，馈之者尤其多矣！

然而，文人墨客星星点点的记载和描述，其形其情，于今尽管多已化作了无声的故纸黄册，但更多的信息却已默然风散，覆水难收。好在现实环境里尚还遗留下不少鲜活的身躯足蹄和热息音声，尚可以资我等与之对话交流。

但愿能借时间之眼，多让我看清楚和想明白一些时空之事，多琢磨透彻一些自然天道和世间人尘之理。

三

瀚海大漠，沙丘绵亘、沙峰入云、沙烟张天……了无生机。

难道骆驼们，真的已然沉入了寂静的历史和浩渺的时空深处了吗？

难道骆驼们，真的是绝尘一骑，像一粒单向度的箭矢射向无涯了吗？

正待发问，忽觉眼前一亮，已幻成一景。

沉寂了千万年、一望无边的大漠瀚海，在金黄的沙漠、金黄的太阳、金黄的骆驼，以及金黄色的胡杨林的映衬之下，一个天造地设、完美协调、令人着迷的画幅便在远处影影绰绰、依稀出现了：

穿透荒原、漫过流沙、撕破沉静，一溜驼队欣然摇响空灵的铃铛，悠悠然然纷沓而来……

沙漠与天空澄明而富美，人与骆驼祥瑞而纯净，自然与红康平而和谐。这岂止是圣者的神性、德者的才情、仁者的风范？

在这个世界里，没有纷争、没有阴谋、没有陷阱、没有杀伐，充满理性与智慧的无限光辉和自律约束，充满人性与物性的无限柔情和诗情画意……

不管骆驼们会不会在时空长河里的某一天，抑或会在生命远行的某一刻悄然间转瞬即逝，远离这个世界而去，我们永远不会再度重逢。于今，既然上苍赐我，我就觉得自己应该好好地珍惜和抓住眼前能够近距离地观察骆驼这种畜类并与之交流和对话的际遇。

"嗨——骆驼——我的朋友——你们还好吗？"

高猛的身躯、硕大的头颅、俊美的四肢、赤兔的嘴唇、灵鼠的眼睛、笃牛的蹄子、奔马的长鬃……

以面相之，骆驼似为凡物，实乃灵畜。

从生的意义上来说，骆驼一定堪称戈壁大漠强大、德厚之物！从死的意义上去论，骆驼也定当是大漠戈壁忠贞、仁善之魂！

大漠无际，有限人生，我等人类，得之灵畜为伍足矣！得之为朋幸哉！

骆驼的腿长脚健、皮厚蹼粗、蹄圆扁大，使其能够在滚滚流沙乃至冰雪之上负重远足，行走稳健，不致陷落。

骆驼的鼻子深长肥厚，孔内须毛浓密，鼻翼可自动调控气息，让"鼻门"翕张自如，从而能将狂妄的大风、坚硬的沙砾御之鼻门之外，流浪于浩渺大漠烟尘之中。

骆驼的耳朵里同样有着密生的耳毛，孔内有挡风的膜瓣，能够随风就势，灵活转动，以抵抗风沙雨雪。

骆驼的眼睑为重睑，长着两层睫毛，也是阻挡风沙雨雪的天然屏障。据说，木垒的长眉驼甚至有三层睫毛。在荒漠里远行，骆驼正是凭借重睑和多层的睫毛来抗御风沙的侵袭，保护眼睛不受损伤和明辨方向悠然前行的。

骆驼有一个好的"胃德"。对于食物，骆驼从来不挑肥拣瘦。较之其他动物和牲畜来说，牛之求鲜，羊之求嫩，马之求精，骡之求细……而骆驼刺、梭梭、沙棘、沙柳等其他动物和牲畜"弃之如履"的粗疏植物却无一不是骆驼可口的食粮。

骆驼有着金黄的毛发，厚实的毛绒，这是它抵御和防范寒冷的资本，也可赖以减少体内水分的消耗和蒸发。尤其是，骆驼在沙漠里迎战严寒的冰雪，非凭借这身"行装"不可。因此，有经验的牧人和驼户，深谙骆驼身体的这些特点，在冰天雪地里进行长途跋涉，需要过夜的时候，就用骆驼一个接一个地围成圆圈，人则卧于其中取暖入眠。而如果碰上气候极寒之时，人则可以挪到骆驼的脖子底睡觉，温顺的骆驼则会伸展自己的长颈，用其体热温暖主人……在一些旧时的日记杂录里边，我们可以发现无数这般生动的叙述。

《辍耕录》记载："沙漠雪盛，令驼趺其身，终夜不动，用断梗架片毡其上，而寝处于下，暖胜肉屏。”在这里，骆驼起了“屋架”的作用，人们“用断梗架片毡其上”，就构建成了一间雪地里的“暖屋”。骆驼身热，恰似一堵火墙，人睡其间，温暖舒适不亚于北人的“毡房”。

有故事说，骆驼还有极强的识路本领，无论地形多复杂，即便是在夜间行走，也不会迷失方向和道路。因此，古人常常以骆驼作为交通联络的“信使”。胡砺的《长乐寺碑》就记载过这么一个故事：“磁县山中有竹林寺，五百罗汉所居。齐天保末，使人取经，使者辞以不知，文宣曰：‘取我骆驼乘之，则自至矣。’使者入山，数僧相谓曰：‘高洋骆驼来也。’使者曰：‘帝命于寺东廊从北第一房取经函及尺八黄帕等。’僧命取与之。”在这里，骆驼不仅是人的坐骑，还担当了人的向导，在没有任何标识的戈壁瀚海中行进，准确无误地到达目的地，顺利地完成了文宣帝的使命。

“无边瀚海人难度，端赖驼力代客船”。记得新华网有一篇呼和浩特的电讯稿，引述过类似的一则故事，说的是数十年前，阿拉善盟机关的同志们出差下乡时，唯一的交通工具就是骆驼。路程远时还要带上两匹，驮上足够的水、盐和食物草料。有好几次沙尘暴中迷途，都是骆驼把他们带到目的地。这无疑是骆驼的又一独特本领。中国有句成语，叫作“老马识途”。其实，动物界里能够“识途”的还有骆驼，骆驼与马的识别记忆功能是可同日而语的。

从秀林女士的解说中，我还知道了骆驼在风和日丽的日子里，眼睛睁得特别大，能把四周的景物看得一清二楚。骆驼之所以具有超凡的记忆功能，正与它平时看得多、看得宽、看得清有着极大的关系。看得多了，思考、辨别、明白的世情世相自然就多。接着，秀林女士无不风趣地笑着告诉我们，大漠人还有一说，讲的是人可以在骆驼的眼睛里看到自己的影子，有的人，则看不到。时间长了，这样的情景便被人们说成是“只有好人的影子才能够出现在骆驼的眼睛里，而坏人的影子是不配出现在骆驼的眼睛里的”。如此说来，骆驼还是一个廉明公正、爱憎分明的“大法官”呢！

我不知道，在这人心善恶各体、德行好坏各异，好坏难分、良莠不齐、世相纷繁的人世间，还能有几人敢于坦然直面这等灵异聪慧、嫉恶如仇的畜类呢？

关于这一点，过去我总是疑惑不解。违背自然，甚至反自然，远离真善美，放弃、抛弃、离开、离弃……这样的状态，人类似乎轻车熟路，越来越自信，也愈走愈远了。

因此，在这种状况和趋势之下，我们当然看不清，或者是不再愿意去看清、看懂和考究这样的一些“大道微言”“删繁就简”“归真返璞”一类的平凡之事和简单之理了。

四

刚迈进“鸣沙山月牙泉”景区大门，在其右侧便是一个驼场。驼场里，散漫地聚集了二三十峰大小不一的骆驼。再往里走百十米，在快接近月牙泉时，又出现了一处较大的驼场，也散漫地聚集着五六十峰骆驼。

这些骆驼的背上，都搭着一块小毡垫，再由两根棍棒榫合而成的木架一左一右地套着置于两峰之间，一张鲜艳的小毡毯又覆盖其上，形成“驼鞍”，以供骑乘之人坐之。干燥的粪便撒满一地，膻气让人掩鼻。高大健壮一点的骆驼，此刻，有的已被游人相中，正在上背准备出发；有的则还在等待着，任凭主客双方讨价还价。瘦小一点的骆驼，我想，一天下来无人问津，也当是常事。

骆驼着实有一个好的“品性”。眼前，偌大的驼场，无草无料、屋舍无栏，就如此圈着这些骆驼。

这些看似高大威猛的骆驼们，就由一根细细的绳索穿着鼻孔，或站或卧，无不乖顺、安详、平静得一如睡梦中等待分娩的母亲。卧着的，身子俯地，四肢曲跪；站着的，张腿叉肢。不管是匍匐着的，还是站立着的，眼睛一律平视，伸颈、抬脖、仰头，默然平静等待。完全是一个绅士或淑女的模样。

偶尔，还有几峰幼驼，蜷伏于母驼的身旁，憨态可掬，全然一副处子神态。心地澄明，娇若婴童。

此时，穿行在夏末中午的沙漠里，气温已高达四十摄氏度，脚上的皮鞋还套着一双十元钱租用一次、鞋筒掩过半膝的防沙鞋，尚且还感觉得到脚板底下在发热发烫，没走几十米，就已经气喘吁吁、口干舌燥。很快，呼吸也不顺畅起来了。由于风大、干燥，却不见发汗。

抬眼望去，一溜驼队却正驮着游人，从驼场启程，悠然穿过斜坡前的沙区，坚定地朝着山麓进发。未几，已迈上沙山如蛇如龙、如削如斫、忽明忽暗的峰脊……

有资料提示，骆驼生长周期和繁殖周期较长，公驼八岁才成熟，母驼四岁才能配种，怀孕期一般为十二个月至十四个月，两年才能产一胎，一胎只能生一个驼羔。母驼生小驼时不让人看，躲到大沙漠深处去生，生下来好多天才把小驼领回来。骆驼寿命一般在三十年至五十年。

秀林女士还介绍说：骆驼分双峰骆驼和单峰骆驼。我们常见的是前者。骆驼的耐力是惊人的，无论驮运、骑乘、拉车、耕田、犁地，都是骆驼的强项。一匹双峰骆驼最大载重量可达七百五十公斤，一般为二百五十公斤至三百公斤，每天可行程三十公里至三十五公里，骑乘则可日行七十公里到八十公里；一峰骆驼一天可耕地三至五亩，双套双铧犁每天可耕地七亩，最高可达十四亩。挽车时，两驼一车可拉一千五百公斤至一千八百公斤。我国传统的骆驼赛跑项目，阿拉善骆驼五千米的成绩是三分五十八秒。

骆驼能在茫茫的大漠中负重数百公斤的物品连续走上二十多天，行程一千多公里；骆驼滴水不进在七月的骄阳下暴晒，也能活半个月；骆驼即使十多天不饮水进食，仍可照常使役；即使三十天不饮水进食，也不至于危及生命。曾有人做过试验，中等体况的骆驼，经过三十三天断草断水，仍能挽救复壮。骆驼虽然能耐渴忍饥，但同样也可以一次将多达一百来公斤的水断饮而竭。

沙漠里的气温，最高时可超过七十摄氏度。当气温达到五十摄氏度左右时，人体的汗水蒸发就会过量，导致正常判断能力的丧失乃至耳聋、体痛，甚者会丧失理智直至死亡。其他动物和牲畜失水严重时，同样会出现生理障碍直至死亡。然而，处于同样条件下的骆驼，坚持的时间却比人长十倍，比其他牲畜长五倍。即使失水量达到体重的百分之三十，骆驼仍然安然无恙，照样能够以惊人的毅力坚行于烈日之下、大漠之上。

在“无飞无走并无介与鳞，无草无木亦无水与薪”（李伯宣《坚石斋诗集》）的大沙漠中，于人来说，水与骆驼显得同样至关重要。“缺水”就会失去生命，因此，在“沙漠”这种特殊的地理环境里，没有哪一种动物能够像骆驼那样真正理解水的意义和具有“水”的意义！没有哪一种动物能够像骆驼那样愿意与人类成为忠贞无二的朋友，从而也成为了人类最不可或缺、最忠实可靠、休戚与共的生死朋友。

人驼在茫茫无垠的大漠戈壁之中长途跋涉，若陷入人驼俱乏、且饥且渴之时，主人多数是不用着急的。因为骆驼有着嗅觉异常灵敏的鼻子，在很远的地方就能嗅到水的气味，如果所经之地找不到有湖泊和水井的地方，它仍然能够帮助主人找到地下潜流或有浅水的地方。

因此，关于骆驼“能识泉脉”的本领，旧牍颇多记载。李时珍说，骆驼“能识泉脉、水脉、风候，凡伏流，人所不知，驼以足踏虚即得之”。试想，就在那“鸣沙射人石喷雨，苦雾匝地天无津”的紧要关头，就在那“其风沙迅疾，斯须过顶，若不防者，必至危毙”的危难时分……长途奔袭的骆驼们，骤然一下齐刷刷地停住脚步，昂首齐鸣，踢踏不止，蹴地成泉……

想是时也，“哗啦啦——哗啦啦——”，水一下子清流四溢。这种场面，神圣庄严、悲壮磅礴得令人肃然敬畏不已！

其时其境，那是何等地具有宗教般的意境和神学般的意味？

啊，水原是上帝恩赐，骆驼则是人类的福音。水是生命的源泉，骆驼则为绝望之中的人带来了重逢生的希望。如此说来，骆驼不仅是危境中的自救高手，还是沙漠之人的“大救星”了。

于是，瀚海大漠之上，一艘人与驼编组的“大漠之舟”，又重新扬起生命的风帆，舞动着猎猎旌旗，呼啦啦，坚定迎风、阔步上路……

五

西域之行，一路行来，一路观看，一路寻思，一路询问。其实，一个人的知识、品格、意志，乃至一身钢筋铁骨，何尝不正是在这种不断的行走和学习之中得到丰富、陶冶和历练的呢？这正是古代文人们提倡“行万里路，读万卷书”的道理所在。

一路行来，作为导游的秀林女士，途程中所遇到的陌生旅人，抑或是当地的土著百姓，都曾讲起过许多有关骆驼的故事。这些看似导游小姐出于职业的要求，或是景区的土人出于招揽生意的需要，所脱口讲出的故事，其间即便是多了许多圆凿方枘的牵强附会，也许多了一些耳食之谈的似是而非，但是，这些看似十分平常的琐碎之末，却蕴藏了很多生存的大道理，给人以启迪，让人铭刻于心。

即便是漫长的腐朽，也能催长雨后的新生。

即便是万一的涓流，也能延绵时空的长河。

一则说的是，骆驼看似威猛高大，但生性善良而胆小。一天，一峰骆驼在负命寻找水源时与狼相遇。狼向骆驼扑去，企图速战速决。机警的骆驼一声吼叫，便撒开四蹄顺了来路向戈壁深处逃去。最初骆驼奔跑的速度当然不如狼，但骆驼的耐力好，持续性长，跑着跑着，狼就跟不上了，骆驼却逐渐远去。狼不甘心，继续追赶。追了数十公里毫无结果，等到狼垂头丧气地返回时，戈壁滩里的气温高达五十摄氏度，烈日当头，热风如灼，连一滴水也没有，狼使尽最后的一点力气，四肢发软，口吐白沫，便呜呼哀哉了。而此时，骆驼的力气还足着呢！骆驼凭着自己的智慧和耐力，摆脱和战胜了贪婪的天敌——恶狼的追击，最终平安返回驼队。

一则说的是，一户牧民家养有骆驼，一天晚上，主人在骆驼跟前分别放了一大堆干草、一大堆鲜草。他们惊奇地发现，骆驼们在进食时，无一例外地都选择了干草。问牧民，为什么骆驼不吃鲜嫩的青草而吃苦涩的干草？牧民说，骆驼是一种忧患意识很强的灵畜，它害怕主人第二天就会让它们去穿越沙漠，而进食干草远比青草耐得饥饿。一头成年的骆驼，一晚可以吃下数十斤干草，它们在暗自准备着远涉沙漠呢！而我等人类，在现实生活中反而每每只顾及眼前的利益，往往急功近利，甚至是竭泽而渔，最后总是欲速而不达。

另一则说的是，骆驼是一种很富有母爱、重感情的动物。如果小驼羔不幸死亡，驼妈妈会悲痛欲绝，泪水潸潸，如泉如流，不吃不喝，日夜发出低沉的“呜——呜”哀鸣——，到处呼唤寻找自己的孩子。开头的一些日子，驼妈妈常常会不由自主地一圈又一圈地围着主人的毡房或蒙古包打转，向主人寻求帮助，抑或是跑到附近的沙漠里去寻找，找不到自己的孩子又回来围着毡房或蒙古包打转……让人心酸至极。牧民们即或偶尔采用别的驼羔来“移花接木”，让驼妈妈接纳非自己亲生的儿女也是一件非常棘手的事情，很不容易办到，常常得连续不断地给驼妈妈拉起胡琴或马头琴，唱上几天几夜的“陶爱歌”才行……

还有一则说的是，骆驼与狗、马等一样，都是最通人性的动物，由于它们朝夕与人相处，便熟知人的习性，了解人的行为，懂得人的感情，从而成了人类相依为命的“伴侣”。因此，当主人生病或遇到了意外，骆驼就会奔跑回家告急，从而使主人得到及时的救助。这个故事，电视剧《胡杨女人》里的那峰名叫“白旋风”的骆驼，也曾经给予了淋漓尽致的诠释。

旧时代的文人们也多喜欢骆驼。20世纪30年代，北京有一本由沈尹默先生题写名字的刊物叫《骆驼草》很有名，周作人、冰心、俞平伯、冯至、废名等名家经常在上面发表文章。冯至曾以骆驼喻人，风趣地说：骆驼在沙漠中行走，任重道远，有些人的工作也像骆驼一样辛苦，我们力量薄弱，不能当骆驼，只能充作沙漠地区生长的骆驼草，给过路的骆驼提供一点饲料。

……

直面骆驼，细细赏其形貌、观其品性、体其德行，让我了解到了，表面上，骆驼虽乃“庞然大物”，不甚“灵光”，然而，其内在心性和情感却比牛、羊、马、骡等畜类远要温文和睿智得多，真正属“大智若愚”一类。

于是，对于骆驼这种“灵畜”精神层面上的认识，已在心底愈加明晰了起来。

原来，勇毅坚韧、顽强抵御、负重远足、忍饥耐渴，其精神之处，正是骆驼嘉善的特质啊！睿智预知、善良仁爱、笃爱贞厚、忧患忠义，其灵魂所显，正是骆驼可贵的品性啊！

人之于驼，我等俗人，其性也假恶，其言也诡谲，其行也阴私，何以比之，又安可企之耶？

大漠的天气，说变就变，早晚温差甚大。刚才还是晴空万里，阳光灼人，转眼已是乌云压顶，劲风掀沙。

抬眼望去，如锋如削的沙峰，已是沙风漫卷、脊尘喧嚣，狼烟如燧、风雨欲来。

可人的导游秀林女士出生本地，深谙沙漠瞬息万变的习性，其时，也已正在亟亟招呼自己的团队返程了，橘黄色的T恤外套，咖啡色微卷的秀发随风在黄沙中飘舞。

经过一天的劳形困顿，在晚霞的余晖中回眸鸣沙山的那一刻，人和骆驼已然与大漠紧紧地融为了一体。

（原载《民族文学》2012年第9期）

2012年

喻莉娟

向往神农百花寨

最近，和一群志气相投的朋友去到一个地方，一个现代城市人向往的地方。这个地方，是石阡县河坝场乡坪中村。

若说城市里的东西，如汽车、洗衣机、电视机、电冰箱等，这里的农户们都已经拥有。就连电脑网络，这里的人们也不陌生。时见这里新修的小楼房，白墙红瓦，有几分现代气，也难免透出几分乡土气，隐藏在万绿丛中，倒也是一种特色。

而若说这里拥有的，城市里就稀罕了——青山，绿水，带荚的百亩油菜，倒映花树的秧田，田间掠过的白鹭……晚上满田满坝的蛙鸣，城市人哪里能够享受到呢！

这里紧挨乡政府治所河坝场，与余庆的龙溪镇接壤，公路过去几分钟就是龙溪镇，通过花山水库走水路可直接到余庆县城。水陆两条道，到余庆县城很方便，到本县县城石阡却相对较远了。但这是一块风水宝地，离石阡县城虽远，而石阡绝不会忽视。

从贵阳开车过来，过了龙溪不久，下国道，进入一条乡村公路，就看见四面群山，远远近近、重重叠叠，如莲花层层展开，莲花的中央就是一块大坝子，一条小溪从山间流出，时隐时现，穿过坝子，保障了一坝田地的水源。坝子四面的山脚下是人家住户，一条环形水泥公路围着坝子绕了一圈，把分住在四面山脚下的人家户连接在一起，是真正的“环村公路”。

我们的车一直开到坪中村的南面最低处，是环形公路的转折点，那条穿坝而过的小溪，在这里汇聚了一股四季不干的山泉水，漫到下面的大田里，村里正计划在这里蓄水成湖，这样，浅浅的湖水依山势而自然生成，给这里更添了几分灵气。蓄水大田的边上有一栋规模很大的现代化建筑，上下两层，白墙红瓦。驾驶员告诉我们，这里就是我们下榻之处。楼房下面是很大的一个院子，用蓝色的围墙围着。红色大门上的巨幅横匾上写着“德心园”三个大字，竟然是贵州著名的老一辈书法家冯济泉先生的墨宝！

这本是一个现代化的幼儿园，园内各项设施齐全。这是本地一个热心回报桑梓的成功人士罗明学工程师所修建。幼儿园本意是为河坝场乡的干部居民们提供一个现代化学前教育的场所，但因地处僻壤师资不逮而未开办。他的更大计划是在坪中打造一个“百花寨”。

一个年轻人在德心园的门口等我们，他自我介绍是这个村的支书，在这里已经等候我们多时了。

我们住下之后，村支书和村委会的人带我们去漫步考察美丽的坪中。

已是仲春之时，只见四面的群山葱葱茏茏，近低远高，远似泼墨，近如翡翠。盆地中间是一大坝油菜，正是望收的时节，在高处一望，一坝子的油菜，宛如绿海翻滚。放眼望坪中，实实虚虚，如国画仙境。

村支书告诉我们，这四面山上都是果子树，如果你们早些来，可见漫山雪白，中间还错落些红花，哎呀，那叫好看。我对支书说，其实我们现在看到的是另一种美，你看，路边的桃李已经有板栗大小，枇杷果开始见黄，柚子树却刚挂白花，花香四溢，沿路蜂飞蝶展，这是一种生长成熟之美。村支书笑了说，老师说得好，花有花的好，果有果的好。

我们围着绕寨公路走一圈。一路上都能见到插秧的农人。油菜果实饱满得像即将临盆的孕妇，肚子里的菜籽娃娃们呼之欲出。这里的油菜高得像一棵棵小树，我站在田边与油菜比高，虽然把头使劲往上伸，还是达不到油菜树的高度，真叫人叹为观止。在一块早熟的油菜地旁边的水泥院坝里，一个大姐正拿着“连盖”，在翻打割下来的油菜。“连盖”，是一种拍打油菜、荞麦、高粱果实籽粒的工具，一棵长杆上横穿一棵短棒，短棒上又斗了一排稍小的短棍，举起长杆，翻动短棍，拍打在果实籽粒上，就把籽粒拍打下来。只见这位衣着现代的农村大姐举着连盖啪啪地翻动，脸上露出丰收的微笑，让人感到人与自然的祥和。

村支书给我们介绍，他们村，在罗明学工程师的计划下，准备打造成一个专门种植花卉的村寨，到时候一户一花，这里的一百多户，那就是一个百花寨。同行的王老师补充说，我们住下来之后，已经商量过，百花寨，百花百药，我们给你们起一个名字，叫“神农百花寨”。村支书激动地说，好点子、好名字，就是神农百花寨！

路边的石墙上，土坪边，金银花开得正好。走过一户农家，蔷薇花丛中，几只小鸡在忙着找食，一条白狗在门前懒懒地躺着，见了我们把瞌睡的眼睛睁开，嗅嗅鼻子欲起来迎接。村支书招呼主人家，出来一个六十来岁的老人，热情地邀请我们进家坐。我们站在院墙边，和他聊了聊，说到种花，老人笑了说，我家就种得有牡丹和芍药，我们这里的气候、水土，搞个百花寨，是没有问题的。到那个时候，欢迎老师们来赏花就是了！

我忽然想起《镜花缘》中，武则天作诗下令百花齐开的故事，那是小说的虚构，但这里，石阡河坝场乡坪中村，却将变为现实，想想真令人激动！

离开老人的院子，我们回看站在院坝前跟我们告别的老人，我挥挥手说，老人家，到时候，我一定再来你们神农百花寨做客哟！

（原载《散文选刊·原创版》2012年第10期）

2012年

罗迦玮

那盏远去的四方灯（外一篇）

近日翻阅贵州日报副刊，一篇娓娓道来的《四方灯》，让我沉浸在乡村纯朴宁静的夜色之中……借着奶奶手上拎着的四方灯，我也仿佛走在七弯八拐的田坎上，一种久违的画面和温馨，让我不由在记忆的深处，找寻心中那盏已经远去的四方灯……穿堂风中草尖般大小，在昏暗中摇曳着光亮的火焰，透过四方的玻璃，渐渐地照亮了逝去的岁月。

还在读小学二年级的时候，作为独儿子的父亲为了孝敬远在老家一个人生活的爷爷，放弃已生活工作近二十年的异乡，举家调回了故里。但好事总是难以顺愿，尚处在“文化大革命”末期派系斗争中的人事部门，竟因当时签字同意父母调入的某领导突然下了台，无人安置父母的工作去向，我们一家就只好在县委招待所住了下来。这一住就长达三个多月，回到家乡本应欣慰的父亲，不得不愁容满面，不断地挨个求人。尽管最后被分配到与广西仅一江之隔的坡脚乡下的一个供销代售点，不是当初商调的县直单位，父亲也毫不犹豫地把家搬了过去。父亲安慰母亲说，这里虽隔老家还有六十多公里，但比以前隔着几百公里好多了。

可接上爷爷，全家搬到坡脚后，父母才知晓这个地方居然没有一所学校，离得最近的村办小学也得渡过南盘江，在对岸的广西陇堡。第一次渡江求学，我就差点成了江里的鱼中食。母亲急哭了，父亲无奈之下只好把我和哥哥送到幺塘乡下的姑妈家寄读，那里有一个村级小学，离姑妈家只有两公里。虽然与父母从此相离，但有书可读的喜悦，也让失学已三个多月的哥哥和我着实兴奋了一阵。

第一次来到姑妈家，溶洞里淌出的甘洌泉水，河沟里自由游动的小鱼，还有披着绿荫昂首雄立于云霄的公鸡山，一下子迷住了我。尤其是夜里点上我生平第一次见到的四方灯，让我觉得是那么地不可思议。从有电灯的县城来到没有电灯的乡下生活，年幼的我压根不知道什么是城乡的差距。只觉得将用空了的“高潮”墨水瓶盛上煤油，插上棉絮搓就的芯条，然后装入四面用玻璃片箍成的盒子里就成模成样的一盏“四方灯”，是那么地精巧和神奇！在漆黑的夜里闪烁光明，连风也吹不灭，甚至在寒冷的冬天还可以用双手捧着，暖一暖被冻得握不住笔的双手……四方灯于我从此便有了一个解不开的情结。父亲一句“读不好书就没有出息”的话，让懵懂的我有了一种好好学习的愿望。我和哥哥的“挑灯夜读”，姑妈虽然喜在心头，却也因当时煤油的紧张和经济的拮据而有一种莫名的恐慌。他们一般都是屋里黑得不见了光亮，才点上四方灯照着把晚饭吃完，然后洗脚、熄灯、睡觉，哪见过点着灯看书写字的呢。当时村里上学的娃娃，一放学回到家就帮大人推磨、舂米、割草，作业只待翌日一早赶到学校去做，中午因往返路途遥远都不回家的，一个饭团就是一顿午饭了。好在我的父母都在供销部门工作，配发的煤油票也能多弄上几张，连同我和哥哥的生活费都按时捎给了姑妈。姑妈家的四方灯便成了寨里亮到最晚的一盏，寨里人都惊羡不已。久而久之，晚上来姑妈家摆龙门阵的人也多了起来，姑爹的水烟筒自然在围坐的男人堆里成了抢手货，在烟雾和笑声的缭绕中，响了一圈又一圈……

在忽明忽暗的四方灯下，我感受到了他们的纯朴和快乐。每天晚上除了看书做作业，就暗暗盼着他们的到来，好在侧边偷听山野里的奇闻怪事，心里便有了一种喜悦和满足。看着墨水逐渐要用完的墨水瓶，我心里也有了一种急切的躁动，做作业的热情莫名地高涨，这或许诱发了我从此还算勤奋好学的习惯。可当时我只是想三下五除二把墨水用干，好将空墨水瓶改制成一盏煤油灯。记得我第一次制作煤油灯，苦于找不到集市上卖的灯芯头，就拣一个牙膏管头充而代之，灯亮了，姑妈也乐了，还说以后的煤油灯不用去买了，我的自豪劲呵，就差点冲上了云霄。

在姑妈家生活的日子充满着特殊的情趣和快乐。蒙老表是姑妈的二儿子，年长我两岁，通黄鳝渐成我们拿手的好戏。最为有趣的是，他教会我用两根青冈木扎成橇，驮着在房屋背后的山上拾的柴火，顺着雨后泥泞的坡道，一溜烟就滑到了姑妈家门口，省力省事，还惊险刺激。有一次我还斗胆坐了上去，结果才滑出两步，就被摔得皮泡脸肿（方言，鼻青脸肿之意），害得蒙老表挨姑爹一顿臭骂，我也稍微收敛了自己的一点野性。蒙老表是一个非常有趣的人物，以布依口音取名“蒙”的他，真可谓人如其名。他见人就憨厚地笑着，寡言少语，但只要一跑到田坝上就立马生龙活虎起来，打“鸡儿棒”，割草放牛，样样手脚敏捷利索，谁也撵不上他的节奏。但一旦闲着无事或看书学习时，就哈欠连天，爱打瞌睡。姑爹老骂他只有苦命没有出息，姑妈倒无所谓，只催他洗了脚才准上床睡觉。至今想起来，我愧对蒙老表的事，还是我那盏自制的煤油灯惹的祸。当时在灯下看书的他又打起了瞌睡，可头刚一埋，就被四周没有玻璃罩子的灯焰烧焦了前额头发，害他第二天上学时被一个同学呼了个“癞头”的绰号，我气不过就出手还击，打破了对方的头皮。当天晚上人家大人就上门来讨说法了，懂得土方的姑妈赶紧到厨房摘了个蜘蛛膜给对方敷上，又忙不迭地给人家大人端茶敬烟，说尽好话，最后赔了一瓶在当时最为管钱（方言，值钱的意思）的煤油才算了事。失中也有得吧，从此蒙老表和我就成了穿连裆裤的真弟兄，形影不离，小伙伴中再也没人敢招惹我们了。

或许是年少单纯又对乡村山山水水充满好奇的原因，我和哥哥真所谓“少年不知愁滋味”，一到姑妈家觉得什么都稀奇，见姑妈推磨就吵着去推上一把，见姑爹舂碓也嚷着去踩上一脚。白天玩累了，晚上一倒床便沉沉入睡，每天早晨公鸡叫时，还得靠姑妈拍醒了才知已到上学的时间，根本无暇念及远方的父母。直到一个月后母亲的第一次探望，我才体会到“亲莫如骨肉，痛莫如分离”的母子之情。当时我和哥哥刚放学回来，远远地看见了母亲，竟丢下书包，不顾一切地跑向母亲的怀抱。看着我和哥哥在放学路上与伙伴们打泥巴仗时留下的脏脸和杂草般蓬生的乱发，母亲的笑容在泪水中凝固了。她两眼红红地为我们洗了头，又到离别的时候了。原来此次母亲来，是到县城进货返回时插道过来看我们的，她得趁天未黑赶回坡脚去。我和哥哥扔下她带来的糖果，哭喊着追撵抹泪而去的母亲……载着母亲离去的拖拉机跑远了，我和哥哥还在拼命地追，直到嗓子哭不出声音，筋疲力尽地瘫倒在路边，被跟在后面追上来的姑妈和姑爹一人一个地背回了家。夜已经深了，姑妈在忽明忽暗的四方灯下，守着睡在床上还在不断抽泣的哥哥和我。伤心过度的我竟然在半夜发起了高烧，说起胡话，吓坏了善良的姑妈，她急忙叫起睡眼蒙眬的姑爹，提上四方灯，步行十多公里，把我背进了县城里的医院……如今只要一想起这一幕，我就会热泪盈眶，四方灯摇曳的山路上，总会晃动着姑妈背着我急行夜幕的身影，永远也走不出我伤感却又温馨的记忆！

在姑妈家寄读一年后，父母终于以任劳任怨的工作表现，上调到区供销社工作，我和哥哥便离开了姑妈家，我们全家人才真正得以团圆。每逢秋收后，姑妈都要背来新米让我们尝鲜，还带来一针一线缝制的鞋垫给我和哥哥。人生路上，我和哥哥都曾离不开姑妈的帮衬和关爱，上大学乃至工作后，一到春节就到姑妈家探亲已成了哥俩不约而同的习惯。

如今姑爹姑妈都已离开了人世，蒙老表外出打工几年后，回家盖起了水泥平房，用上了电灯和沼气，四方灯自然消逝了，上山拾柴火的事也成了往年的回忆。可我仍然想念着姑妈姑爹，想念着姑妈姑爹家的四方灯。少年难忘的记忆铺展在明亮的节能灯下，一股纯朴亲切、挟带着泥土气息的清风，已在我心中荡漾，让我沉醉，也让我在醒悟中明白了真情的沉淀……失意和伤感中的得到，想必就是人生最珍贵的慰藉和收获了！我庆幸自己有过这样的经历，也得到了这样的慰藉和收获，今生今世也可知足了。

想起表哥

乔迁新居前几日，不擅家务的我迫于形势的紧逼，不得不抽点空闲收理一下衣橱。

一双笨拙的手把一件件衣服摊开，复又一件件地折叠，未曾细想折痕是否对齐原样，老家表哥憨厚的笑脸反倒一下子闯进了脑海，他的笑脸再也包不住醉酒时摔断门牙而留下的黑洞洞的空缺，让人诧异而又怜惜。

以往每次回老家，我都会捎上尚有八成新的旧衣物给他，起初还怕他嫌弃，他咧嘴一句“穿上它就有了兄弟温暖”的戏言，让我彻底地感动了。他体谅我奔波异地重新成家立业的艰辛，总会穿上我送的旧衣服，为我亲手做上一顿不是节日而胜似节日的家宴。

少年时代的表哥聪明好动，居然从邻近劳改队犯人那里学到了棉絮搓火、打火机修理、捏泥人等小技巧。放假到他家中玩，他就背着姑爹、幺孃搭上木楼梯，把我拽上他楼板上的稻草窝里，看他沾沾自喜的“成果”表演。我常被他的神奇惊呆了，自小就佩服和信任他。从他大人味十足的话语中，懵懂的我似乎也开窍了许多。

可贪玩也害了表哥的学业，未考上高中的他，被在村里当小学校长的姑爹逼着去当了兵。姑爹在当地是有名的先生，可谓出口成章，凭一手好书法，常在大年除夕前夜被村里人争相请去写春联，哪家有婚丧大事都将姑爹敬为定夺礼仪和规矩的座上宾，也不失为一种光宗耀祖的事。但姑爹却有一个深深的隐痛，其祖父曾是在龙城度过童年的清朝大臣张之洞荐去留洋的学生，二十多岁就当上了民国时期江西厘金局的局长，后被政敌毒死在回乡省亲的路上，孙文先生专门为他题写了缅怀的横匾，民国政府也烧制了他风华正茂的半身瓷像留给家人作为纪念。村里人素来不问朝政，祖辈老人对他的追忆，即是他当年曾送给每家各户一套精致的景德镇瓷碗。这碗里装着显赫的功名和深深的伤痛，如今已经残缺不齐了。

姑爹常垂叹：世风不古了，后人不如前辈了！对表哥的爱也由此变成了恨铁不成钢的“恨”。“让解放军去教育他！”这是表哥当兵后他逢人便挂在嘴上的口头禅。当了兵的表哥也的确今非昔比，在对越自卫反击战中代理了炮兵排长，还火线入了党，只是在腰上也留下了弹片，虽然取出来了，但每逢阴雨天气就会隐隐作痛，苦不堪言。表哥为此又有了一个终身的遗憾，就是因为自己的腰伤，转业时不敢把深爱自己的云南姑娘带回来，以致年近四十还是光棍一条。每当我向他提及这段往事时，他便会半天无语，陷入不能自拔的沉默之中，让人劝慰不是，开导其另娶成家也不是，只得一杯又一杯地与他碰饮寡酒，直到大家话都说不动了，腿也伸不直了，倒床便睡，一醉百了。他的酒量也因此大得惊人，在邻近几个村寨是出了名的酒侠。可没有几人能知其中的苦衷。苦酒也是苦水吧，喝干了喝尽了，人就轻松了许多。也许表哥在酒中找到了一种洒脱和豪气，有了一种超越现实的陶醉和寄托。

真正让表哥在当地名声大噪的事还缘于一次车祸。那晚他的几个战友开着一辆吉普拉他进城喝酒，时逢涨水季节，又大雨不停，结果半夜开车送他回来途中，路面已被陂塘河淹没，整车连人冲进了河里，他呛了一口水醒来直嚷道："怎么又来洗澡了？"待他转瞬明白后，急忙掏出裤腰别着的小刀划开了篷布，把还没有醒过来的战友一个个拖了出来……事后想起余悸未了，但表哥的名气也由此传开了，英雄般受人尊重。

表哥是一个耿直少语、勤于农活而又擅长"锅边转"的人，这或许与他在部队当过养殖员、炊事员有关。转业后虽然领着伤残补助金，但仍打田插秧、放牛喂猪，一个人的日子也过得苦中有乐，忙中有闲。每次过年走亲串戚到了老表家，最喜欢吃上他亲手腌制的腊肉香肠，尤其是串着肥肉腌制的猪肝，那口味一想起就让人直淌口水。表哥独特的烹饪手艺让他在村里成了大忙人，哪家办婚丧酒席，他都是响当当的主厨，身边总有甘愿打杂的伙计，渐渐地形成了周边村子办酒非请不可的餐饮队伍，却从不收取一分钱的服务费，在东家有吃的有住的就行了。表哥视其为善事，自然就乐在了其中。

但善事做多了，受人尊重留了美名，也遭人忌妒，村里有几个也想卖弄手艺的人，竟然在他做的菜里偷放了两把盐，让涩了口的客人摔了碗筷不欢而散，不明就里的主人指着表哥鼻子骂了娘，解释不清的表哥一气之下喝下一碗酒，然后把碗一砸也甩手而去。可在回家的途中冷风一吹，酒劲发作了，他踉跄两步便被苞谷秆绊倒在石板上，摔断了门牙，也从此摔断了他再去帮人掌厨的闲心和念头。

此后表哥闲着就泡在酒里，身边也总有一帮陪喝的人。上门喝酒的人多了，说媒讲笑的人也自然多了。或许是热闹惯了也害怕了孤独，酒后人散，尚在酒兴余味中的表哥常常辗转难眠，感到人到中年也该有个伴儿暖暖冷被窝了。不久经人撮合，便有一个亡了丈夫的女人带着两个孩子过来与表哥过起了日子。表哥未办婚礼，一串鞭炮放了权当了事。成为我表嫂的那个女人倒是勤快能干，与表哥除了种地外，又搞起了养猪、趸猪、杀猪卖的副业，日子慢慢过得红火起来，新建的房子也立了起来。可这时村里又有人故意闪他的板，谎报他超生二胎，直到他被停发伤残补助金时才如梦初醒，一连几天到乡政府骂娘，直至有关人员查清真相，并补发了伤残补助金后方肯罢休。钱虽然继续领到了，但村里又有人冒出了杂音，讥笑他累死累活养的都是别人的崽。这话伤了表哥的自尊，却也提醒了他什么，一天他就打电话给我，说他是第一次结婚未生育过，按理可以生育，让我帮他弄个准生证，他好攒钱让表嫂把扎了的输卵管接上。这事让我犯了难，计划生育现在只论个数不论胎数，准生证肯定是办不了的。我直言告之时，表哥"啊"了一声便没有声音了。

此事过了好久，没有了表哥的消息，年前抽空回老家才知其近况。原来表哥大病一场后又开始烂酒了，表嫂很无奈，又听不得村里的闲言碎语，就赌气外出打工去了。留下的两个孩子整天泪眼婆娑，直吵着要娘。表哥软了心，只得既当爹又当妈，日子在无奈中又忙碌起来。只是日渐憔悴的表哥心里有了一种失落，常托人打听表嫂的去向。

分家到二表弟家住的姑爹虽然已经年迈，却一直关注着表哥的生活变化，无法丢弃的骨肉情感，让他迈着不再灵便的腿脚，在分家后第一次上了表哥家的门，陪表哥说话，讲一些历史典故开导表哥，让其不图名不图利，就图一个安分和实在，也不会丢人现眼而辱没祖宗了。渐渐地，表哥对父亲有了从未有过的难舍之情，父亲的存在和抚慰，成了表哥不可缺失的精神支柱，六神无主的心也静了下来，他便把父亲接到了家中，一心一意尽起了孝道。或许上有老下有小才是一个完整的家庭，表哥打整精神成了真正的当家人，白天把两个小孩送上学，忙了农活又做饭，晚上还一边陪父亲说话，一边帮其洗脚。人累心静的表哥便有了安稳的睡眠。成了大孝子的表哥，由此常被村里老人夸赞在嘴上，说三道四的话再也没人敢讲了，表哥也有了宁静的生活。只是对表嫂的牵挂日益强烈，这种牵挂让表哥懂得了真正的男女之情。他也从两个孩子破天荒叫他一声“爹”，让他心头一热的那一刻起，懂得了父爱的伟大。

两个孩子的存在，维系着表哥和表嫂的牵挂。如今老家的路已改建成宽敞平坦的水泥路，表嫂过年就回家的信也捎来了，表哥喂的年猪正一天天长着膘呢。待到大年时，表哥就阖家团圆了。我再也不能送旧衣物给表哥了，得送一件新衣，祝福表哥的明天焕然一新、安宁健康、美满幸福！

（选自《人生点滴》，中国文联出版社，2012年11月；
《人生点滴》获贵州省第十一届“新长征”职工文艺创作一等奖）

2012年

陈丹玲

一棵草活在身体里（外二篇）

短暂而急促的年少青春，一片花瓣就足以密实遮盖。真的就相信，这副女儿身的精魂与一株月月红花紧紧牵连。

那一刻，课堂上的任何一点声音或者任何一束目光，都能惊扰端坐于木凳上的我，惊扰端坐于岁月路上的青春。不能动，也不能喊，内心的羞怯和忐忑被夹紧，被压制，被藏掖，最终被木凳和裤子上那一块暗红黏糊的痕迹可耻出卖。尖锐的青春在肉体内开辟了怎样的河流，旺盛的日子，让生命沸腾。热腾腾的河流冲击我越来越细弱的镇静，一点点剔除童年最初的宁静，泥沙俱下的过程沉淀出厚重的羞耻感，将人掩埋。恐惧而担忧，意识里更明白没有谁会来拯救，只能以僵坐进行对峙。等下课铃声响，等同学们都离开，泪，也都等出来了。

疼痛，也尾随而来。长大了，会是这样的——妈妈的话语带着不可逃脱的宿命感，让埋进被窝里的我陷入绝望。似乎“长大”是神灵的词语，有无形的力量支撑起生命的高度，拓展开人生的空间，在这样的磁场里，我唯一能做的是告别，是剥离，是隐忍，是启程。声音、颜色、气味，多么热气腾腾的生命场域和词汇，是告别童年吧？这第一次的，无奈的，恶作剧般的，痛楚的告别仪式，喧闹里又隐藏着我不可言说的寂寞和忧郁——会不会慢慢冷却了，死掉。

在村子的药铺里见到大公，这让我多少安静了一些。中药铺其实是一间木屋，板栗色的柜台已经陈旧，棱角掉了漆色，在久经衣襟和时间摩擦后，依旧泛着细腻柔滑的光。大公银白的胡须和发丝，比记忆里的黑青要亮泽耀眼许多。一堵高高的分出许多小抽屉格子的柜子，覆盖在木板壁的价值之上。药柜久久地占据，木板壁久久地退隐，退隐到视线和日子之外，药柜便凸显在村庄的高处，同样突显的还有白发银须的大公——凡遇伤痛，村子里的人都能在这里求到一剂良药。成长的痛楚需要得到点化。我被让到了外屋的厅堂里，妈妈在我和大公之间，眼神闪烁，点头摇首间窃语不止，一番“望闻问切”显得隐秘而高深。那一刻，身体仿佛紧缩成深邃的沟谷，不可侵犯和靠近，让我感受到一道圣洁的神光，轻柔照耀，温暖又安心。草色质地的一张处方单，纤细光滑的一管毛笔，白净瘦削的十指，墨汁在慢慢浸润，光线中轻轻悬浮了细小尘埃，一切在慢镜头里缓缓穿行，我迷恋于那种宁静和安然，认为中药铺和大公身上的草药气息是特有的中国古典气质，宁静中给人以宏大宽阔，给人以精髓滋养——“最好在院角种一株红花（月月红），用花瓣与两枚蛋黄煎服，活血化瘀，通经顺气，滋养止痛。”

春天的傍晚，爹到村外二婆家求来一株月月红花，种在院角，脸露笑意。

是月初，花期刚到。指甲盖一样大小的暗绿叶子，细碎而疏散，却是殷殷切切地粘在纤瘦的枝干上。枝叶间躲藏着刺，细细小小的，不易觉察，似女儿小脾气，如果粗心被它扎了，也是疼得痒痒的，不彻骨，不入髓。表面上看去，那些花朵似乎要受待见些，高高地挑在枝头，享受清风阳光，吮吸雨露月华。花朵小巧秀气，但却开得倔强，开得心痛——层层叠叠，死命地向着不同方向绽开，细看了也分不清花瓣的完整形象，内心情绪裹缠了偏又纠结着，像迸溅开来的一滴血，浸润在一层暗绿里。要说月月红花以这样的态度呈现，那已经不叫绽放了，应该是分裂，到最后，终是不能再分裂下去了。一枚秀美、淡雅、细柔的月月红花就这样静静地站立在带刺的枝丫上，犹如小女初长成，美，恰到好处地掌握住了分寸。

从十二岁开始，妈每个月都要用两枚鸡蛋煎一杯粉红花瓣让我吞服。弟弟曾经为我能有这样的待遇极大地表示不满，妈只是狠狠瞪他一眼，不说话。这种享受特殊待遇的优越感让我缓解了成长的不适。羞涩、恐惧、疼痛、敏感被一朵花舍身珍藏和拯救。自此，我的身体里活着一枚隐忍的花朵。村庄，也成了我和一株植物共同居住的村庄。

村庄不孤独，始终热闹。走一圈就能发现院前墙角里的月月红，路边土坎上的车前子、安息香、狗牙草、苦蒿、茅根、蛇床子……这一个个在尘世上一路辗转轮回着的灵魂，它们饱含生命的汁液，单纯而神秘，静谧而明净，悄无声息地提供着邻居般的照顾和陪伴，甚至舍身相救。相对于树木的高大挺拔，引人注目，我喜欢统称它们为草，喜欢这种称呼里透出的卑微、隐忍、顽强和随意闲散、亲切和缓。

我是记得的——危险总在夜晚蛰伏，妈与那条蛇相互惊动，毒液从右手拇指肆意蔓延，疼痛、肿胀在肉体里弯曲穿行，扭曲了整个夜晚，分分秒秒地传递着更黏稠的死亡的浓黑。路途遥远，赶送医院已经来不及。情急下，三姨打着手电在村边寻来了一株七步莲，嚼碎，敷贴在伤口处。不知道，也无法看清植物的汁液是怎样在体内吸取和溶解毒液的，最终清楚铭记的是一株七步莲没了，而我妈活了下来。

同样，多年后，外公处于弥留之际，他的双脚已经水肿变形，凸起的左脚脚面上一道凹陷的疤痕依旧显目刺眼。那年，外公在地里收割白菜，神思恍惚间手起刀落，脚背血流汩汩，伤着了血管。山乡僻地哪来外科医生，只能自己医治自己。外婆急忙忙上山挖一种名叫灰包芦的草药，封血止痛。愈合是一个漫长的过程，许多株灰包芦在外公体内进行着一场轮回，以生命成全生命，最终活在自己的脚下。生命在消散，一些伤痛却始终铭刻于延续的生活，不变形不褪色。

在一阵凉过一阵的秋雨里，房屋左边石墙上的小雏菊嘻嘻哈哈地绽开了。裹紧的花苞口奔张，精巧玲珑，仿佛装满了从远古天空遗传下来的一个个清晨阳光和黄昏晚霞。

妈说，花草是有心的，只是不会说话而已。一些芳香的心脏，跳动在那么小又那么大的村子，用来热爱这么多悲欢离合的生活，热爱某个过于短暂的春天，这匆匆的一生。石墙处，一大片雏菊的心脏柔软了身后石头的坚硬，激活石头体内的能量，源源不断地输出地气给予生命的滋养。

小小的院子是爹很私人化的村庄——月月红、风信子、韭菜、蛇床子、南瓜、青虫以及蚂蚁都长在他的心上。一棵橙子树在院子里已经有五年了。种树那年，女儿刚满月，爹说树会跟着外孙女一起长大，外孙女会跟着橙子树长命。树至今都没有挂果，似乎是守着和女儿的约定，一直享受着童年，守着不长大的快乐。爹也从来没有说半句嫌弃话。爹看护着他的村庄。在薅锄的时节，孙孙们也会兴致勃勃，越帮越忙，爹会放下菜们草们花们，放下锄头，伸出宽厚有力的大手，拉住小手，相互传递着幸福的粗厚和细腻。笑声四处溅落，肯定有几粒滚到了草叶上。

年复一年，这些草木简单地绿在乡村的底色里，发挥隐秘的功用，医治着心灵上的雀斑、疤痕和虫眼。它们活得耐心而诚实，活得安静而宽容，每每沉默，是因为，草木也正壮阔地活在乡村人的心中，支持着他们一以贯之的从容和淡定。

总有目光铺在路上

来的路上，去的路上，那些目光如植物一般，在蔓延和覆盖。

一直固执地认为，每一次来去，都踩疼了妈的目光。就像生命最初的孕育，让妈在那些原本寻常的日子产生了不适和厚重。如今，依然如此。每一次，妈还会在路口等我。中巴车摇摇晃晃，走走停停，一段乡间马路，被走得慵懒而漫长。如果天黑下来，或者下起雨，等待在路口的妈目光里会掺杂进一丝担忧和急切。

路口不是路口，准确的地名叫塘坟坳。一匹黛绿的山梁上，以塘坟坳为中心，散播出去几点烟火，就是一个个村庄。至今我在塘坟坳没见过一座坟墓，倒是在一些唇齿间看见远古的烽火——贺龙将军的队伍曾一路战斗过，这里的泥土和树荫静默地接纳了一些不再疼痛、不再温热的身体。后来，山梁上的这些村子在一面旗帜胜利的光晕照耀下，得以呼吸和安宁，包括我的村庄，我的香树坪。再后来，塘坟坳就像一种暗示，隐痛和欢喜在一场场分离或者聚合中。痛着痛着，久了就会麻木。如今，在人们心中，塘坟坳成了迎来送往的代名词，外出打工、异地求学、每年送兵、嫁娶喜事，甚至亲戚串门等等都经过塘坟坳。寻常生活中，塘坟坳反倒平添了几分喜庆，慢慢隐去了传说中的一缕血腥味和悲痛感，仿佛化身为漏斗，过滤着一束束目光，过滤着日子的悲欢离合。

妈独自觉得站在塘坟坳等人是一种福气。等待中，有人来到了，又有人远走了，目光在聚散离合的身影上抚摸、过滤，只剩焦虑、担忧、急切的成分时，那辆载客的中巴车终于到来。打开车门的一瞬间，母亲们会蜂拥到门口，毫不犹豫地接下儿女手上的包袱，接下孙子或者孙女。笑，是那种热闹的笑，闹热地说话，热闹地走路。一路热闹，回到了家。

进村的土路从塘坟坳的路口逃脱，泥鳅一样滑溜，几弯几拐就窜到下面几个村庄里。我喜欢叫它村路。这样叫出时，我暗自骄傲，觉得是从马路、公路这两个称呼里提取了某些东西，至少是怀旧、素朴之类的含义，它们在我心底发生了情感的化学反应，生成了“村路”这个极富个人意愿的名称。晴天，路上会铺满金黄的银杏叶。脚踩在上面，特别柔软和轻快。偶尔有一片叶子飘落肩头，像路边遇见的某位笑嘻嘻喊出你乳名的老人，同样笑嘻嘻地伸出手，轻拍这副已经长高的个头。作为村子里的老人，鸭客公公是不大喜欢这条路和这些银杏叶的，这让他莫名伤感——自己的目光正如落叶，飘零在守候的枝头。

我理解鸭客公公，毕竟，这里原先没有这么宽的路，只是人们、鸡们、狗们、牛们、羊们，甚至老鼠们能通过的一条小路，路边长满苦蒿、野英、野梅花和狗尾草之类的植物，偶尔还有几泡牛屎，到处撒的羊屎球，一路挤挤挨挨地从鸭客公公的院坝边绕过去。现在，只有鸭客公公一个人站在昨天的记忆里叹息说，以前的路窄是窄了点，但是喜庆。

最喜庆的是20世纪80年代的某些时光。迎亲的队伍都要经过原先的小路，经过鸭客公公的院坝边。他的院坝里挤满看新娘的男女老少。唢呐的声音在寨子上空明晃晃地划拉，四婶就是在这样一阵晃眼中被迎娶进村的。当时，我在灶房烧火煮猪食，心早就冲出门外了。妈看出了我的心思，让我去看看，叮嘱我要数清楚四婶的被子，还有抬来了哪些家具。

在村寨里，嫁妆几乎成为女人羡慕、喜悦、幸福、妒忌、鄙夷等情绪骤升的催化剂。看新娘，自有她们的门路。点数几床被子，越多就越能显示贵为人女。当看见有高衣柜、蝴蝶牌缝纫机、写字台家具时，就暗自下决心也要勤俭节约弄台放家里。也有口大长舌的，满坛子酸味，妒忌鄙薄的话语铺头盖脸地倾泻。在那种喜庆氛围里，酸味一般殃及别人的不多，首先被淹没的是说话者本人，别人自是沉浸在看热闹里。那一刻，嫁妆的殷实和华美似乎挡住了幸福本来的温厚和质朴。

看四婶的人很多，竹笋般插在鸭客公公的院坝里。艳红、浅蓝、水粉的绸缎被子晃得大家睁不开眼。成为目光聚焦点的是一个电饭煲，神秘地装在一个纸箱里，当时可是村里的“第一锅”。比起那些鲜艳的嫁妆，明丽的嫁衣，更能让四婶彻底荣耀的是人们对她后娘的认可和好评——这年头，后娘能这样风风光光嫁女儿还真是稀罕。人们好奇，新鲜，羡慕，感叹……小路上，沸腾起那么多的情绪，密织着那么多目光。

那天，始终把目光放在新娘身上的也许只有我和鸭客公公了。四婶真漂亮，浅浅地笑，洁白水灵的那种，辫子太长了，密密匝匝地缠着红头绳，一直垂到了腰部，一甩一甩的样子让背影也像在笑，像在害羞。那天，鸭客公公老是大声说话，其实眼睛一直没敢看新娘。这是后来他自己在一次酒醉后说的，说话的样子很认真。

多年后，妈笑着从箱底取出一块绸缎被面，说是老早就为我备下的，具体的时间有四婶嫁到寨子又嫁出寨子那么长。也许更长，我妈也记不清了。

2000年，从塘坟坳滑溜出来的这条村路改道了，生生把鸭客公公的房子和院坝隔在外边，刚好绕过了那些关于小路的美好记忆，绕过了那些久远的唢呐声，绕过人们一时兴会的诸多情绪。也许只有鸭客公公自己绕不过去。他背着手在人前人后责备这条路，修建过的路不就是宽了点？它照样滑溜，照样不老实嘛。可是，说着说着他就没了底气，话语的末梢往往会在“当然”这个词隐射出的弯道意境中与同村人的喜悦“同流合污”（鸭客公公自我解嘲时用的词）。

在路上，鸭客公公的目光始终绕不过去的还有塘坟坳。每年年末，在塘坟坳，期盼的目光照来了别人家的儿女，别人家的小孙孙，可他的儿子在外打工，一去无音讯，已经好多年了；他的妻子疯了，走丢了，也是好多年。这么多分离纠结成的时光还要无限堆积吗？积重难返。塘坟坳，香树坪的村路，这些平平常常的小地方又怎能过滤掉岁月深处结垢的忧伤。如此，还有什么能让鸭客公公可以去忧伤的。我那次经过鸭客公公门前，他问，是冬子回来了吧？他说他的眼睛坏了，看不清了。顿时，一种说不清的深深的悲悯感让我鼻子发酸。他那么衰老，身上仿佛找不到一丝生机，他活着，却无力惊动身边的任何事物，只能偶尔用听觉轻轻打探门外流过的日子，无奈而平静。

那些贴上校园标签的目光正在赶往昨天的路上。如果，站在这个角度看村后那座白色校园——兰克完小，我的记忆有着小路一样的曲折、瘦弱，甚至潦草或大意，同样显得模棱两可，形迹可疑。很多时候，兰克小学会安静地退到一层薄雾里，有些隐约，要在某个黄昏才能清晰呈现于我的眼前。苏式风格的楼房，镶一个木质大五角星，砖木结构。二楼左边第三间教室，门楣上清楚写着“五（二）班”。靠窗的第三张课桌，桌面上有一条模糊的“三八线”。那天早晨，同桌男孩用老师剩下的粉笔头又重新添描了一遍。这条线清晰提醒，在我多年后的记忆里，也脆生生分割掉了一个男孩当初的面孔，模糊，让我忘记了那个在老师把我的作文当范文朗读后，向我投来羡慕目光每天主动给我让座的同桌。

转身，走动，左手拿课本，右手板书，一团水灵灵的粉红是我分心走神的绝对理由，那是安慧老师的粉色裙子，成为五年级小女生心中向往的美神。曾有一段时间，因为一条裙子的魅力，我很有耐心地把一个个生字端端正正地放进方格；把向来三言两语的作文尽量“添油加醋”，烹炒得色香味俱全；把普普通通的一场卫生劳动翻版成泡泡大战，用洗衣粉又是擦桌椅，又是刷地板，而且干得兴高采烈；那段时间，做梦都想把安老师请到家中做客，可当时我连一句感谢话都说不出来，憋了好久，直到多年。我毫无原则地“讨好”，老师的目光照样落在全班几十个脑袋上，我的本子上却不知何时悄悄多了一个个“优”或者“好”，这是唯一的变化。许多年后，我呆坐窗前走神，怎么也想不起那件粉色裙子的款式，眼前浮现的是被粉笔灰覆盖的纯白人生，纯洁的成长岁月。

那节课，“约等于”的概念困住了民办教师张，他怎么也解释不清楚。普通话从他口里溜出来就变样，上不挨南腔下不靠北调，讲得人方向错乱，头昏眼花，末了，学生对他的授课语给出一个恰切的名称，叫“彩普”，张老师也欣然乐意。“彩普”的炫色让一堂课云里雾里。教师张索性换了口音，土质厚重的方言，把学生从云端重新拉回地面，踏实——“约等于”其实就是毛估（方言，估算的意思），这道算式的结果毛估一下就行了——糊涂比计较要简便而快乐。处世哲学就这样在教师张厚重的方言里拱出土层，长成树荫，庇佑着那群孩子一路远去的人生。

在兰克小学石阶的右边，我的委屈像那棵老槐树上挂满的豆荚，暗涩而沉重，在一阵风里，哗哗啦啦震荡起内心的情绪。我知道那阵风来自吴老师，是她把我参加“六一节”的舞蹈表演换成了另一个女孩。曾一度高高挑在枝丫上的自信和喜悦，随风飘落，剩下的光秃和空白足以给怨气提供滋生的场所和理由……后来，当自己也是一名小学教师后发现一些小孩受委屈时，悄悄地溜到校园的后山上用细沙“埋”了某个教师，还用一块粗糙的毛石竖了墓碑。他们那些小小的情绪不经意惊醒了我的童年，内心震颤。多年前的那天，我没有靠近一棵看去具有教唆性的老槐树，而只是一个人走到村子后面的老香樟树下，靠着树身，悄悄哭了出来。多年后，在县城碰见吴老师，依旧甜甜地叫她一声，只是，她目光模糊，已经看不见当初的我。

当初的我还住在厢房楼上。可是眼前，厢房楼残缺着，像某些成长记忆，遗失了，便残缺着。木楼上曾经的少女梦想跟着窗外的一蓬竹子枝繁叶茂。雨打竹叶，总有一片梦想黄在秋风中。

朗朗阳光下，我无法真正恨得起一段成长岁月。

温度从村子的体表消失

冬天了，部分温度从村子的体表开始流失。

我家屋后的木房首先让人感觉到了一种冷。屋子里原来是一家四口，女主人姓胡，村人都叫她“煳锅巴”，她的名字被姓氏“胡”给霸占了。屋里的女孩是“煳锅巴”在路边捡来的，叫老玉。老玉，老玉，女孩的名字也像是在哪里捡来一样，很随便。养着养着吧，活了，大了，当同龄孩子小学都快毕业时，老玉还没上过一天学。“煳锅巴”有一个亲生的儿子，村子里传言，老玉是被养来做她哥哥老婆的。没有等到花烛摇曳，屋子的男主人突然就生病去世了，母亲带着女儿改嫁，一对母女重新嫁给一对父子，虽然和灰姑娘嫁给王子的童话色彩毫不沾边，但幸福是真真实实的。意念中的“妹妹”不可能成为老婆，怨气击垮了哥哥，击垮了房子存在的意义，生活的这端被高高地空空地晾在那里，逐渐降温，失重。目光游弋，我感觉到了这种冷，就在村子的眼皮底下，就在生死过往的人们身边，逐渐成了习惯，成了笑谈。

我二伯那座宽敞的木房此刻也冷在我家房子的左上角。凌乱而枯黄的枝叶遮住了曾经所有的光鲜，世事和时间给二伯的木房填上了破旧、冷清、衰败、残缺之类的形容词。这种境况高度浓缩了二伯嗜赌而又荒凉的凌乱人生。

像树木的嫁接或者剪枝移栽，在三兄弟中，被剪枝出去的二伯，并没有在看似肥沃的抱养土壤里长成父母和养父母所期待的参天大树，哪怕是一株空心的泡桐树——“因为从小身体不好，才抱养到家境殷实的大公家，期盼能活下去，能过上好日子”。这样的理由，似乎善良，更多无奈，足以抽空内心，让灵魂都能跟着身子虚弱下去，即使有着宽敞的房产和几亩水田作为诺言的强大支撑。

现实而又虚无地存在。二伯终是陷入了赌桌，上瘾。赤裸的金钱，忽而鼓胀满足感，忽而掏空的沮丧感，在狭矮的暗屋里与烟气和酒味共同制造着刺激神经的兴奋剂，让二伯感觉到真实地存在。那些年，逼赌债的人声像院子里疯长的乱草，缠住二伯娘和堂姐弟们惶惶不安的晨昏。记忆里，那座承诺给二伯的宽敞宅院，仿佛专用来盛装声嘶力竭的吵架声，惊恐哭叫的打架场面，还有无数个失眠的夜晚。家的概念已别无他用。堂姐的怨恨更无以言说——二伯提前要了堂姐的彩礼钱，并在赌场里输个精光。

其实没目睹过二伯赌钱时的“风光”，村路上，他笑呵呵地和人打招呼，神态憨厚。遇见村里的大小事务，他不停忙碌，特别热心。堂弟上高中那次，二伯在村子里已经借不到一分钱，他来到我教学的学校，第一次向我开口。目光碰触的瞬间，我开始狠命地相信二伯，相信一位父亲的痛楚和愧疚。

已经来不及悔过和弥补了，随着二伯娘的离世，那座宽阔的宅院更加彻底搭建着二伯的孤苦，心脏病带走了二伯。送葬那天我才明白，之前，二伯的心从未曾死寂。房屋冷却了生息，承诺最终归于了无意义。秋雨冷寂的黄昏，二伯娘的哭泣仿佛还挂在某个屋角，堂姐弟们的无辜也老是在某种眼神里若隐若现。后来，我妈嫌那座宅院太冷清，就在院子边上开出一小块地，种上了胡萝卜，看去有了些许生机。某个魂归夜，不知二伯能否体会大家这份感念，体会我爹绵延在手足之情里的那些叹息。

大山的苍茫和田野的荒凉包围着我大伯的木房子，天地间的风吹云起，孤孤单单地承受。爹和大伯之间冤家的成分远远超标于弟兄情分，我为此很伤心。那年，大伯恶狠狠地把老屋从中间齐刷刷锯断，搬到了村子外边的一片稻田里，另立新居。所谓的家就剩下半间破木房，不能遮风挡雨，甚至不能遮挡外人对一张床的窥视，更遮不住爹作为一个男人的尊严、尴尬、自卑、内疚和贫寒。自此，大伯离开了村子，分离了亲缘，手足之情也被拉远，拉细，在后来一场又一场间接或直接的冲突、算计、诅咒中最终扯断。

大伯家木房正前方是一片远山，远山上蜿蜒着一条茅草路。我四姨的家就在大山背面。其实，我已经不能肯定那里算不算家，只剩两个孤儿的地方还算不算四姨的家。

那年，四姨父在外边有女人时，四姨还很年轻，两个儿子也还很小。四姨父（曾经的）死在广州工地上时，四姨也还很年轻。被丈夫抛弃的四姨患上了重病，想着一对儿子，按照“嫁出去的女泼出去的水”的农村风俗，她既回不了娘家，又回不了曾经的婆家。一段时间里，我妈一遍遍地在那条荒芜的茅草路上来回跑动，试图安慰，试图说服，试图挽留眼睁睁流走的亲缘，可最终，什么都没能留住。

四姨走的那晚，外公肯定没有预感，天一擦黑，他就串门去了。黑夜，肾功能完全衰竭的四姨全身浮肿得变了形，一个人孤单地躺在火铺上，没有床，只有一只昏黄的灯泡，也许还有回来的外婆的魂灵守候着她，一切安详又宁静的样子。深沉的夜色不声不响包裹着一场生离死别。四姨彻底离开时，更年轻。外公说，那天刚好是你四姨的生日，正满四十岁。生日成祭日。原本兄妹七个，死亡的魅影从三岁的年龄就已经开始飘荡。我妈生为大姐，她一个一个送别自己的亲人和手足，先是身患百口疮的大舅和二舅，再后来送别身患百日咳的六姨，最近的是外婆和四姨。四姨最终还是回到了一个家——苦难的命运在外公整日耕耘的一块苞谷地里最终终止。新坟边，妈慢慢烧掉亲人的衣物，青烟直上长空，她一把又一把地揪着心子，哭。浩浩苍天下，一个人悲喜茫茫。

花开天涯，温暖无归。而此刻的村子，青瓦屋顶浮在远处稻田的冷寂之上，柴米油盐的每个清晨和黄昏，依旧会随着屋顶青烟的升腾变得真实而温暖。

（原载《民族文学》2012年第12期）

2012年

杨　村

一个人出发的时间和地点

春节前夕

春节前夕，天幕拉开了网。黑夜开始洗刷着村庄。古树像冬眠的鱼。那是我抵达村庄的时刻，抵达故乡的时刻。

那时村庄一片喧腾，就像刚刚炸响了一颗鱼雷，舰在海面上燃烧，波动不息。冬眠的古树开始抚摸着漆黑的夜色。

一群青年战俘似的站在球场的角落里，摩托车停成一排。那是这群青年刚刚骑着上路的骏马。他们从另一座村庄飞驰而来，山冈在夜风中惊恐地向后飘移的感觉依然在他们头顶上空飞翔。挑战一座村子的热血在他们身体里熊熊燃烧。篮球场上，村庄上的青年正在打球。听见摩托车的声音滚滚而来，一种不祥之感油然生起，噩梦即将降临。

械斗是在摩托车停息时开始的。刚刚醒来的古树来不及看清是谁先动了手，球场上就乱成一团。停止了打球的青年，只听见一阵震耳的哨音，拳头握得骨节噼啪作响。村庄上的老人也纷纷赶来，加入了这场战斗。我抵达村庄时，战斗开始平息，只见几个老人举着仇恨的木棍，跟在青年人身后拦住村庄的路口，嘴里不断地咒骂着畜牲。他们说，在他们居住在村庄的日历上，没有看见过那种像吃草长大一样的狂暴青年。

是村长给止住的这场械斗。村长站在高处，扬着高音喇叭喊：住手，住手，谁打出人命谁坐牢抵命！

村庄静了下来，在静默中期待着警察来临，期待一场械斗的和平结束。

夜色很黑，冷，风狞笑着。骑摩托的青年，发型古怪的青年，衣着奇异的青年，身藏凶器的青年，他们站在那儿让自己的牙齿打着架。摩托车冷漠地承受黑夜的侵袭。像狮吼一样呼啸而过的威仪让这座村庄全给灭掉了。

警笛从山冈上拉响的时候，村庄一阵照亮。人群让出一条大路，几辆警车在球场上停了，引擎亢奋地轰鸣。乡长和几个警察从车里走下来，呼叫着村长的名字。村长从人群中走了出来，正想说一些什么，但乡长和警察把他的话堵住了。乡长和警察都说：把人放走，有什么事明天处理！

村长很犯难了。一村之长，说放走就放走吗？那些无理取闹的青年，寻衅滋事的青年。如果不是村长的喊话，如果不是村长主张等警察来和平处理，谁都不可想象这场械斗的后果。如果这样轻易地放走了那些身藏凶器的青年，这座村庄还存在尊严吗？如果村长轻轻一声表态就结束了对警察的长时间的期待，这个村长还有脸面见他的父老乡亲吗？这个村长还能当下去吗？

人群围了过来，乡长和警察都被挤在人群里。此时，那些骑着摩托狂奔而来的青年，就像观看一场与他们无关的游戏。

看见村长犯难的样子，乡长和警察有几分怒色，音量大起来：先放走人，先放走人！

村长不能表态。村民开始抵触乡长和警察，有人骂了乡长和警察的粗话。人群乱成一堆，整个现场吵在一起，只有通往另外一座村庄的路被村庄上的人站成一道墙。时间凝固在那儿，村庄和警察僵持在那儿。

这时，我看见村长从腰间掏出手机。村长在给另外一座村庄的村长打电话。村长的声音比什么时候都友好而温和，像唱山歌一样感人肺腑。人们又盯着漆黑的山冈，期待着另一个村长从山冈上走来。夜已深沉，时间像冬眠一样漫长。

两个村长坐在一起时，问题渐渐迎刃而解。那座村庄的青年在他们村长的眼底下纷纷解囊，湔雪这座被他们侵扰的村庄的耻辱。那是村庄与村庄的约定，村长与村长的约定，礼数和规则。乡长和警察坐在警车里吹着暖气，观看两个村长的这场外交，骨头一点点地酥软。这时，村庄里的人群围着两个村长，举起一双双锄地的手。一场血腥的械斗悄然熄灭。

那群青年又一次骑上摩托时，只听见一阵呼啸的轰鸣。山冈又在他们的头顶上飞翔。警车最后离开村庄，除了色彩艳丽的警灯闪烁，黑夜依然像深不可测的窟窿。我站在夜色的深处，看见村庄开始平静下来。这个春节的前夜，是这座村庄最黑的一夜。

夜晚的花朵

我想象雪莲盛开的模样，定然是一片晶莹的洁白。而腊梅怒放的姿态，一定是春天的颜色。或者有谁把春天的太阳安放到了冬天的山冈上，站在雪地里，我们能够感觉到春天的温度？

那年冬天，经过了最黑的一夜之后的村庄，在自己的山冈上制造了一些盛放的鲜花。

黑夜里，三弟牵着孩子的手，默默地一路向山野抛撒米花。他们追随着村庄的队伍走向山冈。在所有的冬眠者醒来之前，唤醒村庄的龙神，召回村庄的龙。所有灾难的根，就在今晚的神道祭祀中殒灭。神护佑的村庄，从此五谷丰收，六畜旺盛。

如果在平常，夜色是凝固的蓝。而今晚，夜垂下的幕特别庄严。风从幕的底色里扫过，厚重的色道印着吉祥的图案。飞翔的星星，像流萤抛撒的礼花，弥漫夜空。唯有最高的圣峰巍然而立，现在，村庄上的人向圣峰移动。缓缓的队伍踏着夜色，没有谁像平时那样草率狂妄，只有一路的米粒撒向四野，听见冬眠的树林被米粒敲击出雨点的声响。

我坚信自己那个贵州深处的故乡，对于神灵和祖先的虔信与敬畏的固执。

我也坚信故乡的人们，他们像山冈一样地刚毅和自尊！

看见圣峰上的篝火燃烧时，夜色就踏着良辰吉时的点子。招龙师神秘的念词，一堆艰涩的咒语，让他唱成了一首美妙的吉歌。此时，风停止了所有的笛音，沉默的大地上，只有我的故乡的山冈舞动起罕见的节目。火光冲天，鞭炮鸣响，笙乐悠扬，顺着长长的山脉，就是顺着一条祖先的道路，开辟，舞蹈，鲜花盛开出一条完美的巨龙，天亮一秒秒逼近大地。

村庄一夜没睡。他们看见那支神秘的队伍穿过一片片坟地，就是穿过他们祖先的家园。那些赤着脚的人们，那些戴着斗笠的人们，那些跟着牛和扛着犁耙的人们，捧着泥土和水的人们，凝望着天空的人们，拖儿带女的人们，吹笙跳舞的人们……他们都藏在那些盛开的花朵里。一场预备已久的盛宴，就是等待着那些在冬夜里盛放的花朵，等待着他们络绎而来。因为他们已经与大地和时空联结在一起，与过去和未来联结在一起，如同诗歌一样前后连贯，声韵铿锵。

春节过后，村庄开始看见了受孕的稻花，背孩子的玉米秸，看见了满地奔跑的牛、猪、马、羊、鸡、鸭。那是和那个夜晚的花朵联结在一起的生命。

冬眠者

冬眠者的沉默，并不是我们想象的那种懦弱。即使在许多时刻，我们在寒冬里轻易可以把它们伤害，它们很可能在昏睡中死亡。

并不是一场谍战，不是那些潜伏的阴险的角色，而是大地上的一种奇特生命，一些与我们血脉相连的根须。它们是一些可能没有思想的动物，昆虫，树木或草。

在贵州高原深处，我的故乡村庄的周围，一些冬眠者常常昏睡到春天。比如那些冰冷的蛇，奇异的昆虫，以及沉默的树和干枯的药材。

对于冬眠者来说，某种善意并不是对它们的关爱和恩宠。我不止一次目睹冬眠的昆虫在村庄的篝火旁兴奋地惊醒，就像第一声春雷响起的时候，竹鼠从地洞里出来一样。虚假的一场温暖，给它们布下一个阴谋。它们蠕动着欢乐地开始唱歌跳舞，欢呼着春天的来临。此时，村庄的一些人总会在一边狞笑。因为那场篝火熄灭后，他们就会看到冬眠者走投无路，活活地冻死在原野上。

有些冬眠者的死亡，是自己对季节的错误感觉。那条过早地醒来的青蛇，冰冷的青蛇，就是因为那次温暖的阳光。它从洞里游出来，弯曲着的腰肢，流畅，滑动，缓缓地被太阳暖成春天的温度。当它自如地游进河流的时候，冬天的河水把它冻得僵直。它像一段水打木，在河里冬眠成一种永恒。

我一直很佩服那只绛红的马蜂，它一定是一个冬眠高手。那个冬天，我挥动一把尖利的斧头，拼命地劈一段朽去的青冈木。木头的弹性振动了我的斧柄，我的双手在冬天里开始起泡，结痂。放下斧头时，我听见冬眠者的呓语，嗡嗡的声音从树洞里传来。那是一只绛色的马蜂，肥大的马蜂。我忍着双手的剧痛，劈开那段青冈木，眼看着马蜂冻僵地缓慢地缩向树洞的深处。树洞直通地底，深入根部，我眼看着马蜂消失在树洞里。

来年的时候，我看见那只马蜂将巢筑在那棵树上，一只马蜂繁育成了一个庞大的家族。马蜂庞大的家族史，让我理解了一次旺盛的生命秘密。

许多昆虫的秘密，我们永远无法破解。比如它们夏天在大树上歌唱，而冬天却在地底沉睡，就像法布尔《昆虫记》里的蝉。比如它们夏天在田野上飞翔，而冬天却在河流边的石头底下冬眠，就像黑色的打屁虫。冬眠者，其实是一些智者。

我站在山冈，看见冰雪覆盖的村庄，宁静，寒彻。炊烟的暖气将屋瓦熔成一个个黑色的窟窿。村庄里没有一个人的踪影，没有一头牲口的踪影，我总希望，那是村庄的冬眠方式。而村庄睡醒时，遍地铺满金色的稻粒，清香扑鼻而至！

一粒种子

一声春雷炸响的时候，母亲种下的玉米粒开始发芽。那时，我总感到一种神秘的预示。一个人出发的时间和地点，就在一粒种子里，找到确切的答案。

雨沙沙地下，从村庄的屋檐上滴落。大地从冬眠中醒来，纷纷穿上新衣。玉米地里一片绿色，叶面盛着露珠，晶莹地闪亮在阳光下。锄地的母亲的影子晃动在露珠里。那个年轻的母亲低垂着头，绕着迎风而起的玉米林，清脆的歌声在她的身边嘹亮不休。晚上，躺在床上的母亲，一门心思地想象着那些玉米林偷偷长高的情景，一种甜蜜像阳光一样爬满她的脸颊。

母亲锄地那个地点，斜斜地面对着村庄。太阳升起的时候，阳光就洒在她的玉米林地；太阳下沉时，阳光就照耀着村庄的屋檐。母亲上工或者回家的过程，就是阳光照耀的过程。蜜蜂从远处携着花粉赶来，还有南面吹来的暖风，勇敢地向玉米林示爱。那时玉米林兴奋地唱歌，幸福地醉饮的姿势，就像新娘出嫁的花轿，一路唢呐和炮花在村庄上空飞扬。

看见玉米林的怀孕过程，母亲撑着她的锄头把在阳光下发出满意的笑声。此时，她一定在期待着玉米的分娩时刻。

父亲握着镰刀走向玉米地时，秋天已经来临。母亲一天天守望的那些玉米林，此时已经一片金黄，饱满的玉米粒露出了成熟的笑容。父亲是一个收割者，他挥舞着镰刀在母亲的玉米林地，玉米秸一棵棵倒伏。母亲种下的那些种子，从受孕到分娩，都凝结着她的汗水。这时，父亲这个收割者，他一定在抑制着自己内心的激动。

好久没看见母亲出门了。这个长长的秋季，这个让大地上的许许多多生命渐次成熟的秋季，母亲躺在产床上，她生命里的一粒种子悄然落地。渗满汗珠的母亲，忍受着剧痛回过头时，那个生命嚎然大哭。母亲却在那个哭声中绽开一种美丽的笑容，就像她的玉米粒的笑容一样，灿烂如一朵金色的葵花。

从那时开始，我知道了一个人出发的时间和地点，就是母亲阵痛的时刻和故乡那座永恒的村庄。

（原载《民族文学》2012年第12期）